STANISLAW IGNACY WITKIEWICZ
UNERSÄTTLICHKEIT

SERIE PIPER
Band 510

Zu diesem Buch

Brennende Leidenschaftlichkeit und kalter Intellekt, Erotik und Tod verbinden sich in Witkiewicz' Roman auf einzigartige Weise. Ort der Handlung ist Polen, die Zeit das Ende unseres Jahrhunderts. Genezyp Kapen, ein junger polnischer Adliger, wartet auf den Eintritt ins »Leben«, begierig, mit geschärften Sinnen und einer Sensibilität, die ständig in Wahnsinn umzuschlagen droht. Die schrittweise Auflösung der Persönlichkeit Genezyps ist eng mit dem allgemeinen Zerfall verknüpft. Im Lande herrscht das Chaos, und das Staatsgefüge wird notdürftig vom großen Chef zusammengehalten. Als die Chinesen im Begriff stehen, Polen, das letzte Bollwerk des Westens, zu besetzen und die Welt zu erobern, werden Genezyp und sein Chef jeder auf seine Weise zu Opfern der gewaltigen allgemeinen Umwälzung.

Der Zusammenbruch der idealistisch inspirierten Fortschrittsgläubigkeit und die geschichtsphilosophische und kulturhistorische Skepsis des auf den Ersten Weltkrieg folgenden Jahrzehnts bilden den Hintergrund dieses 1927 vollendeten, 1930 erstmals publizierten phantastischen Zukunftsromans. Ein höchst kompliziertes Geflecht erotischer, lyrischer und utopischer Elemente verklammert die inhaltlichen Motive, die in der privaten wie auch kollektiven Katastrophe enden. Peter Urban schrieb in der ZEIT: »Die ›Moral‹ des Romans ist das Lachen, ist nicht freundlich-verbindliche Heiterkeit, sondern das kalte, lautlose Kichern. Die Welt ist eine Farce, sie hat den Stellenwert einer grausigen Metapher.«

Stanislaw Ignacy Witkiewicz, genannt Witkacy, Romancier, Dramatiker, Philosoph, Maler, Kunst- und Kulturkritiker; geboren 1885 in Warschau als Sohn eines Malers und Schriftstellers; schrieb mit acht Jahren seine ersten Stücke und stellte mit siebzehn erstmals seine Bilder aus; 1914 Reise nach Australien; von 1914–18 als Offizier in Rußland. Beging 1939 Selbstmord auf der Flucht vor den deutschen Truppen.

Witkiewicz, ein Vorläufer der europäischen Avantgarde des 20. Jahrhunderts, dessen Bedeutung erst Ende der fünfziger Jahre erkannt wurde, beeinflußte u.a. Autoren wie Bruno Schulz, Witold Gombrowicz und Czesław Miłosz.

STANISLAW IGNACY WITKIEWICZ

UNERSÄTTLICHKEIT

ROMAN

Mit einem Nachwort
von Witold Gombrowicz

PIPER
MÜNCHEN ZÜRICH

Aus dem Polnischen von Walter Tiel

Die Originalausgabe erschien 1930 unter dem Titel
»Nienasycenie« bei Dom Książki Polskiej
Spólka Akcyjna, Warschau.

ISBN 3-492-00810-0
Neuausgabe 1986
2. Auflage, 6.–11. Tausend August 1986
(1. Auflage, 1.–6. Tausend dieser Ausgabe)
Alle Rechte der deutschen Ausgabe:
© R. Piper GmbH & Co. KG, München 1966
Umschlag: Federico Luci,
unter Verwendung des Gemäldes »Kampf« (1921/22)
von Stanislaw Ignacy Witkiewicz (Museum Sztuki, Łódź)
Photo Umschlagrückseite: St. I. Witkiewicz, um 1930
(Tatra-Museum, Zakopane)
Satz: Brönner & Daentler KG, Eichstätt
Druck und Bindung: Clausen & Bosse, Leck
Printed in Germany

Erster Teil: Erwachen

Zweiter Teil: Wahnsinn

ERSTER TEIL

ERWACHEN

Erwachen

Genezyp Kapen ertrug keine Unfreiheit, in keinerlei Form — seit frühester Kindheit bezeigte er ihr gegenüber einen unüberwindlichen Widerwillen. (Er ertrug wie durch ein unbegreifliches Wunder die achtjährige Dressur des despotischen Vaters, doch war dies etwas gleich dem Aufziehen einer Feder — er wußte, einmal würde sie sich auseinanderdrehen müssen, und das gab ihm Halt.) Als er kaum vier Jahre alt war (schon damals!), flehte er die Mutter und die Gouvernanten bei sommerlichen Spaziergängen an, man möge ihm erlauben, irgendeinen Köter, der sich bedrohlich an einer Kette hin- und herwarf, oder ein melancholisches Hündchen, das auf der Schwelle der Hütte vor sich hin winselte, wenigstens zu streicheln — nur zu streicheln und ihm etwas zu fressen zu geben, wenn schon nicht davon die Rede sein konnte, ihn von der Kette in die Freiheit zu lassen.

Anfangs erlaubte man ihm, von zu Hause Fressen für diese seine unglücklichen Freunde mitzunehmen. Doch bald überschritt die Manie die selbst in seinen Verhältnissen erfüllbaren Ausmaße. Man verbot ihm dieses Vergnügen, das einzige, wirkliche. Dies geschah daheim auf dem Lande, im vorbeskidischen, zur Tatra gehörenden Ludzimierz. Einmal aber, gelegentlich eines Aufenthalts in der Kreishauptstadt K., führte ihn der Vater zur Menagerie. Nach fruchtlosen Bitten um die Freilassung irgendwelcher Hamadria-Affen aus den Käfigen, der ersten wilden Tiere, die er dort sah, warf er sich auf den Wärter und schlug ihm lange mit seinen kleinen Fäusten auf den Bauch, sich dabei an der Schnalle von dessen Hosengurt verletzend. Für alle Zeiten blieb Zypcio (so wurde er zu Hause genannt) das Blau dieses Augusttages in Erinnerung, ein kaltes und ein so grausam gleichgültiges gegenüber den Leiden armer Tiere. Und diese köstliche Sonne, während ihnen (und ihm) so schlecht zumute war ... Doch war darin, ganz auf dem Grunde, irgendeine abscheuliche Wonne ... Es endete mit krampfartigem Weinen und einer schweren Nervenkrise. Drei Tage und Nächte hindurch schlief damals Genezyp fast gar nicht. Ungeheuerliche Alpträume quälten ihn. Er sah sich als grauen Affen, der sich am Käfig scheuert und nicht zu einem anderen ähnlichen Affen gelangen kann. Dieser andere hatte etwas Sonderbares: Es war rot mit Blau und über die Maßen entsetzlich. Er entsann sich nicht, ob er dies wirklich gesehen hatte. Das Ineinanderfließen von in der Brust würgendem Schmerz mit dem Vorgefühl einer verbotenen, ekelhaften Lust ... Dieser andere Affe war ebenfalls er selber, und zugleich blickte er sich von der Seite her an. Auf welche Weise dies geschah, wurde ihm nie klar. Und dann riesige Elefanten, träge, große Katzen, Schlangen und traurige Kondore — sie alle wurden er selber, und zugleich waren sie gar nicht er. (In Wirklichkeit hatte er diese Geschöpfe nur flüchtig gesehen, als man ihn durch einen anderen Ausgang hinausführte und er sich hin- und herwarf in trockenem Schluchzen.) In einer seltsamen Welt verbotener Qualen, schmerzlicher Scham, ekelhafter Süße und geheimnisvoller Erregung verbrachte er diese drei Tage, dabei klar und deutlich in seinem eigenen Bettchen liegend. Als er nach all diesem wieder zu sich kam, war er schwach wie ein Läppchen, dafür hatte er aber eine gründliche Verachtung gegen sich selber und gegen Schwäche überhaupt gewonnen. Irgend etwas hatte sich in ihm erhoben — es war der erste Keim eines bewußten Wirkens von Kräften. Ein verschwenderischer Onkel väterlicherseits, das schwarze Schaf der Familie, *ein Bewohner von Ludzimierz*, sagte: »Menschen, die zu Tieren gut sind, pflegen Ungeheuer gegen ihre Nächsten zu sein. Zypcio muß man streng erziehen, sonst wird aus ihm ein Monstrum.« So erzog ihn denn auch später der Vater, übrigens ganz und gar nicht an die guten Resultate dieser Methode glaubend — er tat dies, insbesondere anfangs, einzig zu seiner eigenen Befriedigung. »Ich kannte zwei Fräulein aus sogenanntem ›gutem Hause‹, in einem Kloster erzogen«, pflegte er zu sagen, »das eine war eine Hure und das andere eine Nonne. Und der Vater beider war sicherlich derselbe Mann.«

Als Genezyp sieben Jahre wurde, beruhigten sich diese Neigungen scheinbar vollkommen. Alles trat in die Tiefe zurück. Er wurde in dieser Zeit düster und gab sich unter anderem einem Vergnügen hin, das sich von allen anderen unterschied. Er ging jetzt öfter spazieren, allein oder mit seinem Cousin Toldzio, der ihn in eine neue Welt autoerotischer Perversitäten einführte. Fürchterlich waren diese Momente, wenn erregende Musik in dem nahen Park spielte und die in Sträuchern versteckten Knaben sich gegenseitig erhitzten, indem sie spitzfindige Scheußlichkeiten sagten und allerlei Rüchlein prüften, bis sie schließlich, wie von Sinnen, mit brennenden Backen und mit vor unaussprechlicher Begierde verdrehten Augen, aneinandergeschmiegt, in ihren gesunden, armen Körperchen den höllischen Schauer unbekannter, geheimnisvoller, unerreichbarer Wollust hervorriefen. Sie versuchten noch öfter, sie zu vertiefen — doch es gelang nicht. Und wieder versuchten sie es — immer öfter. Dann kamen sie aus den Sträuchern, blaß, mit roten Ohren und Augen, schlüpften davon wie Diebe, voller seltsamer Malaise, beinahe Schmerz, dort irgendwo . . . Einen eigentümlich unangenehmen Eindruck machten ihnen fröhlich spielende Mädchen. Es war darin Traurigkeit und Schrecken und auch Leid über etwas Unbekanntes, Hoffnungsloses, Entsetzliches und dennoch Angenehmes. Eine unflätige Erhabenheit über alles erfüllte sie mit abscheulichem Stolz. Mit Verachtung und verborgener Scham schauten sie auf andere Jungen, und der Anblick schöner junger Männer, die mit erwachsenen Damen flirteten, erfüllte sie mit Haß, gemischt mit düsterer, demütigender Eifersucht, in der sich jedoch ein unheimlicher Zauber des Sich-Emporwindens über das normale Alltagsleben verbarg. An alldem war Toldzio schuld. Er war eben dieser allernächste, allerwirklichste Freund, der als erster das seltsame Geheimnis unheilvoller Lust besaß und geruhte, sie Zypcio zu lehren. Warum aber mochte ihn Zypcio *nachher* so ganz und gar nicht? Das dauerte zwei Jahre lang mit Unterbrechungen. Doch gegen Ende des zweiten Jahres begann die Freundschaft zu verderben. Vielleicht eben darum. In dieser Zeit, in Verbindung mit den geheimnisvollen Lüsten, traten neue Symptome auf . . . Zypcio erschrak. Vielleicht war es eine schreckliche Krankheit? Vielleicht Strafe für Sünde?

In jener Zeit begann die Mutter, gegen den Willen des Vaters, ihm Religionsunterricht zu geben. *Davon* war jedoch dort nicht die Rede als von einer Sünde. Und dennoch empfand Zypcio stets, daß er, sich den Praktiken Toldzios hingebend, etwas kindlich ›Ungentlemanhaftes‹, etwas *Böses* begehe. Aber dies Böse bewegte sich in völlig anderen Dimensionen als das Nichtlernen von Aufgaben, der Zorn gegen die Eltern oder das Ärgern des kleinen Schwesterchens, das übrigens für ihn gar nicht existierte. Woher er dieses Empfinden des Bösen hatte und warum ihn dann Traurigkeit und Gewissensbisse befielen, konnte er nicht begreifen. Er entschloß sich zu einem entschiedenen Schritt: Mit dem Mut eines Verurteilten ging er zum Vater und erzählte ihm alles. Schrecklich verprügelt und mehr noch als über die Prügel von der Perspektive bestürzt, zu einem Idioten zu werden, nahm er sich zusammen und hörte mit den schändlichen Praktiken auf. Er schätzte nämlich in sich jene Vernunft, die ihn in naturwissenschaftlichen Diskussionen über seine Altersgenossen stellte und sogar über den perversen, um ein Jahr älteren Toldzio, der überdies noch ein Graf war — er selber war nur ein Baron und dazu noch ein ›verdächtiger‹, wie eben Toldzio ihm sagte.

Es begann eine Periode gesunder Verviehung. Raufereien, Wettrennen, Sport aller Art vertrieben aus seiner Seele die Erinnerung an die trotz allem vom ›naturwissenschaftlichen Gesichtspunkt‹ interessanten Erscheinungen (der Vater hatte nämlich keine Theorien angeführt, die sie ausreichend erklärt hätten). Doch die Manie, angekettete Hunde zu befreien, kehrte mit verdoppelter Stärke wieder. Jetzt war dies mit Sport zu verbinden — es war eine edle Mutprobe. Oft kam er gebissen nach Hause, mit zerrissenem Anzug, verschmutzt, er hatte sich im Dreck gewälzt. Einmal mußte er zwei Wochen den Arm in einer Schlaufe tragen, was eine Serie von Kämpfen mit der Gegenpartei der ›Jungtürken‹ verdarb. Dieses Ereignis schwächte in ihm ein wenig den Eifer in dieser Richtung. Immer seltener unternahm er seine Befreiungsexpeditionen. Und es geschah immer dann, wenn ihn eben irgendwoher eine Lust zu etwas anderem ankam ... Ersatztätigkeiten.

Es kam die sogenannte Periode der Sublimierung. Doch brutal durchtrennte sie die Schule. Mörderisch für gewisse Naturen (übrigens wenige), eine aufgenötigte, beinahe mechanische Arbeit, die eher von der Wissenschaft abschreckte als das Interesse für ihre Geheimnisse anregte, unterbrach dieser Zwang die beste Zeit im Leben des Knaben, als die Ahnung des Unbekannten sich mit den erwachenden Gefühlen für junge Damen verband (vielmehr für ›die seine, einzige‹) und einen Dunst unbewußt bleibender metaphysischer Wundersamkeit (noch nicht Wunderlichkeit) bildete, einen Dunst unbewußter metaphysischer Wunderlichkeit (noch nicht Seltsamkeit) über alles gewöhnliche Alltagsleben hinaus. Zypcio, trotz unbestrittener Fähigkeiten, lernte schwer. Der Zwang vernichtete in ihm jeglichen spontanen Eifer. Den ganzen Winter hindurch krümmte er sich geistig unter der Last der Arbeit, und die kurzen Ferien auf dem Lande waren jetzt notwendiger Sport, ländliche Zerstreuung. Außer den für ihn zu diesem Zweck bestimmten Altersgenossen sah er niemanden und pflegte sich nirgends in der Gegend aufzuhalten. Wenn er gegen den Herbst zu sich schon ein wenig zu entspannen begann, kam wieder die Schule, und so hielt er bis zur Matura durch.

Er schwor dem Vater, daß er unmittelbar nach dem Examen aufs Land kommen werde, und er hielt den Schwur. Er vermied dadurch die viehischen Feiern nach der Matura, kam rein und unschuldig, aber mit dem Vorgefühl höllischer Lebensmöglichkeiten vor den Landsitz gefahren — den sogenannten Stammpalast, der in einer Vorgebirgsgegend unweit von Ludzimierz stand.

Information: Wie bekannt, war ihm bereits vor der Schulzeit bewußt geworden, daß er ein Baron war und daß sein Vater, Eigentümer einer riesigen Brauerei, nicht soviel war wie seine Mutter, eine Gräfin mit einer Beimischung ungarischen Blutes. Er machte eine kurze Periode des Snobismus durch, der aber völlig der Befriedigung entbehrte: Zwar war mütterlicherseits alles schön und gut — irgendwelche Helden, Mongolen, wilde Gemetzel zu Zeiten von

Wladyslaw IV. –, aber die Vorfahren Papas sättigten seinen Ehrgeiz nicht. Daher wurde er, von einem glücklichen Instinkt geleitet, von der vierten Klasse an (er kam in der dritten zur Schule) zu einem Demokraten und mißachtete den unvollkommenen Komplex seiner Abstammung. Das brachte ihm viel Anerkennung und erlaubte ihm, eine gewisse Demütigung in positive Werte umzuwandeln. Er war erfreut über diese Erfindung.

Er erwachte nach einem kurzen Nachmittagsschläfchen. Er erwachte nicht nur aus diesem Schlaf, sondern auch aus jenem, der fünf Jahre gedauert hatte. Von den rohen Zeiten kindlicher Kämpfe trennte ihn eine Wüste. Wie leid tat es ihm, daß sie nicht ewig dauern konnten! Diese Wichtigkeit von allem, diese Einzigkeit und Notwendigkeit bei dem gleichzeitigen Gefühl, daß alles in Wirklichkeit nicht ganz ernst gemeint war – und die daraus folgende Leichtigkeit und Sorglosigkeit angesichts verlorener Kämpfe. Nie wieder... Aber das, was sein sollte, schien noch interessanter, oh, um vieles – um eine Unendlichkeit! Eine andere Welt. Und nun, man weiß nicht warum, verschob sich die Erinnerung an die kindlichen Perversitäten mit der ganzen Last des Vorwurfs für diese ›Verbrechen‹, so, als wären sie es in der Tat, die auf dem ganzen künftigen Leben *lasteten*. Nach Jahren gelüstete es ihn noch immer, doch er bezwang sich. Die Scham hielt ihn zurück vor den ihm noch unbekannten Frauen, den zutiefst unbekannten, denn erst gestern noch...

Information: In der Schülerpension hatte man ihn unter dorniger Disziplin gehalten, und in den Ferien – ha! – war die Gesellschaft ewig nicht die, nach welcher ihn verlangte. Er hörte dennoch einiges von Kameraden, die mehr von der Wirklichkeit geschluckt hatten als er. Doch das war nicht das Wichtigste. Also trotzdem *gibt es alles*. Diese Konstatierung war nicht so banal, wie es scheinen könnte. Die unbewußte, tierische Ontologie, eine vorwiegend animistische, ist nichts gegen die erste Erleuchtung der begrifflichen Ontologie, die erste existentielle Beurteilung. Die Tatsache des Daseins allein hatte für ihn bisher nichts Verwunderliches bedeutet. Zum ersten Mal begriff er jetzt die abgründige Unmöglichkeit einer Vertiefung dieses Problems. In einer kindlich verzauberten und kindlich goldenen, im Staube unirdischer Sehnsucht durchleuchteten Welt der besten, unwiederbringlichen Tage gaukelte vor ihm die fernste Kindheit: der elterliche Palast der Mutter im östlichen Galizien und eine bis zur Weißglut erhitzte Wolke, unter der ein Gewitter lauerte, und unkende Kröten in Lehmkuhlen bei einer Ziegelei und das Kreischen eines verrosteten Brunnens. Auch fiel ihm ein kleiner Vers eines Kameraden ein, mit dem ihm nicht erlaubt war zu spielen:

> O wundersame, stille, sommerliche Nachmittage
> Und voller Tiefe saftiger Früchte,
> In der Kühle des Schattens vergessener Brunnen,
> Dann wahnsinnige Abende und Nächte . . .

Das eben sprach für ihn dies elende Verslein aus, *das:* die ungeheure Größe des Lebens, die Unbegreiflichkeit eines jeden seiner Augenblicke, die entsetzliche Langeweile und Sehnsucht nach etwas unfaßbar Großem. Aber erst jetzt begriff er das genau. Damals, als Ptaś ihm zum ersten Mal dies alberne Zeug im Schulabort vorgelesen hatte, hatte es ihm noch nichts gesagt. Die Vergangenheit erhellte sich im Blitz der Erscheinung der Gegenwart wie eine andere, bisher unbekannte Welt. Dies währte den Bruchteil einer Sekunde und fiel wieder, zugleich mit der Erinnerung, in die geheimnisvollen Dschungel des Unterbewußtseins. Er stand auf, trat ans Fenster und drückte den Kopf an die Scheibe.

Die große, gelbe Wintersonne sank schnell, beinahe den gespaltenen Gipfel des Großen Bichls berührend. Blendendes Licht schmolz alles zu einer zuckenden Masse erhitzten Goldes und Kupfers. Violette Schatten verlängerten sich maßlos, und der Wald in der Nähe der Sonne verwandelte sich in schwarzen Purpur, der alle Augenblicke in blasses, blindes Grün wechselte. Die Erde war nicht mehr ein alltäglicher Ort, war in keinem vertrauten Verhältnis mehr zur menschlichen Welt — sie war ein Planet und wie aus teleskopischen Fernen gesehen. Mit dem gezahnten, geschnitzten Gefels der Berge, die sich zur Linken erhoben, weit hinter den abschüssigen Hängen des Großen Bichls, schien sie sich der aus zwischengestirnlichen Weiten heranziehenden Nacht entgegenzuneigen, einer ›Trauernacht‹, schien es Genezyp, ohne daß er wußte, warum. Die Sonne, jetzt schon deutlich sinkend, wurde zuweilen zu einer schwarzgrünen Scheibe mit goldrotem Rand. Plötzlich berührte sie mit furchtsamer, fast zögernder Bewegung die zu blutigen Klingen zerspaltene Linie der fernen Wälder. Der rotschwarze Samt verwandelte sich in Schwarzblau, als der letzte Strahl, zu regenbogenfarbenen Garben zerflossen, zum letzten Mal die schweren Massen der Fichten durchdrang. Der ins Unendliche geworfene Blick, von blendendem Glanz gezogen, traf auf den harten Widerstand einer düsteren, wirklicheren Welt. Genezyp empfand etwas in der Art eines dumpfen Schmerzes in der Brust.

Der seltsame Augenblick des Begreifens eines Geheimnisses ging vorüber, und die reale Gewöhnlichkeit zeigte unter der Maske ihr graues und langweiliges Gesicht. Was sollte man mit dem heutigen Abend beginnen? Diese Frage erinnerte ihn an die früheren Fragen, und er versank tief in Gedanken, so tief, daß er völlig das Gefühl für den gegenwärtigen Augenblick verlor. Er wußte nicht, daß eben dies manchmal das höchste Glück ist.

Die Fürstin stand ihm in der Phantasie wie lebendig vor Augen (sie bäumte sich wie ein Pferd). Doch dieses Bild war kein Abbild der gestrigen Wirklichkeit. Ihm kamen die unanständigen Kupferstiche in den Sinn, die er in der Bibliothek irgendeines Freundes seines Vaters gesehen hatte, als er die Unaufmerksamkeit dieser Herren ausnützte und in ein nicht ganz zugeschobenes Fach hineinsah. Wie auf einem schamlosen Bildnis erschaute er ihre nackte Gestalt, umgossen von einem Sturzbach dunkelroter Haare. Eine kreisförmige Reihe von unheilverkündend grinsenden Affen, die um sie mit toller Anmut spazierten (ein jeder von ihnen hielt ein kleines elliptisches Spieglein), war allerdeutlichst die Verkörperung einer gewissen Zeichnung konzentrischer Kreise, welche die Lebenssphären ihrer Wichtigkeit nach symbolisieren sollten. Vielleicht war eben dieser Mittelkreis der allerwesentlichste? Es zeichneten sich zwei unabsehbare Gesichtspunkte ab und ein daraus fließender quälender Zwiespalt. Brutal hätte man dies auffassen können als: programmatischen Idealismus des Vaters — und die Lust, verbotene Vergnügen zu genießen, was sich in unbekannter Weise mit der Mutter verband. Beinahe physisch empfand dies Genezyp in der Brust. Vor einer Weile war es nicht dagewesen, und jetzt wurden die ganze Vergangenheit und die Schulzeit und die Kindheit zu etwas Fernem, das zu einem untrennbaren Ganzen verbunden war — negativ einzig durch das Fehlen einer Lösung des neuerstandenen, unfaßbaren Problems. Das Geheimnis der wirklichen Entscheidung dieser Fragen war für ihn immer — seit der Zeit der sexuellen Aufklärung — etwas Beunruhigendes und Unheilverkündendes. Eine ungesunde (warum ungesunde, zum Kuckuck?!) Neugier übergoß ihn wie mit einer warmen, ekelhaft angenehmen Schmiere. Er erschauderte, und erst jetzt fiel ihm der eben durchträumte Traum ein. Er vernahm jemandes Stimme im Abgrund eines unpersönlichen *Blickes,* der sich in ihn saugte mit einer mörderischen Frage, auf die er keine Antwort finden konnte. Er fühlte sich so, als ob er nicht genügend für ein Examen gebüffelt hätte. Und diese Stimme redete rasch, stammelnd — er hörte einen Satz aus diesem Traum: »Die Zwischenräumler winseln beim Anblick des schwarzen Beatus, belubber schmorlich.« Eiserne Hände umfaßten ihn, und er fühlte unter den Rippen einen kitzelnden Schmerz: das unangenehme Gefühl, mit dem er erwacht war und das er nicht zu beschreiben vermochte. (Und lohnt es sich, das zu durchleben und sich darein zu vertiefen und dies auszuweiden, um dann...? Brrr — doch davon später.)

Beinahe mit Freuden gewahrte er *jetzt erst auf dem Erinnerungsbild* das behaarte Gesicht des Musikers Tengier (den er gestern abend kennengelernt hatte) und in ihm den gleichen geheimnisvollen Zwiespalt, den er selber durchlebte. Die gefesselte Kraft, die so deutlich sichtbar war in den Augen jenes Mannes, verursachte unerträgliche Bedrückungen. Seine Worte, die er gestern gehört (und nicht verstanden) hatte, wurden ihm auf einmal klar, im Ganzen, als nicht analysierbare Masse, eher in ihrem allgemeinen Ton. Von einem begrifflichen Sinn war gar keine Rede. Ein zwiefacher Sinn des Lebens dröhnte dumpf unter der Schale konventioneller ›schulischer‹ Geheimnisse. Diese Schale zerrissen sinnlose Ausdrücke:

»Möge alles geschehen. Ich werde imstande sein, alles zu umfassen, zu besiegen, zu zerbeißen und zu verdauen: jegliche Langeweile und schlimmstes Unglück. Warum ich *so* denke? Das ist völlig banal, und wenn mir jemand solche Ratschläge gäbe, würde ich ihn auslachen. Und jetzt sage ich das mir selber als tiefste Wahrheit, allerwirklichste Neuigkeit.« Gestern noch hätten diese Worte eine andere, gewöhnliche Bedeutung gehabt — heute schienen sie ein Symbol neuer, wie in einer ganz anderen Dimension sich eröffnender Horizonte. Das Geheimnis der Geburt und der Unvorstellbarkeit der Welt ohne die Annahme eines eigenen ›Ich‹ — dies waren die einzigen Lichtpunkte in einer dunklen Reihe von Momenten. So hatte sich alles verwurstelt. Und wozu? Sollte das Ende so . . .? Aber davon später. Gestern noch zeichnete sich die kaum vergangene erste Jugend mit übermäßiger Deutlichkeit ab wie lebendig, wie eine unaufhörlich neu beginnende Gegenwart. Ihre unendlich feine Einteilung machte die Schaffung von Epochen unmöglich, trotz scheinbar epochaler Ereignisse. Aber heute, durch ein geheimes Urteil verdunkelt und ferngerückt, verfiel dieses ›große‹ (?) Stück Leben in eine Sphäre der Unveränderlichkeit und Beendigung und gewann dadurch den verschwindenden, unerfaßbaren Zauber der zum ersten Mal tragisch empfundenen Unwiederholbarkeit der Vergangenheit. Auf diesem unruhigen Gewoge der Verschiebungen, die wie in einem Medium vor sich gingen, in dem das frühere Leben stattfand, die alles unverändert beließen und dennoch unendlich weit von ihrem gestrigen Wesen entfernt waren — hier trat dieser eben erst in Erinnerung gekommene Traum auf wie ein Gewirr, scharf, dunkel und markant in der Silhouette, innerlich aber verfilzt, auf einem gleichgültigen, wässerig-durchsichtigen, von Leere leuchtenden Bildschirm der Gegenwart. Blitzartiges Auseinandertreten von Perspektiven, so, wie der ermüdete Blick auf einmal alles unermeßlich fern sieht, klein und unerreichbar, aber irgendein Gegenstand die natürliche Größe behält, wobei diese Tatsache auf irgendeine geheimnisvolle Weise die allgemeine, leicht zu konstatierende objektive Proportion der Teile im ganzen Gesichtsfeld nicht verändert. (Störungen in der Entfernungsschätzung, Sehen der Gegenstände in ihrer wirklichen scheinbaren Größe, ohne den Faktor der Bewußtmachung der

Distanz, der auf Grund möglicher Berührungsempfindungen den unmittelbaren Eindruck der Raumverhältnisse in zwei Dimensionen verändert. – Das nebenbei.)

Genezyp begann, sich an den Traum in einer zu seinem natürlichen Verlauf umgekehrten Reihenfolge zu erinnern. (Denn ein Traum wird ja nicht unmittelbar aktuell im Moment seines Träumens durchlebt – er *existiert nur und einzig als Erinnerung.* Daher der wunderliche, eigentümliche Charakter eines allergewöhnlichsten Inhalts. Darum nehmen auch die Erinnerungen, die wir nicht genau in der Vergangenheit zu lokalisieren vermögen, die besondere Färbung der Schlafträume an.) Aus der geheimnisvollen Tiefe einer eingebildeten Welt entstand eine Reihe scheinbar belangloser und unwesentlicher Ereignisse, die scheinbar zu niemandes Erinnerungen gehörten, die aber ihm, Genezyp, so sehr zu eigen waren mit einer schier außerweltlichen Stärke, daß sie, trotz ihrer gleichzeitigen Bedeutungslosigkeit, einen unheilvollen Schatten voller Ahnungen und Vorwürfe wegen Nichterfüllung einer Pflicht zu werfen schienen auf diese Zeit der Sorglosigkeit nach der Matura und auf den goldenen Glanz der inmitten purpurner Wälder erlöschenden Wintersonne. »Blut«, flüsterte er, und zugleich mit der Vision roter Farbe empfand er eine heftige Bedrückung des Herzens. Er erblickte das letzte Kettenglied begangener Verbrechen und, weiter noch, deren geheimnisvollen Anfang, der sich in schwarzer Wesenlosigkeit traumhaften Nichtseins verlor. »Woher Blut – da es doch im Traum gar nicht war?« fragte er sich halblaut. In diesem Augenblick erlosch die Sonne. Nur der Wald auf dem Hang des Großen Bichls schimmerte vor dem blaß orangefarbenen Himmel, von den golden glühenden Strahlen in Sägezacken zerfetzt. Die Welt wurde aschfahl im bläulich-violetten Dämmer, und der Himmel hellte sich durch eine flammende, winterliche Abendröte auf, in der, wie ein grüner Funke, die untergehende Venus flimmerte. Der Traum erschien immer deutlicher in seinem anekdotischen Inhalt; doch sein wahrer Inhalt, unerfaßbar und unausdrückbar, verlor sich in der Konkretheit der in Erinnerung tretenden Ereignisse, kaum etwas hinterlassend von einem zweiten, unerreichbaren Leben, das an den Grenzen des Bewußtseins verschwand. Der Traum: Er ging durch eine Straße in einer unbekannten Stadt, die an die Hauptstadt erinnerte und an irgendein flüchtig gesehenes italienisches Städtchen. In einem bestimmten Augenblick merkte er, daß er nicht allein war und daß außer dem in Träumen unerläßlichen Cousin Toldzio noch jemand mit ihm ging: ein ihm unbekannter, hoher und breitschultriger Kerl mit dunkelblondem Bart. Er wollte sein Gesicht sehen, doch jedesmal verschwand es auf eine sonderbare, aber im Traum ganz natürliche Art, sobald er es nur anblickte. Er sah lediglich den Bart, und dieser bildete eigentlich den spezifischen Gehalt des unbekannten ›Typs‹. Sie betraten ein kleines Café im Erdgeschoß. Der Unbekannte stellte sich in die gegenüberliegende Tür und begann, Genezyp durch angedeutete Bewegungen zu rufen. Zypcio empfand eine unüberwindliche Lust, ihm in die weiteren Zimmer zu folgen. Toldzio lächelte mit einem allwissenden, ironischen Lächeln, als wüßte er gut, was da geschehen werde; und auch er, Genezyp, glaubte, es gut zu wissen, und wußte dennoch in Wirklichkeit nichts. Er stand auf und ging hinter dem Unbekannten hinaus. Dort war ein Zimmer mit einer Decke, die sich hinter schwankenden Formen dichten Rauches verbarg. Über ihnen schien der Raum unermeßlich. Der Unbekannte näherte sich Zypcio und begann, ihn mit aufdringlicher Herzlichkeit zu umarmen. »Ich bin dein Bruder — mein Name ist Jaguarius«, flüsterte er ihm leise ins Ohr, was mit einem höllischen Kitzel verbunden war. Schon wollte Zypcio erwachen, doch er hielt durch. Er fühlte dabei einen unüberwindlichen Ekel. Er packte den Unbekannten am Hals und begann, ihn zu Boden zu beugen und gleichzeitig mit allen Kräften zu würgen. Etwas (schon nicht mehr jemand), irgendeine weiche und kraftlose Masse sank auf den Fußboden, und auf sie fiel Zypcio. Das Verbrechen war begangen. Er fühlte dabei, daß Toldzio ihm den völligen Mangel an Reue deutlich ansah. Das einzige klare Gefühl: das Verlangen, sich aus der schwierigen Situation zu winden. Zypcio, der Toldzio etwas Unverständliches sagte, trat zur Leiche hin. Das Gesicht war jetzt sichtbar, doch war es eher ein großer, scheußlicher, formloser blauer Fleck, und am Halse, an dem *verfluchten Bart*, waren deutlich blaurote Streifen von den vordem zusammengepreßten Fingern zu sehen. ›Wenn sie mich zu einem Jahr verurteilen, halte ich's aus, wenn zu fünf — Schluß‹, dachte Zypcio und ging hinaus in ein drittes Zimmer, um auf der anderen Seite des Hauses auf die Straße zu gelangen. Aber dies Zimmer war voller Gendarmen, und der Verbrecher erkannte mit Entsetzen in einem von ihnen seine Mutter, verkleidet mit einem grauen Helm und einem Gendarmenmantel. »Reiche ein Gesuch ein«, sagte sie rasch. »Der Chef wird dich erhören.« Und sie reichte ihm ein großes Papier. In der Mitte war in Kursiv ein Satz gedruckt, der im Traum voll ungeheuerlicher Drohung, zugleich aber die einzige Hoffnung war. Jetzt, mit Mühe aus den in Dämmer versinkenden Erinnerungen hervorgeholt, hatte er nur den Charakter einer ungelenken, albernen Posse: ›Die Zwischenräumler winseln beim Anblick des schwarzen Beatus, belubber schmorlich.‹ Ende des Traums.

Der Dämmer wurde dichter, und der Himmel nahm einen tiefen, veilchenfarbenen Ton an, der wesensgleich schien mit dem Duft des ihm dem Namen nach unbekannten Parfums der Fürstin Ticonderoga, der Meisterin des gestrigen Abends. (Später erfuhr Zypcio, daß dies das berühmte ›Femmelle enragée‹ von Fontassini war.) Die sich entflammenden Sterne machten ihm den Eindruck unangenehmer Leere. Der vorherige Zustand: der verbrecherische Traum und das Empfinden irgendeines unerschöpflichen Reichtums in sich und um sich — alles war spurlos verschwunden. Etwas war wie ein Schatten vorübergegangen, Langeweile hinterlassend, Unruhe und eine unangenehme Traurigkeit, die sich in nichts Erhabeneres verwandeln ließ und jeden Zaubers entbehrte. Anscheinend hatte sich nichts verändert, aber dennoch wußte Zypcio, daß etwas ungeheuer Wichtiges geschehen war, etwas, das über sein ganzes weiteres Leben entscheiden konnte. Dieser Zustand war nicht erklärbar, er widerstand allen Mühen des Verstehens — es war ein Block ohne Riß (und lohnt es, sich so mit sich zu beschäftigen, um dann . . . Ah! Aber davon nicht jetzt). Ein unbekannter Rechenmeister multiplizierte alles mit einem Koeffizienten unbestimmter Größe. Warum ist alles so seltsam? Ein metaphysischer Zustand ohne Form. Allerdings: An

Gott konnte er nicht glauben (obwohl, scheint's, die Mutter eben davon vor langer, langer Zeit mit ihm gesprochen hatte — nicht von Gott selber, sondern von der Wundersamkeit ... »Ich glaube an Gott, aber an einen anderen als den, der in den Dogmen unserer Kirche dargestellt ist. Gott ist alles, und er regiert nicht die Welt, sondern sich selber in sich.«) Früher hatte Zypcio die Empfindung, daß die ganze Welt (als Gott) nur die blaue Konkavität einer chinesischen Tasse ist, einer solchen, wie sie auf der Eichenkredenz im Speisezimmer ihres Hauses standen. Dieser Eindruck war *intraductible, irréductible, intransmissible et par excellence irrationnel.* Ja, nun! Christus war für ihn lediglich ein Zauberer. Im siebenten Lebensjahr sprach er darüber mit seiner Amme und brachte die Alte damit zur Verzweiflung. Der Glaube der Mutter kam seiner Überzeugung näher, und er fühlte, daß in seinem ganzen Leben niemand seinen geheimsten Gedanken so nahe sein würde wie sie. Und dennoch war eine unübersteigbare Mauer zwischen ihnen, sogar in den besten Momenten. Der Vater, schrecklich im Zorn, kalt und unbeugsam in der Ruhe, erfüllte ihn mit grenzenloser Furcht. Er wußte, daß er zusammen mit der Mutter gegen irgendeine böse Macht des Lebens kämpfte und daß das Recht immer auf dieser Seite ist. Er wollte jetzt zur Mutter gehen und sich bei ihr beklagen, daß die Träume schrecklich sind und im Leben furchtbare Hinterhalte lauern, in die er, wehrlos und unerfahren, trotz aller Kraft früher oder später geraten werde. Aber in einer gewaltsamen Wendung zum Ehrgeiz überwand er diese Schwäche und überlegte mit männlicher Entschlossenheit rasch seine Daten: Er hat achtzehn Jahre hinter sich — er ist alt, sehr alt — zwanzig Jahre, das ist doch vollkommenes Altsein. Das Geheimnis muß er kennenlernen und wird es auch — in kleinen Stückchen, der Reihe nach, allmählich —, da ist nichts zu machen. Fürchten wird er nichts, er wird siegen oder aber untergehen, und das in Ehren. Nur wozu, im Namen wovon dies alles? Ihn überkam plötzlich Unlust. Dieser Satz, ohne Sinn für diese Welt, nahm die Bedeutung irgendeiner geheimnisvollen Beschwörung an, durch die man alles lösen könnte. Rasch sank die Dämmerung herab, nur noch Reste des Lichts spiegelten sich im Glas der an den Wänden hängenden

Bilder. Und plötzlich wurde das Geheimnis dieses Traums und der erotischen Zukunft zum Geheimnis der Geheimnisse — es umfaßte die ganze Welt und ihn selber. Es war nicht mehr das Nichtverstehen einzelner Augenblicke des Lebens — es war das unschätzbare Geheimnis des ganzen Weltalls, Gottes und der blauen Konkavität der Tasse. Aber wiederum nicht nur als Problem des Glaubens oder des Unglaubens kalt und schlechthin — alles das lebte und geschah gleichzeitig, und dabei fror es in absoluter Unbeweglichkeit und erstarb in Erwartung irgendeines undenkbaren Wunders, einer letzten Offenbarung, nach der nichts mehr sein würde — außer dem vollkommensten, wunderbarsten, auf keine Weise vorstellbaren Nichts. In einem solchen Augenblick hatte er schon einmal aufgehört, an diesen erzwungenen Glauben zu glauben, den er vor dem Examen künstlich in sich erweckt hatte — auf Wunsch der Mutter —, Religion war kein Pflichtfach. Und übrigens war der von der blauen Tasse symbolisierte Glaube der Mutter weit entfernt von den Überzeugungen des hiesigen Vikars. Es war schwierig, eine eigene Sekte zu gründen — sogar dazu hatten schon alle die Lust verloren. Die Offenbarung hatte definitiv versagt. Von da an waren alle religiösen Praktiken zu einer bewußten Lüge geworden; nicht einmal seine Mutter, dies einzige wirklich geliebte Wesen, vermochte ihm Glauben zu geben. Das war eine Dissonanz, die einmal in der Zukunft eine kleine, nur scheinbar unwichtige Waagschale zum Ausschlag bringen würde. Trotz aller unbezweifelbarer Tugend der Mutter wußte Zypcio, daß sie unerforschte Abgründe barg, im Zusammenhang mit dieser dunklen Seite des Lebens, auf die er selber langsam und unmerklich zuglitt. Und darum verachtete er die Mutter ein wenig, dies sogar vor sich versteckend. Er wußte, daß niemand im Leben ihm näher sein würde, er wußte ebenfalls, daß er sie bald werde verlieren müssen — und dennoch diese Verachtung! Nichts, zum Teufel, tat sich auf ganz einfache Art — alles war verwickelt, verworren, verwurstelt, wie ein absichtlich von einem bösen Geist angerichteter höllischer Lebens-Salat. Jetzt schien es ihm so — wieviel mehr erst später! Obwohl von einem bestimmten Gesichtspunkt aus sich manche Dinge vielleicht vereinfachen — durch diese unmerkliche

Verschweinerung im Leben, der wohl nur Heilige nicht unterliegen. Hatte er denn ein Recht, sie zu verachten? Die Gleichzeitigkeit zweier widersprüchlicher Gefühle — wilder Anhänglichkeit und Verachtung — erhob das Ganze dieser Komposition zu Höhen unwahrscheinlichen Wahnsinns. Und zugleich blieb alles auf der Stelle, und nichts veränderte sich. Diesen inneren Damm durchbrechen, der ihn von sich selber trennte, alle Schleusen zerstören, die Zäune umwerfen, die die Felder der Schullehren künstlich umgrenzen! Ach, warum hatte er so lange geschlafen! Und dabei das sonderbar sichere Gefühl (wie ihm schien), daß er auf diese Weise (das heißt, auf dem Hintergrund einer solchen Vergangenheit wie der seinen) zwei-, drei-, viermal intensiver erleben werde... Aber was? Das Leben an sich existierte fast noch nicht für ihn. Und dabei eine solche Scham wegen dieses Gedankens — nie werde er es der Mutter sagen, nie, niemals. Aus dem Nebenzimmer kam das Knarren des alten Parketts, und der kindliche Schreckpopanz verband sich mit dem keimenden männlichen Mut zu köstlicher Melange. Jetzt erst wurde sich Genezyp bewußt, daß schon über vierundzwanzig Stunden verflossen waren seit seiner Ankunft.

Information: Das Abitur fand im Winter statt. Aus Besorgnis wegen des Krieges beendete man das Schuljahr im Februar. Man brauchte dringend Offiziere. Für März erwarteten alle außerordentliche Ereignisse.

Die Vorhut der chinesischen Kommunisten stand nun schon am Ural — nur einen Schritt von dem in konterrevolutionären Gemetzeln untergehenden Moskau. Betört von den Manifesten des Zaren Kyrill, rächten sich die Bauern schrecklich für das ihnen ungewollt zugefügte Unrecht (zugefügt mit dem Gefühl, Gutes getan zu haben), ohne zu wissen, daß sie sich ein noch schlimmeres Los bereiteten.

Der alte Kapen verlor immer mehr den Boden einstigen Lebens unter den Füßen. Er konnte nicht einmal mehr so streng sein wie früher, obwohl er diese Strenge mit Erfolg weiterspielte. Er hatte schon die Vision von Sintfluten, Flüssen, ganzen Meeren seines ausgezeichneten Ludzimiersker Bieres, kanalisiert, in bestimmte Richtungen nationalisiert, sozialisiert — die Fabriken ohne Möglichkeit der Entwicklung verschiedener zusätzlicher *Tricks,* deren er selber so viele eingeführt hatte, nachdem er die Brauerei vom Vater in einem so primitiven Zustand übernommen hatte, daß sie eher an etwas ohne Zutun aus der Erde Gewachsenes erinnerte als an die Hand- und Gehirnarbeit eines Menschen. Langweilig war das wie eine Säge. Man mußte das erledigen durch irgendeine ›Tat‹ (?), in der man sich selber übertreffen und durch die Willkür seiner Handlungsweise einem möglichen Zwang höherer Gewalten zuvorkommen könnte.

Zypcio dachte an den Vater mit einem unangenehmen kleinen Schauder im Rücken. Wann wird endlich diese schreckliche Herrschaft enden, die er schon zwölf Jahre lang mit Bewußtsein ertrug? (Der Rest der Martern versank in dem dunkleren Zeitraum früher Kindheit.) Wird er imstande sein, sich in kontinuierlicher Weise dieser Macht zu widersetzen, die jegliche selbständige Bewegung in ihm zerbrach? Die gestrige Erfahrung in dieser Richtung hatte ihn innerlich zerrissen, unentschlossen gelassen. So hatte er gleich zu Anfang dem Papa erklärt, er, Genezyp, werde sich nicht mit Bier befassen, werde nicht auf das Polytechnikum gehen und werde im September, falls nicht ein Krieg ausbreche, sich in die Fakultät für westliche Literatur einschreiben lassen, wofür er sich in den letzten Schulmonaten schon vorzubereiten begonnen hatte. Die Literatur sollte in idealem Ausmaß die quälende Vielfalt des Lebens ersetzen — mit ihrer Hilfe konnte man alles schlucken, ohne sich zu vergiften und ohne zu einem Schwein zu werden. So dachte sich der seiner Geschicke unkundige, naive künftige Adjutant des Obersten Chefs. Die Antwort des Vaters, seinem Unglauben an die Zukunft zum Trotz, war ein leichter Schlaganfall. Der Alte hatte noch keine klare Konzeption betreffs der Zukunft dieses Tölpels, aber allein die Tatsache des sohnlichen Ungehorsams hatte ihn beinahe erwürgt wie irgendeine materielle feindselige Person. Genezyp ertrug das mit der Standhaftigkeit eines würdigen Marabuts. Das Leben des Vaters hatte plötzlich aufgehört, ihn zu interessieren. Es war das irgendein fremder Mensch, der ihm den Weg versperrte, sich seiner allerwesentlichsten Berufung widersetzte. Nach dieser Szene zog er zum ersten Mal einen Frack an (der Schlaganfall war um sieben Uhr abends erfolgt — es war bereits dunkel, und ein Schneetreiben tollte um den Landsitz von Ludzimierz), und um neun Uhr fuhr er im Schlitten zum Ball zur Fürstin Ticonderoga. Jetzt tauchte für einen Moment ihr Gesicht auf inmitten bieriger Langweile, die er für immer von sich schob. »Nur nicht zu einer Figur aus einem Roman über einen unumrissenen Menschen werden«, flüsterte Genezyp unterwegs hart. Dies geschah auf einer kleinen Lichtung, die noch mehrmals die Rolle des Ortes entscheidender Veränderungen spielen sollte. So flüsternd, verstand er nicht recht die Bedeutung der eigenen Worte — er hatte zu wenig Erfahrung. Der unfehlbare Instinkt der Selbstverteidigung (die Stimme Daimonions) wirkte unabhängig von der Intelligenz, aber in ihren Gebieten. Das Gesicht der Fürstin — nein, vielmehr die von ihrem Gesicht genommene Maske in dem Augenblick maximaler Spannung geschlechtlicher Raserei —, dies war das geheimnisvolle Zifferblatt, auf dem die Stunde der Prüfung erscheinen sollte und die Art der Vorbestimmung in fremden, nur ihm bekannten Zeichen. Schon sah er ja dort etwas, etwas wie eine Fata Morgana. Wie aber diese Symbole entziffern, wie hier nicht irren und dabei buchstäblich nichts wissen!

Information: Der antikommunistische Krieg schuf einen paradoxen Zustand bei allen Völkern, die an ihm teilnahmen. Jetzt hatten alle Teilnehmer eine chronische bolschewistische Revolution bei sich selber, und in Moskau ›wütete‹ soeben der Weiße Terror mit dem einstigen Großfürsten und jetzigen ›Zaren‹ Kyrill an der Spitze. Polen, um den Preis schrecklicher Anstrengungen einiger weniger Menschen (einer davon war der gegenwärtige Minister des Inneren, Dyament Koldryk; in Wirklichkeit beeinflußte etwas ganz anderes das Gelingen ihrer berühmten Mission), blieb neutral und nahm an dem antibolschewistischen Kreuzzug nicht teil. Infolgedessen gab es im Innern noch keine Revolution; durch welches Wunder sich alles wie an einem Haare hielt, konnte einstweilen niemand sagen. Alle erwarteten eine — zumindest theoretische — Lösung dieses Problems durch die Schüler der Schule Professor Smolo-Paluchowskis, dem Schöpfer des ›doppelten Systems sozialer Wertungen‹. Er war nämlich überzeugt, daß ein moderner Soziologe, der sich nicht um einen bewußten Dualismus (als Einleitung zu weiterem, einfach schweinischem Pluralismus) kümmerte, heutzutage nichts anderes war als *une dupe des illusions* des Objektivismus und daß er höchstens ein theoretisiertes Magma der Ansicht des gegebenen gesellschaftlichen Fragments ausdrücken konnte. Die praktische Wirklichkeit dieses Systems, das die Schüler in die Breite dehnten, war die wissenschaftliche Organisation der Arbeit — eine an sich so langweilige Sache wie die Erzählungen eines Greises von einstigen guten Zeiten. Dank ihrer jedoch hielt alles irgendwie zusammen, da die Menschen, verdummt durch die Mechanisierung ihrer Tätigkeiten, allmählich aufhörten zu verstehen, im Namen wovon sie sie ausführten, sich miteinander identifizierend in ›Vertruppsung‹ und Ideenlosigkeit. Irgendwie ging die Arbeit vor sich, aber das war *au fond des fonds,* niemand wußte wie. Die Idee des Staatswesens *als solchem* (und anderer daraus folgender Illusionen) hatte längst aufgehört, ein ausreichender Motor sogar der einfachsten Aufopferung und Verzichte zu sein. Alles wurde ausgeführt, aber mit einer geheimnisvollen Bewegungslosigkeit, deren Quellen aufzufinden sich vergeblich die Ideologen der *scheinbar* regierenden Partei — der ›Gesellschaft für Nationale Befreiung‹ bemühten. Alles geschah *scheinbar* — das war das Wesen der Epoche. Auf diesem sich rasch amerikanisierenden Boden eigenartiger Primitivität wurden die Frauen erschreckend intelligent im Verhältnis zu den durch Arbeit verdummten Männern. Die früher bei uns seltenen *précieuses* fielen im Preise infolge des riesigen Angebots. Sie gaben den geistigen Ton des Lebens im ganzen Land an. Scheinbare Menschen, scheinbare Arbeit, scheinbares Land — nur das Übergewicht der Frauen war nicht scheinbar. Es war da ein Mensch: Kocmoluchowicz — aber davon später. Und dazu die kommunisierten Chinesen unmittelbar hinter dem machtlosen, desorganisierten, entvölkerten Rußland. »Wir haben's kommen sehen«, wiederholten, zitternd von Angst und Wut, verschiedene Leute, die ihr bißchen Wohlhabenheit liebten. Aber im Grunde freuten sie sich, obwohl unaufrichtig. Sie hatten immer gesagt, daß es so kommen werde. »Denn wenn wir's nicht gesagt hätten . . .« Und was weiter?

Jetzt, nach dem Erwachen, wuchs der gestrige Abend Zypcio über den Kopf als ein unheilkündendes, schwankendes schwarzes Traumbild, das sich auftürmte auf der Seite des einstigen, träumerischen Lebens und in qualligen Gestalten zu seiner gegenwärtigen Hälfte herüberfloß, zu diesem neuen Teil seiner selbst, der soeben auf dem Hintergrunde allerwunderlichster Veränderungen durch Ereignisse begann, die einzig mit dem eigentlichen Anfang der Russischen Revolution vergleichbar waren. Diese war nur ein *déclenchement* gewesen — jetzt kippte die Menschheit in der Tat auf die andere Seite ihrer Geschichte um. Der Untergang Roms, die Französische Revolution schienen Kinderspiele gegenüber dem, was nun geschehen sollte. Jetzt — eben dieser Augenblick, der flieht und nicht wiederkehrt — dieser Augenblick, asymptotisch hervorgequetscht durch das sich mit Schwänzen und Köpfen bedeckende Vollendete in der Zeit des Geschehens, nach der Methode von Whitehead. »Die Gegenwart ist wie eine Wunde — es sei denn, man fülle sie mit Wollust, dann vielleicht...« So sagte mit unschuldsvollem Lächeln die Fürstin Ticonderoga, ein Mandelplätzchen knabbernd, ihm wesensnah — Empfinden desselben Geschmacks, die Idee dieses Geschmacks, zerlegt in zwei tierische Fressen (er hatte gestern den Eindruck, als wären alle verkleidete Tiere, was nicht weit von der Wahrheit entfernt war), kondensierte in ihm das Empfinden der Gegenwart, der Gleichzeitigkeit und der Identität, von der alles zu bersten schien. Nichts fand in sich selber Platz. Aber warum erst jetzt? Ach — wie ist das langweilig! — dies, daß soeben gewisse Drüsen ein Sekret in das innere Mark des Organismus gespritzt hatten, anstatt es durch gewöhnliche Kanäle schießen zu lassen. ›Sollte ich das den Augen dieser alten Schachtel zu verdanken haben?‹, dachte er über die Fürstin Irina, wissend, daß er eine *schreckliche* Ungerechtigkeit begehe, daß er werde büßen müssen (ja, büßen — wie wenig konnte er dieses Wort ausstehen!), büßen wegen seiner Liebe zu ihr, daß er ihr dies sagen werde, *dies* eben *ihr!* — (er schüttelte sich im Gefühl dieser ekelhaften, tierischen, leicht stinkenden Vertraulichkeit, zu der es einmal werde kommen müssen) mit der Grausamkeit der Jugend, welche die letzten Reste austrocknender Säfte in den zu Leichen werdenden Halbgreisen und alten Frauen ins Wallen bringt. Allerdings verstand er nicht seinen ganzen eigenen abscheulichen Zauber: er — *Valentino, ein bildliches Wesen*, wie ihn gestern die Fürstin genannt hatte, weswegen er sich so schrecklich gegen sie empört hatte —, er, mit einer kurzen, so geraden Nase, daß sie fast eine Stupsnase war, einer kleinen, fleischigen, gespaltenen, ohne daß etwas Zerplattetes an dieser Nase war, mit hart gezeichneten, arabeskenhaft gewundenen, dabei aber gar nicht negerhaften dunkelblutroten Lippen — er war nicht sehr groß (etwa 185 cm), aber wundervoll proportioniert gebaut, enthielt in sich potentiell ein ganzes Meer von Leiden der ihm noch nicht bekannten Weiber. Und unbewußt freuten sich darauf schon alle Zellen seines Körpers, der so gesund wie eine Stierzunge war. Die Seele erhob sich über dieses olympische Spiel der Zellen (ein anderes Wort gab es nicht dafür), ein wenig krumm, anämisch, ein bißchen scheusälig sogar und absolut unentwickelt — nichts ließ sich über sie sagen, außer dem, was vielleicht ein Psychiater über sie gesagt hätte, ein guter — wie etwa Bechmetjew? Aber zum Glück wies dieser Typ in gesellschaftlicher Hinsicht immer geringere Unterschiede auf, und sogar seine Integration an gegebener Stelle und zu gegebener Zeit würde keinen Einfluß mehr auf den zufälligen Lauf der Ereignisse haben. Also: Noch gestern hatte er in jenem früheren Schulleben geschlafen, sogar noch bei dieser Abendgesellschaft, wo er, wie ihm geschienen hatte, ganz unwillkürlich die Bier-Macht der Barone Kapen de Vahaz, nunmehr von Ludzimierz, repräsentiert hatte — und heute? Er selber mochte Bier nicht, und die Vorstellung, Schmarotzer an den Leben der sozusagen unglückseligen Arbeiter zu sein — wenn sie auch in einer künstlichen polnischen *prosperity* nach amerikanischer Art ertranken und in ihrer Mechanisierung bis zum Absurdum vervollkommnet waren —, war bis zum Schmerz unerträglich. Die einzige Sühne wäre, sich irgendeiner Arbeit hinzugeben, die mit alledem nichts Gemeinsames hatte. Schon hatte er die Literatur gewählt als etwas, das die Ganzheit des Lebens in sich enthält, und da — bums! — traf den Vater der Schlag. Jetzt überzeugte er sich, daß er ihn gar nicht liebte, diesen berühmten, großen Bierbrauer (den ›Malzkönig‹, wie man ihn nannte) — das heißt, im Vergleich freilich zur schmerzlichen und bis zur Geschwollenheit langweiligen Liebe zur Mutter. Nein! Von der Qual (wenn auch einer unbewußten) der — weiß der Teufel, wozu — auf diese Art schuftenden pseudomenschlichen Halbtiere würde er nicht leben. (Ach, wie leicht wäre es, aus ihnen lichtvolle Geister zu machen! Doch dazu muß man Ideen haben — nun, und ein Zipfelchen jener Abfälle der einstigen Börse, die, noch immer dreckig und stinkend vom Geschäftemachen, in den Elendswinkeln des polnischen Geistes herumirrte, eines großgeschriebenen Geistes — großgeschrieben, obwohl so viel von ihm gesprochen wurde.) Höchstens, daß ein kleines Prozent des Vermögens (schon ein kleiner Kompromiß) seine Mutter und Schwester bekommen könnten (Maske des Kompromisses). Man sollte um jeden Preis Widersprüche mit sich selber vermeiden, nach dem ›Erwachen‹. Doch heute nahm dieser Beschluß ein anderes Gewicht an — er umfing die schlafende Vergangenheit, erweckte Echos nie dagewesener Vorwürfe von ihr, brachte gewisse ständige Punkte ins Wanken, wie: das Haus, die Familie, die Mutter und, abgetrennt vom Hause, die fünfzehnjährige Schwester (die er bisher fast nicht bemerkt hatte), die flachshaarige Lilian. Die ganze Schulwissenschaft verwehte, als wäre sie keine schulische, anständige, einzig wirkliche Wissenschaft, sondern ein Nonsens, der so oder anders oder auch überhaupt nicht sein konnte. Nur etwas Geduld, und das Leben beginnt: Schweinereien, Entscheidungen, interessante Erlebnisse und Pornographie. Ach, genug — worauf denn, zum Teufel, beruhte diese Veränderung! Unruhe im unteren Teil des Bauches, erwachend in Verbindung mit dem Blick der allwissenden, türkisfarbenen Kugeln ähnlichen Augen der Fürstin (Genezyp hatte nußfarbene Augen, ein herrlicher Kontrast) — er sollte eine Funktion solcher Dummheiten sein?! Die Erinnerungen an diesen Abend fügten sich jetzt erst zu einem wenigstens scheinbar verständlichen Bild zusammen; wie in einem zu schnell laufenden Kinofilm flitzten Bilder an ihm vorüber, und in Gestalt von dunklen, wie Geschosse durch das Dickicht einer bedeutungsvollen Sphäre fliegenden Riesenpillen zogen auch Gespräche vorbei. O wie anders begriff er ihren Sinn in diesem Augenblick!

Abend bei der Fürstin Ticonderoga

Ein blauäugiger Geier auf einem riesigen Sofa und ein sonderbar weiches Händchen, fast unanständig in seiner Weichheit. (›Wenn er versuchte ... wie einst Toldzio im Wald, in jenen unvergeßlichen Tagen ...‹, zuckte etwas unklar auf. ›Ach, also hier hindurch fließt das.‹) Ein schmerzlich schamhaftes und schamloses Händchen, allwissend, wie auch die Augen. Was mochte es im Leben nicht alles berührt haben — und was wartete noch auf ihn in dieser Sphäre? Schon sagte er:

»Eben habe ich eine beschleunigte Matura bestanden. Ich warte auf die Zukunft wie auf den Zug an einem kleinen Bahnhof. Vielleicht wird es ein Auslandsexpreß sein, vielleicht aber ein gewöhnlicher Rumpelkasten von einem Personenzug, der auf irgendeine Lokalstrecke kleiner Verwicklungen führen wird.«

Ihre Augen rollten wie die Augen einer Eule, das Gesicht aber war unbeweglich. Man fühlte in ihr das ganze ›Leid nach hoffnungslos dahinfliehendem Leben‹ — unter diesem Titel hatte soeben der befrackte, bärtige, langhaarige, etwas bucklige und wie ein Buckliger gebaute, langfingerige, lahme (wegen eines halbverdorrten Beins) Putricydes Tengier seinen Walzer vorgespielt, das Werk eines zweiundvierzigjährigen, genialen, freilich nicht offiziell anerkannten Komponisten.

»Herr Putrietzchen, spielen Sie bitte weiter. In Musik gewickelt möchte ich die Seele dieses Knaben betrachten. Er ist so wundervoll, daß er geradezu abscheulich ist in seiner inneren Vernachlässigung«, sagte die Fürstin so unangenehm, daß Genezyp ihr beinah ins Gesicht geschlagen hätte. »Ach, wenn ich das täte —

ich habe keinen Mut!« wimmerte in ihm ein kindliches Stimmchen. Die Fauteuils schwollen, andere Gäste verschlingend, die in einem Nebel zu verschwinden und zu verschwimmen schienen. Und dort war dieser große Verehrer Onans, der Cousin Toldzio, der schon seit zwei Jahren sich in einer Schule für junge diplomatische Dummriane vergeudete. Dort war Ticonderoga selber, innerlich vermorscht, aber von außen ein behäbiger, plumper Greis, und da waren eine Menge Damen aus der Nachbarschaft mit Töchtern und Söhnchen und eine Menge ewig verdächtiger und in ihrem Wesen unbegreiflicher Bankiers und Businessmen, und drüben stand ein wirklicher Börsenkönig alten Stils, nunmehr ein Unikum dieses Typs, zu einer Leberkur hier weilend. Er mußte auch ausländische Brunnen aufsuchen, und dort, in den ›wirklichen‹, sielten sich bolschewistische Würdenträger aus aller Welt! Kein ›Majoritäts‹-Pole hatte nämlich das Recht zur Ausreise in die mondäne *cultural reality* — er konnte von Illusionen leben, aber nur bei sich. Auch eine Waise war da, eine entfernte Cousine der Hausherrin, Elisa Balachonska, angeblich sogar eine Prinzessin. Es war das offenbar ein sehr unscheinbares Wesen — blonde Löckchen, nach innen gekehrte Äuglein und eine Wangenröte von der Farbe herbstlichen Abendrots. Nur der Mund, der Mund... Genezyp vermochte sie nicht einmal wirklich wahrzunehmen angesichts des gegenwärtigen Entwicklungsstadiums seiner Werkzeuge zur Erkennung des Lebens. Und dennoch erbebte etwas in ihm, im Zentrum der Vorgefühle, worin sich die potentielle Zukunft wölkte, eine dunkle, vielleicht schreckliche Zukunft. »Das ist eine Ehefrau für mich«, sagte in ihm diese prophetische Stimme, die er fürchtete, beinahe haßte. Und dort unterdessen, in einer Gruppe etwas entsetzter und amüsierter Frauen, der junge (27 Jahre) Sturfan Abnol, ein Romanschriftsteller, der vor dem Hintergrund der wilden Musik des leicht beschwipsten Tengier herumschrie.

»... Ich soll mich produzieren mit meiner Unkenntnis des Lebens vor diesem Publikum, das ich verachte, gegen das ich einen Ekel empfinde wie gegen Würmer in einem faulen Käse? Vor diesem scheußlichen Pöbel, der durch das Kino verdummt ist, durch Dancing, Sport, Radio und Bahnhofskioske? Ich soll zu ihrer

Unterhaltung ebensolche Bahnhofsromane schreiben, um zu leben? Da können sie lange warten (man spürte deutlich, daß er sich zurückhalten mußte, um nicht abscheulich zu fluchen – das Wort ›Hurensöhne‹ hing in der Luft), dieses Geschlecht von Prostituierten und Platitüden!« – Er verschluckte sich mit dem Schaum der Wut und Entrüstung.

Information: Spezialität der Fürstin waren unterschätzte Künstler, die sie oft sogar materiell förderte, doch niemals um vieles über den sogenannten Punkt des ›Nicht-Hungers-Sterbens‹ hinaus. Sie würden nämlich sonst aufhören, unterschätzt zu sein. Und bekannte sowie anerkannte Leute dieser Sphäre konnte sie nicht ausstehen, da sie sie, man weiß nicht, warum, für eine lebende Beleidigung ihrer wesentlichsten Stammesgefühle erachtete. Sie liebte die Kunst, konnte aber nicht ertragen, wenn ›sie sich breitmachte‹, wie sie sagte. Sonderbar war diese Ansicht vor dem Hintergrund eines beinahe völligen Schwindens von künstlerischem Schaffen überhaupt. Vielleicht glomm da noch einmal etwas bei uns auf, vor dem Hintergrund unnormaler, künstlicher gesellschaftlicher Verhältnisse, aber alles in allem – daß Gott erbarm! »Nein – ich werde nicht ihr Clown sein«, krähte weiter der schäumende Sturfan. Er verschluckte sich und spie Gift. »Ich werde Romane schreiben, wenn einmal in der Kunst, der *wirklichen* Kunst, nichts mehr zu machen sein wird – aber *me-ta-phy-si-sche!* Versteht ihr? Genug schon von diesem lausigen ›Kennen des Lebens‹ – ich überlasse das den talentlosen Abguckern mieser Mittelmäßigkeit, die sie mit Lust wiedergeben. Und warum machen sie gerade das? Weil sie sich niemanden jenseits ihrer selbst vorstellen können. Sie können keine höheren Typen schaffen, aber aus der unerreichbaren Höhe der Behauptung, daß alle Schweine sind und ich auch (ich verzeihe ihnen das und mir auch), können sie sich ihnen gegenüber aufschwingen zu diesem von den kritischen Schmarotzern so genannten ›heiteren, pseudogriechischen Lächeln der Nachsicht‹. Zum Teufel ein für allemal mit diesem ganzen Griechenland und diesem Wiederaufwärmen von pseudoklassischem Ausgekotztem! Aber nein! Das nennt sich bei ihnen diesen Kritikastern, diesen Bandwürmern und Trichinen im Körper der sterbenden Kunst, Objektivismus, und sie wagen, dabei Flaubert zu erwähnen! Nein – hier, dieser Pseudo-Objektive, das ist ein schweinisch lächelnder, von allgemeiner Vulgarität beschlappter Autor, der persönlich inmitten der Erschaffenen bummelt – ha, das nennt sich dann schöpferische Kraft: dieses Bespähen durchs Schlüsselloch derer, die man bespähen kann. Höhere Menschen, wenn es sie überhaupt gibt, lassen sich nicht so leicht von irgend jemandem bespähen – wie also sie da beschreiben? Ja – der Autor bummelt als einer von der Kumpanei herum, trinkt mit ihnen ›auf du‹, und betrunken von der Manie einer ungesunden, niemandem nötigen Selbsterniedrigung, schüttet er seinen nicht einmal seiner selbst würdigen Helden sein Herz aus – und das nennt sich Objektivismus! Und das heißt man gesellschaftlich wertvolle Literatur – man zeigt die Fehler verschiedener Schufte, man schafft künstliche, papierene, positive Typlein, die nicht imstande sind, ein negatives Resultat zu einem übrigens flachen Optimismus umzukehren, der sich auf Blindheit stützt. Und solch ein Gesindel loben sie . . .!« Er verhustete sich und verblieb einen Augenblick in einer Pose der Verzweiflung, wonach er wieder zu trinken begann.

Nach einem rasenden, getrommelten Finale riß Tengier sich von dem ermüdeten Steinway empor, verschwitzt, mit zerknüllter Hemdbrust und zerzaustem, verfilztem Haar. Seine Augen flammten von *bleu électrique*. Unbeherrscht näherte er sich mit wankendem Schritt der Fürstin. Genezyp saß dicht bei ihr – schon begann in ihm eine Veränderung. Jetzt wußte er, wer ihm den weiteren Lebensweg zeigen werde. ›Obwohl – wer weiß, ob ich nicht lieber mit jenen möchte‹, dachte er unklar vor dem Hintergrund des nebelhaften Bildes der ihm vom Vater verbotenen, nur annähernd vorstellbaren offiziellen Ausschweifung. Etwas riß in ihm wie ein Stück Leinwand – nur das erste Zerren war schmerzhaft (es taten das irgendwelche tierische Tatzen in ihm selber, anfangend bei der sogenannten ›Herzgrube‹, und dann weiter, bis zur tiefsten Stelle des Unterleibs . . .), dann ging es mit einer gefährlichen Leichtigkeit immer schneller. In diesem Augenblick verlor er die Jungfernschaft, und nicht morgen, wie er sich das danach vorstellte.

»Irina Wsjewolodowna«, sagte Tengier, ohne Genezyp im geringsten zu beachten, »ich muß mich an Sie wenden, nicht als demütiger erotischer Substitut vergangener Zeiten, sondern als Eroberer. Lassen Sie mich einmal dorthin, in diese verschlossene Kemenate—einmal! —, und dann werde ich dich für immer erobern — du wirst sehen. Du wirst es nicht bereuen, Irina Wsjewolodowna«, stöhnte er schmerzlich.

»Kehren Sie zu Ihrer Bäuerin zurück!« (Später erfuhr Genezyp, daß die Ehefrau Tengiers eine noch junge und wohlgestalte Gebirgsbäuerin war, die er des Geldes und der Hütte wegen geheiratet hatte. Übrigens gefiel sie ihm anfangs sogar ein wenig.) »Sie wissen wenigstens, was das ist, Glück, und das möge Ihnen genügen«, flüsterte weiter die Fürstin, dabei höflich lächelnd. »Und für Ihre Musik ist es besser, daß Sie leiden. Ein Künstler, ein *wirklicher* Künstler, und nicht ein überintellektualisiertes Mühlchen, das automatisch alle möglichen Variationen und Permutationen mahlt, sollte das Leiden nicht fürchten.« Genezyp fühlte in sich einen grausamen Polypen, der sich an die Wände seiner Seele klettete, an klebrige und entzündete, der höher und höher kroch (in die Richtung des Gehirnes vielleicht?), dabei alle früher gefühllosen Stellen kitzelnd, köstlich und erbarmungslos. Nein — er würde nicht leiden, um nichts. In diesem Augenblick fühlte er sich als alter Wüstling, wie Toldzios Vater, der Bruder seiner Mutter, der Graf Porayski — so ein ›galizischer‹ noch —, ein aus undenklichen Zeiten bewahrtes Schaustück. Einst hatte er davon geträumt, solch ein blasierter Taugenichts zu sein—jetzt, obgleich er dazu keinerlei Prämissen hatte, erfüllte ihn das Bild einer solchen Zukunft mit einer ekelhaften Angst. Die Zeit lief wie verrückt. — Wie de Quincey unter dem Einfluß des Opiums, durchlebte jetzt Zypcio Hunderte von Jahren, komprimiert zu Sekunden, wie unter wahnsinnigem Druck gepreßte Pillen kondensierten Dauerns. Alles war bereits unwiderruflich beschlossen. Er glaubte daran, daß er aus nichts eine Kraft schaffen könne, durch die er dieses Ungeheuer von einem Weib bewältigen werde, das da vor ihm sich in großartiger Geste diskret auf dem Sofa ausbreitete. Er wußte, daß sie ältlich war trotz des in Momenten mädchenhaften Aussehens —

38 bis 40 Jahre —, aber eben diese Unfrische, dies Allwissen des wunderschönen Weibsstücks erregte ihn in diesem Augenblick bis zur Bewußtlosigkeit. Kaum hatte er sich umgesehen, und schon war er auf dieser vom Vater bisher verbotenen Seite des Lebens. Und dabei der kalte Gedanke: Er muß ein schlechter Mann sein.

Tengier schnupperte ganz deutlich mit breiter, scheußlicher Nase, sich über den entblößten Arm der Fürstin beugend. Er war unheimlich abstoßend, und dennoch spürte man in ihm die gefesselte Kraft von echtestem Genie. Zypcio schien er in diesem Moment ein Kettenhund aus früheren Jahren. Aber diesen Hund würde er nicht von der Kette lassen mögen — nein, quälen sollte er sich —, darin lag eine abscheuliche, verbrecherische, bis zum Übelwerden eklige, stinkende Wollust. Allein die Gegenwart dieses Weibes brachte aus allem das heraus, was es an Schlimmstem barg, an Allerunflätigstem. Sie wimmelte von Ungeheuerlichkeiten wie ein Aas von Würmern. Und alles das unter der Maske eines Künstlerabends, mit Schaustücken von Clowns zur Unterhaltung der ›besten‹ Gesellschaft. Und sogar Zypcio, eben noch ein beinahe unschuldiges Kind, war bereits Kandidat zu einem sich psychisch zersetzenden Leichnam, zur Freude und Belustigung eines ungesättigten Weiberleibes. Der einstige Knabe, rein und gut, stieß wie ein Schmetterling hinter einer Fensterscheibe verzweifelt in ihm herum, um den ihn erwartenden Scheußlichkeiten zu entfliehen. Lust! Ein Vieh zu sein, uneingedenk der menschlichen Würde, die ihm eingetrichtert worden war a) vom Vater in den Ferien, b) von Frau Czatyrska, einer heruntergekommenen Adligen mit fürstlichen Prätentionen, bei der er in Pension gewesen war, c) von den Lehrern, d) von speziell erhabenen, griesgrämigen Kameraden, die der Direktor für ihn auf Wunsch Papas selber ausgewählt hatte. Ach, diese langweilige und blasse Menschlichkeit, die man ihm von obenher aufgezwungen hatte — wie haßte er sie! Er hatte eine eigene Würde, die in seiner Meinung um nichts schlechter war. Und er mußte sie verstecken, sonst hätten sie ›jene‹ im Keim zertreten, zertrampelt. Seine Würde war die Verkörperung der Empörung: alle Hunde von der Kette lassen, die Arbeiter des Vaters auseinandertreiben, nachdem alles Bier unter sie verteilt worden war, alle Gefangenen und Verrückten freilassen — dann könnte er erhobenen Hauptes durch die Welt gehen. Und hier plötzlich die Verneinung alles dessen in Gestalt dieses schamlosen Weibes — und die Lust in eben dieser Verneinung. Doch wieso war sie das Symbol der Umkehrung einstiger, eigener und aufgezwungener Ideale? Könnte er denn von ihr ›vom Leben erfahren‹ und dabei er selbst bleiben? Entsetzlich, aber köstlich — dafür gab es keinen Rat.

Der aufgewühlte, vordem künstlich unter Druck aufgeschichtete Edelmut (jener einfache, der sich nicht beschreiben läßt) und Idealismus (der Glaube an irgendwelche nicht näher umrissene ›höhere Dinge‹, welche das mittlere Ringlein im Schema des ›Ich‹ nach eigenem Einfall beschrieb) trafen auf den Staudamm der — hier reizvoll persönlich dargestellten — seit Ewigkeit weiblichen Tierischheit, die gespickt war mit verschiedenerlei Waffen des Geschlechts wie ein Panzerschiff oder eine Festung mit Kanonen. Dennoch stand am Ausgangspunkt aller Anfänge in seinem Leben der Vater, dieser fettleibige Bierbrauer mit dem grauen Schnurrbart *à la polonaise*. Er hätte ihm ja auch verbieten können, auf diesen ›Kinderball‹ zu gehen, wie er die Abende bei der Fürstin nannte. Aber nein — er selber hatte ihn gedrängt zu diesem Spektakel der Ausschweifung und des Genusses, hatte ihm selber zugeredet, sobald er sich nur besser gefühlt hatte nach diesem ›Schlag‹. Vielleicht wollte er ihn dadurch von der erträumten Literatur fernhalten? Andererseits: Konnte er denn eine Autorität sein, wenn er von einer führenden Stellung seiner Nation in der zivilisatorischen Marschkolonne sprach (aber um den Preis der Erfüllung gewisser Bedingungen: der Organisierung der Arbeit, der Lossagung vom Sozialismus, der Rückkehr zur Religion, natürlich der katholischen)? Wie konnte er sich heute für jemand Auserwählten halten vor dem Hintergrund dessen, was sich auf der ganzen Welt tat, er, ein das pseudolandrätliche Leben maßlos genießender Greis, aufgewachsen wie ein ungeheurer Pilz aus dem Sumpfe des Elends und der Benachteiligung seiner Arbeiter, die er nach den Prinzipien der wissenschaftlichen Organisation maximal aussaugte, indem er ihnen einredete, sie würden in zweihundert Jahren Fordischen Wohlstand erreichen! (Es zeigte sich, daß die Menschen doch nicht eine solche Viehherde sind und daß es ihnen schwerfällt, ohne Idee zu leben. Und es platzte dies ganze berühmte Amerika wie ein gräßliches Geschwür. Vielleicht ging es ihnen danach einstweilen schlechter, doch wußten sie wenigstens, wenn auch für kurze Zeit, daß sie keine Automaten waren in den Händen ebensolcher, nur etwas klügerer Automaten. Und übrigens, ob so oder so, alles endet in einem Punkt, nämlich in völliger Mechanisierung — es sei denn, daß ein Wunder geschieht.) Zypcio konnte den Anblick dieser Arbeiter nicht ohne Schauder und Übelkeit in den unteren Eingeweiden ertragen. (Und dennoch, wer weiß, ob nicht auch darin etwas Erotisches war. Erotomanie? Nein — nur soll man den Kopf nicht unters Kissen stecken, wenn Räuber den Nachbarn abmurksen.) Nun zogen sie dahin auf dem Weg, der vom Komplex der Fabriken hinführt zum Palast — im bläulichen Dämmer des erlöschenden Winterabends, durchbrochen von violetten Lichtbündeln der Bogenlampen. Die maßlose Traurigkeit des niemals versöhnten Widerspruchs zwischen individuellem und artmäßigem Dasein wehte ihn an bei diesem Bild (wie von einer Ansichtskarte, die nicht von dieser Welt kommt), und er sank zusammen über den wieder in seine Erinnerung kommenden Worten des jungen Literaten Sturfan Abnol.

»... Nein, ich werde kein Clown sein«, wiederholte der trunkene Abnol mit Hartnäckigkeit. »Ich tue das nur für die geheimen Zwecke meiner eigenen inneren Entwicklung. Ich bin vergiftet durch unausgesprochene Dinge, die ich mir nur bewußt machen kann, indem ich einen Roman schreibe. Wenn diese Dinge sich meinem Gehirn zersetzen, bilden sie Ptomaine der Unklarheit, der Faulheit und der Machtlosigkeit. Ich muß auf den Grund schauen — alles das wird gelesen werden von einer Bande heutiger, wahren Schaffens unwürdiger, halbmechanisierter Tiere mit den Prätentionen von Halbgöttern, vielleicht auch von ein paar klugen, untergehenden Menschen, die ich wahrscheinlich nicht persönlich kennenlernen werde — aber geht das mich, *mich* an?! Ich habe nicht die Absicht, ein Erzeuger kräftigender Spritzen für verreckende Nationalgefühle zu sein oder für degenerierende gesellschaftliche Instinke, für alle diese aussterbenden Würmer auf den Resten des

Aases vom herrlichen Vieh ferner Jahrhunderte. Ich will diese Zukunftsmenschen nicht beschreiben, von denen die Leere viehischer Gesundheit herweht. Was kann überhaupt jemand wirklich Intelligenter über sie sagen – über die, die in ihre Vorbestimmung hineingehen wie ein Degen in die Scheide oder wie ein Kleinod in ein Futteral! Eine ideal dem Werkzeug angepaßte Funktion ist nichts psychologisch Interessantes, und ein epischer Roman ist heute eine Fiktion steriler Graphomanen. Und das Interessanteste ist die *absolute* (!) Nichtanpassung des Menschen an die Funktion des Daseins. Und solches tritt nur in den Epochen der Dekadenz auf. Dort erst sieht man die metaphysischen Gesetze des Daseinsrechts in ihrer ganzen erschreckenden Nacktheit. Man kann mir vorwerfen, daß ich Menschen ohne Willen schaffe, Faulenzer, Analytiker, die unfähig sind zur Tat. Mögen sich mit anderen Typen – meinetwegen mit ihrem Spott und mit ihren tropischen Abenteuern – Menschen befassen, die weniger intelligent sind als ich. Ich werde nicht das beschreiben, was jeder beliebige Dummkopf sehen und beschreiben kann. Ich muß hineinlangen in Unbekanntes, in den allerwesentlichsten Untergrund jener Dinge, deren Äußeres Dummköpfe sehen und mühelos beschreiben. Ich will die Gesetze der Weltgeschichte erforschen, nicht nur hier, sondern überall, wo es denkende Geschöpfe gibt. Ich habe nicht den Ehrgeiz, das Ganze des Lebens zu beschreiben, denn dieses Ganze ist langweilig, wie auch das Anhören der Theorien Einsteins, dieses letzten großen Schöpfers in der Physik, langweilig ist für meine junge Köchin.«

Tengier hörte auf, den Arm der Fürstin zu beriechen, straffte sich, die Ungeheuerlichkeit seines zwerghaften Baus akzentuierend.

»Und dennoch wirst du ein Clown sein, Sturfan Abnol«, sagte er, riesenhaft werdend über diesem ganzen Salon in der gigantischen Vision seiner eigenen Zukunft. (Sogar die Fürstin Irina Wsjewolodowna fügte sich und erblickte ihn plötzlich als einen anderen: wie in einem Superlokal einer universalen Metropole auf einer Pyramide nackter und anderer, wunderschön gekleideter Mädchen stehend, zu Ehren des Erfinders eines neuen Narkotikums, nach Ausschöpfung aller Kokaine, Peyotls und Apotransformine. Sie zu seinen Füßen, von denen einer verdorrt war — er war ebenfalls nackt —, behaarte, verdrehte Beine mit ekelhaften Froschfüßen. In den letzten Zuckungen des Wahns wälzten sich vor ihnen auf Knien und Bäuchen Laster-Adepten seines Giftes.)

Information: All das war eine grobe Übertreibung. Fast niemand brauchte noch Kunst. Einige wenige Süchtige erhielten diesen Snobismus in gewissen begrenzten Kreisen mit unerhörter Mühe. Tengier, wohltätiger Vermittler von Untergangsvisionen, stand da, teuflisch lächelnd, durchtränkt von Triumph und Ruhm, davon der Raum ringsum bis über den Rand voll war. Bis ins Unendliche schlugen die Wellen des Äthers, senkrechte magnetische Felder verbreiteten sich (das interessierte kaum jemanden, mit Ausnahme einiger untergehender theoretischer Physiker), Klangwellen aus seiner Seele heraustragend in die interplanetare, ausgestorbene Weite, aus seiner trüben, schmutzigen Seele, der Seele eines zu spät sich mit Leben sättigenden ältlichen Herrn — oder eines bäurischen Halbherrchens. Tengier sprach weiter zu dem in völlige Unterwerfung versinkenden Schriftsteller:

»Nichts wird dich vor der Clownerie bewahren, auch wenn du selbst völlig anders von dir denkst. Ist die Wahrheit über dich das, was du dir selber einbildest? Oder das, womit du tatsächlich verflochten bist, die nach transzendentalen, metaphysischen Gesetzen sich knäuelnde Gesellschaft? Künstler waren stets Clowns der Großen dieser Welt und werden es bleiben, solange auch nur Abfälle dieser Größe sich auf der Welt herumtreiben — wie die hier im eigenen Palais anwesenden Fürsten Ticonderoga. (Die Fürstin erstarb in höchster Befriedigung ihrer Ambitionen. Sie liebte den gesellschaftlichen Mut ihrer Gäste ›niederer‹ Sorte. Sie prahlte mit deren Impertinenzen — sammelte sie, indem sie diese in ihr ›Journälchen‹ eintrug, wie sie diese Kotgrube schamlosester männlicher Äußerungen nannte.) Du kannst dir einreden, daß du zu deiner eigenen Vertiefung schreibst, aber gesellschaftlich bist du nur ein Gaukler, der die von der Sättigung aller Gelüste gelangweilten Seelen dieser gewesenen Elite erheitert, die heute ein Pack und Gesindel ist, das sich bei uns nur noch durch Wunder an der Oberfläche erhält wie ein schmutziges Schäumchen auf der reißenden

Strömung erstehender neuer Menschheit. Ich gebe mir nur Rechenschaft darüber und könnte kein anderer sein, du aber ...«

»Ich will die Gesellschaft nicht kennen. Ich muß in diesem Dreck leben, aber ich isoliere mich von ihm«, schrie wieder in plötzlicher Leidenschaft Abnol. »Es sei denn, es wäre eine ideale Gesellschaft und nicht unsere verlogene Demokratie. Vielleicht dort im Westen oder in China ...«

»Also nicht gesellschaftlich, wenn du schon unbedingt willst, sondern wirklich — außerhalb der eigenen Illusionen jedenfalls im Hinblick auf kommende Jahrhunderte. Man braucht nicht auf das Jüngste Gericht zu warten — in zweihundert Jahren wird ein jeder von uns der sein, der er ist — ohne schöne Röckchen, ohne verschiedenen Zierkram, ohne den er nicht leben zu können meint.«

»Besonders Sie, Herr Putrietzchen«, unterbrach die Fürstin giftig. Tengier sah sie nicht einmal an.

»Alle werden dann wissen, was man mit diesem sogenannten persönlichen Reiz erreichen kann. Und übrigens ist das gar nicht schlecht, nicht einmal in der Sphäre der Kunst, geschweige denn im Leben der Parteiführer, der Eroberer und ähnlicher Veränderer realer Werte. Oh, wenn ich kein Buckliger wäre mit einem zum Stöckchen verdorrten Bein ...!«

»Wir alle wissen, wie sehr Sie bemüht sind, sich selber die Stärke Ihres Geistes und Ihrer klanglichen Kombinationen zu beweisen. Aber das ist eine etwas unsaubere Sache, das mit der Stärke des Geistes. Wäre nicht die emotionale Wirkung der Klänge selber...«

»Sie sprechen (Tengier titulierte niemals Titelträger) von den sogenannten von mir verführten Bubis. (Die Homosexualität war seit langem schon erlaubt und hatte dadurch sehr an Häufigkeit verloren.) Von den Epheben, die mir mein enttäuschtes Leben ersetzten?« sagte Putricydes brutal, als hätte er sich auf einem herrlichen ruthenischen Teppich übergeben. »Ja, ich brauche mich nicht zu verbergen.«

Ein Nebel sinnlicher Macht trat vor sein Gesicht — er war beinahe schön. »Das ist mein einziger Triumph, denn ich, ein scheußlicher Krüppel, ohne einen Schatten wirklicher Begierde, habe unflätig irgendwelche reine, schöne ...«

»Genug!«

»Und wenn so einer dann danach zu seinem Mädchen geht — ich bin schon darüber hinaus und kann mich in meine Welt reiner Klangkonstruktionen versenken, wo ich heiter bin wie Walter Pater selbst, außerhalb dieser abscheulichen sexuellen Düsternis, außerhalb des Zufalls solcher Momente — ich bin in einem qualitätslosen Reich absoluter Notwendigkeit, sooft ich will! Denn was ist schrecklicher als diese Stunde von zwei Uhr bis drei Uhr nachmittags, wo man sich nicht vor sich selbst verstecken kann und die nackte metaphysische Schrecklichkeit wie ein Zahn die Trümmer der täglichen Illusionen durchbohrt, mit denen wir den Nonsens des Lebens ohne Glauben totzuschlagen versuchen . . . O Gott!« Er verdeckte das Maul mit den Händen und erstarrte.

Die entsetzten Gäste nickten und dachten: ›Was muß da wohl vorgehen in diesem haarigen Kopf, dicht neben uns?‹ Und dennoch war kaum einer, der nicht Tengier darum beneidete, um diese — wenn auch nur erträumte, keinerlei Einkünfte bringende — Welt, in der er so ›für sich‹ frei dahinleben konnte wie sie auf dieser durch Wohlstand ermüdenden Insel eines verspäteten pseudofaschistisch-Fordischen Galimathias. Die Fürstin streichelte Tengier den Kopf, versunken in ihr Alter. Plötzlich verdrehte sich etwas in ihr. Sie kannte solche Augenblicke zu Tausenden und fürchtete sie wie besessen. Genezyp verstand in Wirklichkeit nichts, aber seine Eingeweide zerrissen weiter ins unendliche. Er trank zum ersten Mal im Leben, und sonderbare Dinge begannen in Kopf und Körper zu geschehen. Und alles blieb trotzdem wie auf einem Bildchen — interesselose Betrachtung. Der Augenblick war losgelöst von der Vergangenheit und der Zukunft, abgesondert von dem Urteil der ihm eingeimpften Ideal-Neubildungen; leicht verbogen, zog sich der Moment ins Unendliche zurück — dort war noch jemand Persönlicher, irgendein junger Gott (und der Augenblick, das war die Fürstin) — ›der Regenbogen war ihm am Gürtel, der Mond neben den Füßen‹ — Micinski, »Isis«. Eine höllische ›Gaudi‹ der Verantwortungslosigkeit — plötzlich verstand er die letzten Worte Tengiers: »Notwendigkeit, soviel ich will« — welch eine Tiefe war in dieser Aussage! »Ich bin das, ich«, flüsterte er freudig. Er sah sich wie auf der anderen Seite der Wirklichkeit, jenseits irgendeines Flusses, wie des Styx auf einer Zeichnung Dorés. Er war vollendet in seiner vollkommenen Schönheit, und im Flusse trieben ertrunkene irdische Begierden wie blutige Kaldaunen. (Doch all das war noch nicht *das*, nicht jetzt.) Es war geschehen. Er bedauerte sein Unbewußtsein, als es schon zu spät war zu allem. Er verfiel in Sehnsucht bis zum Wahnsinn nach der *wirklich* verantwortungslosen Epoche kindlicher Disziplin und seiner unwiederkehrbaren Einheitlichkeit. Und gleichzeitig, wie eine letzte Schale der Falschheit und Heuchelei, fiel er von seinem Vater ab (vielleicht lag der jetzt im Sterben nach dem Schlaganfall?), und der nackte Trieb, unanständig wie ein Spargel oder ein junger Bambus, kroch aus dem feuchten, dampfenden Misthaufen. Er selber war es, dieser Gott in der Ferne und dieser dumme Trieb — er wurde zwiefältig, ›von hier an und für immer‹. All das verspürte er wieder von innen: Die Seltsamkeit war in ihm selber. Die Welt: der Salon, die Fräulein, die alte Buhlerin — ihr Lächeln, verzerrt vom Wahn des Bedauerns der unwiederbringlichen weiblichen Wollust, vom Verlangen nach der Herrschaft über diese ›dummklugen Meerkatzen‹ (anders nannte sie in Gedanken die Männer nicht) — *all dies war in ihm*. Eine Sekunde lang zweifelte er völlig an der Realität dieser ganzen Phantasmagorie — er war allein und ihm war wohl. Er sah nicht, daß Mädchenaugen sich an ihm festhielten, daß sie alles sahen und daß sie ihn retten wollten — es waren die Augen Elizas. Angesichts seiner bestialischen inneren Veränderungen war dies wie der Stich einer Mücke in eine zermalmte Wade. Hätte er sich nur jetzt abwenden können von den Augen jenes Weibsstücks und hinsehen zu jenem Winkel am Flügel — das ganze Leben hätte anders ausgesehen. ›Dennoch ist das demütigend — diese Vorbestimmung, in irgendeinem Weib enthalten — zumal das niederere Geschöpf sind.‹ So hätte er noch vor fünf Jahren gedacht, als er vor den Küssen irgendeines perversen Stubenmädchens floh, was er übrigens völlig vergessen hatte. So konnte er jetzt nicht mehr denken. (Aber was waren denn diese trunkenen kleinen Eindrücke gegenüber dem gegenwärtigen Augenblick des Erwachens! Jetzt erst glaubte er alles zu wissen, und wie viele solcher Momente, immer höhere — oder niederere, das hängt ab vom Charakter der Ganzheit der Verflechtung, vom Exponenten in der Sphäre der Ethik — Stufen der Einweihung in das Mysterium der Welt, hatte er noch vor sich?)

Und die Fürstin wandte ihm in Lust und Qual allwissende Augen zu und leckte ihn ganz mit diesem Blick: Er war ihr Besitz. ›Sie ist es, die mich einführen wird‹, dachte er mit Schrecken, und plötzlich empfand er neben sich die Mutter, wie lebendig, als stünde sie hier bei ihm, ihn vor diesem entarteten ältlichen Weibchen verteidigend. Ist doch diese geliebte Mama etwas ganz Ähnliches wie dies Ungeheuer — wenn nicht tatsächlich, so doch möglicherweise. Auch sie könnte eine solche Buhlerin sein — und was wäre dann? ›Nichts — ich würde sie ebenso lieben‹, dachte er weiter mit ein wenig erzwungener Kavaliermäßigkeit. ›Und dennoch ein Glück, daß es nicht so ist.‹ Er spürte die Eifersucht der Mutter und das schreckliche Geheimnis der Mutterschaft — daß sie auf ihn irgendein Recht habe, aber darin war nichts von einem Dankbarkeitsgefühl. Trotz all dieser scheinbaren Zusammenhänge war er von irgendwo durch einen Zufall (diesen allerschrecklichsten, weil notwendigen — das war das Geheimnis) auf die Welt gefallen, und niemand war dafür verantwortlich — nicht einmal die Mutter — und um so weniger der Vater. Der Quell seines Daseins, diese Serie von verwickelten Tragödien so vieler Körper und Geister, alle uneinig mit sich und untereinander (und das alles zur Erzeugung eines solchen Auswurfs), wurde für einen Augenblick verständlich. ›Das eben sollte ich sein, einmal für alle Ewigkeit — eben ein solcher oder gar nicht.‹ Er fühlte seine Ohnmacht, eine Kausalität des Daseins zu begreifen, ein Empfinden für die Statik der ganzen Physik, für die ›Herkunft‹ des Begriffs psychologischer Ursächlichkeit aus zwei Quellen: der logischen Notwendigkeit und der Physiologie, in der auf Physik rückführbaren Grenze. Doch davon *wußte* er nicht — er sollte es etwas später erfahren. Und jetzt an der Seite den Tod — die höchste Billigung persönlichen Daseins. Nur um diesen Preis ... Weiter dachte er über die Mutter: ›Wäre sie verstorben, würde sie mich retten — lebendig kann sie mir nicht helfen. Sie ist zu menschlich, alltäglich, unvollkommen und sündig in kirchlichem Sinn. Hat sie doch etwas Derartiges mit dem Vater machen müssen ... Brrr ...‹ Nachdem er diese schreckliche Wahrheit verstanden hatte, diese unkindliche, wie ihm schien, fühlte er sich stolz. Als ›Erwachsener‹ gab er sich jenem Blick anheim, und verwirrt sagte er ihr (mit den Augen nur): »Ja.« Und war entsetzlich beschämt, ekelhaft auf ›Knabenart‹, unwürdig. Und sie, sich zu den anderen wendend, leckte sich triumphierend die Lippen mit einem scharfen, rosigen Katzenzünglein. Das mit allen Wassern gewaschene, sinnliche Weibsstück wußte schon, daß die Beute ihm gehörte. Und es zuckte ihr kluger Körper, schon in Gedanken die Jungfräulichkeit diesem schönen, valentinohaften Jungen nehmend. Sogar Sturfan Abnol, der längst aufgehört hatte, ihr Geliebter zu sein und sie völlig bewältigt hatte (vielmehr ihr erotisches Wissen), erfuhr einen plötzlichen Schock niederer Schichten. Hätte er sie jetzt sofort haben können, mit diesem Lächeln, den anderen begehrend, eine hoffnungslos Kalte — oh, das wäre eine Wollust! Aber rasch verging ihm dies kleine plötzliche Gelüstchen. Dafür war Tengier in geschlechtlicher Verzweiflung besudelt wie in einer Jauchegrube. »Erst mal solche Kraft erzeugen, und nie sich diesen Ludern beugen«, murmelte er ein Verslein irgendeines dieser jungen talentlosen Hyperrealisten, die Wörter mit dem Synthetikon deformierender Perversion und nicht mit Inspiration zum Sinn verbinden. In seiner Erinnerung tauchte die Einsiedelei des Fürsten Basil auf, von damals, als der ›Erleuchtete‹ noch Narkotika zuließ, ohne bis zu jenem letzten zu gelangen, das der Mystizismus ist. Mystizismus und nicht Religion. ›Religion ist die tiefste Wahrheit. Und was alles abgeleitet wird von ihr, ist nicht Glaube, sondern Betrug an schwächeren Seelen, die unfähig sind, ihrer eigenen metaphysischen Leere ins Auge zu schauen. Das ist nicht mehr das. Und manche wissen davon und vergiften sich bewußt durch Verschlaffung des Geistes, Mangel an Willen zur Wahrheit und Angst vor dem Unsinn, den jegliche endgültige Wahrheit entdeckt, wenn sie ihn nicht dicht mit Grenzbegriffen verstellt. Aber den Luxus der Grenzbegriffe kann sich nicht jeder erlauben.‹ So sagte einmal Tengier zu Basil. Und dennoch war das eine Lust gewesen, als weit, weit jenseits des Seladons sich das grenzenlose Land des

›Schwarzen Fladens‹ hinzog ... So hieß jenes Festland, auf dem das raumlose Ich zu landen schien, nach einem Überschwimmen eines gefährlichen, aber endlichen Ozeans vollkommenen Nichts — das war ein Wunder gewesen. Vor zwei Jahren waren sie zuletzt dorthin gefahren, indem sie zu dritt — der dritte war der Logistiker Afanasol Benz — einen Liter Äther genossen hatten. Aber die Sterilität jener Welten an den Grenzen des Bewußtseins, diese lediglich angenehmen Ausflüge in das Land des aktualisierten Nichts und absoluter, *fast* metaphysischer Einsamkeit, und die Unmöglichkeit, sie zur eigenen, geschlossenen Sphäre sich selbst konstruierender Klänge zu nutzen, hatten Tengier die Lust genommen an dieser übrigens verbotenen Prozedur. Und die Ehefrau hatte ihm ins Gesicht geschlagen, als ihm tags darauf der ekelhafte Geruch des fruchtlosen Giftes entströmte. So verzichtete Tengier aus zwei verschiedenen Gründen auf das letzte der Narkotika höherer Marke und verblieb bei dem alten, guten Alkohol — der wirkte auf die Schaffenskraft unmittelbar, war sogar befruchtend, abgesehen von der kolossalen technischen Erleichterung, die zur Verdichtung der ungreifbaren musikalischen Vision führte. Nicht umsonst sagte ein Moskauer Hyperkonstruktivist von Putricydes: »Dieser Tengier schreibt, wie er will« — es gab keine visionäre Kombination von Klängen, die dieser in einer Pastille eingeschlossene metaphysische Vulkan nicht in einen rhythmisch und klanglich verständlichen Symbolismus zerlegt hätte. Aber auch das sollte bald in die Sphäre unwiederbringlicher Wunder übergehen — die Lebenssattheit zerbrach dieses herrliche Talent, das proportional wuchs zur Disproportion zwischen der Begierde und ihrer Erfüllung. Die Fürstin hatte recht, wie alle *précieuses* ihrer Epoche.

Genezyp bedudelte sich plötzlich bis zum Verlust der Sinne. Er redete etwas mit der Fürstin, versprach ihr etwas — es taten sich dimensionslose Dinge, dimensionslos auch dann, wenn die ›psychische Dimension Lebesgues‹ existiert hätte, diese Möglichkeit der Differenzierung letzter, geringster Kurven menschlicher Psyche. Die Welt schien zu bersten von endgültiger Unersättlichkeit. In Fetzen gingen ›Stücke der Seele‹, die der flammende Wirbel des mit knabenhaftem Hirn vermischten Alkohols in unbekannte Gegenden verstreute. In einem bestimmten Augenblick stand Zypcio auf, lief wie ein Automat aus dem Zimmer, zog sich an und rannte aus dem Palais. Es war höchste Zeit. Er kotzte fürchterlich. Bald umwehte ihn ein frostiges, körniges Schneegestöber auf der Krupowa Równia. Aber noch erwachte er nicht an diesem Abend — noch begriff er nicht die endgültige Fürchterlichkeit unwiederbringlicher Momente.

Der Vater starb gegen Morgen. Er hätte noch zwei bis drei Tage leben können. Es geschah etwas Schreckliches, aber es war ungewiß, für wen — für irgendwelche Tanten vielleicht; noch bevor der Alte starb, hatte er schon völlig aufgehört, für Genezyp zu existieren.

Der Wind heulte und pfiff, den Bierbrauer-Palast mit den fliegenden Zöpfen der in Wut geratenen ›Gestöber-Hexe‹ umwindend. In dem dunkelgrünen Arbeitszimmer des alten Kapen befand sich nur die Pflegerin, Fräulein Ela. Genezyp küßte die mollige Pfote des sterbenden Vaters ohne die geringste Rührung. »Ich weiß, daß du ihr Liebhaber werden mußt, Zypcio«, schnarchte der Alte hervor. »Sie wird dich das Leben lehren. Ich sehe das an deinen Augen — du brauchst nicht zu lügen. Möge Gott dich in seiner Obhut bewahren, denn niemand unter den Lebenden weiß, was dieses Reptil tatsächlich denkt. Vor fünfzehn Jahren bin ich eine von ihren großen Lieben gewesen, als ich am Hofe unseres unvergeßlichen Königs brillierte.« (Polen hatte mehrmals ein Königtum, aber ein sehr unwirkliches. Irgendwelche Braganza oder etwas Derartiges. Man warf das hinaus wie Kehricht.)

»Herr Baron, Ruhe«, flüsterte Ela suggestiv.

»Schweig Sie, Frauenzimmer — Personifikation des Todes. Ein verkörpertes Nichts ist diese Ela. Ich weiß, daß ich sterben werde, aber fröhlich gehe ich auf dies Brücklein, denn ebensogut weiß ich, daß mir auf dieser Seite nichts Neues mehr begegnen wird. Ich habe das Leben genossen — nicht jeder kann das sagen. In der Expansion wie in der Kulmination — mit einem Wort, Schaffenskraft — das ist's! Mein Sohn, dieses Schabsel, ist mir nicht sehr gelungen, aber nach dem Tode werde ich ihn noch durchschütteln, so wahr ich Gott liebe: Pökelfleisch werde ich aus ihm machen.«

Genezyp erstarrte. Zum ersten Mal sah er den Vater nicht als jenen dräuenden, nahen, geliebten — verbissen geliebten — Greis, sondern als jemand ganz anderen, als einen unbekannten, fast gleichgültigen Vorbeigehenden — das war das wichtigste. Und trotzdem war er ihm in diesem Augenblick bei weitem sympathischer. Nun konnte er zum Freunde des Vaters werden, oder ihn für alle Ewigkeiten hassen, oder gleichgültig fortgehen. Er war ihm ein fremder Herr X — ein X, an dessen Stelle man alles setzen konnte. Zypcio schaute auf ihn aus unermeßlicher Ferne, die der nahende Tod erzeugte, der erste Tod in seinem Leben.

»Also verzeihst du mir, Papa, und ich kann machen, was mir beliebt?« fragte Zypcio fast mit Zärtlichkeit. Das ›Wissen‹ davon, daß der Vater einst der Geliebte der Fürstin gewesen war, brachte ihn ihm nahe, aber auf irgendwie unschöne und schamhafte Weise.

»Ja«, sagte der alte Kapen, und mit einer gewissen Anstrengung lachte er schrecklich, bestialisch auf, und seine grünen Äugelchen blitzten in den Fettfalten mit kalter Vernunft und einer höllischen, nashornhaften Bosheit. Ein ungeheuerlicher Greis aus einem längst vergessenen Traum: Wacholderbüsche, in denen in vorabendlichem Dämmer ein durchdringender Wind zischte, und dazwischen sammelte ein Alter mit unsichtbarem Gesicht trockenes Zeug — nur den Bart konnte und durfte man sehen, der Rest war nicht von dieser Welt. Der Alte wußte, was er machte, den Sohn freilassend, doch auch er hatte sich verrechnet. Die ganze Lust zum Studium der Literatur kam Genezyp sofort abhanden. Er stand psychisch nackt da, vor Kälte zitternd, vor Unausgeschlafenheit, von zu vielem Trinken und von erotischem Fieber. Die stürmische, in viele Richtungen weisende Zukunft verschüttete ihm den Blick auf den gegenwärtigen Moment, der ihm schrumpfte wie durch ein umgekehrtes Fernrohr gesehen, der beinahe verschwand unter dem verdeckten Sinn der Drohung, die in den vorausempfundenen, nahenden Ereignissen lag. »Auf Wiedersehen, Vater, ich muß schlafen gehen«, sagte er hart und unartig und ging hinaus.

»Und dennoch mein Blut«, flüsterte mit Zufriedenheit, beinahe mit Triumph, Papa zu Fräulein Ela und verfiel in vortödlichen Schlummer. Ein bläuliches Morgendämmern, eingehüllt in jagende

Schneenebel, erhob sich hinter den steilen Anhöhen des Ludzi-miersker Landes.

Information: Der politische Hintergrund von all diesem war einstweilen sehr fern. Aber es schob sich etwas von den Bergen des Unbekannten wie ein Gletscher. Kleine, eilige Lawinen, die es eiliger hatten als der Gletscher, bildeten sich an seinen Seiten, aber niemand beachtete sie. Die Staatsmänner aller Parteien, deren einstige Unterschiede sich verwischt hatten in dem allgemeinen *künstlichen*, pseudofaschistischen, im Grunde ideenlosen Wohl-stand, befiel eine im Lande bisher unbekannte Breite der Ansichten und eine Sorglosigkeit, die schon an eine Verdummung auf lustige Art grenzte. Die bewegliche chinesische Mauer wurde mächtiger und wuchs, einen unheilkündenden, gelblichen Schatten werfend auf den ganzen Rest Asiens und auf den Westen. Zwei Schatten — woher das Licht kam, wußte niemand. Sogar die Engländer, zer-schlagen zu bolschewisierten Kleinstaaten, überzeugten sich end-lich, daß sie kein einheitliches, einziges Volk waren. Überhaupt — außer den Polen sprach niemand mehr von ›Völkern‹. Die letzten Resultate der Anthropologie stimmten übrigens damit überein.

Kapen dachte verschwommen: ›Ein sklerotischer Anfall, Blut-erguß in irgendeinem Gehirnwulst — was nützt schon eine Erklä-rung? Ich bin ein ganz anderer Mensch. Und sollte ich in diesem Zustand noch weiterleben, so werde ich vielleicht die Fabrik sozialisieren, das heißt: Ich werde aus ihr eine Kooperative machen und Zypcio als einfachen Arbeiter loslassen. Ich selber werde viel-leicht als Vorarbeiter bleiben. Und wer weiß, ob ich das nicht noch mache — und zwar als erstes, nicht als letztes. Ich werde ein wenig schlafen und ein neues Testament machen. Ich werde in diesem Schlaf nicht sterben, bestimmt nicht!‹ (Aber zu diesem Thema sollten ihm noch andere Gedanken kommen: sein son-derbarer Freund Kocmoluchowicz, Generalquartiermeister der Armee, der in seine heute so gleichgültige Frau einmal sehr ver-liebt gewesen war — und *wie* der damals verliebt gewesen war!) ›Ich bin sanfter geworden, verdammich, ganz und gar‹, sann er weiter. ›Gut, daß ich sterbe — eine Schande wäre es, zu leben, ohne sich seines Verfalls zu schämen. Aber als Sterbender kann ich

mir irgendein ›tolles Stück‹ ausdenken.‹ Er hüllte sich in sein ver-
schossenes, verblaßtes und fernes Leben ein wie in diese lilage-
blümte Decke. Er hüllte sich in beide Existenzen gleichzeitig und
schlief mutig und mit dem Glauben daran ein, daß er einmal noch
diese Welt erblicken werde. Und mit Wohlbehagen dachte er, daß
ihm vollkommen gleichgültig sei, ob er morgen oder übermorgen
erwachen werde.

Genezyp fühlte in sich eine böse Kraft. Trotzdem mußte er noch
so leben, wie der Vater ihm gebot, der jetzt zwar schon ein anderer war, aber aus den Tiefen der Vergangenheit immer noch wirkte
wie eine defekte Maschine. Er wirkte trotz des ›Andersseins‹ —
das war über die Maßen erstaunlich, aber noch nicht in diesem
Grade wie alles, absolut alles jetzt erstaunlich war nach diesem
heutigen Erwachen. Eine namenlose Helligkeit verbreitete sich
rasch über immer andere, weitere Gegenden des Geistes wie das
Licht der Sonne, das hinter dem Schatten einer vom Wind getriebenen Wolke herjagt. Und dabei erinnerte er sich, daß er im
Zustand maximaler Beschwipstheit, kurz vor dem Fortgehen, sich
mit der Fürstin zu einem Rendezvous um zwei Uhr nachts verab-
redet hatte. Er war entsetzt, daß er derart weit hineingeraten war.
›Theoretisch‹ kannte er zwar alles — dieses geschlechtliche ›Alles‹
eines unschuldigen Schülers der achten Klasse —, doch niemals
hatte er erwartet, daß dieses theoretische Wissen sich so leicht
mit der Wirklichkeit verzahnen könnte, und das in derartigen
Ausmaßen. Alles stand plötzlich starr da, wie in den Boden gegra-
ben — die ganze Vergangenheit war ihm gegenwärtig wie auf
einer Pfanne, der Zeit beraubt, kalt und erstarrt. Der Augenblick
war in dieser dauerlosen Dichte geronnen, verfestigt wie ein
dem Feind in den Bauch gestoßenes Messer. Wie ein kleiner Bach
›murmelte‹ zwischen Trümmern das Leben, doch das potenzierte
nur die unheimliche Bewegungslosigkeit des Ganzen. Es schien,
als hätte die ganze Welt im Lauf innegehalten, in sich selber
hineinschauend mit vor Entsetzen starren Augen. ›Nichts wird
nach nichts fragen in seinem eigenen leeren Grabe.‹ So hatte der
›verbotene‹ Kamerad geschrieben. Und plötzlich ließ ›etwas‹ nach,
und alles ging wieder seinen Gang in einem — im Kontrast zur

vorherigen Bewegungslosigkeit — tollen Dahinjagen, wie ein die Eishindernisse zertrümmernder Fluß. Das Durchschwimmen der Zeit, die wie zuvor angehalten schien, wurde zu unerträglicher Qual.

»Ich werde das allein nicht aushalten«, sagte Genezyp halblaut. Wieder entsann er sich der haarigen Fresse Tengiers und dessen Augen, als er gestern von Musik gesprochen hatte. ›Der muß alles wissen, er wird mir erklären, warum eigentlich alles nicht das ist und dennoch zugleich so sehr eben *das ist*‹, dachte er und beschloß, gleich zu Tengier zu gehen. Eine unüberwindliche Unruhe überkam ihn zugleich mit dem Bedürfnis nach Bewegung. Er aß schnell ein Vesperbrot (ein solches ehemaliges, kindliches, während hier solche Sachen . . .) und ging aus dem Hause, fast unbewußt die Richtung zum Großen Bichl hin einschlagend, wo mitten im Wald Tengier mit seiner Familie lebte. Er kannte diesen Menschen kaum, erst seit gestern, und es war nicht klar, warum gerade er ihm als der ihm vor allen neu kennengelernten Personen nächste erschien, obwohl er gar keine besondere Sympathie für ihn empfand. Genezyp glaubte, daß Tengier allein seinen jetzigen Zustand verstehen und ihm vielleicht raten könnte.

Besuch bei Tengier

Er ging stolpernd, in den Himmel vergafft, auf dem das tägliche (freilich nicht alltägliche) Mysterium der Sternennacht abrollte. Eine solche Astronomie, wie er sie in der Schule begreifen gelernt hatte, stellte für ihn keinen großen Zauber dar. Horizont und Azimut, Winkel und Deklinationen, komplizierte Berechnungen, Präzessionen und Mutationen langweilten ihn schrecklich. Ein kurzer Abriß der Astrophysik und der Kosmogonie, verloren in dem Wust anderer Gegenstände, war die einzige Sphäre, die eine leichte, an eine sehr ursprunghafte metaphysische Aufwallung grenzende Unruhe erweckte. Doch die ›astronomische Unruhe‹, einst höheren Ständen so vertraut und zu philosophischen Betrachtungen führend, wird in heutigen Zeiten vom Alltag rasch beiseite geschoben als ein unbrauchbares Überbleibsel. Genezyp hatte auf diesem Weg den Eindruck, als blickte er zum ersten Mal im Leben zum nächtlichen Himmel auf, der für ihn, trotz seiner Kenntnisse, bisher eine zweidimensionale, von mehr oder weniger leuchtenden Punkten bedeckte Fläche gewesen war. Obwohl mit der Theorie vertraut, war er gefühlsmäßig niemals über diese primitive Konzeption hinausgekommen. Jetzt erhielt die Weite plötzlich eine dritte Dimension, indem sie Unterschiede in den Entfernungen und unendliche Perspektiven ahnen ließ. Der Gedanke, mit rasender Kraft geschleudert, umkreiste ferne Welten und mühte sich, ihren endgültigen Sinn zu durchdringen. Die erworbenen Kenntnisse, die in der Erinnerung lagen wie eine tote Masse, begannen nun an die Oberfläche zu gelangen und sich um die in neuer Form gestellten Fragen zu gruppieren, nicht als Probleme des Geistes, sondern als Schrei des Entsetzens über das Allgeheimnis, das in der Unendlichkeit der Zeit und des Raumes ebenso enthalten war wie in der einfachen Tatsache, daß alles eben so und nicht anders war.

Über den drei Kalkstein-Türmen der Dreifingerspitze schwebte wie ein riesiger Drache Orion, an seinem Schweif den rasend gewordenen Sirius nachziehend. Der rote Beteigeuze und der silbrigweiße Rigel hielten Wache zu beiden Seiten des Jakobsstabes, und die Weite durchtrennte die an der Klinge blassere Bellatrix. Zwischen den Plejaden und dem Aldebaran leuchteten zwei Planetengestirne mit ruhigem, stetigem Licht: der orangerote Mars und der bleiern-bläuliche Saturn. Der dunkle Hang des Grates, der sich von der Dreifingerspitze zum Nordturm des Dürren Gesäßes zog, zeichnete sich wie der Rücken einer vorsintflutlichen Echse deutlich ab auf dem Hintergrund des leuchtenden Staubes der Milchstraße, die senkrecht hinter den Horizont versank. Indem Genezyp so in die Sterne blickte, empfand er einen Schwindel im Kopf. Oben und Unten hörten auf zu existieren — er hing in einem entsetzlichen Abgrund, einem amorphen, wesenlosen. Einen Augenblick wurde ihm die Unendlichkeit der Weite bewußt: All das existierte und währte in eben dieser Sekunde, die er durchlebte. Die Ewigkeit schien ihm ein Nichts angesichts der Ungeheuerlichkeit, der Maßlosigkeit der Zeit, der Endlosigkeit der Weite und der in ihr existierenden Welten. Wie soll man das begreifen? Etwas Unvorstellbares, das sich mit absoluter ontologischer Notwendigkeit aufzwingt. Wieder zeigte ihm das gleiche Geheimnis sein maskiertes Gesicht, aber anders. Die Riesenhaftigkeit der Welt, und er metaphysisch einsam (man müßte mit jemandem eine Einheit bilden, ohne Möglichkeit einer Verständigung ... denn was sind Begriffe angesichts der Fürchterlichkeit des unmittelbar Gegebenen?!) — trotz allem war schmerzliche Wollust im Empfinden dieser Einsamkeit. Im selben Augenblick fühlte er sich klein in dem endlosen Wirrwarr des Kosmos — nicht klein im Verhältnis zu den Weiten des nächtlichen Himmels, sondern klein nur in seinen tiefsten Gefühlen: zur Mutter und zur Fürstin.

Genezyp ging jetzt gesenkten Kopfes und lauschte verzweifelt dem Knirschen des Schnees. Fruchtlose Momente fielen ihm aus der Vergangenheit entgegen, in Leiden sich wälzend. Die Sterne hatten ihn schon ermüdet mit ihrer stummen Verachtung und ihrem verständnisinnigen Blinzeln. Er empfand Unlust zu allem, sogar zu einem Gespräch mit Tengier, doch er schleppte sich weiter mit der Ohnmacht des vorigen Beschlusses. Der Weg führte bergan durch einen Fichtenwald. Die mit Schneefladen bedeckten Bäume schienen riesige weiße Tatzen mit schwarzen Krallen an den Enden auszustrecken und geheimnisvolle Verwünschungen über ihm zu zelebrieren. Durch finstere Dickichte drang manchmal das Licht der Sterne, scharf und beunruhigend wie ein vor Gefahren warnendes Signal. Als auf der Anhöhe hinter dem Walde die grellgelben Lichter von Tengiers Haus aufblitzten, war Genezyp plötzlich überzeugt, daß dieser Moment ein Wendepunkt seines Lebens sei, daß vom Verlauf dieses Abends eine ganze Kette weiterer Ereignisse abhänge, in gewisser Weise unbeeinflußbar sogar von äußeren Konstellationen. Er fühlte eine wilde Kraft und die Möglichkeit, die Wirklichkeit nach Belieben zu lenken, ohne Rücksicht auf irgend etwas: Möge ein Berg ihn unter sich begraben, er wird sich herausbuddeln — nur nicht diesen entfliehenden Moment loslassen! Kontrast von Spinnfäden, die stählerne Blöcke und Wälle bewegen — kapriziöse Gestalt eines Abendwölkchens, das ein Urteil fällt über Leben oder Tod ganzer Nationen (der Regen am Vorabend der Schlacht bei Waterloo). Alles geht vom Zufall aus, von den großen Zahlen hin zu einer bewußten Führung, und er wird ein Teilchen dieser Strömung sein, kein desorganisierter Lappen, kein zwischen die Zahnräder geratenes Steinchen. »Illusionen des Pseudoindividualismus, der im Moment des endgültigen Berstens der Ereignisse wie eine kleine, bösartige Geschwulst schaukelt auf dem machtlos wachsenden Korpus der Gesellschaft«, würde der Logistiker Afanasol Benz sagen.

Genezyp maß mit dem Blick die flammenden Fenster der Hütte wie etwas Feindseliges und dennoch ihm Nahestehendes und Teures, was jedoch überwunden werden mußte, und trat in den riesigen Flur, der von einem seltsamen Lämpchen beleuchtet war. Mäntel und Pelze Tengiers, an Kleiderhaken hängend, erfüllten ihn mit abergläubischem Schrecken. Ohne zu wissen, warum, kamen sie ihm vor wie etwas ungeheuer Mächtiges und Unheilverkündendes, mächtiger in ihrer Anzahl und Bewegungslosigkeit als ihr Eigentümer selber. Die geheimnisvolle Unbewegtheit dieser Kleidungsstücke erinnerte an die Möglichkeit zahlloser Taten, während Tengier selbst nur eine als Augenblick vorüberfließende Persönlichkeit zu sein schien, bedeutungslos, jeglicher Kraft und Kontinuität entbehrend.

Er vernahm erst jetzt die Klänge eines Flügels, die aus einem entlegenen Zimmer kamen. Die Musik des unsichtbaren Menschen steigerte noch den Eindruck seiner geheimnisvollen Macht. Genezyp erzitterte unter einem Schauder der Unruhe und Angst und schlug einen Gong, der an einer Tür links vom Eingang hing. (Oh, wie völlig anders sollte alles sein! — in machtloser Verzweiflung schluchzten die guten Schutzgeisterchen auf, an die niemand glaubte.) Die Klänge des Flügels zerflogen in einem metallischen, sich lang hinziehenden Donner, und nach einer Weile erschien vor Genezyp in der Tür die ihm wie aus undenklich fernen Zeiten bekannte, ungeheuerliche, behaarte Fresse des genialen Halbmenschen.

»Bitte«, sagte Tengier mit drohender, befehlender Stimme.

Zypcio trat ein, und ihn umwehte der bittere Duft von Waldkräutern. Sie gingen weiter. Eine Lampe mit vielfarbigem Schirm beleuchtete einen riesigen schwarzen, flauschigen Teppich. Rechts in der Ecke des Zimmers stand eine gewaltige Skulptur, die den Kopf eines Riesen darstellte, an dem ein kleiner verkrüppelter Kobold hing.

»Vielleicht störe ich?« fragte Genezyp eingeschüchtert.

»Eigentlich ja — vielleicht auch nicht. Es ist womöglich besser, daß ich diese Improvisation unterbrochen habe. Schlecht, sich widerrechtlich selbst zu übertreffen. Offen gesagt, ich mag junge Menschen in Ihrem Alter nicht. Ich kann für sie keine Verantwortung übernehmen bei gewissen Dingen, die — doch das tut nichts zur Sache.«

»Ach ja — davon sprachen die Herrschaften an diesem Abend. Aber ich verstehe nicht . . .«

»Mund halten! Ich war betrunken. Und übrigens (er wurde plötzlich weich und um eine Unendlichkeit kleiner in seiner physischen Erscheinung), sei mein Freund. Ich nehme keinerlei Verantwortung auf mich«, wiederholte er feierlich. »Ich werde du zu dir sagen.« Genezyp krümmte sich vor Widerwillen. Aber er fühlte, daß sich hinter diesem Moment etwas verbarg, wofür es sich lohnte, sogar mit einem vorübergehenden Ekel gegen sich selber zu zahlen. »Dabei habe ich dich ganz und gar nicht eingeladen, im Gegenteil, ich wehrte mich gegen diesen Besuch — du warst betrunken — du erinnerst dich nicht.« Er verfiel in Schweigen, wie über etwas maßlos Peinliches nachdenkend, verloren in die verschlungenen Muster eines orientalischen Wandteppichs. Genezyp fühlte sich getroffen.

»In diesem Falle . . .« begann er mit von innerem Verletztsein bebender Stimme.

»In diesem Falle setz dich! Wirst Kaffee bekommen.« Genezyp, von einer unbegreiflichen Kraft gedrängt, setzte sich auf das Sofa. »Offenbar hattest du einen wichtigen Grund, hierher zu kommen, wenn dich die unheimliche Menge bösen Fluidums um meine Person nicht davon abgehalten hat.« Er ging in das Nachbarzimmer, und es war zu hören, wie er sich dort an der Kaffeemaschine zu schaffen machte. Nach einer Weile saßen sie an einem Tischchen, auf dem in Teetassen nicht besonders fein duftender, dafür aber sehr starker und süßer Kaffee dampfte. »Nun also?« fragte Tengier auf dem Hintergrund einer Stille, die nur von dem fernen, ›sehnsüchtigen‹ Klang eines Schlittenglöckchens unterbrochen wurde. Genezyp rückte näher an Tengier heran und ergriff seine Hand (jener zuckte zusammen). Warum tat er das? Warum log er? War er es denn, der *so* handelte? Zweifellos nicht — und dennoch . . . Oh — entsetzlich, wie kompliziert manche Leute sind! Diese Schichten fremder Persönlichkeit, diese versteckten Schübe, diese Geheimfächer, deren Schlüssel verloren sind — niemand kennt sie, sogar der Verbrecher selbst nicht . . . Vor dem Hintergrund des früheren Zustands aufrichtiger metaphysischer Neugier und der Hoffnung, Tengier werde alle Zweifel mit einem einzigen Satz lösen, tat sich jetzt etwas Lebensfremdes, Ekelhaftes, mit nichts Vergleichbares. Und dabei war dies so widerlich vertraut, als wenn schon längst ... *An allem war Toldzio schuld,* der ihm gestern diese ganze Geschichte referiert hatte. Schon da hatte eine ungesunde Erregung Genezyp befallen. Aber schon viel früher war Toldzio schuld gewesen. Und er, dieser naive Junge, beschloß plötzlich, Tengier zu betrügen und dessen Opfer zu spielen bis zum ›letzten Augenblick‹, bis zum Moment der Vergewaltigung selber. Er mußte die sonderbare Macht dieses Menschen demaskieren, mußte sie besitzen, verschlingen, zu seinem Eigentum machen. Er, dieser ehrgeizige Junge — fast nicht zu glauben: Er sollte von etwas Gestohlenem leben, er, der von Anfang an alles selber erfinden wollte, er, der sich geschämt hatte, in der Schule von anderen gemachte Dinge zu lernen. »O wenn ich die ganze Mathematik von allem Anfang an schreiben könnte, dann wäre ich ein Mathematiker.« Alles das blitzte auf in einem Satz. Er sprach ihn leichtfertig, beinahe fröhlich, und für Tengier war dies eine der wichtigsten Möglichkeiten düsteren Triumphes über seine eigene Häßlichkeit. Wer weiß (nun, wer?), ob diese Augenblicke nicht wesentlicher waren für seine musikalische Schaffenskraft als alle wirklich vergnüglichen, durch Unvollendetheit demütigenden normalen ›Liebeleien‹. (Man könnte sich erbrechen bei dem Worte ›Liebelei‹. Viele Wörter gibt es in der polnischen Sprache, die einzig in Anführungszeichen gebrauchsfähig sind.)

»Ich fürchte Sie ganz und gar nicht. Ich bin vollkommen gleichgültig; wenn Sie aber wollen, so brauchen Sie sich nicht zu genieren. Ich bin unschuldig, ein sogenannter ›Unberührter‹, aber ich weiß alles und fühle in mir die fatale Kraft, alle zugrunde zu richten, denen ich mich nähere.« (Tengier entflammte plötzlich von einem scheußlichen Feuer — diese Eruption war beinahe wirklich, gemessen an früheren gespielten.) Dumm war das über alle Maßen, was Zypcio da sagte. Aber er war zufrieden mit sich, damit, daß er, dieser nichts wissende frische Maturant, derart dämonisch aufschneiden und diesen, wie es schien, allwissenden Bucklichen beschwindeln konnte. War das nicht schon die Wirkung der Kugeln aus bläulichem Email, in die er sich gestern vielleicht allzulang vertieft hatte? Davon wußte er selber noch nichts.

Tengier, der den Grad der ›Abscheulichkeit‹ seines neuen Freundes prüfen wollte (den Grad der ›Widerwärtigkeit‹, ›Schändlichkeit‹ — es gibt dafür keinen Ausdruck, auch keine entsprechende Transformierung der Endung), einfach prüfen wollte, wie einfach es wäre, sich und seine Machinationen Genezyp zu verekeln, küßte ihn plötzlich auf den Mund mit seinem breiten, nach rohem Fleisch und Tiermaul stinkenden (oder vielmehr nicht stinkenden) Mund. Oh, wie war das scheußlich! Davonlaufen, nicht heucheln, ihn nicht kennen, ach, nicht einmal jenes Weib kennen müssen — ach, alles auskotzen können und nur irgendein kleines, armes, einheimisches Mädchen lieben. Und plötzlich war das alles ein einziger kalter Gedanke und objektivierter Ekel, unschädlich gemacht wie eine Schlange mit ausgebrochenem Giftzahn, ein Ekel, der schon fernstand wie der Schmerz eines gebrochenen Beines nach einer Morphiuminjektion. ›Um diese Geheimnisse kennenzulernen, lohnt es, etwas zu durchleiden‹, dachte in ihm ein fremdes Wesen ohne Herz, Gewissen und Ehre. Seither züchtete er in sich ständig dieses kleine Ungeheuer und schrieb ein Tagebuch (es war dies das Tagebuch, das Dr. Wuchert im Jahre 1997 unter dem Titel *Notizen eines Schizophrenen* herausgab; es machte ihn berühmt, und man verdächtigte ihn der Autorschaft), das eben die Beschreibung seiner (dieses kleinen Ungeheuers) Erlebnisse war. Genezyp erstarb, sich passiv diesem ersten Mundkuß ergebend. Tengier schmatzte weiter, doch keinen Widerstand findend, hörte er plötzlich auf — das erregte seinen Ehrgeiz nicht.

»Entschuldigen Sie — das heißt: entschuldige, Zypcio. Diese Eruption hat noch eine andere Bedeutung. Ich hatte einen Bruder, den ich sehr liebte. Er ist an demselben Gebrechen gestorben (Warum sagte er das? Darin war irgendeine Lüge), das ich überwunden habe. *Osteomyolitis scrofulosa.* Ich bin ein Krüppel. Doch immer träume ich von einem herrlichen Ende, in welchem ich bis in alle Ewigkeit genießen werde. Aber Liebe habe ich eigentlich nicht gekannt und werde sie wohl niemals kennen. Du verstehst das nicht. Aber du weißt wohl, was das bedeutet.«

Ekel würgte Genezyp so sehr, als stürzte ein nie gewaschener, stinkender, verschwitzter Korpus von der Größe dieses ganzen

Hauses auf ihn. Die Worte Tengiers schienen ihm noch ekelhafter als dieser scheußliche Kuß. Und dennoch empfand er für ihn ein Mitgefühl, ein weit größeres als für den sterbenden Vater. Er faßte ihn am Arm und drückte ihn.

»Sagen Sie mir gleich von Anfang an alles. Sie sind doch verheiratet. Die Fürstin sagte mir, daß Ihre Frau schön ist.«

»Das hat nichts mit Ehe zu tun. Es ist ein einziges großes Verbrechen mit Torturen. Ich habe sogar Kinder. Meine Krankheit ist nicht erblich in der dritten Generation. Adolf Tengier wird ein gesunder Mensch sein und wird das Leben genießen anstelle des Vaters und sogar anstelle des Onkels väterlicherseits. Ninon wird eine gute Mutter werden, denn meine Frau ist ebenfalls gut. Und eben dies . . .« Plötzlich begann er heftig zu schluchzen, und Genezyp krochen die Augen aus dem Kopfe vor Scham, und Mitleid — scheußlich wie eine zertretene Küchenschabe — zerrte grausam, erbarmungslos an seinen Innereien.

»Weinen Sie nicht . . . Alles wird noch gut werden. Ich bin heute deshalb zu Ihnen gekommen, damit Sie mir alle Rätsel lösen. Sie müssen alles wissen, denn Ihre Musik ist allwissend. Doch ich muß es in Begriffen erfahren, und das ist etwas völlig anderes. Aber Sie sind auch dazu imstande, denn Sie sagten schon damals etwas, was darüber hinausgeht, daß alles so und nicht anders sei. Ich kann das nicht ausdrücken.« (Das Schluchzen Tengiers verstummte allmählich.) »Der gestrige Abend, die Krankheit des Vaters — nun, das ist vielleicht das wenigste — und das heutige Erwachen aus dem Nachmittagsschlaf haben mich völlig durcheinandergebracht. Nichts verstehe ich, denn alles, was mir bisher als das Allergewöhnlichste auf der Welt schien, hat sich auf den Kopf gestellt über irgendeinem Abgrund und bleibt so, ohne sich in ihn hinabstürzen zu können. Aber ich habe niemals so viel gedacht, um dies begreifen zu können, also . . .«

»Der Augenblick der Offenbarung oder, wie man jetzt sagt, Anfänge von Übergeschnapptheit«, sagte Tengier, sich die Augen trocknend.

»Ich kann dir sagen, auch ich hatte solche Momente, o ja!« (Ach, dieses ›dir‹ — Genezyp krümmte sich.) »Doch davon gibt es immer weniger im Lauf der Zeit. Denn bevor ich verstehe, worum es geht — bums! — schon verwandelt sich alles in Klänge — und nicht nur in Klänge allein, sondern gleich in Konstruktionen, die mich überragen, und viele andere übrigens auch. Nur deshalb werde ich nicht verrückt. Ich habe das Empfinden dafür, wer ich bin, aber wenn mich nie jemand versteht, nicht einmal nach dem Tod, wird das der Beweis dafür sein, daß ich ein musikalischer Graphomane war, der der Illusion unterlag, jemand zu sein und gewesen zu sein — denn, zum Teufel, zuviel *weiß* ich schon, um solche Illusionen zu haben —, oder auch ein Beweis dafür, daß es mit der Musik zu Ende ist und ich jener vom Schicksal verfluchte Auserwählte bin, wie Judas auserwählt war zum Verräter, eben das Ende in mir zu vollziehen.« (Genezyp hatte das deutliche Gefühl, daß das Leben, bisher zur Monotonie geronnen, so, als existierte es gar nicht, nun in eine neue Bahn geraten sei und daß nun jene Beschleunigung beginnen werde, die er erwartete und begehrte. Schon zogen rasch einige bekannte Geisteszustände vorbei, in der Vergangenheit verharrend wie Bilder heimatlicher Gegenden in den Fenstern eines immer schneller dahinjagenden Zuges, der ihn in ferne, unerforschte Länder entführte.) Tengier sprach weiter: »Und so muß es überhaupt sein. Ich akzeptiere die Transzendentalität dieses Gesetzes, seine absolute Notwendigkeit — dieses Gesetzes«, wiederholte er, »damit, wenn irgendwo Kunst besteht, in irgendeiner Welt, sie diese Linie der Entwicklung der Formen durchläuft wie bei uns, verbunden ist mit Religion und Metaphysik, welche für denkende Wesen die gleiche Notwendigkeit besitzen wie sie, die Kunst. Aber nur zur geeigneten Zeit. Und dann muß sie zu Grunde gehen, gefressen durch das, was sie erschaffen hat, durch den gesellschaftlichen Brei, der, sich in vollkommene Formen kristallisierend, alles aus sich verdrängen muß, was ihn in diesem Prozeß stört. Doch warum bin gerade ich dieser Verfluchte? Obgleich — das Empfinden der wirklichen Notwendigkeit seiner eigenen Individualität, dieser und keiner anderen — das hat nicht jeder, das ist ein großer Luxus. Ha, ich besitze diese Überlegenheit über andere, daß ich mich nicht beugen werde — selbst wenn ich es wollte, etwas erlaubt es mir nicht —, irgendeine mir überlegene Kraft: der Ehrgeiz, aber nicht im Hinblick auf die Welt, sondern auf die Unendlichkeit...« Die Augen blitzten mit einer alles ergreifenden Kraft wie aus dem Nabel des Kosmos selbst, und plötzlich schien diese schwache, behaarte Mißgeburt Genezyp ein gewaltiger Götze (nicht Gott) irgendeiner speziellen Funktion oder Erscheinung zu sein — für das ganze Dasein mochte es ihrer vierzig bis fünfzig geben, die irgendwelchen wichtigen Wirklichkeiten entsprachen: der Musik, den anderen Künsten, den Winden, überhaupt den Elementen, dem Wetter, den Weltplagen... Und gleichzeitig dachte er: ›Er ist eine Notwendigkeit für sich nur darum, weil er Künstler ist. Er wird mich nie verstehen und wird mir nie erklären, warum für mich dieses mein So-sein und nicht Anders-sein etwas so bis zur Maßlosigkeit Wunderliches ist.‹ Und auf einmal schüttelte ihn ein Zweifel: ›Und worum geht es denn? Um dieses Geklimper, das im Grund niemand braucht? Nein — das ist eine leichte Übertreibung! Dies Geklimper ist weder sehr wichtig noch wundervoll. Scheinbare Tiefen in Unbestimmbarkeit. Nein — lieber ist mir der Gedanke — aber welcher? Den eigenen habe ich noch nicht einmal im Magen. Was denken? O Gott! Nicht auf einen Irrweg treffen, auf dem man sich nur belügen kann bis zum Lebensende. Offenbarung — doch wer verbürgt, daß das, was mir begegnet oder auf mich fällt, wirklich ist?‹ Er fühlte, daß nur eine Anspannung bis zu den Grenzen des Möglichen, ein Sich-selbst-Opfern, eine absolute Askese, ein Verzichten auf das, was heute unwiderruflich seiner wartete und ihn so höllisch mit böser Lust lockte (dies schien, unbekannt auf welche Weise, die Negierung des Dranges, einen Hund von der Kette zu lassen), ihm jene Welt öffnen könnte. Ha, das ging über seine Kräfte. Und in diesem Augenblick gab er die Hoffnung auf Erkenntnis fürs ganze Leben auf. Es gibt Naturen, die nicht in Zügellosigkeit leben und gleichzeitig zum Glück der Erkenntnis höchster Wahrheiten gelangen können — man muß wählen. O Gesegnete und Glückliche, die in der Vernichtung sich auf das allerwirklichste erschaffen und solcherart ihre Vollkommenheit auf Erden erlangen! Was sich dann mit ihren Geistern tut, daran lieber nicht denken, aber hier sind sie vollkommen, sogar im Bösen. Dieser Tag bedeutete wirklich eine Wende. Aber *wessen* Tag? Lohnt es, sich mit einem zufälligen Stäubchen zu befassen im Abgrund des Unbekannten, ausgerechnet mit diesem einen Stäubchen und keinem anderen inmitten der *Alephs* (Aleph = die erste überendliche Zahl Cantors) in den Grenzen anderer Stäubchen? (Einzelne Wesen — und das in Grenzen — kann es im ganzen unendlichen Dasein nur Aleph geben, und, Gott behüte, nicht *ad continuum*. Warum das so ist, läßt sich nicht beweisen.) Das Dasein dieses Stäubchens läßt sich am allgemeinen Gesetz nicht ausdrücken, worin sich in der Hierarchie der einzelnen Wesen statt der Variablen beliebig hohe Werte einsetzen ließen. Wie sagte Husserl? Der Mathematikprofessor des Gymnasiums hatte ihn öfter zitiert (etwa so): »Wenn Gott ist, kann sich seine Logik und Mathematik nicht von unserer unterscheiden.« Um derlei Dinge würde es gehen, und nicht darum, wie sich irgendein Lümmel oder sogar Pseudointelligenzler dort fühlt, oder sogar (o Blasphemie!) ein Genie! Um Gesetze geht es, und nicht um diesen oder jenen Fall. So wolkte es sich im Genezypschen Köpfchen. Flehend sagte er zu Tengier (von solchen Augenblicken, von einem Wort zur rechten Zeit, hängt manchmal das ganze Leben ab, und die Menschen wissen von nichts und trampeln einer den anderen [manchmal im Namen von Idealen] in den Sumpf einer verrenkten, in Netze von Begriffen gefangenen und deformierten Wirklichkeit. Die Wirklichkeit läßt unter dem Einfluß von Begriffen den allerwirklichsten Saft entströmen. Aber von der Art der Begriffe hängt es ab, ob er Gift ist oder aufbauendes Vitamin):

»Herr Putrices« (so wurde der Kürze halber Putricydes Tengier genannt), »ich weiß nicht, wer ich morgen sein werde. Alles hat sich mir verdreht, und das nicht um irgendein Winkelmaß auf ein- und derselben Ebene, sondern in einem anderen Raum. Was sie sagen, ist zu hoch für meine Vorstellung.« Er sagte das mit Bitterkeit und Ironie. »Ich bin nicht so sehr von der Wichtigkeit der Kunst überzeugt wie Sie. Ihre Konzeption ist höher als das, worauf sie sich bezieht — höher an sich als Gedanken —, denn Sie übertreiben den Wert ihrer realen Grundlage. Ich liebe die Literatur, weil sie für mich lebendiger ist als mein eigenes Leben. Dort ist Leben in einer solchen Kondensierung, wie ich sie in der Wirklichkeit niemals finden werde. Als Preis für Kondensierung zahlt man mit Unrealität.« (Tengier lachte breit. ›Der weiß, worin der Unterschied besteht zwischen Illusion und realem Leben — haha! Er ist selber noch eine einzige große Illusion. Ich brauche keine Gewissensbisse zu haben.‹) »Aber mir geht es um *dieses* Leben. Daß es das einzige sei in seiner Art und unbedingt gleichzeitig in seiner Andersheit, ein Muster, ein Ideal der Vollkommenheit auch in dem, was böse ist oder sein kann — sogar in dem, was mißlungen ist, soll Vollkommenheit sein. Das ist der Gipfel des Lebens...« (Er starrte trocken, fieberhaft vor sich hin.) »Und hier verändert sich alles so fürchterlich, so wunderlich — daß ich schon nicht mehr weiß, ob ich das bin oder ein anderer. Dieser Widerspruch zwischen Wandel und Beständigkeit . . .«

»Merke dir ein für allemal, daß wir nur deswegen Zweifel an der Kontinuität unseres Ich haben, weil es eben kontinuierlich ist. Eine solche Frage wäre sonst unmöglich. Diese Einigkeit der Persönlichkeit ist in ihrer Kontinuität unmittelbar gegeben — und unsere Zweifel haben ihre Quelle nur in der allzu großen Verschiedenheit der Teilkomplexe. Sogar bei denen, die an einer Zwiespältigkeit der Persönlichkeit leiden, müssen die Stücke der Dauer kontinuierlich sein — es gibt kein Dauern, das unendlich kurz ist...«

»Ich verstehe intuitiv, was Sie sagen. Doch diese Gedanken führen schon weiter. Ich besitze keine allgemeine Grundlage. Ich habe den Vater geliebt und habe ihn gefürchtet. Er stirbt und geht mich jetzt nichts an.« (Tengier betrachtete ihn aufmerksam, aber in diesem Blick war etwas von einem In-den-Spiegel-Schauen.) »Mir ist so schlecht zumute wie noch nie, und dabei ganz ohne Grund — als empfände ich, daß alles, aber auch alles auf der ganzen Welt nicht so ist, wie es sein sollte. Es ist eingewickelt in eine Hülle — sogar die Astronomie. Und ich will alles in Nacktheit berühren, so, wie ich mein eigenes Gesicht mit meiner eigenen Hand berühre . . . Ich will alles verändern, damit es so sei, wie es sein soll. Ich will alles haben, würgen, zertrampeln, ausquetschen, quälen . . .!!!« schrie Genezyp hysterisch, beinahe weinend, sich selber in dem, was er sagte, nicht kennend. Aus dem Zwang des Formulierens wurde der bisher unwichtige Gedanke zur einzigen Wirklichkeit.

Information: Tengier schwieg mit boshaftem Lächeln. Dasselbe fühlte auch er fast ständig. Nur daß er verwandelte (er *mußte* — und er konnte das tun), daß er *das* (diese metaphysische Unersättlichkeit) in Klänge oder vielmehr in ihre Konstruktionen verwandelte, die ihm anfangs in Gestalt totaler unumrissener, *räumlicher* Potentiale erschienen und sich dann falteten wie Fächer, wie Zweige mit Beerentrauben, mit schrecklichen Disharmonien, die niemand verstehen noch hören wollte. Er hatte bisher nicht auf Thematik im alten Sinne verzichtet, doch er wankte bereits über dem Abgrund eines ihm potentiell noch begreiflichen, aber fast in keiner Instrumentierung ausführbaren Magmas musikalischer Verwicklungen, die an völliges Chaos grenzten und an musikalischen *(nicht gefühlsmäßigen)* Nonsens. Gefühle als solche und ihr Ausdruck — das gab es für ihn überhaupt nicht. Ferne Zeiten waren das, als noch solcherart umrissene Zustände, die sich sogar allgemein in Worten ausdrücken ließen, die Grundlage bildeten, der wie einfache, bescheidene Blümlein seine ersten musikalischen Einfälle entsprossen. Ja — einfach waren sie im Verhältnis zu seinen letzten Werken, aber nicht einfach im Vergleich zu Strawinski, Szymanowski und anderen Größen einer vergangenen Epoche. Aber schon in dieser Einfachheit steckte der Wirbel, der sich an der Grenze des Ausdrückbaren drehte, mit dem er gegenwärtig rang, nachdem er die Meisterschaft, unmittelbar erscheinende klangliche Komplexe in der Zeit zu zerlegen, ins Unerreichbare gesteigert hatte. Darum war er so verhaßt, wurde er boykottiert. Die ganze zeitgenössische einheimische Musik verfolgte ihn mit verbissener Feindseligkeit. Man ließ ihn nicht zu Konzerten zu, man brachte Virtuosen durch den Hinweis auf Schwierigkeiten davon ab, seine Werke aufzuführen, man machte es ihm auf offiziellem Weg unmöglich, sich mit dem bolschewistischen Ausland zu verständigen, wo er noch zu Lebzeiten Anerkennung hätte finden können. Des einzigen Mittels zum Handeln, nämlich des Geldes, beraubt, war er machtlos, und schon nach kurzem Kampf hatte er aufgehört, sich mit diesem Problem zu befassen. Er ›saß‹, wie man hier in Ludzimierz sagte, in einer großen Hütte, erbaut auf dem Grund und Boden seiner Frau, und hatte gerade so viel, um nicht verdienen zu müssen — das war noch der einzige Trost, denn bei dem Ruf, den er als Musiker genoß (trotz des riesigen Wissens, das sogar von Feinden anerkannt war), konnte er nicht mit Privatstunden rechnen, und wegen der Länge seiner Finger war er ein sehr mäßiger Pianist. Es sei denn, er hätte in einer der immer seltener werdenden Jazzbands gespielt. Doch damit vermochte er sich noch nicht abzufinden. Vor dieser Musik floh er wie vor einer Seuche, und übrigens war er zu alt zu einem solchen Gehämmer. Und es machte ihn erst recht rasend, daß er gerade in solchen Kompositionen ein spezielles Nebentalentchen hatte. Eine ganze Aktentasche war voll von diesem Zeug. Doch es als Einnahmequelle zu verwenden, dazu fehlte ihm der Mut. Zudem waren die Jazzbands im Aussterben — die Menschen hatten das Vergnügen daran fast schon verlernt. Nur noch Kretins tanzten im alten Stil.

Ein fürchterliches Problem für Tengier war das ›Geschlechtsleben‹, wie der wissenschaftliche Terminus lautet. Das aus der Gegend stammende Mädchen, Tochter eines reichen Bergbauern, das er mit Hilfe einer dafür absichtlich verprimitivten Musik erobert hatte (Tengier war ein außergewöhnlicher Violinist, doch seine Körperbeschaffenheit erlaubte ihm auch hier nicht, es bis zur Vollkommenheit zu bringen) sowie durch seine Abstammung von Talbewohnern und der Tatsache, daß er ein ›Herr‹ war — Sohn eines Organisten aus Brzozów —, war in dieser Geschichte seine einzige Stütze, der Hintergrund, vor dem er dann, unter anderen Bedingungen, seine verführerischen, nicht ganz entfalteten Triebe hätte entwickeln können. Aber das Elend dieser Erlebnisse war geradezu gräßlich. Die von der Musik angelockten, wild gewordenen Weiber gaben sich ihm manchmal eher aus perverser Scham als aus Begierde hin. Und nachher, durch sein Aussehen gedemütigt (sein verdorrtes Bein, den Buckel und dazu noch einen Pilzgeruch, den er in der Erregung ausdünstete), flohen sie vor ihm voller Ekel, ihn seinen ungesättigten Begierden überlassend. Solcher Art war auch seine ›Romanze‹ mit der Fürstin gewesen. Fast wäre er akutem Wahnsinn verfallen. Lange Zeit war er nicht normal und vollbrachte in dieser Zeit fürchterliche Sachen: irgendwelche Kombinationen von Fotografien, gestohlenen Strümpfen und Pantöffelchen — brrr ... Doch er kurierte sich aus. Zuletzt kehrte er immer zu seiner Frau zurück, die, von ihm in äußerst raffinierten Künsten unterrichtet, die beste Medizin war für mißlungene, ihm durch seine Krüppelhaftigkeit verbotene Expeditionen in die Gebiete unerreichbarer, wirklicher ›Herrenliebe‹. — »Verflixt, wenn schon Pech, dann ein totales«, pflegte Tengier zu sagen und versenkte sich mit doppelter Furie in die Welt seiner von Tag zu Tag immer ungeheuerlicher werdenden Musik. Es türmten sich Stöße ›posthumer Werke‹ (erschienen waren lediglich jugendliche Präludien, dem Andenken Szymanowskis gewidmet), ein Fressen für künftige Pianisten in Zeiten, da es keine Novitäten mehr geben würde, da die Musik, von innen her durch eigene Unersättlichkeit und Komplikation zerfressen, nach Tengiers Meinung ›für immer alle Viere von sich strecken‹ würde — welch rüpelhafter Ausdruck — aber so sprach er nun mal, der Kerl aus Brzozów, der Ehemann des reichen Bauernmädchens Maryna aus dem benachbarten Murzasichle. Dort hatte er sie kennengelernt, als er durch die herbstlich gefrorenen Moore irrte — und ›sichle‹ bedeutet ›sumpfig‹ (er war dorthin gekommen, um seine Buckel und Knoten in der Ludzimiersker Schwefelquelle zu kurieren). Er begegnete ihr eines späten Abends (mit einer Pelerine umhüllt, war der Buckel nicht zu sehen) — und verführte sie auf der Stelle, nachdem er ihr auf der Geige eine seiner jugendlichen Präludien vorgespielt hatte. Er war, von einer Hochzeit zurückkehrend, schon seit frühem Morgen beschwipst. Maryna war höllisch musikalisch. Sie vergaß (sogar danach) den Buckel und das verdorrte Beinchen, und auf den Pilzgeruch reagierte sie gar nicht — sie kannte Schlimmeres: Kühe, Ziegen, Schafböcke, Pelze, Kohl und allgemeinen Bauernstunk. Diese höllische Musik Putricydes' ersetzte ihr die Liebe schöner Burschen, und obendrein begehrte sie diese raffinierten Kunststücke noch und noch, obwohl sie diese in keiner Weise zu verstehen in der Lage war. Würde denn irgendein Hans oder Franz mit ihr solche Wunderdinge treiben?

Sich derart zu demütigen, so fetischistisch, gilt wohl als ungesund. Sie aber blähte der Stolz. Außerdem war sie ›Dame‹ geworden — und dort, wo man die Musik ihres Gatten anerkannte, pflegte sie zu verkehren wie die übrigen bäuerlichen Ehefrauen einheimischer Künstler. Überhaupt war das Land in verschiedener Hinsicht in dem Zustand erstarrt, worin es sich vor dem antibolschewistischen Kreuzzug befunden hatte. Die politischen Schweinereien waren zu Gallerte versülzt; die Gallerte, nun mit der Soße ›bolschewistischer‹ Gelder aus dem Ausland übergossen, war fest versteift, und so ging alles weiter, äußerlich auf faschistisch-Fordische Art, doch im Grund wie früher, als es längs der östlichen Grenze schließlich zu einer bisher nicht dagewesenen Affäre gekommen war. Die ›Gelbe Gefahr‹ (wer weiß, ob nicht die größte Gefahr auf unserem langweiligen Erdball) wechselte von der Sphäre verachteter Mythen zur blutigen, alltäglichen Wirklichkeit, zu dieser ›nicht-zu-glaubenden‹. Nichts konnte unser Land erschüttern in seiner heroischen Verteidigung der nationalen Idee in dem alten, fast prähistorischen Stil des neunzehnten Jahrhunderts wie noch vor der Überflutung durch die fünfte oder sechste (die ältesten Leute konnten sich nicht erinnern) Internationale. Und der Syndikalismus, ob nun der Sorelsche oder der der Arbeiter oder der amerikanisch-faschistisch-intelligenzlerische, läßt sich gar nicht so einfach verwirklichen. Wieviel Zeit ist doch seitdem vergangen! Polen war wie immer ›Erlöserin‹, ›Bollwerk‹, ›Zuflucht‹ — darauf beruhte seit Jahrhunderten seine historische Mission. Für sich allein war Polen nichts — erst, indem es sich für andere opferte (allzu tief war allen diese Ideologie eingetränkt), begann es wirklich selber für sich zu existieren. Trotzdem ging es manchen Leuten gar nicht schlecht (könnte sich denn ein kompletter Leichnam für jemanden opfern, und würde das überhaupt von Nutzen sein?), und die niederen Klassen, narkotisiert durch ihre faschistische Selbstvorstellung auf pseudosyndikalistischem Fond (wie ein Bolschewik in altem Stil schrieb), vermochten sich in keiner Weise zu organisieren. Die Ursache davon war die völlige Zerpulverung jeglicher Ideologie, die spezialisierende Automatisierung und der suspekte kleine Wohlstand durch ›bolschewistisches‹ Geld aus dem Westen. Man wartete auf Ereignisse, auf eine Lösung von außen her — man wartete ganz einfach auf die Chinesen. Unterbewußt warteten sogar die Repräsentanten der Gesellschaft Nationaler Befreiung auf sie — um keinen Preis wolten sie Verantwortung tragen —, und sollten sie lebenslänglich ins Gefängnis: nur ja nicht für etwas verantwortlich sein. Verantworten? Gut — aber *vor wem*? Zudem war dieser Wer nicht da — entsetzlich — aber immerhin... Es herrschten unglaubliche Verhältnisse, und dennoch war *das* einst wahr gewesen. Ein einziger Mensch nur war dazu prädestiniert, auch nur annähernd mit irgendeiner höllischen Tat zu antworten auf die sich rings knäuelnden Fragen des über sich selber entsetzten Schicksals. Das war der sogenannte ›Kwatergen‹, Kocmoluchowicz, der große Organisator der Armee (er hatte den Grundsatz: ›Kraft schaffen — ihrer wird man stets bedürfen, und ein Ziel wird sich schon finden — wenn nicht dies, so ein anderes‹), ein genialer Stratege alter Schule (alter, das heißt nicht-chinesischer) und ein äußerst unberechenbarer Dämon, von diesen allermutigsten, die noch auf dem verdunkelten Horizont des Individualismus verblieben waren. (Natürlich war hier der Mut im Verhältnis zu den inneren Gefahren der Hauptwert, und zwar nicht der gewöhnliche, tierische, physische Mut — obwohl auch dieser den Stärksten zu fehlen begann.) Der Rest der sogenannten hervorragenden Einzelnen (ausgenommen ein paar von ihm ähnlichen Überkerlen — geringerer Qualität allerdings —, die zu seinem Stabe gehörten) war eine Bande lichtscheuer Erscheinungen — kastrierte gesellschaftliche Zuhälter, nicht ein realer Mensch männlichen Geschlechts. Vor dem Hintergrund des allgemeinen Schwindens jeglicher menschlichen Werte wuchs die ohnedies herrliche Gestalt des Generalquartiermeisters zu gigantischer Größe. Das psychische Kopferheben, um die allergewöhnlichsten Dinge zu sehen, war Tagesordnung. Dieser seltsame Zustand war nur eingetreten, weil Polen sich nicht an dem antibolschewistischen Abenteuer beteiligt hatte. Die ihrer Bestimmung zum Trotz zurückgehaltenen Kräfte (und zwar einander gegensätzliche) fermentierten zu Giften, mit deren Hilfe, in geschickter Dosierung und Verteilung, die Leiter der Außenpolitik des bolschewistischen Westens es fertigbrachten, bei uns jegliches Bewußtsein für den historischen Moment zu vergiften. Nur der einzige ›Kwatergen‹ war nicht kleinzukriegen — ihm konnte keinerlei Gift etwas anhaben, dank seiner Kraft immunisierte er seine engste Umgebung für unerforschliche Ziele, für absolut unerforschliche, weil für ihn selber unbegreifliche. Welch eine Lust, solch ein Mensch zu sein! — wenn auch nur für ein Weilchen — und dann in Torturen unterzugehen, sogar um diesen Preis – aber zu sein! Das inzwischen nebenbei.

Tengier hörte auf zu lachen und fixierte Genezyp wie ein Opfer. Ein genialer Gedanke erhellte ihm den Kopf wie eine Kerze die Laterne: diesen Bubi unter seine Herrschaft zu kriegen – Papa wird sterben, die Brauerei ist sein, Geld, Ruhm, Sieg, niedergeworfen die Feinde, Maryna als Königin, alle Weiber sind sein, alle vor ihm auf dem Bauch — *sich sättigen!* »Im Unterbewußtsein sind alle Schufte«, pflegte er zu sagen, nach sich selber urteilend. Allzu banale Wahrheiten waren das, doch Kombinationen über Lebensangelegenheiten, theoretische Gespräche über das Leben waren nicht Tengiers Stärke.

»Davon später«, sagte er. »Größe gibt es nur in der Kunst. Sie ist das Geheimnis des Daseins, betrachtet wie ein Eber auf der Bratenschüssel, als etwas Ertastbares — verstehst du? — und nicht als ein System von Begriffen. Das, wovon du sprichst, erschaffe ich als beinahe materielle Erscheinung. Aber ich höre sie nicht im Orchester — das ist fatal, und nicht nur für mich. Jemand hat gesagt, daß die Musik eine niedere Kunst sei, weil man mit Hämmern auf Schafsdärme und Drähte schlägt, mit Roßhaar über eben diese Därme streicht, in verspeichelte Röhren bläst. Lärm — Lärm ist etwas Großes — er betäubt, blendet, tötet den Willen und erschafft einen dionysischen Wahn von abstraktem Ausmaß über das Leben hinaus — und dennoch *ist* er, ist nicht nur ein begriffliches Versprechen. Stille ist Leblosigkeit. Malerei, Bildhauerei, das steht, das ist statisch — Poesie und Theater, das ist ein Flickwerk aus verschiedenen Werten, vom Leben beschwert, das wird dir niemals *dies* geben . . .« Er trat an seinen geliebten Steinway — den einzigen Luxus, den er sich erlaubt hatte nach einem fürchterlichen Kampf mit dem Schwiegervater Johym Murzasichlanski — und

legte los (o je, wie er loslegte!!!), es war, als wäre das Donner-
gegroll unterirdischer menschlicher Eingeweide auf den Himmel
gestürzt, aber nicht auf den irdischen Himmel, sondern auf den
Universalhimmel des Nichts, den wirklich unendlichen und leeren
— aus metaphysischen Gewitterwolken, aus der Höhe des zutiefst
auf dem Bodengrund kriechenden, plattgequetschten, flammenden,
unfruchtbaren Geheimnisses. Die Balken der Welt krachten; aus
der Ferne strahlte der Friede des Todes, den Tod verwandelnd in
den sanften Schlaf einer unbekannten Gottheit, die mit dem Rad
übergöttlicher Folter gebrochen wurde: mit dem unmittelbaren
Begreifen der aktuellen Endlosigkeit. Es weitete sich das Auge im
satanischen Bewußtsein des allgegenwärtigen Bösen über wüste
Endlosigkeiten unwiderruflicher, scheinbar gleichgültiger Begriffe,
und ein bis zum Schmerz quälender Glanz, der sich in den unzer-
brechlichen Panzer der vorewigen Finsternis des Daseins bohrte,
wurde rasend in schmerzlosem Leiden, in einer zur Potenz eines
Kontinuums erhobenen französischen *Malaise*. Genezyp erstarrte
wie ein Hase in der Furche. Er hatte noch nie eine solche Musik
gehört, eine so frech *metaphysisch unanständige* — es war etwas
von der kleinen Parkmusik darin, als er mit Toldzio ... Aber dort
war es eine kindliche Illusion, während das hier wirklich geschah.
Metaphysische Onanie — ein anderes Wort gab es nicht dafür.
Denn darin, in diesem undifferenzierbaren Amalgam von Schmerz
und Lust, ist maximale Einsamkeit und Schamlosigkeit und Wollust und Schmerz und überirdische Wundersamkeit und eine unerreichbare Schönheit, wie ein Eckzahn eingeschlagen in eine maßlose, endgültige Scheußlichkeit. Ach — das stellte überhaupt alles in
den Schatten. Zypcio wurde zum Würmlein auf endlosen Wüsten
tiefster Einsamkeit, zusammengedrückt in einer Pille von der
Dichte des Iridiums, die sich selber schluckte wie eine Schlange
und sich doch nicht zu schlucken vermochte, ein für allemal fest-
gelegt auf geographischen (schon nicht astronomischen) Breiten
des riesigen Globus räumlichen *Daseins*. Mühelos und für immer übersprang er in sich einen himmelhohen Paß. Niemals wird
er dorthin zurückkehren, zu diesem normalen, vormaturistischen
Begreifen seiner selbst und der Welt. Noch vor einer halben

Stunde hätte er jemand ganz anderer sein können. *Zufall von Büchern und Menschen* ... — diesen zur Unzeit Begegneten —, etwas dieser Art hatte Nietzsche geschrieben. Jetzt rollte Zypcio wie ein vom Gipfel gebrochener Fels in den Abgrund. Freilich wußte er in Wirklichkeit nichts davon. Dazu hätte er ein Greis sein müssen mit geschärften Sonden der Selbstanalyse und verfaulten Stellen der Psyche, ein schlapper und vermorschter Greis. (Übrigens wird bei manchen die Selbstanalyse einfach zur Selbstbeleckerei — wie bei einem dankbaren Kätzchen.) »Dennoch ist dies etwas«, flüsterte er kalt zu sich selber, vielmehr zu jemandem, den er in sich noch nicht kannte, jemandem Schrecklichen. Rasch wandte er sich ab von diesen ›Sachen‹, wissend, daß man ihnen einmal geradewegs werde ins Maul schauen müssen. Tengier spielte immer schrecklicher, immer entfernter — er fühlte, daß er in diesem musikalisch kulturlosen Bürschchen keinen entsprechenden Zuhörer gefunden hatte. (Er sagte immer: »Für meine Sachen braucht man entweder einen Wildling oder einen hyper-ultra-raffinierten Kenner — die Mitte soll der Teufel holen.« Die ganze Gesellschaft war diese ›Mitte‹, leider.) Er improvisierte nicht, er spielte die Klavierfassung eines symphonischen Gedichtes mit dem Titel *Durchfall der Götter,* das er vor einem Jahr komponiert hatte. In einer Mappe mit Entwürfen bewahrte er hundertmal schrecklichere Schöpfungen, fast unausführbare — nicht nur für ihn klaviermäßig zu schwierige — und überhaupt unausführbare, unaufgelöste, musikalisch unentwickelbare »Un-Inkunabeln«, wie er sie selber nannte. Eine von diesen Skizzen »piepste« schon, wie er sich ausdrückte, und die Partitur schwoll allmählich an in wunderlichen Mustern unheilkündender Zeichen, die in sich metaphysisches Brüllen einer im Abgrund der Welt einsamen, persönlichen Bestie verbargen.

Plötzlich brach er ab und knallte den Deckel seines einzig getreuen Tieres zu. Er trat zu dem bis in den tierisch-metaphysischen Grund erschütterten, zu einer Art von gestaltlosem menschlichem Brei zermalmten Genezyp und sagte triumphierend:

»Lärm — dieser höllische, mathematisch organisierte Lärm. Man kann sagen, was man will: über die Überlegenheit unbeweglicher und stiller Schöpfungen, über die Ausgefülltheit zusammengesetzter Künste mit ihrer Marmelade widersprüchlicher Elemente — dennoch ist dies die höchste der Künste. Ich möchte, daß es allen Weibern der Welt naß würde, doch dazu sind sie noch nicht alt genug. Ha — irgendwo in Kalifornien wachsen für mich Mägdelein, noch sind sie vielleicht in den Windeln — wie meine Ninon vor einigen Jahren . . .« (Er besann und faßte sich.) »*Musik ist höhere Offenbarung als jede Religion und Philosophie*. Haha! Und das hat das große Kind des achtzehnten Jahrhunderts gesagt — Beethoven! Und wenn er hörte, was ich mache, so würde er sich vor Ekel erbrechen. Es geht zu Ende, verdammt, aber ich bin der letzte von den letzten, denn dieser Pondillac und dieser Gerrippenberg und sogar Pujo de Torres y Ablaz, das sind Feldlerchen neben mir. Solche gab es zu Tausenden. Größe ist nur in der Perversion — aber wo sind die ideellen Grenzen dieser Welt, denn real endet sie hier . . .«, sagte er wie zu sich selber und pochte mit seinem Froschfinger an seinen haarigen Kopf. Doch dabei beobachtete er aufmerksam seinen neuen Zögling. Schon wußte er alles über ihn. »Heute noch wirst du ihr Geliebter sein, Zypcio.« (Genezyp schüttelte sich beim Gedanken an den ekelhaften geschlechtlichen Schrekken des typischen Unschuldskindes.) »Hab keine Angst: *Ich* bin durch dies hindurchgegangen. Besser, du verlierst die Unschuld auf dieser alten Klampfe, als daß du in einem Lokal irgend etwas erwischst . . .«

»O nein!« (Dachte doch sein Vater ebenso.) »Ich will nicht! Ich will nicht! Ich will zuerst lieben . . .« Er warf sich hin und setzte sich kraftlos wieder auf.

»He?« fragte Tengier. »Spiele nicht den Zimperling vor mir. Rede mir nicht von Liebe: Die ist entweder eine ordinäre Illusion oder ein Leben wie meines. Du bist ein starker Mensch wie ich. Du wirst noch stärker werden, wenn du einen Anhaltspunkt findest für deine Kraft auf dieser unserer nichtswürdigen Welt. Und das ist für solche Typen wie dich immer schwieriger. Zu wenig von einem Maschinchen ist in dir, denn ob diese siegen werden oder jene, ob unser Faschismus oder der chinesische Kommunismus — ich rede nicht von diesem westlichen Kompromiß —, das Resultat wird ein und dasselbe sein: eine glückliche Maschine — es ist banal wie die Tatsache, daß die Welt unendlich ist. Ich warte auf die Chinesen. Hier, in diesem Sumpf, wird ihre Macht zerbrechen, es sei denn, ein Wunder geschieht. Rußland werden sie schlucken wie eine Pille. Und weiter wird es nicht gehen. Denn dort (er deutete in den Winkel links von Genezyp) im Westen wird sich das schon verzehren: Kommunismus ist die erste Schicht von Dünger am Anfang dessen, was kommen und relativ ewig sein wird. Dann wird es schon keine Musik mehr auf dieser Welt geben. Vielleicht auf einem Mond des Jupiter, auf den Planeten Antares oder Aldebaran, vielleicht wird das aber nicht Musik sein — vielleicht sind dort andere Empfindungswerte, aus anderen Zuckungen entstanden —, aber etwas muß dort sein, ist dort in jenem fremden, unendlichen Dasein, zerschlagen zu Haufen *lebender Wesen* — diese dummen Kugeln, auf denen Kolonien entstehen, wie wir es sind: du und ich und sie und alle . . .« Es schwieg in prophetischer Inspiration der letzte dräuende Götze der Zukunft, nunmehr Gatte einer reichen Bäuerin, ein nach Pilzen stinkender Buckliger, ein bärtiger Megaloman — ein relativer Megaloman, wie er sich selber nannte. Genezyp kam zu sich, doch jener herrschte über ihn. Er sagte, Micinski zitierend: »Aber es führt mich eine rachgierige Hand, es führt mich ewiger Schmerz . . .!«

Genezyp sah in Gedanken Bilder ewiger Dinge vorbeiziehen: eine in stumpfem Schmerz erstorbene Weite — irgendwo in maßloser Ferne der schläfrige Gottvater mit einem vom Rauhreif des Heliums bedeckten Bart — und auf einem kleinen, warmen Planetchen ein Kreuz, darauf vergebens gekreuzigt Sein Sohn mit flammendem, zerrissenem Herzen, dem einzigen wirklichen Feuer in der Eiswüste der Welt. Und was ist daraus geworden? Wäre nicht dieser fortwährende Kompromiß der Kirche, so wäre vielleicht wirklich jenes Opfer am Kreuz nicht vergebens gewesen, und es gäbe jetzt nicht die ›bewegliche chinesische Mauer‹, die auf Europa zustürzt. Und vielleicht hätte Buddha genügt? Äh — das wohl nicht. Denn, würden sich ohne unsere gesellschaftliche Problematik, die ja gerade aus der Religion erwachsen ist, die erstarrten Massen im Westen rühren? »Woher weiß ich das alles?« flüsterte

Genezyp für sich. Und darüber das Barett eines dörflichen Beicht-
vaters. Unsterbliche auf Brachfeldern und zerbrechende Kerzen
und ein altes böses Weib (nicht mehr ein Greis), das Reisig sam-
melt an einem frostigen, herbstlichen Abend, und über allem Gespräche mit der Mutter. (›Daß ich an sie schon seit einigen Stunden
nicht mehr gedacht habe!‹) Ja — das waren ewige Dinge, oder
waren es bisher gewesen. Jetzt sollte es anders werden — etwas
anderes sollte eine ewige Dimension erhalten. Und jener sprach
weiter: »Wann wird diese Qual enden!«

»Und das mußt du mir versprechen, Zypcio — ich mag dich
dennoch, ich weiß nicht, warum . . .«

»Nur küssen Sie mich niemals wieder«, sagte flüsternd das
Opfer. Ein Händedruck der scheußlichen Pfote.

». . . Du mußt mir versprechen, daß du dich niemals auch nur
bemühen wirst, ein Künstler zu werden. Gut?«

»Ja. Ich war sehr von der Macht Ihrer Musik bedrückt. Doch
das sind Symbole, Ausdrücke von konventioneller Bedeutung —
wie in der Schullogik à la Benz. Ich will das Leben. Dieser Lärm
ist eine Illusion.«

»Ja, um dieser Illusion willen lebe ich *so*.« (In diesem ›So‹ war
alles enthalten: das ganze Elend und der innere Ruhm eines in
eine Idee Vernarrten.) »Ich könnte diesem nicht entsagen um aller
Triumphe von Fliegern, Ingenieuren, Erfindern, Sängern, Machthabern und Büßern der Welt willen. Doch du wirst nicht so sein.
Ich weiß — du bist begabt, und vielleicht kann sich einmal irgendein Teufel in dir zu diesem Thema rühren. Aber — ich sage dir
offen — mit mir geht alles zu Ende. Schon bin ich unglücklich — ich
ersticke an mir selber, in meinen eigenen Formen, die ich nicht
mehr zu beherrschen vermag.« (›Früher oder später muß ich verrückt werden, da ich nicht an der Welt, sondern an mir ersticke.‹
Wieder fiel ihm der Satz aus dem Gedicht des ›schlechten‹ Kameraden ein.) »Du aber wärst von Anfang an verlogen, du kämst dir
stark vor, und das wäre um so gefährlicher für dich. Je stärker die
Natur, desto gewaltsamer ist der Prozeß des Sich-Erschöpfens. Ich
halte mich nur dadurch, daß ich physisch schwach wie ein Lappen
bin. Nerven habe ich wie Stahlseile; aber sie werden einmal reißen.«

»Ich verstehe«, sagte Genezyp, obgleich er eigentlich nichts verstand. Aber er *fühlte,* daß dies wahr war. In Wirklichkeit hatten gerade ihm diese Gefahren niemals gedroht. (Tengier transponierte alles ins Künstlerische. Eine andere Psychologie war ihm fremd — unterbewußt hielt er alle entweder für Künstler oder für seelenlose Automaten. Daher kam auch seine Amoralität.) Unbekannte Drohungen (in Gestalt eines Fingers oder etwas noch Drohenderen, das von außerhalb der Welt kam) flackerten im dunklen Untergrund unklarer Ahnungen und erloschen sogleich wie Funken hinter einer durch *unbekanntes* Land dahinjagenden Lokomotive. »Ich habe niemals die Absicht gehabt. Ich will das Leben selber ohne irgendwelche Beigaben.« (Wo war die ganze so begehrte ›Literatur‹ geblieben?) »Ich werde ich selber sein auf einem kleinen Stückchen Dasein.« Unaufrichtig sagte er diese Bescheidenheiten. Er war einfach plötzlich erschreckt wie ein Pferd vor einem Auto, und jetzt log er sich in diesem Schreck selber etwas vor.

»Es ist nicht so leicht, wie du denkst. Ich will dir die Führung einer namenlosen Kraft geben, mit der du dich schlagen kannst wie mit einem Degen. Wen du tötest, ist gleichgültig. Vielleicht sogar dich selber. Es ist gut, sich zu töten, wenn man nachher nur weiterlebt — das ist vielleicht die größte Kunst. Das mußt du können.«

»Aber wie sieht das in der Praxis aus?« (Genezyp erfuhr das niemals.)

»Ein alltäglicher Tag«, sagte Tengier in Gedanken. »Habe ich das denn selber geschaffen? Ich bin in der Gewalt einer fremden, kosmischen Kraft.«

»In astronomischer Bedeutung?« (Alles in der Tiefe gähnte schon einen Hauch von unerträglicher Gewöhnlichkeit aus, so daß sogar die Haut weh tat von der Empfindung einer unüberwindlichen Langeweile, die sich über die ganze Welt breitete. Und dieser ungeheuerliche Kontrast zwischen dem Schaffen und dem Leben eines Künstlers, den Genezyp erst jetzt begriff, wurde zu etwas derart Unerträglichem wie das ›Ausmessen einer irrationalen Zahl‹. Schon, schon ... und noch nicht — ach, genug davon! Das Leben muß man stückweise nehmen, auch wenn sich in jedem Stück Unendlichkeit verbirgt.)

»Du bist dumm. Wenn ich ›kosmisch‹ sage, so denke ich an die großen Gesetze des gesamten Daseins.« Im Lichte jener Langeweile erschien Genezyp sogar der eben erst vergangene Augenblick musikalischer Begeisterung als eine unwürdige Komödie auf dem Hintergrund unangenehm enervierenden Lärms. »Ebenso wäre es, wenn ich das Getöse einer riesigen Maschine hören könnte, einer wirklich riesigen. Die Größe ist hier durch die Proportion ersetzt. Nun, und wenn schon?« Das war noch nicht das, was ihn beschäftigt hatte, als er hierher unterwegs war unter dem Eindruck jener ›Offenbarung‹.

»Niemals möchte ich Künstler werden«, sagte Genezyp hart. »Seien Sie mir nicht böse, aber was bedeutet schon dieser Lärm oder dergleichen, sogar wenn es ein wenig geordnet ist wie Musik oder überhaupt Kunst. Literatur, mit der ich mich befassen will, hat weit größere Bedeutung, denn dort ist, unabhängig von der Geordnetheit, ein Inhalt, der nur aus sich heraus, aus der Grundlage selber heraus, aus der er entsteht, ist. Das kalte Herumwühlen in diesen Inhalten, die dort heiß gereicht werden . . .« (Er war erstaunt, so zu sprechen.)

»Die Form — verstehst du nicht?« Tengier preßte die haarigen Fäuste zusammen. Er hatte die Miene eines Menschen, dem der Boden unter den Füßen wegläuft.

»Die Form, die sich deformieren muß, um sich selbst zu genügen. Schlimmer noch — sie muß die Wirklichkeit deformieren.« (Genezyp wunderte sich immer mehr über sich selber. Die Nadeln der Offenbarungen durchstachen ihm das Gehirn. Aber er fühlte schon das nahende Dunkel. Der Begriffsapparat war zu klein, zu ungenau. Tengier hatte das Feuer brutal und etwas unaufrichtig zertreten.)

»Die Form«, wiederholte Tengier, »die Form an sich, die unmittelbar das Geheimnis des Daseins ausdrückt! Weiter ist nur Dunkelheit. Die Begriffe reichen nicht aus dafür. Die Philosophie ist schon zu Ende. Sie wühlt heimlich in Ursächelchen. Offiziell hat sie ohnehin keine Lehrstühle mehr an den Universitäten. Nur die Form drückt noch etwas aus.« (Unvollendet gebliebene Schöpfungen erschienen ihm an der Grenze der Verständlichkeit. »Dieser

Rotzbengel hat recht«, stöhnte er fast in Gedanken. »Aber ich muß das Leben nützen.«)

»Was heißt das schon? Man hat sich einfach darauf geeinigt, daß Form das wichtigste sein soll. Die Menschen haben sich bisher getäuscht — jetzt ist es damit zu Ende. Künstler sind überhaupt unnötig. Darauf beruht das Mißverständnis mit dem Publikum, diese Nichtanerkennung, woraus Sie ganz unnötigerweise Heldentum machen.«

»Ein Mensch der Zukunft«, murrte Tengier mit Abscheu. »Und dennoch hast du recht, Zypcio. Du bist ein Grobian, ein brutaler Kerl, das ist dein Glück. Kraft hast du, doch gib acht, daß sie dich nicht vergiftet, wenn du nicht beizeiten Anwendungsmöglichkeiten für sie findest.«

»Aber Sie haben mir nicht erklärt, warum heute alles so anders und seltsam geworden ist.«

»Bemühe dich nicht, dies zu begreifen. Nimm es so, wie es ist, als den wertvollsten Schatz, und vergeude ihn nicht, denke nicht darüber nach, denn es wird dir nichts einfallen — höchstens wird dir die Sonderbarkeit zerfallen in Fetzchen von toten Begriffen: Ich werde dir einen Menschen zeigen, der das getan hat — er ist hier. Vor allem bemühe dich nicht, dies irgendwie leichthin auszudrücken — sprich nicht mit jedem darüber, sonst wirst du in die Kunst hineingeraten, und an mir siehst du ja, wonach das riecht: Immer seltsamer will mir alles erscheinen, und ich türme eine Unmöglichkeit auf die andere, um mit ihnen fertig zu werden. Dieses Vieh ist unersättlich — nichts genügt ihm. An das Steigern solcher Momente kannst du dich gewöhnen wie an Schnaps oder an noch Schlimmeres. Dann gibt es schon keinen Rat mehr: Du mußt immer weiter hineinwaten bis zum Wahnsinn.«

»Und was ist Wahnsinn?«

»Willst du eine klassische Definition? Inkommensurabilität der Wirklichkeit mit dem inneren Zustand bis zu einem Grad, der die in dem gegebenen Milieu üblichen Sicherheitsnormen überschreitet.«

»So sind auch Sie ein Wahnsinniger? Ihre Musik ist gefährlich, und darum sind Sie nicht anerkannt.«

»Bis zu einem gewissen Grade — ja. Was für ein brutaler Kerl ist dieser Milchbart! Du wirst im Leben nicht untergehen, aber nimm dich vor dem Wahnsinn in acht. Den ganzen Wert dieser Sonderbarkeit sich zu bewahren, die du heute zum erstenmal erfühltest, ohne an sie zu denken und ohne sie auszusprechen, ist ein unendlich schwieriges Unterfangen. Sie soll wie eine Lampe hinter einer Milchglasscheibe leuchten, doch wage nicht, diesen Lichtschirm zu zerschlagen und in das Licht selber hineinzusehen. Dann wirst du es steigern müssen bis zur Erblindung, was eben mir droht. Vielleicht — wenn ich so leben könnte, wie ich das möchte — vielleicht wäre ich dann kein Künstler. Die Krüppelhaftigkeit ist, glaube ich, die Ursache davon. Solcherart sind die schaffenden Typen von heute. Ersatztätigkeiten . . .«

»Aber praktisch . . .«

»Bist du des Teufels mit diesem Praktischen? Ich werde dir nicht sagen, wie du dich von diesem Weib vergewaltigen lassen oder was du morgen zum Frühstück essen sollst. Ich sage dir nur: Bemühe dich, das im Ursprungszustand zu bewahren, was du heute in dir gefunden hast, und lerne, dich in deiner eigenen Kraft zu beherrschen. Das ist schwieriger, als Schwäche zu überwinden — glaube mir.«

›Bin ich wirklich so stark, wie es dieser Mißgeburt scheint?‹ dachte Genezyp. ›Obwohl ja niemand weiß, wie stark er ist, solange er sich nicht auf die Probe stellt.‹ ›Wir sind stets stärker, als wir es uns vorstellen‹, fiel ihm ein Satz seines Vaters ein. ›Die Stärke des Charakters beruht auf der Überwindung der augenblicklichen Schwäche‹, erinnerte er sich eines Satzes aus den Schönschrift-Vorlagen in der dritten Klasse. Alles das paßte nicht zu dem gegenwärtigen Moment. Was ging ihn gerade jetzt das Kraftproblem an? Tengier war zufrieden. Die schmerzliche Langeweile seiner Existenz, auf dem Hintergrund schrecklichen Ringens mit dem Unbekannten im Reich reiner Klänge, ließ sich einzig durch das vertuschen, was man das ›Zukriechen auf andere Menschen‹ nennen könnte. (Den Ausdruck hatte die Fürstin ausgedacht.) Er mußte mit jemandem über seine Gefahren sprechen, aus anderen die unterbewußten Motoren ihrer Handlungen herausangeln, prophezeien, Ratschläge erteilen — mit einem Wort, soweit wie möglich jemandes Vorbestimmung verzerren. Außerhalb der Musik lebte er dadurch am allerwirklichsten, fand aber nur wenige Objekte, die zu seinen Experimenten geeignet waren. An Genezyp saugte er sich fest wie eine Zecke. Ganz abgesehen von seinen finanziellen Möglichkeiten, war er ein ideales Objekt für ihn, das zur Potenzierung seiner eigenen Wichtigkeit durch die Projizierung beinahe imaginärer Konzeptionen auf ein fremdes Ich diente.

Herein trat die Frau des Hauses, eine leider nur scheinbar durchgeistigte, nicht große Blondine. Sie hatte schmale Augen mit hell nußfarbener Iris, hervorstehende Wangenknochen und eine vollkommen gerade Nase. Nur um den etwas schmalen Mund lauerte eine perverse Sinnlichkeit, und die breiten Kinnladen gaben ihrem Gesicht (aber nur bei näherer Betrachtung) etwas Wildes, beinahe Tierisch-Ursprüngliches. Ihre Stimme war tief, metallisch klangvoll, guttural, wie von Tränen und verheimlichter Leidenschaft gebrochen. Tengier stellte widerwillig Genezyp vor.

»Herr Baron geruhen mit uns zu Abend zu essen?« sagte sie, ein wenig untertänig.

»Ohne Titel, Maryna!« unterbrach Putrycides scharf. »Selbstverständlich bleibt Zypcio da. Nicht wahr, Zypek?« akzentuierte er geschmacklos dieses Reden per ›du‹. Offenbar wollte er damit seiner Frau imponieren.

Durch den kalten Flur gingen sie in den anderen Teil des Hauses hinüber, der nach Bauernart eingerichtet war. Zwei Kinder der Tengiers schlürften schon saure Milch. Eine üble psychisch-geruchliche Stimmung würgte Genezyp in der Kehle. Die Inkommensurabilität jenes Zimmers mit diesem, jenes Gesprächs mit dieser Wirklichkeit, fiel allzu unangenehm auf. Und dennoch offenbarte sich auch darin die widerwärtige Macht des Hausherrn. ›Wie abscheulich kann manchmal Stärke sein‹, dachte Genezyp, indem er beide Tengiers als einen einzigen Komplex beobachtete. Obwohl er nichts zu diesem Thema wußte, war der Gedanke an den physischen Kontakt dieser beiden ekelhaft bis zum Schmerz. Durch die offene Tür eines anderen Zimmers war ein großes Ehebett zu sehen, das sichtbare Symbol dieser widerlichen Kombination von

Körpern. Wenn ein solches Paar miteinander schlief, mußte das wie ein unerträgliches Leiden sein, ähnlich einer gesteigerten Malaise in der Haut während der Influenza, ähnlich der Langeweile in einem kleinen Salon mit relativ drittrangigen Gästen, aber erhoben zu unermeßlicher Potenz, zu gefängnishafter Verzweiflung, zu schmerzlicher Sehnsucht des Kettenhundes, der dem Spiel anderer, freier Hunde zuschaut. Beide stellten sie einen solchen Hund dar — einen zweipersonigen. Und trotzdem mußte darin irgendeine perverse Wollust sein. (Frau Tengier gefiel Genezyp ein klein wenig, doch wurden deutlichere Empfindungen in dieser Hinsicht von dem Bild jenes Weibsstücks verdunkelt.) Sie beide von der Kette lassen — das war in diesem Augenblick sein Traum. Es war so, wie er dachte; aber Tengier hatte seine Leiden in einer so genial verwickelten Art und Weise automatisiert, daß ihm, obgleich er von einem glücklichen Leben theoretisch wußte, ein anderes Dasein, ohne diese Unterlage einer wie die Harnblase eines Urämikers schmerzhaft angeschwellten Langeweile, praktisch unvorstellbar war wie der Schatten eines vielseitigen Prismas auf einer Kugel in der vierten Dimension oder wie eine derart banale Sache wie etwa, nun — eine Fahrt im eigenen Auto entlang der französischen Riviera, Langusten, Champagner und teure Mädchen, eine Sache, die sich ihm derart abstrakt darstellte wie die symbolische Logik von Afanasol Benz. Das ganze Lebensmißverständnis ging zuerst durch eine osmotische Membran reiner Klänge hindurch, und dort erfolgte dann die sublimierende Transformierung schamloser Vulgarität in eine Dimension der Rechtfertigung. Wie das aber eigentlich vor sich ging, wußte niemand, nicht einmal Tengier selbst. Der Übergang war so rasch wie vom Zustand der Trunkenheit zur Kokainisierung — ›schnipp und fertig‹ —, man wußte nicht wann und wie. »Geheimnis des Genies«, pflegte manchmal der Erfinder dieser Methode selber in Trunkenheit zu sagen.

Ein schweres Schweigen bedrückte alle von innen her. Sogar die Kinder, zu denen Putricydes zärtlich zu sein bemüht war, empfanden die Fremdheit der Atmosphäre, die wie Eiweiß geronnen war durch diesen unbekannten Gast und durch die ungeheure Dosis des vorhergegangenen Gesprächs. (In der Ferienzeit hatte Zypcio nirgends hingehen dürfen außer zu Sportausflügen, und daher kannte er nicht einmal die nächste Nachbarschaft. Sogar bei Hausempfängen war er niemals mit zugegen. So war das Isolierungssystem des alten Kapen. Er wollte dem Sohn interessante Eindrücke erst dann vermitteln, wenn er würdig war, sie zu empfangen. Daher machte jetzt, als er plötzlich ›reif‹ geworden war — nicht kraft irgendeines Papieres, sondern kraft seines Gefühls, von der Kette gelassen zu sein —, die geringste Sache einen so höllischen Eindruck auf ihn. Er glaubte fast nicht an seine Freiheit — er fürchtete, daß er aus diesem Zustand erwachen könnte wie aus einem Traum.)

Als er sich gleich nach dem Abendessen verabschiedete, ohne eigentlich seine Begierde nach der Lösung des ihn quälenden Rätsels seines Erwachens befriedigt zu haben, sagte Tengier unvermittelt: (er konnte sich nicht so plötzlich um halb zehn von seinem neuen Opfer trennen. Die Projizierung seiner in Langeweile vermoderten Person auf diesen Bildschirm war allzu anziehend. Und dazu brauchte er einen konkreteren Triumph über den schönen, aber ihm ekelhaften Jungen — nicht nur über die Seele, sondern auch über den Körper —, um wieder seine männliche Macht zu verspüren. Ob sich hier nicht vielleicht das Geheimnis eines Koeffizienten verbarg, eines unumrissenen, eines transformierenden Musters zur Veränderung der Wirklichkeit? Fehlte auch nur ein allerkleinstes Rädchen, würde die ganze Maschine in Stücke zerfallen. Die innere Spannung war geradezu schrecklich. »Sie leben mit hohem Einsatz, Herr Tengier«, wie einst Bechmetjew sagte. Doch niemand gab sich Rechenschaft von der Subtilität dieser Kombination. Und was ging das schließlich jemanden an. Vielleicht in irgendeiner Biographie in hundert Jahren, wenn es schon keinerlei Daten mehr wirklich geben wird. Und die letzte Symphonie, die ihm in weitgespannter Vorstellungskraft vorschwebte als sein größtes Werk, fand nicht genügend Anreiz, um auf die Welt hervorzubrechen aus dem blutigen Inneren des Schöpfers. Übrigens nannte sich das nur eine Symphonie — in Wirklichkeit war es ein wahrhaftiger Turm zu Babel von miteinander unkoordinierten

Themen, an deren Konstruktivität zeitweise nicht einmal ihr Autor in spe glaubte. Vielleicht war es das letzte Werk? Und was nachher? Irgendeine schmerzliche Erscheinung deutete sich an hinter den nebelhaften Konturen dieser gigantischen Idee. Und dabei brachte die Unmöglichkeit, die eigenen symphonischen Schöpfungen im Orchester zu hören, Tengier zu einer wilden, an Wahnsinn grenzenden Verzweiflung. Durch diese Abstinenz hatte er in sich ein Gehör-Vorstellungsvermögen auf eine so höllische Art gebildet, daß er für andere unvorstellbare Klangverbindungen innerlich hörte, Verbindungen von Klangfarben und Rhythmen. Doch das war für ihn nichts — nichts, verflucht!)

Er sagte daher:

»Komm mit mir. Wir werden den Fürsten Basil in seiner Einsiedelei besuchen. Das wird eine Art von Probe sein.«

»Ich habe keine Waffe.« (Jene Einsiedelei lag weit in den Wäldern, die sich im Osten von Ludzimierz hinzogen bis an den Fuß der Gebirge.)

»Meine Parabellum genügt. Sie ist vom Schwiegervater.«

»Und dazu noch um zwei Uhr nachts dort ankommen . . .«

»Ach, darum geht es? Eben deswegen solltest du mitgehen. Ein Überfluß an Energie beim erstenmal kann dich nur kompromittieren.« Genezyp erklärte sich gleichgültig einverstanden. Die Seltsamkeit war jetzt erstarrt und verharrte auf der Stelle. Ihn befiel eine innere Kraftlosigkeit — er war zu allem bereit —, sogar die Fürstin fürchtete er nicht in diesem Augenblick. Über dem ganzen Tag und über der Zukunft lastete die Langeweile von vorher Vereinbartem, Unwiderruflichem — nicht anders erschien ihm auch die letzte Veränderung. Ruhig dachte er, daß vielleicht der Vater dort stirbt hinter den Wäldern, inmitten ungeheuerlicher Mengen selbst produzierten Bieres, und er empfand keinerlei Gewissensbisse, ihn verlassen zu haben. Er freute sich sogar heimlich hinter einem kleinen (psychischen) Trennwändchen, daß nunmehr er, der unterdrückte Zypcio, zum Haupt der Familie würde und alles auf sich nehmen müßte. Das Problem der Ausbeutung jener dunklen Gestalten von der anderen Seite des Lebens war die einzige Dissonanz in dieser Harmonie. Doch das würde sich irgendwie erledigen.

»Nur küssen Sie mich niemals wieder, vergessen Sie das nicht«, sagte er leise zu Tengier, als sie auf knirschendem Schnee über die große Ebene gingen, die sich vier Kilometer weit hinzog bis zu dem am Horizont sich schwarz abzeichnenden Ludzimiersker Urwald. Die Sterne funkelten mit regenbogenfarbenem Blinken. Der Orion schwamm schon gen Westen über den gespenstigen Gipfeln der Berge in der Ferne, und im Osten erhob sich soeben hinter dem Horizont der riesige rötliche Arktur. Der amethystfarbene Himmel, im Westen nur erhellt von der eben untergegangenen Mondsichel, wölbte sich baldachinartig wie eine Kuppel über der ausgestorbenen Erde in einer gerade jetzt irgendwie falschen Majestät. ›Alle sind wir Gefangene, in uns und auf diesen Kugeln‹, dachte verschwommen Genezyp. Die scheinbare Willkürlichkeit der nachabituriellen Zukunftsvision aus vorabituriellen Zeiten schrumpfte zusammen zu einer unvermeidlichen Identität von allem mit sich selbst. In den letzten Zügen lagen schon nie gewesene Tage und künftige Abende, angefüllt von Erwartungen und Abenteuern in der Ahnung vorbestimmter Ausweglosigkeit des Lebens, Charakters und unverständlichen, jungen Todes — vielleicht noch zu Lebzeiten. Die Zeit stand wieder still, aber anders — oh, wie anders! Nicht als Verdichter für den nächsten Sprung, sondern einfach aus Langeweile. Ein gegenstandsloser Schreck (nicht der vor Geistern), ein Genezyp bisher unbekannter, wehte daher aus den gleichmäßigen Kiefernstämmen und dem Nebel des Wacholderunterholzes. Vergebens suchte er in sich nach dem vormittäglichen Elan. Er war tot. Er hatte schon keine Lust mehr, nicht einmal zu einem Gespräch. »Wozu schleift mich dies krumme Stück mit, was will er von mir!«

Tengier schwieg bleiern eine ganze Stunde hindurch. Plötzlich blieb er stehen und riß die Parabellumpistole aus dem Futteral am Gürtel. »Wölfe«, sagte er kurz. Genezyp blickte in das Dickicht einer jungen Schonung und sah ein einziges gelbliches Lichtchen. Sogleich blinkte ein zweites auf und dann drei Paare auf einmal. ›Er blinkte im Profil‹, dachte er den Bruchteil einer Sekunde. Tengier war nicht mutig, doch hatte er die Manie, seine Ausdauer zu erproben. Trotz oftmaliger Begegnung mit Wölfen, die hier übrigens nicht in Rudeln umherstreiften – höchstens zu viert –, konnte er sich nicht an sie ›gewöhnen‹. Und auch jetzt enervierte er sich unnötig: »Los!« und verschoß das ganze Magazin in der Richtung der spiegelhaft blinkenden Lichter. Dumpf dröhnte der Hall wider aus der Tiefe des verschneiten Forstes. Die Lichter verschwanden. Er tastete nach dem Futteral – ein zweites Magazin war nicht da. An der Bewegung erriet Genezyp die Wahrheit. Er holte ein kleines Messer aus der Tasche hervor – es war die einzige Waffe, die er bei sich hatte. Er fürchtete sich, wie gewöhnlich, nicht im Moment der Gefahr selber – er hatte schon einige solcher Momente hinter sich –, der Schreck kam bei ihm manchmal einige Tage nachher. Aber eine schreckliche Wehmut schnürte ihm das Herz und die Eingeweide später zusammen, bis zu dem Bündel der sonderbaren Kutteln, deren ganze Bedeutung er noch nicht verstand. ›Nie, niemals mehr‹, dachte er fast mit Tränen und mit schrecklichem Mitleid für sich selbst auf dem Hintergrund einstigen ›knabenhaften‹ Muts. Er sah wieder die allwissenden Emailaugäpfel dieser alten ›Plapse‹ (ein Ausdruck Tengiers, der sich ihm unerbittlich für alle Zeiten mit dem Bilde dieser Dame verbunden hatte), die in diesem Augenblick sicher und geborgen auf ihn in ihrem fraisefarbenen Boudoir wartete. Die zweite Stunde in der Nacht wurde ihm zur unerreichbaren Ewigkeit, und die Fürstin selber haßte er in diesem kurzen Zeitabschnitt wie den schlimmsten Feind, wie ein Symbol unerfüllten Lebens, das ihm hier, auf diesem verfluchten Waldweg, für immer entgehen konnte. Hätte er gewußt, in welch schrecklichen Zeiten er sich an dies relativ ergötzliche Ereignis erinnern werde: an die Möglichkeit eines dummen Von-Wölfen-Gefressenwerdens – so würde er vielleicht nicht länger leben wollen, würde vielleicht zu Tengier zurückkehren, die Pistole wieder laden und gleich ein Ende mit sich machen – oder dort bei dem Fürsten Basil – oder vielleicht um zwei Uhr nachts ... Wer weiß? Jetzt fühlte er sich so, wie wenn ihm jemand einen eben erst begonnenen, wahnsinnig interessanten Roman vor der Nase wegschnappen wollte. Und er wurde sich deutlich klar darüber, daß er nichts davon wisse, wer er *eigentlich* sei, nicht nur nicht, wer er sein werde. Vor ihm öffnete sich klaffend ein Loch, ein Loch ohne Boden, ein enges und unbequemes. Die Welt verschwand unter den Füßen, wie fortgespült. Er hing hinausgebeugt über diesen Abgrund. Aber *von wo* hinausgebeugt? Dieser Abgrund war kein Raum ... Diese Unwissenheit über sich wurde gleichzeitig zum Gipfel des Bewußtseins, eines völlig andersartigen als der Zustand nach dem Erwachen. Er wußte bestimmt, daß er nichts, aber auch absolut gar nichts wisse. Die Tatsache des Daseins selber war unbegreiflich. So fiel denn Zypcio in dies Loch, fiel und fiel, bis er plötzlich wie erstarrt stehenblieb in dem Schnee, wieder auf demselben Waldweg von Ludzimierz. ›Wo bin ich gewesen — Gott! — wo bin ich gewesen?!‹ Alles wirbelte durcheinander im Sturmwind unentwirrter Gedanken, die plötzlich wie fortgeblasen erloschen. Das alles verwunderte ihn so, daß er eine Weile die Wölfe vergaß, die jeden Augenblick von einer anderen Seite auftauchen konnten: von hinten, von den Flanken her. Tengier stand schweigend und hielt die Pistole am Lauf. (Bei ihm trat der Schreck immer in maskierter Gestalt auf: als Verzweiflung, daß er etwas nicht schreiben werde, was er dort in der Tiefe seines abscheulichen haarigen Kopfes hatte, oder daß er die Partituren dieser Skizzen in der roten Saffianmappe nicht beenden werde, der einzigen Erinnerung an seine Mutter, die Frau des Organisten aus Brzozów. An dieser Mappe hing er fast wie an seinen Kindern, auf die er beinahe ebenso stolz war wie auf seine ungeheuerlichsten Werke: Eine solche Mißgestalt hat so schöne, gesunde, bäurische, bullige Luderchen ›geboren‹, wie er zu sagen pflegte.)

Der Wald rauschte auf von innen her, und der Schnee fiel von den Ästen mit schwachem, dumpfem Fall, unterwegs kleine trockene Zweige knackend.

»Gehen wir«, sagte als erster Tengier. Trotz der vorhergegangenen Knallerei ertönte seine Stimme wie ein Kanonenschuß in den Ohren von Genezyp: Er zerriß ihm den allerseltsamsten Moment von allen bisherigen Momenten des Lebens, vielleicht den einzigsten in seiner Art, den, der auch nur in annähernd ähnlicher Art niemals wiederkehren wird. Vergebens bemühte er sich, ihn aus Erinnerungsfragmenten zusammenzusetzen: er, der Wald, Wölfe,

Tengier, Wehmut des Lebens und dessen, daß er die Liebe nicht kennenlernen werde (ach, du Lieber!) — dies alles war auch jetzt. Aber jener Moment in der eben erst verflossenen Vergangenheit ragte heraus aus dem Lauf der Ereignisse wie ein Punkt, der aus einer geraden Linie in den dreidimensionalen Raum gerissen ist. »O Geheimnis, gehe noch einmal in mich ein, verweile, wenn auch nur für eine Sekunde, in meinem armen kleinen Gehirn, dem eines unerfahrenen jungen Stiers, damit ich mir dein Antlitz einprägen und mich an dich erinnern kann in den schlimmsten Momenten, die kommen müssen. Erleuchte mich, damit ich Schrecklichkeiten vermeide, die in mir sind, denn die außerhalb von mir fürchte ich nicht.« So murmelte Zypcio, gesenkten Kopfes dem affenartigen Geschöpf folgend, das mit einer huzulischen, vierkantigen Schaffellmütze vor ihm ging. Diese Bitten wurden nicht erhört. Der Wald rauschte dumpf, unbeweglich — es rauschte die Stille selber.

Nach einer Weile waren sie auf der Bialozicrsker Lichtung, welche die Einsiedelei des Fürsten Basil umgab. Es war elf Uhr.

Besuch in der Einsiedelei des Fürsten Basil

Aus den Fenstern des aus Bohlen gebauten Hauses strömte das sanfte orangefarbene Licht von Petroleumlampen. Ein nach Harz duftender Rauch lagerte flach zwischen verstreuten Kiefern und Buchen. Sie gingen hinein. Außer dem Hausherrn in einem kuttenartigen, braunen Schlafrock war dort noch ein Mensch mittleren Alters mit Fischaugen und einem fahlen Bärtchen: Afanasol Benz, ein Jude. Er war ein großer Logistiker und ein ehemaliger Krösus, der mit dem Fürst Basil bekannt geworden war, als er noch in der Leibgarde des Pawlower Regiments gedient hatte. Eben gedachte der Fürst jener köstlichen Zeiten, da er als junger Leutnant mit dem speziellen ›Pawlower‹ Parademarschtritt daherging, den (o Wunder!) blanken Säbel schwenkend, während die Soldaten die Waffe wie zur Attacke hielten. Die ganze Garde beneidete sie darum, wie auch um die Grenadiermützen: Tschakos aus den Zeiten Pauls des Ersten. Es war die Periode der kurz andauernden zweiten Gegenrevolution gewesen. Lange nachher, nachdem Benz sein ganzes Vermögen verloren hatte, widmete er sich aus Verzweiflung der Logistik und gelangte in kurzer Zeit zu erstaunlichen Resultaten: Aus einem einzigen Grundsatz, den niemand außer ihm selber verstand, baute er eine völlig neue Logik auf, und in ihren Termini umriß er die ganze Mathematik, indem er alle Definitionen auf eine Kombination von einigen Grundzeichen reduzierte. Er behielt jedoch Russells Begriff der Klasse bei und pflegte zu diesem Thema bitter zu sagen, den Satz Poincarés paraphrasierend: »Ce ne sont que les gens déclassés qui ne parlent que de classes et de classes des classes.« Jetzt war er nur Lehrer an einem slowakischen Gymnasium im polnischen Arvatal. Es waren nicht die rechten Zeiten, um Genies vom Format eines Benz anzuerkennen. Man weiß nicht, warum seine Ideen in den Kreisen, die der Gesellschaft für Nationale Befreiung nahestanden, als ein mechanisches faschistisches Gleichgewicht, dazu noch ein künstliches, angesehen wurden, das es zu erschüttern galt. Und immer wieder wurde ihm ein Auslands-Reisepaß verweigert.

Der Fürst Basil Ostrogski (unlängst bekehrt zum polnisch-französischen, degenerierten Pseudokatholizismus), natürlich ein früherer Geliebter von Irina Wsjewolodowna Ticonderoga, lebte nun — in der letzten ›Verkörperung‹ seiner ersten Phase — als Förster in den Urwäldern ihres Gatten. Die Ankömmlinge wurden etwas kühl aufgenommen. Es war zu merken, daß die Herren, vertieft in Erinnerungen an die Vergangenheit, ungern zur gegenwärtigen elenden Wirklichkeit zurückkehrten. (Und dennoch hatten sie sich so an Polen gewöhnt, daß sie, obwohl bei ihnen in Rußland seit fast einem Jahr der Weiße Terror herrschte, keine Lust zur Heimkehr hatten. Vielleicht aber hielt sie auch die Unsicherheit des neuen Systems zurück und die Angst vor der ›beweglichen chinesischen Mauer‹, die nach Ansicht unserer polnischen Politiker sich schon vor einem halben Jahr an dem Hindernis Polen hätte zerschlagen sollen. Und dabei hatte Basil, nunmehr ein Mensch von sechsundfünfzig Jahren, unerwartet in sich sein Polentum entdeckt. Was Wunder? Die Ostrogskis waren einst polnische Magnaten katholischen Bekenntnisses gewesen. Orthodox war er eigentlich nie, denn er war überhaupt nicht gläubig. Jetzt hatte ihn eine Offenbarung überkommen auf Grund irgendwelcher Bücher, die ihm Irina Wsjewolodowna in die ›Einsiedelei‹ geschickt hatte und die mit aller Gewalt die Rettung der Franzosen propagierten. Erst nach dieser Tatsache war er zu einem Einsiedler *en règle* geworden — bisher war er lediglich ein gewöhnlicher Förster gewesen.)

Eben hatten beide Herren eine Diskussion beendet, in der Afanasol den Fürsten von der Unwirklichkeit seiner Wandlung zu überzeugen suchte. Die einstigen Monarchisten hatten auch den neuen Glauben des visionären, mystischen de Quincey erörtert und den des Malaien Murti Bing, der sich in Rußland und sogar auch ein wenig bei uns auszubreiten begann und scheinbar der Theosophie ähnelte. Sogar zu ihnen in diese Einsamkeit waren Gerüchte gelangt. Sie waren sich allerdings völlig darin einig, daß dies ein Unsinn sei, dessen Lebenskraft vom totalen Untergang des Intellekts beim Gros der Slawen zeugte. Im Westen konnte nicht einmal die Rede davon sein. Dort herrschte allgemeine Toleranz, verbunden mit dem Glauben an die Wiedergeburt der Menschheit auf dem Hintergrund vollkommen materiellen Wohlstands. Leider aber hat der Wohlstand seine unüberschreitbaren Grenzen, und was dann? Wie diese ›Wiedergeburt‹ sein sollte, wußte niemand, und niemand wird es jemals wissen bis in die Zeiten des Erlöschens der Sonne. Es sei denn, wir verstünden unter Wiedergeburt: Frieden, Aufhören jeglichen Schaffens mit Ausnahme technischer Vervollkommnungen und viehische Glückseligkeit nach Erledigung einer gewissen Anzahl von Stunden mechanischer Arbeit.

Nach einem Wildschweinbraten und einem ausgezeichneten Wacholderschnaps war das Gespräch auf das vorhergehende Thema zurückgekommen. Afanasol, unter anderem Schöpfer einer neuen Mathematik — vielmehr eines ganzen Systems in Analogie zur Geometrie —, war infolge seiner Nichtanerkennung durch die Allgemeinheit der polnischen Gelehrten, die offizielle Dienststellen innehatten, mit seinem Schicksal unzufrieden. Er bildete zusammen mit Tengier und Ostrogski ein Dreigespann völlig Unzufriedener. Denn trotz des ganzen Neokatholizismus hätte Fürst Basil nichts gegen die Rückerstattung von vierzigtausend Deßjatinen seiner ukrainischen Güter gehabt, mit dem Ostrogsker Stammgut an der Spitze. Doch sogar in dieser Zeit der vorgeschrittenen Gegenrevolution konnte einstweilen keine Rede davon sein, daß die Bodenreform rückgängig gemacht würde, insbesondere in der Ukraine. Und vielleicht würde der Fürst ohnehin nicht mehr zum früheren Leben zurückkehren können: Er war sauer und dann verknöchert geworden, erstarrt in seiner Einsiedelei, und Weiber existierten für ihn, seiner völligen Impotenz wegen, überhaupt nicht. Hätte Genezyp ahnen können, in welcher Schicksalswandlung er diese beiden Herren später antreffen würde, so hätte er wohl wieder Verlangen nach dem Tode gehabt aus Angst vor dem unmenschlichen Leiden, das seiner wartete. Tengier sagte:

»... Ich verstehe nur eines nicht: Wenn ich schon gut sein muß, wozu muß ich, um gut zu sein, zugleich diese ganze phantastische Firlefanzerei hinnehmen, an die ich schon als Kind nicht habe glauben können ...?«

Fürst Basil: »Weil du ohne dies nicht wirklich gut sein kannst ...«

Tengier: »Was heißt denn das, dieses ›wirklich‹! Eine geistlose Zugabe, die einen Unterschied ausdrücken soll, der nur ›als ob‹ besteht. Ich kannte ideell gute Menschen, die verhärtete Materialisten waren aus der zweiten positivistischen Epoche, die gegen das Ende der Dancing-Sport-Periode begann. Güte ist übrigens nicht mein Ideal. Bewußt denke ich über sie niemals als Problem nach. Ich überlasse das schon deklarierten Schwachköpfen.«

Fürst Basil: »Eben dies Denken darüber, das bewußte, ist eine Quelle wirklicher Güte und nicht einfach Schwachköpfigkeit. Güte kann nicht aus Schwäche herkommen, sondern nur aus Macht. Und was diese Menschen anbelangt, so bedenke, daß auch die heutigen Materialisten unbewußt Zöglinge der ganzen christlichen Ära sind. Übrigens kann es Ausnahmen geben. Nicht von Ausnahmen sprechen wir aber, sondern von allgemeinen Grundsätzen. Man weiß nicht, wie diese Menschen wären, wenn sie zu ihren Gegebenheiten noch den Glauben hinzufügten. Gute Taten ohne Glauben sind wie nicht zusammengeklebt, einzeln, sinnlos — sie haben nicht diese höhere Sanktion, die sie zu einem hierarchischen Ganzen zusammenfügt. Ein gestaltloser Haufen ist etwas Niedereres als eine gestaltete Masse, als ein System aus den gleichen Elementen. Gutes tun einzig zur eigenen Befriedigung und nicht zum Lobe Gottes und des ganzen Daseins, nicht zur eigenen Erlösung, worin erst die ganze Welt zu einem System der Vollkommenheit wird — das ist eine geradezu widernatürliche Kaprice. Auch Menschen, die im Grunde schlecht sind, können so handeln. Nur in Verbindung mit dem Ganzen nehmen gute Taten den höheren Sinn von etwas Organisiertem an, als Funktion eines kollektiven Bewußtseins.« (Genezyp langweilte sich mit der Kraft von einigen Dutzend Möpsen. Immer mehr drängte ihn das ab von irgendwelchen Ideenbegriffen überhaupt. Die Langeweile unvollkommener Dinge! Ha, wenn er das in der idealen Interpretation höchster Geister kennenlernen könnte! Niemals geschah das.)

Tengier: »Genau wie böse Taten bei der Voraussetzung, daß die Welt schlecht ist, daß sie schlecht sein muß und daß sie obendrein noch von einer bösen Macht regiert wird. Und da Leibniz, wohl das größte gläubige Hirn . . .«

Benz: »Wenn er wirklich gläubig war und sich nicht nur der Fasson halber den Anschein gab: aus gesellschaftlichen Rücksichten und der höfischen Karriere wegen.«

Tengier: »Warten Sie: Leibniz konnte nicht die Notwendigkeit der Annahme nachweisen, daß Gott unendlich gut ist in seiner Vollkommenheit. Ebenso ist es möglich anzunehmen, daß er unendlich boshaft ist. Die Menge des Bösen auf der Welt, die verschwindende Quantität des Guten und die Machtlosigkeit von Christi Erlösungstod angesichts des Bösen in der Welt machten diese Annahme möglich.«

Fürst Basil (unwillig): »Man darf keine Gott beleidigenden Voraussetzungen machen, sondern nur an das glauben, was zum Glauben gegeben ist — das ist es.«

Tengier (schreit irritiert): »Also geben Sie uns diesen Glauben, zwingen Sie uns zu ihm! Warum gibt es überhaupt Unglauben, warum gibt es überhaupt das Böse? Ich weiß, was Sie sagen werden: daß Gott in seinen Absichten unerfindlich ist, daß er ein über den Geist des Menschen hinausragendes Geheimnis ist. Und ich sage Ihnen: Ich bin nach Möglichkeit gut, soweit eben eine unbewußte Christlichkeit — und auch meine Krankheit, das muß man zugeben — mir die tierischen Innereien herausgetrennt haben; obschon ich wiederum weiß, daß ein gewisses Prozent von Amoralität in mir von derselben Krankheit geschaffen wird. Ich habe das Recht, etwas zu nützen, zum Teufel, für meine verdrehten Knochen! Und ich bin auch ein wenig böse — aus Bitterkeit eher als aus Schlechtigkeit oder Schadenfreude —, und ich wäre kein anderer um einer höheren Idee willen, wie Sie das meinen. Ich wäre vielleicht besser, das heißt, ich würde mich bemühen, es zu sein, wenn ich wüßte, daß ich dadurch besser komponieren würde. Aber ich weiß nicht, ob irgendeine äußere Kraft meine inneren Dispositionen ändern könnte.« (Basil schwieg. ›Ja — der Glaube ist etwas, das man nicht durch Vernunft einimpfen kann.‹ — ›Warum kann ich meine Empfindungen ihm nicht zusammen mit dem Blut in die Adern umpumpen? Dann könnte er glauben ohne intellektuellen Verfall, den er so sehr fürchtet.‹)

Benz: »Auch ich muß dir sagen, Basil, daß ich nicht besseren Selbstgefühls wegen meinen Überzeugungen entsagen könnte, es sei denn, es geschähe etwas Schreckliches mit meinem Gehirn, und ich würde plötzlich verdummen, ohne es selber zu merken. Auch ich war einst nur um Haaresbreite von dem Glauben entfernt, als meine Logik durch Ontologie verunreinigt war. Jetzt glaube ich nur an die Zeichen und an die Regeln, wie mit diesen Zeichen zu operieren ist — alles andere ist Kontinuität und keiner Rede wert.«

Fürst Basil: »Ja — du hast den Punkt der Überlegenheit über alles gefunden.« (Sich an die anderen wendend:) »Er glaubt, daß er dem Dasein und dessen Moralgesetzen entschlüpft ist. Er hat sich in Zeichen ohne Inhalt geflüchtet, und das gibt ihm diese absolute Gewißheit, obwohl ihn die inländischen Logiker ganz und gar nicht anerkennen, und im Ausland nur ein einziger Verrückter . . .«

Benz: »Lightburgh — der größte Geist der Welt. Ach, Herr Basil: Wie tief seid ihr geistig gesunken mit eurem ganzen Glauben . . .!«

Fürst Basil: »Der größte Geist, weil er ein offenes Ohr hat für die Einflüsterungen dieses Satans, der an nichts mehr glaubt, nicht einmal mehr an die Existenz seiner eigenen Lebenspersönlichkeit, nicht nur nicht an die Unsterblichkeit der Seele.«

Benz: »Und bin ich denn nicht glücklicher als ihr, Basil, die ihr zu intelligent seid, um nicht auf dem Boden eures Glaubens das Fünkchen von Bewußtsein zu sehen, das euch sagt, daß nur das niedere Geschöpf in euch glaubt, entsetzt von der moralischen Dunkelheit des Weltalls, und das einen Ausweg daraus sucht, sei es auch einen, der von der Vernunft verworfen wird — nur um die Gewißheit zu haben, daß die Welt in moralischer Hinsicht kein Nonsens ist. Trotz eurem Zweifel, der mir mehr über eure Unwissenheit sagt als euer Glaube, ist die Welt kein Nonsens, ist es auch deswegen nicht, weil sie überhaupt Logik zuläßt — das ist der Beweis. Der Sinn der ideellen Welt, deren elende Funktion nur eine relative Vernunftmäßigkeit — nicht die absolute — der Wirklichkeit ist, ist erhaben darüber, ob irgendein in Frage kommendes Büblein das Leben ertragen kann oder nicht.«

Fürst Basil: »Wie kann man die lebendige Frucht des Glaubens, die mir, einem in der Wüste Verdorrten, der alles verloren hatte, erlaubte, hier in meiner Einsiedelei wiedergeboren zu werden und in völliger Verneinung dessen zu leben, was einst mein Leben war — wie kann man das vergleichen mit dem von Gott verlassenen, leeren Gebäude deiner Zeichen!«

Benz: »Weit größer wäre das Verdienst, wenn du ohne das Hilfsmittel deines Glaubens weitergelebt hättest.«

Fürst Basil: »Und wenn du auf deinen ganzen logischen Formalismus verzichtet hättest. Man muß nur wollen.«

Benz: »Eben dieses Wollen: Hier verbirgt sich die Falschheit. Verzeih, Basil, aber entweder man glaubt oder man glaubt nicht — aber wer glauben *will*, der ist schon zu sehr verdächtig.«

Tengier: »Ihr beiden Herren macht mir den Eindruck von Schiffbrüchigen, die sich eine Fiktion erfunden haben, um das Ende eines enttäuschten Lebens zu rechtfertigen.«

Benz: »Mein Gedanke ist keine Fiktion — ich kann die Notwendigkeit meines Systems beweisen. Mit der Zeit werden es alle wirklich intelligenten Menschen übernehmen.«

Fürst Basil: »Ich gehe von gewissen Voraussetzungen aus — denn ohne Voraussetzungen gibt es nichts, von selber geschieht nichts. Von meinen Voraussetzungen ausgehend, kann ich die Notwendigkeit meines Glaubens beweisen. Wenn man alles sehr extrem nehmen will, so schwöre ich, daß es keinen Unterschied gibt zwischen Religion und Mathematik: Beide sind nur verschiedene Arten, Gott zu loben, nur daß diese zweite restlos in der ersten enthalten ist.«

Benz: »Eben das ist dein Kompromiß: dieser Wille, alles um jeden Preis in Übereinstimmung zu bringen. Laues Wasser — Verwischen unüberprüfbarer Unterschiede. Das ist der Kompromiß des ganzen Katholizismus, denn der Katholizismus hat es immer mit dem verfluchtesten Teil der Menschheit zu tun. Das orthodoxe Glaubensbekenntnis hat dies doch nicht nötig.«

Fürst Basil: »Siehst du, Benz: Das ist ein Beweis für mich — das ist kein Zufall; der Katholizismus allein hat den besten Teil der Menschheit erzogen. Die Protestanten unter den Deutschen waren die Ursache des größten Unglücks der Menschheit: Ursache des großen Krieges; die Orthodoxen waren das dunkelste Volk zur Zeit der Zaren, und sie schufen dann den Bolschewismus, diesen Ruin der Zivilisation, der die Ursache des Untergangs der ganzen Kultur sein wird, wie man das bereits im Westen sieht.«

Benz (lachte wild auf): »Und vielleicht geht es eben darum? Die Menschheit könnte an der Komplikation dieser Kultur ersticken. Die Religion wird keinen Rat schaffen.«

Fürst Basil: »Warte: Für die ganze Welt waren die Engländer das Musterbeispiel des Imperialismus, bei ihnen lernten andere Nationen, die sogenannten ›niederen Rassen‹ zu unterdrücken. Jetzt rächt sich das an uns durch die Chinesen — und wenn man die Dinge tiefer erfaßt, so hatten vielleicht sie, die Engländer, das vorbereitet, was dann die Deutschen nur auslösten. Sie hatten das habgierige, gedankenlose, wirklich unkulturelle Reich des Geldes geschaffen: das frühere Amerika, das uns durch sein Beispiel dieser verfluchten Organisierung der Arbeit in den Zustand von schlafenden Grenzbauern gebracht hat. Automaten brauchen keine Religion. Und letztlich endeten sie bei irgendeinem Pseudobolschewismus, denn keinerlei Wohlstand und Autos und Radios ersetzen dem Menschen die Idee. Aus Mangel an Religion — egal, wie sie auch gewesen sein mochte —, die sie getötet hatten, mußten sie eine Revolution machen, trotz allem vorherigen Verwischen der Klassenkämpfe.«

Benz: »Und warum läßt euer Gott das zu? Versteht ihr nicht, daß bei uns das künstlich ist — ich meine diesen Pseudofordismus —, was dort natürlich, weil ihre Gemeinschaft jung war. Und wenn es bei uns zur Revolution kommen wird, so werden die Chinesen sie für uns machen, nicht wir. Denn wir sind unfähig, etwas von uns aus zu machen.«

Tengier: »Wer ›wir‹? Die Juden?«

Benz: »Herr Tengier, die Juden haben ihr Siegel noch nicht gezeigt: Ich spreche von den Polen als Polen. Hehe!«

Tengier: »Die Juden werden vielleicht die Chinesen unter ihre Herrschaft bringen, haha!«

Benz (zu Basil): »Wenn ich diese ungeheuerlichen Albernheiten höre, dann kommt es mir vor, als lebte ich nicht im Zwanzigsten Jahrhundert. Ich werde mich nicht bemühen, euch etwas zu beweisen, denn ihr akzeptiert keine Beweise. Du schneidest auf, Basil, wenn du behauptest, daß du an alles glaubst, was du sagst. Wenn man den Glauben eines wirklichen Katholiken und den deinen aufeinanderlegen könnte, so würde sich zeigen, wie der deine aussieht. Weder Gott noch Christus noch die Mutter Gottes sind für dich das, was sie für einen wirklich Gläubigen sind. Du läßt bewußt einen Kompromiß zu — dein Nichteingehen auf diese Figuren beweist es. Du bist dir nicht klar, wie sehr du dich von einem wirklichen Katholiken unterscheidest, nicht durch die Dogmen selber, aber durch den Mechanismus deiner Psyche in diesen Dingen.«

Fürst Basil: »Das, was du für einen Kompromiß hältst, ist nur die Entwicklung des Gedankens im Bereich des Katholizismus. Das ist lebendige Lehre, nicht eine Sammlung von toten Dogmen.«

Benz: »Also darin irrst du. Jeder Evolutionismus, wenn es um absolute Wahrheiten geht, um Rationalismus überhaupt, ist Nonsens. Was du da sagst, ist nicht nur Verteidigung der Religion selber, sondern auch der Institution, die von ihr geschaffen ist. Die Institution möchte gewohnheitsmäßig leben und schließt einen Kompromiß mit der eigenen Religion, verwandelt sie, sich angleichend. Natürlich gewinnt sie mit dieser Toleranz eine gewisse Zahl von Anhängern deiner Art. Aber das ist schlechtes Material für eine Kirche, die kämpfen will und noch den Ehrgeiz hat, die Welt zu beherrschen. Hier geht es nicht um die Zahl, sondern nur um die Qualität. Solange die Kirche wirklich lebendig war, schaffend im Leben, da verbrannte und mordete sie Häretiker...«

Fürst Basil: »Das waren rein menschliche Fehler. Jetzt eben kommt die Zeit der Reparation, da wir gesehen haben, daß weder das bolschewistische Paradies noch der faschistische Wohlstand zu etwas führen. Die innere Entwicklung liegt noch vor uns — wenn alle gut sein werden, sind alle glücklich . . .«

Benz: »Dir ist das Gehirn stumpf geworden in dieser Einsiedelei. Über solche Sätzchen ist nicht zu diskutieren. Und die ›innere‹ Entwicklung, wie ihr sie nennt, wird andauern bis zur Sprengung der Grunddogmen, und dann ist Schluß. Und was werdet ihr vom Osten sagen, der, nachdem er unsere Zivilisation übernommen hat — nicht die Kultur, denn die gibt es überhaupt nicht, wie Spengler richtig gesagt hat, noch unsere sich daraus ergebende Gemeinschaftsproblematik —, auf uns losgeht und vielleicht in ein paar Monaten hier sein wird, in diesem Land der Dunkelheit, das von den Wällen einer schrecklichen Dreifaltigkeit umgeben ist: der Enge, der Stumpfheit und der Feigheit.«

Fürst Basil: »Du bist ein Selbstzyniker, Benz. Das ist ein fürchterlicher Fehler der Polen und auch mancher Juden. So etwas ist schlimmer als unsere Selbstgeißelung, denn bei euch wird es flach. Und was den Buddhismus anbelangt, so ist das eine Religion, deren einziger Wert darin besteht, daß sie an etwas in der Art von nicht zu Ende geführtem Christentum erinnert.«

Benz: »Wenn nicht gerade umgekehrt. Der Buddhismus hat sich nicht ›entwickelt‹ in eurem Sinne — ich sage das in Anführungszeichen, mit Ironie —, denn er war von Anfang an eine tiefe Philosophie, gestützt auf Konzeptionen brahmanischer Metaphysik, war eine Religion für Weise. Euer Christentum dagegen kam von einfältigen Menschen her und muß sich erst ausdehnen lassen von den höheren Geistern. Doch in diesem Sichdehnen verlor es das, was sein Wesen war, wie es auch die Einfalt verloren hat, um im Gemeinwesen existieren zu können. Das war ein äußerst kluger Schritt der römischen Cäsaren und vielleicht auch ein Motiv für die Patrizier, sich zu bekehren und das Christentum offiziell anzuerkennen — sie entblößten es dadurch seiner sozialen Bedeutung und erlaubten den Machthabern dieser Welt, das Christentum wegzuzaubern und aus ihm eine Kirche zu machen, die anfangs in

Eintracht mit dem Cäsarismus lebte — einer gleichwertigen Macht. Dann erst, nachdem es die Form dieses Cäsarismus angenommen hatte, begann es mit den Nachfolgern den Kampf um die Herrschaft über die Welt. Und als ihm das schon endgültig mißlungen ist, da beginnt es vor Angst vor den Konsequenzen der gesellschaftlichen Doktrinen, die auf keinerlei Metaphysik gestützt waren, sondern nur auf die Idee materiellen Wohlstands — da beginnt es einen Ausweg zu suchen, und daher euer Kompromiß. Die Kirche beleben könnte nur eine Rückkehr zu ihren einstigen Formen, den vorstaatlichen. Aber dazu hat keiner den Mut und wird ihn auch nicht haben, denn Menschen, die dazu den Mut hätten, können des Prinzips wegen selber nicht in die Kirche eintreten. Das ist allerdings nicht euer Kompromiß, Bruder Basil (so nannte Benz den Fürsten in Momenten schlimmster Gereiztheit), sondern der der Anführer der Kirche, die Bekenner eures Kalibers auf den Leim ihrer putzigen Freidenkereien locken.«

Der Fürst schwieg. Sein schönes Adlergesicht, seit Jahrhunderten von physischem Raffinement durchtränkt wie ein wasserundurchlässiger Stoff von Kautschuk, wehrte wie ein Schild jeglichen Zweifel ab. Welches waren seine inneren Stützpunkte? Auf einem ziemlich elenden Sümpflein untergründiger Widersprüche hielt sich dies herrliche Profil eines einstigen Machthabers. Es war in ihm keine Kraft, die in den Tiefen von unverbrauchtem Organismus wurzelte. Diese Leute spielten nicht darum keine Führerrolle, weil man sie ihnen widerrechtlich genommen hätte, sondern weil sie sie nicht mehr haben konnten. Sie waren leergegessene Schalen. Der Gott des Fürsten Basil (nicht so gesättigt von ontologischer Göttlichkeit) war nicht einmal das, als was ihn im Westen halbreligiöse Optimisten propagierten, die nicht mehr wußten, was sie aus unabänderlicher Langeweile tun sollten, Franzosen, die in der metaphysischen Leere zu Scheusalen geworden waren. Soeben hatte Basil etwas von französischen ›Wiedergeburten‹ gemurmelt. Darauf sagte *Benz*:

»Warum ist in Deutschland eine derartige Bewegung der religiösen Wiedererweckung unvorstellbar? Dort kann vielleicht eine Theosophie als etwas ganz anderes erstehen: als Ausdruck einer

Ungesättigtheit infolge negativer Folgen der Entwicklung und Verbreitung der Philosophie, die letztlich die durch sich selber geschaffene Lücke nicht ausfüllt. Aber undenkbar ist, daß die Deutschen nach einer solchen Dressur der Gedanken — ich spreche natürlich nicht von Hegel und Schelling: das ist Unsinn — zurückkehren könnten zu früheren Kostümen, sie entstauben und diesen religiösen ›Kinderball‹ veranstalten, bei dem die Rolle Gottvaters mit Erlaubnis und Bewußtsein aller die alte Vernunft in entsprechender Maske spielt. Nur der flache, antimetaphysische französische Rationalismus des achtzehnten Jahrhunderts, der nachher eine solche Mißgeburt hervorbrachte wie den Positivismus, der sich heute wieder in popularisierte Physik umgestaltet hat als die einzige Philosophie — nur der kann eine Unterlage zu einer solchen Wendung wie diese ganze sogenannte Wiedergeburt der Religion sein.«

Fürst Basil: »Du tust mir leid, Benz. Du bist trotz all deiner Zeichen ein vernagelter materialistischer Kopf. In dir ist kein Glaube an den Geist. All deine Redereien über das Schaffen bedeuten das gleiche: Auf der einen Seite erhebt dich deine formalisierte Logik nicht nur in ein ideales Dasein — einem von Plato oder von Husserl —, sondern in ein vollkommenes Nichtsein, das dir erlaubt, von oben herab auf jeglichen nichtnegativen Gedanken zu schauen wie auf einen Nonsens; auf der anderen Seite hast du die völlig viehische Anschauung des ersten besten Verflachers und Schlaumeiers, der aus Bequemlichkeit nicht an das eigene Ich und an die Menschheit glaubt. Aus Furcht, daß sie sich als widersprüchlich zu deinem System der Logik erweisen könnte, hast du keinen Mut zu einer Weltanschauung. Vielleicht sollte eben dieses System geändert werden — zu etwas Positivem.«

Benz: »Wieder dieser Evolutionismus, angewandt auf unveränderliche Grundsätze des Denkens! Ihr versteht ganz und gar nicht, worum es sich handelt, Vater Basil. Die Typenlehre berücksichtigt jeglichen Nonsens, denn alles ist relativ, außer der Typenlehre selber. Das Fehlen an Widersprüchen ist etwas Allerhöchstes.«

Fürst Basil: »Ein rein negatives Begehren. Unnötige Bescheidenheit. Aber woher stammt denn diese Theorie der Typen?«

Benz: »Aus der Unmöglichkeit, aus Paradoxen herauszugelangen. Das ist Russell, denn ich . . .«

Fürst Basil: »Ha, genug! Das soll der Ursprung einer Theorie sein?! Ich kann das nicht hören. Die Zeit wird kommen, da ihr in schrecklicher Leere erwacht, du und deinesgleichen. Vielleicht werdet ihr mit Hilfe eurer Geistessprünge ein System finden, das euch im Bereich der Zeichen selber befriedigt, aber mit diesem System werdet ihr nichts in Angriff nehmen können: Es wird ein verlassenes Gebäude sein ohne Leben und Bewohner, und darin werdet ihr sterben: in fruchtlosem Nichts und in Qualen.«

Benz schwieg. Er dachte Ähnliches, wenn ihm etwas nicht gelingen wollte in seinem Zeichensystem. Überhaupt, was wird sein, wenn ein System ohne Widersprüche, herausgesponnen aus seinen Grundsätzen, in der Vollkommenheit eines idealen Daseins vorhanden sein wird? Leere und Langeweile eines beendeten, definitiv mechanisierten Gedankens. Die Apparate werden wundervoll arbeiten — leider wird mit ihrer Hilfe nichts mehr zu schaffen sein. (So wie in der heutigen Prosa, die aus Angst vor Problemen in rein stilistischen Übungen von Menschen, die nichts zu sagen haben, erstorben ist. So sprach Abnol.) Ja, das ist die Wahrheit einer fernen Zukunft — aber indessen sind Zeichen da, und nichts gibt es außer ihnen — sie sind das Höchste. Benz versuchte zu scherzen:

»Ich werde einmal die katholische Dogmatik logisieren, und ihr werdet sehen, was von ihr bleibt, Vater Basil. Nichts: ein Haufen Zeichen.« Er lachte zynisch, aber das Echo antwortete ihm mit leerem Schall aus seiner eigenen Tiefe wie vulkanische Exkavationen, wenn man einen Stein gegen ihre Gewölbe wirft.

»Eben das ist es: Dir geht es um die Vernichtung von allem, nicht um Schaffen. Du bist die sehende Verneinung des Lebens, des Gedankens und jeglicher Bewegung der Idee.«

»Besser eine erstarrte Wahrheit als eine ›falsche Bewegung im Geschäft‹, die ein Ausdruck eines Initialfehlers ist. Die Vielfalt von Ansichten beweist nicht Leben, sondern Unvollkommenheit. Das Gesetz begrifflicher Entropie . . .«

»Aufschneiderei. Verächtlich nennst du das Evolutionismus,

während dieser Begriff auch in deiner Sphäre Anwendung findet, da deine Begriffe sich ebenfalls entwickeln. Nach deiner Ansicht hat sich die Logik seit Aristoteles nicht von der Stelle gerührt und ging erst vorwärts seit Russell.«

»Aber stehenbleiben muß sie, und zwar auf meinem Standpunkt. Nichts wißt ihr von Logik und versteht keine Späße. Ein Herr, von der Logik entmutigt, behauptete, daß man nur ein einziges Zeichen verwenden dürfte, zum Beispiel den Punkt, und als Regel des Verfahrens müßte gelten: ›Nichts mit diesem Zeichen machen‹ — dann würde das die erreichte Vollkommenheit sein«, scherzte Benz (auch solche Scherze gibt es), indem er sich zum Schluß um jeden Preis versöhnen wollte. Der Ausklang eines Gesprächs in Zwietracht hinterließ bei ihm eine dauernde Depression. Doch plötzlich verdüsterte er sich, sank zusammen, verlor sich in sich selber. Basil fuhr weiter fort, seine Sache von der Veränderlichkeit religiöser Begriffe zu entwickeln (bis zum Kotzen langweilig), und diese Veränderlichkeit sollte die anderen durchaus nicht verletzen.

Von welcher Intuition geleitet hatte Tengier seinen Zögling hierhergeführt?! Für ihn selber waren das bekannte Sachen — er hatte schon oftmals solchen hoffnungslosen, windschiefen (in geometrischer Bedeutung) Gesprächen (?) beigewohnt. Aber für Genezyp konnte nichts so zeitgemäß sein wie das, was er hörte. Oder auch im Gegenteil — je nach dem Gesichtspunkt. Vielleicht aber eher doch: Am Tage des Erwachens aus kindlichem Unbewußtsein sich abschrecken zu lassen zuerst von der Kunst, dann von der Religion, der Wissenschaft und der Philosophie — vielleicht war dies eben Glück. Alles hing ab vom weiteren Verlauf. Proportional zu der Divergenz jener beiden Sphären, die von diesen Herren repräsentiert waren, vertiefte er sich immer mehr in seine eindeutige Welt eines viehischen, undifferenzierbaren Geheimnisses, das sich nicht analysieren ließ. Jene waren die Pole — er war etwas dazwischen Aufgehängtes, die Möglichkeit der einzigen Wahrheit. Neokatholizismus plus symbolische Logik, geteilt durch zwei — eine von diesen Hälften war die unbegreifbare Konzeption, die er suchte. ›So, daß das Dasein mit den Begriffen eine Einheit bildete und das persönliche Leben in seiner ganzen Unerwartetheit ihre vollkommene Funktion darstellte<, dachte er, unbewußt die unrealisierbaren Träume Hegels wiederholend. Wo war das frühere System konzentrischer Kreise geblieben, mit >allersubtilsten Eindrücken< in der Mitte — der verfluchte psychologische Ästhetizismus, der ihn in die Literatur stieß? Er zerfloß im Dunst dieses Gesprächs zu etwas völlig Unnötigem, Verrenktem. Genezyp reifte fürchterlich schnell. Etwas war abgerissen, stürzte in die Tiefe mit wachsender Geschwindigkeit. Auf dem Boden, wie eine lauernde Spinne oder ein Polyp, warteten die Fürstin und das Problem ihrer letzten Sättigung. Dazu war also diese seine ganze Wandlung vonnöten, um die letzten Tage einer sexuell absterbenden Gefräßigen oder Nimmersatten zu >versüßen< (ja). Hier, an diesem Punkte der Aufklärungen, regte sich in ihm wieder eine böse Kraft. Nein — er, er selber wird sie benützen zu weiteren Zielen seiner inneren Wandlung. Jetzt erst verstand er. Dieser Moment: drei ältere, wissende Herren und er als einziger, der nichts verstand, ein in das Leben eintretender Bub, im Ludzimiersker Urwald, in frostiger Februarnacht; im Hintergrund das Summen des herrlichen Samowars des Fürsten Basil — ein Geschenk der Fürstin; und weiter im Hintergrund das Rauschen des Kiefernforstes, und trotz der Bewegungslosigkeit — alle vier saßen sie jetzt schweigend da — schien dieser Moment zu jagen, und zwar nach allen Richtungen hin.

Tengier starrte mit seinen blauen Augen verzweifelt in die rote Flamme der Lampe, die durch die Milchglasglocke leuchtete. Die ganze Hoffnungslosigkeit der in nichts verkörperten Allheit, der zerkleinerten Vielheit der Welt, war in diesem Blick. Umfassen und erwürgen in einer tödlichen Umarmung wie irgendein weibliches Aas. Einmal im Leben diesen höllischen metaphysischen Orgasmus genießen in der Vergewaltigung der Gesamtheit des Daseins, sei es um den Preis des darauf folgenden Nichts. >Jeder abscheulichste Kokainist hat eben dies<, dachte er mit Ekel. Nein — Narkotika sind ausgeschlossen — so weit würde er sich nicht erniedrigen, um durch >Tricks< Unerreichtes zu erlangen. Ewig dasselbe Balancieren zwischen Tod, als einer Sättigung, und Leben, dem in Zufälligkeiten zersplitterten (das war das schrecklichste), sogar in der Zufälligkeit dieser sogenannten ›notwendigen Werke der Kunst‹ — o wie haßte er dieses Wort in diesem Augenblick! Er sah irgendeinen seinen Werken lauschenden, überaus unangenehmen Melomanen (sicherlich einen reichen Juden — Tengier war Antisemit), der *die von ihm geborenen Klänge* verschlang (die er vielleicht niemals im Orchester hören würde) und der noch einen Genuß mehr auskostete (auf dem Hintergrund so vieler anderer, deren er, Tengier, beraubt war)! Er war nur darum ein Spielzeug in den Händen einer grausamen Macht, weil er bis zur Stufe der Vollkommenheit eine Serie von Genüssen zu bereiten hatte für irgendeinen — einerlei —, jedenfalls nicht für einen Elenden wie ihn, sondern für irgendeinen ›Herrscher‹ unter der Maske des Gemeinwohls oder der Interessen irgendeiner Klasse. (Auch wenn ihn durch das Radio Menschenmassen der ganzen Welt hörten, *begreifen* würde ihn nur ›dieser‹ — der gegenwärtige Feind — und ihm Ähnliche, deren es ein paar, vielleicht ein Dutzend geben wird — der Rest würde einzig aus Snobismus zuhören und bewundern ... Doch wenn ein solcher Lump jetzt auftauchte — ah, dann wäre er kein Feind, man würde vor ihm schwanzwedeln und freudig bellen.) O Elend! Doch was! — Die ganze arbeitende Klasse hat keine Zeit für solche ästhetischen Leckerbissen, hat keine Zeit, sie begreifen zu lernen — sie ist nur dazu da, um aus sich einen solchen Pilz hervorwachsen zu lassen, der sie repräsentieren wird. Denn von einstigen *aristos* lohnt es nicht einmal zu reden — sie sind derart vor die Hunde gegangen, daß du sie nicht unterscheiden wirst in der grauen Masse gesellschaftlicher Mittelmäßigkeit. Aber es gäbe vielleicht bessere als diese———. Putricydes Tengier fühlte nicht, wie er alles umdrehte in seinem Hirn, das verunstaltet war durch künstlerisches Schaffen und Mißerfolg im Leben. Lange, traurige Gedankenbandwürmer krochen in die Ferne, weit hinaus über diese Bude und die Ludzimiersker Wälder. Die Größe solcher ›Fälschungen‹, irgendwo in einem geheimnisvollen Punkt durch Zufall von verschiedenen Seiten kondensiert, kann im gegebenen Augenblick die Richtung der Geschichte ändern. ›Einerseits die Beliebigkeit dessen, was mit der Menschheit werden soll: die Zukunft abhängig von der Summe irgendwelcher durchaus nicht notwendiger Gedankchen — andrerseits: die vollendete Tatsache — eine riesige, durch ihre Eindeutigkeit quälende —, die Tatsache der Vergesellschaftung. Und überall muß es so sein. Abweichungen kann es in kleinem Maßstab geben — die Resultante muß dieselbe sein, auf den Planeten Altair und Canopus ebenso wie hier — Faschismus oder Bolschewismus — ganz gleich! — Maschine oder Vieh. Das Prinzip großer Zahlen: Das Chaos der Teilchen in einer Gasmasse wirkt durch die Menge präziser Gesetze, zum Beispiel der Abhängigkeit von Temperatur und Druck — solche und andere, doch nicht nur gedanklich notwendige —, nicht durch das, was die Deutschen *denknotwendig* nennen. Andrerseits gibt es auch unerlaubte gedankliche Experimente — das, was wiederum die Deutschen *unerlaubte Gedankenexperimente* nennen — von verschiedenen Optimisten, die an die Umkehrbarkeit der gesellschaftlichen Entwicklung glauben, wenn es sich um das Schaffen in der Sphäre des Gedankens und der Kunst handelt. Das ist dasselbe, wie wenn man eine mehrdimensionale Zeit voraussetzt zur Erklärung des Spiritismus oder der Telepathie oder an eine andere Logik glaubt. ›Aber vielleicht ist anderswo $2 \times 2 = 5$‹, sagen solche Herren. Und wenn man zu ihnen sagt: ›Nehmt besser an, daß A nicht gleich A ist‹, so sind sie empört. ›Wo anders‹ darf man nicht einmal über die Identität der Begriffe hinausgehen, denn das ist gar keine andere Welt, sondern Idiotismus. Dann ist es besser zu heulen, als mit Begriffen zu operieren — und das ist die letzte Folgerung von Bergson.‹ Der Gedanke verwehte in unfaßbaren, ungenauen Breiten. Tengier kam zu sich.

Fürst Basil hatte den sonderbaren Eindruck, daß er heute seine Sache zerredet hatte. Fatal war daran, daß die Frage der Wiedergeburt des Katholizismus und überhaupt des Glaubens für ihn sofort an Wichtigkeit zunahm, wenn er von ihr sprach, wichtiger wurde, als wenn er sie selber durchlebte. Ja — einfach ein guter Mensch sein, vielmehr ein Menschlein, das verleiht ein Gefühl großer Befriedigung, oh, ein großes. Wie sich doch alles dadurch vereinfacht, glättet, verleckt, einfettet, pomadisiert, geistig verschmerzlicht — geradezu verschmiert. Brrrr... Aber plötzlich kommt ein solches grausames ›Pieken‹: das Schloß in Pustowarnia, die verstorbene Frau (na, das ist weniger wichtig, aber doch *auch* ...), für die er siebzehn Jahre hindurch auf andere Weiber verzichtet hatte, und der ermordete Sohn: ein fünfzehnjähriger Junge, der irgendeine verlorene antibolschewistische Partei violetter Kürassiere ›Jewo Wjelitschestwa‹, ›Seiner Hoheit‹, anführte, und dann diese Geschichten mit dieser hier und mit anderen — schon erlöschende Schönheit und Kraft, schon alles ›nicht das‹, und ein fürchterliches Weh nach der Vergangenheit zerrt an irgendeinem empfindlichen Kaldäunchen, einem vor den Leuten tief versteckten, in einem bisher ausgezeichnet erhaltenen Körper. Aber alles das ist schon ›nicht das‹, ›nicht *das*‹! Und die einzige Arznei dafür ist diese verfluchte Güte; aber nicht diese helle, heitere, die allen alles gibt (nun, so wiederum vielleicht nicht) im Übermaß, ohne zu rechnen, sondern eine aus dem erstarrten Schmerz des Herzens hervorgezogene, aus einem alten, abgenützten Sack, der sich genug mit ungelegenen Sachen herumgeschlagen hat; eine unglückselige, peinliche, unaufrichtige und *nicht genügend* gewürdigte Güte, nur feierlich mit Blumen geschmückt wie ein ärmliches Kapellchen am Kreuzweg durch irgendeinen halbblöden Hirten, der nicht einmal sonntags irgendeine Annehmlichkeit haben kann. Es beißt etwas im Inneren unbarmherzig jeden Tag von frühem Morgen an, und irgendwo fließt ein anderes Leben über, zu dem er nie, niemals mehr Zutritt haben wird. Er hatte sich durch seine Romanze mit der Fürstin Ticonderoga überzeugt, daß nicht mehr die Zeit sei für solche Späße. Er hatte die frühere Kühnheit verloren — er war nicht von dem Typ jener etwas korpulenten Greise, die, beinahe mit Bäuchlein, rotwangig und fröhlich, ihr physisches Alter zu verdecken verstehen mit dem Lack der Leichtsinnigkeit und Sorglosigkeit, die verändert sind zu einer zweiten, gefälschten Jugend. Man mußte sich zurückziehen. Dann fünf Jahre Einsiedelei, und wäre nicht diese Unwahrheit, die sogar solch ein widerlicher, trockener, von Zeichen Besessener erfühlen kann, dann wäre es überhaupt ungewiß, wie dieses Leben aussähe. Wie viele Menschen sind durch diese Einsiedelei gekommen! Wie viele hatte er bekehrt, wie viele betört, wie viele vom Tode errettet! Zweifellos hatte das ›sozialen‹ Wert, und genügend war wohl die Buße für die Frevel aus der Gardezeit, und dennoch saugte etwas da drinnen — eine unumrissene, schmerzliche Langeweile, eine Sehnsucht nach einer anderen, mehr ertastbaren Beendigung des Lebens, nicht in dieser unreinen und nützlichen Güte, an die er selber nicht glaubte. Gut war es, zu bekehren — nicht gut war es, als Bekehrter zu leben. Äußere Expansion verhüllte die Leere im Inneren. Jeder Priester hat eine Antwort darauf: »Gott schickt den Zweifel herab, um dadurch den Glauben wertvoller zu machen.« Aber das genügte dem Fürsten nicht. Er war schrecklich unglücklich. Auf dem Hintergrund dieser seiner Gedanken begann Tengier zu sprechen, und das war eine Qual ohne Grenzen für alle — den Leser inbegriffen. (Überhaupt, jeder, der sprach, versteckte sich nur vor sich selber, nur um nicht den Lebensabgrund zu sehen, der sich bei jedem Schritt auftat.)

»Der Glaube an den Sinn des Lebens ist nur ein Ausweg oberflächlicher Menschen. Mit dem Bewußtsein der Irrationalität des Daseins so zu leben, als wäre es rational — das ist noch respektabel. Das liegt zwischen Selbstmord und gedankenloser Viehischkeit. Alles, was tief ist, entstand nur aus endgültiger Verzweiflung und Hoffnungslosigkeit. Aber es hat den Wert, daß es durch das Resultat, einem seiner Quelle ganz unähnlichen, andere über etwas völlig anderes aufklärte: über ihren individuellen Wert, der wiederum Grundlagen der Vergesellschaftung schuf, weitere Hoffnungslosigkeit unmöglich machend. Doch die Zeiten der Zweifler sind vorbei. Man muß gedankenlos — nicht im technischen Sinne allerdings — handeln: soviel wie möglich um jeden Preis produzieren. Alles, was wir tun, auch wir, besteht darin, auf vielerlei Weise den endgültigen Nonsens des Daseins vor uns selber zu maskieren. Die Menschheit strebt — wie Schafe nach dem Hammel — nach dem Glück der Unwissenheit und beginnt die heute verzwergten Aufklärer zu unterdrücken, die sie darin stören und ihr nichts im Austausch dafür bieten. Sie waren früher nötig gewesen zur Aufklärung des Viehs, um ihm die Möglichkeit einer Organisierung zu geben. Jetzt sind sie unnötig — sie mögen untergehen, um so mehr, als die gegenwärtigen von weit schlechterer Qualität sind als jene damaligen. Ja, das ist sicher — daß die Tatsache des Daseins allein schon ungeheuerlich ist: Sie beruht auf dem Unrecht an anderen, beginnend mit Millionen von Wesen, die in jedem Augenblick in uns untergehen — und geboren werden zu einer kurzen Qual, damit wir diesen elenden Zeitabschnitt dauern können.«

»Nichts Schlechteres gibt es als Zeitlosigkeit. Ich kann dich töten, aber bei dem Gedanken, daß ich gar nicht existieren könnte, wird mir kalt vor Entsetzen«, sagte Benz, und dann schrie er plötzlich in hysterischer Aufregung: »Ich sage euch, die einzige Gewißheit sind meine geliebten Zeichen und alles, was aus ihnen hervorgeht: die Mathematik, und weiter die Mechanik, und alles, alles! Der Rest ist Verkörperung der Ungewißheit. Zeichen sind rein, das Leben aber ist schmutzig und unflätig von Grund auf. Tengier hat recht.«

»Eine ebensolche Drehkrankheit wie der Neokatholizismus des Fürsten Basil. Ein Sicheinwickeln in einen wohligen Winkel und ein Sicheinreden — durch Tränen der Verzweiflung und der Enttäuschung hindurch —, daß dennoch etwas Gutes sei in allem, daß die Wirklichkeit der Welt gut ist, nur einstweilen verhüllt durch das Böse infolge unserer Unvollkommenheit. Das ist nicht wahr! Sogar abgesehen vom Unrecht an den Zellen, die in mir arbeiten, und davon, was durch mich untergeht in der sogenannten toten Materie, die nur ein notwendiger Haufen von Wesen ist in jedem theoretisch möglichen System und die Unterlage für andere bildet. Denn obschon das Dasein unendlich ist, muß es in dem gegebenen geschlossenen Raum mehr kleine Existenzen geben als große. Die in Grenzen unendliche Teilbarkeit der Existenz, das ist die Quelle der Physik, die sich auf Annäherung stützt, auf eine Grenzordnung, die in ihrem Extrem nirgends erreichbar ist . . .« Er verwickelte sich und vermochte nicht die Aussage des intuitiv klaren Gedankens zu beenden.

»Steigen Sie runter von dieser Metaphysik, ich halte das nicht aus«, unterbrach Benz. »Wie wagen Sie mir gegenüber solche Schnurren zu verzapfen? Ich verbitte mir, darüber nachzudenken, und Schluß! Zwischen diesem Gefasel und der Theosophie besteht überhaupt kein Unterschied. Ich werde Ihnen das klarer sagen, Ihre idiotische Voraussetzung annehmend, daß es im unendlichen Raum nichts als lebende Wesen gibt: Also, für jede Größenordnung von Wesen finden sich so kleine, daß sie für ihn eine Grundlage von toter Materie bilden können, die durch die Gesetze mathematischer Form annähernd zu erfassen ist. Doch was wird dann mit der aktuellen Unendlichkeit in ontologischer Hinsicht geschehen? Wie werden die lebenden, unendlich kleinen Wesen aussehen? Und auf welcher Grundlage werden sie existieren? Und was werden Sie dazu sagen, daß Atome wirklich und nicht nur hypothetisch sind? Und Elektronen und so weiter — auf gleicher Stufe mit kosmischen Systemen? Werden Sie die Kontinuität solcher Anhäufungen in jeder Größenordnung als gegeben setzen und den Bau lebendiger Materie, die, unabhängig von ihnen, ihre eigene Struktur hat? Unsinn!«

Tengier lachte mit einer Bitterkeit, die ihm in der Form von aus den untersten Innereien heraufgepumpten Tränen in die Augen stieg, die sich mit Demütigung trübten wie saure Milch mit Wasser. Der alte, unersättliche intellektuelle Appetit würgte entsetzlich. Es war schon zu spät für all das in allerhöchster Form. Mit unerhörtem Neid blickte er auf Benz, der ihm vor den Augen anschwoll wie ein von absolutem Wissen übersättigter Schwamm — von einem negativen, aber absoluten Wissen, verdammt! Und gleichzeitig wußte er, daß auch all das nichts ist in Anbetracht des bodenlosen Abgrunds von Nonsens der Allexistenz und von Geheimnissen, die dieser Nonsens gebiert.

»Und dennoch habe ich recht«, sagte er hartnäckig. »Vielleicht ist mein Begriffssystem nicht vollkommen genug, um das eindeutig und adäquat auszudrücken, doch nichtsdestoweniger ist es das einzig wahre — es gibt Rechenschaft darüber, was wirklich ist. Würde ich es vollenden, so müßten es die Bolschewisten annehmen als eine höhere Form des Materialismus — es gibt nur lebende Materie, eine in verschiedenen Graden individualisierte, mit Bewußtsein begabte in der Bedeutung, daß sogar Mikroben Gefühle haben und eine gewisse rudimentäre Persönlichkeit. Bei uns verbindet sich Bewußtsein mit Intellekt — das ist ein Luxus, ein Überbau. Leichter fällt uns die Vorstellung einer Stufung nach oben als nach unten — und sie hängt ab von einer engeren oder einer lockereren Verbindung der Teile des Organismus untereinander, denn die Zellen müssen ebenfalls zusammengesetzt sein. Diese ihre Zusammengesetztheit drücken wir aus in Gestalt von chemischen Kombinationen in angenäherter Weise.« (Benz machte eine verächtliche Handbewegung.) »Aber sogar wenn dem nicht so ist, können die beiden Herren für mich nicht die Verkörperung der Vollkommenheit sein. Ich sehe in euch nicht den geistigen Elan früherer Weiser und Propheten, ich fühle in euch nicht das intellektuelle Risiko. Ich bemerke nur die Vorsicht der sich in ihren Verstecken sichernden Schnecken, die befürchten, in dem unerbittlichen gesellschaftlichen Kampf zerdrückt zu werden. Ich weiß gut, wie angenehm es wäre zu glauben, daß es nichts über die Zeichen hinaus gibt — wie anders würde dann das Elend des Lebens aussehen, und sei es auch nur des Ihren, Herr Benz — von meinem Gesichtspunkt aus. Freilich wäre es besser, man würde Sie anerkennen. Doch wenn ich bedenke, welchen Gefahren ein anerkannter Mensch ausgesetzt ist, der sich auf seinem Niveau erhalten will, dann sehe ich, daß es vielleicht doch besser ist, daß wir beide Randpersonen sind. Vielleicht werden wir nicht alle Lebensfreuden genießen, aber dafür werden wir tiefere Sachen schaffen. Ich bin nicht imstande, boshaft zu sein, aber ich bin fähig, unangenehme Wahrheiten zu sagen. Und Sie wiederum, Herr Basil: Würden alle an Ihren Neopseudokatholizismus glauben, so würden Sie für sich allen Zauber verlieren: Denn wen könnte man dann noch bekehren?« (Jene beiden krümmten sich vor Schmerz zusammen.) »Ich weiß, daß meine Musik auch ein Schutz für mich ist vor der metaphysischen Schrecklichkeit, sogar vor der alltäglichen Schrecklichkeit des Daseins. Aber ich weiß auch: Sie ist aus mir so herausgewachsen, wie die Schale zusammen mit der Schnecke wächst — ich bin zusammen mit ihr das natürliche Erzeugnis von etwas, das mich überragt —, ihr aber erinnert mich eher an die Raupe einer Köcherfliege, die sich ein Futteral baut aus allem, dem sie begegnet — und zwar an eine, deren Farbe an den allgemeinen Ton der Unterlage erinnert.«

»Worin erinnern wir denn an die Unterlage?« fragte der bis ins lebendige Fleisch verletzte Fürst Basil.

»Ihr wißt über euch selber nichts. Ich zumindest weiß, wer ich in meiner Epoche bin. Vielleicht eben das eine und das andere — sowohl Ihre Religiosität als auch Ihre symbolische Logik ist lediglich ein Gangbarmachen von Pfaden für irgendeinen Murti Bing, den ihr jetzt verachtet, dessen Glauben ihr aber in ein paar Tagen annehmen könnt als das einzige Narkotikum, das euch von euch selber erlösen wird. Und das alles kann eine Funktion von irgendwelchen sozialen Veränderungen in Asien sein. Außerdem wird es euch in diesen Masken am leichtesten fallen, euch durch das Leben zu schlängeln, das Schwänzchen individuellen psychischen Wohlstandes rettend.« Er sprach ganz und gar unernst, selber nicht wissend, wie nahe er der Wahrheit der nahen Zukunft war.

Vor Genezyp eröffneten sich immer weitere Innenräume. Er fühlte, daß hier, in dieser Bude, die letzten Zuckungen seiner unangemessenen Existenz zu Ende gingen. Alles schleppte sich dahin wie ein arm- und beinloser Rumpf des Lebens, nicht wie das Leben selber. Wie sollte es denn sein, sein eigenes Leben — nicht mehr diese Systematik ohne Gedärme und Drüsen und Gehirn? Er riß sich empor. Die Zeit floh. Jene waren erstarrt im Begreifen der Wahrheiten oder auch der Falschheiten, der endgültigen. Sie blickten auf ihn, alle drei — schon entfloh ihnen, einem jeden anders, das, wozu sich dieser da emporriß. Jeder von ihnen fühlte das und wollte diesem Engerling da entweder die ganze Weisheit geben, die er selber sich einzuverleiben nicht imstande war, oder auch, im Gegenteil, sehen, wie er, dieser unbewußte Unglückselige, leiden würde, so, wie sie einst gelitten hatten. Die endgültige Wahrheit, daß nichts das ist, was es sein sollte . . . Warum?

Dumpf rauschte der Forst von dem Druck des in bergiger Ferne entstehenden Windes. Eine schreckliche Sehnsucht zerrte an den Eingeweiden Tengiers. Nichts vermochte er auszudenken. Alle Antidota waren erschöpft. Vielleicht wieder dorthin gehen zu seiner Hütte und Zeichen setzen auf fünf Linien, fast ebensolche, wie dieses vertrocknete Schweinsrippchen Benz? Wozu, zum Teufel? Und dennoch fühlte er, daß dort, auf dem Boden des Chaos sinnloser, potentieller Klänge, sich für ihn irgendeine Überraschung verbirgt. Keine innerliche. Mit diesen war er zu Ende — schon wußte er alles. Was verblieb ihm im Leben? Ein paar Schweinereien zu vollbringen. Ob das lohnte? Er wußte nicht, warum ihm erst auf dem Hintergrund des Kennenlernens von Genezyp diese schreckliche Wahrheit von der Unmöglichkeit, die Grenzen seines ›Ich‹ zu überschreiten, so klar wurde wie noch nie. Er erstarrte in einem fürchterlichen, gegenstandslosen Schmerz. Man muß handeln, sich wonach drängen (wer sagte das?), hinter etwas herjagen — und hier nichts, alles war erstarrt in namenloser, ›beweinenswerter‹, geronnener, metaphysischer Alltäglichkeit. Alle standen auf — die Last ihres hoffnungslosen Lebens im Nacken. Immer stärker rauschte der Wind. Warum fühlten alle ›wie ein Mann‹ dasselbe? (Dieser Engerling da zog und zerrte, doch was ging sie das an.) Sie bildeten jetzt, trotz individueller Verschiedenheiten in der Vergangenheit und in körperlichen Konstitutionen, beinahe einen einzigen Menschen.

Zerwürgentjungferung

Gleich nachdem Tengier und Zypcio aus der Hütte hinausgegangen waren (Afanasol blieb über Nacht bei dem Fürsten), geschah draußen etwas Schreckliches. ›So kann es nicht bleiben‹, sagte sich Tengier und begann zu seinem Zögling folgendermaßen zu reden (und das war über die Maßen scheußlich für sie beide – doch was war zu machen . . .):

»... Zypcio« (eine Woge von Tauwetter als Reflex des sich erhebenden Frühlingssturms brach durch den Forst. Mit Getöse fielen überall nasse Schneemassen von den Ästen), »Zypcio, ich werde offen mit dir sprechen. Du weißt noch nicht, wie fürchterlich das Leben ist. Nicht in dieser banalen Bedeutung, zum Beispiel für einen Angestellten, der seinen Posten verloren hat, oder für einen Organisten, der eine Bäuerin hat heiraten müssen, um seine posthumen Werke zu schaffen.« Er lachte auf, und ein ungeheuerlicher Appetit auf alles überschwemmte ihn bis über den Rand wie ein hungriges Schwein vor einem Misthaufen so hoch wie der Gipfel des Kilimandscharo. Die Begierde nach Reinheit und Erhabenheit, jener, die nur möglich war nach dem Begehen irgendeiner Schweinerei von Rang (welche Möglichkeiten hatte er denn schon unter der Hand, außer diesen paar pseudohomosexuellen Verführungen?), stach ihn schmerzhaft in der Gegend unter dem Herzen. Die Haut wurde vor Ungesättigtheit empfindlich wie im Fieber. Er sah sich im Spiegel beim Waschen – das verdorrte Beinchen, dieses linke, anmutig wie bei einem jungen Zicklein, und das rechte, ein normal bäurisches, und die vorstehenden Schlüsselbeine und die eingefallenen ›Salznäpfchen‹ und den ›christushaften‹ (so hatte ein gewisser sentimentaler Patzer gesagt) Brustkasten mit den langen Affenarmen an den Seiten und andere Teile, riesig wie bei einem Nashorn, das an Elephantiasis leidet. Gerade als ein *solcher* nach diesem Unschuldskind zu greifen, noch bevor es diese alte Hure, Irina Wsjewolodowna, verführen wird — eine doppelte Lust: eine Rache an ihr dafür, daß er sie noch begehrte, obwohl sie nicht einmal seiner (in diesem Alter — sie!), eines Krüppels, wert war — nicht einmal seiner wert, und noch begehrte er — schreckliche Worte waren das, und doch mußte er sie verdauen wie eine vergammelte Wurst, die mit Aufstoßen und beinah mit Kotzen vor Hunger gefressen wurde. Und hier ging dieser schöne Bubi — ein Baron noch dazu —, ein neunzehnjähriger! ›Gott! Wie armselig war damals mein Leben!‹ Rohe Saubohnen; heimliche überspannte Kompositionen auf dem Harmonium; Barfußgehen, da es für Schuhe nicht reichte, und leidenschaftsloses Verliebtsein — bis zum erniedrigenden Onanismus — in die kleine, rothaarige Rosa Fajerzajg, die ihn mißachtet hatte um eines Ladenschwengels willen aus einer Kurzwarenhandlung in Brzozów. Das alles schluckte er nun zum zweitenmal wie eine bittere Medizin. Und darüber der heutige Wohlstand, und seine Frau und die Kinder, aufgetürmt zu einer unaussprechlichen Masse von Ekel, Qual, Geborgenheit, in der Soße wirklicher, allerwertvollster Gefühle. ». . . Zypcio, das Leben ist schrecklich — nicht in diesen alltäglichen kleinen Schrecklichkeiten, aus deren Rechtfertigung einst die Norweger ein Säftlein von Erstlingen in ihrer Literatur gemacht haben: Diese Übertreibung des Zaubers der Alltäglichkeit ins Riesenhafte, zu den Ausmaßen der Allheit, dies Einreden, daß alle gleich seien in den Grundleidenschaften, dies Konstatieren banaler Ähnlichkeiten zwischen einem Fürsten von Geblüt und einem verviehten Arbeitsknecht — warum nicht gleich zwischen einem Menschen und einem Weichtier —, das ist nicht der Weg zur Wahrheit. Die aktualisierte christliche Gleichheit, vielmehr deren Illusion, und all diese persönlichen Selbstvervollkommnungen à la Basil, das sind Lügen Schwacher. Gleichheit wird einmal sein — wenn eine ideale gesellschaftliche Organisation alle Funktionen restlos nach den Fähigkeiten verteilt. Aber die Hierarchie wird niemals verschwinden. Ich bin grausam gegen mich selber, denn ich bin der Letzte — darum habe ich das Recht zu allem.« Etwas Wildes schwang in seiner Stimme. Er umfaßte Zypcio mit seinem rechten Arm, ihm von unten her in seine fliehenden Augen schauend. Von den schwankenden Fichten und Kiefern fiel näßlicher Schnee auf sie herab. Der Wald roch feucht-pilzhaft-sinnlich, geheimnisvoll, fast ekelerregend. Genezyp wagte nicht, Tengier wegzustoßen. Dabei war er trotz des Ekels neugierig, was wohl noch daraus werden würde. Er gedachte, bis zum letzten Augenblick auszuhalten und dann plötzlich mit aller Kraft einen Fußtritt zu geben. Aber er hatte die Schwäche seines Herzens nicht gut berechnet, dieselbe, die ihn in der Kindheit Hunde von der Kette lassen hieß. Ekel. Tengier sprach weiter: »Ich will nicht irgendeinen krätzigen, verästhetisierten Griechen spielen, aber bedenke: Hatten sie nicht dennoch recht?« Zypcio verstand nichts. »Das Schaffen von etwas Verschlossenem, Homogenem, in das sich nichts hineinmischen konnte. Der reine Gedanke, zusammengefügt mit einer ebenso reinen Ekstase, weil aus den gleichen Elementen zusammengesetzt — diese wundervolle hellenische Sorglosigkeit, dieser Mangel an jeglicher Demütigung, die der Verkehr mit einem Weibe nach sich zieht — du verstehst das noch nicht.« Hier ließ er Zypcio los und nahm eine Pille eines schrecklichen Aphrodisiakums ein, mit dem ihn einst die Fürstin bewirtet hatte — denn Lustbegierde verspürte er unmittelbar keine, es ging ihm nur um die Folgen. »Ist das denn nicht der Gipfel dessen, was man zu zweit — und nicht miteinander — in diesen Ausmaßen erreichen kann? Du begreifst das nicht, und vielleicht wird dich der Gott des Fürsten Basil davor bewahren, diese Quälerei jemals zu begreifen; denn nicht darum geht es, daß du dich langweilst, rein negativ langweilst — aber die Langeweile als ein unerträglicher Schmerz, als ein in dir abgesondertes Dasein dringt in die letzte deiner Zellen hinein und frißt dir den größten Schatz heraus, die Einheit deines Ich, und verwandelt sie zu einem persönlichkeitslosen Fetzen lebendigen Fleisches, der in wasserloser Wüste vertrocknet. Ach — ich weiß nicht ... Und dann fühlst du, daß dies alles keinerlei Sinn hat — schlimmer, daß dies ein Verbrechen ist — warum du gerade hier und nicht dort, gerade diesen Menschen, dieses und nicht etwas anderes — und darum, gerade darum — nur diese schrecklichen Worte, schrecklich durch ihre Einzigkeit, diese und keine anderen. Und das schmerzt dich, als ob sie dich bei lebendigem Leibe brieten, daß du nur du selber sein mußt und nicht alles, und du erhebst dich dann über dich hinaus bis in die Unendlichkeit. Und dieses Entsetzen, daß vielleicht außerhalb von dir nichts mehr da ist — denn kann man etwa ein solches Wunderding sein, daß gleichzeitig in unbekannter Raumweite zwei gleiche Geschöpfe zugleich...? Du glaubst nicht, daß ein zweites Geschöpf existieren kann, und dennoch mußt du eben dadurch... Mit einem Weibe niemals... O Gott: Ich werde dir das nicht aussprechen, Zypcio, liebster...« Er haßte in diesem Augenblick diesen schönen Bubi bis zum Wahnsinn, und das erregte ihn. (Bei diesem letzten Wort — ›liebster‹ — verkrampfte sich Genezyp zu einem Knoten stumpfen Schmerzes, giftigen Ekels und grenzenloser Scham. Das war wahrhaftig unflätig.) »Ich bringe es nicht fertig«, stammelte Tengier, vom tiefsten aller Ekel schäumend — und aus nächtlicher Ferne, wie von jenseits dieser von pulverigem Schneesturm erfüllten Wälder, kam eine Woge unbekannter Klänge, die sich türmten zu einer diabolischen, gehörnten, mit drohenden Türmen bestachelten Konstruktion. Über Putricydes Tengier kam eine Eingebung. Er fürchtete weder Wölfe noch Beelzebub selber. Sein Geist flog über Welten hin in metaphysischem Sturm. Und die Zunge stammelte weiter unglaubliche, maskierte Schweinereien: »Denn ich fliehe vor solchen Momenten und kann nicht — verstehst du? — ich kann nicht; und gleichzeitig begehre ich sie bis zum Wahnsinn, denn nur an der Grenze der Ungeheuerlichkeit ist wirkliche Tiefe. Und das ist keine Perversität — jeder weiß das, nur ist es angesichts der Gesellschaft besser, wenn man es nicht sieht. Früher war das anders: Grausamkeiten, Menschenopfer, religiös-erotische Orgien — damals überlebten ein paar Menschen das herrlich und gewaltig. Heute aber passiert folgendes: Irgendein nicht anerkannter Musiker in einem schneebedeckten Wäldchen...« (Genezyp wand sich weiter, doch mußte er hören, was jener sagte, ihn mit unreinem Atem anhauchend — es erklärte ihm seine eigene Verworrenheit.

Darin war eben der Gipfel des Ekels. Tengier faselte weiter:) »Ich habe dann Angst vor mir selber: daß ich etwas so Schreckliches begehen könnte, wonach das Leben nicht mehr zu ertragen wäre! Ich werde dir im Vertrauen sagen, daß ich manchmal die ganze Familie mit Stumpf und Stiel ausrotten möchte.« (›Aber das ist ja Wahnsinn‹, dachte Zypcio mit Schrecken. ›Er ist imstande, mich hier ...‹) Tengier sprach schon ruhiger: »Aber nervöse Menschen werden angeblich niemals verrückt. Ich weiß, daß ich *dies* nicht tun werde, doch statt dessen muß ich irgendein Äquivalent haben. Bechmetjew hat mich untersucht – er hat nichts Schlimmes gefunden. Und plötzlich tritt in diesen Sturm, verstehst du?« – er begann wieder in jenem Ton – »ein solcher Friede ein, daß alles vor der Sinnlosigkeit jeglicher Bewegung in Bewunderung erstirbt, und ich stehe zwischen zwei Wällen von Wunderbarkeit in mir, gewöhnlich wie die Wände in meiner Hütte, und verstehe nicht, daß ich vor einem Augenblick hätte heulen können vor Angst und Erstaunen. Und wenn ich wüßte, daß eben dies Wahrheit ist und nicht eine ebensolche Täuschung wie Äther, Kokain und Haschisch, denen ich entsagt habe, so schwöre ich dir: Für einen einzigen solchen Augenblick würde ich Tausende, nicht nur Dutzende von Jahren des Leidens ertragen und zu irgend etwas beten um eine Sekunde einer solchen Offenbarung, um wenigstens dort zu sterben, dort, und nicht in dieser schrecklichen Welt grausamen Zufalls. Aber *bestimmt* weiß ich es nicht.« – »O wenn das Wahrheit wäre!«, sagte in Genezyp ein ihm ziemlich fremder ›erwachsener‹ Mensch, der in ihm zum erstenmal vor einer Woche erschienen war, in der Zeit der Verlesung der Resultate des Abiturs, als der ursprüngliche ›armselige Bengel‹, wie ihn der neue Mensch nannte, von dieser Wahrheit bestimmt wußte. Von welcher? Nun, daß bbb... Wie Wittgenstein sagte: »*Wovon man nicht sprechen kann, darüber muß man schweigen.*« Alles das, worüber man erfolglos Bände schreibt schon seit zweitausend Jahren und was endlich an den Universitäten verboten worden war für immer. Noch wußte Genezyp nicht, was Narkotika sind. (Und er erfuhr es niemals.) Tengier wußte es und fürchtete eine Fälschung wie das Feuer, denn er wußte auch, welch dünnes Wändchen diese beiden zwillingshaft ähnlichen Welten (ähnlich wie zwei Stilleben des verstorbenen Fujita — wie die Fürstin gesagt hätte) voneinander trennte, die sich durch auf den ersten Blick unmerkliche ›Details‹ unterschieden. *Identité des indiscernables* — wären nicht die Folgen, die wohl immer böse waren, wer würde sie unterscheiden im Moment des Dauerns: den Moment metaphysischer Inspiration von der Berauschung durch irgendein Schweinszeug?

»Also Sie wissen es nicht bestimmt — das ist schrecklich. Also tappen Sie in ebensolcher Dunkelheit wie ich«, sagte brutal und völlig unaufrichtig Genezyp, indem er in der Tasche einen vom Fürsten Basil geliehenen Revolver umspannte. Die einzige Gewißheit war dieses tote, kalte, metallene Ding. »In diesen Sachen kann es keine Stufen geben: entweder Klarheit oder Dämmer — alle Halbschatten gleichen der Finsternis. Ich will vollkommen aufgeklärt sein, oder ich schieße mir gleich eine Kugel durch den Kopf und Schluß«, schrie Genezyp hysterisch und zog mit theatralischer Geste den Revolver aus der Tasche. Und vielleicht hätte er sich wirklich erschossen, wäre nicht der andere gewesen.

»Gib das her, niederträchtiger Rotzbengel!« brüllte Tengier in einer Wolke jagenden Schnees. Er zerdrückte ihm die Hand und schälte aus ihr das sogenannte ›todbringende Gerät‹. Genezyp lachte unnatürlich auf — solche Späßchen waren nicht am Platze. »Darum habe ich dich zu ihnen geführt«, sagte weiter Tengier mit Ruhe. »Also hast du zwei Gipfel des Bewußtseins — vielleicht nicht die höchsten, aber sie genügen als Beispiel. Die Wahrheit erweist sich nur als ein bequemes Trampolinchen zu einem Sprung ins bequeme Bett mit weichem Pfühl, welches die längst von Bedeutungen abgeschundenen Begriffe sind. Das, was früher, im Augenblick des Geborenwerdens, etwas Großes gewesen war, ist heute heruntergekommen zu dressierten Meerschweinchen. Die Wahrheit, vollkommen oder nicht — das ist einerlei —, und der Glaube existierten früher aus Notwendigkeit«, fuhr Tengier unwillig weiter fort, klar erkennend, daß er mittels einer Maskerade der Gefühle allein, ohne höhere Dialektik, nicht imstande sein werde, diesen in seiner Art einzigen Bubi zu verführen — einzigartig allerdings nur im Verhältnis zu der ihm ekelhaften, in sportlicher

Mechanisierung verviehten Jugend — heute werden sie künstlich erzeugt in entsprechenden Abstufungen und Dosierungen für Teillösungen: politische, gesellschaftliche und das Leben betreffende — sie haben nicht ihre eigenen Länder, in denen man sie verpflichten würde — sie haben sich umfiltriert, verallgemeinert, vergewöhnlicht, haben sich in der Menge aufgelöst und sind verkümmert. Dieser Prozeß wird sich um nichts in der Welt umkehren.

»Und diese beiden? Wenn man so ihre Gedanken in eins vereinigen könnte...?« begann Genezyp, sich mit Gewalt aus dem heiligtumschändenden Griff befreiend. Nicht er selber fühlte sich als Heiligtum, aber gewisse Sachen immerhin... Nun, diese kindlichen Kreise und Kringel... Ach, warum hatte er vor einem Augenblick nicht den Mut gehabt, sich in dieses sein ›armes Köpfchen‹ zu schießen! So dachte er über sich. Ein fremder Mensch bemitleidete in ihm das verreckte Kindlein. Wie im Mikroskop sah er die vieldimensionale Größe dieses haarigen Haufens verkrüppelten Fleisches mit Knochen, der da neben ihm herwatete durch den tauenden Schnee in einem kurzen Pelzchen. Er hatte es doch mit einem beinahe ›repräsentativen Menschen‹ zu tun, mit einem Unikat — und dennoch empfand er deswegen nicht einmal die leichteste snobistische Befriedigung. Zugleich mit dem würgenden Empfinden der Größe, nicht nur der musikalisch-künstlerischen, dieses verkrümmten Geschöpfes verachtete er eben deshalb Tengier so schrecklich als körperliche Person; den Gatten jener Bäuerin, die ihm sogar leichthin gefiel; diesen psychisch Schamlosen, der exkremental geschmacklose Äußerungen seines Inneren von sich gab, und das vor ihm, der fast ein Kind war. »Das ist, wie wenn du zum Beispiel geschmolzenes Eisen mit Öl zu einer Emulsion mischen wolltest. Das sind Pole. Zwischen ihnen, und nicht in ihnen, ist dieses ganze verlassene Land, dieser ausgestorbene Talkessel, in dem ich lebe, ich. Der eine schafft sich Gott, nachdem er sich an Religionsgeschichte sattgelesen hat, in Analogie zu allen anderen Gottheiten. In dieser Toleranz liegt schon die ganze Nichtigkeit seines Glaubens. Seine Mutter Gottes, das ist Astarte und Pallas Athene und Kybele und weiß der Teufel wer, und sein Gott sondert sich im Sprechen über ihn, nicht aber im

Empfinden, ab von der Ganzheit der Welt der Brahmanen, und seine Heiligen, das sind fast chinesische Götzen, Schirmherren jeglicher Tätigkeiten und Gegenstände. Wie schwer ist es doch heute, den wirklichen Wert irgendeiner Konzeption von einem vorgegaukelten zu unterscheiden — woher kann man wissen, ob sie nicht eine geschickte Klitterung aussterbenden Geredes von etwas ist, das einst lebendig war, oder ein Lichtstrahl, der zum erstenmal das Dunkel ewigen Geheimnisses durchdringt?« Genezyp empfand etwas Falsches in diesen Worten.

»Nun gut, und der andere?« fragte er, um so lange wie möglich das aus der Zukunft herannahende Geschehen hinauszuschieben.

»Ist dasselbe. Das andere Extrem. Also ein schrecklicher Apparat, vielleicht sogar wirklich ohne Widersprüche — obschon manche daran zweifeln, indem sie behaupten, daß irgendwo etwas nicht in Ordnung sein muß am Boden —, und was weiter? Es sättigt das nur die intellektuellen Begierden seines Schöpfers, den Appetit eines kranken Magens, der sonst nichts mehr zu verdauen vermag, aber so wenigstens etwas zur Nahrung für einen lebenden Organismus umbilden kann. Eine seelenlose Maschine, aus deren Höhen — ja: aus den Höhen einer Maschine, warum nicht?« — Genezyp gefiel dieses Sich-Bekennen zu einem Fehler, und wegen einer solchen Kleinigkeit verlor er achtzig Prozent seines Widerstandes — »man nur die Leere des Gedankens sieht und die Gleichwertigkeit aller Konzeptionen der Welt als Firlefanz — Firlefanz von unterschiedlicher Qualität, aber Firlefanz.« (›Er redet so über sie, wie sie über andere räsonieren, aber selber hat er keinen Kern‹, dachte Genezyp.) »Nein — schließen wir das völlig aus«, sagte Tengier geschmacklos. »Ich lasse dich nicht (wieder schob er die haarige, stinkende Fresse an die pfirsichgleichen, kalten, nach flaumiger Jugend duftenden Wangen von jenem) hinabtreten in fruchtlose Metaphysik. Du mußt das fühlen, nicht aber daran denken. Dies ganze unentwirrte Knäuel — denn mein Gedanke ist im Prinzip unklar —, bei mir ist es der Motor meiner Kunst, einerlei, ob diese Dummköpfe es verstehen oder nicht. Wenn ich das zu Ende analysierte, würde es augenblicklich jeden Wert verlieren: so, als würde ich hunderttausend Tonnen Pyroxylin an freier Luft verbrennen. Auf diese Art gibt es mir eine geradezu höllische innere Spannkraft. Ich bin wie ein Geschoß, das durch Willenskraft langsam dahinrollt, obwohl es eigentlich schnell davonjagen müßte — versteh, was das heißt! Das läßt sich vergleichen: mit der künstlichen Verlängerung erotischer Lust. Aber das verstehst du nicht. Wie lange bist du nicht so allein für dich gewesen?«

»Über anderthalb Jahre.« Hart hieb Genezyp die Worte heraus, als schlüge er jenen mit einer Gerte ins Gesicht. Und zugleich eine schreckliche Versuchung, unter dem Deckmantel von etwas Außergewöhnlichem einfach die überladenen Drüsen zu erleichtern. Er fürchtete sehr irgendeine Kompromittierung vor der Fürstin und hatte um jeden Preis beschlossen, sich nicht dazu zu bekennen, daß es das erstemal sei. Er wußte nicht, daß er schon längst demaskiert war. Und dazu noch die Annehmlichkeit, die er sich so lange Zeit versagt hatte. Der Ekel schmolz, verwandelte sich in positive Werte. Alles trieb ihn unwiderruflich in die Richtung, sich dieser unmöglichen Pyramide von Widersprüchen zu unterwerfen, welche die neben ihm gehende unglückselige Mißgeburt war — nicht nur für ihn, auch objektiv gesehen. Und dabei diese Analogie mit einem Hund . . . Wie gerufen mischte sich etwas Derartiges in das undifferenzierte Magma seiner Gefühle, er wurde zum Sklaven dieses Menschen. Allerdings bisher in nur sehr geringem Maße. Ein paarmal schon hatte er eine ähnliche Erscheinung beobachtet — die Situation wurde gefährlich. Die Zeit lief schnell — es schien, als flüsterte sie im Fluge nebenbei drohende Warnungen. »Nun also, du siehst selber, daß du mich versuchen lassen mußt. Ich will nichts, nur daß es dir angenehm sei. Du wirst noch irgendwann zu mir zurückkehren — später, wenn du erkennst, daß das andere ebenso ekelhaft ist.« Ein schreckliches Mitleid mit diesem Menschen lähmte alle Widerstandszentren Genezyps. Nackt und wehrlos bot er sich zur Beute dar, wissend, daß dies eben an diesem Tage geradezu ein Verbrechen war. Die Luft war jetzt aufreizend, heiß, übersättigt wie von dem Hauch riesiger Lippen. Alles in ihm und außer ihm zerfloß in wohliger Scheußlichkeit und unerträglich wollüstiger Erregung — ihm fielen frühere onanistische Zeiten ein. Tengier fiel auf die Knie, und Genezyp ergab sich dem demütigenden Triumph teuflischer Lust. Er war darin nicht allein — wie war das sonderbar. Sonderbar. *Sonderbar* ... »Auu ...!« heulte er plötzlich auf, und in einem scheußlichen Schauder, der gleichzeitig mit Schmerz und wilder Überannehmlichkeit sich über den Körper ergoß, fiel von ihm eine innere Maske — und er wurde überreif. Zum wievielten Male schon erwachte er an diesem verfluchten Tage. Nichts Ähnliches hatte er jemals gefühlt. Nur freilich ging es nicht weiter auf diese Weise — nichts Homosexuelles ließ sich vernehmen, nicht einmal in den geheimsten Winkeln seines Wesens. Aber es lohnte zu leben. Es war ein solches Experiment wie im Laboratorium des Gymnasiums die Herstellung von Wasserstoff oder auch eine Rotfärbung von Rhodiumoxyd. Aber immer schien das, was vor ihm war, ein qualvoller Traum ohne Ende zu sein.

Auch mit Tengier war irgend etwas geschehen, doch übermäßig zufrieden war er wiederum nicht mit dem Triumph. So auf dem Schnee, ohne den Anblick von jenem Körper, ohne diesen Kontrast mit der eigenen Krüppelhaftigkeit — bedeutete das nicht, wie er zu sagen pflegte, bis auf den Boden hinabgestoßen worden zu sein? Doch immerhin hatte er diesen jungen Burschen ein wenig unterdrückt, und vor allem auch jene Megäre. Die Inspiration wuchs: Klänge häuften sich und organisierten sich eilig, sich dabei deutlich diabolisierend, in Reih und Glied ordnend, auf der dunklen Welt der Seele. Ihre Zusammenhängigkeit verstärkte sich — es konsolidierte sich ein wirkliches Werk in größerem Stil. Tengier atmete auf — die Schweinerei war gerechtfertigt worden — letzter Abglanz ehemaliger Ethik in Form von Ausnützung des Bösen zu künstlerischen Zwecken.

Auch Genezyp fühlte eine abscheuliche Befriedigung. Er hatte eine größere Annehmlichkeit gehabt als früher, und dabei empfand er keinerlei Gewissensbisse. Ringsum ordnete sich die Welt schläfrig in harmonischen Windungen wie eine widerliche Schlange, die schlafen geht. Am angenehmsten wäre es, zusammen mit der Welt einzuschlafen. Doch dieser Tag von vierundzwanzig Stunden schleppte sich erbarmungslos weiter. So vieles war noch zu vollbringen! Aber vor der Fürstin verspürte er keinerlei Angst mehr: Jetzt würde er ihr zeigen, was ein Mann ist. (Und dennoch verrechnete sich der arme Zypcio hinsichtlich seiner Kräfte.) Anders betrachtete er jetzt das Problem des Erwachens. Das Gespräch jener beiden extremen Denker hatte von jeder Metaphysik recht abgeschreckt. Wenn das die letzten Konsequenzen sein sollten, so war es tatsächlich besser, dort überhaupt nicht hineinzuschauen: Mögen Wunder im Leben von selber geschehen. Ha — vielleicht solche, wie dieses Wunder hier auf dem Schnee? (Dennoch saß ein Gewissensbiß auf dem Grunde — darüber ist kein Wort zu verlieren.) Der Gedanke konnte nur diese nebelhaften Ungeheuer töten, die neugierig aus der Zukunft in das blutige Loch des gegenwärtigen Moments hineinschauen, in welchem die Welt sich in das Unbekannte reckt. Und an irgend etwas Umrissenes zu glauben oder sich mit Zeichen zu befassen, dazu hatte Genezyp nicht die geringste Lust. So entledigte er sich der größten Gefahr des zeitgenössischen Menschen: der Metaphysik. (Der Satan der mechanischen Langeweile lachte und quietschte und schlug wilde Purzelbäume: Er selber brauchte sich ja nicht zu mechanisieren.) Und alles das verdankte er dieser unbegreiflichen, abscheulichen, haarigen, lappigen Halbbestie, die er als Lebewesen verachtete und gleichzeitig bewunderte als geheimnisvolles Instrument, das jede bis zur Qual würgende Wunderlichkeit umschmolz in ein leicht entzifferbares konstruktives Gemisch von Tönen. Zypcio war sehr musikalisch: Mit Leichtigkeit integrierte er den schrecklichen musikalischen Galimathias Tengiers, besser vielleicht, als dies die von Weisheit geschwollenen Fachkritiker taten.

Sie gingen so weit voneinander, als befänden sie sich auf verschiedenen Planeten. Es schlug ein Uhr auf dem fernen Kirchturm von Ludzimierz, als sie aus dem Dämmer des Ludzimiersker Forstes traten. Die unerforschlichen Bestimmungen waren eingefroren. Eine schreckliche Wehmut riß sich aus Zypcios Gedärmen empor. Er wünschte etwas zu sein! O Elend! Etwas für irgendwen wenigstens, nicht für alle, nicht einmal für die Mehrzahl. Er beneidete Tengier — von dem er sich vor einer Weile kühl verabschiedet hatte —, daß er vielleicht, auch wenn ihn jetzt kein Hund anerkannte, einmal wer für viele, viele sein könnte. Welch eine Köstlichkeit, etwas Vollkommenes zu schaffen, etwas in sich Eigenartiges, das mit eigenem Leben existiert. Um diesen Preis kann man ohne Schmerz auf alles verzichten. Doch wiederum — wenn man in Betracht zieht, daß die Sonne erlöschen und überhaupt nichts von alledem bleiben wird, so ist es vielleicht nicht so sehr wichtig, etwas zu sein in ›den Herzen von Millionen‹. Was dachte Tengier in diesem Augenblick? Ach — dies auch nur eine Sekunde lang wissen. Dann würde er so klug sein, daß niemand mehr mit ihm fertig würde. Und woher dieser Drang, andere Menschen zu besiegen? Niemals würde er dieses Chaos bewältigen. Es fehlte ihm irgendein kleiner unterordnender Apparat. Die Bekenntnisse Tengiers, auch die noch so gedärmigen und für ihn peinlichen, verkleinerten ihn niemals, machten ihn nicht erkennbarer. Vielleicht verlieh ihm die Kunst diesen psychischen Panzer, gegen seinen Willen. Unbewußt leben wir so, als sollten wir ewig auf der Erde dauern, oder wenn nicht wir, so doch unsere Werke. Aber stellen wir uns vor, daß die Astronomen das Weltende berechnen — irgendein dunkler Körper schaltet sich in unser System ein und kreist mit unserer Sonne um einen gemeinsamen Schwerpunkt, wobei sich die Erde langsam, zum Beispiel in zwei Wochen, bis zur Umlaufbahn des Neptun entfernt. Und dies soll in dreihundert Jahren geschehen — auf der Grundlage der Perturbation in der Bewegung der Planeten ist das vorher ausgerechnet worden. Nun, und was geschieht dann mit der Generation, die davon erfährt, und wie verändert sie die Erziehung der Kinder, wie wird die künftige Generation herangebildet und schließlich die, welche die Katastrophe erleben wird? Ob die Zeugung von Kindern verboten wird, und wie wird es mit der Ewigkeit sein? Ah, eine wundervolle Roman-Idee für Sturfan Abnol! Ich muß ihm das erzählen. Aber um Gottes willen nicht programmatisch schreiben, nur sich hineinleben in die Psychologie dieser Menschen und dann erst sehen, was werden wird, was daraus selber ›herauskommen‹ wird. Und vielleicht haben manche, Conrad zum Beispiel, so geschrieben — und haben sich damit verborgen gehalten, um sich nicht bei dummen, sogenannten Literaturkritikern ›die Marke zu verderben‹.

Es war eine stille, aber bewegte Nacht. Hunde heulten im Windesrauschen, das immer wärmer, sinnlicher wurde. Unanständigkeiten lagen auf der Lauer, zu irgendwelchen überabscheulichen Schmuddeleien und Sudeleien verlockend. Schreckliche (alles war schrecklich!) Schleimigkeiten schlierten an der Oberfläche hin, und dann riß es an dem Körper Genezyps, Baron Kapens, neunzehn Jahre alt, vielleicht des Letzten dieses Geschlechts. Das Geschlecht der Kapen wollte währen. Zypcio dachte über das Umbruchartige dieser Stunde nach. Er konnte sich daran nicht sättigen. Jemand — so ein instinktiver Passagier in ihm — schätzte alles sofort gering, wie Afanasol Benz mittels seiner Zeichen. Aber mit wessen Hilfe tat dies dieser instinktvolle Herr, der keine hohen, praktisch nicht gerechtfertigten Spannungen vertrug? Vielleicht war das wirklich besser so.

Am Fuße der Kalkfelsen, hinter denen die Kalkbrennerei war, stand in einem alten, etwas verwilderten Garten der neue Palast der Ticonderoga. Jetzt erinnerte sich Genezyp, daß er den Schlüssel zur Pforte vergessen hatte, den ihm die Fürstin gab. Mit Mühe erkletterte er die hohe Mauer, deren First mit Glasscherben gespickt war. Schon wollte er hinunterspringen, als er sich stark am Handgelenk verletzte. Das Blut schoß mit warmem Strom. ›Das ist das erste Opfer für sie‹, dachte er fast mit Liebe. Unanständigkeiten vereinigten sich für einen Moment mit Sympathie — es war etwas wie wirkliche Liebe. Er verband die Hand mit dem Taschentuch, doch konnte er das Bluten nicht eindämmen. Er ging, stark Farbe lassend, quer durch den Park, inmitten von im Winde tosenden riesigen, freilich blattlosen Eschen und Linden. Die Renaissance-Fassade (gibt es denn etwas Abscheulicheres als Renaissance? — für Genezyp begann Architektur bei brahmanischen Ghopuramen) tauchte auf am Ende einer nach unten verlaufenden Allee aus Fichten, die nach Versailler Art gestutzt waren. Von Hunden keine Spur. Im rechten Flügel im Parterre schimmerte gedämpftes, blutiges Licht aus zwei Fenstern. Das war das Schlafzimmer — dies seit zwei Jahrhunderten vorbestimmte Zimmer (und das seit einigen Jahrzehnten vorbestimmte Weib), wo (und auf dem) die Unschuld verlieren und sich ›zerwürgentjungfern‹ lassen sollte

Baron Kapen de Vahaz — ›der Letzte seines Namens‹, wie Claude Farrère zu schreiben pflegt. Genezyp fühlte sich als Edelmann, geboren von einer Gräfin, und das verlieh ihm ein angenehmes Gefühl. ›Das ist immerhin etwas‹, dachte er und schämte sich vor sich selber. Aber trotzdem dauerte dies Gefühl an. Der Vater (lebend oder tot) existierte ganz und gar nicht weiter. Niederträchtig dachte Zypcio, daß im Falle seines Todes plötzlich in ihm ein bestimmtes Gefühl erwachen könnte, ein längst ersticktes, und daß er dann zu leiden beginnen würde. Er fürchtete dies, aber andrerseits war es unangenehm, in dieser Gleichgültigkeit zu verharren — ein Gewissensbiß aus diesem Grunde könnte sich steigern zur Intensität wirklichen Schmerzes.

Er klopfte an das Fenster. Hinter dem Vorhang erschien die dunkelrote Silhouette der Fürstin. Sie machte eine kreisförmige Handbewegung von rechts nach links. Er verstand, daß er durch den Haupteingang hereinkommen solle. Der Anblick dieses tollen Weibes, das eben darauf wartete, und nur darauf, machte auf ihn einen mörderischen Eindruck: als wenn er einen Schwanz hätte, der sich bis unter den Bauch krümmte in einer seltsamen Mischung von Begierde, Furcht, Mut und Ekel. Er fühlte sich so, als wäre er ein Kommis in einem kleinen Laden — Kleinverkauf von Unanständigkeiten. Er trat durch die Säulen des Palastvorplatzes wie ein Tier, das zur rituellen Schlachtung in einen Tempel geführt wird.

Information: Die Fürstin saß im Schlafzimmer mit ihrem Gatten, dem hervorragendsten aller vergreisten Politiker, einem der Schöpfer der gegenwärtigen Situation inneren Gleichgewichts des Landes (inmitten eines Meeres chronischer Revolution war es die Insel für den einstigen Traum vom guten, gemütlich demokratischen Leben) und einer Außenpolitik, die darauf beruhte, sich nicht aktiv in die russische Gegenrevolution einzumischen. Polen gab nur dem Militär freie Durchfahrt, sogenannten ›Militärtransit‹, und um diesen Preis hielt es sich aus aktiver Teilnahme heraus. Gegenwärtig wälzte sich die Lawine des chinesischen Kommunismus von den Altai- und Uralbergen in die Moskauer Ebene und brachte dieses ideale System, in dem die Gegensätze einander stützten, ins Wanken. Ungeheure Kapitalmengen, deren Quellen niemand kannte, investiert in die Verbesserung des Lebensstandards der Arbeiter, hörten auf, in der Form von Anpassung an die Methoden der Arbeitsorganisation Zinsen zu bringen. Trotz aller Anstrengungen begann es in den Grundlagen selbst zu gären. Die absolute Isolierung ließ sich nicht aufrechterhalten, nicht einmal mittels unerhört vorsichtiger Paßvorschriften und systematischer Fälschungen der Nachrichten in der ganzen Presse, die nur noch ein einziges großes, beinahe geschlechtliches Organ der Gesellschaft Nationaler Befreiung war. Es kam die Zeit, da die Insel der Glückseligen sich seltsam zu verengen begann, wenn einstweilen nicht physisch, so doch moralisch. Obwohl nicht ein Fußbreit des Landes verlorenging, schien es ein immer kleinerer Fetzen zu werden, rings umschwemmt von feurigem Magma. Den Mitgliedern der Gesellschaft begann der Boden unter den Füßen zu brennen, doch hielten sie sich noch. Im Namen wessen? Niemand wußte das — übrigens war es unmöglich, irgendwohin zu fliehen. Niemand hatte Lust, das Leben im früheren Stil zu genießen — ewig konnte das ja nicht dauern... Die Offiziere hatten aufgehört, Geschäfte zu machen (Kocmoluchowicz ließ ohne Pardon füsilieren), Geschäftemacher gaben keine Schmiergelder in ›entsprechenden Kreisen‹, überhaupt ließen sie sich auf keine sogenannten ›großen Transaktionen‹ ein; die Nachtrestaurants machten Bankrott, in den Tanzlokalen tanzten nur noch die schlimmsten Huren und die raren wirklichen Schufte — eine aussterbende Sorte. Die nachdrückliche Verdummung durch den Sport wurde in den Sphären der Intelligenz zu täglich einer rationellen Stunde für die Gesundheit verwandelt — diese gefährliche Manie verteilte sich gleichmäßig unter alle Mitglieder der Allgemeinheit. Sogar — gefährlich für alle möglichen höheren Gebiete — das Kino begann langsam, aber systematisch zu schwinden. Nur noch in irgendwelchen Buden in den Vorstädten bewunderten die letzten starbesessenen Kretins verdunkelte Filmstars und zweihundertprozentige Ideale männlicher Scheußlichkeit und Vulgarität im Zustand völliger Zersetzung. Auch das Radio neigte sich dem Untergang zu, nachdem es fünfzig Prozent der mittelmäßigen musikalischen Halbintelligenz zur völligen Verkretinisierung gebracht hatte. Die durch die Gesellschaft für Nationale Befreiung gleichgeschaltete Presse konnte sich nicht genugtun in der intensiven Bearbeitung der Meinung durch die ständig wachsenden Tageszeitungen nach den Doktrinen der betreffenden Parteien — die Parteien waren fast verschwunden —, es herrschte allgemeine Übereinstimmung. Eine farblose, langweilige Masse absterbender Gespenster floß aus einem Winkel in den anderen, ungewiß, wozu. Aber der Boden selber, völlig spontan und ohne die Einmischung der paralysierten Zentren der Agitation, begann sich leicht aufzuwölben und zu erheben... Die Isolierung, vielmehr die einstweilige Illusion der Isolierung, währte vor allem deswegen, weil keiner der bolschewisierten Staaten des Westens Lust hatte, sich in der scharfen chinesischen Soße bis zu Ende bolschewisieren zu lassen. Trotz der Grundsätze der allgemeinen Revolution wurde Polen von allen Regierungen der Welt in einem künstlichen Konservativismus erhalten mittels riesiger Geldsummen, die von der kommunistischen Propaganda abgezweigt wurden (man hatte einfach niemand mehr zu bekehren) — dafür war Polen ein Bollwerk, einstweilen beinah ein glückliches in seiner Gelähmtheit. Eine gewisse Sorte von Menschen breitete sich aus, die früher, in geringerer Intensität, besonders in der Sphäre der Kunst- und der Literaturkritik bekannt waren: die jetzt so genannten ›Verflacher‹. Es waren das Individuen, die jedes beliebig tiefe Problem zu verflachen verstanden, im Gegensatz zu Whitehead und Russell zum Beispiel, die aus jeder Dummheit (sogar einer mathematischen), wie es Philosophen geziemt, ein beliebig schwieriges Problem zu machen verstanden (*»... We can define this kind of people as those, who, by means of introducing suitable notions, can give to any problem, as plain as it may be, any degree of difficulty that may be required«* — aus der Rede Sir Oscar Wyndhams vom MCGO = Mathematical Central and General Office). Überall herrschte dieser ›Geist‹, von dem Neopseudoromantiker, Abstinenten und alle vom Leben enttäuschten Menschen durchtränkt waren; plötzlich triumphierte er und verleibte sich restlos dem Leben ein, doch machte das den Eindruck, als hätte ein unheimlich-ungeheuerliches Vieh die zu seiner Fresse ideal passende Maske eines erhabenen Engels angenommen. Diejenigen, die diese Richtung — oder wie man das nennen soll — propagierten, waren einfach unglücklich: Sie hatten nichts anderes zu propagieren; aber auch solche, die noch unlängst verknöcherte Materialisten gewesen waren, stimmten nun diskussionslos mit ihnen überein; doch das waren tote Überzeugungen, bar jeglicher Inbrunst. Der Fürst Ticonderoga war der Prototyp eines ›Verflachers‹ und dazu ein über alle Maßen vollendeter Dummkopf — Michelangelo und Leonardo hätten nicht einen Strich hinzufügen können. Gerade darum war er einer der Eckpfeiler dieser seltsamen Vergrauung, die jedoch nicht die friedlichen Merkmale des ›trockenen Nebels‹ der Tatra hatte noch die der morgendlichen Oktoberdünste, sondern eher das unheilkündende und beunruhigend würgende Aussehen des leicht kupferigen und stellenweise bleiigen Graus des Himmels vor einem schrecklichen Gewitter ... Diese allgemeine Eintracht, dies schamlose ›Lieben-wir-einander!‹, dies sogenannte ›Schulter-an-Schulter‹, in dem man das gedämpfte Knirschen dösenden Hasses spürte — dieses gegenseitige Einanderloben bis zur Bewußtlosigkeit, das Neid und Mißgunst von einer bisher nicht dagewesenen intensiven Giftigkeit verbarg — diese geile Lüge, in der sich die Menschen mit Tränen in den Augen sielten wie Hunde in Exkrementen: das alles war geradezu schrecklich. Doch kaum jemand gab sich davon Rechenschaft — jedenfalls nicht Genezyp und nicht der Fürst. Die wissenden Menschen hielten sich versteckt, irgendwo zwischen den vier Hauptstädten, vielleicht sogar in den scheinbar festgefügten Bataillonen, Schwadronen und Batterien des Generalquartiermeisters. Auf dem Lande verstand freilich niemand etwas — der Bauer ist eine hoffnungslos tote Sache, Material für ideelle Einschläferung kraftloser Demokraten, bequemer Weichlinge, die auf der Selbstbelügung durch ›große‹ allgemeinmenschliche Ideen ein angenehmes Weltchen erbauen wollen, ein Weltchen der Ausbeutung und Plünderung der durch geistige Erhabenheiten und Pseudowohltätigkeiten blödgemachten Arbeitenden. Ihm den Bauch vollstopfen, bis das arbeitende Vieh vergißt, daß es ein Mensch ist und *sein kann*. Durch Wohlstand höhere geistige Ansprüche einschläfern und dann innerhalb gefesselter Blitze sich selber ein Nestchen flechten zum eigenen kleinen Behagen, das etwas höher steht als das dieser Tiere — das war es. So dachten die einen. Und andere, hinweisend auf die ständig sinkende Produktion und die unter dem Mäntelchen großer Ideen (wirklich großer) wachsende Armut der Arbeiter in den bolschewistischen Staaten, behaupteten, daß es einen anderen Ausweg als den Faschismus nicht gibt und nicht geben kann. Und wo ist hier das Recht, und kann überhaupt von einem Recht die Rede sein? Hat dieser Begriff einen Sinn im Verhältnis zu solcherart Problemen?

Alles stank ungeheuerlich. Wie zum Scherz behaupteten ganze Belegschaften von Pseudomenschen, daß es dufte, und zwar sehr angenehm. Unter manchen Uniformen (besonders von Mitgliedern der ›Gesellschaft‹) bebten statt Muskeln wurmige Därme — niemand sah das. Doch mit einer sonderbaren Machtlosigkeit hielten sich all diese Widersprüche wie eine Emulsion aus zerriebenen Läusen in lauem, leicht gezuckertem Wasser. Den Halt gaben der ›Geist‹ und das kommunistische Geld. Etwas wirklich Schreckliches war in dieser sich nicht demaskieren lassenden hochethischen Stimmung aller Schichten (mit Ausnahme einiger Dummköpfe aus der höchsten Aristokratie). Gute Menschen sagten: »Aha, seht ihr, ihr habt nicht geglaubt, daß alles noch gut werden wird« — und so sagten sie zu den gerührten Pessimisten, die, mit Tränen ekelhafter Rührseligkeit in den an sardonisches Zukneifen gewohnten Augen, sich selber fragten: »Sollten wir geirrt haben in bewußter Selbstquälerei, in der Abtötung jeglicher Hoffnung zum Wohle dieser künftigen Märtyrer (denn einmal mußten sie sie ja durchschauen), die einstweilen das sie umgebende Böse und die nahende Schaffensohnmacht der höheren Schichten nicht hatten sehen wollen?« — so, als ob das wirklich eine große Freude gewesen wäre, sich halbbewußt mit elenden Als-ob-Ideechen zu betrügen (Wiedergeburt verschiedener Glauben, Umkehrbarkeit der Entindividualisierung, Überwindung der Mechanisierung durch Trinken von Milch und Lesen der Bibel, künstlerisches Schaffen des Proletariats, Nahrung ersetzende Pillen und dergleichen).

Irgendwie scheu und mit plötzlich lausig gewordenem Herzen ging Zypcio durch die erleuchteten Zimmer. Es blinzelten ihn an die Augen auf den Porträts der Fürsten Zawratynski, von denen einst einer, in einer Gesandtschaft zum Papst reisend, eine italienische Prinzessin Ticonderoga als Frau heimgeführt hatte. Mit der Zeit hatte der italienische Name den ruthenischen völlig verdrängt. Der jüngere Sohn hatte den Titel eines Marchese di Scampi — der einzige im Lande. Eben war er im ungarischen Nachtkurier mit wichtigen Nachrichten von der Grenze gekommen. Die chinesischen Kommunisten belagerten bereits seit gestern das weißgardistische Moskau — so hatte ein Flieger behauptet, der frühmorgens in Budapest gelandet war. Doch diese Nachricht wurde nicht verbreitet, um nicht das Schwanken des Bodens zu vergrößern. Übrigens glaubte niemand so recht an den Boden. Die Situation schien bodenlos in rein geistiger Bedeutung. Die Menschen hatten aufgehört, die realen Folgen ihrer Handlungen zu sehen — es ging lediglich um die psychischen Begleiterscheinungen. Doch lange kann man so nicht leben — letztlich muß das mit einem Bankrott enden. ›Der geistigen Tiefe Bodenlosigkeit‹ — dieser Klang, wie das Dröhnen einer ungeheuren Glocke, wiegte alle in den ewigen Schlaf, angefangen bei den garantiert analphabetischen Säuglingen bis zu den schon sprechenden Analphabeten mit sauberen weißen Bärten und überklugen, längst leergeschauten Augen. Anscheinend war das alles widersprüchlich in sich selber — es hatte keinerlei ›self-consistency‹ — und dennoch, wie sollte man sich auch Rat schaffen? Fakten, Fakten! Das sonderbarste aber war, daß der neue Glaube (welchen in ihren Gesprächen jene Herren in der Einsiedelei erwähnt hatten), der sogenannte ›Murtibingismus‹, sich zu verbreiten begann, und zwar nicht wie bisher die Theosophie und andere halbreligiösen Bekenntnisse, sondern eben von diesem sich wellenden Boden aus.

Den zwanzigjährigen Marchese gingen die Geschicke des Landes nichts an. Er wußte, daß er mit einer Schönheit wie der seinen sich immer gut amüsieren werde, wenn auch alles zum Teufel ging. Schwänze von Weibern schleppten sich überall hinter ihm her, er litt nämlich an der bei der russischen Garde so genannten ›Trokkenerektion‹. Der Zynismus dieser Familie überschritt praktisch um eine Unendlichkeit die Begriffe, die der unerfahrene Genezyp vom Leben hatte. Scampi, um ein Jahr älter als er, war der reine Typ eines Lebemannes ohne alle Illusionen, und das seit seinem zwölften Lebensjahr. Man redete sogar davon, daß Mamascha auch ihn ... aber das war doch wohl gewiß nicht wahr. ›Der wunderschöne Brünette in einem *airedale*-farbenen Anzug war, halb liegend, lässig in einen Fauteuil hingegossen, Mandelplätzchen knuspernd, und über ihm stand, gewaltig wie ein rassiger Eber im Gatter der Abgestumpftheit, der Fürst-Papa.‹

»Herr Kapen de Vahaz«, stellte die Fürstin vor, gleichzeitig verheißungsvoll die Hand des künftigen Geliebten drückend. Die in politischem Gespräch befindlichen Herren begrüßten Zypcio kaum — ›was war er schon für sie‹, dieser neue Geliebte ihrer Hausmatrone: der Mutter und Gattin. »Nehmen Sie Platz und essen Sie. Sie sehen sehr ermüdet aus. Was hat sich mit Ihnen seit gestern getan?« sagte mit mütterlicher Zärtlichkeit diese von verblühender Schönheit glänzende Bestie. »Sind Sie etwa von den bösen Geistern dieser Gegend befallen worden, von Putricydes und seinen Freunden?« Genezyp, erstaunt über dieses offenbare Hellsehen, entsetzt über die Situation, starrte geistesabwesend auf seine Henkerin, und es schien ihm, als fräße sie in diesem flüchtigen Augenblick in blutigen, frisch aus dem vor Geheimnis pulsierenden Inneren gehackten Stücken das ferne Leben, das unerfaßliche, dies großgeschriebene. Doch es war deutlich zu sehen, daß die Fürstin diese Worte aufs Geratewohl gesagt hatte, um die peinliche Leere auszufüllen. Ein schrecklicher Spektakel von Gefühlen knäuelte sich in ihrem unmerklich welkenden Körper. (Am schlimmsten waren die Momente, wenn sie gerade all dieses vergessen hatte — und dann plötzlich der scharfe Schmerz gewaltsamer Erinnerung — als wenn jemand mit einem schmutzigen Lappen in die Fresse schlüge ...) Der Kopf, klug wie der einer Eule, ragte über diese Schrecklichkeit, und die Gedanken, kalte Schmetterlingsautomaten, flatterten darüber hin, scheinbar frei und sorglos, aber jeder von ihnen triefte von Blut, von leicht gerinnendem, geruchlosem, wie mit Eiter vermischtem — von einem Blut, das das nahende Alter in

Schmerzen vergoß. Wenn man doch endlich diese Grenze überschreiten und wirklich zu einer Matrone werden könnte! Doch,
wie die Optimisten sagten, eher würde die chinesische Mauer vor
Ludzimierz auftauchen, als daß sich dieser sonderbare, schöne,
unglückselige Körper hinüberwälzen könnte auf die andere Seite
des Lebens, sich zertreten ließe von dem Geist, der ja bisher mächtig war und ist, nur daß er niemals Zeit für sich hatte, immer nur
ein Diener einer preziösen, organisierten Wollust sein mußte,
der dieser Haufen von rasenden Organen war. Seit einiger Zeit
las die Fürstin die Lebensbeschreibungen aller lasterhaften Herr-
scherinnen und schönsten Kurtisanen und schöpfte daraus ein
wenig Linderung wie Napoleon aus dem Plutarch. Doch die
schreckliche Sache ging unerbittlich weiter, man mußte schon nicht
nur sie, sondern auch sich betrügen. Irgend etwas war schiefgegan-
gen, sogar mit dem Vergnügen selber: Man konnte nicht mehr so
oft dorthinfahren, in das Land des grausamen Triumphes über
den durch erniedrigende Arbeit ermüdeten männlichen Körper, in
die erstarrte Sphäre vollkommener Sättigung, wenn die aus zeu-
genden Tiefen hervorgesprudelten Säfte die ganze Welt bis an den
Rand überfluteten mit dem einzig möglichen Sinn: dem Maximum
dieser geheimnisvollen, viehischen Lust. Oh, gut waren jene Zeiten, als diese Kerle, einer nach dem anderen, einfach nicht mehr
von ihr herunterstiegen — unerreichbar im Kern ihres Wesens, mit
dem Geist in Abgründe kosmischen Unsinns kotzend, mächtig und
stolz — und doch zerquetscht, totgeschunden in dieser Sphäre, aus
der alles floß. Und sie mitten darin, in wilder Verzweiflung, im
Verfall und dennoch mächtig ... Sie zuckte zusammen. Jetzt hatte
sie ja so einen Leckerbissen, und obendrein einen, der sie rasend
machte durch diese verfluchte Jugend, die ihr selber für immer
verloren ging. Ja — wenn sich jetzt zufällig ein geeignetes Objekt
bot, und dazu die kleinen Pillen von Doktor Lancioni — ha, da
würde sich etwas geradezu Höl-li-sches tun ... Schrecklich war die
bis zur Unerträglichkeit potenzierte Lust, potenziert durch die
selbstmörderische Düsternis des allgemeinen Lebenshintergrundes:
Vielleicht war dies schon zum letztenmal, und man würde bis zu
seinen letzten Tagen ein alter, ausrangierter *bas-bleu* bleiben müs-

sen. Dieser Gedanke schuf — nicht einmal in der Blüte der Jugend-
zeit erahnte — Tiefen von wildem, unheimlichem, wollüstigem
Verlorensein — vielmehr war das eine Tortur — doch nein, in
diesen Worten läßt sich das nicht beschreiben! — möge dies doch
endlich beginnen (dies, dies, dies in sich Unbegreifliche), wirklich
sich zu tun beginnen, und dann werden sich in dem zur Glut erhitzten Inneren, das der Brennpunkt aller Mächte der Welt zu sein
scheint, vielleicht Worte finden, die imstande sein werden, in alle
Ewigkeiten den sich verflüchtigenden Augenblick des verkörperten
Wunders aufzuhalten. Und das auf diese Art . . .!

Hoffnungslosigkeit. Genezyp, schön in seiner Unbewußtheit,
stopfte in höchster Verwirrung sein hübsches Mündchen mit Mandelplätzchen voll, kaute sie übermäßig lange, und dann wollte ihm
der geschmacklose Brei nicht durch die vertrocknete und zuge-
schnürte Gurgel gehen. Die Fürstin, die im Inneren seines Körpers
gegenwärtig zu sein schien, in den geheimsten Fibern und sogar
innerhalb der einzelnen Zellen, sagte (nein, ihr Geist schwebte
über den zwischenzelligen Räumen wie eine lebende Materie höheren Ranges zwischen den Gestirnen, für deren Struktur unsere
Sternsysteme nur Anhaltspunkte sind, ähnlich den Elektronen im
Verhältnis zu unserer eigenen lebenden Substanz) — also dieses
metaphysische Vieh sagte, und die Stimme war rein wie ein silber-
nes Glöckchen und tönte von oben herab, aus irgendwelchen kristallenen Kälten interplanetarer Höhen (oder Tiefen): »Trinken
Sie doch etwas nach — sonst geht das nicht durch.« Und sie lachte
kindlich, gesund, schön, wie ein kleines Mädchen. Ach — was war
das für ein artiges Ungeheuer! Der dumme Zypcio wußte das auch
nicht annähernd zu schätzen. Warum ist das überhaupt so dumm
eingerichtet, daß niemand jemanden zur rechten Zeit zu schätzen
weiß. Die Summe der Jahre eines Liebespaares muß ungefähr
gleich 60 sein: er 50 — sie 10; sie 40 — er 20 und so weiter (eine
Theorie desselben Ruthenen, welcher die Taylorisierung der erotischen Verhältnisse ausgedacht hatte). Daß eine verblühende Blume
wie diese sonderbare Klampfe hier bis ins Letzte erkannt werden
könnte von irgendeinem wirklichen Kenner dieser Sphäre! (Aber
gibt es etwas Ekelhafteres als sexuelle Kennerschaft?) Aber nein —

solch ein Herr ist meistens zu nichts mehr imstande, oder er hat eine Manie zur Askese oder zu etwas Ähnlichem, oder er stellt dummen Backfischen nach und lehrt sie irgendwelche idiotischen Kunststückchen. Ach — jetzt hatte sich auch das geändert. Unordnung herrschte in dieser ganzen Hierarchie, eine allgemeine Entwertung von allem. Und obenauf triumphierte der Geist, wohl das letztemal vor dem endgültigen Verfall in das Nichts. Offensichtlich sollte sich in Polen, in diesem ›Bollwerk‹, das alle und sich selbst verteidigte vor den allerwesentlichsten Bestimmungen, dieser Kampf entscheiden. Völker haben genau wie manche Menschen ihre Bestimmungen (aber nicht in der Bedeutung von Notwendigkeit) und Missionen. Wenn jemand nur lange genug am Leben bleibt, so wird er letztlich (falls ihm nicht etwa Ereignisse zum Hindernis werden wie Gefangensetzung, Wahnsinn, Verlust gewisser Glieder und ähnliches) das Seine erfüllen, vielleicht in einer gewissen Deformierung, in einer Karikatur — aber er wird es schaffen. Der in seiner Expansion durch dieses ›verfluchte Polen‹ gehemmte Osten begann, in einer für ihn eigentlich sonderbaren ultrawestlichen gesellschaftlichen Transponierung, auf unverdaute, roh zerkaute Art nach dem Westen hinzustreben. Den Weg hatte ihm der Kommunismus geöffnet. Die Buddhisten waren überhaupt immer schon konsequenter als die Christen, und vom Taoismus ist es nicht weit zum Sozialismus. Der scheinbar aristokratische Konfuzianismus ließ sich ebenfalls leicht umgestalten in die Dimensionen des europäischen gesellschaftlichen Idealismus. Diesen gelben Teufeln ging es nämlich, in Verbindung mit dem tief metaphysischen Hintergrund ihres bewußten Daseins, nicht so sehr um die Mägen und um das bäurische Genießen des Lebens: Bei ihnen war diese Wandlung verbunden mit dem Streben nach innerer Vollkommenheit. Die geistigen Parolen waren kein ›Mäntelchen‹ — diese Menschen hatten wirklich die Vision einer anderen Welt des Geistes, vielleicht einer unerreichbaren, vielleicht einer für uns nicht verständlichen, aber sie hatten sie. Doch infiziert von der Problematik des Westens, verloren sie, unmerklich und ihnen selbst nicht bewußt, den ursprünglichen Charakter ihres übermenschlichen Elans — jeden Augenblick konnte der Bauch über den

Geist hinauswachsen. Einstweilen lag hier der seltene Fall vor, daß die Masse buchstäblich mit diesem Geist durchtränkt war, den ihre Anführer bis zum Halse hatten: Es ging nicht um die Befriedigung materiellen Bedarfs, sondern um neue Möglichkeiten einer inneren Entwicklung, die in Europa seit zwanzig Jahren zu einer vollständigen Fiktion geworden war — man hatte endlich aufgehört, an das Märchen vom endlosen Fortschritt zu glauben, der weiße Mensch hatte die Grenzwand in sich selber erblickt und nicht in der Natur. War der chinesische Glaube eine Gaukelei, oder stützte er sich auf andere psychische Daten? Die verbissensten Pessimisten behaupteten, daß dies nur eine an Ort und Zeit gebundene Verspätung der allgemeinen Nivellierung jeglicher individuellen Werte sei — wonach dann ein um so dichteres Dunkel gesellschaftlicher Langeweile und metaphysischer Alltäglichkeit kommen müsse. Und von unten, von den Knochen her, von dieser ursprünglichen Schicht, von seiten dieser ›allergrößten Armseligkeit‹ begann etwas zu verderben, zu verschimmeln. Es war dies das einleuchtende Argument, daß auf einem genügend niedrigen Niveau äußerlich erblicher Kultur es unmöglich ist, mittels Verstopfen des Magens und der Ohren (Radio) und Anwendung gewisser Fortbewegungsmittel (Auto), den ideenschöpferischen Untergrund der menschlichen Natur abzutöten. Aber das war für manche ›Tiefenschürfer‹ ein Experiment ›auf kurze Distanz‹. Trotz tiefer Narkotisierung durch ›Geist‹ quälte alle die Langsamkeit der gesellschaftlichen Wandlungen. Dieses Vieh höherer Ordnung (die Gemeinschaft) hatte Zeit — als Ganzes allerdings. Was konnte es die Gemeinschaft angehen, daß irgendwelche von der Fliehkraft hinausgeworfenen Abfälle in Torturen untergingen, ja sogar selbst Elemente des zentralen Wesensmarkes? Was geht es einen Kokainisten an, wie sich die einzelnen Zellen seines Hirnes fühlen? Marchese Scampi ›schlürfte‹ den Likör durch die Zähne und lauschte den Wehklagen des Vaters:

»... denn wenn es wirklich eine solche Kraft gibt, aber wirklich so eine wirkliche, so ist es die Des-or-ga-ni-sie-rung. Polen hat von jeher durch Regierungslosigkeit bestanden und tut das heute noch. Und da das Anwachsen des Automagnetismus der Masse sich im geometrischen Verhältnis zur inneren Anspannung unserer Gesellschaft vollzieht, müssen wir unterliegen — nicht absolut — verstehst du, Matthias? —, nur in der Zeit. Denn eine Reaktion muß erfolgen. Ich glaube an die gesellschaftliche Umkehrbarkeit auf kolossale Distanzen. Gott existiert und ist der Herrscher — das ist die Wahrheit. Die Erde wird ein zweites Mal Pharaonen sehen, nur in einem besseren Stil als die ersten, nicht vom Unkraut totemistischer Vorurteile durchwachsen, klare und wahre Söhne der Sonne endgültigen Wissens.« (›Oh, was faselt doch dieser alte Esel‹, dachte Scampi ermüdet.) »Wir haben eines versäumt: uns der Zeit entsprechend mit den relativen Veränderungen in anderen Ländern in Einklang zu bringen. Ha, wenn wir den Bolschewismus, nicht unseren Kommunismus, sondern den russischen Bolschewismus, hinter uns gebracht hätten, ha, dann könnten wir infolge dieser Immunisierung zehn Jahre der verspäteten Phase durchhalten und hundert Dschingis-Khane irgendeiner Internationalen auf unseren Nacken ertragen. Ich habe immer gesagt, schon vor vielen Jahren, als ich noch ein unerfahrener, politisch unmündiger Artillerie-Oberst war: Laßt sie frei mitten in unser Land hinein — das wird sich sicherlich lohnen. Lange werden sie sich nicht halten, uns aber auf einige zweihundert Jahre widerstandsfähig machen . . .«

»O nein, Papachen«, unterbrach Scampi. »Du siehst eine Sache nicht: die grundsätzliche Stillosigkeit unserer Kompatrioten und sogenannten Spitzenleute. Ich denke da an riskante politische Konzeptionen wie an den Mut und an die Fähigkeit zur Aufopferung. Unfreiheit, Romantik und politische Traditionen haben alle positiven Einheiten in einen potentiellen Zustand getrieben. Die Repräsentanten der Kinetik sind eine schleichende Bande ohne große Ambitionen — höchstens mit Ambitiönchen —, aber auch sogenannte gute Menschen von der Art unseres Onkelchens Basil zum Beispiel. Ihre Zeit ist vorbei, sie haben aufgehört, schöpferisch zu sein — sie waren es im 18. Jahrhundert. Der heutige Wohltäter der Menschheit kann ein erstklassiger Dämon sein, wenn er nur klug ist und sich auf Ökonomie versteht — und damit wird es immer schwieriger. Bei uns hat sich seit den Zeiten der freien Marktwirtschaft nichts geändert. Es gibt außergewöhnliche Menschen, das bestreite ich nicht, aber daß sie so vieles tun konnten, das ist nicht das Verdienst des Volkes, sondern das Verdienst des Zufalls. Hätten wir die Russen damals hereingelassen, als sie noch Bolschewisten waren, so wären wir heute eine Provinz des monarchistischen Rußlands, das jetzt unter den Stößen der chinesischen Lawine bröckelt. Noch haben wir die Freiheit des Handelns — noch sind wir imstande, ein solches Kunststück zu machen, daß ganz Europa es nicht auslöffeln könnte. Kocmoluchowicz ist gegenwärtig der geheimnisvollste Mensch auf beiden Erdkugelhälften, auch wenn man das bolschewisierte Afrika in Betracht zieht und die nach dieser Seite hin tendierenden Staaten von Nordamerika. Wir im Auswärtigen Amt führen die Politik etwas selbständiger als ihr Inneren — und wir haben unseren eigenen geheimen Kundschafterdienst.«

»Matthias, um Gottes willen — ob er jetzt noch irgendwelche Experimente machen möchte?«

»Warum nicht? Papa, du hast jede Phantasie verloren. Persönliche Phantasie gibt es im Überfluß, in der Politik aber herrscht Grauheit, Banalität und Feigheit. Das war unser Fehler im Lauf der ganzen Geschichte — und daß wir uns durch falsche Traditionen beeinflussen ließen. Der einzige Mensch von höherem Rang bei uns nach Batory und Pilsudski ist Kocmoluchowicz — und er ist noch dazu geheimnisvoll. Die Fähigkeit, in den heutigen Zeiten geheimnisvoll zu sein, erachte ich als die höchste Kunst, als Grundlage unberechenbarer Möglichkeiten. Natürlich, wenn irgendein vorzeitig degeneriertes Künstlerseelchen geheimnisvoll ist, so ist darin nichts Sonderbares. Aber wenn man im Zentrum des Lüsters steht, im Brennpunkt aller Kräfte, und faktisch die heimliche wirkliche Sonne dieser ganzen dunklen Angelegenheit, nämlich der Geschichte der letzten Jahre unseres Landes, ist, und das auf dem äußerlich bescheidenen Posten eines Generalquartiermeisters der Armee — durchleuchtet werden von den stärksten Scheinwerfern des In- und des Auslandes und dennoch in diesem Grade geheimnisvoll sein — das *ist* Klasse. Eine immer größere Disharmonie damit bilden seine Manieren: Er ist geradezu süß.«

»Bei euch dort, im Auswärtigen Amt, wird alles als Sport behandelt: Ihr entwertet völlig den Ernst des Daseins. Wir wollen noch mit der ganzen Fülle des Lebens leben wie früher.«

»Alles muß man heute sportlich behandeln und nicht ernsthaft. Freu dich, Papa, daß du einen solchen Sohn hast. Mit deinen Grundsätzen wäre ich ein unglücklicher, enttäuschter Stümper. Auf die Staatsidee selber muß man jetzt vom sportlichen Gesichtspunkt blicken. Das Problem der Staatserhaltung kann man verteidigen wie das Tor beim Fußballspiel, aber wenn die antifaschistischen ›Gesellschaftler‹ schließlich ein Tor schießen, so wird nichts besonders Schreckliches geschehen. Und im übrigen ist die Partei der Staatsanhänger in jeder Gestalt, mit Ausnahme einstweilen — einstweilen, betone ich — der Kommunisten, im vorhinein verloren. Ich weiß, es gibt heute wenige Leute bei uns — unter Leuten verstehe ich die unsrigen —, die auf diese Weise auf alles sehen wollen. Ich proponiere die Auflösung der Gesellschaft für Nationale Befreiung und zugleich ein programmatisches, vorzeitiges Sichvergleichen mit jedem möglichen Umsturz. Angesichts der letzten Nachrichten aus Rußland steht zu erwarten, daß die Reihe an uns gekommen ist. Zögern wir weiter, den Geschehnissen entgegenzugehen, was der einzig wirkliche Ausweg wäre, statt irgendein immunisierendes Impfen anzuwenden, so könnten wir das mit einem Gemetzel bezahlen, wie es die Welt noch nicht gesehen hat. Kocmoluchowicz ist das natürlich völlig gleichgültig, wie viele Menschen fallen werden — ihm geht es um die Größe an sich, und sei es eine posthume. Das ist eine wahrhaft cäsarische Gestalt. Aber wir?«

»Gar keine cäsarische Gestalt, sondern ein elender Kondottiere. Gegebenenfalls wird er sich als ein gewöhnlicher Lakai der radikalsten Gruppe erweisen.«

»Ich würde dir nicht raten, Papa, so voreilig zu sprechen. Man wird das abwarten, durchleben müssen. Wenn Kocmoluchowicz den Chinesen einen Weg bahnen wollte, so hätte er das längst getan. Ich habe den Verdacht, daß er überhaupt keinen positiven Plan hat. Ich denke nicht daran, für irgendeine Idee zugrunde zu gehen — das Leben an sich ist ein Ziel.«

»Ihr, diese junge Generation, habt tatsächlich Phantasie, denn ihr seid Kehricht. O wenn ich mich so innerlich verändern könnte! Aber dann müßte ich lernen, mir selber auf den eigenen Nabel zu spucken.«

»Deine Ideologie, Papa, diese ganze Gesellschaft für Nationale Befreiung — haha, einer nationalen in heutigen Zeiten! — das sind nur Scheinbarkeiten. Es handelt sich bloß darum, daß eine gewisse Klasse von Menschen das Leben genießt, die längst das Recht dazu verloren hat. Ich belüge mich nicht. Du, Papa, wirst es erst mit abgeschnittenen Ohren lernen, mit den eigenen Genitalien zwischen den Zähnen, mit Petroleum im Bauch und so weiter...« Sie sprachen flüsternd. Genezyp lauschte dem Gespräch mit wachsendem Entsetzen. Zwei gesonderte Schrecken — vor der Fürstin und vor der Tiefe der Politik — wanden das Empfinden seiner selbst zu schwindelnden, bisher unbekannten Höhen empor. Er fühlte sich als Nichts gegenüber diesem zynischen Jüngling, der kaum um ein Jahr älter war als er. Ihn befiel plötzlicher Haß auf seinen Vater, weil er aus seinem einzigen Sohn einen derart unbeholfenen Menschen gemacht hatte. Wie konnte ›Sie‹ ihn für etwas halten, wenn sie einen *solchen* Nachkommen hatte! Er wußte nicht, daß es gerade umgekehrt war, daß sein eigener Wert auf bodenloser Dummheit und Naivität beruhte bei im übrigen recht ansprechenden physischen Gegebenheiten.

Die Fürstin betrachtete ihn aufmerksam. Mit geschlechtlicher Intuition erschaute sie die Szene im Wald — selbstverständlich nicht was den Ort (den Wald) betraf und die Art und Weise (Tengier) — aber im ganzen. Etwas ›Derartiges‹ war in dem schönen Jungen vorgegangen, den sie doch roh und frisch hatte haben wollen wie eine unanständig aufplatzende Knospe, als einen dummen, nichts verstehenden, verängstigten Bengel, als ein armes Herzchen schließlich, das man zuerst ein wenig liebkosen und, wenn es in Verbindung mit der Aufklärung Krallen und Hörner zeigen würde, ein bißchen ›foltern‹ könnte (wie sie sagte). Ob sie die Kraft zu diesem Foltern haben würde? In ihr war nichts von unmittelbarem Sadismus, und außerdem gefiel ihr dieser Kleine ein wenig allzusehr — das wird vielleicht wirklich dies entsetzliche ›letzte Mal‹ sein. »Im Alter wachsen unsere Ansprüche, und die

Möglichkeiten werden kleiner«, hatte ihr einmal ihr Gatte gesagt, als er der unersättlichen Megäre zum erstenmal in delikater Weise erklären wollte, daß er in physischer Hinsicht genug von ihr habe. Von diesem Gespräch her datierte der Anfang der Serie offizieller Liebhaber.

»...Das Schlimmste ist das Sichbreitmachen der Psychologie und ihre Ausdehnung auf alle Sphären, in die sie gar nicht paßt: Psychologische Soziologie ist ein Unsinn«, sagte der alte Fürst. »Wenn alle konsequent eine solche Wandlung in ihren Ansichten durchführen wollten, würde die Menschheit ganz einfach aufhören zu existieren: Es gäbe nichts Heiliges und nichts Konkretes.«

»Sogar die Gesellschaft für Nationale Befreiung würde zur Projizierung des kollektiven psychischen Zustandes einer Gruppe gesellschaftlicher Renegaten«, lachte giftig Scampi. »Aber wenn einer den Mut hat, ein konsequenter Psychologist zu sein, so wie Kocmoluchowicz — und ein konsequenter Psychologist sein heißt: ein *Solipsist* sein, lieber Papa —, dann kann man, sogar auf dem Posten eines Generalquartiermeisters, wunderbare Sachen in ihrer Ungeheuerlichkeit vollbringen.«

»Du schwätzest, Matthias, daß man es nicht mehr ertragen kann.«

»Ach, du bist ein hoffnungsloses Mammut, Papa! Verstehst du nicht, daß endlich der Moment gekommen ist für eine kurze Periode der Phantastik in der Politik, und dies eben bei uns? Natürlich sind das die letzten Zuckungen vor einer völligen Beruhigung — und zwar in Gelb, auf chinesisch. Diese Kerle erlauben sich Phantasie nur in Abgetrenntheit vom Leben, in ihm selber aber sind sie Maschinchen ohne Furcht und Tadel. Wir abscheulichen, verlogenen Kanaillen haben uns im Gegenteil innerlich so vergewöhnlicht, daß durch den Kontrast zu unseren grau gewordenen Innereien das, was das Heiligste ist, die Politik, zu etwas derart Deformiertem werden mußte wie die Gegenstände auf den Bildern der Kubisten, Hyperrealisten und der polnischen Irgendwasisten. Ich werde hier drei Tage herumsitzen, und wenn ich in dieser Zeit aus dir, Papa, nicht einen Staatsmann neuen Stils mache, so sage ich voraus, daß du in Qualen enden wirst —

wer weiß, ob ich nicht selber sogar gezwungen sein werde, dies zu vollstrecken im Namen meiner Grundsätze. Doch es ist schon halb drei — man muß schlafen gehen.«

Er erhob sich und küßte der Mutter die Hand mit einer Art von Katzenzärtlichkeit, die Genezyp sehr mißfiel. Jetzt erst empfand er wirklich, daß die Fürstin ein altes Weib war — war doch aus ihr vor so vielen Jahren dieser schöne Jüngling herausgekrochen, kaum älter als er. Aber schon in der nächsten Sekunde erregte eben dies die Neugier in ihm und machte die vorige Angst angenehm: Er hatte einen Punkt gefunden, in welchem er seiner vorbestimmten Geliebten überlegen war. Scampi sprach weiter, sich ein wenig räkelnd (gibt es denn schlechter erzogene Menschen als polnische Aristo- und Pseudoaristokraten?): »Aber ich habe ganz und gar diesen jungen Menschen vergessen. Was macht er zu so später Stunde in unserem Familienkreis? Wahrscheinlich brauche ich mich nicht zu genieren... Ist das Mamas neuer Liebhaber?« Genezyp erhob sich stumm vor plötzlicher Wut: ›Mich wagen sie hier wie ein Kind zu behandeln?!‹ Dornen stachen ihm in die Schläfen, aus der heißen Nase schien eine violette Flamme zu schlagen — und dazu ein schreckliches, hoffnungsloses Weh, daß dies eben jetzt, in diesem Augenblick... Von der Seite erblickte er alles, als schaue er auf das Dasein von einem Standpunkt jenseits seiner endlichen Formen: der Zeit und des Raumes — oder vielmehr von zwei Seiten der Zwiefältigkeit einer einzigen Form her. Das ganze unerreichbare Leben, fremd bis zum Heulen vor Neid, aber schön bis zur Unerträglichkeit, wirbelte auf dem fernen Umkreis unerforschlicher Verhängnisse. Die Ehre — wie ein ›brillantenes Trostvögelchen‹ aus Kinderträumen — pickte sich in diesem Augenblick aus dem Ei, aus diesem menschlichen, männlichen. Er tat einen Schritt, bereit, völlig im Ernst zuzuschlagen. Die Fürstin packte ihn am Arm und setzte ihn zurück ins Fauteuil. Ihn durchrieselte ein seltsamer Strom: Er fühlte sich so, als wäre er mit ihr zu einem einzigen Körper zusammengewachsen. Und darin war etwas wollüstig Unanständiges... Er verlor ganz und gar die Kraft. Schon konnte er nicht mehr als von der Seite her betrachten, wie das in diesem Leben dort alles in Wirklichkeit ist.

Marchese di Scampi schaute auf ihn mit nachsichtigem, allwissendem Lächeln: Er wußte von solchen Momenten der Offenbarungen, aber er hatte keine Zeit für sie; sie waren zu wenig ergiebig für sein Gewebe katzenhafter, beinahe kindlicher Intrige und diplomatischer, zielloser Subtilitäten, und obendrein entmutigten sie zu sehr zum Leben. Gemäßigte Viehischkeit war besser. Der Alte war in Gedanken schon Hunderte Meilen von hier, in der Hauptstadt. Er sah Kocmoluchowicz, den Solipsisten (einen elliptischen, wie eine Schlange einen Bandwurm saugend in den Wergkutteln des Sofas voller Ruß), in seinem schwarz-grünen Kabinett, das er so gut kannte ... Ein schreckliches Bildchen war das — als ob man im Schlaf mit einem Zündholz durch unterirdische Gewölbe voller Pyroxylin ginge. Welch eine Unberechenbarkeit, welch eine Unberechenbarkeit! ›Wenn es nötig ist, werde auch ich ein Solipsist werden‹, dachte er, und das brachte ihm eine merkliche Erleichterung.

»Sie kennen noch nicht unsere liebe Familie«, sagte der Marchese zu Zypcio. »Unter einem Deckel, sogar einem Mäntelchen von Zynismus sind wir die vollkommenste Familie auf der Welt. Wir lieben uns und schätzen einander, und in uns ist nichts von diesem kleinbürgerlichen Schmutz, der mit äußerlichen Vorurteilen bepudert ist. Wir sind wirklich rein, trotz des für naive Leute abscheulichen Äußeren. Verrat ist bei uns unverhüllt, es gibt keine Lüge zwischen uns — wir sind wir selber, denn wir können es uns leisten, uns nicht herauszudrehen und zu verstellen. Sie sind nicht der einzige, der so denkt.«

»Und dennoch«, warf leicht und frei die Fürstin ein, »müssen uns die Leute aus anderen Gründen achten.« (Ihr schien diese erzwungene Achtung der sie hassenden Menschen eine wilde, sadistische Freude zu machen.) »Wegen des Geldes, der Stellung meines Mannes in der ›Gesellschaft‹ und dieses Zaubers, den Matthias besitzt. Er *ist* ein gefährlicher Mensch, ein wirklich gefährlicher, wie ein gezähmter Luchs. Adam, mein zweiter, kommt ihm nicht gleich, obwohl er Gesandter in China ist — man weiß nicht, was sich eigentlich mit ihm tut — solch ein Dummerchen vom Auswärtigen Amt, angeblich soll er auf der Rückreise sein.

Matthias ist wie diese chinesischen Schächtelchen, die man öffnet (ohne Ende) und worin man immer neue findet — das letzte von ihnen ist dann leer. Er ist gefährlich wegen dieser Leere — ein psychischer *sportsman.* Aber haben Sie keine Angst vor Matthias. Er liebt mich sehr, und schon darum wird er Ihnen nichts Böses tun. Wenn Sie wollen, so können wir Sie in das Auswärtige Amt hineindrehen.«

»Ich brauche keinerlei Hineindrehen! Mich gehen eure dummen Ministerien des Auswärtigen nichts an! Ich werde Literatur studieren — die einzige interessante Sache in heutigen Zeiten —, sofern man mich nicht zum Militär nehmen wird, natürlich.« Wieder erhob er sich, wieder setzte ihn die Fürstin mit Gewalt zurück, diesmal schon mit gewisser Ungeduld. ›Wie ist sie doch stark. Ich bin nichts. Warum hat mir dies haarige Vieh die Kraft und die Selbstsicherheit genommen? Ich muß Ringe unter den Augen haben, als ob ich onaniert hätte.‹ Fast hätte er geweint wie ein Heulpeter aus ohnmächtiger Wut und fast selbstmörderischer Verzweiflung.

»Ein sehr sympathisches Bürschlein«, sagte Scampi ohne einen Schatten von Künstlichkeit. »Urteilen Sie nicht voreilig. Wir können einmal zu einer großen Freundschaft finden.« Er reichte Genezyp die Hand und schaute ihm tief in die Augen. Seine Augen hatten die Fassung der Fürstin und die schwarzgraue Farbe des Alten. Genezyp erzitterte. Es schien ihm, daß er dort, in den Tiefen dieser lügnerischen Augäpfel, die, man weiß nicht warum, als ›Spiegel der Seele‹ gelten, seine geheimste Vorbestimmung erblickte: nicht die Geschehnisse selber, sondern ihre tiefste Essenz, ihr unabwendbares Wesen. Er erzitterte in wildem Schrecken. Was hätte er dafür gegeben, um den Moment des Verlustes der Unschuld, der ihm bevorstand, auch nur ein wenig aufzuschieben, wenn schon von einer völligen Vermeidung nicht zu träumen war. In solchen Augenblicken werden junge Leute manchmal zu Priestern oder treten in Klöster ein zu lebenslänglichem Martyrium. Jetzt erst fiel ihm ›zur Rettung‹ (wie Gott) der kranke Vater ein, der in diesem Augenblick vielleicht im Sterben lag oder schon gestorben war. Es wurde ihm endlich sogar peinlich, daß er jetzt ... Was tun? Man ist, wenn auch nur in unkontrollierbaren Gedanken, so, wie man wirklich ist, und man soll das bißchen Freiheit nicht scheuen, die man in diesem ungeheuerlichen Gefängnis hat, das die Welt und der Mensch für sich selber ist. Draußen blies der mährische Wind und heulte im Kamin und um die Ecken des Palastes. Es schien, als dehnte und blähte sich alles in schrecklicher Spannung, als schwöllen die Möbel und als würden jeden Augenblick die Scheiben zerspringen unter dem Druck der sich stauenden, unbekannten Kraft. Das Warten, mit Angst vermischt, spannte sich aus in den Eingeweiden Genezyps wie ein mit Fett zusammengepreßter Watteball in den Gedärmen einer Ratte (es gibt eine solche barbarische Art, diese unglücklichen Geschöpfe zu töten, mit denen niemand Mitleid haben kann). Er konnte diesen Zustand nicht mehr ertragen, und zugleich schien es ihm absolut unmöglich, die geringste Bewegung zu machen — und was erst würde dies *mouvement ridicule* sein (von dem er gehört hatte), und unter solchen Bedingungen! Es gab wohl nichts derart Ungeheuerliches für ihn in diesem Augenblick wie den Geschlechtsakt. Und er wird es tun müssen — das in das und so weiter. Das war nicht zu glauben! Mit ihr!! *Ah non, pas si bête que ça!* Die Existenz der weiblichen Geschlechtsorgane schlechthin wurde zu etwas Ungewissem, wenn nicht gar Ausgeschlossenem. Er erstarrte langsam zu einer gestaltlosen, willenlosen Masse, verzweifelt dessen gewiß, daß, wenn sie nicht als erste irgendein Wort sagen oder ihn berühren werde, jetzt, gleich jetzt, er, Genezyp Kapen, hier platzen müsse, hier auf diesem blauen Kanapee, und wohl zerstäuben bis in die Unendlichkeit. All das war eine grobe Übertreibung, aber dennoch ... Zugleich begehrte er bis ins Maßlose (eher theoretisch) dies, was geschehen sollte und mußte, und zugleich wieder zitterten ihm die Wimpern vor unheimlichem Entsetzen: Wie kann das denn in Wirklichkeit aussehen, dies alles, und was kann er mit diesem (mit diesem — o dunkle Mächte, o Isis, o Astaroth!) tun und pflichtgemäß tun — das war das schlimmste. Was denn waren angesichts dessen alle Examen und sogar das Abitur! Das war so schwierig wie eine Zeichnung in darstellender Geometrie: irgendein Schatten eines rotierenden Ellipsoids, geworfen auf ein Prisma, das sich mit einer schrägen Pyramide durchdringt. Er stöhnte auf, vielmehr muhte er auf wie eine Kuh vor unaussprechlicher Qual, und das rettete ihn vor dem Platzen. Es gelang ihm, verstohlen auf die Fürstin zu blicken. Sie saß, ihr Geierprofil ihm zuwendend, geheimnisvoll wie ein heiliger Vogel einer unbekannten Religion. In Gedanken vertieft, schien sie so fern von der Wirklichkeit, daß Genezyp wieder erzitterte und sie verwundert anglotzte. Er hatte die Gewißheit, daß er unmerklich auf eine kontinuierliche Art in eine völlig andere Welt hinübergegangen sei und daß diese von der früheren (die dicht nebenbei währte) um unermeßliche Abgründe der ›Psyche‹ entfernt sei. Wie die transformierenden Gleichungen dieses Übergangs waren, sollte Zypcio niemals erfahren. Überhaupt blieb dieser ganze Tag (die vierundzwanzig Stunden), und insbesondere der Abend, für ihn für immer ein Geheimnis. Schade, daß man solche Sachen später nicht integrieren kann. Die Momente sind klar, doch die Ganzheit der tiefsten Wandlungen, der unterirdische Strom der geistigen Umgestaltungen bleiben unbegreiflich, wie ein wunderlicher Traum unerinnerbar. Von diesem Punkt an ›verschabte‹ sich alles — dessen war er sicher: Er hatte einmal zwei Küchenschaben so seltsam verkuppelt gesehen ... Zusammen mit der Begierde brach eine ordinäre Angst aus dem Zentrum der Eingeweide hervor (aus diesem körperlichen Mittelpunkt der Persönlichkeit) und überschwemmte sein ganzes Wesen bis zu den entferntesten Grenzen der Erinnerungen. So stark war das Empfinden der Zwiefältigkeit, daß er in Momenten wirklich dieses Hinaustreten des Geistes aus dem Körper erwartete, von dem die Bekenner von Murti Bing dem Plebs erzählten. Für immer wird dieser Geist den entsetzlichen geschlechtlichen Angelegenheiten entfliehen und irgendwo in einer Welt absoluter Harmonie, reiner Begriffe und wirklicher, nicht leichtfertiger Sorglosigkeit leben — und hier wird dies scheußliche Aas verbleiben zum Fraß der Dämonen und Monstren und höllischen Ausgeburten. Aber es gab kein solches Land der Erlösung. Dies mußte man hier vollbringen, hinter sich einen immerfort Wahnsinnstaten begehrenden, unersättlichen Sack von Organen herschleppend, ein schönes Futteral aus rohem Fleisch, in welchem seltene, in Regenbogenfarben blitzende kostbare Steine stecken. Nein, die Angst war nicht ordinär — das war die letzte Verteidigung der männlichen (dieser scheußlichen) Würde vor der größten der Demütigungen: dem Sichhingeben unter die Herrschaft unreiner Träume eines Weibchens. Nur Liebe vermag dies zu rechtfertigen — und die nicht einmal überzeugend. Etwas schwelte dort, aber das war nicht dies. Wie leben, wie leben? Würde er immerfort so gehen wie ein Seiltänzer über einem Abgrund, um unvermeidlich in ihn hinabzustürzen nach grundsätzlich vergeblichen, schrecklichen Mühen? Welch ein verhärteter Katholik war doch Zypcio in diesem Moment, ein sogenannter negativer Katholik. Seine Hände waren verschwitzt, die Ohren brannten ihm, und der ausgetrocknete Mund vermochte nicht ein einziges von den Worten hindurchzulassen, mit denen die erstarrte Zunge sich mühte. Die andere Seite dort war ebenfalls erstarrt in angespanntem Träumen und hatte seine Anwesenheit vollkommen vergessen. Genezyp erhob sich mit einer geradezu schmerzhaften Anstrengung vom Kanapee. Er war ein kleines, armes Kind — nicht ein Deut von einem Mann war in ihm, und wäre das der Fall, so wäre das ekelhaft, denn sein Aussehen war einfach fatal. Die Fürstin zuckte auf, wie aus einem Traum erweckt, und richtete den noch fernen Blick auf diese unglückselige Karikatur einer übrigens sympathischen Verlegenheit in dem entscheidenden Augenblick geschlechtlichen Umbruchs. Vor einer Sekunde hatte sie in mörderischer Kürzung ihr ganzes Leben überdacht. Sie fühlte, daß hier die Grenze war — das Ende: dieser Junge, und dann entweder völliger Verzicht und ein weiteres Leben mit diesem fortwährenden schrecklichen Pseudoschmerz in der Haut, mit diesem langweiligen Erstarrtsein der Unersättlichkeit in den Lenden und dem dumpfen Leiden irgendwo fern im Bauch — dies alles — oder aber noch ein paar Jahre Kompromiß — doch dann wird man zahlen müssen — wenn nicht direkt, so indirekt, auf Umwegen, und sich selber verachten, vor allem aber diese ›Kerle‹. Nichts wird dann die Rolle einer *précieuse* helfen und auch nichts das angeblich intellektuelle Leben. Gut wäre das als Mittel zur Betörung dieser Tiere, damit sie nicht schon wieder die vor Begierde so deutlich vorgereckten, ragenden Organe sähen. Aber für sich selber? ›Das ist mal eine unmögliche Langeweile‹, wie dieser verfluchte Ruthene Parblichenko sagte, der alles taylorisieren wollte, und basta. Oh, wie ekelhaft war in diesem Moment ein Mann für sie! Das war kein armes Kind, das da dicht neben ihr saß, vor Angst erstarrt (sie wußte davon), sondern einfach *der*, einer in der Vielzahl, wie ein Begriff, einer jener scheußlichen, haarigen Männchen, jener ewig fernen, unerfaßlichen, lügnerischen. ›O hundertmal mehr verlogen als wir‹, dachte sie. ›Denn wir, wie man weiß, machen alles für *das*, sie aber tun so, als wäre das für sie nicht die einzige wirkliche Wonne, sich durch uns zu sättigen.‹ Sie schaute auf ihn, vielmehr auf dies ›Etwas‹, woraus sie nun (mittels ihrer höllischen erotischen Technik) einen Mann machen sollte, einen ebensolchen wie alle die anderen, bei deren Vorstellung sie jetzt vor Ekel und Demütigung erschauerte. Genezyp setzte sich wieder, entwaffnet durch die Widersprüchlichkeit, die seine Ausmaße überschritt bis in die unkontrollierbare Sphäre, wo sich der Wahn mit dem wirklichen Dasein vereint. ›Ha, so geschehe denn unser Wille‹, dachte die Fürstin. Sie erhob sich leicht und geschmeidig. Mit einer schwesterlich-mädchenhaften Geste nahm sie Genezyp bei der Hand. Er stand auf und schleppte sich, ohne sich zu sträuben, hinter ihr her. Er hatte fast die Gewißheit, daß er eine Stunde lang im Wartezimmer eines Zahnarztes gesessen hatte und nun gehe, sich einen Zahn ziehen zu lassen, nicht aber, daß er ›sich begebe‹ zur ersten Nacht der Wonne zu einem der ersten Dämonen des Landes. ›Das sind nun die Folgen dieses Zuwartens, dieses Hinhaltens‹, dachte er wütend. ›Der Vater, überall der Vater. Sonst hätte ich hier sofort gehandelt, wäre nicht diese verfluchte Tugend!‹ Er fühlte geradezu einen Haß gegen den Vater, und das gab ihm Kraft. Er wußte nicht, daß der ganze Zauber der Situation einzig in diesem Zuwarten beruhte, über das er klagte. Wenn man doch zwei Widersprüchlichkeiten zugleich sein könnte und nicht nur an sie denken müßte! Was wäre das für ein Vergnügen! Es ist, als bemühten wir uns manchmal darum, aber daraus folgen Halbheiten, nicht zu Ende gebrachte. Wohl ein Wahnsinn ... Doch das ist allzu gefährlich. Und dabei hat man nicht das volle Bewußtsein ...

Er fand sich in dem nach Quendel und nach noch etwas Unbestimmtem riechenden Schlafzimmer der Fürstin. Das ganze Zimmer machte den Eindruck eines einzigen, riesigen Geschlechtsorgans. Es war etwas unbeschreiblich Unanständiges in der Anordnung der Möbel, gar nicht zu reden von den Farben (krebsroten, rosigen, bläulichen, grau-violetten) und den kleineren Dingen: Stichen, Nippsachen und Alben voller wildester Pornographie, von ordinären Fotos bis zu den subtilen Zeichnungen chinesischer und japanischer Holzschnitte — ein abnormes Hobby, sogar für einen solchen *bas-bleu* wie Irina Wsjewolodowna, zumal ein solches Sammeln von Schweinereien ein ausschließliches Privileg der Männer ist. Ein warmer Halbdämmer zersprühte zusammen mit einem unanständigen Geruch, drang bis auf die Knochen, erweichte, lockerte und spannte zugleich, vertierte und verviehte. Genezyp empfand wieder männliches Geschiebe und Gedränge innerhalb seines Körpers. Die Drüsen begannen sich zu rühren, unabhängig von den Zuständen des Geistes. Was ging der Geist sie überhaupt an — jetzt werden wir genießen, und den Rest mögen sich alle Teufel holen.

Die Fürstin entkleidete sich rasch vor dem Spiegel. Das bedrückende Schweigen dauerte an. Das Rascheln der Röcke schien ein schrecklicher Lärm, imstande, das ganze Haus auf die Beine zu bringen. Zum erstenmal erblickte Zypcio etwas derart Prachtvolles. Was waren denn dagegen die schönsten Gebirgsansichten! Im Dämmer verschwanden die kleinen (winzigen) Makel dieser wundervollen viehischen Fresse (die ihm im Spiegel zulächelte mit einem Lächeln, das die Gedärme herauszog), die rings ein gewaltiger Geist umwehte wie ein Sturmwind einen unerreichbaren Gipfel. Sie schwamm genießerisch in ihm und schöpfte aus ihm unbesiegbare Macht und einen überirdisch-satanischen Zauber, der an Zypcios knabenhafter Seele zerrte mit dem zerreißenden Schmerz nie vollbrachten Lebens. Was bedeuteten schon angesichts dieser Zauberei die vorher bemerkten Runzelchen und die leichte Porenhaftigkeit der wunderschönen Nase! Träume, Statuen, das Paradies Mohammeds und das Glück, ein Insekt zu sein (wonach es Zypcio einst so sehr verlangt hatte), was war das alles im Vergleich mit diesem körperlichen Prunk, der würgend an die Gurgel packte mit aktueller Endlosigkeit — riesenhaft wie etwas, das sich manchmal dennoch zu einem Spältchen verengt, zu einem armseligen ›Klümpchen‹ in Anbetracht der höchsten Trugbilder der Begriffe der Welt. Nur in dieser Welt ist das eine unsinnige Mischung aus zufälligen Stückchen, aus Abfällen der ganzen Praktik der menschlichen Herde — ›Hier steht sie vor Ihnen, Herr, wie ein Ochse‹ — solch eine unüberwindliche Pyramide von scheinbarem Nonsens, deren Dasein kein Grundsatz ist, der irgendwo im ›idealen Dasein‹ herumschwimmt, sondern etwas Wirkliches (oh, wie hatte dieses Wort durch infamen Mißbrauch jeglichen Wert verloren), aus einem Guß, ohne Makel, ohne Löchlein, etwas Glattes wie Glas, das sich durch nichts erdolchen und analysieren läßt — es sei denn geradezu durch ein Stilett oder durch einen durch sechs Jahrtausende verachteten künstlerischen Unsinn. (Verachtet deswegen, weil dazu einst andere Mittel dienten: grausame, von Erotik durchtränkte Religionen, große Kunst, große Entsagungen, schreckliche Verkündungen der Narkotik und das Gefühl eines über alles entsetzlichen Geheimnisses. »Uns ist nur Nonsens verblieben als letztes Mittel — dann ist es aus«, so sagte Sturfan Abnol.) Es war das etwas so Einfaches wie jede Qualität (Farbe, Klang, Geruch etc.) für alle oder wie der Begriff für (›hehe!‹) Husserl. »Und diese Menschheit, die so viele Jahrhunderte (allerdings vom Gesichtspunkt des Rationalismus aus, der, wie wir wissen, keineswegs immer für alle — auch nicht für die stärksten Köpfe — recht hat) in den herrlichsten religiösen Nonsens hineinwatete und sich geradezu zügellos in ihm wälzte, empört sich jetzt bei den letzten Zuckungen der Kunst, die ihre ersterbende Welt der Formen nicht erschaffen kann ohne eine leichte Verzerrung der ›heiligen Wirklichkeit‹, das heißt der Vision der Welt und der Gefühle im Gehirn eines allerbanalsten *standard-common-man* der heutigen Zeiten«, hatte vor einer halben Stunde, weiß der Teufel *à propos* wovon, so *en passant* dieser widerliche Marchese Scampi gesagt. Dieser Körper, dieser Körper — jetzt tat sich vor den erstaunten Augen des Verwegenen (vielmehr des Schüchternen) das schreckliche Geheimnis der zweiten Persönlichkeit auf, jetzt, da er sie eingehüllt sah in diesen begehrten Körper, in diesen durch Schönheit und materiellen Widerstand unerreichbaren (es sei denn, ihn zermalmen oder in Fetzen zerreißen, ihn überhaupt vernichten). Dies alles war sie, diese Höllische. Er war wie der Erzkaplan vor der Statue der Isis. Alle östlichen ungeheuerlichen Mythen und unflätigen sexuellen Mysterien, verkörpert in diesem in seiner Vollkommenheit verwünschten Dasein, zogen an dem befleckten Vorstellungsvermögen des jungen Onanisten vorüber als ein sinnlicher Dunst, ausgeströmt von diesem unbeschreiblichen Etwas, das sich ihm mit trauriger Schamlosigkeit darbot. Denn die Fürstin war traurig, und mit trauriger Anmut entblößte sie ihre mörderischen Rundungen — *›des rondeurs assommantes‹*, wie ihr einmal einer von diesen französischen Verehrern gesagt hatte. Und die verdummten Blicke des Jungen (sie schaute hinter sich in den Spiegel) brannten ihre Haut wie die glühenden Platten eines diathermischen Apparates. ›Um dieses Glückes willen lohnt es sich sogar, ein wenig zu leiden‹, dachte die Arme.

Die Welt wuchs Genezyp ins Riesenhafte. Und in ihr wurde die Fürstin, wie in einem fiebrigen Alptraum, gleichsam zu einem kleinen Kern in einer kolossalen Frucht — sie entfernte sich, schwand irgendwo in einem Abgrund von sich über ihm türmenden Vorbestimmungen. Wieder Angst. ›Bin ich denn ein Feigling?‹ dachte Zypcio, ausgespannt auf seinem provisorischen Kreuzchen. Dieses Kreuzchen sollte sich später auswachsen zu einem gewaltigen Kreuz und ihn niemals mehr verlassen — es sollte ihm in den Körper einwachsen bis in die unteren Gliedmaßen des Geistes. Nein, er war kein Feigling, der arme Zypcio Kapen, der ein wenig zu spät die Unschuld verlierende Abiturient. Seine Angst war jetzt eine natürlich-metaphysische — sie kompromittierte nicht den im Knaben entstehenden Mann. Zum erstenmal fühlte Genezyp, daß er wirklich einen Körper hatte. Was waren denn dagegen Sport und Gymnastik! Die Muskeln dieses ›Systems‹ (wie die Engländer sagen) zuckten, und er trat an die vor ihm stehende, unheilverkündende Gottheit bis auf zwei Schritte heran — eine Gottheit, von der soeben auf den gemusterten Teppich das Höschen herabfiel, übrigens ein sehr schönes. Doch was verstand er schon davon, oder wozu bekannte er sich dabei! Ein Körper und ein rothaariges Feuer dort... Er hielt diesen Anblick nicht aus. Er schlug die Augen nieder und betrachtete aufmerksam das vielfarbige Muster des Teppichs, als wäre es in diesem Augenblick sehr wichtig, sich diese persischen Schnörkel einzuprägen. Nur durch seitliche optische Anpassung sah er den unteren Teil des ganzen höllischen Bildes. Jene wandte sich um, sprang leicht aus dem am Boden liegenden Höschen, und ohne auf ihn zu schauen, zog sie mit der anmutigen Bewegung eines kleinen Mädchens die gleißenden Strümpfe aus. Dieses Gleißen hatte etwas von der Grausamkeit des polierten Stahles einer gewaltigen Maschine an sich. Die Ausmaße veränderten sich von Sekunde zu Sekunde — alles oszillierte fortwährend zwischen Riesenhaftigkeit und Liliputismus wie in Meskalin-Visionen. (Irina Wsjewolodowna trug immer runde Strumpfbänder über den Knien.) Und Genezyp erblickte ihre Beine, die so schön waren, daß keine griechische Statue — doch was ist hier noch zu reden: Die Beine waren wie separate Gottheiten, ihr unabhängiges Leben lebend, barfüßig, nackt, unanständig... Zwar ist ein Bein als solches eigentlich wieder nichts so sehr Schönes — aber es ist etwas Höllisches, eben etwas Allerunanständigstes. Und hier — oh, zum Teufel! — das ist wohl ein Wunder. Und daß dies eben so ist und nicht anders in diesem Querschnitt der hoffnungslos fliehenden Zeit, die in den Abgrund der Vergangenheit des Lebens stürzt — das währt, das ist *noch* eine Tortur des vor Sättigung durch sich selbst berstenden Momentes. Genezyp blickte in ihr Gesicht und versteinerte. Das war ›der Engel der Zügellosigkeit‹ — ja, ein anderes Wort gibt es nicht dafür: *Engel der Zügellosigkeit*. AAA, aaa... Diese bis zu den Grenzen des Wahnsinns zügellose Schönheit, eingetaucht in die Unerreichbarkeit außerweltlicher Heiligkeit, war etwas Un-er-träg-li-ches. Und das in Verbindung mit diesen Beinen und diesen rothaarigen Zotteln, welche das ekelhafte Geheimnis des Anfangs verbargen. Konnte denn von dorther dieser unangenehme und schöne Kerl zur Welt gekommen sein, den er vor einer Weile kennengelernt hatte? Zypcio versank in die Bodenlosigkeit eines so wilden Entsetzens, das mit einem derart verfluchten *unangenehmen* geschlechtlich-allgemeinen Lebensschmerz verbunden war, daß er von innen her geradezu platzte wie ein Bovist, wie eine von Blut übersättigte Wanze. Niemals würde er den Mut haben, an sie heranzutreten, nie würde etwas zwischen ihnen sein, und niemals würde er sich wieder erholen von diesem unerträglichen inneren Zustand der Schmerzhaftigkeit, bis an das Ende seiner Tage. Statt der Genitalien fühlte er eine kraftlose, sumpfige und in ihrer Betäubung schmerzhafte Wunde. Er war ein Kastrat, ein Rotzbengel und ein Dummkopf.

»Hast du Angst?« fragte die Fürstin mit einem bezaubernden Lächeln ihrer bogenartig geschweiften Lippen, indem sie köstlich den Schopf ihrer kupferroten Haare schüttelte. Jetzt dachte sie schon nicht mehr daran, daß in ihm heute etwas Verdächtiges war — sie hatte ihre Ahnungen vergessen. Schreckliche Liebe trat in ihre unbesiegbaren Schenkel und stürzte in einem unruhigen Schauer anderer Vorgefühle die Eingeweide in verschlingende, bodenlose Vertiefung. Dichte, bis zur Schmerzhaftigkeit köstliche Süße kroch ihr unter das blutende, schmerzende, sich nach etwas Allerhöchstem sehnende Herz: Sie könnte in diesem Augenblick die ganze Welt in sich hineinschlingen, nicht nur dieses Kind, Kindlein, Kindelchen, diesen Jungen, Bengel, Knaben, diesen wunderschönen, bereits durch Männlichkeit verstierten Engel, der dort etwas für sie im Höschen hatte — etwas Weiches, Schüchternes, Armseliges, das sich bald drohend erheben würde wie der Finger der Vorsehung auf einem gewittrigen, sommerlichen Himmel, durchtränkt von ihm selber (sogar von seiner Seele), und sie zermalmen würde (dies und er selber zusammen — o unbegreifliches Wunder dieser Wonne), sie umbringen, vernichten und seine Lust auslassen würde mit einer wie ihr Herz blutigen Unersättlichkeit, bis er sie zerfetzen würde und sich selber dazu in einem schändlichen, erniedrigenden und triumphalen (für ihn, den Urheber dieser höllischen Lust) orgastischen Spasmus. Was wissen Männer schon von der Wollust! Sie, die machen, was sie wollen, werden sich kaum dessen bewußt, daß sie es ist, irgendeine Sie, die passiv diese Lust bis zum Wahnsinn potenziert, indem sie so und nicht anders ist. Doch sie wissen nicht, die Armseligen, wie das ist — in sich, in den eigenen Eingeweiden den unterdrückten, verächtlichen und dennoch großen und mächtigen wirklichen Urheber dieser Wollust zu spüren. Er ist es, der das mit mir macht, dort ist er — diese Kraftlosigkeit gegen die Ergebung unter eine fremde Macht, das ist erst der Gipfel. Und dazu noch das Empfinden, jenes Vieh zu Fall zu bringen. »Ach nein, ich werde es nicht ertragen, ich werde wahnsinnig werden«, flüsterte sie, sich in Fetzen reißend vor Begierde, die ihren ganzen Körper ergriff, auf den dieser Lümmel nicht als Eroberer zu blicken wagte. So stellte sich das die arme Irina Wsjewolodowna vor. Und was geschah wirklich? Besser wäre es, gar nicht davon zu sprechen. Und man müßte auch nicht davon sprechen, wären nicht gewisse Dinge, die beweisen, daß es doch besser ist.

Jetzt erst empfand Genezyp wirklich den Sinn, den sein Erwachen aus kindlichen Träumen am Nachmittag gehabt hatte. (Zum wievielten Mal?) Unendlich sind die Räume der Menschenseele, man muß nur verstehen, unaufhörlich tiefer einzudringen, entweder erreicht man seinen eigenen Gipfel, oder man geht unter — in jedem Fall wird das nicht das Hundeleben der Mittelmäßigen sein, die kaum davon wissen, daß sie *sind*. Ha — versuchen wir's! Das ganze Gespräch des Fürsten Basil mit Benz erhellte sich plötzlich zum letztenmal wie die im Osten geballten Wolken, wenn die Sonne bis ganz zum Westen vordringt und, schon von hinter dem Horizont, ihre sterbenden, himbeer-blutroten Strahlen auf sie wirft. Wo Genezyp in diesem Moment war, wußte er nicht. Er hatte die Grenzen seines bisherigen ›Ich‹ überschritten und des Intellekts für immer entsagt. Es war dies das erste Verbrechen, das er gegen sich selber beging. Der Zusammenprall zweier Welten in den Personen jener Herren hatte ein Resultat gleich Null ergeben. ›Das Leben an sich‹ (der täuschendste Begriff der gewöhnlichsten menschlichen Masse) eröffnete ihm den Weg zum Verfall. Der scheinbaren Langeweile entsagend, der eigentlichen Begriffssphäre für Anfänger, entsagte er dem Leben, für dessen Sphäre er sich opferte. (Nicht für alle ist dieses Gesetz gültig, doch wie viele Menschen gibt es schon heute, die illegal handeln.) Die schreckliche Gottheit ohne Höschen und Strümpfe, mit ein ganz klein wenig herabhängenden, aber noch (der drohend erhobene Finger — allein in der Luft) schönen Brüsten (Genezyp empfand die Vision unbekannter Früchte von einem anderen Planeten), stand schweigend, liebend, in Demut. Darin eben war das Grausige. Doch das arme Unschuldskind wußte nichts davon. Zypcio wußte nicht, welch schrecklichen Zauber er für sie hatte in seiner Ratlosigkeit und Verlegenheit, welch tiefe, die Eingeweide zerreißende Liebe, mit zu kristallenen Stacheln erstarrten Tränen, er in der, die einmal Mutter gewesen war, erweckte, beinahe jenseits der Begierde — da er kindlich, ein erotisch Unerfahrener war, ein geradezu unschätzbares Exemplar in diesen schrecklichen Zeiten. Und hier, wie zum Ärger, Ekel ... Wie kann ein solcher Ekel gegen sich selber ein Äquivalent solch erhabener Gefühle zu dem Objekt dieses Ekels sein? Geheimnis. Unerforschlich sind Bestimmungen, die in den Kombinationen der Drüsensekrete verborgen sind. Dieser Cocktail kann immer durch seinen Geschmack Überraschungen bringen. Aber schließlich muß alles das einmal enden, zum Teufel, und etwas anderes anfangen — sonst geht der Augenblick vorbei, dieser einzige Augenblick, den man genießen muß, genießen — ach ...

»Komm«, flüsterte die geheimnisvolle Gottheit durch die vor Begierde gewürgte Kehle. (Wohin, o Gott, wohin?!) Er antwortete nichts, die erstarrte Zunge war wie die eines anderen Menschen. Die Fürstin trat zu ihm heran, und er verspürte den Geruch ihrer Arme: einen verschwindend subtilen und doch einen hundertmal giftigeren als den aller Alkaloide der Welt: Mandschun, Dawamesk, Peyotl und ›Lukutate‹ — was wären sie gegen dieses Gift? Das warf ihn vollends um. Beinahe hätte er sich erbrochen. Alles tat sich verkehrt herum, als hätte jemand Boshafter die ganze Maschine umgesteuert. »Hab keine Angst«, sagte weiter mit einer tiefen, ein wenig bebenden Stimme Irina Wsjewolodowna, nicht wagend, ihn zu berühren. »Das ist nichts Schlimmes, das tut nicht weh. Das wird sehr süß sein, zu zweit so etwas Unanständiges, so etwas Liebes zu machen, das niemand sieht, dessen niemand sich schämt. Gibt es denn etwas Schöneres als zwei zueinander entbrannte Körper ...« (Schon wieder nicht das, verdammt!) »die einander in Wonne durchdringen, die sie einander geben ...« (Dieser durch Senilität verdüsterte Dämon wußte nicht, wie er das arme, verängstigte Stierlein zähmen, streicheln und verführen sollte. Der Geist entfloh, vor Lachen platzend über den armen, beschmutzten, von ›abgründigen‹ Begierden bebenden, alternden Körper, der jetzt im Halbdämmer in den Augen des unschuldigen, widerlichen Jungen erblühte in nie gesehenem Glanz, vielleicht zum letztenmal. Das Leiden steigerte den Zauber des Augenblicks in unmöglicher Weise. Alles war mit der grauen Soße der Qual übergossen, in der kleine Rosinchen einer fast senilen Scham herumschwammen, welche eine jungfräuliche, wirkliche vortäuschten. Doch es siegte die Größe der Geste an sich, und erst dann kam das verspätete entsprechende Empfinden: das geheimnisvolle Amalgam mütterlicher Zärtlichkeit und bestialischer, mörderischer Begierde — das eben ist das Glück des Weibes, insofern sich ein Objekt findet, an dem man dies Gemisch ›emulgieren‹ kann. So dachte Sturfan Abnol — doch in Wirklichkeit weiß das niemand.) Sie nahm ihn bei der Hand. »Schäme dich nicht, zieh dich aus. So wird es dir wohl sein. Sträube dich nicht, untergib dich mir. So schön bist du — du weißt nicht, wie du bist — du kannst es nicht wissen. Ich werde dir Kraft geben. Du wirst dich selber erkennen durch mich — du wirst dich spannen wie die Sehne eines Bogens zu diesem Wurf ins Weite, die das Leben ist — woher ich zurückkehre, um dich dort hineinzuführen. Und vielleicht ist es zum letztenmal, daß ich liebe ... liebe ...«, flüsterte sie fast mit Tränen. (Er sah ihr flammendes Gesicht dicht an seinem, und die Welt bäumte sich vor ihm langsam, aber systematisch auf. *Dort*, in den Genitalien, währte unheilkündende Stille.) Und sie? Ihr armer Körper, umhüllt von den seidenen Schleiern des Stolzes, verschlossen in einer zynischen, metallenen Maske, bestürzt durch den für ein Weib verhältnismäßig klugen Geist und durch seine (übrigens kleinen) Makel — ihr Herz, dieses Knäuel nicht erwachsener und allzu erwachsener, unmeßbarer und unmöglich verwirrter (einst war sie Mutter gewesen) Gefühle, dieses Herz öffnete sich ganz in wilder Schamlosigkeit vor diesem jungen, grausamen, in seiner Unkenntnis der zugefügten Foltern fast widerlichen Knaben. Das Knabenalter ist eine eigentlich recht peinliche Sache und eine uninteressante, insofern sie nicht von einem genügend scharfen Intellekt erhellt wird. Noch war dieses Licht in Genezyp nicht erglänzt, aber immerhin regte sich etwas in ihm. Heute war Schluß damit. Nie wieder wird er sich auf jener Seite wiederfinden. Schon wälzte sich hinter ihm das böse, grausame Leben wie irgendeine Bestie aus dem Atlas der Ungeheuer — vielleicht Katoblepas, vielleicht noch etwas Schlimmeres (und es könnte doch auch ein gehorsamer Hammel sein) — wie lange, würgende Elasmosaurier hatten ihn die Begierden umschlungen und werden ihn weiterschleppen in diese Finsternis der Zukunft, wo es für manche keine Linderung gibt, es sei denn in Narkotika und im Tod oder Wahnsinn. *Das* hatte begonnen. — Wieder ihre Worte: ». . . zieh dich aus. Solch ein schönes Körperchen hast du.« (Sie entkleidete ihn langsam.) »Und was für ein starkes. Welche Muskeln — da kann man verrückt werden. Hier ist der Kragenknopf — hier lege ich ihn hin. Du mein armer, lieber Impotenter. Ich weiß — das ist, weil du zu lange gewartet hast. Und was ist das für ein Fleckchen?« (Ihre Stimme erbebte.) »Ah — onaniert hat mein Knäbchen. Das ist aber nicht schön. Es hätte für mich bewahrt bleiben sollen. Und nun ist es ein Läppchen. Aber da hast du an mich gedacht, nicht wahr? Ich werde dir das abgewöhnen. Brauchst dich nicht zu schämen. Wunderschön bist du. Hab keine Angst vor mir. Denke nicht, daß ich sehr klug bin — ich bin ein ebenso kleines Mädchen wie du — das heißt — kein Mädchen. Du bist ein großer Junge, solch ein starker Mann. Wir werden Ehepaar spielen wie siebenjährige Papuas in einem Hüttchen im Dschungel.« Als sie das sagte, sah sie tatsächlich aus wie ein kleines Mädchen, ein solches, wie er sie früher verachtet hatte. »Ich bin nicht so schrecklich — so wird nur über mich geredet. Aber du höre nicht darauf, glaube ihnen nicht. Du wirst mich selber kennen und lieben lernen. Es ist unmöglich, daß du mich nicht lieben solltest, da ich doch so . . .« Und der erste Kuß des allwissenden Weibchens stürzte auf seinen unschuldigen Mund, und irr-sinnliche Augen fraßen sich in seine Augen wie Schwefelsäure in Eisen. Endlich erkannte er, was für eine schreckliche Sache der Mund ist — ein solcher Mund und zu solchen Augen gehörend. Er entflammte auf kalte Weise und liebte sie sofort — aber nur kurz und heftig. Sogleich hörte er wieder auf. Trotz allem waren ihm diese Vermatschungen seines Gesichts durch ein nasses Weichtier und durch dieses wahnsinnige ›Gelecke‹ einer rasenden Zunge ekelhaft. Er spaltete sich vollkommen entzwei bis fast auf den Grund. Doch was ging das sie an! Sie schleppte ihn unter Küssen auf das Sofa und entkleidete ihn trotz seines Sträubens bis zur Nacktheit. Sie zog ihm die Schuhe aus, seine glatten, prachtvollen Waden küssend. Dort regte sich nichts. Sie wandte ein anderes Mittel an, sie nahm seinen Kopf in die Hände und zwang ihn hinzuknien, selber sich hinfläzend wie ein scheußlicher Alp. Und dann begann sie diesen Kopf und dies so begehrte Gesicht unbarmherzig dort hinzustopfen. Und er, ein Mann am Rande des Sturzes, sich wehrend vor dem Fluche des ganzen Lebens (Glück oder Unglück ist beinah dasselbe, mit Ausnahme unendlich kleiner Momente der Täuschung), obgleich potentiell schon gefallen und auf der schiefen Bahn hinabgleitend, kämpfte mit dem Instinkt der Persönlichkeit gegen die Vielheit des Daseins, gegen die Herde, die aus metaphysischer Notwendigkeit entsteht. Es zerriß ihn geradezu nach allen Seiten. Er erstickte, erbrach sich nach innen und schnaubte und prustete, als er das vor sich erblickte, was er am meisten fürchtete. Er hatte nicht die geringste Lust, ihr Vergnügen zu machen, gar nicht davon zu reden, wie wenig er das schätzte, was zu betrachten ihm gegeben war. Ein von rotem Haar beschattetes Ungeheuer (die Fürstin verachtete jegliche Unnatürlichkeit), ein seltsames, scheußliches, rosiges, ein wohl nach Hölle riechendes und nach Meeresfrische und nach dem besten Tabak von Rothman und nach für immer verlorenem Leben — das war es; und dieser Bauch, ganz gewöhnlich fast und dort derart heiligtumschänderisch delikat emporgewölbt wie die Kuppel einer verbotenen orientalischen Moschee; und die Brüste wie weiße Pagoden, deren Spitzen die aufgehende Sonne beleuchtet; und diese Hüften, von irgendwoher bekannt (vielleicht aus unterbewußten Träumen), aber solche, daß nichts ihnen gleichkommt in ihrer Schönheit und man nichts mit ihnen anfangen kann, verflixt, man kann nicht, und so währen sie zur Qual und zur Schande von allen. Und dazu dies Gesicht, diese höllische Fresse ...! Und die Liebe. (Es ist bekannt, was man benötigt, um all dies zu bewältigen mit einem einzigen heldenhaften Stoß und es zu etwas außerhalb seiner zu machen: zu einer Vergangenheit, zu etwas Fernem und Gleichgültigem, und sei es nur für einen Augenblick. Aber dort währte weiter eine unheilkündende Stille wie auf dem Meer eine Stunde vor einem Zyklon.) Und wieder in dem ›vorhin beschriebenen Zustand‹: widersprüchliche Bergstürze unbekannter Gefühle und brennende Scham wegen der eigenen Unbeholfenheit (der physischen) und Dummheit. Eine Wüste fruchtloser, grausamer Erlebnisse, welche die mit Mühe geschafften acht Jahre des Lebens zertrümmerten. So formt sich die unwiderrufliche Zukunft in diesem Augenblick sonderbarer Qual und Schande ... (Ein abscheuliches Wort — doch was gibt es Höheres als Schande neben dieser Schrecklichkeit?) Und dazu sie, in ihrer Zügellosigkeit gut wie Milchschokolade, wie irgendeine schamlose Kuh und nicht wie eine Menschin, Weibchen des Hirsches, des Krokodils ... So groß war sie geworden und schwer und unbequem, überhaupt unnötig — und hier nichts, wie zum Ärger, nicht eine einzige Zuckung. Und anstatt das zu tun, was sie verlangte, schmiegte er sich an ihre Brüste, an die ein wenig, ein ganz klein wenig herabhängenden, aber so wundervollen als ›reine Form‹, daß sie so manche Rundungen so mancher Sechzehnjährigen in den Schatten stellen konnten. Bis endlich diese ganze kombinierte Maschine, die sogenannte Fürstin Ticonderoga, definitiv ungeduldig wurde. Und den Schopf nach hinten werfend, bot sie ihm wieder den Mund als etwas so beispiellos Unanständiges und Ekelhaftes, als wäre er aus einer geradezu schleimigen Sinnlichkeit, so daß Genezyp durch und durch zurückschreckte in unmenschlicher Qual, in Ekel vor einer Sache, die er am stärksten begehrte — in einem Ekel, der trotz allem verbunden war mit dem Gefühl der Wonne und des tiefen Stolzes: Dennoch küßte auch er. Doch eigentlich nahm er diesen prachtvollen Mund nicht, dieser Idiot. Und da nahm sie ihn selber, und es begann wieder die Qual erzwungener Küsse, vor denen es keine Flucht gab — außer, man fügte diesem auf ihm kriechenden Tier irgendeine Kränkung zu. Doch das wollte Zypcio um nichts, trotz der Angst und des Ekels.

Schauen auf sie, auf ihren nackten Körper, hätte er können, mit Begeisterung sogar ununterbrochen zehn Stunden lang. Schon liebte er — und das beinah wirklich, aber irgendwie sonderbar, nicht so wie die Mutter, aber ähnlich (das war fürchterlich) — dieses im Grunde gute Geschöpf, das unter ihm solch unglaubliche Faxen anstellte, sich dabei begeisternd mit all dem, dem er an sich so wenig Beachtung schenkte. Noch nichts. Schlapp und schlapp. Und doch begehrte er etwas so schrecklich, daß er fast platzte — doch was? Das wußte er nicht. Das heißt, er wußte es begrifflich, nur fehlte es ihm innerlich an irgendwelchen Verbindungen.

Bis endlich die Fürstin, gelangweilt, überdrüssig, enttäuscht, erzürnt (sie wußte, in einer halben Stunde würde sie ihm alles verzeihen und ihm — auch das vielleicht — eine zweite Lektion mit einer anderen Methode geben), ihn scharf anschrie, nachdem sie ihn mit Abscheu von sich gestoßen hatte — gerade als er leichthin zärtlich zu werden begann, mit völlig echter Anhänglichkeit:

»Zieh dich sofort an. Es ist spät. Ich bin müde.« Sie wußte, was sie tat: Es war, als ob ihn jemand mit der Peitsche über das unschuldige ›Angesichtlein‹ geschlagen hätte.

»Ich will mich waschen«, schnarrte er buchstäblich hervor, zutiefst verletzt. Er fühlte, daß er maßlos lächerlich wirkte, und er fühlte sich geradezu gedemütigt und geschändet.

»Wonach, möchte ich wissen. Aber geh nur ins Badezimmer. Ich werde dich schon nicht waschen.« Sie stieß ihn sanft, verächtlich zur Tür hinaus auf den Korridor, barfüßig, nackt, von Verlassenheit und Unbeholfenheit triefend. Selbst wenn er ein Titan des Willens gewesen wäre, hätte er nichts dagegen zu tun vermocht. ›Ich möchte wissen, wie sich in einer solchen Situation Napoleon, Lenin oder Pilsudski verhalten hätten‹, dachte er, bemüht zu lächeln. O wenn er gewußt hätte, daß diese Nacht so enden würde, dann hätte er sich lieber Tengier ganz und gar hingegeben in dem von Wölfen verseuchten Ludzimiersker Urwald. Doch allmählich kam in ihm irgendein unheimlicher Zorn auf.

Schon graute der Morgen. Der Sturmwind schnaubte weiter, er schien wärmer zu sein, denn die Bäume standen schwarz und feucht, und von den Dächern floß Wasser, von Böen hochgerissen, wie auf unanständige Weise emporgehoben. Dieser gewöhnliche Morgen, der jetzt so ungereimt begann, war nach dem, was geschehen war, entsetzlich in seiner Alltäglichkeit: Hypernormalität. Nachdem sich Zypcio ausgeprustet hatte, empfand er von neuem eine gewisse männliche Würde. Nur dieser unbarmherzig anbrechende Tag — oh, wie schwer wird er zu ertragen sein! Was sollte man überhaupt machen? Ob alles schon geendet hat und er bis zum Tode so bleiben wird wie eine offene, blutende Wunde? Wie nur den Tag hinbringen bis zum Abend? Wie das Leben durchleben? Schon dort sein, auf jener Seite, wo in der Ferne die blasierten, rassigen Fressen älterer Herren lauern, die alles wissen. Oder nein: irgendein bisher verborgenes Tor öffnen, das aus diesem schmutzigen Hof der Gegenwart hinausführt, damit durch dieses Tor die wirkliche Sonne des Wissens über das Leben hereinbreche, und dann von hier weggehen, dort, dorthin — wo aber war dieses *Dort*? Ferne Erinnerungen an gegenstandsloses ungestümes Streben zu etwas Großem in den Zeiten der Kindheit fielen ihm wahrlich im rechten Moment ein. Er lachte bitter auf, sich seine Situation vergegenwärtigend. Doch das gab ihm einen neuen ›Schubs‹, nicht mehr auf diese Momente zu warten wie früher, sondern sie bewußt zu erschaffen. Womit? Wozu gab es einen Willen? Wie? Er preßte die Fäuste zusammen mit einer Kraft, die imstande wäre, die ganze Welt von neuem in sein eigenes Werk zu transformieren, in ein ihm gehorsames Vieh wie seine Hündin Nirwana. Tatsächlich aber zuckte sie nicht einmal. Hier sind Muskeln allein zu nichts nutze — man bedürfte noch irgendeiner kleinen, winzigen Sprungfeder. Er hatte sie nicht. Er dachte nicht an seinen Intellekt, dem er ja für immer entsagt hatte. Wie wenigstens dieses Palais verändern, in welchem er ein nichtswürdiger Eindringling war, und dieses fremde Weib (er liebte es in diesem Augenblick gar nicht) in seinen Bereich und in sein Weib (nicht etwa in Liebe für immer, nicht in eine Ehe — daran hatte er bisher nicht gedacht, auch nicht an Kinder) verwandeln, in Gegenstände seines inneren Gebrauchs, wie sie zum Ritual früherer symbolischer Kringel kindlicher Metaphysik gehörten, über die er bisher geherrscht hatte. Wie eine unerträgliche Last bedrückte ihn die Welt — nur dieser letzte Kringel atmete gerade noch. Dieser Kringel war er selber, vielmehr sein dimensionsloses Ich, aber schon wie außerhalb des Körpers. Sein Körper, trotz der Spannkraft der Muskeln, gehörte jetzt nicht zu ihm. Er zerlegte sich in einzelne, einander fremde, chemischer Verwandtschaften bare Elemente. Er war hier nackt, ein wenig erkältet, an einem ihm feindlichen Ort, im Labyrinth der Zimmer dieses gleichfalls nackten Weibes, das auf den Beweis seiner Kraft wartete, während ihre mütterlichen Gefühle aus ihr allmählich ausflossen wie Wasser aus einem löcherigen Topf (wie Milch aus einer krebszerfressenen Brust). Gut war das und amüsant, sogar am Ende des Lebens für ein paar Stunden. (Einst hatte sie einen ähnlichen Fall gehabt, aber nicht mit einem unschuldigen Jungen, sondern mit einem etwas heiligen, langjährig geschlechtlich Abstinenten.) Doch wenn das immer so sein wird (vielleicht ist er nicht normal, o Gott?!), dann Schluß damit. Wenn dieser Kleine unter solchen Bedingungen sie nicht geschlechtlich befriedigen konnte, so oder anders, dann ist das geradezu eine Tragödie zum Quadrat, man wird wieder, zum wievielten Male (nur aus anderen Ursachen), dämonische Methoden anwenden müssen, dies ganze lügnerische Spiel, das sie schon bis dahin hatte ... Und hier möchte man ein wenig ausruhen, ein bißchen so ganz einfach lieben, sich ausstrecken und räkeln, zum letztenmal köstlich und ruhig auf einem unschuldigen Herzen und einem strammen Körperchen, *sur ce paquet de muscles*, dieses wunderschönen ›Knäbleins‹. Und dieses ›Knäblein‹ sollte ohne jedes künstliche Doping, völlig von sich aus, plötzlich wild werden, und alles dies sollte sanft und still und dennoch interessant sein. So dachte die Fürstin (vergebliche Träume!), leicht vor sich hindösend, mit zerrissenen Eingeweiden, eingehüllt in einen seladongrünen, goldgeblümten (welch ein Luxus!) Schlafrock oder: Einkuschler, Faulenzer, Fläzer. Sie war dessen sicher, daß dies sonderbare Geschöpflein ihr nicht direkt aus dem Badezimmer entlaufen werde — obgleich man bei so einem auf alles gefaßt sein konnte: Er war imstande, irgendeinen Pelz im Vestibül zu erwischen und sich in den Galoschen ihres Mannes davonzumachen. Sie hatte das Wissen davon verloren, wie sich diese Romanze weiterentwickeln würde. Und dabei dieser am stärksten beunruhigende Zweifel, ob er überhaupt normal sei. Sie konnte sich nicht erlauben, sich der Wollust frei hinzugeben, wie sie das in den letzten Zeiten so sehr begehrte. Ein hellhöriges Tier (solch ein liebes Tierchen wie ein Murmeltier, der Wächter der Herde) erwachte wieder in ihr und spitzte die Ohren, was denn wohl dort dieser ›Nackedei‹ (brrr . . .) mache, dieser ›wundervolle, so glatte, so junge und dabei recht muskulöse und kräftige und doch so befremdende, unwillkürlich bissige und unzufriedene‹ (bei solchem Aufwand — welch ein Skandal!) — womöglich war er beleidigt! Plötzlich zuckte sie zusammen. Zum erstenmal im Leben überlegte sie, was sich mit ihm tue, mit diesem Manne an sich, in ihm (obwohl sie dieses ›Kind‹ eigentlich so nicht nennen konnte), diesem ihrem Männchen (obschon einem in diesem Falle nicht zustandegekommenen). Eine gefährliche Novität. So hatte sie noch nie gedacht — vielleicht irgendwann einmal vor der Ehe, als kleines Mädchen, von irgendwelchen prähistorischen Bübchen, von denen sie einige später als wirkliche Liebhaber gehabt hatte. Ob es wirkliche waren? So lange Zeit, das ganze Leben hatte sie ohne Liebe gelebt — jetzt sah sie klar diese Wahrheit. Jetzt wird man diese Liebe (denn schon wußte sie in diesem Augenblick, daß dies Liebe war, eine wahre, erste und letzte) vergiften, besudeln müssen durch frühere, mehr oder weniger dämonische Tricks, durch diese ganze, eigentlich schreckliche und doch so unvergeßliche Vergangenheit, die sie ja nicht sofort aus sich herausreißen konnte. Eine schreckliche Wehmut packte sie am Herzen und weiter unten. Und jener etwas idiotische Knabe ahnte gar nichts von den Urteilen, die von den dunklen, geheimen Kräften ihres Körpers über ihn ergingen, und straffte seine Muskeln, um in sich einen mächtigen Geist zu wecken. Umsonst. Die Wirklichkeit war unbeugsam, will sagen: das Palais, die Wände des Badezimmers, der anbrechende Tag und ringsum die vom Tauwind des mährischen Februars gezausten Wälder. Eine ungeheuerliche Vorfrühlingssehnsucht schwebte in der Luft, bis hier hineindringend, in die Winkel dieses mit Vergangenheit beladenen Hauses. Es schien, als hätte alles anders sein können, ›und nicht so schrecklich und sinnlos‹, als wären irgendwo gute Welten, in denen jedes Ding seinen angeborenen Platz hat und in die entsprechende Vorbestimmung hineingeht wie in ein Futteral und alles noch ›so gut werden kann, so gut‹! Doch was wäre dafür nötig? Eine verbissene Arbeit an sich selber, Verzicht auf eine ganze Menge von Dingen für immer (das ist die erste Bedingung), grenzenlose Aufopferung, Güte, aber wirkliche, unmittelbar aus dem Herzen kommende, ohne jeden pragmatischen oder theosophischen Unsinn (also eine Güte, die heute nicht erreichbar ist, ohne daß man idiotisch wird, ohne diese an Wundsein und ›Stuhlgangverhärtung‹ erinnernde Selbstverleugnung), Abtötung der eigenen Persönlichkeit schließlich, ihr Herausreißen aus der Welt, bis auf die Wurzeln. Es bleibt nur ein Knollen in der Erde, nahrhaft für andere Tiere und Menschen, und Blätter und Blumen einzig dafür, um den Knollen zu erhalten und zu vermehren — nichts weiter. Nun, wenn schon ...! Freilich dachte Genezyp nicht so, denn dazu war er noch (trotz der Einfachheit dieser Gedanken) nicht fähig. Derart war die qualitativ unartikulierte weiche Masse, aus der unter gewissen Bedingungen solche Worte hätten ›erblühen‹ können. Und plötzlich der Blitz eines geradezu genialen Gedankens: Ist doch sie, dieses Weib, die einzige weiche Sache (und eine lebendige dazu) hier vor ihm in Reichweite (auf dem Hintergrund dieser Geschicke zog an ihm das Bild des Hauses mit dem sterbenden Vater vorbei und mit der ihm in diesem Moment sonderbar fremden Mutter — alles fast schon zur Vergangenheit gehörend), und sogleich fühlte er, daß sie auch geistig ebenso weich und sein Geist ein harter Hammer aus anderer Materie war, der jene Materie zu Pulver und Staub zerschlagen und aus ihr endlich etwas erschaffen konnte, sei es auch nur die erste Grundlage für spätere Bauten des Lebens. Er wurde sich der Armseligkeit dieser Konzeption nicht bewußt. In ihm brauste die unbewußte Grausamkeit der Jugend auf, und so stand er da (was sollte er anderes machen!), nackt und barfüßig, und ›brach auf‹ in das Schlafzimmer zu einer neuen Expedition. Die Fürstin hatte das Licht nicht gelöscht und die Läden nicht geöffnet. In diesem Zustand der Niederlage wollte sie sich der Dienerschaft lieber nicht zeigen, und zudem war sie zu Tode ermüdet. Übrigens hatte sie gar keine Lust auf diesen neuen Tag, der ein Anfang zu einer neuen Art von Glück hätte sein sollen. Im Schlafzimmer herrschte weiterhin ununterbrochen die vergangene Nacht. Zypcio kam sicheren Schrittes herein, ohne den weiter andauernden Zustand der Lähmung zu beachten. (Die seltsame, in Seladon gewickelte Figur auf dem Sofa schaute auf ihn mit entsetztem Blick und rollte sich sogleich zu einem Knäuel zusammen, das Gesicht in den Kissen verbergend.) Nach der relativen Kälte des Badezimmers zwischen der sechsten und siebenten Stunde des Februarmorgens (also ganze vier Stunden hatten diese impotenten Ausweidungen gedauert) wirkte diese Atmosphäre geruchsbunter, beinahe greifbarer Sinnlichkeit auf den abscheulichen jungen Burschen wie die Stimmung einer eroberten Stadt auf einen durch die Schlacht ergrimmten Söldner. Vor allem drängte es ihn, durch irgendeine rasende und ›übernatürliche‹ Tat die kompromittierende Scheußlichkeit der kleinen Waldszene mit Tengier und die knabenhaften Ungeschicklichkeiten an der Schwelle des Paradieses zu verwischen. Endlich hatte er aufgehört, sich das Alter dieses Weibsstücks zu vergegenwärtigen — sie war nur und lediglich ein Weibchen, ein Urweibchen à la Przybyszewski, sie ›stank nach Begierde‹ (sehr peinliche Worte) auf Sonnendistanz. Eine wilde Lustbegierde, eine primäre, unbewußte, zweipersönliche, wirkliche, brach endlich aus den Zentren des Gehirns durch zu den Drüsen und fiel über alle Muskeln her, einschließlich des Sphinkters. Die Fürstin wandte sich nicht um, doch sie spürte, daß sich etwas hinter ihr türmte. Sie wartete in einer unerträglichen Erstarrung, die sich vom Nacken weiterverbreitete zu den Lenden und Schenkeln und in ihnen mit einem kitzelnden Sud zerfloß bis hin zu dem ewig hungrigen Brennpunkt der Bestialität, der Quelle unbegreiflicher, unbeschreiblicher, stets neuer, düsterer, mörderischer Wollust. Sie wußte, daß dies alsbald geschehen werde. Wie? Sollte sie ihm helfen oder ihn allein lassen? Die Begierde stieg ihr bis zum Hals wie eine blutige, fleischige Kugel mit feurigen Zungen, den Mund erfassend, die Nase, die Augen und das Gehirn von innen her. Sie empfand jetzt das, was manchmal durch sie hindurchging mit einer widerlich angenehmen Woge, wenn sie sich hineinlas in Beschreibungen tragischer Unfälle, Torturen und hoffnungsloser Selbstmorde, solcher, die weder aus noch ein ... und darüber eine sich bis zu schwindelnden Höhen türmende Lust ... eine egoistische, scheußliche, schweinische, glatte, schlüpfrige, klebrige, ein wenig stinkende, aber desto angenehmere, eben dadurch angenehmere, bis zum Sichverschlucken in der Endlosigkeit schmerzlicher Hingabe vor diesen zermalmenden, fremden Gewalten. Und alles dies waren sie, diese Verfluchten ... Ach, Riemen aus ihnen schneiden ...! Doch diesen einen liebte sie zugleich wie ihr eigenes Kind, beinahe wie diese Geschöpfe, die aus ihr in die Welt hinausgekrochen waren, ihre Schenkel zerreißend mit unerträglichem und dennoch köstlich schöpferischem Schmerz. Denn die Fürstin war eine gute Mutter: Sie liebte ihre Söhne und hatte sie einst mit wilder Befriedigung geboren. (Der älteste, ein Melancholiker, hatte sich unlängst umgebracht, der zweite war mit einundzwanzig Jahren Gesandter der Gesellschaft für Nationale Befreiung in China — man wußte seit einem Jahr nicht, was sich mit ihm tat —, der dritte war Scampi.) Jetzt hatte sie die Vision von allen dreien als einem einzigen aus ihr geborenen Geist — dieser Geist war in Genezyp verkörpert. Dieser schöne Zypcio war ihr letztes Muttersöhnchen, ein liebes ›Anklebsel‹, einziges, allergeheimstes Schweinereichen, unschuldig und dabei doch grausam und behaart, ein fremdes, scheußliches, männliches Geschöpf. Womit sollte sie in sich diese Liebe töten, wenn sie in jenem nicht dazu fähig war! Doch die Entwicklung der vorgefühlten Lust zu einer gegenwärtigen Qual fügte dem allen nur noch einen höllischen Zauber hinzu, wie eine scharfe englische Soße einem Stück Roastbeef — ›komische Gedanken‹, wie solche Zustände ein alter Jude nannte, der verschiedene Sachen in das Palais lieferte, das einzige ›niedere Geschöpf‹, mit dem sie geruhte, ein wenig eigentlicher zu sprechen. Da unterbrach Genezyp sie mit dem Erträumten.

Er packte sie böse an der Schulter und schaute mit nackter, schamloser Fresse in ihr von jenen Gedanken wundervoll bewegtes Gesicht. Die Begierden kopulierten sich noch vor den Körpern. Sie schaute tiefer hinab und erblickte alles so wie erträumt und ließ ihn nicht mehr aus den lechzenden, toll gewordenen Händen, sondern lenkte ihn ohne jegliche perversen Vorspiele mit aller explosiven Kraft in die geheimsten Zentren der Lust ihres von Wissen übersättigten Körpers. Sie erstarrten und saugten sich eines ins andere ein, und Genezyp spürte, daß das Leben dennoch etwas ist. Sie fühlte dasselbe, aber am Rande des Todes, schlimmer: des Todes und des Lebens. Und der kleine Stier wurde nun richtig rasend und sättigte die tödlichen Begierden: seine und ihre, die zu einem einzigen bodenlosen Meer des Wahnsinns verschmolzen (ihre, ›der ins Grab steigenden alten Schachtel‹, wie er sich später sagte, mit seinen Gefühlen für sie kämpfend). Jetzt war sie für ihn die Verkörperung des Lebens, dessen frecher, nackter, fast abgehäuteter Kern. Unsagbares kam zum Ausdruck in dieser Legierung von Metaphysik und schweinischen Lüsten. Dann gingen sie auf das Bett hinüber, und sie begann ihn zu lehren. Und er streckte sich innerlich in dieser Lehre und stürzte sich dann hinab und wußte schon nicht mehr, ob er wirklich lebte in dieser Hölle erratener, heimlichster Begierden, die sie aus ihm herauszog wie Därme aus einem Stück Vieh, in diesem diabolischen Sicherweitern des Horizonts schamhaftester, unbekennbarer Einfälle, dieser Spinnenideen oder Polypen. Bis er schließlich zum letztenmal in diesen Abgrund stürzte, und diesmal endgültig. Und sie, diese ›dämonische‹ Irina Wsjewolodowna, von der ungeheuerliche Gerüchte umgingen, die alles übertrafen, was bisher überhaupt an Klatsch möglich war (und was war nicht möglich?), küßte die schmutzige — allerdings nur in gewissem Sinne schmutzige — Hand des jungen Burschen, der nicht einmal wußte, ob er schon verrückt war oder nicht, vertieft in stummes Sichentsinnen der durchlebten Wollust. Er war beinahe vernichtet, doch war diese Erschöpfung köstlich wie ein unbekanntes Narkotikum. Mit Stolz und Zärtlichkeit streichelte die Fürstin sein weiches, seidiges Haar und atmete seinen Honigduft ein, die Augen dabei schließend wie eine einschlafende Katze.

Es war acht Uhr. Während sie noch im Bett lagen, ohne Kraft, sich zu trennen, brachte die Zofe, ein schönes, rothaariges Mädchen, das Frühstück, bestehend aus Hammelkoteletts, Eiern mit Schinken, geräucherten Fischen, Porridge, Milchkaffee und ausgezeichnetem Cognac. (Die Fürstin prahlte mit schönem weiblichem

Dienstpersonal, kühn den Gefahren der Vergleichungen die Stirn bietend. Was hingegen den Empfang von ›Damen‹ anbelangte, herrschten bei den Ticonderogas strikte Einschränkungen.) Zypcio versteckte sich unter der Decke. Die Weiber lachten, etwas über ihn flüsternd. Aber trotz dieser kleinen Demütigung hatte er den Eindruck, das Leben mit den Zähnen an den Beinen gepackt zu haben. Er fühlte einen Triumph bis fast in die Kochen, einen Dummer-Junge-Triumph: Endlich war er ein Mann und wußte, was er weiter zu machen hatte. Oh, wie sehr er irrte!

Dann kam der alte Fürst in einem grünen, flauschigen Schlafrock und nach einer Weile, ohne anzuklopfen, in einem creme- und goldfarbenen Pyjama (welch ein Wunder!), Scampi. Genezyp starb fast vor Scham, als der Fürst, wie gewöhnlich in solchen Fällen, sich mit Fragen zu erkundigen begann. Sie alle erachteten sich als so hochstehend, daß sie sich wirklich, und zwar wörtlich wirklich, aus nichts etwas machten. Zypcio vernahm unter der Decke die gedämpfte Stimme der Fürstin:

». . . Anfangs war er sonderbar, aber dann außergewöhnlich lieb — außergewöhnlich. Das ist fast noch ein Kind. Zeig dein Gesichtchen, Knäblein«, sagte sie süß, die Decke zurückschlagend und ihm am Kinn gewaltsam das Gesicht emporhebend. »Weißt du, Diapanas«, wandte sie sich an ihren Gatten mit einem sogenannten ›Erguß‹, »seit Jahren, fast seit der Zeit, da ich dich zum erstenmal betrog, habe ich mich nicht derart metaphysisch glücklich gefühlt wie heute. Ich weiß, daß du das nicht gern hast; du und die Deinen, ihr sagt, daß ich dieses Wort mißbrauche — doch was soll ich tun? Wie soll man so seltsame Dinge sonst in Kürze ausdrücken? Du — nicht nur du —, ihr alle, Männer der Tat, die ihr beschlossen habt, euch noch zu Lebzeiten aus der Liste der Lebenden zu streichen, begreift nicht dies, daß alles noch eine Dimension zu haben vermag, die euch unbekannt ist. Der einzigartige Chwistek brachte das einst zum Ausdruck, indem er über ›die Vielzahl der Wirklichkeiten‹ schrieb, doch brachte er seine Gedanken nicht bis zu Ende, und die Allgemeinheit hielt sie für Unsinn, sogar Afanasol Benz, der angeblich — doch ich weiß nicht, ob das wahr ist — das erste Axiom einfach aus nichts hervorgeleitet hat, erkennt diese Theorie nicht an. Ich aber glaube, daß dort etwas sein muß auf dem Boden, und der Rest ist die Schuld der Nachfolger, die es nicht zu entwirren verstanden...«

»Aus Moskau kommen immer fatalere Nachrichten... Diese gelben Teufel haben irgendeinen General, der eine neue Art von Offensive erfunden hat. Endlich hat man es erforscht. Der Adjutant von Kocmoluchowicz hat mir das am Telefon gesagt, weißt du, dieser, der angeblich auf unserer Seite ist. Doch das werden wir nicht lernen, so wenig wie die Koalition von Napoleon dessen Strategie gelernt hat. Das kann man nur mit Chinesen machen.«

»Was geht mich das an — ich habe ihn.« (Sie hielte Zypcios Kopf unter dem Arm. Jetzt erst kam Scampi herein.)

»Bald wirst du, Mama, nicht einmal diesen mehr haben können. Schon morgen soll, wie es heißt, die Generalmobilmachung verkündet werden. Die Armeen General Cuxhavens ziehen sich in Panik auf unsere Linien zurück. Moskau ist formell geschlagen. Die Chinesen organisieren es auf eine völlig neue Weise. Es geht ihnen darum, die weiße Rasse auszusaugen. Sie rechnen absolut nicht mit unseren Kräften, sondern halten uns für Brei. Und alles im Namen der höchsten Ideen: uns zu ihrem Niveau zu erheben. Bei ihrem Begriff von der Arbeit und deren Standard ist es für uns eine unangenehme Sache, unter diesem Gesichtspunkt betrachtet zu werden. Soweit wir nicht von selber umkommen, können wir dazu verurteilt werden, uns zu Tode zu arbeiten. Dann würde ich gern nachprüfen, ob eine Ideologie, für die man langsam zugrunde geht, nicht plötzlich wirklich gleichgültig ist. Im Gegensatz dazu haben allerdings die Bolschewisten Rußland lange Zeit im Zaum gehalten. Doch das ist gut für Arbeiter, die nichts vor sich haben. Womit aber wir unser Dasein in solchem Falle rechtfertigen können — das ist eine andere Frage.«

»Und habe ich's nicht gesagt! Wo ist jetzt dieser euer Syndikalismus, der aus bourgeoiser Gruppierung gewachsen ist, mit dem Anschein, den Klassenkampf zu lindern? Das ist alles Unsinn. Man hätte eine isolierte, aber eine absolut isolierte Monarchie schaffen sollen und dann in Ehren und ohne Kompromisse fallen, wie mein Zar Kyrill...«

Scampi unterbrach:

»Man weiß nicht, ob er fallen wird. Ich sehe ihn in unserem Stab an der Seite von Kocmoluchowicz . . .«

». . . oder sich gleich dem Strome fügen. Im äußersten Fall würden wir, eine Handvoll wirklicher, des Lebens werter Menschen, bestimmt gewinnen, und *après nous le déluge*. Ja, wir sind auf gemeine Weise betrogen worden von dem pseudobolschewistischen, doch im Grunde faschistischen — ja, tatsächlich — Westen. Bei uns ist alles Lüge . . .«

»Still! Solche Sachen sagt man nicht laut. Also Mama mit ihren Talenten würde bestimmt gewinnen, und sei es als die Liebste des Chefs des chinesischen obersten Generalstabs oder irgend jemandes dort — aber nicht wir Männer. Das ist eben der Fehler der heutigen Aristokratie und sogar einer gewissen Fraktion der vernagelten Bourgeoisie, dieser *Après-nous-délugisme*. Darum hat sich alles viertausend Jahre lang gehalten, weil die einstigen großen Herren es verstanden, weit zu blicken und damit wenigstens theoretisch eine Ewigkeit vor sich zu haben. Seit dieser Glaube verschwunden ist, gedeiht das Übel, und der Mob erhebt auf einmal den Kopf. Den *Kopf* — darum geht's, und nicht den Hintern, mit dem er früher im Geschirr auskeilte. Und wenn er ihn einmal erhoben hat, ist es aus — da bin ich gleicher Meinung. Mama hat recht: Man hätte dem entgegentreten müssen, doch dazu muß man . . . Ehre haben — hehe . . . Das wird Kocmoluchowicz statt unser besorgen, und wir bleiben auf dem Eis.«

›So also wird Politik gemacht — solche Leute fabrizieren sie! Und wo ist die Wirklichkeit?‹ dachte der plötzlich unter der Decke gereifte Zypcio. (Gut war dieser Inkubator für solche Seelchen, dieser verrufene und verunglimpfte Schoß Irina Wsjewolodownas.) Und sonderbar: Gleichzeitig — freilich im ›verwirrten Hintergrund‹ (er machte sich das natürlich der Reihe nach bewußt) — fühlte er sich niedergedrückt, zu Marmelade gemacht, klein, so, daß es ihm sogar in spezieller Hinsicht unbequem war in sich selber, in dieser eigenen Kleinheit, trotz der eben erst gründlich begangenen Sichsättigung für all die Zeiten knabenhafter Bußen ohne Schuld — derart schmerzhaft war diese Kleinheit im Verhältnis zu den unermeßlichen Abgründen des Unerreichbaren: des Wissens, der Stellungen, der Einflüsse, der Macht, dieses Sättigens des Appetits an sich selber und an anderen. Noch sonderbarer, daß er nicht an den Vater gedacht hatte, der ja ebenfalls jemand war und ab und zu auch in der politischen Kloake herumschmuddelte. Das war es nicht, diese ›Haus-Werte‹ — nur fremde Werte können hier wesentlich sein. Und zugleich wußte er, daß dieser um ein Jahr ältere Matthias Scampi ein gewöhnlicher Genießer und Scheißkerl war, ein scheußlicher kleiner Bandwurm in dem sich zersetzenden Körperchen des einstigen Polen (das sich jetzt selber nach dem Tode durchlebte — und wie viele solcher lebender Leichname gibt es?!), *un simple gouveniage polonais* (ein einfacher ›polnischer Scheißkerl‹), wie der Chef der französischen Militärmission, General Lebac, zu sagen pflegte, der nach dem Ausbruch des Bolschewismus bei uns im Dienst geblieben war, in den Diensten ›einer wahren Demokratie‹, wie er bedeutungsvoll zu sagen pflegte. ›Ach, du lieber Naivling, du vor dir selber maskierter Dienerling eines dicken, bourgeoisen Bauches unter dem Mäntelchen des Pseudosolidarismus und der wissenschaftlichen Organisation‹ (»Oh, *vous autres, Polonais, n'est-ce pas — mais tout de même la démocratie, la vraie démocratie, est une et indivisible et elle vaincra*«), dachte unwillkürlich und ganz ehrlich Erasmus Kocmoluchowicz, mit dem Lebac ›zusammenwirkte‹ (?) — er konnte dem genialen Kocmoluchowicz nicht das Wasser reichen! —, während er an der ›Rettung der Menschheit‹ vor der ›kulturellen Katastrophe‹ der chinesischen Aggression arbeitete. Kocmoluchowicz kotzten diese Begriffe an. Er hatte Lust auf Wahrheit, aber auf eine blutige, dampfende, zuckende — nicht auf diese, mit der ihn öffentlich die Gesellschaft für Nationale Befreiung abspeiste und bis vor kurzem, privat, auch seine Frau, eine magere, aber für einen schwarzen, sehnigen Quartiermeisterbullen höllisch verlockende kleine Blondine, eine geborene Dziedzierska, angeblich gar eine galizische Komteß. Ach, ihre Wahrheit! Es waren das Abgründe von Irrationalismus, ›Panthosophie‹, Synthese aller Wissenschaften (entsprechend deformierter; rein begriffliche Konstruktionen der einzelnen Sparten, der Bequemlichkeit halber geschaffen, wurden in dieser Auffassung zur wildesten Ontologie: So ist es, basta) und Systeme, angefangen vom Totemismus bis zu der Logik Russells und Whiteheads (von Benz wußte kein Hund in diesen Zeiten). Bis endlich ein Wunder auf Erden geschah: Es erschien Djewani, der große Gesandte von Murti Bing ... Noch andere Antidota hatte der Quartiermeister — aber davon später. Von diesem allem wußte Marchese Scampi oberflächlich, aber an seinem polierten Köpfchen blieb keine Sonderbarkeit höheren Ranges haften — ›*a typical Polish and polished excremental fellow*‹, wie ihn der englische Kollege Lebacs, Lord Eaglehawk, genannt hatte. Längst ekelte Kocmoluchowicz diese internationale Bande. Doch er wartete mit der Geduld eines wirklich starken Mannes auf den geeigneten Moment, selber eigentlich nicht wissend, was dann geschehen sollte. In diesen Zeiten war das Wartenkönnen die größte Kunst. Nur diese Gedanken, diese ›komischen‹ Gedanken ... Der Quartiermeister konnte sich ihrer nicht erwehren, und zeitweise fühlte er, wie jemand in ihm für ihn dachte (nicht in Begriffen, vielmehr in Bildern) und zu unabweisbar sich aufdrängenden Schlüssen gelangte. Manchmal vergegenwärtigte er sich sogar ganz deutlich die Anwesenheit von jemand anderem in dem Zimmer, in welchem er ganz gewiß völlig allein war. Er begann, etwas zu sprechen, um jenen zu überzeugen, und überzeugte sich, daß niemand da war und daß er selber eigentlich nicht wußte, was er sagte. Die Bilder zerstoben und verschwanden, ohne eine Spur zu hinterlassen, einen Dunst oder Niederschlag, an dem man den Inhalt dieser geheimnisvollen Komplexe der unterbegrifflichen Sphäre des Bewußtseins hätte erkennen können. Bechmetjew riet, wenigstens zu einem kurzen Urlaub nach Zegiestów zu fahren, in ein Sanatorium der Nachkommen des berühmten Doktor Ludwig Kotulski, doch dafür war keine Sekunde Zeit. Ha — hätten davon die Feinde und Zweifler gewußt! Doch — wieder zum Bett der Fürstin Ticonderoga. Genezyp horchte, weiter nachsinnend, heimlich, unter der Decke verborgen. (Es dünstete eine tierische Wärme und unheimliche, erregende Gerüche aus, doch jetzt reizte ihn das schon gar nicht mehr — er fühlte sich nur als Mann, als wirklicher Bulle, als ›Herr‹

und Gentleman, und fühlte nicht, wie scheußlich und geschmacklos er darin war.) Er schämte sich sehr, daß dieser Scampi, diese intellektuelle Null, dieser zynische Karrieremacher, ›dieser kalte Regenwurm in dem sich zersetzenden, noch seit den sächsischen Zeiten aufgelösten polnischen Bauch‹, ihm dennoch imponierte. Wie entstand diese geheimnisvolle, unerreichbare Politik? Ist das nicht vielleicht nur alles ein einziges riesiges und im Grunde dummes Geschwätz, irgendeine Schlaumeierei dritten Ranges, eine nichtswürdige Ausweidung der Menschen, eine Geschicklichkeit in kleinen Schweinereien an der Grenze des Verbrechens? Trotz allem ›Respekt‹ wurde ihm alles klein, was er unlängst für groß, fast für heilig gehalten hatte. Und dieses Kleinwerden legte sich mit einem ordinären Firnis proletarischer Langeweile und bäurischen Leidens auf die ganze Welt. Natürlich war Zypcio nicht im Recht, doch wer war im Recht? Das werden erst vollkommene, in einer idealen Struktur, die durch Elimination gebildet worden sein wird, gefestigte Generationen entscheiden, in tausend Jahren oder noch später — falls sich darunter jemand findet, der noch an eine so ferne Vergangenheit denkt. Nein, Politik gehörte bei uns wahrlich nicht zu den edelsten Beschäftigungen. Vielleicht dort, im Fernen Osten, wo neue Ideen sprudelten (manche ›Verflacher‹ sagten, daß alles schon dagewesen sei, sogar in demselben China — doch zum Teufel! Gibt es denn wirklich nichts Neues auf diesem Erdball — soll man sich hinlegen und verrecken?), vielleicht war dort, in jenem Kessel des Schöpferischen, die Politik noch etwas, das Daseinsberechtigung hatte, sei es auch nur als notwendiges Übel, als Nebenprodukt einer gigantischen Transformation der vernagelten gelben Köpfe — nämlich die Innenpolitik, denn die Außenpolitik war in voller positiver Tätigkeit, und zwar mit Mitteln, die den Menschen des Westens unbekannt waren: Die Bekenner Murti Bings (und ihr seltsames Narkotikum Dawameskum B_2) taten das Ihre, langsam, aber sicher. Doch davon später. Denn, wißt ihr, dieser ganze europäische ›Bolschewismus‹ (Lenin würde zum zweitenmal sterben, wenn er ihn sehen könnte) war nur noch ein Zu-Ende-Verbrennen und -Verrauchen von Trümmern und Brandstätten. Und von neuen Menschen, in früherer Bedeutung, war nichts zu hören. Nur in verhältnismäßig neuen Gemeinschaften wie Australien und Neuseeland konnte eine Wiedergeburt stattfinden. Doch es war spät geworden, und an unserer Stelle werden das diese verfluchten Mongolen machen (ganz anders – oh, völlig anders, als wir es getan hätten), die niemals Eile haben und immer Zeit in Überfluß. Sich nicht zu beeilen ist heute die größte Klugheit. Doch wie, da das europäische Proletariat keine Zeit hat! Aber bitte, versuchen Sie einmal (als Nicht-Chinese), in Gestank zu leben, in Dreck, Läusen, Wanzen und Küchenschaben, in Hunger, Kälte und völliger Hoffnungslosigkeit, mindestens für die Dauer der eigenen Generation, und trösten Sie sich mit dem Gedanken, daß einmal, nach drei Generationen vielleicht, eine Gruppe von ausgezeichnet ernährten und sauberen (und leider auch hoffnungslos spezialisierten und überarbeiteten) Wissenschaftlern und Kapitalisten einsehen werde, was notwendig ist, und Häuschen bauen wird mit Gärtchen, mit Radio und kleinen Bibliotheken – doch was werden wir davon haben, wir, die wir bis zum Lebensende nur Dünger sind? Ist nicht der Kampf besser als ein solches Hundedasein? Ein ideologischer Kampf, ein unvernünftiger vielleicht, aber man modert nicht in Verzweiflung, ohne einen Schimmer von Hoffnung. Bitte das zu verstehen – Schockschwerenot. Ist es nicht besser, ab sofort vielleicht ebenso wie vorher zu leben, aber von irgendeiner Idee geleitet und mit einem Schaffensgefühl, sei es auch mit dem Gefühl eines tollen und wilden Schaffens, aber des Schaffens wenigstens, wenn nur nicht mit dem Gefühl, in einer diabolischen Tretmühle der heutigen Produktion eingespannt zu sein. Was schadet es, daß diese Idee zum gleichen Ergebnis führt: zu einem gewissen begrenzten Wohlstand, über den hinaus die Allgemeinheit nicht gelangen wird, zur grauen Langeweile – aber zumindest wird *sofort* etwas geschehen, ohne teuflisches Warten. Oh, wir haben gut zu euch reden, ihr Herren von der ›Elite‹ – wir wollen nur sofort, was ihr seit langem schon habt. ›Innere Konsumpolitik‹? Versucht nur, so viel zu ›konsumieren‹ wie wir. Übrigens hat das nichts geholfen: Amerika und die ganze Alte Welt, scheinbar ›faschistisiert‹, sind zum Bolschewismus übergegangen, der sich allerdings kaum vom Faschismus unterscheidet, aber immerhin. Also Ideen ... Das waren diese komischen Gedanken von Kocmoluchowicz, dem Kavalleristen, und von einigen anderen Bürschchen höherer Kategorie. Doch davon wußten sie selber nichts — sie nahmen das als gegeben, in der Form eines unartikulierten begrifflichen Dickichts. ›Wie soll man hier aus Mist Kristall machen?‹ sagte manchmal für sich der Generalquartiermeister und verfiel in tiefes, gegenstandsloses Nachdenken. Einst war individuelle Politik etwas gewesen und Menschenkenntnis keine Schweinerei. Heute ist Parteipolitisieren, mit Ausnahme von rein ideellem mehrheitlichem Wahnsinn im Namen einer Bauchgrundlage für die erträumte Entwicklung des Geistes, nur eine Selbstverblendung und eine Verblendung anderer durch Vorspiegelungen wie Demokratie und Unabhängigkeit der Völker. Gut war das zur Zeit, als es geschaffen wurde: Damals glaubten alle, daß es die letzte Wahrheit sei — heute ist nur Lüge geblieben.

Die familiäre Diskussion erstarb allmählich.

»Zeig dich, Söhnchen«, sagte der alte Fürst zu Genezyp durch die güldenen Damaste. »Denk nur, welch eine Skala zu durchleben: Dies sind die letzten, vortödlichen Zuckungen der einstigen Welt, und auch mit uns allen ist es so, und überhaupt, weißt du? — dieses Unausdrückbare — sie hat recht — Metaphysische — es wird einem wirr im Kopfe — dies große Wort — sie hat immer recht: Merk dir's, höre auf sie mehr als auf die eigene Mutter, und du wirst herausgeraten aus diesem Teufelsnetz des Lebens. Ich weiß, was du sein wirst, mein Kind, und ich gestehe dir: Ich beneide dich nicht. Wir haben immerhin noch den letzten uns entschlüpfenden Bissen der Wirklichkeit genossen in unserer Isolierung. Alles, was kommen wird, ist ein Trugbild.«

Genezyp, moralisch erwärmt durch den sanften Ton des Alten, schob das beschämte Köpfchen unter der Decke hervor. Die Fürstin streichelte ihm mit schamloser Hand das Haar und sagte:

»Wir werden noch etwas aus ihm machen. Zu Hause hatte er niemanden, der ihn hätte präparieren können. Das wird die letzte Tat meines Lebens sein — in der Politik tauge ich zu nichts mehr.«

Zypcio verspürte eine starke Lust, sich dieser Bande von Schatten zu widersetzen, die ›ihren Totentanz auf dem Korpus des eingeschläferten Polen‹ tanzte. Noch wußte er nicht, was er sein würde, obgleich ihm die vergangene Nacht in dieser Hinsicht viel Selbstbewußtsein gegeben hatte. Das hübsche Landschaftsbild und die kleinen Gefühle, die kindliche Scham und die sich spannende begonnene Männlichkeit und vor allem das Gefühl, daß er ›von hier bis dahin‹ sei und gewisse Grenzen nicht überschreiten werde, selbst wenn er platzen sollte — das war noch keine Grundlage zu schärfer umrissenen Handlungen. Er fühlte eine sonderbare Verwirrung (von einer anderen Art als die vorige — jemand hatte ihm den Kopf ummöbliert, ohne Beteiligung seines Willens), und als wäre alles nicht *das* (aber anders als früher: Es war darin eine verborgene Drohung — als ob die ganze wieder wirklich werdende Welt sich verwandeln könnte in ein Ungeheuer aus einem Traum, dessen Ungeheuerlichkeit man nicht ertragen kann — nur dort kann man erwachen, und hier ist die ganze Welt —, und es bleibt wohl nur der Tod oder eher noch dies Etwas, wovon Zypcio gehört und nichts verstanden hatte, das er aber dennoch fürchtete, ohne zu wissen, was es war: Irrsinn. Er hatte einmal einen Epileptiker auf der Straße gesehen und erinnerte sich an seinen Schreck, welcher sich mit ›Zoologischer Garten‹ verband und mit kindlichem Onanismus, ein Schreck von beinahe sexueller Annehmlichkeit: als ob die von innen gekitzelten Hoden den Körper nach oben emportrügen, des Gleichgewichtssinnes beraubt; ein ähnliches Empfinden überkam ihn auf hohen Türmen und Balkonen, obwohl er in den Bergen nicht das geringste Angstgefühl hatte). Von der Welt trennte ihn ein durchsichtiger, aber unüberwindlicher Wall drohender Seltsamkeit — alles schien ihm durch ihn hindurch leicht deformiert, aber worin diese Deformierung bestand, konnte man nicht ausmachen. Womit diesen Wall von Widerstand durchdringen, der dicht wie Teer und doch unerfaßbar war? Wie dieses wirkliche Etwas erfassen (irgendwo muß es sein, sonst wäre die Welt eine Schweinerei, und man könnte sie Gott zurückwerfen wie einen schmutzigen Lappen, den man nicht berühren will — aber darauf steht die Todesstrafe) außerhalb dieser Dreifaltigkeit von Gespenstern, nein: einer Vielfältigkeit? — er selber war auch eines von ihnen. Das Leben wehte ihn an mit tödlicher Angst:

Nicht er fürchtete sich, sondern die ganze Zukunft floh vor ihm in Panik. Ihn verlangte wieder nach einer Tat. Und vor allem danach, diese entschlüpfenden schwarzen Schweife zu erjagen, die Zügel oder einfach gewöhnliche Stricke, und alles wieder von neuem anzupacken. Und nackt wie er war, sprang er in die Mitte des Zimmers, raffte seine zerknüllten Kleidungsstücke vom Fauteuil und stürzte zum Badezimmer. Der Alte blinzelte vor Staunen und bewegte ratlos die zahnlosen Kiefer. Und der Marchese lachte mit seinem bestialischen und dabei subtilen Gelächter breit in sich hinein.

»Nun«, sagte er, sich erhebend. »Eine harte Nuß hast du zu beißen, Mama. Aber du wirst sie knacken, o ja.« (Zum Vater:) »Nun — an die Arbeit, Alter. Wir«, sagte er wieder zur Fürstin, die nicht gezuckt hatte und melancholisch ins Unendliche schaute, »wir haben mit Papachen einen Kreis zum Selbstunterricht gegründet wie diese Idioten in Rußland, die nicht wußten, wer sie sind. Welche Zeiten — wenn sogar wir, so allwissende Schlangen, so hyperintelligente Totengräberkäfer, uns selbst umbauen müssen. Das ist intellektuelle Masturbation. Wenn jemand sehr Kluger ein wenig von dem Verstand verliert, der ihm von Gott gegeben ist, so wird er, obwohl er mit dem Rest zehn Männer der Tat beschenken könnte, seine Maschine nicht selber in Gang bringen: Der Motor muß sich proportional zu dem Ganzen des Mechanismus verhalten. Auch im umgekehrten Fall ist es schlecht: Der Motor wird dann sein eigenes, zu schwaches Gerippe zerstoßen. Das, scheint mir, gilt für dein neues Knäblein, Mama. Aber lieber mag ich ihn schon als Cousin Toldzio. Dieser galizische Hochadel ist eine unangenehme Gesellschaft — wir, die wir vom Grenzland sind, verstehen das am besten. Aber wie jung bist du geworden über Nacht, Mama! Das ist besser als Massage, nicht?« Tatsächlich sah Irina Wsjewolodowna wundervoll aus. Schimmernde Funken sprühten jetzt auf den Augäpfeln von blauem Email. Jede Menschenmenge wäre ihr sofort gefolgt, wenn sie gewollt hätte — sie war ein ›Standartenweib‹ par excellence. Und vielleicht träumte sie auch von etwas Ähnlichem, wenn es je so weit käme ...

»Wirst du machen, daß du fortkommst, du allwissender Rotzbengel!« schrie sie piepsend und warf dem Sohn ein Kissen in die grinsende Fresse. Der Marchese lief amüsiert aus dem Schlafzimmer, hinter dem erschrockenen Papachen. Es tat nicht gut, sich allzu lange dem Zorn dieser unglückseligen Megäre auszusetzen. ›Kehrt er zurück — kehrt er nicht zurück? Jetzt natürlich: aus dem Badezimmer — überhaupt, zurückkehren muß er‹, dachte sie, sich in die Bettdecke einwickelnd. ›Nein — jetzt wird er nicht zurückkehren — abends . . .‹ Und sie begann, eine Serie dämonischer Kunststückchen zu überdenken (Variationen vervollkommneter früherer Erfahrungen), durch die sie im Falle starken Widerstandes ihn gründlich zu beherrschen gedachte. Das war schon immer ihre Methode gewesen. Mütterliche Zärtlichkeiten waren verschwunden. Hätte sie irgendein notorischer Impotenter in diesem Augenblick sehen und ihre bildlichen Gedanken unmittelbar lesen können, wäre er augenblicklich von seiner ganzen Impotenz geheilt gewesen — derart höllische Sachen waren das. Wie schade, daß solche Geschichten spurlos verlorengehen, wie übrigens alle trunkenen Improvisationen Tengiers, Smorskis, Szymanowskis und so vieler anderer. Das dumpfe Zuschlagen der schweren Haustür beendete die Zweifel an der Gewißheit der ersten Niederlage. Noch vor zehn Jahren hätte er es nicht gewagt — und jetzt . . .? Das Alter. Sie begann leise, verzweifelt zu weinen — wie noch nie.

Rückkehr oder Tod und Leben

Eingehüllt in immer stärkeres Schneegestöber, hastete Genezyp quer durch die Wälder nach Hause. Er war sehr zufrieden mit der vollbrachten ›Tat‹ oder vielmehr ›Leistung‹. Diese Leistung wuchs ihm in der Erinnerung zu gigantischen Ausmaßen, nahm die Bedeutung eines erhabenen Symbols der Macht, des Willens und der Charakterhärte an. Es war schon halb zehn. Er gelangte endlich aus den Wäldern heraus und begann den Höhen entlang durch den angewehten Schnee zu stapfen. Im Schneetreiben war nichts zu sehen von den Gebäuden des Landsitzes, die ohnedies durch die im Sturmwind lärmenden Parkbäume halb verdeckt waren. Er ging an den düsteren Brauereibauten vorüber, aus deren hohen, pylonenartigen Schloten (die ganze Macht des Vaters war darin symbolisch enthalten) schwarzer Rauch wölkte, sich mit dem Schneegestöber zu phantastischen Trauerschleiern verbindend. »Trauer«, flüsterte Zypcio, und ein schlimmes Vorgefühl bedrückte ihn in der Herzgrube wie ein böser, in ihm selber lebender Zwerg. An diese Nacht, die Fürstin und das weitere Leben dachte er in diesem Augenblick nicht. Endlich gelangte er zum Haus.

»Der alte gnädige Herr ist heute um sechs verreckt«, flüsterte ihm der Lakai ins Ohr, ihm den beschneiten Mantel abnehmend. (Es war Joe, der alte Kerl, dessen originelle Reden man schätzte. Diesmal jedoch ging er zu weit.)

»Mund halten, Joe«, schrie ihn der junge Herr an und stieß ›die zitternden, runzligen Pfoten des treuen Dieners‹ fort. In den ersten Sekunden begriff Zypcio nicht die eigentliche Bedeutung der soeben vernommenen Worte. Und das trotz der Vorgefühle und trotz seines vollen Bewußtseins. Kein Wunder: Es war die erste schlimme Nachricht seines Lebens. Und doch war es, als risse sich eine schwere Kugel von seinen jungen, noch tobenden Gedärmen los. ›Was habe ich bloß um sechs Uhr gemacht? Aha — aha — da zeigte sie mir diese Kombination mit den Beinen! Was für eine Schweinerei! Und er gleichzeitig. *Gleichzeitig*‹, berauschte er sich und konnte sich nicht genug an diesem Wort sättigen. Jetzt potenzierte der ›vernommene‹ Tod des Vaters retrospektiv die ohnedies mörderische Wollust der Berührung jener so schrecklich, so unbarmherzig schönen und unanständigen Beine vor vier Stunden — und das auf dem Hintergrund der Gleichzeitigkeit, dazu einer nicht aktuellen, sondern nur erinnerungsmäßigen, eher begrifflichen, abstrakten. Oh, wenn Zypcio die kleine Abhandlung eines gewissen sizilianischen Fürsten hätte lesen können — eines Mitglieds der Neomafia — mit dem Titel *Gli piccoli sadismi* — viele Sachen wären ihm klargeworden, obgleich eigentlich keine mechano-psychologische Theorie imstande ist, diese Wirklichkeiten ihrer spezifischen Dimension der Unvertiefbarkeit zu entkleiden. Und das nicht wegen ihrer Verbindung mit der Erhaltung der Art, sondern weil diese Dinge ein fundamentales Problem betreffen: die Verteilung des Daseins auf eine Vielheit von Individuen, von denen jedes sich als einziges Ich fühlt, einmal für alle Ewigkeiten, als solches und kein anderes trotz aller theoretischen Möglichkeit, jeder Beliebige zu sein. Nur eine Kombination von halbwillkürlichen Gegebenheiten und Zufällen der Entwicklung hat dazu geführt, daß dieses Individuum von sich sagen muß und nur von sich sagen kann: *Ich* (im Falle eines Infusoriums nur theoretisch). Und wenn sich auch tausend James an den eigenen Gehirnen aufhängen würden, so bleibt dies Problem doch ewig, und ein Nicht-Annehmen der unmittelbar gegebenen Einheit der Persönlichkeit führt stets zu einer vielleicht sehr kunstvollen, aber unnützen und künstlichen Konstruktion von Begriffen, die nichts über das Wesen der Sache klarstellt. Genug.

Genezyp bewegte sich wie ein Automat durch die leeren Zimmer, bis er schließlich der Mutter begegnete. Sie war ruhig. Wäre das vor fünfzehn Jahren gewesen, so hätte sie sich vielleicht heimlich über den Tod des Gatten gefreut. Hatte er sie doch zugekorkt, zugemauert mit seinen Grundsätzen und Brutalitäten wie eine Lebendige in einer Gruft. Jetzt trauerte sie ihm nach, trotz aller Foltern dieses Zusammenlebens — sie hatte nämlich den zentrifugalen Trieb zum Leben überwunden, längst auf alles verzichtet und sich auf diese Weise ein zweites Mal, anders, an den weit älteren, jovialen Brauer angeschlossen. Und nun — dieser Tod kam zu früh, ließ sie unbewaffnet dem Leben und der Einsamkeit gegenüber, bürdete ihrem zarten, halbmystischen Köpfchen die schreckliche Last der Verantwortung auf für dieses geliebte junge Stierlein, das (wie zu sehen war) in einem ihr jetzt unbegreiflichen Lebenshunger lechzte. Und dabei war es doch ihre einzige Stütze — ihre Obhutspflicht, verbunden mit ihrer Anhänglichkeit, schufen in ihr eine Kraft, die den Gegenstand ihrer Gefühle über sie selber hinaus erhöhte, was ihn andrerseits zu einer beschützenden Macht werden ließ. Sie umarmte ihn und brach zum erstenmal seit der Katastrophe in hemmungsloses Weinen aus, das wie ein Knäuel erstarrter Tränen schien. Bisher (bis sechs Uhr) hatte sie nur trocken vor sich hin geweint mit kurzem, unterbrochenem Schluchzen. Genezyp wollte weinen, konnte aber nicht — er war trocken wie Zunder, kalt und gleichgültig. Er spürte einen unangenehmen Schauder auf dem Grund seiner Seele, gern hätte er ausgeruht, doch hier war eine Pastete, ein ganzes Paket neuer Probleme. Noch begriff er das Unglück nicht — vielleicht war es für ihn überhaupt kein Unglück? —, und zugleich mit diesem ›Erwarten des Schmerzes‹ spielte in den letzten, noch durch nichts berührten Gründen seines Ich ein mutwilliges Flämmchen wilder Befriedigung. Etwas befreite sich dort, etwas begann sich endlich zu *tun*. Das Leben schien seit dieser Nachricht neue, höllisch interessante Überraschungen in sich zu bergen. Es war schon langweilig geworden (er, das Biest, wußte nicht zu schätzen, was in der momentanen Übersättigung geschehen war), trotz aller erotischen Abenteuer und trotz des verhältnismäßig neuen, aber etwas blassen Problems: Liebte er die Fürstin, oder begehrte er sie nur? Dies richtete sich nach dem Muster des nicht voll bewußten ›Mutterproblems‹: ob er die Mutter um ihrer selbst willen liebte oder ob er nur egoistisch an sie gewöhnt war. Er erwachte zum wer weiß wievielten Male. Aber erst jetzt brach das Leben wirklich in diesen trägen Tümpel seiner Seele ein wie eine Herde von Pferden in einen Teich. Die letzte Maske war gefallen — man wird sich damit auseinandersetzen müssen. Aber an der Oberfläche, durch einen Wall von erzwungenem, innerlich nicht zu ihm gelangtem Unglück, freute er sich wirklich, daß der Vater ›verreckt‹ war. (Er mußte in jugendlicher Verwandlung an einstige kindliche Neidgefühle auf trauernde Kameraden denken, deren Eltern gestorben waren, und an spezielle, geradezu schmerzhafte untergeschlechtliche Triebe zu deren schwarzgekleideten Schwestern — irgendeine tödliche Perversion, verbunden mit der unterbewußten Lust, sich selbständig zu machen, zu einem Manne zu werden und die ganze Verantwortung für das Leben auf sich zu nehmen.) Die künftigen Tage gewannen einen unbekannten Zauber. Der Geschmack des Lebens, scharf und berauschend wie der Geschmack eines narkotischen Krautes, ergoß sich durch die Adern als prickelnde, erregende Woge. Jetzt erst fühlte er eine wirkliche Befriedigung darüber, daß er ein Mann war, daß er eine Liebschaft mit ›einem wirklichen Weib‹ hatte. Wo aber waren die falschen? — die Mutter, die Schwester, Fräulein Ela und ähnliche ... Er war das Haupt der Familie — er, dieser bisher von allen unterdrückte Zypcio. Jetzt erst empfand er etwas Besonderes für die Mutter, war er auf die andere Seite der Sohnschaft gelangt: Aus einem unbeholfenen Bengel war er zum Beschützer und Machthaber geworden. Mit einer gewissen Überlegenheit, die für ihn selber geradezu lächerlich war, umarmte er sie, und umschlungen (sie hatte sich auch so anders an ihn geschmiegt, was ihn mit einem sonderbar süßen Stolz erfüllte) gingen sie zum Schlafzimmer hin, wo der Leichnam ihres gemeinsamen Vaters lag. (Als Vater hatte Frau Kapen in der letzten Zeit ihren Gatten betrachtet.) Die Mutter kam Zypcio wie eine ältere Schwester vor, und als Schwester gewann er sie noch mehr und noch schmerzlicher lieb. Welch ein Glück! Er war voll von sich bis an den Rand, und dieser Moment war der glücklichste seines Lebens — woran er übrigens niemals wirklich glaubte. Er zerfloß ganz und gar (übrigens in harter Art) in einem bisher noch nie erlebten geistigen Komfort; wie in einem Fauteuil spreizte er sich in der Welt; er fühlte sich als jemand.

Ihnen entgegen kam die fünfzehnjährige Lilian, ein schönes Blondinchen mit dem etwas stupsigen Näschen der Kapens und den riesigen, dunkel umrandeten Augen der Mutter — das heißt, in diesem Moment waren diese Augen rot umrandet, klein, vom Weinen verschwollen. Sie allein hatte den alten Papa wirklich geliebt. Zu ihr war er stets gut gewesen wie ein heiliger Nikolaus. Auch sie wurde von Zypcio mit dem linken, freien Arm umfaßt, und so gingen sie zu dritt zur Leiche. Die Weiber schluchzten, er strahlte mit ungesunder, äußerlicher Kraft, die nicht aus wirklicher Macht und aus der Einheitlichkeit des Ich kam, sondern aus zufälligem Zusammentreffen einander entgegengesetzter Schübe von Schwäche — es war die Resultante der Gegensätze, doch gab sie sich den Anschein wirklicher geistiger Stärke, unter welcher der Körper so tat, als ginge er folgsam wie ein zugerittenes Pferd. Alles das waren Dummheiten, nicht wert, erwähnt zu werden. Doch in diesem Augenblick wußten weder Genezyp noch die beiden Weiber davon. Für die drei hatte dieser Zeitabschnitt beinah außerweltliches Gewicht. Sie traten plötzlich, irgendwie erschrocken, mit irgendeiner falschen Feierlichkeit in den Bewegungen, in das Zimmer ein, wo auf einem provisorischen, sozusagen häuslichen Katafalk die bereits gewaschenen und befrackten sterblichen Überreste des alten Kapen lagen. Niemals hatte Genezyp so stark die Macht seines Vaters empfunden wie in diesem Moment. Dem Leichnam waren die Hände mit Tüchern zusammengebunden — der Kiefer wurde durch einen weißen Lappen vorm Herabfallen bewahrt. Die Leiche schien ein ungeheuerlicher Titan zu sein, den man gefesselt hatte, ihn sogar nach dem Tode noch fürchtend. In den vom Tod zusammengedrückten Kiefern lauerte eine Macht, die imstande war, mit weichen Zähnen Granit- und sogar Porphyrbrocken zu Pulver zu zermahlen. Plötzlich zerriß ein schrecklicher, heftiger Schmerz die Eingeweide Genezyps. Als ob sie telepathisch diesen Zustand fühlten, sanken Mutter und Schwester stöhnend neben dem knienden Fräulein Ela auf die Knie. Genezyp stand erstarrt vor dem unverständlichen, un-er-träg-li-chen Schmerz.

Jetzt also war der einzige Freund von ihm gegangen, jetzt, da er ihn hätte kennen und schätzen lernen können. Warum verstand er erst jetzt den Vater als Freund? Er begriff jetzt seine Diskretion und Lebenskenntnis, die sich darin zeigte, daß er ihm seine Freundschaft nicht aufgedrängt hatte. Besser war diese gegenseitige Entferntheit als eine durch falsche Perspektiven verzerrte Freundschaft von Vater und Sohn. Der Sohn hätte den ersten Schritt tun müssen — warum hatte er ihn nicht getan? Mit einem Freund kann man im Falle einer Verzerrung des Verhältnisses jederzeit brechen — mit dem Vater ist das schwieriger. Darum war der Alte in seinem Sichäußern so vorsichtig gewesen. Er hatte sich etwas Derartiges anmerken lassen an jenem scheußlichen Morgen; doch Genezyp hatte das damals nicht erfüllt, er hatte den letzten Moment vor dem Tod vergeudet. Zu spät. Jetzt wird sich diese abgewiesene Freundschaft rächen und sich in eine Herrschaft über das Grab hinaus verwandeln — er wußte das bestimmt, dieser ›wie auf Hefe reifende (wachsende?)‹, mißratene Sohn. Daß aber auch nichts Angenehmes länger als fünf bis zehn Minuten andauern kann! Ihm fiel eines der Gemächtel mit der Fürstin ein — das war vor längerer Zeit gewesen, aber welch einen entsetzlichen Schmerz verursachte ihm jetzt diese Erinnerung! Er hatte den Eindruck, daß er niemals mehr diese Wollust empfinden werde — als Buße für die Schuld dem Vater gegenüber wollte er dieses Glöbnis tun. Aber das Vorbeidefilieren anderer ›Seelenzustände‹ hinderte ihn daran.

Er fühlte sich abscheulich einsam: als ob er an einem kalten und regnerischen Abend in einer verdächtigen Vorstadtgegend umherirrte, ohne ›den Kopf irgendwo hinlegen‹ zu können, inmitten fremder, ekelhafter, schmutziger und ihn hassender Menschen. Die ganze Welt war so, und so schienen ihm alle Menschen außer der Familie zu sein, inbegriffen die Fürstin, der Fürst Basil und Tengier. (Die Schulkollegen waren eine gestaltlose Masse, in der sich kein einzelner deutlich abzeichnete — außer vielleicht diese ›Verbotenen‹, die er eigentlich nicht kannte.) Plötzlich fiel er auf die Knie und brach in ein spasmisches, schluchzendes, kindliches Weinen aus — er schämte sich, heulte aber weiter — das war auch eine Form von Buße. Mit Erstaunen blickte die Mutter auf ihn (bisher war er so beherrscht gewesen), und sogar Lilian spürte, daß in diesem unproblematischen, ihr gut bekannten, brutalen Brüderchen, dem bisherigen künftigen Brauer, wie Papachen einer gewesen war (oh, wie hatte sie diesen für sie nicht recht verständlichen Schnauzbart geliebt!), sich jemand ganz anderer, Unbegreiflicher verbarg. Und einen Augenblick hatte sie die Empfindung (durch Analogie) — in noch ›nicht durchdachten‹, teigigen, sumpfigen, weiblichen, schweinischen Knäueln einer unterbegrifflichen Masse (die sich zwischen dem Herzen und der Schamgegend zu befinden schien) —, daß vielleicht auch in ihr sich jemand ihr selber Unbekannter verberge. Jemand anderer mußte etwas mit ihr machen, um in ihr dieses andere, wirklichere ›Sie‹ zu befreien — sie selber würde dazu unfähig sein. Aber wie? Von geschlechtlichen Beziehungen hatte sie noch keine Ahnung. Eine Pyramide der Wunderlichkeit, hart wie Eisenbeton, türmte sich irgendwo in einer anderen Dimension auf und fiel sogleich zusammen wie ein kaputtes, papierenes Spielzeug, hier, auf dem Fußboden dieses düsteren Zimmers. Lilian begann in diesem Augenblick den Bruder zu lieben, aber anders, irgendwie seltsam, von weitem, wie von jenseits der unüberschreitbaren Grenze riesiger, unzugänglicher Berge. Das war so schrecklich traurig, daß sie von neuem in Weinen ausbrach, doch in ein *anderes* Weinen (nicht in dies ›nachväterliche‹) — wie ein in eine andere Geschwindigkeit umgeschalteter Motor. Dies zweite Weinen war besser. In Frau Kapen aber, unter dem Einfluß von Zypcios beschützerischer Umarmung, begannen sonderbare Wandlungen vor sich zu gehen mit einer — man weiß aber nicht, wen — erschreckenden Schnelligkeit. Jetzt weinte sie schon — nach drei Minuten der Umarmung — im stillen Glück der Erlösung, mit tiefer Dankbarkeit an ihren Gatten denkend, weil er sie noch so verhältnismäßig zur rechten Zeit verlassen hatte. So dankbar war sie ihm, daß sie fast schon wünschte, er möge leben — doch leider war darin eine un-über-windliche Widersprüchlichkeit. Ein neues Leben tat sich auf — diesmal ein wirklich neues und nicht das, welches sie so oft schon erfolglos innerhalb des alten begonnen hatte. Ein jeder von ihnen dreien hatte etwas durch den Tod des klugen Schnauzbartes gewonnen, ganz abgesehen vom Vermögen. Und alle liebten ihn nun noch mehr, ein jeder proportional zu seinem Ausgangspunkt.

Information: Da traf sie ein fürchterlicher Schlag — obwohl das für Zypcio vielleicht besser war, vielleicht würde er so noch schneller ... Doch davon später. Als nach dem durchaus normalen Begräbnis das Testament eröffnet wurde, erwies sich, daß der alte Kapen seine Fabrik in eine Arbeiter-Kooperative verwandelt und alles Kapital der dahinsterbenden PSP (Polnische Sozialistische Partei) zu Propagandazwecken vermacht hatte — keineswegs der Gesellschaft für Nationale Befreiung, deren Mitglied er war. Die Familie erhielt eine geringe Rente, die sie gerade vor dem Hungertod bewahrte. Alle Versuche, das Testament anzufechten, wurden im Keime erstickt durch den unangreifbaren und unumstößlichen Befund Professor Bechmetjews: Der Alte war normal und ist in geistiger Klarheit gestorben — die Sklerose hatte lediglich die Bewegungszentren angegriffen. Es folgten phantastische Tage. Zypcios Mutter raste vor Verzweiflung — das neue Leben hatte einen gewaltigen Keulenschlag von jenseits des Grabes erhalten. Lilian, diese gute, schöne, präraffaelitische Liana, der Liebling des Vaters, begann das vielgeliebte ›Papachen‹ derart zu hassen, daß sogar Genezyp, der nun für sie der einzige Jemand auf der Welt geworden war, sie nicht zu überzeugen vermochte, daß es häßlich, ja *wirklich abstoßend* wäre, so über den Verstorbenen zu fluchen. Sie entwickelte sich so rasch, daß bald alle mit ihr wie mit einer erwachsenen Person zu sprechen und mit ihrer Meinung zu rechnen begannen. Genezyp verbrachte diese sonderbaren Tage und Nächte mit kühnsten Ausflügen in die Gebiete des verbotenen Wissens über das Leben. Er spaltete sich immer deutlicher von unten her, trotz des wachsenden Empfindens äußerlicher Homogenität. Er herrschte über die Verschiedenheit seiner Gefühle — für die Mutter, die Schwester, die Fürstin und den Großen Toten, der ihm riesenhaft wurde bei dem Gedanken allgegenwärtiger, außerweltlicher Macht — er identifizierte ihn mit dem früheren, ›nicht ganz geglaubten‹ kindlichen Gott. Diese Gedanken, die rings um den ›Abend des Lebensumbruchs‹ kreisten, bremste Genezyp nicht; aber sie beruhigten sich von selber, indem sie sich auf die schon bekannten und langweiligen Hügel der Wirklichkeit niederließen wie Schwärme von Raben bei einem Frühlingssonnen-untergang. Allmählich verwandelte er sich, dieser bisher Halb-kindliche, in einen reinen, willenlosen Beobachter — er war so in sich ›Genezyp‹ wie im Theater — ein köstlicher Zustand war das, wäre nicht das Bewußtsein seines unvermeidlichen Endes gewesen. Die Notwendigkeit eines Entschlusses zwang sich immer drängen-der auf. War er doch das Haupt der Familie, verantwortlich für ihrer aller Leben — vor wem? vor dem verstorbenen Vater? — wohin man sich auch wandte, überall ist dies Gespenst mit seinen geheimen Befehlen... Welche der beiden in ihm kämpfenden Personen sollte beschließen? Das war das wichtigste. Der eine war dies — metaphysisch *tout court* — lebensdurstige Vieh, das, nach-dem es vom ersten besten Quell genossen hatte, saufen möchte, wie ihm schien, ohne Ende (alles machte den Eindruck von etwas Bodenlosem); der andere war der einst artige Knabe, der dies Leben mit Qual und Mühe ganz bewußt schaffen, schmieden und bauen mußte, doch nicht recht wußte, wie und woraus. Schreck-liche Nächte mit der Fürstin, während derer er die endlose Eskala-tion der Genüsse und die metaphysische Ungeheuerlichkeit ge-schlechtlicher Dinge vertiefte, und nächtliche Spaziergänge, die ihn von der Wirklichkeit absonderten und ihn (übrigens resultatlos) immer wieder zu jenem Tag des Umbruchs zurückführten (ach, wenn man — einmal nur — in der Zeit zurückgehen könnte... jenes Überbewußtsein mit diesem Wissen verbinden! Leider erhält man nichts umsonst, für dieses Wissen mußte man mit der Er-niedrigung des damaligen Höhenfluges der Kindheit bezahlen). Dies waren zwei Pole. Alles, was sich mit ihm tat, verbarg er sorgfältig vor den Menschen. Man bewunderte seine Erwachsen-heit, sein kühles und gerechtes Urteil in Sachen des väterlichen Testaments. (Papa hatte gewußt, daß Zypcio als Brauer nicht haushalten und nicht genug Entschlußkraft haben würde, um mit der Sache allein fertig zu werden — daraus hätte nur ein fauler Kompromiß entstehen können —, er hatte *dies* wenigstens für den geliebten Sohn tun wollen.) Die Fabrik wurde vor seinen Augen von irgendwelchen Herren aufgeteilt, die mit sehr unsicheren Mienen aus der Hauptstadt gekommen waren. Die Familie des Verstorbenen hatte hier nichts zu schaffen: Man mußte diesen hoffnungslosen Winkel räumen, in dem man wohl im Zustand der Macht inmitten von Reichtümern hätte existieren können, nicht aber in Armut. Möglichkeiten gab es keine.

Tengier zog sich von Genezyp völlig zurück. Er empfing ihn ein paarmal nicht, und als er ihm zufällig begegnete, erklärte er, er sei gerade ›inspiriert‹, und verabschiedete sich schnell, fast ungehörig schnell von ihm. Das war an einem luftigen, wolkigen, fast frühlingshaften Tag. Und wieder machte die Gestalt des auf dem Hintergrund der windgefegten Landschaft sich entfernenden musikgesättigten, allwissenden Buckligen auf Genezyp erneut einen düsteren Eindruck: als ob irgendein besseres Teilchen (etwas nicht Zwiegespaltenes — trotz der vorhergegangenen Schweinereien) für immer von ihm ginge in Gestalt dieses haarigen, gewaltigen Ungeheuerleins aus anderen Welten. Der einzige ›Hort‹ für den unglückseligen aktiven Dualisten war die Fürstin, an die er sich, unabhängig von riesigen Fortschritten auf dem Gebiet reiner Erotologie, anzuschließen begann wie an eine zweite Mutter, nicht von dieser Welt. Doch zugleich damit erschienen auch — allerdings kleine und seltene — Symptome einer gewissen erotischen, beinahe unterbewußten Verachtung. Irina Wsjewolodowna erkannte das natürlich klar und litt und wütete immer mehr in unüberwundenen Widersprüchlichkeiten: Auf den Trümmern dieses Körpers kämpfte wirkliche Liebe zum letztenmal mit dem einstigen Dämon der Jugend. Die Annäherung Zypcios an die Fürstin wurde begünstigt durch die plötzliche Demaskierung der engsten Familie, dem Zeigen der ihm ekelhaften geistigen Eigenschaften — in Verbindung mit dem Verlust des Vermögens und dem Verhältnis zum verstorbenen Vater. Sie wenigstens war frei von materieller Engherzigkeit, sie hatte etwas von breiter Grenzenlosigkeit in sich, etwas wie den Hauch mongolischer Wüsten, aus denen ihre Vorfahren stammten, die Nachkommen von Dschingis-Khan.

Aber das alles spielte sich ab wie nicht auf dieser Welt, wie irgendwo weit in der Ferne, hinter einer geheimnisvollen Trennwand, die aber in ihm selber war und nicht in der äußeren Wirklichkeit. Er war nicht er selber in dem allen. Mit Staunen fragte er sich: ›Wie denn — also ich bin das, und dies ist mein einziges Leben? So eben entfließt es und nicht anders, inmitten einer Milliarde von Möglichkeiten? Und nie, niemals anders? O Gott!‹ Er versank in eine abgründige Höhle, ein unterirdisches Gefängnis, wo der trockene, würgende Schmerz des ›So-Seins‹ (und nicht des ›Anders-Seins‹) herrschte. Und es gab keinen Ausweg. ›Das Leben ist wie eine Wunde, die man nur mit Wollust anfüllen kann‹ — etwas in der Art hatte ihm jene Hexe mehrmals gesagt, mit eben diesen Worten, die schrecklich waren wie Liebkosungen, und mit Liebkosungen, die schrecklicher waren als die schlimmsten Worte und in ihm diese entsetzliche körperliche Aufklärung türmten über die Ungeheuerlichkeit der Welt in schmerzlicher, unersättlicher Lust. Ja, nur dieses eine: sich selber seiner eigenen Viehischkeit bewußt werden — und darin verrecken. Ein schönes Ideal! Dazu nur dienten ihm der Intellekt und die Gedärme. Aber für manche wird gerade dieser einfache Weg, auf dem sie ihrer eigenen Verworrenheit zu entfliehen streben, zu einem ausweglosen Labyrinth in der fremden Wüste des Lebens. Die Welt schrumpfte zusammen zu einem Fetzchen Gefängnis, das eine lebendige Endlosigkeit sein konnte (Weite als Form der Begrenzung! — begehrte dieser Kleine nicht zuviel Freiheit?), und innen wuchs etwas Namenloses, Trächtiges und *Unveränderliches* (das tote Gesicht der ›berüchtigten Leiche‹ aus einem Traum), etwas, das fatal war wie die den Lauf verlassende Kugel, etwas in seinen unerschütterlichen Funktionen Systematisches wie eine Rotationsmaschine. Zypcio fühlte, daß er sich jetzt geformt hatte, kristallisiert in einem gewissen System, und daß alles, was fernerhin geschehen würde (auch die wildesten Sachen), eine Funktion des in dieser Zeit übrigens ganz unwillkürlich gewonnenen Verhältnisses zum Leben wäre. Er hätte dies Verhältnis begrifflich nicht umreißen können. Aber er fühlte es im Schauen auf vorüberziehende Wolken, im Geschmack irgendeiner Frucht, in der Art des Durchlebens entsetzlicher Augenblicke zerreißender Widersprüche, wenn in ihm zwei Gefühle für die Fürstin kämpften, die zwiegespalten war in eine wilde Buhlerin und in eine Pseudomutter.

In ihr ging ebenfalls ein Kampf vor sich, und zwar in völliger Entsprechung zu den Seelenzuständen des Geliebten (des ›Liebhaberchens‹ oder Annehmlings). Anfangs gab sie sich völlig einer ›mütterlichen Rührseligkeit‹ hin (welch eine Scheußlichkeit!). Sie brachte ihm bei, sich selber zu genießen und die winzige, armselige, kitzelhafte elementare Annehmlichkeit bis zu den Grenzen metaphysischen Schmerzes und der außerweltlichen Düsterkeit extremer Erscheinungen zu potenzieren, jenseits derer nur noch der Tod war, der einzige Erlöser aus allzu Tiefem. Doch zu schnell und ungestüm drängte Genezyp in die Zukunft, und obwohl er sich nicht genaue Rechenschaft darüber gab, fühlte sie an seiner Statt in manchen seiner Bewegungen, Blicken und unabsichtlich grausamen Äußerungen lauernd subogene verborgene Blasiertheit und Übersättigung. Scampi und der alte Fürst warnten sie oft vor den Gefahren dieser letzten Liebe und redeten ihr zu ihrem (und auch zu Genezyps) Wohl zu, zu dem System eines leichteren Dämonismus überzugehen. Wie liebten sie doch beide dies Ungeheuer, diesen ›nicht zustande gekommenen Brauburschen‹, wie Genezyp im Palais Ticonderoga genannt wurde. Lange Stunden verbrachte die Fürstin in nachdenklichen Betrachtungen, bis sie sich endlich — im Namen höherer Ziele — zu einem Kompromiß entschloß: die Gefühle Zypcios in ihrer ursprünglichen Spannung zu erhalten und aus ihm einen ›Menschen‹ (?) zu machen nach den in ihrem Hause herrschenden Begriffen, das heißt: zu einer ideenlosen Kanaille, einem gesellschaftlichen Schmarotzer mit einer maximalen Anzahl von Saugnäpfen, einem ametaphysischen Genießer, mit einem Wort — zu einer Schweinerei. Sie stellte fest, daß sie selber unglücklich war durch ein Übermaß von verheimlichtem Mystizismus, während sie Derartiges bei ihren Söhnen erbarmungslos bekämpfte. Als Pseudomama würde sie nichts erreichen, würde lediglich eine Verlassene sein, verurteilt, in Verzweiflung zu verfaulen, in eitrigen Absonderungen verletzten Ehrgeizes. Mit diesem wunderschönen Bubi ging die einstige Welt zu Ende — davon war sie überzeugt.

Genezyp wußte nicht, was Verrat und Eifersucht ist. Das waren für ihn fast jeder Bedeutung bare Worte. Wenn ihn aber zeitweilig die Macht dieses Weibes über seine inneren Materialien entsetzte, das Übergewicht ihrer — wenn auch nur rein nervlichen — Kräfte und ihrer Erfahrung, so fand er Trost und Stütze, indem er sich eine solche Wahrheit vergegenwärtigte: ›Und trotzdem ist sie alt.‹ (Das war niederträchtig, und *dies* ahnte nicht einmal Irina Wsjewolodowna. Überhaupt kennen die Weiber — sogar die klügsten und schlimmsten — nicht alle Verteidigungsmittel der Männer, und kein Rechtschaffener, der zum Block der Männer gehört, wird sie enthüllen.) Genezyp konnte sich das auf zweierlei Weise erklären, je nachdem, ob er im gegebenen Moment im Zustand der Macht oder der Schwäche war. Als zweite Möglichkeit sagte er sich: ›Dennoch ist sie noch recht jung, jedenfalls hält sie sich ausgezeichnet‹ — wenn er nach gründlicher Sättigung eine gewisse Demütigung empfand wegen ihres Alters, besonders am Morgen beim Frühstückskaffee in dem prunkvollen einstigen Ehebett der Ticonderogas. Das waren freilich unedle Gedanken, und Zypcio hätte sie lieber gar nicht gehabt. Doch da war nichts zu machen, es war die Wirkung einer ›unbeabsichtigten, ursprünglichen Fügung der Dinge‹ — niemand kann etwas dagegen tun. (Nur um Gottes willen diese Theorie nicht publikmachen, sonst würde sich niemand mit niemandem dagegen wehren.) Und schon liebäugelte er, ungeschickt und recht lächerlich (es war seltsam, daß ›jenes‹ ihn Weibern gegenüber nicht kühner gemacht hatte — er war spezialisiert), mit Susi, der hübschen Zofe der Fürstin. Das war eben das Symbol dieses weiteren Lebens, zu welchem die gegenwärtigen Begebenheiten nur eine Vorstufe sein sollten. So dachte er jetzt — er hatte Zeit, aber sie . . .? Ach, wer, der dies nicht kennt, kann die Schrecklichkeit der fruchtlos dahinfliehenden ›geschlechtlichen Zeit‹ beurteilen, wenn es darüber hinaus nichts mehr gibt?! Sie sah das alles, besser als er, mit der Deutlichkeit einer Meskalin-Vision, und litt bisweilen bis zum Aufstöhnen und ›Muhen‹ darunter. Es gab keinen Rat (wie für jene Soldaten, welche die russische Revolution machten: entweder an der Front fallen oder um die Freiheit kämpfen — Gras, fahre dahin! — alles ist eins), man mußte ein heroisches Mittel versuchen: entweder ihn für ein Jahr, vielleicht für zwei Jahre gewinnen — oder ihn für immer verlieren. Man mußte etwas riskieren. Und doch hätte sie lieber nicht mehr in diesem Unrat von drittklassigem Dämonismus geschmuddelt, und er wäre ihr teurer gewesen ohne dieses Liebkosen im Dreck geschlechtlichen Leidens. ›Willst du nicht dorthin drängen, wie's sich gehört, nein? — dann wird es dir noch schlechter ergehen. Du wirst immerfort daran denken müssen und wirst nicht nur den Körper besudeln, sondern auch die Seele — ganz wirst du dort in Gedanken sein, mit deinem stolzen männlichen Gehirnchen — ha, du wirst sehen, wie angenehm das ist‹, so dachte die arme Irina Wsjewolodowna, ihre herrlichen Schenkel reckend in ungesunder Erregung, die an Fieber grenzte. Immer schwieriger wurde es mit Gegengiften, vor allem zu dieser Zeit auf dem Lande: Tengier wäre imstande, sie ihm zu verekeln — Toldzio — den konnte man immer benützen wegen seiner perversen Neigung zu älteren Damen. Ach, wie peinlich — also schon... Derart war das äußere Gerüst der Gewöhnlichkeit dieser ganzen scheußlichen Geschichte. Entsetzlich ist der Einblick in die Kulissentechnik des Theaters der sogenannten Liebe. Denn ideale Ehen, Paare von Sarkophagen oder von Altären, aufrechte Charaktere verhüllen meistens eine schmutzige ›Hinterküche‹, in welcher ein schamloser Teufel seinen Zaubertrank zubereitet gegen das hoffnungslose Elend des Daseins oder auch ein das Leben deformierendes Narkotikum braut: falsche Tugend. Brrr... Auf diesem Gerüst gediehen nur geringe Subtilitäten von Gefühl, die aber in der Zukunft ausschlaggebend werden sollten, die zerfallenden, von Grund auf vergifteten Gehirne hinabziehend in Abgründe unbewußter Verbrechen. Wie scheußlich ist doch die Dialektik der Gefühle, und wie abscheulich impliziert sie technische Mittel des Handelns! Doch ohne dieses? Was? Kurzschluß völligen Unsinns und Tod. Gut war das in diluvialen Höhlen, aber nicht heute. Und mit derlei Dingen konnten sich Menschen ›höherer Schichten‹ befassen, da sich von jenseits des Horizonts der Bestimmungen der Menschheit ungeheuerliche symbolische Visionen künftiger Zeiten erhoben. Nur einige sahen dies, tranken, aßen und betasteten einander ebenfalls und amüsierten sich in den

Pausen — sogar die größten Männer der Tat, diese vielleicht noch mehr, denn sie mußten ja doch ›wenigstens etwas‹ ausruhen nach den schrecklichen Anspannungen der täglichen Arbeit. Und die Masse der Gewöhnlichen sieht es nicht gern, wenn zum Beispiel ein Initiator der Revolution ein Mädchen hat (hat er eine Ehefrau, mit der er sich quält, so ist alles gut). Die Esel verstehen nicht, daß auch er sich amüsieren muß, um sich dann mit Begeisterung auf dem Leibe der Geschichte zu wälzen und mit seinem Gehirn wie mit einem Rüssel der Zukunft Wege zu wühlen: ›Oh — *qu'est-ce qu'on ne fait pas pour une dupe polonaise!*‹ wie der alte Lebac sagte. Oder wie einst, sich dumm stellend, der verstorbene Schalk Jan Lechoń fragte: ›Und wie denn ist ein anderes Leben, wenn nicht ein geschlechtliches?‹

Wegen der Unentschlossenheit, in die Hauptstadt zu fahren, nahte ›langsam‹ der Tag, an dem sich wieder die ganze Zukunft aufhäufen sollte — doch in welcher Abwandlung der Geschicke! Wie eine Regenbogenfliege, die dicht an einer klebrigen Spinnwebe kreist, lebte Genezyp — sorglos, der nahen Gefahren nicht bewußt, stolz auf den Sieg über ein *solches* (!) Ungeheuer. Er war wie ein von raschem Erfolg berauschter junger Anführer, der vergessen hat, Nachtwachen aufzustellen. Und immer mehr, freilich ihm nicht bewußt, schwand in ihm der einstige zarte, gute Knabe, zugleich mit dem schwindenden Schnee auf den sonnigen Ludzimiersker Beskiden-Höhen. Und eines Nachmittags (an einem solchen trostlosen Nachmittag, wo es nichts gibt und nichts geben kann, höchstens noch diesen letzten, kommenden Abend, den man in Alkohol ersäufen muß, und dann Schluß) begann Genezyp trotz des früheren Widerwillens, von der Arbeit der von ihm beklagten Arbeiter zu leben, nun, da er alles verloren hatte, gegen seinen Vater bewußt Groll zu empfinden (der sich irgendwo in der Tiefe seit langem verborgen gehalten hatte), weil er ihn noch so kurz vor seinem Tode derart zugerichtet hatte. Aber der alte Kapen hatte seinen Sohn tief geliebt und hatte gewußt, was er tat: Er war sich klar über die Kurzlebigkeit dessen, was ist, und zog es vor, Zypcio zu ersparen, die Güter in einer Revolution zu verlieren. Auf diese Weise räumte er ihm einen ganzen Haufen von allerscheußlichsten Gefahren aus dem Weg und bewahrte ihn vor einer gesellschaftlichen Erbitterung, die jegliche Tätigkeit lähmt. Es gab nirgends mehr (nirgends auf der Welt? — was für eine seltsame Sache!) Banken, in denen man Reservekapital hätte plazieren können. Es sei denn in Rußland. — Doch Kapen glaubte im Grunde der Seele an die unüberwindliche Macht der chinesischen Mauer; vielleicht irrte er hinsichtlich des Zeitpunkts der Eroberung, sogar trotz der letzten Nachrichten — aber grundsätzlich war seine Intuition richtig. Obwohl er, wie übrigens alle, Kocmoluchowicz' Idee nicht kannte, fühlte er wie sonst niemand, daß dort, in dem schwarzen Kopf dieses Wahnsinnigen, Unberechenbaren, der Nabel der gegenwärtigen Situation verborgen war, und zwar nicht nur für ihn, sondern für die ganze Welt. Noch unmittelbar vor seinem Tod (in dem Augenblick, in dem dieses Stierlein mit solcher Mühe die Unschuld verlor) schrieb er mit kraftlos werdender Hand an den Quartiermeister einen Brief, den Sohn seiner Obhut empfehlend.

›. . . Es wird sich ja bei Dir die Stelle eines Adjutanten finden. Und ich will, daß Zypcio, wenn der Kessel zu sieden beginnt, im Zentrum selber ist. Der Tod ist nicht so schrecklich — schlimmer ist das Entferntsein von großen Dingen, besonders wenn es vielleicht schon die letzten sind. Er ist mutig, und ich habe ihm die Hosen strammgezogen im Leben, habe dabei sogar etwas wie Haß seinerseits riskiert. Und das ist das einzige Etwas — ich glaube nicht an Persönlichkeit nach der Art amerikanischer Psychologen, diese neuen Glaubenslehren sind für Dummköpfe, um sie bei der Stange zu halten —, das einzige Etwas, wiederhole ich, das ich, außer Bier natürlich, liebte. Denn leider hat mich Dein ehemaliges Ideal, meine Frau, trotz des Altersunterschieds geistig nicht befriedigt. Bedauere das also nicht, und habe gegen mich keine Ressentiments. Zypcio könnte ganz gut Dein Sohn sein.‹

(Der Alte wußte gut, daß Kocmoluchowicz das einzig mögliche Zentrum eines Kessels war — wenn nicht er, dann wohl niemand —, und eine persönlichkeitslose Vereinigung mit den Chinesen wäre eine Schande.)

›Wenn es unter uns niemanden gibt, der uns repräsentiert, nicht einmal in einer solchen Schweinerei, so werden wir zu einem Haufen Vieh, unwürdig sogar einer kommunistischen Organisation. Du bist der einzige – ich sage Dir das ohne Kompromiß, denn ich verrecke, wenn nicht heute, dann morgen. Du hast es verstanden, ein Geheimnis zu bleiben, sogar für mich.‹

(Kocmoluchowicz lachte wild auf an dieser Stelle. Und was war denn für ihn dieser alte Kapen? – ein verfaulter Sack, der schleunigst von Deck ins Meer versenkt gehörte. Dennoch mochte er ihn gern, und beim Lesen dieses Gekritzels machte er sich einen Knoten ins Hirn bezüglich Zypcios.)

›Schreckliche Spannungen von Einsamkeit verstehst Du zu ertragen, Erasmelein – Ehre sei Dir dafür und Ruhm, und dreifaches Wehe Deinem Volk, weil man nie weiß, was Du in der nächsten Minute tun wirst: Du, und hinter Dir eine Bande der verfluchtesten Kerle, die es gegenwärtig auf der Erde gibt – *You damned next-moment-man*. Leb wohl, Dein alter Zyp.‹

So hatte Kapen an ›Erasmelein Kocmoluchowicz‹ geschrieben, den ehemaligen Stallburschen der Grafen Chraposkrzecki, deren Wappen Froschlaich und Pferdenüstern trug. Waren dies nicht Symbole für das Leben des Generalquartiermeisters? Geboren aus dem namenlosen Laich der untersten Schichten der Menschheit, war er durch das Pferd (und seine Nüstern, natürlich) zu jemandem geworden, und zwar nicht zu irgend jemandem. Und doch war es einmal schrecklich für den ›alten Zyp‹ gewesen, sein Volk in einem solchen Zustand zu sehen, daß es sich wie ein einziger Block von Mittelmäßigkeit an einen einzigen Menschen anlehnen konnte. Und wenn auf einmal eine Blinddarmentzündung oder Scharlach...? Was dann? War es doch schon einmal so mit Pilsudski gewesen. Was uns damals gerettet hatte, war eben dies Gleichgewicht der Mittelmäßigkeiten. Damit rechnete man auch jetzt. Die Menschen verstanden keine Schlüsse zu ziehen aus den Ereignissen und spielten nur mit Analogien – ähnlich wie jene russischen Patrioten, die, indem sie die Revolution von 1917 mit der großen französischen identifizierten, auf Kriegsbegeisterung bei den Massen hofften. Dieser ungeheuerliche Mangel an Menschen und die Unfähigkeit, die wenigen zu nützen, die sich ›kaum‹ auf den entsprechenden Stellungen hielten — das waren ausgesprochen polnische Spezialitäten in diesen Zeiten. Dieser ganze Aufwand für die Organisation der Arbeit war etwas Lächerliches — alles hielt sich nur dadurch, ›daß wir nichts sind‹, wie später (aber wonach, wonach?) ein gewisser Herr sagte. Anstatt zu sagen: ›Polen hält sich durch Ordnungslosigkeit‹, sagte man jetzt, daß es sich ›durch Mangel an großen Menschen hält‹ — andere behaupteten, daß es sich überhaupt nicht halte, wieder andere, es sei nicht ausgeschlossen, daß Kocmoluchowicz, in andere Verhältnisse übertragen, ebenfalls nichts oder niemand wäre. Hier, vor der grauen Masse von Büffet-, Restaurant-, Boudoir-, Bordell-, Schlafwagen-, Auto- und Flugzeug-Männern der Tat, war er zu einem Stern erster Größe angewachsen, zu einem riesigen Brillanten auf dem trüben Misthaufen der Persönlichkeiten. Aber vielleicht war er faktisch ein Großer, nicht nur gemessen an den Gleichrangigen seiner Gemeinschaft — ein Großer im Verhältnis zu dieser Pest der Welt, die uns — uns Polen! — imponieren wollte! Was für eine Frechheit! Und obgleich der alte Kapen ihm manchmal schüchtern seine Ideen suggerierte (Einführung eines *wirklichen* Faschismus), schwieg der Quartiermeister wie ein toter Fisch und wartete — er vermochte zu warten, verdammt! Darin lag die Hälfte seiner Stärke. Und die Fähigkeit, seine Meinung in scheinbar höchst offenen Gesprächen zu verbergen, war bei ihm zu einer unerhörten Vollkommenheit entwickelt. Die durch die Gesellschaft für Nationale Befreiung geschaffene Pseudoorganisation wollte er im gegebenen Augenblick für sich und für seine — ihm selber geheimnisvollen — Ziele benützen. Er träumte bereits von einem höllischen Ausfall gegen die gelben Sieger mit der grauen, kristallischen Masse seiner mechanisierten Armee — er, der einzige große Stratege (er lachte sich über diese chinesischen Novitäten ins Fäustchen, sie offiziell als bedrohlich anerkennend, um sein Prestige nicht zu schwächen), ein Herr, von Bauern abstammend, ohne Beispiel seit Ägypten (denn hatte es jemals auf der Welt ein ähnliches Abenteuer wie dieses gegeben und einen ebensolchen Menschen wie ihn? — *mysterious man in a mysterious place*), ein armseliger Generalquartiermeister. Doch im Grunde seiner wie ein von der

Kette gelassener Hund lustiger Seele schlummerte immer *Unerwartetes* — derart Höllisches, daß er fürchtete, daran zu denken — auch in quälenden Momenten, in Hellsichtigkeiten, in denen es schien, daß er endlos geradezu mitten auf den Nabel des Weltalls scheiße. Er durchlöcherte mit schrecklichen, vor Entsetzen bleichen Gedanken die Zukunft wie ein Strandgeschütz mit riesigen Granaten ein Panzerschiff. Doch niemals gelangte er bis auf den Boden seines Schicksals. Ob der Faschismus oder der Bolschewismus oder auch er selber nicht eigentlich, tatsächlich verrückt seien — das waren wohl die schlimmsten Fragen des Quartiermeisters. Die unmittelbaren Daten überragten seine Fähigkeiten zu ihrer Analyse. Davon wußte niemand außer ihm — er hatte den zusätzlichen Ruf, die Verkörperung des Selbstbewußtseins zu sein. Wenn ihn das ganze Land so hätte sehen können, plötzlich *kollektiv* so sehen — vielleicht wäre es vor Grausen erschauert und hätte ihn von sich abgeschüttelt wie einen ungeheuerlichen Polypen und auf den Grund der Hölle geworfen, wo gewiß verschiedene Anführer der Menschheit in Qualen leiden. Wenn er selber seinen eigenen allgemeinen Ruf hätte wahrnehmen können, integriert in einer satanischen, unendlichen Rechnung — ha, er wäre wohl von seinem schon etwas erhitzten ›Roß‹ der Unberechenbarkeit gefallen in eine allergewöhnlichste Gossen-Schlangenreihe durchschnittlicher Subalterner. Zum Glück war es dunkel ringsum, und diese Dunkelheit begünstigte die Entwicklung des unbewußten, inneren Ungeheuers, das da lauerte, lauerte, lauerte, bis zuletzt . . . hops! — und aus mit der Komödie und Parade: Denn nach dieser Tat wird alles zu klein sein. Er träumte von einer Überschlacht, von etwas, was die Welt noch nicht gesehen hatte. Mit gesellschaftlichen Details befaßte er sich niemals — im Gegensatz zu militärischen, von denen er den Kopf voll hatte wie eine Sardinenbüchse —, er war besorgt um seinen rein persönlichen Zauber, daran durfte es nie fehlen. Seine Legende wuchs, doch verstand er, sie in Zaum und in Unumrissenheit zu halten. Eine vorzeitig in der Spannung übertriebene und allzu präzisierte Legende ist die schlimmste Kugel am Bein für einen Staatsmann mit Zukunft. Er hat dann ständig dies Problem wie ein Künstler das Problem mit dem Erfolg — wie hier die Linie nicht verlieren, auf der man Erfolg gefunden hat! Und dann beginnt man sich zu wiederholen in immer blasseren Abbildern, anstatt neue Wege zu suchen, man verliert die Freiheit und die Inspiration und geht rasch zu Ende — außer, man ist ein wirklicher Titan. Dann ist das freilich etwas ganz anderes. Alle wußten, daß Kocmoluchowicz gegebenenfalls ›zeigen wird, was er kann‹, doch was er außer der Organisierung der Armee und der Ausführung kleinerer strategischer Ideen konnte — das wußte niemand. Auf den Brief des alten Kapen reagierte er mit der Anordnung, Genezyp eine Einberufung zur Offiziersschule in der Bezirkshauptstadt K. zuzustellen. Weiter dachte er allerdings keinen Augenblick daran.

Die Einberufung kam gerade an dem Tag, den die Fürstin sich zur Probe ausgesucht hatte; doch sie kam, als Genezyp bereits das Haus verlassen hatte (man hatte ihnen nach dem Willen des Alten drei Zimmer im Hinterhaus belassen). Die Baronin und ihr erster Liebhaber (nun ja, denn fünf Tage nach dem Begräbnis war alles schon erledigt), einer der beiden staatlichen Aufsichtskommissare über die Fabrik, Józef Michalski, saßen gerade in ihrem (der Baronin) sauberen, getünchten und warmen Stübchen aneinander-geschmiegt wie ›ein Paar Täubchen‹, als ›der betagte Briefträger, bis an die Knie mit Rauhreif bedeckt‹, vor ihnen mit Hochachtung das wichtige Dokument niederlegte, auf dessen Umschlag gestem-pelt stand: ›Der Chef des Kabinetts des Generalquartiermeisters‹. Die größten Würdenträger überlief ein Schauder beim Anblick dieses Stempels, um wieviel mehr also Michalski. Er bekam gera-dezu Zuckungen und mußte für eine Weile hinausgehen. Die Baronin verfiel in befreiendes, breites Schluchzen — sie war von der Pranke des Schicksals berührt: ihr Zypcio als Offizier an der Seite ihres früheren Verehrers (dem sie vierzehnjährig, als er noch junger Dragoner-Kornett war, einen Korb gegeben hatte), dieser *Kotzmoloukhowitch le Grand*, wie Lebac mit einem geheimnis-vollen Lächeln sagte. (In dem Dokument war schon ›vorbestimmt‹, daß Zypcio nach Beendigung der Offiziersschule eine zusätzliche Schulung zum Adjutanten durchmachen sollte, um dann dem persönlichen Stab des Quartiermeisters als *aide-de-camp à la suite* zugeteilt zu werden.) In drei Tagen sollte sich Zypcio in der Hauptstadt K. melden. Mit seiner Einberufung war eine kleine Rente für die Familie verbunden, und Frau Kapen, die nicht an die dem Sohn drohenden Gefahren dachte (wenn schon nicht an die eines Krieges, so doch wenigstens zum Beispiel an die eines Fußtritts vom Chef in den Bauch — daran sollte einer der Adjutanten, der junge Graf Koniecpolski, gestorben sein, nach den von der ›Gesellschaft‹ in Umlauf gebrachten Gerüchten), freute sich über die Maßen. Mit um so größerer Wut gab sie sich sogleich Józef Michalski hin, der, als langjähriger Witwer und als eine überhaupt nicht an wirklich große Damen gewohnte Person, in Ludzimierz von einer an Wahnsinn grenzenden Tollheit ergriffen wurde. Seine Manneskraft, potenziert durch den nun genährten, lange Zeit unterdrückten Snobismus, erreichte erschreckende Ausmaße. Sie aber durchlebte eine zweite Jugend in der Liebe und vergaß allmählich die materielle Niederlage und das Problem der Kinder. ›Sich verkriechen‹ in einem kleinen Winkel, wenn auch nur unter die Bettdecke, wenn auch nur mit ihm — wenn es nur ein bißchen ›gut‹ tun würde: das war zeitweilig ihr einziger Traum. Jetzt erst verstand sie, welch schreckliche Periode von Qualen sie durchlebt hatte. Ein Glück, daß sie sich damals dessen nicht bewußt geworden war — ein wahres Glück! Als wäre sie aus einem ungeheizten Zimmer ohne Möbel, in dem sie fünfzehn Jahre hindurch gewohnt hatte (seit Lilians Geburt), plötzlich in warme Daunen gefallen, die außerdem von noch wärmeren, stählernen Umarmungen wimmelten. Denn Michalski war trotz seiner dreiundvierzig Jahre und seiner Glupschaugen wie ein Stier — *au moral et au physique*, wie er von sich sagte — und obendrein war er ein leicht megalosplanchischer Blondstier. Sie machten das so heimlich, daß niemand (nicht einmal Lilian) ihr Verhältnis erriet. Und es war ein Verhältnis in der ganzen Bedeutung dieses Wortes, wie aus einem tödlich langweiligen, gelben französischen Buch. Die Ähnlichkeit ihrer Situationen verursachte über die entfesselten Sinne hinaus etwas von der Art eines wirklichen Einvernehmens. Michalski war physisch sauber, und außer kleinen Unvollkommenheiten in seinen Manieren (allzu jovial-wuchernden), beim Essen (er legte das

Besteck unkorrekt hin nach beendetem Fressen) und in der Kleidung (schwarzer Anzug und gelbe Schuhe), die Frau Kapen mit dem ihr angeborenen Takt bald vervollkommnete, hätte man ihm nichts vorwerfen können, es sei denn, daß er — Michalski war. Doch auch diese peinliche Dissonanz verwischte sich rasch in der lebenshungrigen Seele der Baronin. Die Vorfahren drehten sich irgendwo in den Familiengräbern in Ostgalizien um, doch was konnte ihr das ausmachen? Sie hatte das *Leben* — ›sie *leben* miteinander‹ — wieviel Trost und Freude ist doch darin! So waren die Zeiten.

Dämonismus

Es war März. Die Februargäste waren nach allen Richtungen abgereist, entsetzt über das heranziehende Gewitter der Ereignisse. Nur Toldzio war geblieben, der dunkle Dämon der sexuellen Wandlungen des armen Genezyp. Auch jetzt hatte ihn das Schicksal dazu bestimmt, dieses Reagens zu sein, ›an dem ihr sie erkennen werdet‹, oder etwas Ähnliches. Durch den Dienst im Auswärtigen Amt, der sein Gehirn erschöpfte wie ein unsichtbarer Polyp, an einer schweren Neurasthenie oder sogar Psychasthenie leidend, nahm er einen längeren Erholungsurlaub. Er wohnte im Kurhaus und war ein oft gesehener Gast im Palais Ticonderoga. Vergebens beredete er die Fürstin zur Erneuerung früherer Lüste. Die Tatsache, daß Zypcio sie ernstlich liebte, erregte ihn auf eine ganz spezielle Art — solch eine kleine Kanaille war dieser Toldzio. Doch wieviele seinesgleichen gibt es, leider. Überhaupt sind diese berüchtigten ›unterbewußten Schichten‹, diese kleinen Motoren verschiedener kleiner Handlungsweisen, die, summiert, den Hintergrund der ganzen Tätigkeit des betreffenden Menschen ergeben, vorwiegend recht unsaubere Schweinereien. Zum Glück, trotz des ganzen Freudianismus, gibt sich kaum jemand darüber Rechenschaft, sonst würden sich manche Menschen erbrechen aus Ekel vor sich selber und vor anderen. So dachte manchmal Sturfan Abnol, und von solchen Dingen schrieb er grundsätzlich nie.

Genezyp, von der Fürstin zum Mittagessen geladen, ging quer durch die Wälder in riesigen genagelten Stiefeln, unterm Arm Lackschuhe und Smokinghosen tragend, die an Ort und Stelle gebügelt werden sollten. Morgens noch hatte er einen Brief von

Irina Wsjewolodowna erhalten, der ihn auf einige Stunden aus dem Gleichgewicht brachte. Jetzt war er schon etwas abgekühlt. Er wußte nicht, der Arme, was ihn erwartete. Der Brief ›lautete‹:

›Zypulein, liebstes! Mir ist heut so sehr traurig nach etwas. Ich möchte Dich ganz in mir haben. Aber *ganz* — verstehst Du . . .? Daß Du so klein wärst, so klein, und dann, daß Du in mir wachsest und daß ich davon platze. Lächerlich — nicht wahr? Aber lache nicht über mich. Du wirst niemals verstehen (noch sonst einer von Euch), welch schreckliche Sachen ein Weib zu fühlen vermag, und besonders ein solches wie ich, und dann, wenn . . .‹ (Hier war etwas durchgestrichen.) ›Und sogar wenn ich schlecht wäre, solltest Du mich lieben, denn ich weiß besser als Du, was das Leben ist.‹ (Hier war Genezyp ein wenig gerührt und beschloß, ihr niemals Unrecht zu tun — was sein wird, wird sein.) ›Und damit nicht genug: Ich möchte *dann*, daß Du selber so groß und kräftig würdest wie jenes, wenn ich Dir gefalle, so groß, wie Du einmal sein wirst, wenn auch vielleicht nicht für mich, und daß Du mich durch Dich erstickest und vernichtest.‹ (Ein seltsames Gefühl innerer Erleuchtung empfand Zypcio beim Lesen dieser Worte: Er sah wieder in sich einen maßlosen Horizont, bedrückend durch grenzenlose Unreinheit, geschwollen von der Vielheit unvollbrachter Weiß-der-Teufel-Schläge — irgendwelcher namenloser Tatgegenstände, unbegreiflicher psychophysischer Wesenheiten, deren einziges *optisches* Äquivalent unbekannte und unverständliche Ding-Geschöpfe hätten sein können, wie sie in Meskalin-Visionen erscheinen. Wie nach diesem Mittagstraum, dem *verbrecherischen*, blitzte eine metaphysisch ferne Welt vor dem noch ferneren Hintergrund raumloser Weite auf, und gleich tauchte alles wieder in diese geheimnisvolle Tiefe, in der atemlos schreckliche Motoren oder Turbinen arbeiteten, die reale Zukunft in vom gewöhnlichen Verstand unvorhergesehene Lagerungen treibend.) ›Sei heute *gut* zu mir‹, schrieb sie weiter, so und nicht anders, dies unglückselige Schwein, während sie den ganzen Plan der Handlung doch bereits ausgedacht hatte bis in die kleinsten Einzelheiten, ›und verzeih, wenn ich enerviert sein werde. Mich peinigt heute das ganze frühere Leben — Sünden quälen, wie Basil sagte. Ich küsse Dich, Du weißt, wie ... Ich möchte so sehr, daß Du wirklich *mein* seist. Deine Dir immer ergebene I.

P. S. Es wird Deine geliebten Käsepastetchen geben.‹

Dieser Zusatz rührte ihn am meisten. Es folgte eine Spaltung in reine und in sinnliche Gefühle; wonach ›diese letzteren‹ zugunsten der ersten verblaßten. Er wußte nicht, der Arme, was seiner harrte. In vorläufiger Sättigung machte er sich vor, ein ›überblasierter‹ Alter zu sein, und dachte sogar zeitweilig an die roten Haare und an die unanständig blauen, im Ausdruck nagetierhaften Äuglein der Zofe Susi, ohne auch nur für einen Augenblick aufzuhören, die Fürstin zu lieben. Ein wundervoller Spätmärznachmittag verging über dem Gebirgsland, zögernd gegen Abend, als wollte er sich an sich selber noch ein wenig sättigen, mit der Sehnsucht aller Schöpfungen der Erde nach einem anderen, unvergänglichen, nie gewesenen Leben. Und der ganze unschätzbare Wert lag eben in diesem Vergehen. Die schneeigen Berge zwischen den rötlichen Kiefernstämmen auf den Halden schimmerten rosig über den kobaltblauen Wällen ferner Tannenwälder. Weiter unten war das ganze Land durchschnitten von Streifen Schnee, der in Vertiefungen und Rainen lag und an den Rändern der Wälder. Überall schwellte der Frühling. Im unbeschreiblichen Duft angewärmter Erde, in den Ausdünstungen vorjährigen, wieder aufgewärmten Moders der Sümpfe, in dem kalten, pilzigen Hauch der noch nicht erwärmten Waldgründe, in den warmen, luftigen Brisen, die von den mit scharfem ätherischen Duft gesättigten oberen Schichten der Nadelbäume wehten, war sein mit jedem Augenblick an Macht zunehmender Atem zu spüren. Es schien, als griffe irgendeine fast materielle Kraft an die Muskeln, Sehnen, Gedärme und Nerven mit quälenden, zuckenden Bewegungen und lockere die in winterlicher Lähmung ersteiften körperlichen Bindungen. Was konnte man erst von dem schon im Winter ›gelockerten‹ Genezyp sagen! Plötzlich, als er über eine sonnige Lichtung ging, verfiel er in eine bestimmte, rein frühlingshafte Verzweiflung, den einst so genannten Weltschmerz, den die Franzosen, die das Wort ›Sehnsucht‹ nicht kennen, zu einem *mal de je ne sais quoi* verflacht haben. Es war das eine niedere, mehr tierische und gewöhnliche Form vorwiegend metaphysischer Bestürzung, einer jener Momente, in denen wir uns und einer fremden Welt gegenüberstehen, ohne alle Verhüllung durch alltägliche Gewohnheiten, die durch entsprechende Bezeichnungen verbunden und in die Gewöhnlichkeit alltäglicher Zusammenhänge mit Dingen und Erscheinungen hineingedrängt sind. Jener Moment des Erwachens wiederholte sich nicht mehr in der früheren Intensität — es strahlte nur seine Erinnerung aus, die Umrisse des normalen Verlaufes der Dauer leicht verändernd, die Schärfe der Konturen bekannter Komplexe zerwehend. Seine Ableitungen waren dieser beinahe viehische ›Weltschmerz‹, diese unterbewußten sexuellen und lächerlichen, scheinbar tiefen Traurigkeiten. ›O wenn man sich doch erheben könnte über diesen *fond de feminité impersonelle et permanente* — diese Festlegung auf *dieses und kein anderes* Weib oder Mädchen, diese andere Person, die immerhin ebenfalls Anspruch auf Menschlichkeit hat, diese Notwendigkeit, jemandes Ich zu zerschmuddeln durch ein Sich-Sielen und Grabbeln in dem mit ihr verbundenen Körper — das sind geradezu fatale Geschichten.‹ So dachte der vorzeitig reifende Zypcio, noch nicht wissend, was Liebe ist, nachdem er ihr von dem Mißverhältnis der Jahre und der Disproportion zur Epoche deformiertes Surrogat in der schlimmsten, fast posthumen Ausgabe kennengelernt hatte. (›Eine relativ ältere Frau ist gut für einen jungen Mann, wenn er vorher junge Mädchen geliebt und eine gewisse, wenn auch nur elementare erotische Erfahrung hat — sonst kann er daran hoffnungslos zerbrechen‹, behauptete Sturfan Abnol.) Ihn befiel ein zerfließendes, plagendes, schwächendes Begehren — nicht einmal der Fürstin selber, sondern dieses ganzen Apparates verblödender Lust, den sie in Bewegung zu setzen verstand, gleichsam unschuldig, irgendwie unmerklich und dennoch mit hellsichtigem Wissen um verborgene, scheußliche männliche ›Seelen‹-Zustände, eben dessen, ›wovon man nicht spricht‹ (man spricht auch nicht von Weibern, obgleich dort die Geschichte weit einfacher ist). Und das ist schade — denn in zwei-, dreihundert Jahren wird es das überhaupt nicht mehr geben. Das sind diese allerschrecklichsten Erscheinungen, diese ›Epiphänomene‹, deren Beschreibung eine noch schrecklichere Sache ist als sie selber, aber keineswegs schrecklicher als irgendeine noch so ausführliche Beschreibung des Geschlechtsverkehrs. Die Entblößung dieser Empfindungen ist schlimmer als die Entblößung der Körper in den zügellosesten Posen. Damit wagte sich nicht einmal Sturfan Abnol zu befassen, der kühnste der letzten Romanschriftsteller, der Publikum und politische Fraktionen völlig mißachtete und sich geniale Stilisten anheuerte, um entsprechende Ideen zu programmieren. Diese Bestie von einer Fürstin verstand auf eine Art davon zu reden, welche die Gedärme aus einem beliebig gewaltigen Tarzan an die Oberfläche zog — was also soll man erst von einem Zypcio Kapen sagen? Die Empfindung, daß sie sich ihres Handelns bewußt war bis in die kleinsten Einzelheiten, potenzierte den Zauber alles dessen praktisch ins Unendliche. Die Lust steigerte sich im gleichen Maße wie die Tortur. Derselbe Schmerz wäre nichts ohne das Wissen, daß er verursacht wird durch einen gerade in dieser Richtung ausgebildeten Henkersknecht, der genau die Zusammenhänge zwischen der Psyche des Patienten und seiner Tätigkeit kennt. Die grausamste Maschine ist der Gipfel der Milde im Vergleich zu einer einzigen Zuckung bewußter Grausamkeit, wenn es um die Intensität des erduldeten Leidens geht. In diesen Qualen vereinigten sich, wie an den Grenzen einer sphärischen Unendlichkeit in der populären Vorstellung von Einsteins Theorie, alle sexuellen Schweinereien mit den grausamen Instinkten der Selbsterhaltung zu einer scheußlichen Grundlage des Persönlichkeitsdaseins. Dorthin, auf die erste Stufe, war Genezyp noch nicht gelangt, unmutig geworden durch das Gespräch in der Einsiedelei des Fürstin Basil. ›Für gewisse Dummköpfe, die vollgestopft sind mit billigem Materialismus, ist Metaphysik etwas Langweiliges und Trockenes — und *Willkürliches*. O Hohlköpfe! Das ist keine Theosophie, die man als etwas *Fertiges* erlangt, ohne jede geistige Mühe. Andere bemühen sich, aus Angst vor Metaphysik und in der Annahme der Existenz des unmittelbar gegebenen ›Ich‹, so wenig wie möglich zu sagen: irgendwelche ›Behavioristen‹ oder andere amerikanische Pseudobescheidlinge. Ist es nicht tatsächlich besser, daß diese Sachen offiziell verboten wurden, wenn dieser Russell nach all seinen Versprechungen ein Buch wie *Die Analyse des Geistes* geschrieben hat?‹ pflegte Sturfan Abnol zu sagen. Durch die sich steigernden Begierden schwand dieses Gefühl der Selbstsicherheit eines allwissenden älteren Herrn, und eine unerträglich frühlingshafte, fast sexuell-metaphysische Unruhe wühlte vollends die Muskeln, Sehnen, Ganglien und anderen Bindeglieder dieses ›Ich‹ auf, das durch die vom Atem des erwachenden Lebens getränkten Wälder ging (›*dieser praktischen Einheit*‹ nach Mach — als ob man den Begriff der Praktizität von irgendwoher und zugleich mit dem Begriff des Haufens einführen könnte! — und *von miteinander verbundenen* Elementen). So hatte sich einst jemand entrüstet, doch Zypcio war noch nicht imstande, dies zu begreifen. Manchmal, gerade während solcher Zustände, begann ihn die materielle Armseligkeit der gegenwärtigen Situation zu quälen. Kurze Zeit befiel ihn sogar eine wilde Wut auf den Vater. Doch tröstete er sich mit dem Gedanken, daß ›ja ohnehin bald alles der Teufel holen werde‹ (wie die Defaitisten gemeinhin sagten), und die Zukunft stellte sich ihm dann in einer weiblich-sphinxhaften Gestalt dar, die mit komplizierten unbekannten Abenteuern lockte. Und er dachte im Unterbewußtsein fast ebenso wie der Vater, als dieser den letzten Brief vor seinem Tod an Kocmoluchowicz schrieb. Solange er noch das Söhnchen an Vaters Seite war, hatte er diese Reichtümer ohne Gewissensbisse genießen können (ob er sie wirklich genossen hatte, das war die Frage) — allein wäre er zweifellos dazu nicht imstande gewesen. An jedem Problem erwies sich immer deutlicher die Zwiespältigkeit der Natur des nicht zustande gekommenen Bierbrauers. Doch einstweilen war darin nichts Schreckliches, sondern nur eine maßlose Neugier. Das verlieh den Momenten weiterer ›Erwachens‹ einen Zauber, wenn auch leider auf immer niedereren Sprossen der nebelhaften Umrisse des künftigen Menschen — dies Wort, das so viele erhabene Wandlungen durchgemacht hatte, schien unvermeidlich mit dem Begriff einer vollkommen funktionierenden Maschine zu konvergieren. Alle inneren Peripetien des Jünglings hatten symptomatische Bedeutung in dieser Richtung. Doch für ihn war *eben dies* das einzige Leben, ein unschätzbares Gut, das er vergeudete, wie es sich für einen jungen Mann gehört. Jeder Schritt war ein Fehler.

Aber hat denn Vollkommenheit (auch in der Kunst) nicht überhaupt diese Maschinenbedeutung? Heute allerdings ist es so, ›von hier an und für immer‹, will sagen, solange das Feuerchen der Sonne in der zwischengestirnlichen Leere leuchten wird. In allen Sphären hatten sich die positiven Werte individueller ›Kapricen‹ erschöpft — im Wahn erfüllt sich das wahrhaftige Leben; in der Perversion, deren Grenze das ursprüngliche Chaos ist, realisiert sich das wirklichste Schaffen in der Kunst. Die Philosophie hat resigniert, sie wird nicht zu dem früheren Glauben wiederkehren — dies ist das innere Gesetz. Nur Dummköpfe der alten Schule sehen das nicht — und Leute der Zukunft, die kein gemeinsames Maß mit dem früheren Leben haben und es nie begreifen werden.

Noch hatten die Grenzen des Daseins sich nicht geschlossen vor dem in langsamer Explosion sich ausdehnenden Geschoß der Jugend Zypcios. Hinter jedem Hügel, hinter jeder Baumgruppe, hinter der die vom Frühlingswind gejagten, fast schon sommerlichen Wolken dahinstoben, schien ein völlig neues, unbekanntes Land zu liegen, in dem sich endlich das Ungenannte erfüllen sollte: erfüllen, erstarren in unbeweglicher Vollkommenheit. Er verstand nicht, der viehische Kerl, daß das Leben überhaupt un-erfüllbar ist, daß die Zeit kommen wird (aber wird sie noch vor dem Tod kommen?), in der man hinter diesen Hügeln nur noch weitere Hügel und Ebenen fühlen wird, nur die Rundheit des lebenslänglichen Gefängnisses auf einer kleinen Kugel in maßlosen Wüsten des *räumlichen* und metaphysischen Nonsens — denn diese Hügel (ach, zum Teufel mit diesen Hügeln! — aber gibt es etwas, das bezaubernder ist als ein Hügel?) werden aufhören, sich auf dem Bildschirm der Unendlichkeit abzuzeichnen, werden nur noch Symbole der Begrenzung und des Endes sein. Noch hatte sich die Vielfalt der Erlebnisse und Erscheinungen nicht vereinigt zu soliden, unveränderlichen Komplexen, zu benannten, umrissenen, sich wiederholenden, allgemein-ontologisch langweiligen. ›Also derart schlecht steht es. Verflucht! Wie soll man sich unter solchen Bedingungen konstruieren?‹ dachte Genezyp, ohne zu verstehen, daß eben dieses Konstruieren unabhängig sein muß von *jeglichen* Bedingungen, daß es eine ›Invariante‹ sein soll — aber rede mit so einem, der da denkt, daß die ganze Welt sich ihm anpassen müsse, damit es ihm als einzigem gut gehe. Wenn er in diesem Augenblick den Wert des ›viehischen‹ Pluralismus hätte schätzen, wenn er auch nur einen Moment ein *bewußter* Pragmatiker hätte sein können (unbewußte Pragmatiker sind ›alle‹, beim Säugling angefangen), so wäre er der glücklichste Mensch auf Erden gewesen. Aber woher! Bei einem solchen Charakter hat man entweder alles um den Preis der Dummheit (und was ist überhaupt irgend etwas wert, wenn es nicht bewußt wird!), oder man hat das Bewußtsein von allem um den Preis dessen, daß solche Blöcke wie: Unbekanntes, Glück, Liebe, sogar (!) Orgasmus höchster Lust — zu Staub und Asche der Langeweile zerfallen und über ihnen die aus ihrem Zerfall entstandenen Schmarotzerbegriffe sich in das Land der Metaphysik erheben und auf dem Ewigen Geheimnis wüten, wenn dieses schon aufgehört hat, lebensfähig zu sein und nicht mehr die Kraft besitzt, sich in den kleinsten Teilen des Lebens zu verkörpern, aus denen der alltägliche Tag sich zusammensetzt. Einzig der reine Gedanke von Anbeginn an ... Aber für ihn muß man die Vollblütigkeit und Saftigkeit des Lebens und verschiedene kleine Annehmlichkeiten opfern, die übrigens ohnedies zur Anästhesie führen und dazu, daß das Gesicht des Betroffenen zu einer Maske erstarrt, die mit dieser erdrückten Wirklichkeit nichts Gemeinsames hat. ›Nur verstandesmäßig, an größeren Abschnitten vergangener Ereignisse, sehen wir — wir, die Durchschnittsmenschen, und das nur selten — den Sinn des Daseins, außerhalb des Gelingens oder Nichtgelingens des Lebens, außerhalb der Erfüllung oder Nichterfüllung der Aufgaben, Macht und Herrschaft zu erlangen. Zu diesem Begreifen der Notwendigkeit einer Bestimmung und Überwindung (im Leben, nicht in der Kunst) dieser scheinbaren Zufälligkeit im Verlauf der Ereignisse sind nur die größten Geister fähig.‹ Woher also Zypcio ...

Wie sonderbar kam ihm im Lichte dieser Gedanken die niemals bis zu Ende verständliche Existenz des Vaters vor. Der hatte es gehabt, dieses Empfinden seiner Notwendigkeit — doch woher? Denn nicht auf das Bier stützte er sich. Das Geheimnis hat er mit ins Grab genommen. Niemals mehr wird ihn Zypcio als seinen

Freund danach fragen können. Er war einfach ein Megalosplanchiker, und basta — er brauchte keinerlei Sanktionen für die Stärke seines Gehirns und seines Körpers außerhalb seiner selber. Er *war* ganz einfach — über solche Leute schreibt man nicht, man kann sie höchstens *nebenbei beschreiben*, wie das manche machen. Zypcio fühlte ihn zum erstenmal in sich, nicht als einen möglichen und nicht zustande gekommenen Freund aus den letzten Tagen, sondern als den allernächsten an Geist und Körper Verwandten, aber als einen so fremden und sonderbaren, wie nur immer ein ganz gewöhnlicher Mensch für jemand Ungewöhnlichen sein kann. Er sah ihn vor sich wie lebendig, und zugleich schob sich von der Seite die Mutter her, mit ihrem stummen Flehen und dem von Lebenshunger geplagten Gesicht die schnurrbärtige väterliche Fresse verdeckend, die eines klugen, erfolgreichen Menschen, eines bäurischen Herrn aus vergangenen Zeiten. Und jetzt erst kam es Zypcio in den Sinn, daß die Mutter sich in letzter Zeit völlig verändert hatte. Gesehen hatte er das längst, doch zugleich ohne es zu sehen. Schnell analysierte er diese Veränderung an dem Erinnerungsbild, und etwas schimmerte in ihm unklar auf: Michalski... Doch sogleich zerfloß der unformulierte Gedanke in dem gegenwärtigen Problem: wie die Zwiefalt verwenden zum Zweck der geschichtlichen Vereinheitlichung — eine Aufgabe, die ihm bei einem Gespräch von Scampi gestellt worden war. Nichts ließ sich zu diesem Thema ausdenken. Die in der Sonne flimmernde Ludzimiersker Wildnis mit Flecken von metallisch matt schimmerndem Schnee, auf den die Bäume warmblaue Schatten zeichneten, schien die einzige Wahrheit zu sein. Vor dieser vollkommenen, in sich selber verschlossenen makellosen Schönheit war das ungeheuerliche, durch nichts zu entwirrende Knäuel menschlicher Widersprüche etwas so Scheußliches wie ein Schwarm Papiere auf einem Berggipfel oder ein Haufen Exkremente auf dem Teppich eines — sogar bescheidenen — kleinen Salons. Dort, hinter diesem Wald, in einem geistig dämmerigen, materiell aber leuchtenden Abgrund der Wirklichkeit, hinter Bergen, die in milchig-rötlichem Glanz zwischen den kupfrigen Kiefernstämmen schimmerten, und weiter, weiter, bis jenseits des unbekannten Südens und des Randes der armen Erde, war die in einer zeitlosen Pille kondensierte Zukunft versteckt. Nur in diesem Flug in zeit-räumliche Ferne schien der Sinn von allem verborgen zu sein — im Flug selber, nicht in den Erscheinungen, denen man begegnet ist. Ach — wenn man immer so denken könnte! Denken, das ist wenig — fühlen. Doch dazu muß man stark sein, bewußt stark, oder ein gesundes Vieh wie der Vater — sich wirklich ausleben wollen — und nicht sich das einreden durch ein Dickicht von Zweifeln, Schwankungen, Unruhen hindurch. ›Gebt mir ein Ziel — und ich werde groß sein‹ — ha, das eben ist ein Kreis ohne Ende. Spontane Größe schafft sich selber ein Ziel. ›Das Schlimmste ist nicht Schweinerei, sondern Schwäche‹, flüsterte Genezyp in plötzlicher Begeisterung über die Welt. Einzig das scheußliche Wort ›Sehnsucht‹ schien auszudrücken, was er fühlte. Es war das mittlere Glied in dem früheren System der Begriffe: das Ich, umgeben vom Nebel metaphysischer Sehnsucht. (›Ein Weib kann sich auf eine schöne Art sehnen — ein Mann ist darin dumm und verachtenswert.‹) Wie all dies erfüllen, wenn schon am Anfang ein solches Ungeheuer im Weg stand wie die Fürstin Irina (der Name allein hatte etwas von Urin, Irrigation, Gemetzel in Gedärmen, von etwas unendlich Scharfem, mit Schmerzgeschrei Verbundenem — jeden Namen kann man so, und zwar je nach der Person auf verschiedene Weise, interpretieren), und dazu solch infame, bis zum psychischen Mark besudelnde grausame Lüste? Tengiers Musik war dort, hinter den Bergen, hinter allem, jenseits der Zeit. Doch auch in ihr war keine Wirklichkeit, obgleich die Wurzel dieser Kunst sogar in dem dürren Beinchen und dem pilzigen Geruch ihres Schöpfers steckte. Zum erstenmal hatte Genezyp (ganz falsch, wie so viele Dummköpfe) ›die Illusion der Kunst‹ empfunden und gleichzeitig (diesmal richtig) ihren absoluten, zeitlosen Wert trotz der Vergänglichkeit der Werke selber, die vom *principe de la contingence* erfaßt sind. Mit kraftlosen Fingern streichelt und liebkost die Musik lüstern dies Ursprüngliche, diesen einheitlichen Brei des Weltalls, in den mit Krallen und Zähnen bis ins Mark und Blut einzudringen bedeutet, sein Wesen zu vernichten, und nur verfaulte, verdorrte, vermoderte Abfälle von Begriffen in den Krallen hinterlassend, nicht aber lebendiges Leben. Ähnlich war es mit der Liebe Zypcios zur Fürstin. Was war es schon, daß er mit seinen jugendlichen Pfoten diese geile, allwissende Halbleiche knetete, daß er sie manchmal sogar gewissermaßen liebte wie eine Pseudomama aus anderen Welten! Wird denn alles, was er in die Hände nimmt, ebenso sein wie die Unerreichbarkeit geschlechtlicher Lust, die er noch aus onanistischen Zeiten kannte? Die Fürstin war ihm zum Symbol der Ununterdrückbarkeit des Lebens geworden, und er ging mit dumpfer Verzweiflung im Herzen zum heutigen Rendezvous. Mitten aus diesen Zuständen und Gedanken heraus trat er, nachdem er sich bei dem Lakai Jegor umgekleidet hatte (der ihn seit der Veröffentlichung des Testaments des alten Kapen trotz großer Trinkgelder mit einem gewissen verächtlichen Mitgefühl traktierte), tatsächlich mit der Miene eines blasierten ›Herrn‹ in den Salon der Ticonderoga. Die Fürstin behandelte er mit Überlegenheit und achtete nicht auf die ironischen Hiebe Scampis, der, von Mamas Plänen verständigt, ihn mit Interesse beobachtete wie ein lebendig auf eine Nadel gespießtes Insekt. Selbstverständlich war auch Tengier hier, diesmal aber mit Frau und Kindern, ferner Fürst Basil im Frack und Afanasol Benz im Smoking. Gegen alle süß und zuvorkommend, traktierte die Fürstin Zypcio schlimmer als ›ein Loch im Äther‹ — er existierte nicht für sie, vermochte nicht, ihrem fernen und gleichgültigen Blick zu begegnen oder ihn festzuhalten. Wie zum Trotz war sie unglaublich schön. Beelzebub selber, so schien es, hatte sie, Susi helfend, für diesen Abend gekleidet mit all seinen prächtigen Zauberkleinodien, als Gegendienst für das Versprechen, etwas wirklich Dämonisches zu begehen. Lange schon war das nicht geschehen. Sie brachte ihn geradezu zur Verzweiflung, und nicht nur ihn, sondern alle. Sie war wie jene wundervollen schönen Tage des Spätherbstes, in denen die Welt in den letzten Wogen der Energie eines erlöschenden Lebens vor wilder autoerotischer Liebe zu sterben scheint. Es war für sie einer jener Tage, von denen sie sagte, daß ›sich die Beine mit dem Gesicht und mit allem anderen zu einer unbegreiflichen Synthese erotischen Zaubers verbinden, zu einem Sturmbock, der die Gehirne überkluger und kräftiger Männchen zu einem schweinischen, sich zersetzenden Gallert schmerzlicher Geschlechtlichkeit zermalmt‹. Die Hoffnungslosigkeit auch des erfolgreichsten Lebens und die Unbesiegbarkeit weiblicher Schönheit wurde für alle betastbar auf eine höchst unanständige und demütigende Weise. Nach einer Weile kam Cousin Toldzio und wurde, man weiß nicht, warum, sogleich von der Schwelle an zur Hauptfigur im Salon. Afanasol, zum erstenmal hier, von Basil eingeführt, bemühte sich mittels Zeichen (denn was hatte er anderes?), sich über die ihn beherrschende Situation zu erheben. ›Die Zeichen für sich und die Aristokratie für sich, verflixt‹, sagte in ihm eine ironische Stimme, und die Tatsache der jüdischen Vorfahren der Benz (er war der Urenkel eines Pächters oder etwas Ähnlichem) schien, sogar im Vergleich zu der Rätselhaftigkeit Kocmoluchowiczs (ein unenträtselbarer Mensch an der Macht ist stets unwillkürlicher Tröster aller Unzufriedenen) und der sich durch Rußland wälzenden, lebendigen gelben Mauer, irgend etwas Lichtscheues zu sein. Überhaupt erwartete Benz sehnsüchtig das Kommen des Kommunismus und damit zugleich einen Lehrstuhl, den er eingebüßt hatte, indem er sich unnötigerweise in eine Agitation zugunsten der niedrigsten Schichten einmischte, die sich gerade im gegenwärtigen Polen ausgezeichnet fühlten. In diese Geschichte hatten ihn gewissenlose Personen hineingezogen, die seine Zeichenmanie zur ›Logisierung‹ des Marxismus ausnützen wollten. Der Versuch wurde zu einem kompletten Fiasko. Er war schrecklich bestürzt, weil die Fürstin, ihn bei einer giftigen und übrigens höllisch interessanten Kritik der Theorie Wittgensteins unterbrechend, laut über Politik zu sprechen begann in der Absicht, auf diese Weise ein Terrain vorzubereiten für die Demütigung ihres jugendlichen Liebhabers. Ihre Stimme klang triumphal wie aus unerreichbarer Höhe und weckte gefährliche Echos sexueller Erregung in den Eingeweiden der irritierten Männchen. Genezyp fühlte sich bedrückt und geistig mißmutig, und Toldzios Vertraulichkeiten mit seiner Geliebten, die er sogar zu unterbrechen wagte mit typischer ›Auswärtigen-Amts‹-Frechheit, begannen in ihm eine bisher unbekannte sexuelle Wut zu wecken. Ihm war, als würde er sogleich einen Anfall sexueller Raserei erleiden und irgendeinen fürchterlichen Skandal machen. Aber wie hypnotisiert verharrte er in der Bedrückung, voll innerer schlangenhafter Zuckungen, in den Verflechtungen rasender Wut quellend wie ein Ballon, der mit Gas gefüllt wird. Jedes ihrer Worte biß ihn auf völlig unanständige und ungesittete Weise — die Genitalien schienen eine kraftlose Wunde in einem erschlafften, aufgelösten Körper. Und das Wort ergreifen konnte er nicht, da er nichts zu sagen hatte. Er erkannte sich nicht wieder — und diese sonderbare Leichtigkeit ... Der Körper war gewichtslos, und es schien, als würde in der nächsten Sekunde eine unbekannte Kraft mit ihm machen, was sie wollte, trotz seines Willens und Bewußtseins, die, beide anwesend, von den motorischen Zentren abgeschnitten, irgendwo nebenan waren (vielleicht in der Sphäre des reinen Geistes?), wie dem zum Hohn, was sich da in den körperlichen Dickichten tat. Er entsetzte sich: ›Ich kann doch weiß-der-Teufel-was machen, und das werde zwar nicht ich getan haben, ich werde es aber verantworten müssen. Oh, das Leben ist schrecklich, schrecklich!‹ Dieser Gedanke und diese Angst vor der eigenen Unberechenbarkeit beruhigten ihn für kurze Zeit. Aber diese Überlegungen im Wald schienen ihm zu einem völlig anderen Menschen zu gehören. Er glaubte nicht daran, daß die Fürstin irgendwann sein sexueller Besitz gewesen sei. Sie war von einer kalten Mauer unüberwindlichen Zaubers umgeben. Er erkannte seine eigene Nichtigkeit und Unfreiheit, in die er geraten war. Er war ein Hund an der Kette, ein einsamer Affe im Käfig, ein Gefangener, an dessen Foltern man sich weidete.

»... denn ich verstehe, daß Kocmoluchowicz«, sagte die Fürstin ungehemmt, indem sie mit der ihr eigenen Leichtigkeit den geheimnisvollsten Menschen im Land oder sogar auf der Welt kritisierte, »daß Kocmoluchowicz, nachdem er aus der Armee eine willenlose Maschine gemacht hat, sich um Einfluß in der Frage bemühte, ob man sich mit unseren Weißgardisten vereinigen sollte. Oder, wenn dies absolut unmöglich war, daß er danach strebte, vernünftige Handelsbeziehungen mit dem Westen zu erreichen. Unsere Industrie erstickt an Exportmangel oder etwas Ähnlichem — ich kenne mich nicht sehr gut darin aus, fühle aber etwas Derartiges. Seit einiger Zeit übersteigen die Komplikationen in der Ökonomie die Kräfte eines individuellen Gehirns auf eine Weise, daß nicht einmal der tüchtigste *business-man* allein etwas dazu zu sagen hat. Aber unsere Wirtschaftsräte, von denen sich diese Sphinx leiten läßt, bringen mich zur Verzweiflung. Es gibt bei uns keine Fachleute, für gar nichts.« (Hier blickte sie auf Zypcio mit einer solchen Verachtung, daß dieser leicht erblaßte.) »Nicht einmal in der Liebe«, fügte sie nach einer kurzen Pause frech hinzu. Vereinzelt erscholl Gelächter. »Bitte lachen Sie nicht, ich spreche ernsthaft. Dieses Drängen nach Isolierung heutzutage an allen Fronten ist ein Wahnsinn. Es sei denn, daß alles, was getan wird, Aufschneiderei ist, um eine Wirtschaftssituation zu schützen, die nicht einmal ein solches Genie des Kompromisses wie Smolopaluchwowski zu verstehen imstande ist. So behauptet mein Sohn Matthias. Buchstäblich niemand begreift, worauf der Wohlstand unseres Landes beruht. Man spricht von geheimen Kapitalien, die die gleichfalls geheime, in den Diensten der kommunistischen westlichen Staaten stehende ›Gesellschaft‹ zuläßt. Doch an solche Phantastereien ist sogar in unseren Zeiten schwer zu glauben. Wenn man die Macht hat«, hier erhob sie die Stimme zu einem wahrhaft prophetischen Ton, »und sie nicht offen nützen will, so ist das ein Verbrechen! Aber was soll man mit solchen Kryptowaschlappen, wie unsere Staatsmänner es sind, machen? Man muß ein Kryptotyrann sein oder einen Wutanfall kriegen. Vielleicht ist dies seine Tragödie«, fügte sie stiller hinzu. »Ich habe ihn nie gekannt — er fürchtete und mied mich. Er fürchtete, ich könnte ihm eine Kraft geben, die nicht einmal er selber aushielte. Versteht das«, ›schrie‹ sie in sibyllinischem Ton. Alle empfanden, daß dies die Wahrheit sein konnte, und es schwindelte ihnen in den Sexualzentren.

Information: Kocmoluchowicz wäre vor Lachen geplatzt, hätte er das gehört. Aber vielleicht, wer weiß, vielleicht hatte er sich wirklich gewehrt vor dieser allzu hohen Bestimmung? Niemand kann etwas kennen, solange er es nicht probiert. Bestimmte Kontakte von Menschen ergeben schreckliche, vorher unbekannte ›Hochexplosiva‹. Sie, die Fürstin Ticonderoga, war so demokratisch geworden, daß sie zur Energiequelle eines früheren Stallburschen hatte werden wollen, aber dieser Lümmel hatte nicht gewollt — er hätte sich sogar zum König ausrufen können, wenn sie an seiner Seite gewesen wäre — oder er sie wie ein Pferd ›unter sich‹ gehabt hätte, wie er sich über seine Weiber ausließ. (Es gab ihrer zwei — doch davon später.) Da sie nicht in seinen Strahlen hatte erglänzen, sie nicht zu einer blendenden Kraft potenzieren können, blieb sie lieber politisch abstinent, als sich mit Typen ›niedrigster Sorte‹ abzugeben.

Sie sprach weiter: »Das erinnert mich an unsere Sozialrevolutionäre in der Revolution von 1917. Niemand lehrt bei uns etwas, und niemand will etwas lernen. Und bei euch ist es genauso. Bei unseren Emigranten und bei den Generationen, die sie erzogen, war echter Glaube an sich selbst die Ursache dafür, daß fast keiner von ihnen sich zur Hilfe rühren, einen wichtigen Posten übernehmen wollte, als endlich ihre Leute aus niedereren Schichten, nicht sie selber, Rußland beherrschten. Der Mangel an Mut bei unserer Intelligenz tötet alle Keime der Wiedergeburt — aktiven Mut haben wir nur im Verzichten und im Herumzeigen unserer Wunden.« (Fürst Basil rührte sich, als wollte er etwas sagen.) »Bemüh dich nicht, Basil — ich weiß, was du sagen wirst. Dein Neopseudokatholizismus und deine allgemeinmenschlichen Ideale sind nur maskierte Feigheit. Du ziehst es vor, Förster bei mir zu sein, statt deine angewelkte Hülle zu riskieren. ›Des hommes d'état, des hommes d'état — que voulez-vous que j'en fasse‹, sagte bei der letzten Sitzung des Kriegsrats General Trepanow, indem er Napoleons Ausspruch über die Reserven bei Borodino travestierte ...«

»Des balivernes, ma chérie«, unterbrach Fürst Basil. »Die Zeiten sind vorbei — die Zeiten dieser Art sozialen Schaffens. Nur eine Wandlung der menschlichen Seele von Grund auf kann eine neue Atmosphäre schaffen, in der neue Werte erstehen ...«

»Phrasen. Niemand von euch ist imstande zu sagen, was für Werte das sein werden. Bloße Versprechungen. Die ersten Christen haben so gesprochen, und was ist dabei herausgekommen? Kreuzzüge, Inquisition, die Borgias und dein heutiger katholischer Modernismus. Die scheinheiligen Endzustände eurer dekadenten Persönlichkeiten haltet ihr für Symptome der Geburt einer herrlichen, haha, Zukunft! Oh, nun habe ich endlich das Wesen dieser höllischen Erpressung — oder etwas Ähnliches zumindest — der heutigen Optimisten erwischt. Das Ende ist leicht mit dem Anfang zu verwechseln — andere Köpfe als eure braucht man, um diesen Unterschied zu sehen. Nur wir, wir Weiber, sehen das alles klar, denn uns geht es nichts an. Wir werden ewig die gleichen bleiben, unveränderlich in unserem Wesen, wenn ihr euch längst zu Drohnen verwandelt haben werdet. Nur langweilig wird es dann sein auf dieser Welt — man wird niemanden irreführen können. Ein Maschinchen läßt sich nicht belügen. Es sei denn, wir erlangen die Herrschaft über die Welt — dann werden wir uns, das heißt, vielleicht zwanzig Prozent von uns, zum Vergnügen ein paar Pseudoartisten und Don Juans halten. Diese Zeiten sind vorbei, sagst du, heiliger Basil, Autokoprophag? Wenn alle so dächten, gäbe es keine menschliche Kultur. Die Zeiten bringen noch Menschen hervor und Individuen. Und wenn diese Zeiten vorbei sind, machen wir uns an die Menschheit, und dann . . .«

»Nein, Fürstin«, unterbrach übermäßig laut Afanasol Benz, Mut fassend. »Das, was Sie eben sagten, läßt sich auf Ihre eigene Konzeption anwenden. Weiber haben sich immer breitgemacht in den Zeiten der Dekadenz großer Ideen. Doch die Anfänge haben stets wir geschaffen. Ihr versteht einzig, in großem Maßstab vom Aas zu leben, nur so überwindet ihr eure Sklaveninstinkte . . .«

»*Tiens, tiens*«, murmelte Irina Wsjewolodowna, durch das *face-à-main* (wie einst ja alle Aristokratinnen) auf den erregten Logistiker blickend.

»Ja doch«, bellte Benz, rasend vor Haß, Demütigung und sexuellem Unbefriedigtsein. (Wozu erregte er sich, der Arme, ›an Höhe verlierend‹ in wirklichen Sphären?) »Heute müssen wir an Stelle des Wortes ›Individuum‹ in der allgemeinen Gleichung der Menschheit den Begriff ›Masse‹ setzen und dazu noch mit einem unbestimmten Koeffizienten multiplizieren« (dies sagend, fühlte er seine ganze Überlegenheit und Unterlegenheit zugleich — dieser Widerspruch war unerträglich). »Nur von der Masse als solcher können wir nach dem Gesetz großer Zahlen neue Werte erwarten. Nur sie allein ist imstande, das ›wilde‹, nicht organisierte Kapital zu überwinden, das die Menschheit zerfrißt wie eine über ihr Maß hinauswachsende Neubildung — und sie hat es tatsächlich schon überwunden. Sie wird einen neuen Typ von Regulatoren des wirtschaftlichen Lebens erschaffen, die nicht irgendwelche pseudofaschistischen Versammlungen geschlechtsloser, klassenloser Spezialisten sein werden. Und übrigens, ist es denn nicht ganz gleich wie? Das Ende ist dasselbe: Tod zu Lebzeiten in völliger Leere des Geistes . . .«

Die Fürstin: »Unsinn. Sie ärgert es hauptsächlich, daß Sie nicht auf den Gipfeln dieser Ihrer Masse sind. Dort würden Sie sich ausgezeichnet fühlen. Daher diese ganze Unzufriedenheit. Herr Lenin war kein schlechterer Machthaber als sein Vorgänger — als Möglichkeit natürlich —, er war ein fähiger, wenn auch betörter und betörender Mensch . . .«

Benz: »Er war ein Exponent der Masse: Er operierte mit wirklichkeitschaffenden Begriffen und nicht mit Fiktionen, die sich endlich allenthalben überlebt haben — nur hier nicht, in diesem muffigen Loch, in dieser Baumschule der Mittelmäßigkeit . . .«

Die Fürstin: »Im Westen überleben sich diese Fiktionen jetzt. Nur die in der Evolution verspäteten Chinesen ergaben sich ihnen — zu unserem Verderben. Ich habe übrigens keine Lust zu einem grundsätzlichen Gespräch — mir geht es um die gegenwärtige Situation. Dieser ganze gegenwärtige pseudokosmische Bolschewismus ist ein Ballonchen, das platzen würde, wenn sich die entsprechenden Leute fänden. Aber bei dieser Trägheit kann es Jahrhunderte dauern . . .«

Benz: »Offenbar werden solche Leute nicht mehr geboren, *chère Princesse*. Sie finden nicht die nötige Atmosphäre, weder zu ihrer Entstehung noch zu ihrer Entwicklung . . .«

Die Fürstin: »Bitte ohne Vertraulichkeiten, Mister Benz. Wenn bei uns ein einziger Kocmoluchowicz aus der Armee ein willenloses Werkzeug in den Händen der Gesellschaft für Nationale Befreiung machen konnte, wenn wir schließlich bewiesen haben, daß wir ganz gut alle umstürzlerischen Ideen ersetzen können durch entsprechend organisierte Arbeit, durch Wohlstand der Massen — was nicht einmal den Italienern gelungen ist — und noch dazu mit Hilfe solcher Schwachköpfe, wie mein Mann einer ist oder Cyferblatowicz und Jacek Boroeder,« (fast alle erblaßten; die Kühnheit der Fürstin im Nennen der höllischsten Namen des Landes war bekannt — dennoch machte sie immer Eindruck) »so beweist dies, was für ein Lumpenpack die Führer jener Länder waren. Ich verstehe die Australier, denn sie waren von Anfang an eine Bande — Nachkömmlinge von Verbrechern. Doch das ist kein Beweis. Es müssen nur Leute sein, die Mut haben — Verstand haben sie genug.«

Benz: »Woher sie aber nehmen?«

Die Fürstin: »Man muß sie erziehen. Wir haben ja Muster für solche Männer der Zukunft. Hier, diesen armen Zypcio zum Beispiel, dem man schon beim Eintritt ins Leben alle Möglichkeiten geraubt hat. Ich habe mich seiner angenommen, doch das genügt nicht.« Genezyp errötete kurz, aber schrecklich, sich tief beleidigt fühlend wegen des Vaters, doch er schwieg. Eine demütigende Machtlosigkeit breitete sich in ihm aus, die sogar die Zentren der Ehre und des männlichen Ehrgeizes erfaßte. Und dieser lausige Toldzio rollte gar mit den Augen vor Begeisterung über die Art, wie die Fürstin dieses ›logistische Jüdchen‹ demütigte. In diesem Moment fühlte Zypcio eine derartige Wut darüber, daß ausgerechnet er, dieser vetterliche Elegantling, es war, der ihn Onanie gelehrt hatte, ihn damit ›solcher‹ Mengen männlicher Kraft beraubend, daß er diesen kälbischen Lüstling mit Wonne abgeschlachtet hätte. Er schäumte geradezu — leider nur nach innen. Optisch stellte er sich dar als eine einzige Masse beinah flüssiger Unbeholfenheit mit bodenlos traurigen, wunderschönen, von Machtlosigkeit getrübten Augen. In einer fremden Welt alltäglicher Niederlage ging er umher wie die lebendige Kränkung seiner eigenen jüngsten Träume. Wo war die Seltsamkeit? Ach, zum Teufel mit jeglicher Seltsamkeit! Triumph drittklassiger böser Mächte auf gewöhnliche Art. Es gab nur einen Rat: ausspucken und hinausgehen. Man hätte übrigens auch nicht zu spucken brauchen; doch dafür (das heißt, zum Hinausgehen) fehlte ihm die Kraft. Unmerklich war er in eine Falle geraten — ohne Rüstung und Schwert: die rosteten irgendwo in der Rumpelkammer kindlichen Spielzeugs.

Auf Grund dieses Zustandes und der von der Fürstin angeschnittenen Fragen, von denen er keine Ahnung hatte (er wußte nicht, daß sie selber nicht viel mehr davon verstand als er — aber wer verstand etwas davon? Wer?!), schwanden die Reste der Überlegenheit von vorhin im Walde wie ein flüchtiger Geist, und eine höllische, aber wirklich höllische, ungeduldige, jugendliche, bisher keine Hindernisse kennende Begierde nahm ihn wie einen Fetzen in ihre glühende Zange. Er mußte fort, augenblicklich, sonst würde wer weiß was geschehen. Aber das Gespräch dauerte weiter wie ein vom Satan in einem Augenblick spezieller Inspiration erdachter Alptraum.

»Aber wer wird sie erziehen?« warf Benz wieder ein mit echt logistischer Hartnäckigkeit.

Die Fürstin: »Wir, die Weiber! Noch ist es Zeit. Ich habe meine Söhne vernachlässigt zugunsten dieser Dummköpfe, die mir das Schicksal als Liebhaber schickte. Aber auch diese habe ich nicht rechtzeitig erzogen. Doch ich werde es euch noch zeigen. Genug davon, sage ich! Ich werde eine riesige Institution gründen, in der wir regieren werden, wir Weiber — wir werden eine neue Generation erziehen —, selbst wenn ich die Geliebte Kocmoluchowiczs werden sollte, vor dessen Manieren mir ekelt wie vor Küchenschaben. Ihr kennt mich noch nicht, ihr Hornviecher!« (Sie wußte nicht, die Arme, daß auch auf sie von den malaiischen Dschungeln her die unheilvolle Woge der unwiderstehlichen Lehre Murti Bings zurollte, sie glaubte noch an den bisher unüberwindlichen Zauber ihrer körperlichen Utensilien.) Genezyp erstarrte vor Entsetzen. Sollte das die Ankündigung der Trennung sein? Oder würde dies Ungeheuer ihn zur Erziehung vielleicht zu sich nehmen, ohne sich ihm (ihm!) dabei hinzugeben? Das wäre geradezu schrecklich! Er fühlte, der Unglückselige, einen solchen Mangel an Willen, daß ihm das wirklich möglich dünkte. Wird sie ihn nehmen, und was wird er ihr tun? Was jetzt erfolgte, war das sogenannte ›geistige Ausreißen der Genitalien‹. Eine Wunde öffnete sich, aus kitzelndem Nebel — durch sie floß, zusammen mit durch das verdutzte Gehirn sinternden Säften, der Geist in die körperlichen Gefängnisse hinab, in die inneren Folterkammern. Der ›blasierte Herr‹

war aus ihm entwichen, zur Weißglut erst erhitzt und dann in stinkendes Gas verwandelt durch die unheimliche Temperatur sexueller Verzweiflung, und zurück blieb nur ein armer, geplagter Grünschnabel in kolloidalem Zustand. Er erstarrte im Klubsessel, ganz zu einem einzigen riesigen, begierigen und doch naiven Lingam verwandelt, und wartete, wartete, wartete ... Es mußte sich etwas ändern, denn das, was sich tat, konnte nicht wahr sein. Der Kopf schien klein wie ein Nadelkopf, und der Rest des Körpers war nicht der Rede wert — nur dies eine war da (eines der Abteile der Hölle ist gewiß ein hoffnungsloser Warteraum, in dem man eine ganze Ewigkeit wartet mit fortwährender Hoffnung und zugleich mit der Gewißheit der Enttäuschung). Was wird Mut hier nützen und alle jüngsten Gedanken und der weite Horizont des Lebens — angesichts dieses verfluchten altweibischen Aases, das mit jedem Wort lügt und jede Zuckung eines jeden Männchens ihrer Gegenpartei kennt? Er verblieb in der Qual, von allem verlassen. So war also ihre ›mütterliche‹ Liebe! Auf diese Art wollte sie ihn erziehen zu ›jemandem‹, folternd und demütigend wie König Geist sein höllisches Volk! Aber er war nicht fähig, dem eine positive Seite abzugewinnen, neue Kraft aus diesem Leiden zu schöpfen — es fehlte ihm dazu die entsprechende Maschine. Überrascht von dem unflätig schmutzigen Unglück, erschrak er unversehens. Er ergab sich den zersetzenden Gedanken und empfand in diesem Sichpeitschen und Sichentehren, in dem Gefühl eigener Nichtigkeit und Kraftlosigkeit eine ekelhafte Lust — so wie damals mit Toldzio im Park des Kurhauses von Ludzimierz, in der Kindheit. »Noch haben wir«, schrie Irina Wsjewolodowna weiter, »haben wir Weiber einen gesunden Lebensinstinkt. Denn für uns ist ein Leben ohne Männer, die wir bewundern können, eine Qual und eine Schande. Gibt es denn Schlimmeres für ein Weib, als den Geliebten verachten zu müssen, wenn man ihn begehrt, und Überlegenheit über ihn empfindet?« (Diese Worte fielen wie ein Stein in einen Sumpf. Etwas platschte in die kleinen, vereinigten, individuellen psychischen Sümpfe der Anwesenden. Dennoch lag darin Wahrheit: Die Männer waren zu Hunden geworden — die Weiber nicht. Man hätte dafür verschiedene mildernde Umstände anführen können.

Doch was würde das helfen, und was würde das für sie, die Weiber, bedeuten! Die Gründe sind gleichgültig angesichts einer nicht umkehrbaren Tatsache. Schweigen. Fürst Basil saß erstorben, den Blick in sich gekehrt. Sein ganzer künstlich erbauter Glaube wankte über der Bodenlosigkeit schlimmster Zweifel. Diese ›arme verirrte Seele‹, wie er sie zu nennen *sich bemühte,* verstand es immer, ihm einen Zahn in die empfindlichste Stelle zu schlagen. Das Leben war in ihm noch lebendig und sein Glaube in sich abgeschlossen durch seine Künstlichkeit — es fehlte eine lebendige Verbindung — alles hing an einem verrosteten Häkchen, das man täglich putzen und reparieren mußte. Niemand weiß, weshalb Benz die Zeichen zusammen mit dem Herzen ›in der Hose‹ spürte *[the heart in the breeches]* — die Fürstin fing an, ihm rasend, kalt, hoffnungslos, verzweifelt zu gefallen. Ach — nur ein Weilchen so ein Mensch sein! Was für teuflische Sachen kann man dann vollbringen, wenn auch nur in der Logistik, nur einfach so, unwillkürlich — wie Cantor am Rande eines Buches. Ein ›glänzender‹ Dilettant sein und nicht ein Spezialist in schlecht genähten Anzügen und ausgetretenen Schuhen. Toldzio wand sich unruhig, ganz deutlich von Hochspannungen sexuell erregt. Tengier, eingeschnurrt in machtloser Leidenschaft gegen alles, blickte mit Verzweiflung auf seine Frau, die er in diesem Augenblick bis zum Wahnsinn haßte. Er haßte auch jene ›Faslerin‹, wie er sie nannte — aber anders. Sie war für ihn etwas Unerreichbares und zugleich recht weit unterhalb seines erotischen ›Standards‹. Ihm fiel wieder der geniale Vers Slonimskis ein:

> Was denn ist, o Natur,
> die Sprache deiner Freuden
> Angesichts der Begierden, die du
> in deinen dunklen Bereichen erweckst!

Die Situation war ausweglos — nur in einer satanischen Improvisation konnte er sie lösen, in der er sich über den widerlichen Sumpf in und um sich erheben würde. Er wartete auf eine Gelegenheit, um zu beginnen. Doch das Gespräch dauerte weiter, quälend, öde und langweilig.)

Benz: »Ich bitte, *Madame la Princesse* — unser Land konnte sich, meiner Ansicht nach, niemals eine selbständige Innenpolitik leisten. Infolge seiner Lage und der Natur seiner Einwohner konnte diese nur eine Funktion der äußeren Konstellationen sein. Die systematische Selbstverleugnung hat den Niedergang dieses Landes bewirkt, seinen Rückschritt in der Geisteskultur, die von keinerlei Wohlstand ersetzt werden kann. Ein voller Magen allein schafft noch nicht diese Möglichkeiten, keine dieser unerhörten Möglichkeiten, von denen gern flache Optimisten reden — im Grunde Faulpelze, die möchten, daß alles sich von selber tue. Sie verstehen nicht, daß man die strahlenerzeugenden Erze mit Zähnen und Krallen aus der menschlichen Seele herausreißen muß. Ideen haben noch Wert.«

Die Fürstin: »Stop! Eben erst habe ich fast dasselbe gesagt. Sie wiederholen meine Worte in Ihrem Jargon. Und dennoch ist in Ihnen zu viel von einem raffinierten Juden. Mich irritiert, daß wir, sogar dasselbe sagend, genau dasselbe, auf diametral entgegengesetzten Punkten landen. Der aufgeklärte oder vielleicht der unaufgeklärte — weiß der Teufel, unergründlich sind die Geheimnisse einer semitischen Seele — jüdische Nationalismus durchdringt all Ihre allgemeinmenschlichen Ideologien. Ich bin eine Nationalistin schlechthin — verstehen Sie? Ich sehe die Möglichkeit einer Entwicklung des Individuums nur als Funktion der Angehörigkeit zu einer gewissen Nation, die ein Mitglied einer großen Familie ist; Sie sind, auf Grund einer Nivellierung, einer antinationalistischen Ideologie, *au fond* ein differenzierender Nationalist.« (Benz fühlte sich definitiv weit klüger als dies Weib, trotz all ihrer Fürstlichkeit und ihrer verächtlichen Manieren. Er beschloß, nunmehr über sie zu spotten, ohne es allzu offen zu verraten.)

Benz: »Tut mir leid, Gnädigste, in meinen Adern fließt das Blut jüdischer Kaplane, und ich bin stolz darauf. Abgesehen von den biblischen Zeiten, stellten wir bisher nur einzelne Individuen — was wir als Volk vermögen, werden wir noch zeigen, und das eben in Verbindung mit der höchsten Vergesellschaftung; nicht auf dem Hintergrund einer Pseudoidee in der Art Ihres Nationalismus, der nur ein maskierter Selbsterhaltungstrieb ist und zum ordinärsten Genuß der Reste des Daseins durch Klassen dient, die sich überlebt und aufgehört haben, schöpferisch zu sein. Wir werden das Öl sein in den Getrieben und Transmissionen einer großen Maschine, welche die Menschheit zu einer anderen Wirklichkeit umformt, zu einem Organismus höheren Typs, einem Überorganismus. Dies Öl waren wir bereits — waren es seit der letzten Weltrevolution. Das ist unsere Mission — darum sind wir das auserwählte Volk. Doch unsere Tätigkeit werden die Gojim erst in tausend Jahren zu schätzen wissen. Unterdessen aber: Cantor, Einstein, Minkowski, Bergson, Husserl, Trotzki und Zinowjew — das genügt. Und Marx als der, der uns auf diesen wahren Weg der Auserwähltheit geführt hat.«

Die Fürstin: »Und Sie, Sie vor allem, haha! Ach, geben Sie Ruhe, Herr Benz. Sie, der Sie in einem Atem den Namen Bergsons aussprechen — des größten Blagueurs, des einzigen bisher in der Geschichte der Philosophie — und Husserls, eines wahrhaft genialen Wahnsinnigen, dessen Fehler hundertmal mehr wert sind als die Richtigkeiten fruchtloser Pseudokompromißlinge, die sich vor psychologischer Introspektion fürchten und davor, zu bekennen, daß sie *überhaupt da sind*, wenn es um die Zeichen der Logistik geht.« (›Und dennoch ist dieses Vieh gar nicht so dumm, wie ich glaubte‹, dachte Benz verzweifelt. ›Mit so einem Weibe zu leben und das einzig inamovible System zu erschaffen, an dem sich jeder den Schädel einrennen müßte!‹ Vor dem Hintergrund der in allen Farben schillernden, mit Intellekt durchtränkten Romanze mit der Fürstin flog das vergeudete Leben vorüber wie ein schmutziger Waschlappen, vom herbstlich düsteren Wind banalen, uninteressanten Zweifels gefegt.) »Mir geht es um etwas anderes, und ich bedaure in diesem Augenblick etwas anderes als Sie.« Sie starrte mit prophetischem Blick bis in den im Dämmer der Geschichte schwindenden Kern der Bestimmungen aller Erdenvölker. »So sehe ich eure polnische katholische Gotik — ach, wenn die Gotik orthodox sein könnte! Das wäre ein Wunder — kalt wird mir vor Scham. Hier, in diesem Lande, sollten byzantinische Tempel stehen, goldschimmernde, kuppelige, dunkle in ihrer Verleugnung und ihrem Gottesräubertum — in ihnen wäre eure polnische Stärke: Verbindung mit dem Osten — und nicht in all diesem westlichen Trödel, an den ihr euch zehn Jahrhunderte lang nicht habt gewöhnen können und der immer aussah wie ein drittklassiger Pyjama, den der Häuptling irgendwelcher Wilden als Krönungsgewand trägt. Dann könntet ihr sehen, was euer Volk ist! Nicht einmal der Geruch eurer abscheulichen Leichtfertigkeit würde in ihm zurückbleiben — dieser Falschheit, dieser scheinbaren Zuvorkommenheit, welche nur Selbstverachtung und Schande maskiert. Der schrecklichste Irrtum eurer Geschichte ist der, daß ihr das Christentum vom Westen angenommen habt und nicht von uns. Und wieviel haben auch wir dadurch verloren, daß wir statt Verbündeten und Führern Feinde in euch Polen hatten, unwürdige noch dazu — wie auch jetzt. Wenn ich mir vorstelle, wie wundervoll ein byzantinisches Polen wäre, so könnte ich weinen, weil es das niemals sein wird. Noch im Jahre 1920 hättet ihr zum letztenmal unsere Bolschewiken hereinlassen und euch in uns auflösen und uns organisieren können; oder ihr hättet euch von uns organisieren lassen — schmerzlos — nicht so wie durch die Deutschen — und euch damit von der historischen Schuld der Vergangenheit loskaufen können. Euch jetzt noch mit unseren Weißgardisten zu verbinden — obschon das nicht mehr dasselbe ist —, dazu ist es zu spät. Immer mußte euch irgendeine geheime Kraft im letzten Augenblick von uns entfernen.«

Fürst Basil: »Diese Kraft ist der Selbsterhaltungstrieb eines Volkes, dem anzugehören ich jetzt die Ehre habe. Unlängst sagte sogar Trepanow, der Hauptkommandierende: ›*In jedem russischen gesegneten Menschen steckt tief drinnen ein wenig Schmutz und Schweinerei.*‹«

Die Fürstin: »Ach, du halbpolnischer Neokatholik: Nicht nur wir, alle sind so. Aber diese Schweinerei war einst etwas Großes, nur in unserer Übergangsepoche ist sie klein und elend geworden. — Das ist die schwindende, sich zersetzende Persönlichkeit, für die nicht einmal mehr in der Literatur Platz ist. Aber auch in dieser Schweinerei, die eigentlich ein Erz ist, ist manchmal etwas vom einstigen Gold versteckt, das zu fördern, zu rösten und zu reinigen man verstehen muß. Allerdings hat es sich um mindestens achtzig Prozent vermindert, und die Gewinnungsmethoden müssen anders werden: eher chemische als physikalische — und diese Psychochemie verstehen noch einige Weiber auf dieser Welt. Zuerst in Elemente zerlegen und dann sie von neuem synthetisieren.«

Scampi: »Schade, daß Mama dieses bedeutende Wissen nicht früher erlangt hat — denn, wißt ihr, es ist keine Neuigkeit: Das Wissen kommt mit dem Alter, das war schon zu römischen Zeiten bekannt...«

Benz: »Jetzt ist es schon zu spät dafür: nicht nur in Rußland, sondern überall. Die Chinesen werden dieses Erz rösten, aber für andere Zwecke. Für das russische Volk ist es ebenso zu spät wie für alle Völker der Welt, zumindest in den Formen, in denen sie bis jetzt erschienen sind. Nur daß im Westen wenigstens ein Restchen wirklicher Werte zu diesem Thema verlebt worden ist — hier aber nicht.«

Die Fürstin: »Mit Ausnahme von euch, o Öl der Gesellschaftsmaschine der ganzen Menschheit! Doch mir scheint, es ist für eine Menschheit euren Stils auch zu spät, denn die Kraft ihrer Elemente ist begrenzt. Diese eure Menschheit könnte nicht von Dauer sein, ebensowenig wie ein fünfhundertstöckiges Haus aus kleinen Ziegeln gebaut werden kann. Und nach gesellschaftlichem Eisenbeton sieht es nicht aus — die Körper werden noch einige Zeit aushalten, die Gehirne nicht. Körper kann man zusammentreiben zu einem Überhaufen, ein Übergehirn wirst nicht einmal du schaffen, Herr Benz, sogar oder gerade nicht bei wachsender Spezialisierung. Kaum hat die Menschheit begonnen, sich als ein Ganzes selber aufzuklären, schon wird sie gewürgt von der Kompliziertheit der Grundlagen eines Lebens, aus dem allein diese Aufklärung hervorzuwachsen vermochte.«

Benz: »Ich bin völlig einverstanden. Doch glauben Sie, daß der Pseudofaschismus diese fortschreitende Komplikation aufhalten wird? Nein — alles muß, verstehen Sie: *muß* immer schneller und schneller laufen, denn die Produktivität muß wachsen. Nicht alle Rassen haben diese Beschleunigung ausgehalten. Allein wir, wir Juden, unterdrückt, aber ausgeruht und aufgezogen wie eine Feder, sind dazu bestimmt, in Zukunft das Gehirn und das Nervensystem dieses Überorganismus zu sein, der sich selbst erschafft. In uns kondensiert sich das Bewußtsein und die Führerschaft — andere werden willenlose Eingeweide sein, die im Finstern arbeiten . . .«

Die Fürstin: »Zu eurem Ruhm, maskierter Nationalist! Die ganze Hoffnung besteht darin, daß auch ihr euch einmal erschöpft, und dann werden wir euch zu unseren Zwecken benützen.« (Sie sagte das unaufrichtig, kraftlos.)

Benz: »Die Sonne wird auch einmal erlöschen . . .« (Er dachte diesen Gedanken nicht zu Ende.)

Die Fürstin: »Ihr Logistiker seid ein seltsames Volk. Wenn ihr von etwas anderem redet als von Zeichen, seid ihr ebenso ungenau beziehungsweise so genau wie jeder andere Mensch. Und ihr gestattet euch sogar mehr Späße, da ihr die absolute logische Sphäre in Reserve habt, in der eure Abstinenz bis zum Absurdum geht. Und an die Wand gedrückt, spielt ihr Bescheidlinge, die nichts wissen und sich damit noch brüsten. Ihr riskiert nichts auf diese Weise, aber ihr seid unfruchtbar — das ist es.«

Benz lachte mit breitem Triumph. Hatte er doch immerhin diese große Dame ein wenig geärgert. Er war zufrieden, daß er in diesem im Schwinden begriffenen kleinen Salon aus dem achtzehnten Jahrhundert dominierte. Einem Hund genügt auch eine Fliege. Genezyp war zu Pulver zerrieben, ein Nichts. Er war mit letzter Kraft bemüht, sein zu einer ekligen Masse zerfließendes Ich, vielmehr die letzte Spur davon, zu organisieren. Sein Ich entschlüpfte ihm und kroch demütig zu (den noch sehr schönen) Füßen der ihn potentiell betrügenden Geliebten. Das wußte er bestimmt, trotz seiner ganzen Dummheit. Er konnte nicht verstehen, daß sie ihn bisher hatte ernst nehmen können. Solch eine ›wirkliche‹, erwachsene Person, die so geistreich sprach, wovon sie nur wollte, und mit richtigen Gehirnmenschen. ›Solch eine alte, verlebte Schachtel, solch eine besudelte Meerkatze‹, wiederholte er sich im Geiste unaufrichtig und völlig vergebens. Die Fürstin erhob sich und warf mit einer (geradezu) prachtvollen Bewegung die Masse der kupferroten Haare nach hinten, als wollte sie sagen: ›Nun, genug des Unsinns — jetzt fangen wir wirklich etwas an.‹ Mit unbesiegbar jungen Schritten, einem Gang, der alle ihre Opfer zur Verzweiflung brachte, einem fast affenartig leichten und dennoch tigerhaft gewaltigen, leicht wiegenden und zu lasterhaften und schrecklichen Sachen lockenden, schritt sie durch den Salon und blieb wie die Statue einer allmächtigen Gottheit der sexuellen Hölle vor dem völlig marmeladisierten Tengier stehen. Mit einer leichten und verächtlichen Bewegung stieß sie seine Schulter an. Putricydes zuckte zusammen, wie von einer Nadel in die empfindlichste Stelle gestochen. Sich erhebend, warf er mit blauen, wie verweinten Augäpfeln einen Blick auf seine Frau. Diese Kugel an seinem Bein (dem verdorrten), Stütze seiner Existenz, spannte sich in zunehmender Rachsucht. ›Ich werde eins in die Fresse kriegen‹, dachte er verstohlen. (Draußen starb der Märztag. Lilienwolken, hinter den westlichen Gipfeln hervorgekrochen, jagten kühn über die nackten Linden und Ahorne des Parks dahin. Die Unruhe des Frühlings, der in diesem Land unendlich trauriger war als ein düsterer Herbst in einem Tal, drängte sich durch die Scheiben, die sich unter dem Druck zu biegen schienen, und durchrieselte die ganze Gesellschaft im Salon, die wie eine einzige Woge sonderbaren Gewürms einem unerforschlichen Fatum entgegendrängte, dessen Erfüllung sich in dem brodelnden chinesischen Gewitter verbarg.) Der elektrische Lüster erglänzte, und die Gesichter der Männer erschienen zerknüllt, armselig, tot. Einzig die Fürstin strahlte in der scheußlichen Macht ihres Geschlechts, blähte sich in herbstlicher Pracht, und mit ihrem teuflischen Glanz löschte sie die bäurische, junge Schönheit von Frau Tengier. Sie fühlte, daß dies der Höhepunkt ihrer letzten Jahre war: Das Risiko der heutigen Probe sättigte ihren Ehrgeiz bis an den Rand. Sie wurde von innen vollkommen Weibchen — in Erinnerung an die einstigen guten, unwiederbringlichen Zeiten. »Nun, Meister: ans Instrument!« flüsterte sie dem wankenden Tengier ins Ohr. Die Qual dieser in Haß erstarrten, verschreckten jungen Bäuerin stachelte in ihr die Lust zu genießen bis zum Wahnsinn an. Die Kinder glotzten mit entsetzten Augen, einander an der Hand haltend.

Tengier ergriff wider Willen die Partei des von ihm verachteten Genezyp. Er hatte ihn nicht zu demütigen vermocht, denn ›sie‹, die auch ihn gedemütigt hatte, hatte ihn ihm entrissen — nicht ohne die Hilfe ihres glänzenden Milieus freilich. Ha, hätte er Geld, dann würde er es ihnen schon zeigen ...! Diese ganze zweifelhafte Überlegenheit der Fürstin, die so leichthin von den schwierigsten gesellschaftlichen Problemen redete, schien ihm eine widerliche Komödie. Er hatte den Hintergrund alles dessen schon längst in sich, wenn auch in einer unumrissenen Form — man mußte das nur in Worte fassen und aussagen. Improvisationen kommen später — er wird nicht dann spielen, wenn es ihm befohlen wird. Er goß grünen Likör aus indischem Hanf in ein Weinglas und hob es zu seiner scheußlichen Fresse, die zu bersten schien vom Drang des Geistes zwischen den schweißverklebten Zotteln.

»Nicht jetzt — später.« »Jetzt spielen Sie bitte!« zischte die Fürstin in befehlendem Ton. Doch heute wirkte dieser Ton nicht, trotz des ›guten Tages‹. Tengier stieß sie beiseite, die klebrige Flüssigkeit auf seinen Frack und auf den Teppich verschüttend.

»Du könntst ufpasse, Putric, und nich so saufe wie'n Pferd«, schrie plötzlich mit einer fremden Stimme, wie durch ein dünnes Röhrchen, Maryna.

»Gerade jetzt werde ich reden.« Er füllte das Glas nach, leerte es in einem Zug und begann eine große, programmatische Rede. »Eure ganze Politik ist eine Farce. Einzig Kocmoluchowicz ist etwas wert, das heißt, falls er jemals zeigt, was er kann«, fügte er die stereotype Phrase aller Bewohner dieses Landes hinzu: von den Kellerwohnungen an bis zu den teppichbelegten Palästen. »Es ist eine Farce noch aus den Zeiten der französischen Revolution, die unglücklicherweise nicht bis zu uns gelangt war. Das waren Versuche damals! Damals war es noch möglich, sich an die Spitze der Menschheit zu stellen, und wir hätten das gekonnt, wenn wir einander tüchtig geschlachtet hätten — wenn ein Mensch dagewesen wäre, der den Mut gehabt hätte, damit anzufangen, und das in großem Maßstab. Ein Reflex dieser unvollbrachten Sachen waren messianistische Faseleien — damals hätte man ein größerer Messias sein müssen, als Frankreich einer war. Es geschah nichts, zum Teufel, wegen dieser Adelsdienerlinge. Gibt es etwas Schrecklicheres als den polnischen Adel? Und so viel ist da von diesem Unflat! Hundertmal lieber sind mir die Juden, und lieber sähe ich, dieses Polen würde jüdisch, als daß es solch ein adliges Polen bliebe.«

»Bravo, Tengier!« rief Benz.

»Der Wiener Kongreß war ein posthumes Werk der verunstalteten Politik großer Herren. Seit der Französischen Revolution gibt es hier diese elende demokratische Lügenhaftigkeit. Sie war die Gebärmutter, aus der das wilde, wie eine Neubildung wuchernde, unorganisierte Kapital kam. Fast hätte dieser Polyp die Menschheit gefressen. Und heute ist ihr einziger Hort unser Land, um den Preis dessen, daß wir nicht gegen die sogenannten Henkersknechte aus dem Norden losgezogen sind. Auch das, sagt man, war das Verdienst von Kocmoluchowicz, obgleich er damals erst Hauptmann war und sich mit den Bolschewiken schlug. Aber das wird er büßen, habt keine Angst — ich fühle das deutlich voraus. Er wird noch diesen gelben Affen die Fersen lecken und von ihnen Bambushiebe empfangen. Wenn es dann nur nicht zu spät ist. Was sich heute in Büffets, Dancings, Restaurants, Couloirs und Pissoirs tut, das sind nur kleinliche Schwindeleien lasterhafter Schachspieler, das hat nur soviel für die Zukunft zu sagen wie diese Jammereien der Frau Fürstin über das nicht russifizierte Polen und das nicht polonisierte Rußland. Das sind diese sogenannten ›Züge‹, diese ›Gangs‹, diese pseudoparteipolitischen Ränke von Schlaubergern und Verflachern, die sich im letzten Moment mit Leben vollfressen und wissen, daß ihr letztes Stündchen bald geschlagen hat. Denn ich frage mich, in wessen Namen das alles geschieht? Darauf wird niemand aufrichtig antworten, weil niemand es weiß. Die Idee des Staatswesens als solchem, sogar eines solidarisch-elitär-beruflichen, reicht nicht aus — ist nur der Mittelpunkt von etwas, das niemand im ganzen zu konzipieren vermag. Impotenz. Ein ideenloses, egoistisches, abscheuliches und mit letzter Anstrengung Sichklammern an den Rock der sterbenden Vergangenheit.«

»Ja, wenn sie euch niedermetzeln, so hast du endlich Erfolg, Tengierlein«, lachte Irina Wsjewolodowna giftig.

»Nun, nun — ob das nicht zuviel Vertraulichkeit ist. Wenn meine Symphonien in irgendwelchen lausigen Salons gespielt würden, die ein verständnisloses Lumpenpack heulender Hunde füllt, würden Sie anders mit mir reden. Du selber, du heulende Hündin du, Phimosa Syphilissa, du schlinglöchriges Geschöpf, du Xenie eines traurigen Furzophons«, schluchzte er schließlich auf, da er nicht mehr wußte, was er sagen sollte.

»Auch das muß sein. Ein erfolgloser Künstler ist heute ein unerträglicher Anachronismus«, antwortete die Fürstin in ungetrübter Ruhe, maßlos zufrieden mit den Beschimpfungen.

»Es gibt ihn deswegen, weil Sie dann Mäzen von sogenannter ›verkannter‹ Kunst sein können«, mischte sich mit einem keineswegs neokatholischen Giftchen Fürst Basil ein.

»Was ist das? Eine konzentrische Attacke auf mich?« Sie blickte böse um sich, und ihr Blick blieb haften an dem in diesem Licht fast fahlen Kopf ihres Jüngelchens. Sie fühlte sich eingekreist, und Mitleid zerrte an ihrem müden Herz. Ach, wenn sie wüßten, diese Grausamen, wieviel sie jeder Augenblick des Triumphes kostete! Sie würden sie bedauern und sie an sich pressen, statt sich an einer Wehrlosen auszulassen. Sie sah (im Geiste, selbstverständlich) den Schrank mit all den Kosmetika, die sie angehäuft hatte, ohne bisher zu wagen, sie zu benützen. Noch eine Weile, noch eine Weile — und dann schreckliche Tage leerer, öder Zukunft (denn das, was sie von der Erziehung künftiger Generationen gesagt hatte, war reine Aufschneiderei gewesen), wenn sie sich jedem x-beliebigen hingeben würde, bereits aufs vollkommenste geschminkt, künstlich hergerichtet von irgendeinem Evarist, Ananill oder Asphodel, mit dem sie obendrein jeden Morgen vom Leben reden würde, diesem schrecklichen Leben einer Nymphomanin, das ihrer harrte. Das wäre dann wahrscheinlich der einzige Freund, der einzige Vertraute, der sie versteht. Doch plötzlich entsann sie sich des dämonischen Plans von vorhin und verschloß sich in die quälende Maske des Stolzes und der zügellosen Sorglosigkeit. (Schon tauchten wieder — trotz scheinbarer Vergeistigung — tierische Mäuler und Fressen von Männchen auf.) In dieser letzten Zuckung unterdrückter Verzweiflung empfand sie (als wäre in der grauen Masse zerspellten Felsens ein kostbarer Stein aufgefunkelt) tränende Dankbarkeit für die Geschichte (man stelle sich vor!), die ihr am Lebensende in Gestalt des chinesischen Ansturms eine fast kosmische Katastrophe herabsandte. Ja — besser ist es, in dem weltumfassenden Gewitter umzukommen, als im Bett hinzusterben mit geschwollenen Beinen oder mit von stinkenden Geschwüren bedecktem Körper. Die Schönheit des Daseins, die Vollkommenheit der Komposition in den Proportionen aller Elemente und die Herrlichkeit des unvermeidlichen Endes, alles das blitzte vor ihr auf mit einem blendenden, inneren Glanz, der wie ein nächtlicher Blitz die ferne, düstere Landschaft des Lebensherbstes erhellte, voller Ruinen und verlassener Gräber. Sie erglänzte weit über die Welt hinaus, in ungezügelter, von metaphysischem Zauber umwehter Schönheit. Die Männchen waren kraftlos. Schon wollte sie etwas sagen, doch Tengier kam ihr zuvor. (Gut, daß das geschah, denn Worte konnten nur die Wundermacht des Augenblicks verringern — es bedurfte einer großen Tat, nicht aber irgendwelcher salon-dialektischer Siege. Es wird schon kommen, verdammt, es wird schon kommen — noch ist Zeit.)

»Keine Attacke. *Vous avez exagéré votre importance, Princesse*«, rief plötzlich mit piepsender Stimme Putricydes, die französischen Worte mit fürchterlichem Akzent aussprechend. »Hören Sie bitte!!!« Alkohol und Haschisch waren ihm von unten her in den Kopf gestoßen wie ein Torpedo in ein Panzerschiff. Er hatte aufgehört, er selbst zu sein, er wußte buchstäblich nicht, wer er war, er verkörperte sich in allen Anwesenden und sogar in toten Gegenständen, und alles multiplizierte sich ihm ins Unendliche. Nicht genug damit, daß alle Sachen vielfach dastanden, auch die Begriffe mehrten sich — der Begriff des Flügels zum Beispiel. ›Eine logische Vision im Haschisch — wäre es nicht gut, diesem vertrockneten Logistiker etwas darüber zu sagen?‹ Mißmutig winkte er ab. Er tönte von innen her wie ein unbegreifliches Instrument, auf dem Gott oder Satan (er wußte nicht, wer) einsetzte im Augenblick schrecklicher Inspiration, aus der Qual von Einsamkeit und Sehnsucht heraus, für welche die Unendlichkeit selber Grenze und Gefängnis war. Was kann es Höheres geben? Die satanische Konzeption des neuen, *musikalisch* noch *namenlosen* Werks erfüllte ihn wie ein rasend gewordener Lingam das Weibchen, durchleuchtete ihn von innen derart, daß er in der ganzen Welt vollendet wurde als idealer Kristall in der grauen Masse des Felsen, der ihn geboren hatte. Aus seiner eigenen Nichtigkeit heraus entflammte er in sich wie ein ungeheuerlicher Meteor in zwischengestirnlicher Leere, der sich am Saum zerwehter planetischer Atmosphäre reibt. Seine Atmosphäre war die transzendente (nicht transzendentale) Einheit des Daseins — und was noch? Als Material und sogar Katalysator: ein Frauchen, mein Herr, ein häusliches Konfliktchen, ein Schnäpslein mit Haschisch, mein Herr, kleine Schweinereien mit jungem Volk — ein ganzer Zopf kleiner Lebensgewohnheiten *dieses* und keines anderen monströsen Hinkebeins, durch den ein Milliarden Volt starker Strom metaphysischer Wunderlichkeit jagte, der vor Unersättlichkeit schäumt, der von irgendwoher, aus den Eingeweideturbinen des Urdaseins selber, sich erst zufällig individualisiert im Lebensgewirr dieser Person. ›Centrojob‹, dies sonderbare Wort (Reklame für das französische Zigarettenpapier ›Job‹? schien der Mittelpunkt des sich knäuelnden Magmas von Klängen, der Leitkompaß im Chaos wachsender gleichwertiger Möglichkeiten. Es entflammte in reinstem künstlerischem, konstruktivem Wahn das unglückliche Opfer höherer Mächte, Putricydes Tengier, und hielt die Inspiration zurück wie ein wild gewordenes Pferd über einem Abgrund — möge es sich kondensieren, sich selbst erklären, er, der große überirdische Herr, wird warten, bis ihm die Götter das fertige Gift reichen, für ihn und sein ganzes elendes Ichpersonal. Denn das waren die Nebenprodukte dieser ganzen Schaffenskomödie. Er wußte schon, daß er in einem Augenblick etwas spielen würde (einen Fetzen von dem, was in den Musiktiegeln seines Wesens entstand), das diese ganze Bande ihm nicht zum Nabel reichender psychischer Krüppel, diese in träger Pseudonormalität vergammelnde, zum Niveau einer intellektuellen Pfütze verflachten Gesellschaft zermalmen würde. Nein — Benz war anders, der verstand etwas, trotz seines Vernageltseins durch Zeichen — aber jene, die ›Spitzen‹ der Salonintelligenz, denen man niemals ihre eigene Dummheit klarmachen kann ... brrrrr! ›Der heulende Hund‹, zu seinen Füßen liegend, steifte die Ohren und Muskeln in Erwartung der musikalischen Erschütterungen. Verachtung füllte ihn bis zum Rand — nie würde er sie äußern. Wozu auch? Nach dem Tode würden sie es ohnedies erfahren:

nicht aus seiner Musik, aber aus den Zeitungen, dieser wirklich schrecklichen ›Presse‹ der Geister, die tagtäglich Millionen zerdrückt zu einer für die betreffende Parteifiktion bequemen gedankenlosen Marmelade. Die Zunahme des Umfangs der Zeitungen und der billigen Ausgaben literarischen Plunders: das frißt die Gehirne aus — Sturfan Abnol hatte recht.

Er selber, ein elender Krüppel, war der Gesündeste von ihnen allen, vielleicht sogar des ganzen Volkes, denn er war *Wahrheit*, trotz künstlerischer Perversion — er und vielleicht Kocmoluchowicz (er dachte das ernstlich, so weit war es gekommen!), zwei Pole des gesellschaftlichen Daseins, zwei zu schrecklichen Potentialen aufgeladene Quellen unverbrauchter Energie. Wann überhaupt sollte Befreiung kommen und von wo, wenn nicht jetzt (schon längst hatte er dies Geschwür angerissen, nun begann es, sich zu resorbieren, die entferntesten Winkel des Körpers vergiftend), von der beweglichen chinesischen Mauer her, die so über dem ›verfaulten‹ (trotz aller Pseudorevolution) Westen hing wie er augenblicklich über dem bodenlosen Abgrund seiner Inspirationen, in denen er siedete und kochte, sich herumwarf und die Zähne fletschte, ein in seiner Unentwickeltheit ungeheuerlicher Embryo des künftigen Werkes. Ach, wenn alles Entstehen so eindeutig sein könnte, so kristallisch, unverbrüchlich und endgültig wie das Hervorbrechen der künstlerischen Schöpfung aus dem Dickicht des Geheimnisses — wie herrlich könnte dann sogar das gesellschaftliche Dasein sein! Doch dies technische Elend der Kunst, auch der höchsten — diese taschenspielerische Narretei, diese metaphysische Jongliererei, diese Behendigkeit der Hände und des Geistes! Das Muster war unwürdig des unerfüllten Ideals. Nicht die ›Lügenhaftigkeit der Kunst‹ empörte ihn (das ist ein Problem für Dummköpfe und ästhetische Ignoranten). Die Kunst ist Wahrheit, eine in den Zufall dieser Schöpfung gebannte. Und er selber? Ist auch er ein Zufall . . .? Alles ist gut, solange die Inspiration da ist. Er hatte das Recht, ohne Ironie dieses Wort zu gebrauchen — er war kein überintellektualisierter, lasterhafter Musikgraphomane, noch war er ein Sklave des Ruhms und des Erfolges. Gut wäre dieser verachtete Erfolg — doch wenn es ihn nicht gibt, muß man einen entsprechenden Punkt der Mißachtung finden. Nur im Verhältnis zu den Menschen ist diese Technik unmoralisch, doch gegenüber Begriffen kann man sie sich erlauben. Mehr als das nach dem Muster seines Körpers verzerrte Leben entsetzte ihn zeitweilig der Gedanke an ein Vakuum des Schaffens, das mitten im Kampf verräterisch mit überschwemmender Gewöhnlichkeit, psychophysischer Not und Langeweile kommen konnte. Die Langeweile fürchtete er am meisten. Noch hatte er ihre Gipfel nicht erreicht, kannte aber schon gut ihre schrecklichen, ausweglosen Seitenschluchten, in denen immer ein häßlicher, selbstmörderischer Tod lauerte: ein dürres, vereitertes, zu einem Bogen gekrümmtes altes Weib, der Tod eines zu Tode gelangweilten Menschen, eines Menschen, den unerfülltes Leben und verkümmertes Schaffen vergiftet haben. Denn, war er auch auf den Gipfeln, der innere Ehrgeiz hieß ihn immer höher empordrängen, dorthin, wohin er gelangen könnte, wenn er vorher den Körper getötet hätte, als reiner Geist. Das war diese dritte Epoche, von der er träumte, und dort verbarg sich auch (in Qualen, eine Buße ohne Schuld) die Erfüllung und Überwindung des mißlungenen Lebens. Man mußte einen Sprung machen — und entweder sich töten oder emporfliegen in eine bisher unerreichbare Sphäre von Lebens- und Kunstabstraktion. Aber schon der entfernteste Abglanz von Erfolg konnte alles das unmöglich machen. Dies fürchtete Tengier am meisten, mehr noch als die Langeweile. Und hier unterdessen der Nachgeschmack eines anderen Lebens: Eine kurze (dreiundzwanzig Tage dauernde) Liebe zur Fürstin hatte ihm den gegeben, ein Nachgeschmack, der bis zur Tollheit die geistigen Gaumen verschiedener Lebensdoppelgänger reizte, die von seinem sich zersetzenden lebenden Leichnam eines nicht anerkannten Künstlers schmarotzten. Er sagte weiter:

». . . Und wovon leitet sich eure berühmte, geheimnisvolle, unerreichte Politik ab, von der man redet wie von irgendwelchen Mysterien eingeweihter Kaplane oder von wissenschaftlichen Experimenten allwissender Gelehrter? Keinerlei große, allmenschliche Konzeption — ein Geklitter noch dazu widersprüchlicher Pseudoideechen, die Würmern gleich im Kadaver einer sterbenden Volksidee und eines längst an sich verreckten Staatsbegriffs ausgebrütet wurden. Der Staat ist zu einer Neubildung geworden, hat aufgehört, Diener der Gemeinschaft zu sein, und angefangen, sie zu fressen zur Freude jener, die von Abfällen leben und von Trugbildern einstiger Herrschaft. Die Pseudoberufsorganisation ist nur eine Maske, unter der sich eine deformierte, karikaturisierte Ideenmumie aus dem 17. Jahrhundert verbirgt. Die einzige heute wirklich große Idee, die der Gleichheit und der selbst dem letzten Paria bewußten Produktivität, fälscht man rings auf der Welt in den nicht fertig bolschewisierten Staaten Europas — außer dem unseren —, Afrikas und Amerikas, und man schafft in dem Dickicht von vierhundert Millionen diese herrlichen gelben Teufel, die einmal zeigen werden, was sie können, und die mehr können als Kocmoluchowicz, der einzige, der bei uns Ausführender allweltlicher Bestimmungen sein kann. Seine einzige große Tat wird vielleicht darin bestehen, daß er nichts zeigt — außer der Welt den Hintern *et avec ça son génie.*«

»Aber erbarmen Sie sich«, unterbrach die Fürstin. »Der Bolschewismus war schon im Keim überlebt. Vielleicht war die Idee theoretisch schön wie das Christentum — aber unausführbar. Sie war das Resultat der Unaufgeklärtheit des vorhergehenden Zeitabschnitts. Ohne vorherige Berechnung — Daten hatte sie keine — tat sie einen zu riskanten Sprung in die Zukunft. Dort im Westen hat man das bemerkt, und so wurde man faschistisch unter dem Deckmantel eines Pseudobolschewismus als innerer und antichinesischer Maske. Denn es erwies sich, daß es eine solche Gleichheit und Gemeinsamkeit, wie Lenin sie erträumte, nicht geben kann, es sei denn um den Preis von Produktionsrückgang und Verarmung — allgemeinem Elend. Und das nicht nur in den Agrarländern, sondern sogar in den am stärksten industrialisierten Staaten. Man kann sogar schon ohne die Volksidee auskommen . . .«

»Sie reden so«, unterbrach der von Leidenschaft hingerissene Musiker, »als würden Sie mindestens tausend Jahre Geschichte im voraus kennen. Das, was Sie behaupten, ist nicht nachprüfbar im Kleinen — meine Ideen aber sind in jeder kleinen Nuance überschaubar, sogar was den Begriff der gesellschaftlichen Nichtumkehrbarkeit anbelangt, den heute niemand mehr negiert — außer Dummköpfen.«

Die Fürstin war etwas verwirrt — zum erstenmal trat Tengier mit solchen Einfällen in ihrem Salon auf. Etwas Unerhörtes! Doch abgesehen davon war sie zufrieden, daß solche kräftigen Reden in einer ihren Überzeugungen und Instinkten entgegengesetzten Richtung, die auf sie stets einen gewissen pervers-sexuellen Eindruck machten — daß eben gerade in ihrem Salon derartige Ungeheuerlichkeiten gesagt wurden. Dies war einer von ihren am meisten verheimlichten Snobismen. »Statt etwas zu tun, schimpfen — das Billigste auf der Welt.«

»Handeln kann man nur bis zu einer gewissen Grenze — in gewissen Fällen kann man nur mehr kotzen. Sie werden keine Kuchen aus Kuhdreck und Sacharin machen . . .«

»Mein Herr«, murrte Benz, »in ideeller Hinsicht bin ich mit Ihnen einverstanden, aber Ihre Methode ist mir fremd. Letzten Endes kann man so, wie Sie Politik als solche abwerten, buchstäblich alles abwerten. Was ist denn Logik? Ein Setzen von Zeichen auf Papier. Und was denn ist Ihre Musik? Ebenfalls ein Setzen von Zeichen, nur eben auf fünf Linien. Und als Folge davon blasen irgendwelche Kretins in Messingrohre und sägen Schafdärme mit Pferdeschwänzen . . .«

»Genug!« brüllte plötzlich Tengier wie ein Stier. »Verstecken Sie sich mit Ihrer Logik, die ein unnötiger, unverwendbarer Ballast von Plunder ist, ein von sich selbst gefressener Intellekt, ein Spielzeug für Menschen, die an frustriertem intellektuellem Appetit leiden, für geistig Impotente, nicht aber für Präpotente des Gedankens, wie Sie sich das vorstellen. Doch von meinem Schaffen — Hände weg! ›Von der Schwelle meiner Schlünde Hände weg, ihr, und auch Gott‹« (zitierte er Micinski). »Das ist Musik! Hört nur die Fetzen davon — und vielleicht würdet ihr wirklich zu Fetzen«, knurrte er drohend, während er lärmend das wundervolle, auf Bestellung angefertigte, vierfache runde Klavichord öffnete. Die Fürstin war trotz allem entzückt. Der kleine Begriffsskandal und die wilde, haschischtrunkene Improvisation Tengiers bildeten zusammen keinen schlechten Hintergrund für den sich in ihr vorbereitenden Akt von reinem Dämonismus, *pure demonism act, co-chonnerie féminine pure* — wie Fürst Basil sagte. Das Wohlbehagen der Vollkommenheit (dies Gefühl, daß alles eben so ist, wie es sein soll, und nicht besser sein kann, die Quelle der Theorie Leibniz' von der Vollkommenheit der Welt), dieser bei ihr immer seltenere Zustand, zerfloß in alle Winkel ihres Körpers, der sich verjüngt und ganz zum Sprung gespannt hatte, sich mit früheren Triumphen und Verbrechen sättigend, die sich in solchen Momenten zu einer idealen künstlerischen Komposition ordneten. Gut war dies Leben, und sie hatte es nicht vergeudet — nur das Ende nicht verderben, selber vom Trog zurücktreten, bevor die anderen einen wegstoßen!

Tengier griff in die Tasten — es war, als würde er sie zerreißen. Alle hatten die Illusion, er würfe im Laufe des Spielens verschiedene kleine Teile des Instruments fort in die Zimmerecke, und diese Illusion währte sogar beim Pianissimo. Er spielte geradezu satanisch, bestialisch, unmenschlich, grausam, sadistisch. Er zog seinen Hörern, wie Gilles de Rais seinen Opfern, die Därme heraus und sielte sich in ihnen, sich sättigend mit dem metaphysischen Schmerz menschlicher Kadaver, die er durch seine Kunst mit den Wurzeln herausriß aus der Gewöhnlichkeit und in die grenzenlosen Weiten überweltlicher Angst und Wunderlichkeit schleuderte. Das *war* Kunst, und kein Geklimper blasierter Taschenspieler und intellektueller Ausdenker von neuen sinnlichen Schauern für hysterische Weibchen. Und diese Musik war derart *voll*, daß sie anfangs nur durch das Empfinden wirkte — man mußte erst diese ›Lebensredoute‹ erstürmen, in der sie verschanzt war, um in die geheimnisvollen Kasematten hineinzugehen, in denen sie wirklich lebte, unzugänglich für gewöhnliche Gefühlsheuler. Dies taten alle außer Benz. Die inkommensurable Welt der Töne, in die Zypcio hineingetrieben wurde wie ein verirrter Schafbock vom Sturmwind, verursachte zusammen mit dem wirklichen Abend bei diesen Ticonderogas, die zufällig waren wie alles andere, daß er zu einem in geistiger Hinsicht unbeschreiblich Verkrüppelten wurde. Mit Ultramarin übergossen sich die unverhangenen Fenster, durch die der sterbende Märzabend hereinschaute auf die zuhörenden Märtyrer des Daseins. Alles entflog in unerreichbare Ferne und Tiefe. Es vereinigten sich die einander fremden und gegensätzlichen Geister der Anwesenden zu einem Knäuel von Rauch aus dem Opfer für eine untergehende Gottheit. (Irgendwo in der Hauptstadt K. entfaltete sich ein wunderliches Theater unter der Leitung von Kwintofron Wieczorkiewicz. Hier, zu ihren Füßen, starb die Musik durch das Größte der Musik.) Zusammengewachsen zu einer Einheit, gefroren mit Klängen, die sich über die Schwellen des Daseins ergossen, verloren sie das Empfinden von persönlichen Existenzen. Etwas Kälbisch-Viehisches, fast Geschlechtsloses, dachte blaß in einer der seitlichen Kemenaten der Seele Irina Wsjewolodownas: ›Oh, wenn er anders wäre! Wenn er schön, jung und rein wäre, dieser arme Junge, dieser in Grausamkeit unersättliche Musikhenker, dieser unsaubere Halbbauer! Und wenn ich, mich ihm hingebend, fühlen könnte, daß es derselbe ist, der mich mit sich ausfüllt wie der, durch den jenes Wunder da geschieht.‹ (Denn die Fürstin war kein ›heulender Hund‹ und verstand es, durch ihren fast greifbar erschütterten Körper die Musik musikalisch zu fühlen — nur nicht jetzt, um Gottes willen, nicht jetzt . . .) Doch wie zum Trotz erinnerte sie sich an die ungelenken Umarmungen Tengiers, krüppelhaft und schwach und in ihrer Wildheit ungeschickt wie er selber . . . Sie war vom Schicksal tödlich gekränkt wegen dieser Ungerechtigkeit. ›Oh, wenn er mich so wie diesen Bechstein . . . Wenn er mich durch Musik selber besitzen könnte und nicht durch diesen ekelhaften, weiß der Teufel von wo ausgespienen Körper.‹ Er besaß sie jetzt wirklich. Rasch ging in ihr der Moment metaphysischer Begeisterung vorbei. Die ungeheuerlichen Klänge und Schmatzereien des Flügels zerquetschten sie und zerleckten sie zu einem geilen Sumpf voller Polypen und Egel, der imstande wäre, sogar Luzifer mitsamt den Hörnern zu verschlingen. Der Teufel der Sexualität tat sich gütlich in ihren Innereien, an der verunstalteten Leiche reiner Kunst, mit vollem Maul ihren Fall schleckend, sich an den unreinen Säften ›seelischen‹ Verfalls verschluckend. Die geistigen Filter der Klänge hörten auf zu funktionieren. Das Böse, das sich jetzt in diesen unschuldigen Tönen und Klängen verkörperte, drang gewaltsam in ihren Körper und riß ihn in Stücke, brannte in unreinen Bränden und hinterließ zerpeitschte, schmerzende Innereien. Unterdessen reifte bis ins einzelne ein dämonischer Plan, eine höchst vulgäre, unfehlbare, ewig neue weibliche Schweinerei, die eklige Waffe der Schwäche eines alternden Weibes, das, da es sich nicht zu einer entsprechend potenzierten Liebe unmittelbar aufzuschwingen vermochte, das Schicksal betrügen wollte, indem es sie vom ordinärsten aller Teufel erkaufte um den Preis eines Verbrechens — ganz unten auf der Skala, aber doch eines Verbrechens. Denn Gift dieser Art, einmal eingeimpft, währt bis zum Lebensende und muß die Liebe töten — nicht nur diese eine, manchmal alle folgenden —, es kann sogar die Mörderin selber tödlich vergiften.

Genezyp verspürte eigentlich keinen Augenblick eine metaphysische Erschütterung. Zu sehr vertieft war er ins Leben. Musik war ihm an diesem Abend nur eine Tortur des Körpers — eine schreckliche, nicht zu ertragende. Zum erstenmal verstand er, was in einem entsprechenden Moment des Daseins eine Auswahl an sich sanfter Klänge bedeuten kann. Tengier wuchs in ihm zu den Ausmaßen eines Symbols des Bösen, eines grausamen Götzen, eines vollendeten Schuftes. Zypcio wand sich, zu Brei zerstampft im Mörser eigener Niedertracht durch den schrecklichen Stößel der auf ihn einstürzenden, metallisch zerschmatzten, bis zum Platzen ungesättigten Akkorde, er verschwendete sich zu einem kleinen Exkrement in den Wüsten des Bösen, die von zickzackartigen, kantigen, stechenden, zerreißenden Passagen gebildet wurden. Ein Thema kehrte immer wieder, schlimmer als die Hostienschändung in einer satanischen Messe, steigerte sich zu unbegreiflicher Maßlosigkeit, über die Ränder des Weltalls sich ergießend bis in das Nichts. Dort war Besänftigung und Ruhe — doch die Musik beruhte darauf, diese nicht zu erreichen — vielleicht nach Beendigung des Werkes. Aber das war kein Werk, sondern geradezu ein Ungeheuer: gehörnt, mit Zähnen, mit Stacheln, etwas wie ein Dinosaurier, vermischt mit einem arizonischen Kaktus. Genug!! Diese Musik wurde ihm zum Symbol eines weltumfassenden Geschlechtsaktes, in dem ein unbekanntes Wesen auf die grausamste, perverseste Weise das Dasein selber vergewaltigte. Wann wird das enden? (Tengier raste, schweißüberströmt, nach Pilzen stinkend auf fünf Schritte.) Zypcio fiel ein, was die Fürstin ihm einmal über Putricydes gesagt hatte — es fiel ihm ein, verflucht, um das Maß des Bösen vollzumachen. Sie hatte ihm das mehrmals gesagt, in ihm die allerschlimmste, düsterste, von blutiger Grausamkeit triefende Begierde entfachend. Also sie sagte mit der Miene eines listigen Mädchens ›davor‹ oder in Momenten höchster Ekstase, als sie, aufgehängt über dem unheilverkündenden Schlund der Unersättlichkeit, beide vor Lust beim Sättigen rasender Gelüste verreckten — sagte sie so: »Denk mal — wenn er uns in diesem Augenblick sehen könnte . . .!« Nur soviel. Aber das war wie der Hieb einer weißglühenden Peitsche. Die Lust ergoß sich über die Ränder, ›debordierte‹, wie die Fürstin sagte, und bewirkte eine diabolische Entfesselung, die bis zur völligen Vernichtung reichte. Jetzt fiel ihm ein solcher Moment ein, und die Teufel holten ihn plötzlich von allen Seiten. Er war wie innerhalb einer klebrigen, beißenden, nassen Flamme materialisierter Geilheit. Er stand auf und wankte betäubt — die Sehnen und Muskeln rissen, sich verwirrend wie aus Guttapercha gemachte Knochen. Und *er* war das, der dort spielte, *er* schuf in ihm durch die Musik diese viehische Tragik, er, derselbe, von dem und der einmal . . . Ah, nein! Jetzt sie haben — das wäre das Höchste, wonach man nicht mehr dazusein brauchte! Doch nein — soeben flüsterte Toldzio Irina Wsjewolodowna etwas ins Ohr, seine distinguierte kleine Fresse eines Dummerchens vom Auswärtigen Amt in der aufgewühlten Masse ihres roten Haares versteckend. Diese Qual schien eine Ewigkeit zu dauern. Die Welt schwoll schmerzhaft zeiträumig an wie in den Opiumalpträumen de Quinceys, und zugleich schrumpfte sie zu einer kleinen, im Grunde schmutzigen Sache bis zur Stelle der größten Demütigung eines Mannes, und diese Stelle gehörte zu ihm und zu keinem anderen Geschöpf. Die Fürstin sah alles, und ein wilder Triumph (dieser echt weibliche Triumph darüber, irgendeine ›Person‹ dahin gebracht zu haben, daß sie nur ein einziger großer Phallus ist, ohne jeden anderen Gedanken und ohne anderes Gefühl) verzerrte ihre s-förmig geschnittenen

Lippen zu einem Lächeln, das einen trockenen Klotz zum Wahnsinn bringen konnte. Endlich, nachdem unermeßliche Zeiten verflossen waren, angefüllt von weiß-der-Teufel-was (*einer lockeren Masse zusammenhangloser Empfindungen ohne ›Gestaltqualität‹*), gingen alle ›Outsider‹ hinaus, und es blieben nur sie drei: sie, Zypcio und der Cousin. (Wütend war er auf sie, *il fornicatore* [d'Annuncio], weil sie den verhaßten Vetter zum Abendessen dabehielt.) Er schwieg düster, systematisch, bald hier, bald da gebissen von unerträglichen, erniedrigenden Begierden, die nun jeglichen, sogar des metaphysischen Zaubers beraubt waren. Verschwunden war der schöne Knabe voller interessanter Probleme, aufgesogen, resorbiert, verschlungen von nur einer Sache und dem schrecklichen Kerl in sich — einem kraftlosen. Am Tisch saß ein gewöhnlicher *excremental fellow*, der um jeden Preis *fornicare* wollte, und nichts weiter. Er trank viel, aber der Alkohol floß von seinem Gehirn ab wie von einem Regenmantel. Doch er dachte sich, daß alles gleich wäre, bald würde er sich an diesem unflätigen Korpus sättigen (er lebte tausendmal intensiver in der Vorstellung als in der Gegenwart), und dann würde er dies alles vergessen und übergehen in seine ›geliebte‹ Welt, die jetzt so fremd und unbegreiflich war. In ihm war jetzt nichts von den seltenen Momenten ›kindlicher‹ Liebe zu ihr. Er haßte das Weibsstück wie niemanden bisher. Unausgesprochene Worte, irgendwann in die Gurgel oder ins Herz eingesunken, würgten, vergifteten, stachen ihn von innen — er war vor Wut verstummt, die mit einer viehischen Begierde nach mit Worten unsagbaren Handlungen zu einer einzigen giftigen Pille vermischt war. Doch das Vorwegnehmen möglicher (vielmehr unmöglicher) Lust durch den ihm bisher unbekannten Zustand geschlechtlicher Eifersucht gab ihm die Kraft auszuhalten. ›Das wird etwas Tolles werden‹, dachte er nicht begrifflich, sondern in mit Blut und allen Säften unterlaufenen Bildern. Jetzt wird er sich's erst erlauben — ach, er wird ihr zeigen, wer er ist. Und für sich selber war er nichts, verändert durch diese ›Fürstin von Sperma‹ (wie man sie nannte) zu einer einzigen, unermeßlichen, nicht auszuschleckenden, brennenden, bis zum Wahnsinn wild gemachten Schweinerei, wie ein unordentliches Geknäuel Tausender von komprimierten, namenlosen, einsamen, leidenden Monstren.

Doch gegen alle Erwartungen verabschiedete die gewissenlose Henkerin nicht den verfluchten (o wehe, dreimal wehe!) Bubi. Sie gingen alle drei hinüber ins Schlafzimmer, in diese Folterkammer, durch drei in ihrem Aussehen eher gemäßigte kleine Boudoirs, die Genezyp wie stille kleine Häfen schienen, die er mit Wonne ›angelaufen‹ hätte — mit ihr unter vier Augen aufrichtig sprechend wie mit der eigenen Mutter oder auch Tante, das Seine wie immer dazu beitragend. Der Unglückselige empfand die ganze Niedrigkeit seines Zustands in dieser Situation. Er verachtete sich, hatte aber keine Kraft, diese Verachtung von sich zu weisen. Er litt in diesem Moment für alle Männer der Welt, die von dieser Bestie gedemütigt worden waren (sogar solche, die im Leben erfolgreich waren — was das Schlimmste ist!) und überall am Platze sind: *In ihnen ist keine Lüge.*

Information: Gleich hinter dem Schlafzimmer war ein kleines, sogenanntes ›Behelfsbadezimmer‹ der Fürstin, das zwei Türen zum Korridor hatte. Ein Fenster dieses Badezimmers, aus dicken, verschiedenfarbigen, das Licht stark brechenden Scheiben, ging zum Schlafzimmer. Das könnte sonderbar scheinen, war aber so, wie zum Ärger.

(Das Licht der Lampe, die im Badezimmer brannte, sickerte in Regenbogenfarben durch die kristallischen Glasstücke. Wie viele wunderbare Erinnerungen hatte doch Zypcio, die sich mit dieser regenbogenfarbenen Skala geheimnisvoller Schimmer verbanden. Zum erstenmal hatte er Gelegenheit gehabt, die bekannte Tatsache zu beobachten, daß ein- und dieselbe Sache so verschiedenartig erscheinen kann, je nach der Färbung des Komplexes, in dem sie sich befindet. Erstaunt blickte er auf die Scheiben, ihre sonst so köstlichen Farben nicht wiedererkennend — sie waren geradezu ungeheuerlich.)

In Gegenwart beider Rivalen zog die Fürstin das Kleid aus und hüllte sich mit der Grazie eines kleinen Mädchens in einen purpurvioletten Schlafrock. Genezyp flog irgendein Rüchlein an, von dem sich ihm das Gehirn zu einem Einhorn zusammendrehte. Er sagte ich: ›Noch zehn Minuten, dann haue ich diesem Lümmel in die Fresse.‹ Er setzte sich weitab, um sich nicht bis zum Letzten zu bringen, und sah nicht hin — doch schon zwei Minuten später verschlang er das höllische Bild wieder mit ausgebrannten, blutunterlaufenen Augen voll verwirrten Ausdrucks: der Empörung (einer heiligen fast), der Wut und der Begierden, die schon das Maß eines neunzehnjährigen Burschen überstiegen. Hingefläzt auf eine Liege, liebkoste die Quälerin eifrig die Zypcio verhaßte, unschätzbare chinesische Bulldogge Chi. Es war das der einzige Abgesandte der beweglichen Mauer in diesem Hause.

Information: Das ganze Land war angeblich überschwemmt von Bekennern des Glaubens Djewanis, des ›Fußschemels‹ des großen Murti Bing, des großen Häretikers und Synthetikers früherer östlicher Religionen. (Diese Synthese war bekanntlich von Lord Berquith geschaffen worden zum Gebrauch des niedergehenden England. Die Menschen klammerten sich woran sie konnten und sogar woran sie nicht mehr konnten.) Seine Lehre hatte die offizielle Theosophie verdrängt als eine zu schwache ›Vorbereitung‹ auf den Sozialismus chinesischer Fassung. Hier kannte man diese Faseleien einzig vom Hörensagen. Und wie konnte man sie anders kennen? Eben darum geht es. Doch davon später.

Die Schmuserei mit dem Hündchen wurde immer leidenschaftlicher. In einem bestimmten Augenblick wandte sie sich dem Dulder zu — sie war ganz jung, höchstens fünfundzwanzig, das war un-er-träglich. Toldzio wand sich.

»Warum isolieren Sie sich so, Genezyp Genezypowicz? Sind Sie so entsetzt über die Isolationspolitik unserer Erlöser? Spielen Sie mit Chi! Sie sehen, wie traurig er ist.« Sie schmiegte das flammende Gesicht an die schokoladenfarbenen Zotteln des verfluchten Biestes. Alles war verflucht. Was hätte Zypcio gegeben für ein einziges solches Streicheln! Sicherlich, ohne jede Frage, hätte er die höchste Wonne empfunden und wäre wenigstens für eine Weile frei gewesen. ›Mich gibt es überhaupt nicht‹, dachte er mit maßloser Qual, aber fast schon an der Grenze kindlicher Zufriedenheit.

»Sie wissen, Fürstin, daß ich es nicht ertragen kann, Tiere zu berühren, wenn ich nachher nicht...«

»Na was schon? Sie werden sich waschen. Was ist Ihr Cousin doch für ein Purgatoman«, wandte sie sich an Toldzio, dr sieghaft kicherte. »Und im Grunde ist er genauso ein Schweinchen wie ihr alle.« Toldzio war nahe daran zu lachen, ohne zu wissen, warum. Genezyp schleppte sich wie hypnotisiert zur Liege. Mit der Miene eines Verurteilten begann er ungeschickt mit dem verhaßten Hunde-Chinesen zu spielen. Er fürchtete, im Falle eines Sträubens noch kindlicher zu erscheinen, und spielte also, mit den Zähnen knirschend. Die Fürstin spielte auch, aber mit der Miene eines ausgelassenen Mädchens. Ihre Hände begegneten einander… Schon war der Prozeß inneren Sichsättigens zu einem un-umkehrbaren geworden. Zypcio war im Fallen — er wußte, was ihn erwartete, wußte, daß er das nicht aushalten, daß er platzen würde. Sie wußte das auch und lachte. ›Was ist mit ihr geschehen? Gott, Einziger, was soll das alles?‹ Als beide eine Weile von Toldzio abgewandt waren, streifte Irina Wsjewolodowna ganz programmgemäß seine Wange mit den Lippen: Sie waren heiß, feucht, zerflossen. Ihre Zunge streifte seinen Mundwinkel: Er empfand das im Rücken und in den Lenden als einen brennend-kitzelnden Schauer. »Nun, gehen Sie sich jetzt waschen. Chi will schon ins Bettchen.« (Jedes Wort war berechnet und auch der Ton.) »Nicht wahr, Chi? — du mein einziger Freund.« Sie umarmte den Hund, ihn ganz in sich hineinschmiegend. Ein *beschlagenes* Bein blitzte auf — wie mit heller Seide beschlagen, grausam, fern, seiner Schönheit nicht bewußt. Genezyp tat ein paar Schritte wie ein Trunkener. (Er war übrigens ein wenig trunken, doch das war es nicht.) »Nicht dort — Sie können hier, in meinem.« Er kehrte um wie ein Automat und befand sich in einem körperlichen Sanktuarium oder etwas Ähnlichem — hier wurde diese lebendige Statue der Isis vorbereitet zu Ehren der götzendienerischen Männchen. Er gehörte zu dieser Kollektion, wenn nicht im Raum, so in der Zeit. Das nahm ihm den Rest des Gefühls von Einzigkeit und Außergewöhnlichkeit: Er war Teilchen einer namenlosen Masse, ein Nichts. Die Frische der Düfte ermunterte ihn dennoch etwas. ›Vielleicht werde ich mir niemals mehr im Leben solch einen Luxus erlauben können‹, dachte er traurig mit einem kleinen Nebengehirn, das irgendwo für sich funktionierte wie eine kleine, unnötige Neubildung an dem verviehten, gefallenen Körper. Im Rauschen des Wassers hörte er nichts, und da er mit dem Rücken zur Tür stand, sah er auch nicht, daß diese sich öffnete und der Schlüssel herausgenommen wurde von einem weißen (und dazu grausamen) Händchen und daß ein verstohlener Blick aus Emailaugen über seine gebeugte und vorgereckte kräftige Gestalt glitt und eine Weile mit Traurigkeit, Angst und sogar Verzweiflung auf seinem jungstierhaften Nacken haften blieb. »Ja, es muß sein«, seufzte Irina Wsjewolodowna. Die Tür schloß sich leise, und der Schlüssel drehte sich lautlos auf der anderen Seite um. Zypcio wusch sich die Hände und das Gesicht, und es schien ihm, daß er etwas Herrschaft über sich gewonnen habe. Er drückte die Klinke — die Tür war verschlossen. Er zuckte zusammen. Das Unglück schaute ihm direkt ins Gesicht, obwohl er eigentlich nicht glaubte, daß solch eine Dummheit der Anfang einer wirklicheren Serie sein könnte. Also daher sollte seine erste Kraftprobe kommen. Also *darum* hatte der Vater — ach, dieser Vater! Er lenkte ihn über das Grab hinaus wie eine Marionette. Ein Freund!!

»Hallo«, sagte er mit zitternder Stimme. »Bitte aufmachen. Toldzio, mach keine dummen Witze!« Hinter der eichenen Tür hörte er ganz deutlich ein Lachen. Sie lachten beide. Es kam ihm nicht in den Sinn, zur anderen Tür auf den Korridor hinauszugehen (sie war übrigens auch verschlossen). Er stieg auf einen Stuhl und blickte ins Schlafzimmer. (Seine Bewegungen waren vorauszusehen wie die Bewegungen der Insekten im Laboratorium Fabres.) Schon vorher hatte er einen verstärkten Glanz bemerkt: Es brannte der große Kronleuchter an der Decke, und das ganze Zimmer, ein Ehrentempel für diesen Körper, war in grelles Licht getaucht. Er sah alles durch die farbigen Kristallscheiben wunderlich deformiert und bunt, vom Violett bis zum Rot, vom Rot bis zum Smaragdgrün und Saphirblau, und er sah, sah ganz deutlich etwas so Unbegreifliches, daß er sich *negativ* (Minuszeichen —) in eine Sphäre unglaublicher Erniedrigung und stinkenden Unglücks *türmte* (nicht versank — das ist ein großer Unterschied). Und das durch sie, die er leichthin verachtete, und die ›Romanze‹ mit ihr, die für ihn schon etwas unterhalb seines ›Standards‹ war! Er schaute, sah, wollte nicht sehen, konnte sich nicht losreißen. Endlich begriff er — nicht mit dem Gehirn, eher mit dem ganzen Körper —, was dieser sogenannte Dämonismus ist. Die Zofe Susi hatte aufgehört, für ihn zu existieren, fortgeblasen wie von einem Windstoß voll Glut, und mit ihr alle anderen Weiber und reine Liebesbeziehungen, von denen er heimlich geträumt hatte in Momenten schlimmsten Rausches. Es existierte nur sie allein, diese höllische Irina Wsjewolodowna, und *wie sie existierte* — oh, daß sie doch der ... Wie eine Bulldogge saugte sie sich mit ihrer unüberwindlichen Schönheit und Schweinerei in ihn ein, in jede Zelle seines Körpers, in jedes Atom seiner Seele ... Fort!! Der scheußliche Cousin Toldzio, der onanistische Professor aus den Kinderjahren, besaß sie eben jetzt (sich vor Freude nicht besitzend) auf der kleinen Liege. Genzyp sah die ganze Komik, die ganze männliche Erniedrigung wie auf einem Tablett — ein lebendiges Photoplastikon in irgendeiner dreimal verbotenen Kneipe. Und sie war es, die ihn dazu verurteilte! Sie, die er so liebte (dieses widerliche, ihn mit seinem Verstand erdrückende Weibsstück). Oh, wo ist Gerechtigkeit auf dieser Welt! Doch das schlimmste war, daß Entrüstung, Demütigung, Beleidigung, Zorn — daß all das verging oder sich veränderte zu einer bisher unbekannten Begierde, die an etwas sexuell absolut Unausmeßbares grenzte. Ein Absolutum von Schweinerei, erzielt mittels eines inneren Transformators, der beliebige ›Inhalte‹ zu einer einzigen Gattung verarbeitete — einer geschlechtlichen. Wo war er denn wirklich, zum Teufel, dieser gehaßte (man wußte schon nicht mehr, von wem) Zypcio? Er war *etwas* schmutzig Leidendes, von jenem *persönlichen* Weib zu einem ekligen Pflaster Zerdrücktes. Wo aber war *seine* Persönlichkeit? Sie war zerflattert in der über Ludzimierz sich hinziehenden wilden, zaubernden Märznacht. Dieser ganze Palast, und mit ihm er und seine Tragödie, glich einem kleinen, aus Angst vor der Natur und den nahenden Ereignissen ausgespuckten Obstkern — wenn sie das nur sehen könnten! Den beiden füllten jedoch die eigenen Probleme und Leiden das Weltall bis über die Ränder aus. Sie konnten nicht über Fiktionen die eigene Bedeutsamkeit vergessen — sie waren gesundes Vieh. Und, und, und — ›jener‹ (jemand, der absolut kein Daseinsrecht hatte — ein absolut verdammtes Individuum) sättigte sich wie das letzte Vieh, und sie (o Grausen!) genoß mit ihm diese unlotbare, unschätzbare Lust im gleichen Augenblick, in dem sie ihn ihrer selbst so grausam zugunsten Toldzios beraubte — ein geschlossener Kreis. Eine Ungeheuerlichkeit. Die Bewegungen Toldzios wurden schnell, lächerlich und bodenlos dumm. Wieso schämte er sich nicht?! Das ganze Wesen dieses exkrementalen Bubis, dieses Zypcio, der schon so oft sich selber überboten hatte, schwoll an zu einer einzigen strukturlosen, klebrigen und nicht duftenden ›sexuellen Masse‹, an das Fenster geklebt wie ein Polyp an eine Aquariumscheibe. Als Urtier stand er jetzt nicht einmal einer Amöbe nach. Die Fürstin umfaßte Toldzio mit den Beinen (wie waren sie doch schön in diesem Augenblick — wie niemals), und dann verharrten sie längere Zeit ohne Bewegung, erstarrt, fast tot. (Daß er dort lauerte — sie wußte es bestimmt —, erregte die Fürstin Irina bis zu einer nie dagewesenen Raserei. Schon einmal hatte sie so etwas gemacht. Es war ihr nicht gelungen, weil jener ausriß und sich im Wald in den Bauch schoß — hier war sie des Lebens sicher, sie fürchtete nicht um ihn.) Fast in die Scheiben hineingeklebt, verharrte ebenso bewegungslos Zypcio. Er sah sie jetzt gelb — so war es am deutlichsten. Er wollte so gut wie möglich sehen — wenn überhaupt, dann unter den besten Bedingungen. Und jene standen auf und begannen sich zu entkleiden, schnell, fieberhaft. Genezyp verschlang mit den Augen (und mit dem ganzen Körper durch die Augen) diese, wie ihm schien, außerweltliche Szene. Er entdeckte in sich (und mittelbar in der Welt) etwas derart Schreckliches, daß er geistig verstummte. Er war nicht mehr er selber. Es zersprangen die Bindungen des Ich, die Persönlichkeit verflüchtigte sich. (Einen solchen Moment bewußt ausnützen! Aber dazu war er zu dumm.) Blutgerinnsel verschüttete ihm das Gehirn, von innen würgte ihn etwas, das keinen Platz in ihm hatte. Es war noch schlimmer als ein Tod unter Foltern. Er fühlte im Kopf einen *lebendigen*, maßlos rührigen Polypen, der ihn mit seinen Saugarmen bei lebendigem Leibe fraß, geil mit seinen kitzelnden breiten Lippen schmatzend. Einen

Moment verlor er das Bewußtsein. Aber das wirkliche Bild der unheimlichen, unverständlichen Kränkung dauerte weiter. Wofür? Erst jetzt begriff er die Grausamkeit des Daseins, begriff er, daß außer der Mutter niemand sich um einen kümmert, daß, ob er bis zum Wahnsinn leidet oder nicht, es der ganzen Welt *ganz Pomade* ist — zum erstenmal wurde er sich dieser einfachen Wahrheit bewußt. Er erblickte ihre nackten Beine und die schamlosen ephebenhaften Formen Toldzios. Sie warfen sich, beide vollkommen nackt, auf das Bett. Die Grausigkeit des Geschehens wurde kalt, durchsichtig — in unaufhaltsamer Woge drang sie durch ihn hindurch und weiter ›in die Welten‹, auf anderen Planeten dies Unrecht zu verkünden, und jene wälzten sich wie toll gewordene Spinnen ... Genezyp hielt das nicht aus, und mit heftigen Bewegungen, durch den Anzug hindurch, machte er Ordnung bei sich. Er platzte. Plötzlich fiel alles von ihm ab: Eine riesige lebendige Maske, ihr Sonderleben lebend, fiel auf die blauen Fliesen des Bodens, still und freudig lachend, und der schreckliche Polyp hörte auf zu saugen und verkroch sich wie ein kleiner Wurm zwischen die Falten des Gehirns — Restchen, die nach der Katastrophe verblieben. Aber das Unflätige beruhigte ihn ganz und gar nicht. Mit zusätzlicher Verzweiflung fühlte er, daß dieser schreckliche Polyp ihm jetzt erst recht ins Blut gekrochen war und daß er mit ihm einen Kampf auf Tod und Leben werde durchstehen müssen. Die Dosis von Dämonismus war für das erste Mal zu stark. Etwas zerbrach für immer in diesen Sphären vorewiger (oder ewiger) Sonderbarkeit, die mit jenem nachmittäglichen Erwachen verbunden waren. Noch gab er sich keine Rechenschaft über die Ausmaße des Unglücks, aber es wuchs irgendwo in der Tiefe unabhängig von seinem Bewußtsein. Ungeschickt (wegen des Ekels gegen sich selber) kroch er vom Stuhl und schaute in den Spiegel. (Dort, in jener jüngsten höllischsten aller Höllen, war Stille.) Er erblickte sein Gesicht als ein so schreckliches und scheußliches, daß er es fast nicht erkannte. Fremde Augen, wie hingemäht von irgendeinem Wahn, starrten hartnäckig und spöttisch durch die Lawine des unabänderlichen Sturzes hindurch. Den schlimmsten Eindruck machte auf ihn, daß dieser Blick spöttisch war. Jemand anderer schaute aus ihm selber auf ihn — jemand Unbekannter, Fremder, Ekelhafter, Unberechenbarer (das war vielleicht das Schlimmste), Feindlicher, Schuftiger und Schwacher (ach, das, das war das Schlimmste!). ›Na—jetzt bringe ich dich um‹, dachte er von diesem anderen. Und zum Spiegel hin machte er das frühere Gesicht des starken Willens. Das Gesicht gelang nicht. Eine fremde Kraft zwang ihn auf den Stuhl und hieß ihn noch einmal hinzusehen — diesmal auf grün. Jetzt grämte ihn das, was er sah, und er empörte sich darüber aufrichtig und von Herzen. Was sie da anstellten, diese Tollen! Diese Wahnsinnigen! Eine machtlose Wut brachte ihn beinah zu einer neuen Eruption dunkler Begierden — einen Moment sogar schwebte ihm der ungesunde Gedanke vor, daß er ja (angesichts dessen, was er sah) das Recht habe, das absolute Recht, sich nochmals diese wenn auch nur kleine Annehmlichkeit zu machen, denn das würde nicht einmal ungesund sein bei diesem (einem solchen!) Anblick. Er hatte einmal so etwas in der Schule gehört. Er schauderte zurück, und zerschmettert kroch er zum zweitenmal vom Stuhl (ach, richtig — die Tür war verschlossen!). Und jene lagen wie tot, erschöpft von der Tollheit. Irina Wsjewolodowna, trotz der Programmäßigkeit des dämonischen Kunststücks, erregte sich und wühlte bewußt Genezyps Qualen bis zum Wahnsinn auf. Sogar der längst ›bis auf den Hund‹ verachtete Toldzio schien ihr ein anderer in ihrer naiven Grausamkeit — er war irgendwie so erregend-schweinisch und verstand so gut, worum es ging, und wußte in jeder Bewegung genau, was er tat. Nein, dieses Auswärtige Amt ist eine gute Schule — und Toldzio ein tüchtiger Kerl. Aber auch schreckliche Wehmut um das ›entflohene‹ Leben überschwemmte alles und trübte mit bittersaurem Nachgeschmack den Moment der Sorglosigkeit. Ob er jetzt zu ihr zurückkehren würde, dieser allerschönste Junge, dies arme, teure Geschöpf? Wie hatte er dort leiden müssen auf diesem Stühlchen… Denn daß er auf diesem Stühlchen gestanden und geschaut hatte, das wußte sie bestimmt. Nicht einmal der Schatten eines Zweifels war ihr in den Sinn gekommen.

Genezyp begann wie ein Wahnsinniger gegen die Tür zum Korridor zu poltern. Nach einer Weile öffnete ihm Jegor, ihm mit

Verachtung und Ironie in die Augen blickend. Er führte Genezyp in ein kleines Zimmer neben der Garderobe des Fürsten, wo wieder ein Hosenwechsel stattfand.

»Ist Susi da, Jegor? Ich habe ihr etwas Wichtiges zu sagen.« (Er wollte auf der Stelle die Zofe verführen als Gegengift gegen jene Erlebnisse. Alles geriet in den grauen Schatten des Vulgären. Jegor verstand ihn sofort.)

»Nein, junger Herr, Susi ist auf den Arbeiterball zur Brauerei Ihres Vaters selig gefahren«, sagte er düster. (Warum? — Ach, es wäre zuviel, davon zu sprechen. Wen interessiert die Psychologie eines Lakaien denn wirklich? Nicht einmal ihn selber — er will lieber von stolzen Gräfinnen und Fürsten lesen. — Man beging heute feierlich die Übergabe der Fabrik in den Besitz der Arbeiter, wobei man grenzenlosen Enthusiasmus für den alten Kapen bezeigte.)

Genezyp, psychisch zermalmt und physisch zerbrochen von einem säuferisch-onanistischen Katzenjammer, ging wieder durch die Wildnis nach Hause. Jetzt erst, er wußte nicht, warum, war er überzeugt, daß er die Fürstin von Anfang an mehr geliebt als begehrt hatte. Die Analyse des Gefühls der Liebe, dieser Generation überhaupt völlig fremd, konnte auch ihm nicht helfen in diesem fürchterlichen Augenblick. Lohnt es sich denn wirklich, dieses Gefühl zu sezieren, an dem sich so viele Generationen so viele Zähne ausgebissen und so viele Worte auf eine höchst geschmacklose Weise verdorben hatten? Dies eine, sagen wir es offen, ist unanalysierbar. Das dieser Liebe angetane Unrecht schmerzte ihn in diesem Augenblick auf eine brennende, fressende, stechende Art. Erst in zweiter Linie litten die verwundeten, gedemütigten, geschundenen und irritierten Symbole des Sturzes — nun, diese Lappen der Höllengeburt, die sogenannten Genitalien. Ach — abschneiden dies alles und sich für immer der Möglichkeit solcher Demütigung entäußern! Verfluchte Anhängsel! — sie wenigstens im Inneren verstecken — es wäre schöner und sicherer. Er schäumte geradezu gegen den Schöpfer dieses idiotischen Einfalls. Aber im Hinblick auf das Leben machte er Fortschritte, hoho — wie rasch! In dieser einen dummen Nacht hatte er solche Bereiche des Lebens kennengelernt, wie sie andere manchmal in Jahrzehnten erfahren. Aber vor allem konnte er nicht begreifen, warum (*ach*, warum?) sie das getan hatte. War er doch gut zu ihr und liebevoll, und wenn er aus jugendlicher Dummheit einen Bock geschossen hatte, so war es ihre Sache, ihm das zu verzeihen und ihn auf den richtigen Weg zu führen, anstatt ihn so schrecklich zu bestrafen. Ein Knäuel einander widersprechender Gefühle wälzte sich wie ein Haufen scheußlicher Würmer auf dem Grund seines Wesens, einem eiternden und ... rötlichen. Die ganze umgebende Welt erschien ihm so ungewöhnlich, daß er einfach nicht glauben wollte, dies seien dieselben Kiefern, die er allzugut aus der Kindheit kannte, dieselben Wacholder und Preiselbeerinseln und vor allem derselbe Himmel: fremd jetzt und höhnend in seinem Frühlingsmorgengrauen, seiner langweilig-sehnsüchtigen Düsterkeit. Alles floß eilig zusammen mit den Wolken weit, weit hin, ihn wie einen Fisch auf dem Sand hinterlassend in einer plötzlich entwerteten Welt. Er ging zu einer der Kiefern und betastete den rauhen, sich schälenden Stamm. Der Eindruck war fremd in seiner Gewöhnlichkeit, in der ganzen Wunderlichkeit des gemusterten Ausschnitts. Es mischten sich nebeneinander diese zwei Welten verschiedener Gattung, ohne eine einheitliche Vision gleicher Rangordnung zu schaffen. Genezyp hatte den Eindruck, als wäre doch etwas im Kopf nicht in Ordnung. Kein Element seiner Seele war an seinem Platz: alles disloziert, zermischt, zerlegt wie das Hab und Gut Abgebrannter auf den nachbarlichen Höfen, an fremden Orten des durch die Erfahrung erzwungenen Ich. Aber vor allem überzeugte er sich, daß in ihm solche Abgründe des Unbekannten existierten, daß er praktisch nichts Positives über sich wußte und nicht wissen konnte — völlige Unberechenbarkeit. (Einen Ausweg gab es: auf das Leben verzichten für immer. Doch zu dieser Notwendigkeit war er noch nicht gelangt.) Und dabei diese fremde Welt, auf der er jetzt ging wie ein Herumtreiber und Wanderer (dieses Bildchen aus der Kindheit: Wald, jemand watet durch Schnee, und oben, in einer Vignette, sitzt irgendeine Gesellschaft beim Abendessen, es scheint sogar, beim Weihnachtsmahl: dampfende Schüsseln und eine Hängelampe — das war wohl schon früher). Jetzt sehnte er sich zum erstenmal nach der Mutter — das erste Mal seit der Ankunft. Er sah, welch große Flächen potentieller Gefühle bereits von jenem Weibsstück eingenommen waren — wer weiß, ob nicht für immer. Und vielleicht wird es sogar nach ihrem ›Rücktritt‹ so bleiben: Er stellte sie sich vor in der Gestalt von Bleisoldaten auf Blättern eines anatomischen Atlasses: für immer verwüstete Gegenden, auf deren Erde nichts mehr wachsen wird.

Der Morgen wurde immer heller. Also so lange hatte diese Folterung gedauert! Doch etwas mußte man beschließen. Er wußte, daß die Begierde spätestens nachmittags mit verteufelter, unverständlicher Steigerung wiederkommen würde. Das erregende Bild schlief, doch konnte es jeden Augenblick erwachen. Aha — also gut: Er würde nie mehr zu ihr gehen. Und gleich der Gedanke: Das kann man doch nicht ernst nehmen: nicht lieben, so tun und so wie zu irgendeinem Bordell höherer Kategorie gehen, nichts hineintuend außer diesem . . . Und zugleich empfand er die Lügenhaftigkeit dieses Gedankens, der ihn herabzog in einen Sumpf, aus dem es kein Zurück mehr gibt — es sei denn, aus dem Leben hinaus. Nein, mit bestimmten Erniedrigungen kann man nicht leben. Etwas ›Menschliches‹ war in ihm trotz aller Vernichtung, etwas war heil geblieben in diesem wahnsinnigen Schiffbruch in ruhigem Wasser. Er wußte nicht, der Arme, wieviel es die arme Fürstin gekostet hatte, das Riff zu errichten, an dem er zerschellt war — er wütete gegen die schreiende Ungerechtigkeit, seine eigenen nichtswürdigen Gedanken vergessend. Wie ›heiß‹ bedauerte er, daß er an sich jene rettende, gegen Fäulnis wirkende Ringoperation (eine sich in den Schwanz beißende Schlange) vollzogen hatte. Er hatte ein ruhiges Urteilsvermögen erlangt (vorläufig), aber um den Preis eines gefährlichen Sichergebens in die Zukunft. Deswegen war er seiner nicht sicher. Und wenn es wieder mit derselben Kraft ausbrechen würde wie vorhin, als er auf dieses sich schamlos vor ihm wälzende Paar schaute? Und da war dieser Lehrer des Bösen, dieser Toldzio, und er, Genezyp, benützte dessen kindliche Lehren, während jener . . . Was für eine Schande! Er mußte doch alles vorher gewußt haben — dies Ungeheuer hatte ihn wohl durch Erzählen geil gemacht. Aa! stöhnte er vor unerträglichem Schmerz in sich hinein, einem Schmerz, der ihn wie eine Kartoffel grillte, ihn vernichtete, einzig ein dünnes Häutchen belassend, damit ›man‹ das Gefühl der Persönlichkeit nicht ›verliere‹ — der Rest war ein schmerzliches und kitzelndes Nichts.

Er wußte nicht, warum ihm zum erstenmal diese Elisa in Erinnerung kam, die er während der ersten Abendgesellschaft bei der Fürstin kennengelernt und überhaupt nicht beachtet hatte, das heißt: Er hatte an sie als an eine mögliche Ehefrau gedacht, aber was waren das für bläßliche und unwirkliche Vorstellungen gewesen. Und dennoch, trotzdem — eine seltsame Sache: Ihr Bild festigte sich und nahm Farben an auf dem Hintergrund des fremden, wie zum erstenmal gesehenen Waldes, der dumpf rauschte im Wehen des schwächer werdenden mährischen Windes. Eine schmale Mondsichel kroch hervor auf dem grünlichen Himmel zwischen leicht rosa-grauen, rasch nach Osten ziehenden Wolken. Ein Großer und Unbekannter, der zusammen mit diesem windigen Morgen in diese heller und damit wunderlich werdende Welt hinauszog, schrieb mit unsichtbaren Zeichen Schicksal. Aber die Bedeutung der Zeichen, drohend, stumm und doch rufend, war in ihm selber, und er verstand ihren ewigen Sinn auf dem Grund des ganzen gegenwärtigen Grauens, das ungeteilt währte in den fernsten, sich weitenden Schlupfwinkeln der Zeit bis hinaus über die Ewigkeit. ›Die Rettung willkürlich suchen — ich muß mich durch mich selber erretten.‹ Die Größe des schicksalsvollen Augenblicks fiel in die landschaftliche Ludzimiersker Soße. Wie ein riesiges, zu Tode ermattetes Vieh legte er sich schwer auf die fernen Horizonte, die mangels etwas Besseren jetzt der ferne, traurige, von düsteren Wäldern umrahmte Gesichtskreis der Ludzimiersker Landschaft repräsentierte. Ein kleiner und armseliger Zauber (aber dennoch) quoll aus den verdorrten, erschlafften Zitzen des Daseins, weit irgendwo hinter den kraftlos daliegenden Bergen. Und gleich danach die schreckliche Verzweiflung darüber, daß etwas unwiderruflich geschehen war, etwas Hoffnungsloses, durch kein Lösegeld Zurückkaufbares: Niemals würde er nun die wahre Liebe kennenlernen — niemals mehr, nie . . . Zum erstenmal begriff er den Sinn dieses abgründigen Wortes, und ebenfalls zum erstenmal kam der

Tod angeflogen aus unbestimmbarer persönlicher Außerweltlichkeit und stellte sich offiziell vor — nicht als eine von zweifelhaftem Ruhm umstrahlte Gottheit, sondern als eine pedantische Person: eine etwas männliche, alles ordnende, sorgsam bekümmerte, bis zum Entsetzen langweilige, auf paukerhafte Art autoritative, unerträgliche — Tod als Beharren in vollkommenem Nichts. Es starb ringsum das Leben, verlöscht wie eine kleine, niemandem unersetzliche Lampe — es war darin nichts von Größe. In dem ermüdeten Kopf schob sich der schwarze Schieber vor wie in einem Ofen oder in einem Fotoapparat — von dieser Seite: vergangene, unerwachsene Gefühle — von jener: ein schwarz keimender Gedanke auf dem riesigen Brachfeld des Zweifels. Schluß — bums! Und — ein neuer Zypcio war geboren. Dieser Abend-Morgen ohne Nacht, unabhängig davon, ob er zu dieser Megäre zurückkehren oder die Kraft haben würde, sie zu überwinden (jetzt verstand er, daß dies nur ein *Trick* gewesen war und daß ihm der Weg zur Rückkehr frei blieb — das war das allerfatalste), dieser teuflische, astronomisch bestimmte Zeitabschnitt — und keiner der vorherigen — trennte ihn ein für allemal von der Möglichkeit wahrer Gefühle. Alles war so verlogen geworden, als ob sich die Scheiben der inneren Gelasse beschlagen hätten — Feuchtigkeit und hinter ihr Schmutz und dann psychischer Gestank und in Schweinerei verdreckte Pfoten — nichts Reines mehr und Schönes würde er mit ihnen erfassen, auf allem würden die Spuren von scheußlichen Fingern sein, gut für die Daktyloskopie geistiger Verbrechen beim Jüngsten Gericht — jeder hat einmal im Leben ein solches Gericht, nur daß er von ihm manchmal nicht weiß. Obwohl — mit einer schrecklichen, ›inbrünstigen‹ Buße — vor allem der absoluten Gewißheit dessen, daß er *dorthin* nicht zurückkehren würde (›dort‹, das war nicht sie, sondern vielmehr *dies*) — na, noch ein bißchen Kraft, na, juuup! hau-ruck! (wie Holzhauer im Walde) —, aber diese Gewißheit kam nicht, obwohl er sie ausatmete mit einem aus allen Poren des Geistes dringenden Willen. Niemand half, auch nicht die umgebende Landschaft: Der Himmel floh in die Ferne mit dem Wind, ein gleichgültiger, nicht so sehr höherer als vielmehr unbekannter, ein solchen Dingen fremder (aber vielleicht, wenn es ein sonniger Morgen wäre, würde alles einen anderen Weg gehen?), die Erde war unzugänglich, feindselig, stachelig. Er erwachte endlich, wie ein nackter Säufer, der am Abend zuvor alles verloren hat, in einem Graben, in der Gedächtnislosigkeit der Betäubung. Man mußte von neuem anfangen.

Häusliche Angelegenheiten und Bestimmung

Es war schon ganz hell, und durch leichte Wolken schien eine blasse, gelbliche, leichenhafte Sonne, als Genezyp durch eine Seitenpforte einen Anbau am linken Flügel des Palastes betrat, wo sie nun drei armselige kleine Zimmer hatten. Er dachte an Lilian mit einer ihm unähnlichen Zärtlichkeit, und dann an seine Mutter. Vielleicht sollte er so einen süßlichen, gütlichen, weinerlichen Kompromiß machen und alles Mama sagen und gut sein, sehr gut sein (zu Lilian auch), dann würde sich vielleicht dies alles doch noch wenden und er das Ungeheuer überwinden, dessen einer Teil dort im Schloß Ticonderoga verblieben war und dessen anderer Teil, mit jenem zu einer Einheit verbunden, sich in die wesentlichsten Grundlagen des Bösen seiner tierischen Persönlichkeit eingewachsen und eingefressen hatte. Noch niemals hatte er ein Gespaltensein in dieser Stärke empfunden wie jetzt. Geradezu physisch: Die rechte Hälfte des Körpers und Kopfes (übrigens der physiologischen Theorie zum Trotz) gehörte zu einem anderen Menschen, der jedoch zweifellos er selber war, denn nur auf Grund der unmittelbar gegebenen Einheit der Persönlichkeit können wir eine Spaltung konstatieren: eine Ungleichmäßigkeit in der Verlagerung gewisser Komplexe im Rahmen dieser Einheit. Die rechte Seite war die stählerne Pratze eines Kerls, die zum Schlag gegen die schwarze Macht des Lebens ausholt — die linke war der Leichnam des einstigen Knaben, verwandelt in ein sinnliches Würmerknäuel. Der gleichgültige, machtlose Oberkontrolleur wußte nicht, was diese Teile beginnen würden — er schwebte über ihnen wie ›der Geist über dem Abgrund‹: *Am Anfang war das Nichts.* Zur Mutter, nur zur Mutter (dort war die Einheit des Anfangs; der Vater stand wie ein drohender Schatten — er sah ihn auf den Wolken — an der Grenze dieser Welten, die bis zur Größe der ganzen Welt sich dehnten, *und drohte mit dem Leben* — einem Leben, wie er es wollte, und Schluß), zur Mama wie in einstigen Zeiten, zu diesem Alleskleber, der alle Sprünge kitten konnte (auch die, die unzuschüttbare Abgründe enthüllen). Zypcio wußte *den Zauber der Bedeutung seiner selbst*, eines elenden Stäubchens, nicht zu schätzen — er hätte sich sonst über diesen Augenblick gefreut wie ein Kind —, aber er war eben ein Reifender in den künstlichen, vom Vater konstruierten Inkubatoren, ein Milchbart. Darin lag eine letzte (an den letzten Geschehnissen gemessen) recht ekelhafte Schwäche. Mütter sollten ausgeschlossen sein von der allgemein-weiblichen Schweinerei, vor allem von dieser ›dämonischen‹ Variante. Leider läßt sich das nicht vermeiden.

Doch auch zu Hause wurde Zypcio von einer Niederlage betroffen — ›Gott gab ihm eine neue Spritze‹, wie Tengier sagte. Er blickte in Lilians Zimmer (wie gewöhnlich stand die Tür offen). Sie schlief zusammengerollt, mit halboffenem, wunderschön geformtem Mund und über das Kissen gebreitetem Haar. Etwas Erotisches zuckte auf in seinen Gefühlen für die Schwester — wenn es nicht diese anderen Weiber gäbe, sondern nur sie allein (schon hatte sich ihm die Fürstin vermehrt zu einer Vielzahl, zu einem Weiberrudel — Schlangennest), vielleicht wäre die Welt dann rein. Und sogleich vereinigte sich ihm Lilian mit Elisa, und (o Wunder!) obendrein identifizierte er selber sich mit ihnen beiden und beneidete sie schrecklich, ach, schrecklich um ihre jungfräuliche Reinheit und die Hoffnung auf eine große, wahre Liebe irgendeines abscheulichen Kerls, der vielleicht noch schlimmer war als er selber. An Elisa wagte er nicht weiter zu denken, und vielleicht ging sie ihn einfach in diesem Augenblick nichts an — sie war ein Symbol. ›Die Psychologie der Weiber ist überhaupt uninteressant — was ist schon darüber zu reden?‹, fiel ihm ein Satz von Sturfan Abnol ein, und er empfand eine unermeßliche Erleichterung. Ein banaler Stein fiel ihm von seinem mit Geschwüren bedecktem Herzen (Gott sei Dank, denn seiner harrte eine schreckliche Sache). Rasend bedauerte er seine verlorene Unschuld. Und das Bild jener die Beine spreizenden Bestie, die vielleicht jetzt mit diesem mit Hyperyohimbin vergifteten Toldzio zum wer weiß wievielten Mal... Oh, das ist un-er-träglich!! Lilians ›Gesichtchen‹ und dazu diese Gedanken... Es stach ihn wie mit einem glühenden Eisen von der Leistengegend bis ins Gehirn. ›Zu Mama, zu Mama‹, wimmerte in ihm ein abscheuliches Knabenstimmchen. Und dieses hielt Zypcio für die allertiefste Stimme aus dem Grund seines Wesens.

Er stieß die Tür zum Zimmer seiner Mutter auf (sie war angelehnt) und erblickte sie: Nahezu nackt schlief sie in den Armen des ebenfalls schlafenden und rotblond behaarten Michalski. Ah, *nom d'un chien*! – das war schon zuviel! Das hieß, wenn ihr so wollt, das Pech übertreiben – so geht es einfach nicht.

Gelbliches Licht ›sickerte‹ durch die ärmliche weiße Gardine und modellierte zart die Gruppe im Bett. Sie sahen wie Statuen aus. Sie hatten gleichgültig auf irgendwelchen Postamenten oder Piedestalen gestanden, hatten es plötzlich nicht ausgehalten und sich ineinander verschlungen – etwas derart Unwahrscheinliches lag (für Zypcio nur, natürlich) in dieser Vereinigung. Er musterte sie mit der kalten Neugier des Nichtverstehens, wie ein Mensch, der eine schreckliche Nachricht gehört hat und ihren Sinn noch nicht genau begreift. Das Hirn bohrte sich wie ein Korkenzieher in seine Schädeldecke. Noch einen Moment – und es würde bis an die Zimmerdecke spritzen und die idiotischen Stuckornamente beschlappen. Mußte der verstorbene Papa Kapen diesen Anbau für irgendwelche Hilfsbeamten errichten, damit der enterbte Sohn in diesem ›Kabuff‹ die eigene Mutter in ›Liebeserschöpfung‹ mit dem Liquidator des Geschäftes schlafend erblickte? Offenbar, ganz offenbar hatten sie sich bis zur Bewußtlosigkeit betrunken und waren eingeschlafen, nicht wissend, wo und wer sie beide waren nach dem Aufbrausen lange gehemmter Gefühle. Auf dem Tisch neben dem Bett, auf einem bunten Tischtuch (Frau Kapen mochte keine Disharmonie und hatte alles verkauft, was auch nur den Anschein von einstigem Luxus erweckte), standen Obst, belegte Brötchen, eine armselige Mayonnaise, eine leere Flasche Dzikower Schnaps mit einem großen Wappen und Grafenkrone auf dem

Etikett und zwei halbgeleerte Flaschen Wein. Aus sonderbarem Taktgefühl war kein Bier da — das junge Wappen der Kapen (ein anderes Bier konnte man in Ludzimierz ja einfach nicht trinken) wäre der Gipfel der Dissonanz in dieser Kombination gewesen, und das Etikett an den Flaschen war bisher nicht geändert worden. Eine richtige Orgie — und gerade jetzt mußte Genezyp so etwas sehen, da er der Hilfe der Mutter wie nie zuvor als Gegenmittel gegen die Lebensschweinerei bedurft hätte! Er krümmte sich zusammen, von innen her völlig von Scham verbrannt wie von einem Zehntausend-Volt-Strom. Er erblaßte statt zu erröten. Er erblickte die ›warmen‹, braunen, glänzenden Schlüpfer der Mutter auf dem grünen Kanapee in der Ecke des Zimmers. Und das jetzt, jetzt...! Ein unerbittlicher Haß überschwemmte sein Ich und drängte Scham und alle anderen Gefühle durch die Wangen in die Luft, die voller Gerüche war — unter anderen von Zigarren. Diesen Mief hatte er schon in Lilians Zimmer gespürt, ohne zu wissen... Nach einer Weile polterte die Schande, schon objektiviert, in der Morgenluft hinter dem Fenster — schon verbreitete sie sich in antizipiertem menschlichem Gerede. Gibt es denn etwas Widerlicheres als das, was die Menschen übereinander reden — außer der literarischen Kritik selbstverständlich, dieser, von der Sturfan Abnol nur mit Schaum vor dem Munde sprach, welche den Autor aus dem Werk herausholt und ihm alle Schweinereien unterstellt, die von den ›Helden‹ begangen werden. Abnol war es ein leichtes, auf die Dummköpfe von Kritikern zu spucken, nicht aber Genezyp auf das Gerede über die Mutter. — Und übrigens war das *die Wahrheit*. Er stürzte in einen Abgrund — seit gestern schon war er im Abrutschen. Wo war die noch unlängst empfundene Rührung? Sogar seine ›Liebe‹ zur Fürstin schien ihm etwas Erhabenes im Vergleich zu dem gegenwärtigen Augenblick. Die unterschätzten Grundlagen des Lebens hatte ein ungeheuerlicher Schmarotzer gefressen — alles war im Zusammenstürzen.

Michalski schnarchte leicht, und die Mutter paffte mit den Lippen, als rauche sie eine Pfeife. Ein Fünkchen von Mitgefühl leuchtete auf im schwarzen Geröll des Hasses wie ein Feuerchen als Hilfesignal für Verstiegene, die in einer frostigen, windigen Nacht an die Felsen eines unzugänglichen Gipfels geklammert hängen — und erlosch sogleich. Denn, bitte: Wäre nicht jener Anblick von einigen Stunden zuvor und so weiter ... Aber diese zwei Bilder, übereinandergelegt, eines über das andere, Seite an Seite wie in einem Buch, das die Notwendigkeit von Lebensenttäuschungen illustriert — das ging schon über alle Kräfte. Aber aushalten mußte man unbedingt. Die inneren Bindungen enthielten wie zum Trotz eine scheußliche Bombe, die davon platzte, daß sie eben nicht platzen konnte. Denn auf welche Weise hätte sie eigentlich platzen können? Das im Badezimmer bei der Fürstin Irina benützte System des Platzens war hier nicht anwendbar. Sie, diese schöne Mama, die ohne Zweifel zumindest diese Eigenschaft besessen hatte, daß man sich ihrer in keinem Falle schämen mußte! Und nun eine solche Pastete! Das war stillos, einfach ekelhaft, bäurisch, dazu noch mit diesem Michalski auf Teufel komm raus! Eine kaschemmenhafte Phantasie. Vielleicht bei anderer Gelegenheit, vielleicht in ein paar Jahren (er konnte nicht begreifen, daß sie keine Zeit hatte und hat, ähnlich wie Irina Wsjewolodowna) und nicht an einem *solchen* Morgen (was für ein Egoismus!), dann hätte es Genezyp imponiert als etwas Stilvolles, etwas in seiner Art Großes, eben als Ausübung des Rechtes, sich alles erlauben zu dürfen. Aber heute war das widerwärtig in höchstem Grade, eine mit unbekannten Ptomainen versetzte Dosis starken Giftes, ein ins Gesicht spuckendes Faktum, das die letzten am Boden des Ich (im mittleren Ring) verborgenen, unauflöslichen Kristalle des Edelmuts besudelte, ein Faktum, das den Widerstand gegen die Lebensungeheuerlichkeiten an allen Fronten auf einmal brach. Nun verstand er, was die Mutter war — für ihn bewußt fast nicht existierend, war sie doch die Grundlage gewesen, auf der er, ohne davon zu wissen, so gut wie alles aufbaute. Nun war sie gewachsen, riesig geworden, aber nach unten, als Vorwurf, als Gram darüber, was sie in höheren Regionen des Geistes nicht mehr sein konnte. Zu spät. Aber irgendein Ausweg muß sich finden, wenn man nicht platzen und verrückt werden kann und dabei leben will. Ein solcher Ausweg ist *Mitgefühl* (brrrr ...) und außerdem: a) fade Gütigkeit, b) Aufopferung, c) ›heldenmütiger‹ Verzicht auf das, was man nicht erreichen kann, und d) Lüge, Lüge ohne Ende, eine gründlich maskierte, sublimierte, erhabene, wie in einen bodenlosen Sumpf hineinziehende. Auch in der Güte zerfallen die Menschen in lebende Leichname, und zwar in aktive und passive — ›Zügellosigkeit des Guten ist manchmal schlimmer als ein Verbrechen‹, so sagte einmal Tengier. Doch das drohte Zypcio nicht in der nächsten Zeit, unbewußt benützte er Mitgefühl als Mittel — als hätte er Aspirin eingenommen.

Aber wie konnte die unglückselige Mutter auch vermuten, daß sie diesen armen, geliebten Jungen derart massakrieren würde (so, als hätte man ihm an der Ecke einer verdächtigen Bude voller schmutziger Pritschen und rauher, aus der Dunkelheit kommender Stimmen einen verräterischen Schlag versetzt, als er in Sterne vergafft dahinging — nein, das ist nicht wahr! Wenn es wenigstens so gewesen wäre! Doch hier: Er ging dahin, vergafft in einen vor den Augen faulenden ›metaphysischen Nebel‹). Er besaß noch nicht die Technik, jeden Augenblick ›zauberhaft zu machen‹ — dazu muß man ein weiser Greis sein. Er sah die Fürstin als roten, dämonischen Stern, untergehend über dem unüberschreitbaren Morast von Schrecklichkeit (einer interessanten), sei es auch nur in sich. Er sah und fühlte sie als einen stinkenden (ein schreckliches Wort — es stinkt trocken) Sack voller Gedärme, der sich ihm ins Gesicht warf und das Leben verhüllte, einen Sack, in den er — so tuend, als stieße er ihn von sich — sich mit den Zähnen wie eine Bulldogge verbeißen wollte. Wäre er der Mutter an einer Straßenecke als einer Prostituierten begegnet, so hätte ihn das vielleicht nicht einmal so schrecklich berührt wie dieser freche und durch seine Monstrosität anziehende Anblick. Zwei sinnliche Bilder flossen zu einem zusammen, und das war wie ein nicht erwiderter Schlag ins Gesicht, eine für das ganze Leben un-aus-wisch-bare Beschimpfung. Eine bäurische Pratze winkte aus dem Boden dieses Morastes zum Zeichen, daß sie helfen würde, wenn man sie anständig bezahlte. Womit? Er war nackt — nichts hatte er bei sich. Er verfügte offenbar über keine ›psychische Summe‹, die ausreichte, den Preis zu bezahlen, für den man sich aus diesem Sturz hinauswinden könnte. Es wartete nur Qual. Doch Jugend erträgt solche Zustände nicht, außer, man ist ein künstlerischer Schlappsack, ein Titan der Zeichen auf fünf Linien wie Tengier, an dem kein Lebensschmutz haften bleibt, weil der zur Notwendigkeit wird, sich transformiert zu sogenannten ›künstlerischen Konstruktionen‹ — heilig wird und sich in einer anderen Sphäre rechtfertigt, einer qualitativ vom Leben verschiedenen, mit ihm als solchem inkommensurabel. Genezyp besaß diese Reserve nicht, denn in ihm war nicht einmal etwas von einem Pseudokünstler: Er lebte, um zu leben, wie das erste beste Stück Vieh, wenn nicht noch schlechter. Man mußte nach einer Stütze in wirklichen Gefühlen suchen.

Und plötzlich erhellte er sich von innen her und bedauerte aufrichtig, geradezu unflätig, tränenhaft und sympathisch die Mutter wie den verstorbenen Vater und die schlafende Lilian und sogar diesen scheußlichen, schnarchenden Michalski (Józef). Denn wie Tengier sagte, Slowacki travestierend: ›Es gibt wundervolle Morgen, an denen der Mensch erwacht voll blühender Liebe zum Vieh und sogar zum Menschen.‹ Aristokratische Vorurteile erwachten in ihm, doch nur für kurze Zeit. (Wenn jemand aus ›ihren Sphären‹ die Mutter vor seinen Augen vergewaltigt hätte, existierte vielleicht das Problem der Schande nicht in einer solchen Spannung. Unerhört scheußlich war ihm dieser Gedanke.) Das Bedauern für diese Wesen, welche sich am letzten Span des Sentiments gestochen hatten, der über den unüberspringbaren Abgrund endgültiger Zweifel am Leben ragte, umfaßte mit seiner schmutzigen Flamme die in der Schulzeit gehäuften Lager bisher toter Gefühle. Sie waren die Reserve in diesem letzten Augenblick, und das verdankte er wiederum dem Vater, seiner höllischen Dressur, unter deren Druck jene Schichten sich bis jetzt unverbraucht im Urzustand bewahrt hatten. Er wußte nicht, daß ihn auf seinem Nachttisch bereits ein Urteilsspruch für die Zukunft erwartete, eine Quelle neuer Plagen, aber auch eine Quelle der Macht, und solches durch den Willen dieses überklugen, heiteren Alten — Papas. Mit dem eigenen Leiden, dem ekligen Schmerz seines Körpers, ermaß er die Tiefe der Leiden der Mutter all diese Jahre hindurch. Was hatte sie durchmachen müssen, wenn sie sich an etwas Derartiges gewagt hatte mit diesem (angeblich unerhört intelligenten) blonden Kerl, kaum zwei Wochen nach dem Tod ihres Henkers, unmittelbar neben dem Zimmer der Tochter (wohl nach diesem Ball der Arbeiter in der Fabrik, bei dem Susi war). Und vielleicht war nichts Schreckliches dabei? Schon verzieh er ihr und ihm (sich dabei gewaltsam aus dem eigenen Sumpf rettend), und vielleicht war er (aber aus Perversion und nicht unmittelbar) Michalski schon dankbar dafür, daß er die langen Hungerqualen des immerhin ›für ihn‹ (und nicht durch ihn — das ist der Unterschied) so schrecklich geliebten, fast heiligen Körpers gelindert hatte. Daß er dies so verstand und sich dennoch über sich erhoben hatte in diesem schweren Moment, verdankte er das denn nicht nur und ausschließlich der Fürstin Irina und — dem Vater? Eine sonderbare Verstrickung. Wieder gewann er für einen Augenblick jenes Weib lieb.

Doch man mußte die Mutter vor etwas Schlimmerem retten. Er näherte sich, streckte den Arm über die rötlich behaarten Fleischmassen Michalskis und berührte ihren Arm. Ihre schwarzen, ungarischen Augen öffneten sich, und ein Blickschrei durchdrang die dichte Atmosphäre dieses neuen Typs von Folterkammer. Es war keine Zeit mehr zu einer Analyse der Gerüche. (Weiß der Teufel, was in diesen Dingen idiotisches Vorurteil ist, unechtes, zufällig erworbenes, und was wirkliche, echte Moralität ist, ohne irgendwelche metaphysische Sanktionen. Heute braucht die Ethik dies nicht — die Gesellschaft selbst vertritt jegliche Außerweltlichkeiten.) Jener schlief weiter, hörte aber auf zu schnarchen. Genezyp sprach unmittelbar in diese allerteuersten Augen, die er wie durch ein Mikroskop aus teleskopischen Fernen betrachtete.

»Sage nichts. Ich gehe jetzt zu mir. Ich habe dich unbedingt sehen müssen. Ich wollte sogar über mich sprechen, doch nun lohnt sich das nicht mehr. Denke nicht, daß dies Verachtung ist. Nichts dergleichen. Ich verstehe alles. Ich bin über nichts böse. Räume ihn dennoch schleunigst fort. So ist es vielleicht besser.« Scham, tierischer Schreck, Befriedigung durch die erlebte Lust trotz allem (dies empfand er als sein aus ihr entsprungenes Erbgut — diesen Zynismus) und grenzenlose Dankbarkeit für ihn, daß er eben auf diese Art ... Familienhaupt — liebes Haupt des Familchens. Zusammen mit dem Erguß guter Gefühle waren sie in den gemeinsamen Sumpf getaucht, und trotzdem hatten sie sich um einige Zentimeter über sich selbst erhoben. So war es gut. Michalski, ein in diesem Augenblick sogar schöner Parteisozialist aus uralten Zeiten, ein Meister in der Organisierung von Arbeiter-Kooperativen, lag weiter ruhig da, schlafend wie ein Kind, wie ein liebes Haustier. Sonderbar wehrlos war er in diesem Zustand — er konnte fast Mitleid erregen. Und mit seinen Armen umschloß er eine wirkliche Baronin, eine geborene Gräfin. Er konnte in diesem Augenblick nicht erwachen — das wäre allzu ungeheuerlich gewesen. Niemand glaubte an die Möglichkeit dieses Faktums: weder Zypcio noch die Baronin. Immerhin bewies er einen gewissen Takt (trotz notorischer Bäurischkeit), sogar im Schlaf.

»Sei nicht böse. Du weißt nicht. Dort auf dem Nachttisch hast du einen militärischen Befehl«, flüsterte die Mutter, begraben unter der Last der mächtigen, bewegungslosen, unbewußten Pratze des Geliebten. »Geh schon.« Mit diesen zwei Worten hatte sie alles ausgesprochen. Schwierig wäre das für eine Schauspielerin, aber die Wirklichkeit vermag der Stimme unbegreiflich verwickelte Modulationen zu geben — sogar im Falle von zwei armseligen Silben. Genezyp strich ihr über den Kopf und ging mit einem sonderbaren Lächeln davon. Er ahnte nicht, wie schön er in diesem Augenblick war — durch die *bewußte* Güte seiner nußbraunen Augen schimmerte ein *schattiger Abglanz* geballten Schmerzes, der künstlich verschlossene Mund wurde durch den inneren Sturz in die Form einer von Süße platzenden Frucht voll heimlichen Giftes gezwängt. Er hatte das Gesicht eines dienstbereiten Kellners (aber eines überirdischen), eines mit einem Halbgott vermischten, der von irgendeinem (ist es nicht einerlei, von welchem?) heiligen Berg gestürzt wurde — eines inspirierten Verrückten und frevelhaften Knaben. Er war sich völlig unähnlich. Ein geheimer Wahn, der sich in den Grotten des Geistes zum Ausfliegen anschickte, warf auf seine Züge einen unheilverkündenden Schatten. Er wußte nicht, was sich mit ihm tat — aber er war mit sich zufrieden. Er sprach nicht mit seiner Stimme und verstand nicht ihre Worte.

»Ich hatte eine Weile das Gefühl, ein Greis zu sein, neunzig

Jahre alt. Mich gibt es nicht hier — ich bin überall. Das ist nur ein Zufall, daß hier . . . Ich bin glücklich.« Auf dem Gesicht der Mutter erschien Ungeduld. »Zieht euch schnell an. Lilian kann erwachen.« Das sagte schon irgendein Automat — nicht er.

Er ging an der schlafenden Schwester vorüber, deren Pose sich um kein Haar verändert hatte. Das wunderte ihn über die Maßen — es schien, als wären, seit er hier hereinkam, Ewigkeiten verflossen, und sie schlief ganz genauso wie vorher. Er ging in sein Zimmer und fand auf dem weißlackierten Nachttisch neben saurer Milch und Kuchen (wie war er doch glücklich darüber, daß er der Mutter verziehen hatte, und dies — oh, welch ein Glück! — gab ihm neue Kraft jenem Bösen gegenüber, das auf ihn lauerte in den schmutzigen sexuellen Schlupfwinkeln [Liebe kannte er ja nicht — weswegen sich also empören?]), neben dem seit je gewohnten Kuchen das geöffnete amtliche Dokument. Der verflossene sonderbare Augenblick — das Wahnsinnige wich zurück bis hinter die sexuellen Grenzen, bis in die Tiefe des Mittelpunkts der Einheit selber und wartete weiter auf *seinen* Moment. Er las, und in der Tiefe des künftigen Lebens erschien ihm gaukelhaft, diese Zukunft zerstreuend, die Herrschergestalt des Vaters — er sah ihn so wie beim letzten Mal: einen mit Tüchern gefesselten Titanen im Frack mit Orden — so hatte er sich begraben lassen.

In dem Dokument hieß es:

In Durchführung der Anordnungen des Kriegsministeriums L. 14526/IV A und L. 148527/IV A geben wir hiermit Befehl, daß Genezyp Kapen de Vahaz freiwillig in den beschleunigten Offizierskursus der Schule für Militärische Ausbildung einrücke, der am 12. April d. J. beginnt.

(Unterschrieben [in Maschinenschrift])
Kocmoluchowicz, Gen. quart. m. p.
Mit dem Original übereinstimmend:
Der Generaladjutant der Quartiermeisterei
Hauptmann . . .
(Unterschrift unleserlich)

Als ob Genezyp eins über den Kopf bekommen hätte mit diesem Namen! Hier hatte er ihn erwischt. Also *er* hatte von seiner

Existenz gewußt?! Wie Gott in einem Märchen der Gebirgsbauern von einem in einen Kiesel eingeschlossenen Würmchen auf dem Meeresgrund wußte. Er mußte an ein Bild zu einem Märchen denken: der Tod, den Kiesel suchend, hinter ihm sich türmende Wogen. Der Vater reichte ihm von jenseits des Grabes in diesem schrecklichen Augenblick des Zusammenbruchs seine mollige, mächtige Pratze. Genezyp drückte sie mit den Zähnen, mit dem ganzen Körper saugte er sich in Gedanken in sie ein. Nun lastete diese Pratze definitiv auf seinem ganzen Leben. Wie ein gewaltiger Hebel zog sie ihn an den Ohren aus dem Sumpf. Doch in diesem neuen Gefühl für den Vater (wußte er doch, daß niemand anderer Kocmoluchowicz beeinflußt haben konnte) fand sich keine Verdammung für die Mutter (die eben in diesem Augenblick daran sein mußte, ihre halbtrunkene ›Maschine zur Selbstbefriedigung‹ zu wecken). Er begriff, daß es dennoch für die Mutter ein Kompromiß sein mußte, vergleichbar seinem Sturz im Verhältnis mit der Fürstin Irina — wenn auch ein kleinerer: Es mußte eine Negierung gewisser wesentlicher Bestrebungen im Leben sein (Konflikt mit religiösen und Standesgefühlen), aber kein Abtöten der Liebe. Doch das Leben der Mutter endete, während seines ... Jetzt hatte er eine Grundlage für den Kampf mit der Ungeheuerlichkeit, die in jenem Rumpf, in den Kaldaunen, in jenem Überkörper verkörpert war. Er hatte vergessen, daß dieses Etwas, das er fürchtete und begehrte, auch eine Seele hatte, ein armes Seelchen, ein vom nahenden Alter gequältes. Mit der Grausamkeit der gerade zufällig erlangten Kraft tötete er jene immerhin große Dame in sich, sie mit Füßen tretend, bespuckend, entehrend. Er fühlte nicht, daß er damit sich und dieses Schwänzchen der Kraft vernichtete, an das er sich geklammert hatte. Er beschloß, daß er nunmehr die Nase nicht über den Familienkomplex hinausstecken werde: die Mutter — auch in Verbindung mit Michalski, wenn es so sein muß (oh, eben schloß sich leise die Tür hinter dem ungewaschenen, unrasierten, flink angezogenen, verkatzenjammerten Geliebten — er roch nach Schnaps, war aber schön und dazu ein solcher Stier); die Schwester — jetzt verstand er den Wert dessen, daß er eine Schwester hatte: Sie wird seine Vermittlerin sein zum Erlangen wirklicher Liebe. (Einmal hatte Toldzio bei der Erwähnung dieses Themas Neid gezeigt, aber darin war eine große Dosis Perversität — jetzt lag das für Genezyp auf der Hand.) Die Mutter, die Schwester, und Schluß. Und daß niemand es wagte, sich einzumischen mit seiner (unbedingt armseligen) Person — ja, mit Ausnahme von Michalski. Dies wird seine, Genezyps, Buße sein, daß er der Mutter diesen Luxus gestattet, vielleicht sogar einen noch größeren. Soll die Alte sich gehenlassen, soll sie das Leben genießen — hatte sie doch nicht gehabt, was jene gehabt hatte. Er schreckte zurück bei diesem Gedanken: Das Ungeheuer erinnerte ihn daran, daß es wachte, daß es nur auf einen entsprechenden Augenblick wartete, um sich einzusaugen in seine unerfahrenen Drüsen und Gehirnzentren. Doch einstweilen gab Genezyp sich der Illusion hin, daß er diesen eben erst begonnenen Kampf gewinnen werde. Er wußte nicht, was ihn erwartete, nicht an dieser, sondern an weiteren Fronten.

Gleich darauf begann er, seine Sachen zu packen. Als Familienhaupt beschloß er, mit dem Mittagsschnellzug zu reisen. Während er mit einem Handkoffer kämpfte und die Schlösser nicht zubekam, trat die Mutter ein in einem alten rosa (!) Schlafrock. Sie näherte sich ihm unsicher. Jetzt erst bemerkte er, wie jung und schön sie geworden war.

»Verzeih, Zypcio — du weißt nicht, wie schrecklich mein Leben war.« Er richtete sich vor ihr auf, schön und edel.

»Ich verzeihe alles. Und eigentlich bin ich dessen unwürdig, überhaupt jemandem zu verzeihen, dir am allerwenigsten.«

»Aber du erlaubst, daß Herr Michalski mit uns fährt? Er sollte heute ohnehin fahren. Er wird uns beschützen. Ich bin so ratlos — weißt du . . .« Das nahm ihm etwas von seinem Zauber als Familienhaupt.

»Ich genüge vollkommen als Schutz.« (Frau Kapen lächelte durch Tränen hindurch: ›Ist das nicht ein Glück im Unglück, dies alles?‹) »Aber ich habe nichts gegen Herrn M. oder gegen sonst jemand, der Mama zum Glücklichsein nötig ist und sein wird. Heute habe ich allzuviel begriffen . . .«

»Und diese Geschichte?« unterbrach die Mutter.

»Ist zu Ende«, brummte er. Aber ein peinliches Echo aus der Tiefe seines Wesens brachte ihm eine ganz andere Antwort. Es stieß ihm auf von jenem Weibsstück wie von Zwiebeln. Sie umarmten einander lange.

Nachmittags zogen sie an den umliegenden (unbedingt umliegenden) Bergen vorüber, dahinjagend mit dem sogenannten ungarischen Expreß in Richtung der sogenannten Regionalhauptstadt K. Mit ihnen fuhr (infolge eines sonderbaren Zusammentreffens der Umstände — Lilian war gar nicht so dumm) Sturfan Abnol, der soeben an dem überaus sonderbaren (was ist das, dieses Wort?) kleinen Theater von Kwintofron Wieczorowicz den Posten eines ›Literarischen Direktors‹ (wie er sich ausdrückte) erhalten hatte. Der Star dieses ›Etablissements‹ war die bisher nirgends bekannte Persy Zwierzontowskaja, halb Polin, halb Russin, eine Urenkelin des berühmten Zwierzontkowski noch von Somo-Sierra her. Sie hatte außerdem noch eine andere Funktion, aber eine geheime. Auch davon natürlich später.

Information: Sturfan hatte sich mit ungewöhnlicher Kraft an die scheinbar wie eine Knospe unschuldige Lilian herangemacht. Trotz der allgemeinen katastrophalen Lage waren alle wunderbarer Laune. Sogar Genezyp, nichts von den Niederlagen der Zukunft wissend, schäumte wie ein Kelch jungen, auf Lava gewachsenen Weins. Einen Gestellungsbefehl in der Tasche zu haben, ist manchmal eine gute Sache. Vielleicht war dieser schöne Nachmittag in einem Waggon zweiter Klasse des Expresses, der auf der gewundenen Linie zwischen den Bergzügen der Beskiden dahinjagte, einer der besten Momente seines Lebens. Er freundete sich sogar mit Michalski an, der sich seit gestern ihm gegenüber irgendwie unsicher zu benehmen begann.

ZWEITER TEIL

WAHNSINN

Schule

Schreckliche Zeiten waren für Genezyp Kapen gekommen. Er tröstete sich damit, daß sie für fast alle gekommen waren. Nur hatten manche noch während dieser scheinbar letzten Zuckung verstanden, den schon entfliehenden Zipfel des Lebens zu nutzen — aber über ihn, Genezyp, war alles ergrimmt, sowohl von innen wie von außen her. Und er gab sich keine Rechenschaft darüber, dieser Tölpel, daß er mitten im ›goldenen‹ Kern des Glückes steckte (golden im Sinne des herbstlichen Morgenhimmels, des vergilbten Espenblättchens in der Sonne, des Glanzes einer vollkommenen Käferform — denn, wie Scampi zu singen pflegte, wenn er sich wusch:

Wenn dich nichts juckt, und ist der Schmerz nicht zu groß,
   so schmolle nicht mit dem grimmigsten Los),
mitten im reifen Kern einer vor Vollkommenheit der Farben auf dem kristallenen Hintergrund der blauen Ferne platzenden Beere, einer Beere, die andere vielleicht nur leicht beleckten, die er aber von innen fraß wie ein fetter Wurm, vielmehr wie eine Raupe, aus der ein in allen Farben schillernder Schmetterling entstehen sollte. Doch würde er entstehen? Das war die Frage. ›Indem ich mein Los wählte, habe ich den Wahnsinn gewählt‹, konnte er mit Micinski sagen. Und zudem drängte ihn alles, verschworen zu einer einzigen, in ihrer Zweckmäßigkeit präzisen Maschine, systematisch, unwiderstehlich zu diesem Wahnsinn. Wenn ein solches psychopathisch angehauchtes Individuum *tombera dans un pareil engrenage*, so ist alles zum Teufel. Doch erkläre das einem solchen Esel. Jugend — wer vermag den Zauber dieser Wesenheit auszudrücken,

die nur in der Erinnerung so wundervoll ist, wie sie in ihrer Aktualität sein könnte, wäre nicht nach dem Husserlschen Gesetz des *Wesenszusammenhangs* die Dummheit mit ihr verbunden.

Information: Das Land war zu einem einzigen riesigen Wartezimmer geworden, erstarrt in einer so wahnsinnigen Spannung der Erwartung, wie sie in der Geschichte bisher nicht vorgekommen war. Vielleicht hatten nicht einmal die Juden so auf den Messias gewartet, wie bei uns alle auf etwas Unbekanntes warteten. Außer der bis zum Idiotismus mechanisierten Arbeit eines jeden Staatsbürgers war die Hauptbeschäftigung die sogenannte ›Erwartung an und für sich‹. Sogar die Gesellschaft für Nationale Befreiung funktionierte unbegreiflicherweise automatisch, aus Angst vor Verantwortung alles den künftigen, unbekannten Taten Kocmoluchowiczs überlassend. Dieser aber, geheimnisvoll wie noch nie (niemand wußte, auf wessen Seite er stand, und niemand wagte nachzuforschen), steckte seine ganze unheimliche Energie in die Organisierung der Armee und bereitete sie vor zu Taten, die niemand vorauszufühlen vermochte. Wen er niedermetzeln wolle oder vielmehr niederzumetzeln geruhen werde, wußte niemand, er selbst auch nicht, er war gleichermaßen geheimnisvoll für sich selber wie für andere — für sich selber vielleicht noch mehr —, darin bestand seine Kraft. Nicht zu wissen, was man will, war in diesen Zeiten der Allwissenheit und der wuchernden Introspektion eine schwierigere Sache, als es zu wissen.

Moskau war erobert. Zwischen Polen und dem chinesischen Ansturm befand sich ein Gürtel von ›Pufferstaaten‹ der Großfürstentümer von Litauen, Weißrußland und der Ukraine, in denen ein unbeschreibliches und völlig uninteressantes Chaos herrschte. Man weiß, wie ein solches Chaos aussieht (interessant ist es nur für die, die darin stecken — von außerhalb gesehen bietet es keinerlei interessante Punkte, außer diesem, ›was daraus werden wird‹, und darüber läßt sich wieder nicht rechtzeitig etwas sagen). Also da wären: a) der sogenannte Durchzug einander gegenseitig metzelnder Banden, b) das Problem, welche Überzeugungen man an einem bestimmten Tag von einem bestimmten Punkt haben müsse, und c) die Frage des Fressens — das wäre alles. Der Rest — Beischlaf, Metaphysik und Klima — bleibt unverändert. Erzählungen darüber, mündliche und schriftliche, sind langweilig bis zum Kotzen. Alle Großfürsten (sogar Nikofor Bialosielski von Kiew) befanden sich bereits in Polen und leckten von morgens bis nachts der ›Gesellschaft‹ die Füße, die sich ihrerseits in höchstem Entsetzen in die Hosen machte. Es kamen Abweichungen vor in die unumrissene Sphäre der ›Erwartungspolitik‹. Man versuchte sogar, eine Partei ›Reiner Erwartender‹ zu gründen. Doch Kocmoluchowicz liquidierte diese Sache rasch: Er liebte keine unumrissenen Sachen — sie machten ihm Konkurrenz. Aus dem von den Chinesen überschwemmten Rumänien kamen keinerlei Nachrichten. Doch das war weniger wichtig. Weiter drangen die gelben Affen nicht vor, wie man fast böse sagte. Man wußte nicht, daß dieser Zustand viel länger dauern würde, als man angenommen hatte. Eigentlich war Kocmoluchowicz der einzige im ganzen Land, der sich wohl fühlte (das war unwidersprochen sein *Perihel*), und vielleicht noch seine nächste Umgebung — allerdings nicht im gleichen Maße. Da er für seinen unerschrockenen Mut bekannt war, konnte ihn niemand persönlicher Feigheit beschuldigen, aber trotzdem wurde in manchen ›Säbelraßler‹-Kreisen leise und in wilder Angst gemurmelt, daß er eigentlich als erster angreifen sollte, bevor die Chinesen Rußland auf ihre Weise organisieren könnten. Unterdessen taten sich sonderbare Dinge in dem Land, wo allein noch Überraschungen möglich waren. Infolge eines allgemeinen Verbots, im Krieg Gase und Flugzeuge zu benützen (die ersteren wurden in Gestalt sogenannter ›psychischer Gase‹ in inneren Kämpfen benützt, die Flugzeuge dagegen nur als Verkehrsmittel), das die allmächtige ›Liga zur Verteidigung des Rationellen Krieges‹ (Caracas, Venezuela) verkündet hatte und an das sich mit absoluter Genauigkeit sogar die Chinesen hielten (dank Konfuzius waren sie die einzigen Gentlemen auf unserem Planeten), lagen die chemische Industrie und der Flugzeugbau völlig still. Man übte bei uns eigentlich nur die Infanterie und die Kavallerie — die Mutterwaffe des Generalquartiermeisters —, doch auch diese sahen sich leicht vernachlässigt. Die Armee wurde mit wachsender Geschwindigkeit in allen Sparten automatisiert. Parademärsche nahmen fast die

Hälfte der Zeit ein, die man früher taktischen Übungen widmete. Die Zeiten der russischen Zarengarde kamen in Erinnerung. Die Zahl der Offiziere wuchs unmäßig — auf fünf Soldaten kam ein Offizier, und doch wurde die Anzahl von Offiziersschulen fortwährend vermehrt. Die Pazifisten rechneten aus, daß die Energie für das Salutieren an einem Tage allein in die Millionen von Erg ging, um so mehr, weil man das Zwei-Finger-System als allzu leichtfertig abgeschafft hatte — man salutierte mit der ganzen Pratze, wie es sich gehört. Die Defaitisten schlüpften überall hindurch wie Kriechtiere und flüsterten einander ungeheuerliche Neuigkeiten zu. Der Sejm funktionierte nicht, das Budget war niemandem genau bekannt. Man begann sogar etwas von einer ›geheimen chinesischen Anleihe‹ zu flunkern. Doch der Redakteur der Zeitung, der etwas Derartiges anzudeuten gewagt hatte, wurde nach einem kurzen Verfahren (zum Exempel) füsiliert (gibt es etwas Schrecklicheres, vom Gesichtspunkt des Füsilierten aus gesehen?), und die Flunkerer hörten auf zu flunkern — es wurde still wie auf einem Friedhof. Die Situation war so sonderbar, daß sich die ältesten Leute an die Köpfe griffen — doch gleich hörten sie wieder damit auf —, denn was war eigentlich los? Die allgemeine Herzlichkeit und Eintracht gingen plötzlich, Mitte April, in ein allgemeines Mißtrauen über — wie in alten Zeiten. Der mächtige Katalysator im Osten dissoziierte und ionisierte die unbeständigen, eruptiven inneren Verbindungen durch sein kolossales Spannungsfeld, das angeblich auch in Deutschland schon spürbar wurde. Man fühlte, daß hier fremde Kräfte mit eingeflochten waren, doch von wo sie ausgingen, vermochte niemand zu erforschen, denn gewisse Leute schwiegen schlimmer als Fische, und diejenigen, die etwas zu erfahren wünschten, konnten nichts aus ihnen herausbekommen — sie hatten keine Vollmacht für Folterungen. Wie überhaupt Zustände, Verhältnisse, Ansichten und Institutionen dieser Art existieren konnten angesichts des unser armes Land umgebenden Gürtels von Sowjetrepubliken, mit der Öffnung zu dem noch unlängst weißgardistischen Rußland, vermochte niemand zu begreifen. Und mit denen, die Neigungen zur Lösung dieses Rätsels zeigten, wurde so verfahren, daß selbst die Mutigsten Haltung und Gesicht verloren.

Denn das wußten alle: Seit dem ersten April waren Folterungen an der Tagesordnung. Doch davon zu sprechen bedeutete, selbst gefoltert zu werden. Es lernten also auch die größten, stinkendsten Dreckmäuler und ungewaschensten Fressen zu schweigen — sogar die Presse schwieg.

Genezyp spürte den Verlust seiner nicht zustande gekommenen Reichtümer nur wenig, denn er hatte noch nicht gelernt gehabt, sie zu benützen. Die Mutter tröstete sich mit ihrer Freiheit und der geradezu satanischen Liebe, die sie in dem etwas über vierzigjährigen, von Frauen unverbrauchten Michalski erweckt hatte. Aus diesem bulligen Mann der Tat, diesem Wildling und Witwer, ganze Waggons von geradezu kindlichen Gefühlen hervorzuholen und selber in voll erblühter Weiblichkeit zu erstrahlen, worauf sie nicht mehr gehofft hatte — das öffnete ihr die Augen auf eine Welt, die sich aus einem dürren Spänchen zu einer Fontäne verwandelte, die von unbekannten Farben, Empfindungen, Gerüchen, Begriffen, Spermen und herzerfüllender Freude sprudelte — es kochte das Blut der Vorfahren, der Grafen de Kisfaludy-Szarás (von mütterlicher Seite). Dabei entwickelte sie sich selber wie in einer teuflischen Brutstätte. Verstaubte Einfälle, die sie vor unendlichen Zeiten noch ihr verstorbener Gatte gelehrt hatte, wurden hervorgeholt — von jenseits des Grabes entwickelte und bildete er nun den glücklichen Liebhaber. Zum äußersten gebracht, beschloß Michalski, sie zu heiraten, doch sie konnte in dieser Hinsicht keinen endgültigen Entschluß fassen. Finanziell halfen ihr die Verwandten, doch wenig und unwillig, denn sie waren immer gegen die Heirat der wohlgeborenen Waisen mit ›diesem Bierbrauer‹ gewesen. ›Wenn man schon zu Fall kommt, dann gleich endgültig‹, sagte sich Frau Kapen und wurde immer vertrauter mit dem Gedanken, ihr Schicksal auf ewig mit dem des energiegeladenen Stiers zu verbinden, mit dem ›König der sozialistischen Arbeiterkooperativen‹, wie ihr geliebter Pepi genannt wurde. Einzig Lilian meuterte gegen das harte Los. Nicht mehr das ›gnädige Fräulein‹ zu sein, nicht mehr die ›niederen Schichten‹ verachten zu dürfen, was beides sie — wie sie jetzt erst begriff — mit fortwährendem, chronischem Wohlgefühl durchtränkt hatte, war schwer zu ertragen.

Doch auch sie fand bald ihre eigene schiefe Ebene bequemen Niedergangs, die interessanter war als das schlichte, einmalige ›Nach-unten-Tauchen‹ der Mutter — sie begann nämlich, kleine, kindliche Rollen in dem Theater von Kwintofron zu spielen (dem sogenannten ›Kwintofronium‹), wo sie, nach Überwindung eines gewissen Widerstandes von seiten der Baronin, der rasend in die Tochter verliebte, wuchernde und schäumende und in sich selber keinen Platz findende Sturfan Abnol untergebracht hatte. Er hatte beschlossen, die kleine Kapen zu einer Frau ›neuen Typs‹ zu erziehen, wie er geheimnisvoll zu sagen pflegte. Sie wohnten in vier kleinen Zimmern in dem verlassenen Palais der Familie Gasiorowski auf der Retoryka-Straße — jeder weiß, wo das ist.

Drei Tage nach der Ankunft in der regionalen Hauptstadt K. wurde Zypcio von der schrecklichen Disziplin der Offiziersschule vom Typ C in die Zange genommen — der ärgsten Schule, die es gab, denn wegen eines Runzelchens im Bettlaken setzte es bis zu zwei Tagen Arrest, je nach den Nebenumständen. Sie wurden die ›Provinzgarde des Quartiermeisters‹ genannt. *Er selber* wurde in diesem Milieu zu einer fast mystischen Gestalt, trotz (es ist ein wahres Wunder) seiner nur allzu realen Existenz, wie sie bei den häufigen Visiten in Erscheinung trat, nach welchen in den Gebäuden in Gestalt eines fast materiellen Fluidums eine Panik zu verbleiben schien. Sein Geist war buchstäblich anwesend bei allen Unterrichtsstunden und Übungen — frei von ihm waren nur die Laxativ-Toiletten, in denen Ehrenbezeigungen verboten waren. Einmal jedoch passierte eine — vom militärischen Gesichtspunkt — komische Geschichte: Der Quartiermeister kam nämlich in eines dieser Sälchen hereingefegt, wo ringsum freundlich zur Entleerung einladende Instrumente standen — er kam hereingestürzt, um sich davon zu überzeugen, daß der betreffende Befehl beachtet werde. Das Sälchen war voll. Die entsetzten, ungeübten Zivilisten hielten es nicht aus — sie nahmen die Hab-acht-Stellung ein wie ein Mann, ohne darauf zu achten, in welchem Stadium ihrer Tätigkeit sie sich gerade befanden. Alle bekamen fünf Tage Arrest. »Ich mag es gern, wenn sie aus Ehrfurcht vor mir in die Hosen scheißen — an der Front werden sie das nicht machen«, sagte der Chef, seinen schwarzen, mächtigen Kosakenschnauzbart sträubend. Doch nach dem väterlichen Terror bedrückte die Disziplin den jugendlichen ›Junker‹ nicht sehr, er gewöhnte sich bald an die sinnlosen Manipulationen (er begann sogar ihren tiefen Sinn zu begreifen), ja, dieser ganze Apparat der Zermalmung und der Neuerschaffung einer fremden Armee, einer normalen Individualität, wurde ihm zu einem vorzüglichen Gegengift gegen die letzten Erlebnisse — er war eine Werkstatt der ›namenlosen Kraft‹ Tengiers. Mit Widerwillen, beinah mit Verachtung dachte Genezyp jetzt an dies behaarte Monstrum. Die ganze Kunst hatte er im ... und das gewissermaßen mit Recht — was hatte man schon davon in solchen Zeiten! Von der kaum erfahrenen Metaphysik war nichts zu sagen — die Zeit war angefüllt bis zum Bersten, das Leben ging in mechanischer Eintönigkeit. Die ersten zwei Wochen kam der Embryo von Offizier nicht aus dem düsteren Schulgebäude, das seine ziegelrote Masse an den Hängen der weißen vorstädtischen Kalkberge erhob. Er vermochte nicht, die vorgeschriebenen Ehrenbezeigungen zu lernen. An den Abenden, während einer kurzen halben Stunde Verschnaufens vor dem Essen, träumte er von der fernen Stadt und Familie und versank in den graurolen Widerschein am Horizont, der hin und wieder aufleuchtete vom grünen Licht der Trambahnfunken. ›Recht geschieht dir — nun hast du's‹, wiederholte er für sich. In ihm wuchs eine Kraft, aber nicht wie ein gehorsames, zweckmäßiges Gerät, sondern wie ein anarchistisches Explosivum, das sich nicht gänzlich einmagazinieren ließ in den dazu bestimmten Kammern — es floß irgendwo über in geheime, der primitiven Innenschau unbekannte Winkel des Geistes und erstarrte dort zu etwas Bösem, das sich gegen ihn selber und gegen das Leben aufplusterte. Immer öfter empfand er Schichten einer unnennbaren Fremdheit in sich, doch hatte er keine Zeit, in diesen Dingen zu bohren. So häufte und häufte sich das — bis dann zum Schluß ›krach!‹ und ... Doch davon später. Eines war da, das schlimmste Symptom: Die erschaffene Kraft wandte sich gegen ihren Erzeuger. An der Seite, am Rande der Seele, schrieb eine fremde Hand geheimnisvolle Zeichen ein, die er erst viel später entziffern würde. Es waren das Funktionen der im Untergrund des

Ich schwelenden Erinnerungen an jenes Erwachen der Seltsamkeit und an jene verfluchten ersten Tage des Lebens in Freiheit (oder der letzten?). Es war, als hätte sich eine Höhle voller Schätze, Wunder und Ungeheuerlichkeiten geöffnet und wäre im Licht eines außerweltlichen Blitzes erstrahlt und als wären die Querriegel (unbedingt Querriegel) zugefallen, und nun wüßte man nicht, ob es nur ein Traum war. Wie schrecklich erschien jetzt dieser erste Einblick in den Abgrund des Unbekannten, der mit geheimem Zauber lockte, mit der Vielfarbenheit künftiger Geschehnisse, mit der Möglichkeit, unbewußten Appetit zu stillen — vom niedersten bis zum höchsten. Der geistige Appetit, im Keim erstickt an dem Abend bei Tengier und in der Einsiedelei Basils, gab kein Lebenszeichen. Nichts mehr erhoffte Genezyp von der ›Literatur‹, die früher für ihn allen unerfüllten Zauber des Lebens enthalten hatte und die Möglichkeit einer endgültigen Sättigung, die es im Leben nicht geben konnte. Alles differenzierte sich, zerstob in Tausende unkoordinierter Rätsel: vom Geheimnis des Daseins als Ganzes bis zu den dämmerigen Tiefen der Gefühle, die sich auf erschreckende und unheilverkündende Weise mit der werdenden Wirklichkeit verzahnten. Zweifaltigkeit — der gewesene Knabe und der werdende Offizier — diese zwei Wesen wogten nebeneinander, ohne sich jemals zu einer Persönlichkeit zu vermischen. *So* also sollte das alles sein? In diesem Wort war höllische Enttäuschung enthalten. Doch er fühlte sich auch selber schuldig. Von diesem Tag und dieser Nacht hatte die ganze Zukunft abgehangen. Und was hatte er daraus gemacht? Er hatte mit schmutzigen Knabenhänden in den Abgrund des Geheimnisses gelangt und einen Haufen blutiger Gedärme herausgezogen. Doch vielleicht war das wirklich eine Schatzhöhle, und er hatte durch dieses ungeschickte Hineinlangen alles verdorben, und niemals mehr würde ein solcher Moment wiederkehren, in dem man diesen Fehler gutmachen könnte.

In dieser Zeit begann Genezyp die ersten Schritte in eine bisher unbeachtete Sphäre der Freundschaft zu tun. Toldzio war völlig disqualifiziert. Andere Pseudofreundschaften aus der Schulzeit waren, zusammen mit der Veränderung der Lebensbedingungen, in eine unumrissene, undifferenzierbare Masse der Vergangenheit versunken. Überhaupt war diese ganze Zeit, die einst so voller Bedeutung und bunter Erlebnisse erschien, immer mehr im Verblassen und verhüllte sich mit einem grauen Vorhang hinter neuen Geschehnissen, die wie Klingen in das Bewußtsein drangen und wie artesische Brunnen in bisher unerforschte, öde Gebiete des Geistes gebohrt waren, wobei sie wie mit Angeln aus geheimnisvollen Tiefen immerzu neue Tiefsee-Gedankenungeheuer hervorholten, eine jedesmal schärfere Bewußtwerdung des Wesens der Wirklichkeit. Aber dies alles war nicht *das* und nicht *das* . . . ›So also ist diese Welt‹ — in diesem Satz waren ganze Schichten unausdrückbarer Bedeutungen enthalten, deren allgemeine Formel eine Behauptung sein konnte, welche die Zufälligkeit in der Notwendigkeit ausdrückt, die Beliebigkeit einer jeden Handlung auf dem Hintergrund des Empfindens, daß sie so und nicht anders im ganzen sein muß, an eben dieser Stelle der Zeit und des Raumes, die sozusagen durch die absoluten Gesetze der Physik umgrenzt und dennoch unendlich frei ist in wenn auch nur theoretischen Möglichkeiten — welche allgemein die Kontingenz auf dem Hintergrund der Ursächlichkeit ausdrücken, die das ganze Dasein zugleich mit der Unmöglichkeit umfaßt, nicht nur das absolute Nichts zu denken, diesen absoluten Nonsens, sondern sogar eine derartige Dummheit wie zum Beispiel die Annahme: ›Und was wäre, wenn es mich gar nicht gäbe?‹, der man, wie der Annahme des Nichts, logisch nichts vorwerfen kann. Gesetz und Gesetzlosigkeit und die daraus folgende Relativität quälten in den von Beschäftigung freien Momenten das Gehirn dieses Offiziers-Protoplasmas. Für manche allerdings, für Kocmoluchowicz zum Beispiel, wären solche Gedanken ein unerträglicher Unsinn. Nicht einmal in der Stunde des Todes würde sich ein Mensch dieser Art zu ernstlicher Erwägung einer solchen Schnurrpfeiferei aufschwingen. Und wie viele junge Leute gab es damals schon, die (trotz einer gewissen Intelligenz) dazu kamen, ähnliche untergedankliche Zustände in sich zu bemerken und sie als etwas Besonderes auf dem alltäglichen Hintergrund tierischer Vulgarität abzusondern! Jeder vergehende Moment schien schon voll endgültigen Verstehens dessen, was dieses ersehnte und ewig entfliehende Leben war, und jeder folgende schien diese Endgültigkeit Lügen zu strafen, indem er immer neue innere Schichten durchstieß und neue äußere Sphären aufzeigte — und dabei alles umgekehrt und nicht so, wie es sein sollte. Genezyp wußte das Glück dieser Periode nicht zu schätzen: Er plagte sich mit der fortwährenden Veränderlichkeit und dem Sichverengen scheinbar unbegrenzter Möglichkeiten — schon sah er undeutlich den Keil, der ihn für immer festklemmen sollte: Er würde (allgemein gesagt) ein solcher und kein anderer sein. Was für einer? Er wußte es nicht. Also *so* ist dies Leben, immer unfaßbar, immer fliehend, obgleich es schon so aussah, als hätte er den verborgensten Nabel oder Mittelpunkt in Händen, aus dem sich automatisch alles herausziehen, herausschneiden und herausdrücken ließe. Es ging, populär gesagt, um den Grundsatz, aus dem logischerweise jede richtige Art der Reaktion auf die gegebene Erscheinung zu deduzieren wäre. Trotz dieser Anstrengungen, eine einheitliche Anschauung in der idealen Sphäre zu erlangen, versagten alle einzelnen realen Entschlüsse, und fortwährende äußere Überraschungen (Offiziere des Kurses, Kollegen, die Welt militärischer Begriffe und die täglich packenweise aufgebürdete Verantwortung) sowie unerwartete innere Reaktionen, die sich absolut nicht voraussehen und beherrschen ließen, erfüllten Genezyp mit Widerwillen und Ekel gegen sich selber. Er gab die Hoffnung auf, dieses Chaos jemals auf irgendeine eindeutige Weise ordnen und beherrschen zu lernen. Die Menschen, jene anderen, unbegreiflichen Menschen — das war das giftigste Problem: Sie waren derart anders, daß man sich keine Möglichkeit der Verständigung vorstellen konnte, trotz der Verwendung derselben Zeichen in denselben Bedeutungen. Zypcio begann zum erstenmal mit Staunen die Vielfältigkeit der menschlichen Typen zu unterscheiden. Der ehemalige Vater und die gleichfalls ›ehemalige‹ Fürstin schienen ihm jetzt einzig Geschöpfe seiner eigenen Einbildungskraft. Er überzeugte sich, daß er sie gar nicht gekannt hatte — ja — und nicht kennen werde, denn er hatte beschlossen, die Fürstin niemals im Leben wiederzusehen, und der Vater war, wie bekannt, gestorben. Eben das war es: Es war bekannt, aber dieser Tod war nicht wie der Tod anderer Menschen oder wie möglicherweise sein eigener — das war ein anderer Tod — ein unvollständiger. Der Alte lebte in ihm, und, unerkennbar in Wirklichkeit, wucherte er doch als neue, verlarvte, durch Extrainterpolation außerhalb des Gebietes der Erfahrung erschaffene und gefälschte Persönlichkeit — er wuchs zu den Ausmaßen eines allmächtigen Titanen. Wenn Zypcio an ein zukünftiges Leben und an Geister glaubte, so nur durch den Vater. Sein möglicher eigener Tod, der eine vom Tode anderer Menschen völlig abweichende ›Wirklichkeit‹ darstellte, war ebenfalls differenziert: der eine, ein allgemein-ferner Tod, Symbol des Lebensendes, den er manchmal tödlich fürchtete, und der andere, fröhliche, gefährliche, ›ruhmreiche‹, der ›Tod der Helden‹, nach welchem ein neues Leben zu beginnen schien. Trotz der Verachtung für seine Kunst und trotz seines persönlichen Widerwillens sehnte er sich immer mehr nach dem allwissenden Tengier — wenn nur diese Monstrosität nicht wäre und die Küsse — brrr . . .

Die ständige Einsamkeit mitten unter den Menschen — wenn er nichts zu tun hatte, fühlte er sie auch im größten Trubel — schuf ein wahnsinniges Sich-selbst-Fressen in ›Gedanken‹. Das waren nicht Verbindungen umrissener Begriffe, eher formlose Bilder, Skizzen und ›Bruchstücke‹ künftiger Konzeptionen, die sich in keimendem Zustand befanden. Diese Keime krochen konzentrisch zu einem fiktiven zentralen Punkt, was den Anschein einer potentiellen Struktur des Ganzen erweckte. Aber das Unvollendete dieses Systems quälte geradezu schrecklich, entsetzlich. So sehr hätte man gewollt, daß mit geringem Kraftaufwand alles so vollkommen, geordnet, ohne Makel werde — aber nichts dergleichen: Chaos, Unordnung, Verwirrung, Streit der einzelnen Teile untereinander, Krawall. Und es gab viel zuwenig Zeit. O wenn man doch fünfhundert Jahre leben könnte oder dreißigmal ›hintereinander‹! Dann ließe sich einiges machen, manches vollbringen. (In diesem schlappen Lebenstempo, dieser Klebrigkeit des *milieu ambiant* schien alles wie in einem Faß voll Teer vor sich zu gehen — viele bei uns, und auch Kocmoluchowicz, hatten ähnliche Eindrücke.) Ach ja, es lohnt sich nicht. ›*Il faut prendre la vie gaiement ou se brûler la cervelle*‹ — so pflegte, Maupassant zitierend, einer der unangenehmsten Brüder von der Kavallerieschule zu sagen, ein sogenannter ›Zuwiderling‹, der Kommandant der Manege, Leutnant Wolodyjowicz. Das sollte den Zöglingen Mut einflößen. Genezyp fühlte, daß er nur kurz leben werde. Worauf sich diese Vermutung stützte, wußte er selbst nicht, jedenfalls nicht auf die drohenden kommenden Dinge. Dieses Jahr schien ihm die Ewigkeit selber — doch davon später.

Die Schulkollegen waren sehr uninteressant. Ein rosiger ›intuitiver‹ Bursche, ein Jahr jünger als Zypcio, war ziemlich zart, dafür aber dümmlich. Ein anderer, ursprünglich nicht dummer dreißigjähriger Kerl, ein früherer Bankbeamter, hatte in der Tat höhere intellektuelle Ansprüche, war dafür aber so unangenehm in seinen gesellschaftlichen Formen, daß jene Vorzüge sich in ihnen verloren wie winzige Brillanten in einem riesigen Müllhaufen. Außerdem war da eine Schar von halbautomatischen geistigen Magerlingen, die sich kaum Rechenschaft gaben über das eigene Dasein. Und all das war böse, neidisch, aufgeplustert, von gegenseitiger Verachtung und operierte im Gespräch mit fortwährenden peinlichen Anspielungen und Bosheiten, auf die man nicht recht zu reagieren wußte. Denn Zypcio war nicht boshaft und litt am *esprit d'escalier* in akuter Form. Er reagierte nicht das erste, auch nicht das zweite, dritte oder vierte Mal, bis er dann plötzlich Radau machte wegen irgendeiner bäurischen Vertraulichkeit und die Beziehungen abbrach, was ihn in den Ruf eines ›überempfindsamen‹ Psychopaten brachte, der er allerdings tatsächlich war. ›Unnötige Empfindsamkeit‹, dachte er bitter. ›Gut, aber das ist Ausdruck einer gewissen Subtilität. Warum beschwert sich niemand über mich? Soll denn unser Ideal bäurische Pöbelhaftigkeit und Flegelhaftigkeit sein?‹ Doch was halfen solche Gedanken? Man mußte sich isolieren, denn ›laß hier nur mal einen Lümmel vertraulich werden — gleich kriecht er dir auf die Fresse‹. Und Unannehmlichkeiten machen und Leute vor den Kopf stoßen, das konnte Zypcio schon gar nicht. Er war überhaupt gut, einfach *gut* — darüber ist weiter nichts Interessantes zu sagen.

Oh, abscheulich war diese durchschnittliche polnische Intelligenz jener Zeiten! Besser waren noch Schufte oder einfach die Masse (aber von weitem), in deren Schichten und Windungen die unheilverkündende, erbarmungslose Zukunft der überlebten Volksschichten lauerte. Die ganze Gesellschaft, verdorben durch eine falsche, amerikanische *prosperity*, die durch das Geld der angrenzenden und nicht angrenzenden halbbolschewisierten Staaten erlangt war, dieser Züchter des ›Bollwerks‹ — die ganze Gesellschaft (sage ich) war wie ein verdorbener einziger Sohn kurz vor dem Verlust der Eltern und des Geldes, der sich dann wundert, daß sich nicht die ganze Welt darum kümmert, wenn er heute kein Mittagessen hat, und der nicht begreifen kann, daß dies niemanden etwas angeht. So war es denn auch später.

Kocmoluchowicz, nachdem er in seiner Manie, Offiziere zu produzieren, fast die ganze Intelligenz, die außerhalb der Ämter verfügbar war, ausgehoben hatte, griff nun tüchtig zur Halbintelligenz und tastete sich hinunter zu den niedersten Schichten, zu den sogenannten ›geistigen Gammlern‹, indem er unter ihnen die psychisch kräftigsten Kerle aussuchte, ähnlich wie Friedrich II. seine Grenadiere. Genezyp, nicht an die Lebensart dieser Individuen gewöhnt, konnte sich nicht mit dem Vorhandensein seiner über dreihundert Kollegen abfinden, die das *Recht* hatten, mit ihm vertrauen Umgang ohne jegliche Begrenzungen zu pflegen. Und er fühlte tief in sich die stärkste Selbstverachtung. War er doch gar nichts, schlimmer noch: Niemals würde er etwas sein. Dazu werden es nicht kommen lassen: a) die Zeiten, b) die Menschen und c) der Zeitmangel. Er sehnte sich nach anderen historischen Epochen, ohne die Möglichkeit zu bedenken, daß er dort vielleicht (obwohl, wer weiß?) ein noch schlimmerer Tölpel gewesen wäre als in dieser Zeitspanne der großen Weltrevolution — des einzigen wirklichen Umsturzes: der absoluten Vereinheitlichung der Menschheit, wie sie in solchen Ausmaßen von keiner Doktrin der Vergangenheit vorgesehen war. Niemand hatte vorher zu konzipieren vermocht, daß das Ungeheuer der Zivilisation zu derartigen Auswüchsen gelangen würde und daß die Kampfmethoden mit ihm nicht beizeiten ausgearbeitet werden könnten. Angeblich tat dies der Faschismus, doch spukte in ihm noch zuviel an nationalistischen und individualistischen Resten. Zypcio beschränkte sich also auf einige naive Masken gegenüber seinen unmittelbaren

Vorgesetzten, zum Glück nicht besonders scharfsichtigen Leuten, und kapselte sich ansonsten, so gut es ging, vollständig ein. Die Disziplin knetete ihn langsam und systematisch, aber doch nur oberflächlich. Zeitweise war er sogar zufrieden, daß er auf einmal so etwas wie irgend jemand geworden war in dieser sich mit immer größerer Gedankenlosigkeit drehenden Gesellschaftsmaschine. In der Tiefe der durch die Fürstin zerfetzten und nicht verheilten Innereien schwoll eine unbewußte Begierde nach erotischen Erlebnissen. Doch Genezyp beschloß, ›in Reinheit zu leben‹, bis die wahre Liebe käme – dies scheinbar banale Sätzchen war das Edelste, was der unglückliche Junge bisher ausgedacht hatte. (Diese ›Marschroute‹ stand jedoch für sich, hatte nichts Gemeinsames mit der Gesamtgestalt seines Lebens und war daher wertlos.) Er wollte keinerlei Gegengift benützen, was um so einfacher war, als man ihn nach zwei Wochen obligatorischer Gefangenschaft wegen plötzlicher Unfähigkeit im Bettenbauen und wegen Anheizens des riesigen Ofens im Schwadronslokal wieder für eine Woche einsperrte. Die unumrissenen Gebilde früherer metaphysischer Momente, jener vor dem ›Erwachen‹, walzenförmig, unersättlich, schlüpfrig wie Obstkerne und dennoch fleischig-lebendig-fest, entzogen sich jeglicher Analyse. Und trotzdem fühlte Genezyp in seltenen, verschwindend kurz dauernden Hellsichtigkeiten, wie bei einem fernen Blitz an einem Sommerabend, daß eben dort sich die Vorbestimmung verbarg, das Geheimnis seines ganzen unerkennbaren Charakters. Man kann zwar fragen, was uns denn eigentlich so ein Dummkopf oder Scheißkerl angeht – doch die Sache ist nicht so einfach, wie sie scheint. Er wartete auf Urteile einer fremden Macht in sich, von diesem ›Gefangenen‹, wie er nicht so sehr den Doppelgänger als den Passagier in sich selber nannte, einen persönlich unbekannten, nur wie vom Sehen her bekannten, einen erwachseneren als er, der über alles regierte. Aber noch fürchtete er ihn nicht – das sollte erst etwas später geschehen. Einstweilen lebte der flüchtige Passagier oder innere Gefangene in einer abgetrennten Sphäre, die begrifflich nicht näher umrissen war. Seine Gedanken und Ahnungen, kaum angedeutete, hakten noch nicht ein in die beweglichen Zentren von Genezyps Körper, sie hatten noch nicht die entsprechenden Übermittlungen. Dieser Körper entwickelte sich durch die militärischen Übungen zu etwas Außergewöhnlichem, ohne Übertreibung gesagt. (Lassen wir jegliche kavalleristische Feinheit beiseite — die Kavallerie den Kavalleristen!) Sein nackter Körper war nicht der eines Troglodyten, wie man ihnen oft im Milieu sportlich Besessener begegnet: quadratisch in den Schultern, hager in Hüften und Bauch. Vielmehr bildete dieser Haufen von Organen eine hermaphroditische Synthese von Weiblichkeit und Männlichkeit, und alles zusammen war bis zu einer fast maximalen Harmonie vollendet und nicht ohne eine gewisse stierhafte Macht. Traurig und mit Abscheu blickte er manchmal auf seine prächtigen Glieder *(hony soit qui mal y pense)*: Warum nützt niemand diese — was man auch dazu sagen will — männlichen Herrlichkeiten, warum welkt dieser ganze Haufen erstrangigen Fleisches nutzlos in einer Kaserne? Vielleicht werden kräftigere Teile aus dieser Mühle hinausgelangen, jeder einzeln oder sogar als materielles Ganzes, aber regiert von einer Seele, die in seelenloser Disziplin, jeder individuellen Vorbestimmung fern, getötet wurde, also unfähig zu persönlicher Einheitlichkeit. Die ferne, herrliche Idee von Kocmoluchowicz, die niemandem bekannt war außer ihm selber im Augenblick ihres Entstehens, lastete auf jedem persönlichen *inneren* Schicksal (den Begriff des Schicksals muß man differenzieren) und knetete Persönlichkeiten entsprechend ihren unerwarteten Windungen und Knickungen. Wie sonderbar, nicht wahr? Dort, irgendwo in der Hauptstadt, sitzt bei einer grünen Lampe so ein menschliches Hochexplosivum und befiehlt irgendeinem ihn von vornherein auf Kredit verehrenden Jüngling, auf den sich ›das Auge der Vorsehung‹ wendet (sei es auch nur in Romanthemen), auf ganz unerwartete Weise zu leben, und zeigt ihn wiederum der ganzen Gesellschaft als ein Symbol. Ja, ja, und außer ein paar Freunden und der Familie weiß kein Hund davon. Und wenn einmal die ›Gesellschaft‹ definitiv die Macht ergreifen wird (ob nun in irgendeinem Sownarkom oder über einen programmatischen Elite-Wirtschaftsrat ist einerlei), so wird es so etwas nicht mehr geben — man wird es für langweilig halten.

Nachdem die Strafe abgesessen war, blieben bis zu den Feiertagen drei Tage, jedoch ohne die Möglichkeit, die Schule zu verlassen. Es lastete etwas auf ihm: Schmerz in der Haut wie ein leichtes Fieber, zerschundene Genitalien und Gedärme, die sich in ihren Schlünden wälzten, blinde Ungeheuer, von innerer Hitze verdorrt. Das Leben blitzte plötzlich auf, fern, unzugänglich und ›schön‹, wie nur ein unbekanntes Weib schön sein kann.

Information: Der Kursus dauerte sechs Monate, von denen man drei Monate hindurch, während man in der jüngeren Abteilung war, das Schulgebäude nur einmal in der Woche, und zwar am Sonntag, verlassen durfte, doch ohne außerhalb des Gebäudes zu übernachten.

Eine Begegnung und ihre Folgen

Der einsame Gedanke siedete im lebensfernen Teekessel. Winzige Seelchen, unansehnliche Abgesandte des Großen Bösen, ohne den es überhaupt kein Dasein gäbe, präparierten heimlich einen höllischen Absud, mit dessen Hilfe — so war es in außerweltlichen Regionen und in der fernen Linie der Vorfahren beschlossen — dieser zu anderen Zwecken geschaffene ›Organismus‹ des jungen Kapen vergiftet werden sollte. Es war nun mal nicht anders.

Eines Abends, am Ende eines *metaphysischen Alltags*, da man in der Gewöhnlichkeit die höchste Wunderlichkeit erblickt, wurde der gründlich ausgelaugte, geistig durch das Militärwesen sterilisierte Zypcio in den Empfangssaal gerufen. Schon als der Diensttuende zu ihm trat, wußte er, was das zu bedeuten hatte. Es barst der geheime Damm, der das Herz von den niederen Teilen des Unterleibs trennte. Er selber hatte ihn fast im geheimen vor sich errichtet, bemüht, das Problem dieser Verbindung zu mißachten, und fürchtete ständig um seinen Bestand. Und nun barst er plötzlich, da dieser Esel Kwapek anfing, an ihn in amtlicher Weise heranzutreten. Ein schreckliches Vorgefühl — er wußte nicht, warum — befiel sein Herz. Ihm erschien eine fluchtartige Perspektive ferner Vorbestimmungen: erzwungenes Austrinken von Gift — bis zum Boden, bis zum letzten Tropfen, und eine schwarze Gewitterwolke, die sich schweigend auf das blutende Gehirn niederwälzte, das wie eine unbewohnte Insel aus dem Südlichen Ozean in die schmerzliche Leere des Lebens ragte. Die feurige Zunge des höheren Bewußtseins schleckte lüstern über die entblößte, von unartikulierten Gedanken schmerzende Hirnrinde. Ja, das, das, das — eben das: Man hatte seine Gedanken in ihrem Versteck aufgestöbert, ehe sie sich hatten panzern können. Die langsame Exekution begann am 13. Mai um dreiviertel sieben. Nasser Flieder duftete durch die offenen Fenster des Korridors. Der nach sexueller Trübsal stinkende Geruch mischte sich mit der schweren Feuchtigkeit eines halbregnerischen, düsteren Frühlingsabends. Schreckliche Verzweiflung überschwemmte Genezyp rettungslos bis zum Hals. Nie mehr, nie mehr — lebenslängliches Gefängnis in sich selber. Diese Schule, diese Mauern waren schon einmal dagewesen, irgendwann einmal in einem anderen Leben, und bedrückten ihn seit undenklichen Zeiten durch die Erinnerung (dies ausreißen können!) bis zur Bewußtlosigkeit, bis zu einem unendlich langsamen Sichauflösen im Nichts. Doch unterwegs wartete eine kleine Hölle. »Warum zwingt ihr mich alle, verrückt zu werden?« flüsterte er mit Tränen, die bekannte, harte, männliche ›Ritter-Treppe‹, ›Sporen-Treppe‹, hinuntergehend, die jetzt aus warmem Guttapercha gemacht zu sein schien. Er wußte, was das bedeutete: Das Schicksal, in Gestalt eines Scharfrichters aus einem deutschen Märchen, wählte aus einer Kinderschachtel mit Geschenken irgendwelche Figürchen und stellte sie an seinem Lebensweg auf. Sie lebten nicht — es waren ausgezeichnet gemachte Automaten, die zum Verwechseln sogenannte ›Nächste‹ vortäuschten (ein kesses älteres Individuum mit Jockeimütze und einem roten Tuch um den Hals, das eine übelriechende, sehnige Gurgel enthüllte mit großen Narbenstriemen an den Drüsen). Dies mußte man küssen und die andere *Backe* hinhalten — der einen hatte er schon einmal eins gepfeffert. Niemals, nie, niemals! Er liebte in diesem Moment niemanden — ohne es zu wissen, war er praktisch ein Solipsist. — In Wirklichkeit waren der Dienstuende und die ganze Welt nichts als Verbindungen von Elementen Machs. Er trat in das Wartezimmer für Gäste. Bewußt dachte er, daß dort die Mutter auf ihn warte mit Lilian, mit Michalski (schon einmal war das so gewesen) — er *wußte* mit dem niedereren Teil des Unterleibs, daß dort das Ziel seiner allerschamlosesten Bestimmung sein müsse. Sagt, was ihr wollt, aber ›Erotik *ist* eine höllische Sache — das kann man nicht leicht nehmen‹, wie einmal ein gewisser Komponist gesagt hatte (nur kann man nicht den Ton seiner Stimme wiedergeben, dieses wollüstige Entsetzen und diesen Ausdruck der Augen, die von scheußlichem, stinkendem Zauber tränten). Das letzte Mal war er der teuflisch schiefen Bahn entkommen, gerettet von der Hand des Vaters, hatte sich herausgerissen aus dieser dunklen Falle, in die es ihn von unten hineinzog an allen Muskeln, Sehnen und Nerven. Das letzte Mal hatte ihm der Vater die Hand von jenseits des Grabes gereicht. Von diesem Augenblick an wußte Zypcio, daß er allein sein müsse, und er wußte auch, daß er (selbst, wenn er übermenschliche Kräfte hätte) sein Los nicht ertragen würde auf jener höheren Ebene, die aus dem mittelsten Kreisring des kindlichen Schemas metaphysischer Erlebnisse herausgewachsen war.

Auf dem tiefsten sexuellen Grund der Seele breitete sich eine unheilverkündende Stille tödlicher Beunruhigung und eisigen Schreckens aus. Und nicht mit seinen Augen, sondern mit einer Zelle seines Gehirns erblickte er — *sie*. Wie war sie doch höllisch verlockend! »Ein junges Mädchen — o diese Bestie! Nie wird sie aufhören... Gott (dieser tote Gott!) erlöse mich von diesem Ungeheuer!« flüsterte er, sich der Fürstin nähernd, die, mit einem grauviolettblauen ›Röckchen‹ (von dem sogenannten *bleu Kotzmoloukhowitch* — einem heute modernen Blau im Ton der von dem Generalquartiermeister eingeführten Uniformen) und einem marineblauen Hut bekleidet, an einem der Pfeiler des Saales lehnte. Niemand war sonst da. Eine schreckliche, in sich selber laute Stille verbreitete sich in diesem Augenblick im ganzen Gebäude. Es schlug sieben Uhr, weit in der Ferne, von irgendeinem Turm, in der Welt des Lebens, des Glücks und der Freiheit. Eine Verzweiflung von metaphysischen Ausmaßen kroch verstohlen zur Erde und verwandelte sich in dumpfen sexuellen Schmerz — so wie der Teufel durch Vorspiegelungen in unermeßliche Höhen führt, um einen dann in den Dreck zu werfen. Die Arzneibuttel stand dicht daneben — nur hinlangen mit der Pfote des Männchens, im ›Knaben‹-Handschuh des Zartgefühls und der Scheu. (Und in demselben Augenblick las in der Hauptstadt des ganzen Landes der ›Große Kocmoluch‹, wie man ihn nannte, bis an die Ellbogen verdreckt von dem wahrhaft augiashaften Schweinszeug, das er von seinem Land abzuwaschen bemüht war, und sei es auch mittels des Teufels — den Rapport eines gewissen Chinesen, der vor ihm tiefgebückt dastand wie ein zum Köpfen verurteilter Mensch. Kocmoluchowicz sagte: »Darf man wissen, was er denkt?« Es antwortete der Chinese, ein Mandarin der zweiten Klasse, ein Mensch ohne Alter: »Seine Einzigkeit ist absolut unenträtselbar. Wir wissen nur, daß dies der höchste, allmenschliche Gedanke ist. Er wird erledigen, was ihr nicht erledigen könnt, selbst wenn ihr den Rat der größten Weisen der ganzen Welt zusammenriefet. Euer Wissen hat die Größe eurer Seelen an Wuchs übertroffen. Ihr seid in der Macht einer Maschine, die sich euch aus den Händen gewunden hat und wächst wie ein lebendes Geschöpf, das sein eigenes Leben lebt und euch fressen muß. Kapläne aussterbender Kulte versuchten, *seine* Gedanken zu erraten — mit der Hilfe von Giften und durch Hypnose. *Er* bemerkte sie von weitem, und alle kamen um: Man schlug ihnen die Köpfe ab, und es wurde eine andere Schuld unterschoben.« Der Quartiermeister zuckte zusammen und griff nach einer Knute, die an der Wand hing. Aber der Chinese verduftete wie durch ein Wunder, verschwand spurlos aus zwei Zimmern voller Adjutanten. Und ›Kocmoluch‹, mit der Knute in der Hand, erstarrte und versank bis an den Nabel in Gedanken. Sein Ich war in einem unaussprechlichen Krampf mit der Ganzheit des Daseins in Berührung gekommen — und dann mit diesem elenden Würmchen, mit der ganzen Menschheit. Er weinte nach innen hinein und drückte auf einen Klingelknopf, nachdem er auf krummen Beinen an einen grünen Tisch voller Papiere gegangen war. Ein Adjutant kam herein . . .) Diese Szene sah Genezyp, indem er seinem Schicksal ins Gesicht blickte — vielleicht war das wirkliche Telepathie, denn tatsächlich geschah dies um 7.13 Uhr im Arbeitszimmer des allmächtigen Quartiermeisters.

»Ich habe mich so sehr nach Dir gesehnt« (mit großem D), »bist Du böse, daß ich gekommen bin?« Das Flüstern floß auf dem allersexuellsten Wege durch die obere Hälfte des Körpers dorthin. »Ich gab vor, hierher fahren zu müssen, doch in Wirklichkeit komme ich nur zu Dir. Du bist schon erwachsen — mußt wissen, warum, ach, warum ich so habe handeln müssen. Du kannst mich jetzt nicht verstehen. Erst wenn es mich nicht mehr gibt, wirst Du verstehen, was ich Dir gegeben habe — wenn Du eben durch mich der zweiten oder dritten, die Du wahrhaft liebst, kein Unrecht antun wirst. In Wahrheit liebtest Du und liebst Du nur mich — vielleicht für immer — das weiß ich. Du bist doch nicht böse?« Wie eine demütige Hündin bog sie sich mit einem blauen ›himmlischen‹ Blick, einem zerflossenen, aus dem Kern geschälten, unsauberen, bis zum Mark des Wesens sich hingebenden (hier, bis zu den Nieren und tiefer), und schlug ihn wie eine scharfe Kralle in seine harten Augen. Das Geschoß traf, platzte, tötete (nur die Gedanken) und vernichtete wie ein papierenes Spielzeug die künstlich, kindlich kombinierte Schanze (oder den Brückenkopf). Durch die Bresche drängten sich lange gefangengehaltene Gelüste, wilde, schweißbedeckte, stinkende, rasende — an manchen klirrten noch die Ketten, sie gingen wie eisernes Gewürm zur Eroberung der Seele. Über ihnen entfaltete sich ein kleiner blauer Sonnenschirm, den wirklichen Himmel vortäuschend: die reine, große Liebe. Er liebte es jetzt maßlos, dieses arme, ältliche Mädchen — wie niemanden bisher. Plötzlich erstrahlte das Weltall vom Widerschein aufgehenden Glücks, ferne, sich in Qualen nach sich selber sehnende Weiten (Gebiete, Terrains?) des Geistes vereinigten sich in einer wilden, brennenden Umarmung. Noch nie hatte Zypcio etwas derart sublim Sinnliches erlebt — nicht einmal (!) damals, als er, mit den Augen an der Scheibe des Badezimmerfensters klebend, jene unbeholfene und träge Handlung an sich vollzogen hatte — wie an diesem neu in sich entdeckten, in diesem Augenblick ein bißchen unflätigen Kerl. Ein blutiger, klebriger Nebel umspann und durchdrang den in unirdischem Verlangen erschlafften Körper. Und doch hatte noch nichts gezuckt, und nicht um ein Haar hatte sich der große Gegner des Geistes erhoben, der einsame, dumme, in körperlichen Kämpfen allgewaltige *Er*. Wo war dieses erwartete Verlangen, diese Begierde? Nachdem sie den Körper vernichtet hatte, umfaßte sie in tödlicher Umarmung bis ins Unendliche die Welt. Er liebte dieses Weib ganz und gar, auf eine reine Weise wie in den besten Zeiten, wie er noch nie die Mutter geliebt hatte, auch nicht die Schwester oder den Vater. So rein war dieses Empfinden . . . Es war geradezu lächerlich. *Il fornicatore* ließ sich endlich durch die von geilem Brei verklebte Gurgel vernehmen: »Böse sein ist noch wenig. Ich hasse Sie, und niemals mehr . . .« Sie verschloß ihm das Gesicht mit allwissender nackter Hand (rasch, eine Viertelminute vorher, hatte sie den Handschuh abgestreift, wissend, daß sie eine solche Geste machen würde). Er stieß diese Hand brutal von sich, doch der Eindruck der Wärme und des Duftes blieb: Die unsterblichen Enziane Fontassinis währten weiter, obgleich die Welt kopfstand. »Ich will nicht — verstehen Sie? Wozu? Warum? Etwas so Ungeheuerliches! Und ich habe Sie so geliebt! !« Er log mit frecher Stirn und wußte nicht, warum — das heißt, er log bewußt, in Wirklichkeit war das wahr, in diesem Augenblick war es zur Wahrheit geworden — und übrigens weiß der Teufel — niemand wird begreifen, wie es ist, und noch weniger, wie es war, auch die nicht, die nicht und so weiter . . . »Ich habe einen Widerwillen gegen Sie wie gegen eine Kröte — ich bin mir selber ein Ekel, wenn ich an Sie denke . . .« Sie faßte ihn bei der Hand, fest, bis zum Schmerz — das Weib war kräftig.

»Nein — erst jetzt wirst du mich lieben. Doch ist es schon zu spät für das, was vorher gewesen ist.« Sie blickte ihm geradewegs ins Gesicht mit verliebten, flammenden Augen. Wahnsinn war in diesem Blick — um sich Mut und Zauber zu verleihen, hatte die Fürstin ein ›Empedekoko gepriest‹, wie sie sagte. Sie tat das selten, nur in den allerwichtigsten Momenten des Lebens. »Wir können uns öfter sehen«, sagte sie weiter mit einer Stimme, die unanständiger war als gespreizte Beine, als nackte Füße, als ein weiß-der-Teufel-was küssender Mund, »aber niemals mehr wäre ich die Deine, selbst wenn du darum flehtest.« Dies letzte Wort war der Gipfel der Kunst: Zypcio erblickte sich auf den Knien vor ihr — sie, mit nackten übereinandergelegten Beinen, berührte ihm fast die Nase mit den wundervollen, pedikürten Zehen und deren rosigen Nägeln. Die Kralle *grau-roten* Unglücks versenkte sich in seine Eingeweide, und die Begierde, düster wie der Foltertod an einem Frühlingsmittag, goldkäferfarben, schwarzgolden, eine teuflische

Sehnsucht nach dem für immer entschlüpfenden Glück, legte sich wie ein Bahrtuch, ein Sargdeckel auf die *rotgoldene*, im Brand des Körpers erblühte Zukunft. Verzweiflung umklebte mit einem bis zum Schmerz geilen Nebel die Genitalien — nun keine Symbole der Kraft, sondern scheußliche Kutteln mit zerschlagenen Fressen wegen der Verachtung, die *sie* ihnen zeigte. Welch eine Unverschämtheit! Er verstand nichts — war er doch immerhin ein Mann. Und eben darum, weil er nichts verstand, handelte er so, wie es sich gehörte. Ha, er mußte mit Ekel zum zweitenmal diesen von geistigen Verbrechen dampfenden Morast erobern — und konnte schon von neuem lieben — so schien es ihm — aber nicht sie. Er holte aus und schlug in den weißen Nacken mit naiver und widerrechtlicher Faust. Als Zugabe nochmals von der anderen Seite, indem er gleichzeitig instinktiv mit der Linken den herrlichen Hut von Herse packte (die Firma Herse hatte alle bisherigen Katastrophen überstanden). Und sie schluchzte auf vor Wollust ... (Er zerrte schon an ihren Haaren und schlug, schlug — welch ein Wunder! — also liebte er sie?) Doch kaum war er in Schwung geraten und verspürte schon die Woge der Begierde, die ihm vom Kreuz in die Lenden und die Arschbacken strömte, als sie sich ihm entriß, weil sich im Treppenhaus (die Tür hatte er in seiner Verdutztheit nicht zugemacht), auf dem Gnadenweg Schritte ›vernehmen ließen‹. Rasch hob er den fortgeworfenen Hut auf und setzte ihn ihr brutal auf den Kopf. Solch ein wundervoller Moment und — vergeudet, verflucht! Durch wen? Durch den, der da auf der Treppe ging — weit tiefer: durch den Vater, der Zypcio hier hineingesteckt hatte und noch dazu der Geliebte dieses Korpus gewesen war, dieses ›Ideals‹, als er, dieser Korpus (gar nicht zu fett übrigens) noch vor Jugend strahlte (na, so um die achtundzwanzig Jahre) — und er, Zypcio, erhielt nur noch den Abfall, und diesen Abfall kann er nicht unterkriegen oder überwinden, im Gegenteil, er muß ihn auch noch *erobern*!! Ach, welche Schande und Verzweiflung! Er begann sich bis zur Raserei nach einer reinen, mädchenhaften Liebe zu sehnen. Und er entsann sich Elisas, dieses guten, ein wenig verschüchterten Geschöpfchens vom ersten Abend bei der Fürstin. Die zerrissene Seele bäumte sich auf und beweinte gleichzeitig den ihr ›zugeteilten‹ willenlosen Körper. Er riß sich in Streifen in einer Qual, die wahrlich einer besseren Sache würdig gewesen wäre. Aber was konnte er eigentlich davon wissen? Hätte er wenigstens so glauben können wie dieser unglückliche Basil, seine geliebten Zeichen haben wie Benz, oder auch nur solch ein Ungeheuer sein wie der Musiker Tengier! Nichts — nur das Leben an sich. ›Sich nicht besiegen lassen, nicht einmal durch sich selber‹, fiel ihm ein Satz von Putricydes ein. Trotz der ganzen Gewöhnlichkeit seines Lebens kämpfte, rang dieser mit etwas — wenn nicht mit etwas Großem, so doch mit etwas Riesenhaftem. Und er? Diese verfluchte Äffin da — für eine einzige Berührung ihres Körpers hätte er jetzt den ganzen Kleinkram der ihm vom Vater eingepumpten ›Idealismen‹ verkaufen wollen (Kraft, Ehre, Rechtschaffenheit und diese Art von Blendwerk) — diese Beelzebübin war das Symbol wenn nicht der höchsten, so der stärksten Dinge. Er verspürte die entsetzliche Leere dessen, worauf er stand und worauf er sich stützte. Er mußte sich eine neue Grundplatte schaffen aus psychischem Eisenbeton, sonst würde ihn der erstbeste aus dem Gleichgewicht stoßen. Doch Material dazu war nicht zur Hand, man müßte Gruben ausbeuten in fernen, verlorenen Ländern metaphysischer Wunderlichkeit, sie von neuem erobern. Wann? Dazu war keine Zeit. Das Leben drängte wie Gase im Bauch, zu unschicklichen Dingen zwingend. Noch ein paar solcher Entgleisungen, und er würde sich am untersten Boden des Daseins befinden: einer unflätigen, weichen Masse ohne Ambitionen, ohne Skelett, ohne Drüsen, einer geschlechtslosen, ehrlosen — brrr... Ekel und Schrecken hatten ihn bewahrt. Er hatte sich konsolidiert — doch nur dazu, um auf einem Umweg die unvermeidliche Vorbestimmung zu erfüllen. Denn wenn er sie wirklich liebte! Aber in Wirklichkeit haßte er sie (vier Schichten — welche von ihnen war die wahre in diesem Schichtkuchen?), und in dieser Lüge war Kleinheit. Noch eine Drehung, und er wäre wieder gut, aber von einer lausigen Güte, die aus Schwäche kam und aus Angst vor Leiden. Auf der Treppe ging der Offizier vom Dienst, sein ›Feind‹, ein junger, brutaler Scheußling, ein bäurischer kleiner Leutnant aus dem vorherigen Kursus, Wolodyjowicz. »Der Empfang ist beendet«, verkündete er künstlich distinguiert. »Junker Kapen, zur Schwadron an den Platz. Gnädige, Sie gestatten, daß ich Sie zum Ausgang führe. Ich hatte das Vergnügen, einst im Theater vorgestellt zu werden — ein Galaabend zu Ehren des Chefs...« — »Das ist recht wenig«, sagte erhaben-sinnlos die Fürstin. Aber er scharwenzelte um sie herum mit dieser Männchen-Beflissenheit, welche die Weiber so lieben, und schleppte sie mit sich fort. Sie warf Zypcio über seine Schultern einen tränenvollen und flammenden Blick zu, einen brennenden und juckenden, in dem alles und nichts war — er fühlte sich wie auf einer unbewohnten Insel, von allen verlassen — nur sie existierte (die Fürstin, nicht die Insel) — sie hatte ihr Ziel erreicht, die Bestie. Ach, hundertmal leichter wäre es gewesen, mit ihr zu ringen, wenn sie sich ihm aufgezwungen, aufgedrängt hätte, auf ihn gekrochen wäre — aber so? Er fühlte, wie tief ihm der Haken im dickflüssig gewordenen Blut steckte. Zusammen mit dem mittelsten Kreis hatte er sich ganz auf die Seite der bösen Mächte geneigt, die in diesem unterbewußten Teil seines Wesens herrschten, das er stets fast abergläubisch gefürchtet hatte. Er hatte sich ein wenig zu weit über den Abgrund geneigt — ob er sich wieder emporziehen könnte? Völlig zerfetzt ging er die Marmortreppe nach oben. Vor einer Viertelstunde war er als ein ganz anderer hier hinuntergegangen. Er erkannte sich nicht wieder in dem schwarzen Spiegel des Unbekannten, in welchem sich die vorübergehenden Doppelgänger betrachteten. Das Gebrause der Stadt, das zum offenen Fenster des Korridors hereindrang, zusammen mit der schwarzen Hitze der Mainacht und dem Duft nassen Flieders, empfand er als schamhaften Schmerz besiegter, angeschwollener und unerträglich gereizter Genitalien. Zu dieser ungelegenen Stunde mußte er den endgültigen Kampf beginnen. Er deckte sich mit seinem Willen wie mit einem Sargdeckel zu und starb und erstand wieder zu neuer Qual und Schande. Und jene Kutteln lebten fortwährend weiter ihr persönliches, privates, unbekanntes Leben und schwollen in einer sonderbar unangenehmen Art, sogar dann, wenn er mit unversöhnlicher Verbissenheit die Bilder einstiger und möglicher Zügellosigkeit am heftigsten vernichtete. Unter einer grauen

Decke, in der stinkenden Atmosphäre der Schwadron (wer, mit wenigen Ausnahmen, wusch sich denn überhaupt noch ordentlich bei uns?), verschwitzt, einsam, mit juckender Haut und anderen Symptomen, eroberte der Junker Kapen mit von giftigen Gasen gesträubten Därmen das Bollwerk des Geistes.

Und die Fürstin heulte gleich hinter der Ecke des Gebäudes (sie war zu Fuß gekommen) lautlos mit schrecklichem Weibchen-Geschluchze (sie schluchzte mit Geheul) in die ausgebrannte Dichte der schwarzen Mainacht, einer von denen, die Sinnlichkeit und schlimme sexuelle Schweinerei ausbrüten. (Der widerliche kleine Leutnant tröstete sie, so gut er konnte.) Nur dieses eine Bürschlein auf der Welt war ihr verblieben, und sie konnte es nicht erobern – Kapen selbstverständlich, nicht diesen Tröster. Sie war uninteressant, geradlinig und einfach im Fühlen. – Was ist hier schon über sie zu schreiben – alle Dämonismen hatte der Teufel geholt. Dennoch mußte man drei Tage bis zum Sonntag warten. Und unterdessen würde er dort stärker, männlicher werden, sich bis zu den Knochen aufreizen (sie fühlte ihr Gift in beschleunigtem Puls durch sein dickflüssiger werdendes Blut zirkulieren) und würde so wunderschön sein, so wunderschön, daß sie ›wohl rasend wird, wenn er – ach, nein – das ist unmöglich – und wie hübsch er in dieser Uniform war! Nur nicht so sauber, scheint es ... Aber er kann schmutzig sein, kann sogar stinken (absichtlich wiederholte sie halblaut dies schreckliche Wort), und ich liebe seine Gerüchlein‹, beendete sie schamlos, herausfordernd. Die Weiber sind manchmal unmöglich. Sie fühlte die ganze Gefährlichkeit eines solchen Sichunterwerfens, aber sie konnte es nicht aushalten – noch einmal, noch einmal, und dann möge die vollständige Verzweiflung anbrechen: der mit beschmutzter Vergangenheit bereifte Herbst eines grauen, hoffnungslosen Alters.

Information: Und dort, in Ludzimierz, hielt es auch Putricydes Tengier nicht aus und machte einen Kompromiß (bisher hatte er sorgfältig alle Halbmittel vermieden, zum Beispiel das Spielen in Kneipen, Gesangsunterricht in Schulen, Korrigieren von Werken sogenannter ›reiner Fingermusikanten‹ etc.): Er nahm den ihm von Sturfan Abnol verschafften Posten eines ›musikalischen Leiters‹

an, eines Pianisten und Komponisten in dem sonderbaren Theaterchen von Kwintofron Wieczorowicz. Er sollte durch Musik — so wie der Speck in Klößen — entsetzliche ›Unvorhergesehenheiten‹ würzen, ›Was-da-auch-kommen-Mögelchen‹, ›Unverhofftheiten‹ und ›Ungewißheiten‹ (Gott behüte, keine Überraschungen — dieses Wort, abgenützt wie ein Wischtuch, war bei Kwintofron verboten), die bereits allmählich ein sonderbares Gären verursacht hatten, sogar in der vom Militärdienst dezimierten Intelli- und Halbintelligenz. Diese letztere im Westen und Osten fast ausgestorbene Schicht befand sich bei uns in diesen Jahren in voller Blüte. Die Gesellschaften wimmelten geradezu von Individuen, welche die verwickeltsten Probleme mittels krähwinklischer oder kocmoluchischer Begriffssysteme lösten — die wahren Weisen schwiegen traurig und wollten sich nicht mit solchem Gesindel einlassen. So jemanden von etwas zu überzeugen, davon konnte keine Rede sein. Dreigroschen-Erklärungen traten an die Stelle der völlig aus den Schranken der Gesellschaft verdrängten intellektuellen Arbeit. Zum Kompromiß Tengiers führte auch die sogenannte Lebensgier oder einfach das Verlangen, um jeden Preis das weibliche ›Menu‹ zu wechseln. Das Motiv des Ungesättigtseins begann sich in seinen letzten Hypermusikalien allzuoft zu wiederholen. Eines Tages warf er die Maske eines halbländlichen Monstrums ab und, aufgefrischt zu einem ungeheuerlichen Degenerierten und verafften Genie, entfloh er mitsamt der ganzen Familie mit dem Ungarnexpreß nach der Hauptstadt K. Frau Tengier hatte dabei auch ihre Plänchen, die sie sorgsam unter der Maske hütete, daß sie sich um die Erziehung der Kinder unter entsprechenden Bedingungen sorgen müsse. Alles fügte sich zum besten, aber in kleinem Maßstab. Das maximalistische Programm mußte verworfen werden.

Wiederholung

Endlich war der erste Ausgangstag gekommen. Es war, als ob die Disziplin, der Terror und das, was Genezyp ›Zucht‹ nannte, von Stunde zu Stunde wüchsen. Wegen irgendeiner Kleinigkeit konnte ein völlig unschuldiger Mensch in Scherereien geraten, die durch die geringste Unbeherrschtheit des Übeltäters vor dem Militärgericht enden und der Teufel weiß wohin führen konnten. Torturen — dies war der Begriff, bei dessen kaum angedeuteten Schatten die bisher verwegensten Frechlinge kalkwand-leintuchbleich wurden. Die nach chinesischem Muster hierarchisierte Verantwortung fiel auf die unmittelbar Vorgesetzten und weiter bis zur Tür des schwarzgrünen Arbeitszimmers des ›Großen Meisters der Ungewissen Zukunft‹ — dort endete sie. Über ihm war nur noch der vor Alter blasse Gott (oder auch vor Entsetzen, wie andere sagten) oder Murti Bing — über diesen wagte man nicht einmal zu flüstern.

Wütend infolge der unerträglichen Erwartung und eines Zustands, der für ihn ungewohnte Tatenlosigkeit war (achtzehn Stunden Arbeit am Tag — aber sogar dabei wurde ihm das Warten zu lang), weil er nicht wußte, was er mit sich und mit der Armee anfangen sollte, verbreitete Kocmoluchowicz seine von den Ereignissen — oder vielmehr vom Mangel an Ereignissen — erstickte Individualität in der Sphäre des militärischen Schulwesens. Dort schmiedete er eine Macht, die anfing sich zu krümmen und aus den Nähten zu platzen, die Grenzen der vorher angelegten Rahmen eines rein negativen Standpunktes zu überschreiten: die Grenzen der Isolierung und der Bewahrung des *status excrementalis*, wie man den gegenwärtigen Stand der Dinge nannte, will sagen die Regierung der ›Gesellschaft‹ und den verlogenen Pseudofaschismus. Das bis zum äußersten gespannte Gebäude der inneren, geistigen Konstruktion des Landes zitterte von der Reibung der Kräfte und knisterte unheilverkündend, doch es bestand weiter. Wo aber diese Spannung genau war, das konnte niemand herausfinden, denn die Passivität der Menschen erregte sogar bei den ausländischen Gästen Bewunderung — allerdings nur bei den Reisenden der alten Art. ›Das ist nur in Polen möglich‹, pflegte der alte Feldmarschall Graf Buxenhayn zu sagen (der letzte der jüngeren Kollegen Hindenburgs), der natürlich ebenfalls seinen Platz in dem traditionell gastfreundlichen ›Bollwerk‹ gefunden hatte.

Und ein solch elendes Ringlein, eine solche Amöbe wie Genezyp konnte nicht die tiefsten, geheimsten Zustände und Empfindungen frei durchleben, diese Dinge, die letztlich, von einem bestimmten Gesichtspunkt aus, das Leben erst lebenswert machen — einem Gesichtspunkt freilich, der dem Empfinden der Mehrheit des menschlichen Viehs unzugänglich ist (das ist noch mild ausgedrückt, fast wie ein Kompliment), dem Vieh in ›Röckchen‹ (ach, du Teure!) und dem Vieh in Pulloverchen und Smokings. Sogar in den subtilsten Zuckungen seines Wesens, dort, wo der Kern des Sinns eines durch nichts bedingten Daseins steckt, mußte er eine elende Funktion der großen (daß Gott erbarm: für wen denn großen? — vielleicht gar einer gegenwärtig nicht einmal existierenden??) Konzeption irgendeines Kocmoluchowicz sein, der um den Preis der Macht und Tätigkeit notwendigerweise jenes Ausmaß an Wesenheit verlieren mußte, das einzig in der Anteilnahme reiner — und genügend ›sophistisierter‹ — Betrachter bestand. Doch jene ›Konzeption‹ (von der übrigens niemand wußte, auch nicht ihr künftiger Erschaffer selber) war immerhin das Resultat von zwischenzelligen Unausgewogenheiten in diesem herrlichen, behaarten, *trotz der Weiße schwarzen* und wie ein Ochsenziemer spannkräftigen Korpus des Generalquartiermeisters. Dieser Korpus wollte sich ausleben bis zu Ende, zusammen mit dem von ihm unzertrennlichen raubtierhaften, unersättlichen und (sagen wir's offen) in seiner Potenz schmutzigen Geist. So einfach, sklavisch, träge, aus zufällig addierten persönlichen Sinnlosigkeiten bildete sich die sogenannte Geschichte. Denn ›Geschichte vorwärts oder rückwärts, das ist wohl die größte aller Flausen‹, wie der Poet sagt. In ein paar hundert Jahren wird es kein Gehirn mehr geben, das fähig wäre, die wachsende Komplikation zu entwirren. Tausend Würfe werden keinen Begriff geben können von einem einzigen Moment dieser wunderlichsten aller Epochen — der wunderlichsten aber nur für jemanden von einem anderen Planeten, leider nicht mehr für uns. Darüber erhebt sich nur das Prinzip der großen Zahlen, die letzte Instanz kosmischer Notwendigkeit in der Physik wie auch (ein wenig anders) in der Geschichte lebender Wesen, ein statistisches Büro als Kriterium der *Wahrheit* — so weit haben wir's erkrochen. Und niemand sah (und wird es auch nicht sehen) die ganze ungeheuerliche ›Seltsamkeit‹ in der Entstehung der Zeiten und der Dauer, denn so, wie das private Leben damals schon ziemlich entwundert war, waren auch die geschichtlichen Vorgänge die verkörperte Gewöhnlichkeit selber. Aber nicht da liegt der Hund begraben, daß die Wirklichkeit tatsächlich gewöhnlich war — schon an sich sonderbare, interessante Fakten (sonderbar und interessant für Ludwig XIV. zum Beispiel oder für Cäsar) wuchsen wie astrale Pilze nach einem metaphysischen Regen, aber niemand sah es. Und was ist denn etwas wert, das da ist, ohne daß es jemand sieht? Nichts. Es sei denn, daß ein *besonderes Dasein* oder ein für sich selbst einziges ›Ich‹ in sich selbst interessant ist. Doch *in ihnen* würde sich die Welt auf uninteressante Weise widerspiegeln, sogar für einen idealen Oberbeobachter — wenn ein solcher existieren sollte. Komisch war das Ganze, verhumbugt, unenträtselbar. Abgründe öffneten sich nicht dort, wo man sie erwartete: Die gesellschaftliche Vollkommenheit trug ein Gift in sich, das ein integraler Teil von ihr war — eine Überkomplikation, welche die Kräfte des Individuums überstieg. Die winzige Stimme der Vereinfacher starb in dem Dickicht unpersönlicher Verwickeltheit — die Vielzahl und der Reichtum (ein scheinbarer) schufen eine öde Wüste — als ob jemand auf einem Miniaturporträt von drei Zentimeter Durchmesser alle Poren der Haut aufzeichnen möchte, alle Mitesser und Pickel — notwendigerweise müssen dann die Gesichtszüge und die Ähnlichkeit verlorengehen. Die Menschheit verlor ihr Gesicht durch die Berücksichtigung ihrer allerkleinsten Elemente. Eine gesichtslose, verwischte Einheit ging an den Grenzen der Geschichte auf wie ein düsterer, roter, herbstlicher Mond, der eine Walstatt nach einer nutzlosen Schlacht beleuchtet. Das schreckliche metaphysische Gesetz der Begrenzung zeigte von jenseits scheinbar unerfaßbarer Horizonte her seine unüberschreitbaren Barrieren und Schlagbäume. Die aufgetürmte Woge der sogenannten ›Entwicklung‹ und des ›Fortschritts‹ wälzte sich, ohne in einem ausweglosen Chaos steckenzubleiben, machtlos am Fuße eines un-über-windlichen Hindernisses, welches — im ganzen endlosen *Dasein* und nicht nur bei uns in Polen und auf der Welt überhaupt — die Unmöglichkeit der Überschreitung eines gewissen Grades von Komplikation, die Inkommensurabilität des gesellschaftlichen Elements mit der Ganzheit ist, die von ihrer Vielzahl geschaffen wird. Es sei denn, man geht zurück. Aber wie?

Schon als er sich anzog, wußte Zypcio, daß er zu Hause nur hineinschauen und dann sofort ganz ordinär zum ›Palazzo Ticonderoga‹ laufen werde. Natürlich nicht mit erotischen Absichten (das war selbstredend ausgeschlossen — woher denn? *So eine Schande!*), sondern lediglich um der Klärung der geistigen Verhältnisse willen, der wesentlichsten Klärungen, die zweifellos schon erfolgt wären, wenn nicht damals der diensttuende Offizier sie brutal unterbrochen hätte. Diese Verbindung des Militärischen mit der Erotik, diese militärische Rücksichtslosigkeit und uniformgürtelhafte Exaktheit und Härte, angewandt bei psychisch so subtilen und physisch so schlüpfrigen und weichen Dingen, besaß für Genezyp einen speziellen Zauber. Die Schärfe und das Klirren der Sporen (die erstere mit junger Grausamkeit, das zweite mit verzweiflungerweckender Sorglosigkeit) schienen in die begierigen Eingeweide aller Weiber der Welt zu schneiden. Was war schon eine dumme Fürstin! Er hatte sie alle unter sich wie zu Tode gerittene Stuten, demütig kriechende Hündinnen, traurig schmeichelnde Kätzchen. Er fühlte deutlich die ›Nicht-Menschlichkeit‹ der Weiber. (Mütter stellten quasi eine Ausnahme dar, doch eine undefinierbare — außer, wenn man die Zeit von der Geburt eines Kindes an in Betracht zog.) Das Leben breitete sich vor ihm hin in anregendem Bogen, lockte die tolle, schäumende Jugend, verspottete mit der Vielfalt künftiger, unbekannter Farben und der Verborgenheit teuflischer Überraschungen den Wahnsinn und den Tod, die beide in den noch schlafenden Gehirnwindungen kalter Rechenmeister lauerten. Zypcio löste sich von der Leine in die grenzenlos scheinende Weite des rätselvollen Abends. Wie dem auch sei — er konnte auf diese Weise nicht das Verhältnis mit einer Person beenden, die ihn das in seiner Art einzige Grausen sexueller Dinge zum erstenmal hatte fühlen lassen und immerhin ›jemand‹ war — nicht das erste beste Mädchen (von welchen Geschöpfen er überhaupt keine Vorstellung hatte). So belog er sich selber, ohne in diesem Augenblick an die wirkliche Existenz des Gegenstands dieser Überlegungen zu glauben. Aber trotzdem war er derart überarbeitet, von der Disziplin zermalmt und drüsenmäßig verödet, daß er beim Anblick des ersten Weibes auf der Straße über die Maßen erstaunte. ›Was ist das für ein Geschöpf?!‹ dachte das zerquälte Vieh in ihm blitzartig. Und schon im nächsten Sekundenbruchteil machte er sich die Tatsache der allgemeinen Existenz von Weibern bewußt — ›in Ordnung — noch ist nicht alles verloren‹. Immerhin, ohne ›dies‹ wäre die Welt eine un-über-wind-liche Wüste. Und gleich darauf das ganze Elend dieser ›Konzeption‹ und die Abwertung aller ›abgetrennten‹ (wovon?) männlichen Angelegenheiten. In seiner mehr muskulären als optischen Vorstellung blitzten die Mutter und die Fürstin in ihm auf, verflochten in einem heiligtumschänderischen Karussell tierischer Unanständigkeiten. Zum erstenmal — und erst in dieser Verbindung — empfand er wirklich Verachtung für die Mutter als Weib. Dennoch wäre es ihm lieber gewesen, wenn es diese ganze schmutzige Geschichte mit Michalski überhaupt nicht gegeben hätte — ach, ›heiß würde er wünschen‹, daß die Mutter gar kein Weib wäre, sondern ein reiner Geist, verzaubert in eine Maschine zum Kindergebären. Unbefleckte Empfängnis ist doch eine wunderbare Sache! Überhaupt ist das mit Recht so genannte ›Beflecken‹ eine höllische Erfindung. Um darin den Motor der Erhaltung der Art und der erhabensten Schöpferkraft unterzubringen, muß man ein Hämling ohne Gewissen sein. Doch leider: Seine letzte Rechtfertigung fand alles darin, daß die einstige Welt nun eben in dem in der eigenen Soße muffelnden Ländchen endete und man nicht wußte, welche Formen das Dasein nach diesem heimlich erwarteten Ende annehmen würde — die Hoffnung aller Enttäuschten, nicht Fertiggewordenen, nicht Fertiggebackenen, nicht Gargesottenen, psychischen Siebenmonatskinder — und deren gab es Legionen. Sogar die Konservativen (maßvoll Religiösen, maßvoll Demokratischen) warteten auf das Ende, um wenigstens sagen zu können: ›Nun? Haben wir's nicht gesagt . . . ??‹

Zu Hause fand er niemanden vor. Er war böse. Er hatte sich aufgepumpt, um sich Lilian und der Mutter in der neuen Galauniform der letzten polnischen Junker zu zeigen. Und dazu ein Kärtchen, daß diese Damen beim Tee bei der Fürstin waren und ihn dort erwarteten. O pfui! Doch andrerseits war es vielleicht besser, dort nicht aus eigenem Willen hinzugehen, sondern gleichsam gezwungen, damit man sich nicht vor der Mutter verraten mußte. Solche besudelten, kindlichen, nach Windeln stinkenden Probleme verfilzten sich zu einer einzigen ›Girlande‹ im wunderlichsten Augenblick des Lebens: dem Beginn dessen, ›jemand‹ zu sein, symbolisiert in einer marineblauen Uniform mit gelben Aufschlägen. Er war entsetzt von dem Prunk des ›Palazzo Ticonderoga‹. Eine Festung (er kannte sie noch aus der kaum vergangenen Kindheit), von außen verändert in eine ›eiderdaunige, mandrillenhafte, unanständige Dithyrambe‹ zu Ehren der in Zersetzung vereiterten, aufgelockerten Körper und Seelen — anders läßt sich das nicht ausdrücken. Die Kombination von harter Bastion mit der sinnlichen Weichheit des Interieurs wirkte bereits auf der Treppe sexuell laxierend. Der ehemalige Familien-›Palast‹ in der Hauptstadt, den er einst besucht hatte, erschien ihm wie eine elende Bude im Vergleich zu diesem Nest köstlich dahinsterbender Unrechtmäßigkeit und jahrhundertelanger Plagerei menschlichen Viehs. Das brachte ihn in Wut. Offenbar geriet das junge Emporkömmlingsblut der Kapen in Wallung und Gärung, war plötzlich *verbolschewisiert* durch die Berührung des Elends mit dem Symbol jahrhundertealter, jetzt untergehender Urmächte. Was bedeutete es schon, daß die Mutter eine geborene Gräfin war! Der Teufel soll sie holen — ein schamloser Sack voller bäurischer Absonderungen dieses ›Herrn Jozef‹ — möge man ihn ›in den Sarg durch einen Trichter gießen‹! Er fühlte keinen Ekel über diese snobistisch-blasphemischen Mistgedanken — erst nach einer Weile sollte er sich in entgegengesetzter Richtung neigen.

Um so unerträglicher war ihm in diesem Augenblick das obligate Entzücken über seine Schönheit und Uniform: der schamlose Stolz in den Augen der Mutter, das verwunderte Blickchen Lilians (›So ein Mordskerl ist dieser Zypcio!‹) und das gütige, traurige und ein wenig ironische Lächeln jener allmächtigen Lippen. Zu Hause wären diese Besichtigungen ganz anders ausgefallen. Hier war er ein elendes Kind. Der Rest seiner Kontenance war beim Teufel. Aus unersichtlichen Gründen fühlte er sich schmutzig, obgleich er gebürstet und gescheuert war wie die Kasserollen in einer Luxusküche. Wie auf einer Pfanne sah er die Lächerlichkeit des Kampfes mit etwas derart Mächtigem, Veränderlichem, das über ganze Berge unerforschter Mittel der Vernichtung verfügte. Ein einziges geiles Schnalzen der zauberischen Zunge, und er sah sich verwandelt in ein rasendes Tier, in scheußlicher, demütigender, willenloser, pendelnder Bewegung sich windend — ein einziges verächtliches Sichverzerren dieser giftigen Glotzer, und er würde in die hoffnungslose, traurige Trübsal eines weinerlichen Heulenden, eines mistigen ›Troubadours‹ (gibt es denn etwas Scheußlicheres als einen Troubadour?) oder eines onanistischen Affen an einer Kette versinken! Jetzt erst, in der ›Uniformierung‹ (die doch solch ein Glück war) und in der Armseligkeit seiner Stellung, schien ihm die Fürstin wirklich etwas Großes — ah, weiß der Teufel was — einfach eine große Erscheinung wie Krieg, Sturm, Ausbruch eines Vulkans, Erdbeben — sie war sogar geschlechtslos in dieser Größe. (Die gebremste sexuelle Eruption schlug sich aufs Gehirn — Genezyp placierte jetzt das negative Äquivalent seines ›Minderwertigkeitsgefühls‹ in die Fürstin.) . . . Ah, es war nicht zu glauben! Das hatte es nie gegeben und würde es nie mehr geben! Er konnte ganz und gar nicht begreifen, worin dieser Aufschwung zur Größe, zur

Würde beruhte, die ›Krönung dieses Weibsstücks zur Größe‹. Denn nicht die Herkunft war es, nicht die Schönheit als solche (in vollkommener Unabhängigkeit von dem Verhältnis, das sie verband und trennte), nicht die Einflüsse, die sie auf die in ihren Grundfesten bedrohte Gesellschaft für Nationale Befreiung hatte. Was also, zum Teufel?

Etwas Schreckliches war in diesem Überweib außerhalb alles Sagbaren: Sie wurde für den unvollendeten Metaphysiker zur Verkörperung (zur einzigen) des Geheimnisvollen am Dasein, das in der Sphäre unmittelbaren Erlebens völlig gestorben war. In ihr, und nicht in ihm, trat die Persönlichkeit aus dem dunklen Dickicht der Lebensverwirrung als das *Geheimnis* hervor — sie türmte sich wie eine unbesiegte Feste in den endlosen Gebieten der Sinnlosigkeit. Wozu? Dazu, um dazusein, verdammt! — und damit basta. Der Rest ist Firlefanzerei von Feiglingen und Tolpatschen, die mit gesellschaftlichen, zur Würde überweltlicher Mächte erhobenen Fiktionen die düstere, auf nichts zurückführbare Ungeheuerlichkeit des Daseins verhüllen. Denn es kann auch eine fröhliche Ungeheuerlichkeit geben — doch diese leider nur unter Beteiligung von reinen Zyklothymen.

Nach zwei Wochen bedrückender Disziplin badete Zypcio jetzt mit dem Gefühl unsagbarer Qual in dieser Atmosphäre des ›Wundenaufreißens‹. (Der Hintergrund war ungeeignet — auf einem ›entsprechenden Hintergrund‹ kann man alles ertragen.) Er betrachtete diese geheimnisvollen Wesen wie seltsame Tier in einer Menagerie oder wie monströse Fische in einem Aquarium — durch Gitter und dreizöllige Scheiben. Nie würde er in diese Käfige hineingehen, nie würde er sich die Lebensart dieser Bestien zu eigen machen, würde niemals in dem diesen Ungeheuern eigenen Medium schwimmen wie in seinem eigenen. Dieses Sichdurchschlagen durch die Lebensrealität, die langweilig war wie das hoffnungslose Warten einer herbstlichen Spinne in einem fliegenlosen, verlassenen Zimmer auf Beute, war nur möglich im Geschlechtsakt mit dieser Hexe. Doch gerade dies verbot ihm sein Ehrgeiz, den er nie, niemals überwinden könnte. Es ist eine schreckliche Sache, seines Ehrgeizes nicht Herr zu werden und dabei ganz deutlich zu sehen, wie diese Kraft das ganze Leben vernichtet (dieses eine und einzige, wie er in den seltenen Augenblicken der Hellsichtigkeit erkannte) um fruchtloser Fiktionen und Begriffe willen, die höchst zweifelhafte Existenzgrundlagen haben. Was hat man schon davon? Aber auch, wenn er das alles überwinden könnte, was wäre dann schon? Wie es nützen, was damit anfangen, wie es dauerhaft machen (denn darum geht es hauptsächlich)? Und ihr fragt: ›Was eigentlich?‹ — ›Nun, diese Essenz des Lebens, den vergänglichen Wert des Zaubers, der eigentlich nicht andauert, dieses Etwas, wovon es immer weniger auf der Welt gibt (heute wissen nur noch Verrückte wirklich etwas davon) und was weder in sich selber nützlich ist noch verwendbar zu einer Ausführung oder Aufopferung — dieses Etwas, das erst all diesen Wirklichkeiten höheren Wert gibt: den Abglanz des unerforschlichen Geheimnisses.‹ (Das alles hatte einmal Benz in trunkenem Zustand gesagt.) Das zerrinnt durch die Krallen hindurch, verschwindet vor der entzückten Fresse des Viehs in der Hausjacke oder Uniform und verläßt dieses wieder, eingespannt in das alltägliche sinnlose Kummetgeschirr. Die stärksten Schizothymen wissen einiges davon. Man hat für diese Sache noch kein Fixativ erfunden, und es ist zweifelhaft, ob das jemals geschehen wird. Man braucht natürlich nichts davon zu haben und muß sich nicht quälen. Aber wodurch unterscheidet sich dann das menschliche Vieh vom tierischen?

Es wuchsen Berge von Problemen, für die man Jahrtausende brauchen würde, um sie einigermaßen zu erledigen. Niemand setzt diese Trillionen oder Quintillionen von darin enthaltenen Möglichkeiten um — es ist dies ein abscheulich eindimensionales Leben, *neben* dem der Mensch wie auf Schienen dahinrollt (vom metaphysischen Gesichtspunkt aus freilich, außerhalb jeglicher Unbefriedigtheiten — oh, er wäre wohl zufrieden als Ungeheuer mit hundert Gehirnen und Millionen von Fangarmen), und *gleichzeitig* geht er wie auf dem Seil über einen Abgrund: maximale Knechtschaft und dafür (eben dafür) maximale Gefahr, und das nicht nur im Krieg unterm Trommelfeuer, sondern auch im stillen Salon oder Schlafzimmer, mitten in Überfluß, Stille, Bequemlichkeit und in Spuren von Glück (das es übrigens niemals geben kann — zumindest nicht für Schizoide). Mit diesen oder ähnlichen Gedanken im geistigen Bündel oder Rucksack war Zypcio in den Salon getreten, wo die ›Familie‹, die ihm in diesem Augenblick verhaßt war bis zur Mordlust, auf ihn wartete. Da saß sie, diese Schlunze, Medusenqualle, Quälerin oder einfach ausgebutterte Halbleiche aus den metaphysischen Bordellen Astaroths — im Morast sinnlicher Aura saß sie auf einem zerbrechlichen Fauteuilchen, in Zypcios Geist sich türmend wie ein Fels, der den Ausgang aus den Schlünden ewiger Niedertracht und ›Scham‹ versperrte (ja — entsetzlich!!), sich auf dem außerweltlichen Himmel ewiger Geheimnisse (der Persönlichkeit, des Geschlechts, des Todes, nun, und der Endlosigkeit) abzeichnete — gebadet war sie im Glanz ihrer untergehenden, doch *tout de même* ungewöhnlichen, wahrhaft unweiblichen Intelligenz. Verjüngt (im Zauberinstitut ›Andrea‹), unerträglich schön, ja unflätig, in ihrer Schönheit kitzelnd verführerisch und ›teuer‹ wie nie bisher — auch für die wildeste Lust ein unverwüstliches Symbol allgemeinen ›Lebensleids‹ und Zypcios schamhafter Kindlichkeit (trotz seiner Junkermerkmale) und unabwaschbarer, grenzenloser Schande. Er wußte schon, daß er auf die Schienen geraten war — die ganze Abiturientenfreiheit war verflogen.

Die Mutter umarmte ihn zärtlich, doch in diesem Augenblick haßte er sie: dafür, daß sie hier *seine* Mutter war (sie wagte, es zu sein!) und daß sie so gar nicht sein Erwachsensein achtete, und wegen Michalski — dies ist un-über-windlich — es wird immer Spannungen geben. Wenn sie wenigstens selber rein wäre und ihn auf natürliche Weise empfangen hätte, so, als wenn nichts wäre — dann könnte er sich auf sie stützen, er, das Haupt der Familie. Aber auch das war in den Schmutz gezerrt und lächerlich gemacht worden. Er sah dies in dem kleinen Lächeln der wie der Andromedanebel fernen, ungeheuerlichen Dame seines dummen Herzens. Alles war wie von Teufelshand nur dazu aufgebaut, ihn zu vernichten und ihm die grausamsten Demütigungen zu bereiten. Kaum hatte er die wie ein Spätzlein auf ihn zuspringende Schwester begrüßt, wurde auch sie ihm entrissen: jener glückliche Sturfan Abnol, den die ganze Welt irgendwo hatte, in irgendeinem metaphysischen Hyperhintern. Außer diesem Uniformchen, in dem er erstickte, war nichts sein Eigentum — verflucht, ein Bettler! Wäre denn alles dies möglich, wenn nicht der alte, umstürzlerische Kluge jene vortödliche Volte gemacht hätte? Selber hätte er es machen können, er, Zypek, als Familienoberhaupt — darin wäre Größe gewesen. Aber so war ihm das letzte innere Sprungbrett für irgendeine Tat genommen. Er war eine Marionette (vielmehr eine ›Irionette‹) und bewegte sich in der Luft wie in dickflüssigem Teer.

Nach einigen Erklärungen, die er den Damen mit einer vor Wut erstickten Stimme ›abgab‹, geriet das Gespräch auf andere, unflätige Geleise. Ach, das war doch alles abgekartet! Die Mutter stieß ihn geradezu in die Umarmungen dieser schlampigen Schweinskeule, die ihm immer unheilverheißender zu gefallen begann. Er fühlte, er würde es nicht ertragen, und dieses hoffnungslose Ringen erregte seine Begierden bis zum jähzornigen Wahnsinn. Er haßte alle und alles immer giftiger, aber ohne einen Schatten von Verachtung. Es existierten keine Weiber — hoho! —, und er würde auf diese Teppiche, auf diese Bilder, Nippsachen, diesen Krimskrams spritzen, diesen ganzen Kram mit dem kondensierten und mit giftigem Haß zubereiteten Säftchen seines tiefsten Wesens bepissen. Am schlimmsten irritierte ihn eine deformierte Büste der Fürstin, in Nephrit ausgeführt von Koc Zamoyski, dem Enkel des weltberühmten verstorbenen August. Dieses Vieh hatte aus ihr gerade diese Unüberwindbarkeit herausgeholt, die ihn rasend machte. Letzte Anstrengung hielt ihn um ein Haar von einer regelrechten Wutattacke ab. »Um ein Haar«, sagte er zu sich selbst. Und das war selbstverständlich ein goldrotes Haar, das am Gaumen hängengeblieben war, weiß der Teufel wobei — ach, nicht der Rede wert — ein blutiger Dämmer infamer ›Brunst‹-Vernichtungsbegierde überschwemmte die letzten weichen Trümmer des Hirns, es ragten nur noch die Gipfel der Zentren allerhöchster Kontrolle heraus. Er hätte mit ihr kämpfen mögen wie mit irgendeinem Raufbold — ein Zweikampf auf Leben und Tod ... Sie erriet seine Gedanken und sagte langsam:

»Wenn die Damen gegangen sind — ich bitte sie natürlich nicht hinaus, aber Ihre Mama sagte selber — (›Ach, also sie werden hinausgehen, und er wird bleiben — ja, bleiben — er muß, muß‹), dann gehen wir zum *escrime* in den Gymnastiksaal. Das wird Ihnen guttun...« Die Mutter faselte irgendwas. Mit zischender Stimme unterbrach er diese Faseleien über ihn, die einen sehr unangenehmen Beigeschmack von Karriereschweinereien hatten.

»Mama, du willst also, daß ich ganz einfach ein Geheimadjutant dieser Dame werde?« Ordinär wies er mit den Augen auf die Fürstin. »Du weißt doch, Mama, von dem grundsätzlichen Gegensatz zwischen der ›Gesellschaft‹ und der Kriegspartei, die unserem Chef treu ist. Sie möchten die Chinesen diplomatisch beherrschen und...«

»Still, still...«

»Ich werde nicht still sein. Ich werde euch alle denunzieren...«

»Nichts verstehst du, Kind. Ich bin nicht imstande, dich noch weiter zu erziehen. Ich will nicht, daß du Beziehungen zu Menschen abbrichst, die dir so wohlwollen wie Irina Wsjewolodowna. Sie sagte mir, daß sie bei dir in der Schule war und daß du ungezogen gewesen seist. Warum? Man soll Menschen, die einem wohlwollen, nicht die Lust dazu nehmen...« (Er wußte, was das für Lüste waren. War denn diese Mama so dumm oder so niederträchtig geworden durch diesen ›Herrn Jozef‹?)

»Mama, weißt du denn nicht —?« begann er, doch er mußte auf die Fürstin blicken und brach ab, gelähmt durch ein grausames, gelbgrünes Blitzen ihrer Augen. »Mama, bist du so naiv —?« Und wieder brach er ab.

»Ich möchte nur, daß du die Güte Irina Wsjewolodownas zu schätzen weißt; sie hat versprochen, dich in die politische Welt einzuführen. Du bist zum Adjutanten des Generalquartiermeisters bestimmt.« (So wurde nur in gewissen Sphären von ihm gesprochen.) »Du kannst nicht immer ein gewöhnliches, dummes Offizierchen bleiben — mußt hervorragende Leute kennenlernen und wissen, wie man sich in überaus komplizierten Situationen zu verhalten hat — mußt auch Geschliffenheit annehmen, was dein Vater selig leider nicht verstand.«

»Bitte sprich nicht vom Vater. Ich werde machen, was ich will. Wenn ich nicht von selbst politische Vernunft annehme, so werde ich eben Frontoffizier, wozu ich die größte Neigung habe. Ich bin imstande zu fallen ohne lausige intellektuelle Formen, die in lausigen kleinen politischen ›Salons‹ verlangt werden, in denen kraftlose Kompromißpolitik gemacht wird . . .«

Die Fürstin (glücklich): »Herr Zypcio, noch etwas Tee? Es wäre schade, wenn Sie bei Ihren Fähigkeiten das machen würden, was ebensogut irgendein Esel fertigbringt. Und dabei werden Sie einen ausgezeichneten Beobachtungspunkt haben. Ein Mensch, der sich mit Literatur befaßt, sollte sich nicht vom Leben abwenden, besonders nicht gerade dann, wenn es ihm sein Gesicht von der interessantesten Seite zeigen will.«

»Ich habe darüber ganz andere Ansichten.« (Die Fürstin lächelte ironisch: ›Er hat Ansichten!‹) »Das Leben hat mit der Literatur nichts gemein, es sei denn bei Autoren, die überhaupt nicht zur Literatur gehören — sie sind gedankenlose Photographen vermuffter Winkelchen der Wirklichkeit. Die Literatur — nicht das Theater und nicht die Poesie, nur die Prosa — schafft eine neue Wirklichkeit. Ich begreife ›Schaffen‹ nicht als Produzieren einer idiotischen, niemandem notwendigen, sogenannten ›reinen Form‹, nicht als ein Abwälzen der Wirklichkeit, sondern als Erschaffen einer neuen Wirklichkeit, zu der man Zuflucht nehmen kann vor dieser, von der wir bis an den Hals genug haben . . .«

»Nun, ob wirklich so sehr genug, Herr Zypcio —!« lachte lauthals Irina Wsjewolodowna.

Die Mutter: »Zypcio! Wie sprichst du ordinär! Du mußt Umgang pflegen . . .« Die Fürstin wurde ernst.

»Herr Zypcio: Sturfan Abnol, dieser Schizophrene, dieser geniale Träumer verkörperter Leere, hat Ihnen mit seinen Theorien den Kopf verdreht. Das ist gut im Theater von Kwintofron Wieczorowicz«, fügte sie hinzu, Empörung in dem ›hellen Gesichtlein‹ Lilians erblickend, »in einem in seiner Art außergewöhnlichen Theater. Dort ist sein Platz, der Platz eines Künstlers — denn ein Künstler ist er, obwohl er behauptet, daß er Kunst hasse. Dort, wo vollkommene Leere ist im Sinne von Abwesenheit jeglichen realen Inhalts, verkörpert sie sich wirklich als Leben in kollektivem künstlerischem Schaffen. Mit dem Individuum in der Kunst ist es zu Ende. Denn an dies Erschaffen eines neuen erträumten Inhalts, im Gegensatz zum einstigen Formismus, glaube ich nicht. Ich war einmal, und *nichts — buchstäblich nichts*. Aber wir müssen zusammen dorthin gehen. Lilian wird bereits nächste Woche in einer wundervollen Bordelleske ihres Sturcio oder Fanio debütieren. Aber Literatur«, sagte sie weiter in ihrem allergelehrtesten Stil, »die nicht stark im gesellschaftlichen Grund des gegebenen Augenblicks wurzelt, die giftige Probleme fürchtet und ferne Horizonte für irgendwelche didaktischen Hirngespinste verwendet, ohne den Willen, die Massen zu heben — solche Literatur muß eine Fälschung sein, ein Narkotikum dritten Ranges für Menschen, die die einfachste Wirklichkeit nicht beim Kragen zu nehmen verstehen. Abnol selber verlegt sich auf das Theater mit seinem ganzen sogenannten Hyperrealismus . . .« (Der minderjährige Fornikator war vollkommen aufgeweicht. Der schleppende russische Akzent wirkte auf ihn wie Yohimbin.)

»Was für eine Verwirrung von Begriffen in diesem armen rothaarigen Kopf!«, begann Genezyp überlegen, doch fehlte es ihm an Material und an Mut, und er blieb stecken. »Richten Sie die Frage lieber klar und deutlich an Mama: Woher dies ganze Wohlwollen für mich? Wollen Sie ein Objekt zur Beobachtung? Sie wollen mit mir irgendein höllisches Experiment anstellen, weil Sie sich langweilen. Oh, wenn Mama alles wüßte!«

»Sie weiß — ich habe nichts gelogen. Mama versteht mich als Frau. Nicht wahr, Baronesse?«

»O wie gut ich Sie doch kenne!« Er verbarg sein Gesicht in den Händen, rot vor Zorn und Schande. Wie war er schön! Schade! Lilian verschlang das unaufgegliederte, unverständliche ›Wesen des Lebens‹ mit unterbewußten Saugnäpfen. Etwas spannte sich in ihr zum Sprung — noch einen Augenblick, und sie würde alles wissen. Dies wissen und dann Abnol hineindrehen und alles andere — sich auf das Leben legen wie ein Panther auf eine bequeme Antilope, ausruhen und dann lebendiges Blut schlecken . . . Wieder spitzte sie die rosigen Ohren unter den unschuldigen blonden Locken.

»Sie kennen mich ganz und gar nicht und werden mich niemals kennen. ›Erkenne mich gut, denn bald wirst du mich verlieren wie Träume durch gute, gemalte Geister‹ — was war das: Slonimski oder Slowacki? Ach, einerlei! Dumme Poeten. — Sie sind ein Kind — ein armes, grausames Kind. Einst werden Sie viele Dinge verstehen, aber dann kann es zu spät sein, zu spät ...« Etwas stöhnte auf in ihrer Stimme, langsam und immer lauter stöhnte ihr armes Herz. Sie war jetzt wie ein großes, altkluges und sehr armes Mädchen. Genezyp würgte ekelhaftes Mitleid. »Sie beurteilen mich falsch. Sie sind einer von denen, die außer sich selber niemanden von innen her begreifen werden — niemals —, darin liegt Ihr Glück und Ihr Unglück. Sie werden das Leben durch warme, dicke Handschuhe berühren — nicht einmal durch Gummi —, nichts wird Sie verwunden, aber Sie werden auch niemals zum völligen Glücksgefühl gelangen.« (›Sie selber ist so‹, dachte Zypcio träge.) »Woher wissen Sie, was ich schon mitgemacht habe und was ich jetzt leide! Der Mensch kann vor Schmerz die Hand beißen, die ihn streichelt. Sie ersetzen mir die Söhne, die ich verliere — einen jeden anders. Matthias ist fremd, und Adam wird nicht mehr von dort herauskommen ...« (Sie schluchzte trocken auf, beherrschte sich aber sogleich.) »Und anstatt Mama zu danken, daß sie eine so liberale Mutter ist, verachten Sie sie eben darum.«

»Mütter sollten nicht in die schmutzigen kleinen Männergeschichten der Söhne hineinschauen, wenn sie nicht kriminelle Grenzen überschreiten ... Die Männergeschichten, nicht die Mütter, haha!« lachte er wie von Sinnen, wie ein Held Przybyszewskis. Die Baronin, wohl auf alles gefaßt, zuckte nicht einmal.

»Die Fürstin ist sehr enerviert und verlassen. Der Fürst und Marquis Scampi mußten zur Hauptstadt reisen, und Fürst Adam wurde verhaftet. Denk nur, sie ist allein — es handelt sich darum, daß sie einen jungen Freund haben sollte. Jugend, das ist eine große Sache. Wieviel von ihr verkommt, während für jemand anderen ein kleines Stückchen dieser Jugend der große Hebel sein kann, der die Gliederung seiner Kräfte vervollständigt ...« (›Die Sprache Herrn Jozefs‹, murrte mit Ekel Zypcio in Gedanken. ›Ich soll ein Aushilfsakkumulator der Energie für dieses Weibsstück sein.‹)

»Ja, meine Nebenmission auf diesem elenden Weltchen« (sie sah in der Vorstellung einen prächtigen Hof und sich selbst als Geliebte eines jungen Königs — allmächtig in Politik und Liebe ...) »ist es, Sie in die Welt einzuführen. Ich werde darin meine zweite Jugend erleben.«

»Warum sind Sie denn nicht auch zur Hauptstadt gefahren?« fragte Genezyp brutal, plötzlich ein erwachsenes, böses Männchen. Es war, als hätte er sich in den Augen der drei Weiber ganz mit Haaren bedeckt, als wäre er zu einem Affen geworden.

Es folgte eine Weile betretenen Schweigens. Welten stürzten zusammen, unähnlich derjenigen, in der dies Gespräch stattfand. Und obgleich man, die entsprechenden Punkte verbindend, einen aus dem anderen kollinear hätte ableiten können, wußte keiner von diesen vier in sich vertieften Menschen etwas von jenen ›außerweltlichen‹ Gebieten, in denen sie lebten wie Gespenster, die mit einem höheren, übertierischen Sinn begabt waren — alle vier in genau demselben Augenblick, da sie hier, in diesem kleinen Salon, Tee tranken.

»Warum, ja, warum«, wiederholte die Fürstin verwirrt und fiel auf einmal aus jener Dimension in den kleinen Salon herunter wie ein angeschossener Vogel. »Ich muß hier die Freunde meines Mannes hüten, und zudem habe ich noch eine persönliche Angelegenheit ... Wäre ich dort, so müßte ich mich um die Befreiung Adams bemühen. Da aber mein persönlicher Charme bekannt ist, daher, verstehen Sie, sind sie alle auf mich erzürnt, mehr als auf irgend jemand anderen — und um ihren angeblichen Objektivismus zu zeigen, um zu zeigen, daß ich auf sie nicht wirke, würden sie eben aus Bosheit hundertmal rücksichtsloser sein als gegen die erste beste Bittstellerin ...« Genezyp hörte nicht auf diese Erklärungen.

»Diese persönliche Angelegenheit, das bin ich — vielmehr ihre körperliche Hülle.« (Solchen Ekel empfand er vor sich selber, daß er nicht ›aus dem Staunen herauskam‹, weshalb man ihn nicht einfach hochkant hinausschmiß.) »Ich bin für Sie ein Leckerbissen, nichts weiter. Nicht einmal Sympathie haben Sie für mich. Sie behandeln mich wie ein dummes kleines Tier — benützen und dann hinauswerfen. Und ich bewundere nur die Mutter, daß sie mit

Ihnen zusammen einer Verschwörung beitritt, um mir, ihrem Beschützer, Kraft und Verantwortung zu nehmen.«

Dieser Unsinn ging über die Kräfte der beiden Damen. Etwas begann zu reißen. Die Sinnlosigkeit der ganzen gesellschaftlichen Struktur mit ihrer fiktiven Einteilung in eine ›Gesellschaft‹ und dies namenlose Etwas, wovon die Kühnsten nicht zu sprechen, ja kaum zu denken wagten, und diese gesichtslose, geheimnisvolle Zufriedenheit mit dem Augenblick — dies alles verkörperte sich jetzt in diesem Salon wie in dem vollkommensten Symbol: Überflüssigkeit dieser Menschen und ihrer Verhältnisse. Doch Überflüssigkeit für wen? Für sie selbst? Oder für jene betölpelten und *zufriedenen* Arbeiter? Manchmal schienen alle überflüssig, sowohl diese wie jene — die Welt war überflüssig, niemandem war sie auf würdige Weise kostbar. Es blieb die Landschaft an sich und etwas Menschenvieh — das war wenig. Nur die lebendige chinesische Mauer konnte das irgendwie lösen — aber sie ähnelte einer Lawine: ein namenloses Element. Besser wäre überhaupt eine *Weltkatastrophe* — ein Zusammenstoß von Planeten oder der Eintritt in einen unbekannten galaktischen Nebel.

Die Fürstin: »Sie sind unmöglich brutal. Wir haben hier fast eine Stunde lang vor Ihrem Kommen gesprochen, alles geordnet, alles war gut, so gut, und nun . . .«

Genezyp: »Sie haben sich verständigt als Frauen. Mama hat *Herrn* Michalski, und Sie wollen mich haben. Mama braucht mich nicht, ich bin ihr sogar im Weg bei diesem ganzen ›neuen Leben‹«, (mit Ironie:) »sie will mich vom Hals haben als Sohn und als Beschützer. Eine Anadyomene aus Bierschaum«, schäumte er, »eine billige Köchin mit hygienischen Liebesplätzchen — ich will keine Selbstbefriedigungsmaschine sein, ich . . .«

Die Mutter: »Zypcio! Deine Schwester ist hier. Überlege dir, was du redest. Das ist völliger Wahnsinn — ich weiß nicht mehr, wer ich bin. Gott, o Gott . . .!«

Genezyp: »Rufe nicht Gott an, Mama, denn Gott ist längst für mich gestorben, zusammen mit Papa: Er war seine einzige Verkörperung.« (Gut, aber woher wußte dieses Vieh zum Beispiel davon?) »Und diese ›Schwester‹ wird in ein paar Wochen mehr vom Leben wissen als ich — vielleicht weiß sie es schon jetzt. Ich habe nichts gegen Abnol, aber nur, wenn er nicht in der Nähe von Lilian ist.«

»Unterbewußte Eifersucht des Bruders«, sagte die Fürstin mit lehrhaftem Ernst.

Die Mutter: »Sturfan ist Nachkomme rumänischer Bojaren, und in nicht ganz einem Jahr werden sie heiraten können. Lilian wird sechzehn im September.«

Genezyp: »So macht, was ihr wollt! Ich wußte nicht, daß mich an diesem ersten Ausgangstag derartige Annehmlichkeiten erwarteten. Alle wollen meinetwillen etwas machen, und niemand weiß genau, was. Aber in wessen Namen? Auch das weiß niemand von euch, und das ist noch schlimmer.«

Die Fürstin: »Das ist die Ideenlosigkeit der heutigen Jugend — dagegen wollen wir den Kampf aufnehmen und mit Ihnen beginnen.«

Genezyp: »Zeigt mir eine Idee, und ich falle vor euch auf den Bauch. Eine bremsende Idee — das ist euer Höchstes.«

Die Fürstin: »Es gibt auch positive Ideen — es gibt die Gesellschaft für Befreiung. Nur mit Bremsklötzen vermag unser Wagen auf dem Abhang der heutigen Zeit zu rollen. Die Bremse ist heute die positivste Sache, denn nur sie ermöglicht einen anderen Ausweg als die bolschewistische Sackgasse. Die Idee des Volkes ist notwendig . . .«

Genezyp: »Die Idee des Volkes war einmal, kurze Zeit, eine positive Idee: eine Jochvieh-Idee zwar, aber sie trug andere auf ihrem Rücken. Sie war eine Hilfslinie in einer verwickelten geometrischen Zeichnung. Kamele weichen Lokomotiven — nach der Ausführung des Plans radiert man die Hilfslinien aus. Jeglicher Kompromiß zwischen Volk und bürgerlicher Gemeinschaft als solcher ist unmöglich. Und trotz der ganzen Hoffnungslosigkeit gebührt es euch, unterzugehen auf den Wällen der Heiligen Dreifaltigkeit — nur ohne Gott, das ist die Kunst. Und eure Dreifaltigkeit, das ist das Verlangen, um jeden Preis zu genießen, das Verlangen nach dem Schein der Herrschaft zumindest, auch wenn ihr dafür die in euren Augen dreckigen Pratzen des Proletariats lecken müßt — und der Wille zur Lüge als der einzigen Schaffenskraft: *Das* sind eure Ideen.«

Lilian: »Der künftige Weise von Ludzimierz wie der künftige Weise von Lumbres aus dem ersten Teil des Romans von Bernanos!«

Genezyp: »Als ob du's gewußt hättest! Schau nach, was noch...«

Die Fürstin: »Sei nicht verlogen, Zypcio. Ich selber hatte auch einmal solche Einfälle. Aber jetzt sehe ich, daß nur der Kompromiß eine Zukunft hat, zumindest in der Reichweite unserer einstweiligen Existenzen. Warum haben die Chinesen haltgemacht? Weil sie Polen fürchten. Sie fürchten, daß hier, in diesem Land des Kompromisses, ihre Stärke sich zerschlägt wird, wenn auch nur für einige Zeit, daß sich ihre Armeen zersetzen werden, wenn sie ein glückliches Land erblicken ohne alle bolschewistischen Pseudoideen.«

Genezyp (düster): »Einen Sumpf kann man es eher nennen. Ist unser Land denn glücklich? Wenn man in die Tiefe dieser Verflechtung schaut...« (›Hier sind gegenwärtige, unwichtige, kleine Angelegenheiten zu erledigen, und da wird eine prinzipielle Diskussion angestrebt!‹)

Die Fürstin: »Um nichts darf man in die Tiefe schauen. Wozu! Man muß leben — das ist die größte Kunst.« (Blaß, armselig erschien ihm ihre Affektiertheit in diesem Augenblick.) »Ach, ich fühle, daß etwas Großes auf mich zukommt aus fernen Weiten, das mir meine Wahrheiten bestätigen wird! Sie, Herr Zypcio, könnten uns unschätzbare Dienste erweisen, wenn Sie als geheimes Mitglied der ›Gesellschaft‹ in die allernächste Umgebung des Quartiermeisters einträten, der sich mit politisch geschlechtslosen Menschen umgibt.«

Genezyp: »Ihr wollt ganz einfach einen Spion im Stabe des von euch so genannten Quartiermeisters haben. Er ist so viel Quartiermeister wie ich — er ist ein Chef. Da könnt ihr lange warten. Nein, genug — ich werde sein, was *ich* sein will. Ich werde die Geduld haben, um dies ohne eure Hilfe zu erreichen. Von diesem Augenblick an wage niemand, mich zu lenken, denn ich werde ihn so lenken, daß er es sich merkt oder sich gar nichts mehr merkt, was schlimmer ist. Provoziert nicht eine geheime Kraft in mir, sonst werde ich euch alle zersprengen.« Er wurde scheinbar riesenhaft, gebläht von eingebildeter Macht — er fühlte es, doch er konnte sich nicht beherrschen. Etwas Fremdes tat sich offenbar in seinem Gehirn, jemand wühlte dort mit ungeschickter Hand in den verwickelten Apparaten, ein Unbekannter, irgendein schrecklicher Herr, der nicht einmal geruht hatte, sich vorzustellen, der statt seiner alles erledigte — frech, eilig, ohne Überlegung, ganz gewiß unwiderruflich. Es war nur ein Anfang, doch das genügte. ›War das jener schon halb (wenn auch nur oberflächlich) bekannte Passagier, der aus dem Versteck gekrochen war? Gott, was wird im nächsten Augenblick geschehen?! Niemand kann das wissen, nicht einmal Gott selber, obgleich man sagt, daß eben *Er* seinen Geschöpfen den Verstand nimmt — wie alles andere übrigens —, nimmt und gibt. Entweder er vernichtet teilweise seine Allwissenheit (oder ›schaltet sie aus‹, er ist allmächtig — ja, zu seinem Vergnügen oder um des ›Verdienstes der Gläubigen‹ willen), oder aber *Er* ist über alle menschlichen Begriffe grausam. Und gibt es denn ein grausameres Vieh als den Menschen?‹ So ungefähr dachte in Bruchstücken Zypcio, auf dem Hintergrund des gehirnlich-materiellen Geschehens aus unbekannter Ursache. Zypcio riß sich aus sich selber hinaus in eine geheimnisvolle, schreckliche Welt, in der andere Gesetze walteten als hier — aber wo war das? Er war hier und dort gleichzeitig. ›Wo bin ich?‹ schrie jemand stimmlos in Höhlen ohne Form, Boden und Gewölben, in ›Grotten, die Traum und Wahnsinn bilden‹ (Micinski). Ach — also das ist der Wahnsinn, von dem man so viel spricht. Das ist gar nicht so schrecklich: eine leichte ›Nicht-Euklidität‹ der Psyche. Und gleichzeitig war dieses ›Muster ohne Wert‹ etwas so Schreckliches, daß es für das ganze Leben reichen könnte. Nicht eigentlich dies, sondern, was außer diesem sein könnte. Was werden dazu die motorischen Zentren sagen, die Muskeln, die Sehnen, die Knochen, werden sie nicht alles ringsum in Staub und Asche verwandeln? Und dann die Konsequenzen — *das* ist schrecklich. Und gleichzeitig sah er mit wahrhaft entsetzlicher Klarheit die ganze dumme, gewöhnliche, gegenwärtige Situation. Er ließ den Blick auf Lilian ruhen wie auf einer auf der Stelle schwebenden Libelle inmitten dieses schwankenden Gewirrs von Gewöhnlichkeit. Er liebte sie, konnte ohne sie nicht leben — doch das tat sich hinter dieser Scheibe, die ihn immer von der Welt trennte. Das Stilett tückischen Ehrgeizes fuhr ihm in die Eingeweide von unten her — ein hinterhältiger Stoß seines Vaters von jenseits des Grabes. Sie ist daran schuld, die Mutter — sie ist eine Wahnsinnige. Von ihr hatte er diese ganze Pastete im Kopf. Und trotzdem hätte er keinen Augenblick ein anderer sein mögen. Er wird sich über sich erheben, zusammen mit diesem Wahnsinn. Denn das war Wahnsinn, er wußte es, doch noch fürchtete er sich nicht. Dieser Gedanke war hell bis zur Blendung — Schwärze ringsum. Immerhin entsetzte er sich ein wenig und kam zu sich. All das dauerte eine unerfaßbare Zeitspanne. Wo hatte das hingeraten können in offenbarer Gleichzeitigkeit? Als hätte die Zeit sich gespalten und liefe um die Wette auf zwei verschiedenen Bahnen.

Genezyp stand, die Faust auf den Tisch gestützt. Er war blaß und schwankte vor Erschöpfung, sprach aber kalt und ruhig. Er fühlte in sich den polypenartig verzweigten Geist Kocmoluchowiczs — angenehm ist es, einen Chef zu haben und an ihn zu glauben. (Die Fürstin heulte nach innen vor Begeisterung. So sehr gefiel ihr dieser kleine ›Rebell‹, daß es nicht zu sagen war. Jetzt aber ihn beugen, ein wenig nur demütigen — und dann sollte sich in Form von Saft und Gewalttätigkeit [wie eine angeschnittene kleine Birke in der Sonne] diese sonderbare, gehemmte und verworrene Raserei auf sie entladen: ›Kanalisierung des männlichen abstrakten Wutanfalls über die allgemeine Unzulänglichkeit‹, wie Marquis Scampi das nannte.) Die entsetzte Mutter verstummte plötzlich, wie von innen her beschlagen, und machte sich dünn. Doch dafür schaute Lilian mit Verehrung auf ihn — das war ihr geliebter Zypcio, genauso sollte ihr Bruder sein: fast verrückt. Unnormalität war die notwendige pfeffrige Würze brüderlichschwesterlicher Infiltrationen, nur einen geringen Schritt von geschlechtlichen Psychozentren entfernt (auch für ihn). So anders war er als alle — ein ›lebensfremdes Gespenst‹, wie Sturfan Abnol sagte. Alle drei Weiber demütigten sich, jedes auf seine Art, vor der eingebildeten Macht des Augenblicks, ohne (wie gewöhnlich) die wesentlichen Verbindungen auf weite Distanz zu sehen. Es ging weiter.

Genezyp: »Ich werde so sein, wie ich sein will, und wenn ich auch verrückt werden sollte. So weißt du also, Mama, daß ich der Geliebte dieser Dame gewesen bin und daß sie mich vor meinen Augen mit Toldzio betrogen hat. Ja — ich habe zugesehen vom Badezimmer aus, sie hat mich mit Absicht dort eingesperrt.« Er hoffte, sich durch diese klare Feststellung über die hinter seinem Rücken im Gang befindlichen Machinationen zu erheben. Beide Damen bewahrten vollkommene Ruhe. Neue Richtung in der Erziehung junger Mädchen: Durchtränkung mit völligem Wissen vom Bösen von vornherein, fast im Keim der Gefühle selbst. Und das sollten die starken Weiber der Zukunft sein! Lilian wußte von allem: einmal begrifflich und zweitens unmittelbar, mit dem Unterleib, in dem sich lebenshungrige Ungeheuer dehnten. »Und du möchtest, Mama, daß ich nachher ...! Ich weiß nicht, wo du eigentlich lebst — jedenfalls in einer mir unverständlichen Welt. Ist das vielleicht keine Schweinerei? Da ist der Sohn konservativer als die Mutter! An allem ist Michalski schuld — Herr Jozef — haha!«

Die Mutter: »Grausam ist dein Lachen. Entsinne dich jenes Morgens ... Wie anders warst du doch damals ...«

Genezyp: »Und mir graut noch heute vor mir wegen dieses Morgens. Das war *danach* ...« (Hier zeigte er auf die Fürstin.) »Ich will alles von mir abschütteln, nackt sein wie ein Embryo und alles von neuem beginnen.« (Die Weiber brachen in Gelächter aus, beherrschten sich aber rasch. Zypcio, schrecklich empört, erstarb, in eine einzige Wunde verwandelt. Er versank in morastige Scham, in klebrige Lächerlichkeit und öde Hoffnungslosigkeit. Eine Schaukel. Und Lilian, Lilian eingeweiht in solche Dinge! Er wollte sich durch eine hysterische Verteidigung der Schwester retten — in Wirklickkeit ging ihn das gar nichts an.)

Die Mutter: »Du verstehst die Weiber ganz und gar nicht. Du siehst in ihnen die gefährlichste Kraft, die deine unausgebildete Individualität bedroht, und bemerkst nicht, wie zerbrechlich ihre

Macht ist, wieviel sie in sich an scheinbar Bösem anhäufen müssen, um euch überhaupt ertragen zu können. Du weißt nicht, was sie um dich ausgestanden hat.« Sie erhob sich und umarmte die Fürstin. »Wir sind beide mit Schmerz um dich erfüllt. Versteh sie und auch deine arme Mutter, die nichts außer Leiden im Leben hatte, mit dem Herzen. Du weißt nicht, was das heißt, nach den Dreißigern wirklich zu lieben anzufangen!« Er begann oberflächlich zu tauen — schwitzte gleichsam vor fettigem oder schleimigem Mitleid, doch er hielt an sich, vielmehr hielt ihn jener ›Passagier‹ an der Grenze einer Wahnidee. ›Im Wahnsinn ist auch Stärke‹, fiel ihm ein in dem leeren Raum zwischen den Doppelgängern.

Genezyp: »Ich will nichts davon wissen! Euer Gefühlsgegeifer ist ekelhaft. Welch eine scheußliche Sache ist doch das menschliche Gefühl, eben das ›menschliche‹ — eingehüllt ist es in lügnerische Futterale von Abfällen gesellschaftlicher Transformationen. Um wieviel glücklicher sind Tiere! Dort bei ihnen ist dies Wahrheit.«

Die Mutter: »Du unterscheidest dich kaum von einem Tier, mein Kind. Du überschreitest das Maß an Brutalität, indem du dich der Täuschung hingibst, ein starker Mensch zu sein. Und was Lilian betrifft, so sind das neue Erziehungsmethoden. Wir wollten dich nicht vorzeitig entmutigen. Frühe Aufklärung ist nichts Böses — das sind Vorurteile, die viele Generationen ihre psychische Gesundheit gekostet haben. In einigen Monaten wird Lilian ohnehin Sturfans Frau sein. Nicht wahr, Töchterchen, jetzt fühlst du dich besser, da du alles weißt?«

Lilian: »Aber natürlich, Mama! Darüber ist kein Wort zu verlieren. Zypcio ist ein Kind, aber er ist herrlich in seiner Art. Mit der Zeit wird er sich an alles gewöhnen. Gibt es doch auf Neuguinea überhaupt keine freudischen Komplexe. Dort spielen Kinder vom sechsten Lebensjahr an Ehepaare. Und nachher ist alles ›tabu‹ im Umkreis eines Dorfes. Und die Schwester ist das größte ›Tabu‹: für die Berührung der Tod« (fügte sie mit unangenehmer Koketterie hinzu). »Alles wird noch gut werden: Innerhalb einer scheinbaren Mechanik des Lebens werden wir eine neue, normale Generation schaffen — nicht unsere Kinder, sondern uns selber. Wir werden unmerklich, von innen her, alles verändern.«

»Für die Chinesen werden diese neuen Generationen Dünger oder das Fundament zu ihren Konstruktionen in diesem Land sein«, unterbrach sie wütend der gedemütigte Zypcio, dem alles im Kopf durcheinanderging. »Phrasen, bloße Versprechungen ohne Begründung, Selbstvernebelung lasterhafter Optimisten — ich kenne das an mir selber.« Und dennoch gefiel ihm die Situation im Grunde irgendwie, allem zum Trotz, was er in sich als Wert erachtete: der Beginn einer Perversion — das Werk jenes Kerls in ihm. Nur, was war dieser Boden? (Was konnte das Kocmoluchowicz angehen?! Eine Lappalie! Und dennoch sind es eben diese kleinen Unterschiede [diese ›gehirnlich-psychischen Teilchen‹, wie ein verweichlichter Bergsonist sagte], aus denen die Breimasse entsteht, in der ein Staatsmann arbeitet, der — und so weiter. Zypcio wußte nicht, wie ähnlich sie einander waren, er und dieser Oberhyperquartiermeister, den er so verehrte und der vieles hätte lernen können, wenn er durch eine Lupe auf seinen Mikro-Doppelgänger geschaut hätte. Zu spät begegneten sie einander, zum Schaden für sie beide.)

Etwas kroch wieder aus der Tiefe. Ein plötzlicher Blitz erleuchtete Zypcio von innen — eine Offenbarung. Es wurde in ihm so leicht, so geräumig (sogar hell) wie in einer verschnupften Nase nach zwei Dezigramm Kokain. Dieser Ungenannte, den er fürchtete und gegen den er sich wehrte, das war ein zweiter Er, ein wirklicher, ein allerwirklichster — er hatte ihn aus dem Untergrund ans Licht gelassen, möge er sich aufrecken, dehnen und ebenfalls genießen. (›Ein Verrückter kann sein Leben einzig im Wahnsinn erfüllen‹, würde der geniale Bechmetjew sagen.) Alles kann man opfern, um ihn frühzeitig kennenzulernen und zu unterjochen — oder aber um unterjocht zu werden. Aber wie macht man das, um den Preis welcher Verbrechen oder Entsagungen! So lang ist noch das Leben! Von ihm könnte man lernen, wie man es auszufüllen und durchzuhalten hat. Nur jener vermag dies zu tun — er selber würde immer ›hinter der Scheibe‹ sein wie ein Fisch in einem Aquarium.

Information: Lilian fühlte durchaus nichts Ähnliches. Alles hatte sie in sich — sie war vollkommen, psychisch abgerundet, ohne

Makel — wie Papa, der Zyklothyme. Dies (welche Wunder verbargen sich in ›diesem‹!) amüsierte sie nur gedanklich, ganz ohne Leidenschaft. Sie hatte ihrer inneren Kühle die Maske einer Erwachsenen ausgezeichnet angepaßt. Diese Kühle war eben das, worauf Sturfan Abnol so wild war. Doch bisher (Gott behüte) war nichts zwischen ihnen geschehen. Ein paar Küsse, bei denen sie ihn eisig gefragt hatte: ›Warum lecken Sie mich so?‹ Es war ihr nicht ekelhaft, nur seltsam gleichgültig — es kam nicht aus der Welt, in der sie in ihren Gedanken lebte: Noch hatten sich die Explosivstoffe nicht mit der Lunte verbunden, die zu den in dem kleinen ›gut ausgewogenen Hirn‹ (wie die Fürstin Irina sagte) verborgenen Zündkapseln führten. Aber es trat außerdem noch etwas zu Tage: Die Frucht des Lebens, noch gestaltlos, noch in nichts an Phallus erinnernd, reckte sich lockend hervor. Es schien das derart ideal wie eine apfelgrüne Aufgeklartheit inmitten von Nebeln an einem herbstlichen Morgen, und doch waren das ganze Schlangenknäuel unflätiger Kräfte und Appetite, die sich bis ins Unendliche spreizten. Wenn die inkommensurablen Welten schon drauf und dran waren, einander zu berühren (wie die Münder — diese vollkommenen, nicht fleischigen Lippen Sturfans mit ihrer Erdbeer-Praline) und eine neue chemische Verbindung zu schaffen: bewußte weibliche Viehischkeit und Macht — empfand Lilian etwas, das an religiöse Verzückung grenzte: Ihr noch reines Seelchen badete in der ätherischen, unerfüllten Schönheit eines erträumten, unrealisierbaren Daseins.

Wieder schlossen sich die ›Querriegel‹ der Gefängnisse: Noch war es nicht an der Zeit. Genezyp sank innerlich kraftlos zusammen. Seine Muskeln waren von den Knochen gelöst, alle Gedärme in Unordnung. Vielleicht war er ein kleiner Titan in der Schule und rang siegreich mit seinen persönlichen Feinden, den Sektions- und Zugführern. Aber hier, beklebt mit der Schweinischkeit und dem Zauber des über sein Maß vertieften Lebens in Gestalt dieser Weiber (die ihm verwandten verstärkten noch den Zauber jener fürstlichen Bestie, statt ihn zu schwächen, wie sie das sollten) — hier unterwarf er sich auf der ganzen Linie. Es sei denn, zum Teufel, er würde alle drei auf einmal ohrfeigen (aber wirklich auf einmal – sonst würde diese Patience nicht aufgehen) und sie niemals im Leben wiedersehen. Ach, wenn man nur so ein Stück fertigbrächte – gibt es doch welche, die das so machen. Immer weniger sind es, aber es gibt sie, diese Hundsfötte. Doch ihm fehlte der Mut dazu. Der verborgene Wahnsinn hielt ihn am Kragen und hieß ihn weiter aus diesem Trog des Elends schlappern. Ein häßlicher Kompromiß hatte sich von der Seite her beigegossen und floß wie ein Wasserstreifen aus einem trüben Seitenbach in den reinen Strom. Der Vorwurf der Ideenlosigkeit brannte ihn mit unerträglicher Schande. Welche Idee hatte er denn? Womit konnte er die Tatsache seines Lebens rechtfertigen, nackt wie er war, beraubt aller alltäglichen kleinen Beweise der Notwendigkeit, wankend aus den umgebenden Sümpfen ragend, ohne alle Stützen der kindlichen Konzeptionen von konzentrischen Kreisringen – nun, womit?! Und dieses tolle Weib hatte dabei auch noch politische Konzeptionen, hatte überhaupt den Kopf am rechten Fleck und in diesem Kopf ein Gehirn von durchaus guter Qualität, fast männlich und geübt in der Dialektik. Es war gar keine leichte Sache, sie einfach so geringzuschätzen. Ist das nicht empörend?

Alles schleppte sich hoffnungslos dahin. Niemand überzeugte ihn mehr. Alle drei wußten (wie die Hexen aus Macbeth), daß er sich unterworfen hatte. Weibertriumph herrschte im Salon, beklebte mit unanständigem Schleim alle Möbel, Teppiche und Nippsachen. Die Mutter und Lilian erhoben sich aus den Fauteuils mit jener Vorgeneigtheit, die für das distinguierte Schwimmen über dem Elend charakteristisch ist, das durch die Wirklichkeit besiegt war – auch Dankbarkeit gegenüber der Fürstin war darin. Frau Kapen küßte den Sohn auf das ›Stirnchen‹, fragte ihn nicht einmal, ob er gehe oder noch bleibe. Der künftige Adjutant des Chefs erzitterte unter diesem Kuß: Er hatte weder Mutter noch Schwester noch Geliebte; er war völlig allein im endlosen Weltall, wie damals nach diesem fatalen Erwachen. An die exkrementalen Freunde dachte er nicht einmal. Ha – geschehe, was will. Er wird hinausgehen und nicht wiederkommen, nur nicht jetzt, nicht gleich, um Gottes willen nicht in diesem Augenblick. ›Selbst ist der Mann‹, wie der Leiter der Schule, General Próchwa, sagte.

Er ging mit den Damen ins Vorzimmer hinaus. Doch als er zum Abschied die *höllisch weichliche* Hand der Fürstin Irina küßte, fand sie Zeit, ihm zusammen mit einem heißen, direkt in sein rechtes Ohr gezielten Atem zuzuflüstern: »Du bleibst. Maßlos wichtige Dinge. Die ganze Zukunft. Ich liebe dich jetzt ganz anders.« Er zerging in diesem Flüstern wie Zucker in heißem Wasser. Und plötzlich, für sich selber bis zur Unkenntlichkeit verändert, erleuchtet durch den Sturz, schon nicht mehr allein und auch nicht in Verzweiflung (Behaglichkeit stinkt etwas, aber das macht nichts), zufrieden, gerührt, beinah glücklich durch die sanfte (ein gelinde laxierendes Mittel) sexuelle Gelockertheit, blieb er. Doch gleich nach dem Fortgang der Damen zeigte sich die Fürstin wieder kalt und fern. Genezyp wurde von einer eisigen Verzweiflung gepackt — an der Fresse, brutal. Dazu also hatte er sich selber verraten, um für den inneren Sturz nicht einmal ein Stück Abfall zu bekommen, nicht einmal ein schlechteres Stück dieses Körpers, den er in Wirklichkeit verachtete. Die Inspiration zu einer entscheidenden Tat blieb aus. Hauen, dreschen, morden, mit Füßen treten — und da stand im Winkelchen ein artiger Knabe mit einem Herzen *en compôte*.

»... Jetzt werden wir nicht über uns sprechen.« (Er saß aufgereckt da und militärisch starr. Dieser ›Haufen von Elementen‹ vor ihm war so fern [es war das ›eine andere Dimension‹, wie ein Ochse in demselben Raum], daß er nicht einmal annähernd begreifen konnte, durch welches Wunder er sich auch nur einen ›schwesterlichen‹ Kuß hätte gestatten können. Die Qual der Zersetzung bei lebendigem Leibe, und das auf eine so kalte Art, dauerte an. ›Ach, sich einmal hinausreißen auf breiter Woge ohne diese Hindernisse und kleinen Hemmschuhe!‹ — immerfort hatte er das Gefühl, als würfe ihm jemand Knüppel zwischen die Beine. Nach Beendigung der Schule — das ist der letzte Termin — wird er es ihnen zeigen... Nur daß es nicht so sein wird wie mit dem Abitur, als die wichtigsten Probleme der Persönlichkeit erst herausgekrochen kamen, da alles erledigt und beendet schien.) »Über dieses am wenigsten Wichtige (das ›Wir‹ sozusagen). Wichtiger ist, wer du weiter sein wirst. Du, Zypcio, mit deiner Natur voll geheimnisvoller, formloser Glut, kannst nicht ohne Idee leben. Das droht mit Zerbersten, im besten Fall mit Wahnsinn. In dir spiegelt sich die ganze Menschheit wie eine vorübersegelnde Wolke in einem Spieglein. Ich habe vieles verstanden, als ich dein Geraufe mit dir selber sah.« (Sie sprach wie eine alte Tante und war dabei *so* schön! Das war höllisch . . .) »Die Idee der Organisierung der Arbeit wird niemanden zu großen Taten führen. Das sind futuristische Konzeptionen und wesentlich erst für diese Zukunft — doch wir müssen den Blick ihren Verkörperungen in früheren gesellschaftlichen Organismen zuwenden, deren Teile wir noch halb und halb sind, und darum empfinden wir nur Schmerz und Langeweile — wir wachsen in uns hinein, in uns fremde Formen.« (›Dies Weibsbild jagt nach ›etwas‹ im Kreis herum‹, dachte Zypcio.) »Das sind technische Hilfsideen, die *gegenwärtig* jede Partei für ihre Ziele benützen kann, beginnend mit uns, mit der Gesellschaft für Befreiung, bis zu den bolschewisierten mongolischen Fürsten. Aber irgendwann werden sie verwirklicht werden in der ganzen Menschheit — und zum Glück wird es uns dann nicht mehr geben. Eigentlich sind das gar keine Ideen, für die man leben, denen man sich widmen kann, wenn man nicht gerade ein Spezialist auf dem betreffenden Gebiet ist.«

Genezyp: »Ja, aber bei friedlich wachsendem Wohlstand, verbunden mit der Tendenz zur Verwischung des Klassenkampfes im ehemaligen amerikanischen Stil (zu dessen Blüte die Idee der Organisierung der Arbeit einst geführt hat), kann diese Idee für genügend materialisierte Menschen eine ausreichende Stütze zum Überdauern des Daseins sein — wenn auch nicht zur Schaffung völlig neuer Werte, woran nur Opportunisten, gewöhnliche Dummköpfe und Karrieremacher glauben. Überdauern, schon das ist viel, wenn man ringsum die uns verschlingende Wüste des Geistes sieht — sich abfinden mit der Hoffnungslosigkeit und in der Wahrheit leben, nicht aber sich betören mit eingebildeten Neuerungen, die angeblich kommen sollen: nicht die letzten Zuckungen für Anfänge neuer Dinge halten . . .« (Hatte sie das doch selber einmal gesagt!) »Wie leicht ist es, eine lichte Zukunft zu verheißen, indem man unaufrichtig, mit erlogenen Tränen in den Augen, banale, abgedroschene Trostworte stammelt für Menschen, die zu scharfem Denken unfähig sind: daß es ja immer Schwankungen und Oszillationen gegeben und die Menschheit zu ihrem Trost immer etwas erfunden habe . . .« (Er verlor völlig das Gefühl für seine Rede — ob er sie oder sich selber zusammen mit ihr gegen sich selber überzeugen wollte —, er wiederholte wie ein Papagei Dinge, die ihm einer seiner früheren Kollegen, ein Wirtschaftler aus Liebhaberei, Voydeck-Wojdakiewicz, aufgeschwatzt hatte.)

Die Fürstin: »Du faselst, Teurer, wie auf der Folter. Wohlstand kann nicht unbegrenzt wachsen, aber die Vergesellschaftung als solche — ich wiederhole: als solche — kann es, und das unabhängig vom Wohlstand, dessen Entwicklung haltmachen kann, und keine Kraft wird ihn dann vergrößern. Abgesehen von Europa zeigt sich das auch an Amerika: Trotz aller Anstrengungen zur Organisierung der Arbeit, maximaler Löhne, berauschenden Wohlstands der Arbeiter und wachsender Beteiligung in den Unternehmungen vermochte nichts diesen Kontinent vom Kommunismus zu retten. Die menschlichen Appetite sind unermeßlich . . .«

Genezyp: »Sie werden sich abstumpfen, seien Sie beruhigt. In Amerika war das nur eine Frage der Zeit: Noch ein Weilchen, und alles hätte sich ohne Umsturz erledigt. Gerade in neuen Gemeinschaften . . .«

Die Fürstin: »Niemals werden wir erfahren, wie es hätte sein können, wenn — und so weiter . . . Diese Tatsache beweist, daß ich recht habe. Es erhellt daraus, daß es noch immer — *noch immer*, wiederhole ich — einer höheren Idee bedarf, die dort gefehlt hat, und welche Idee ist höher als die nationale?«

Genezyp: »Oh, da schwätzen Sie aber!« (Er beschloß, brutal zu sein.) »Ohne allen Kommunismus, nur durch die wirtschaftliche Abhängigkeit der Völker voneinander, wie sie nach dem Weltkrieg entstanden war, zeigte sich, daß Nationalität Humbug ist, eine Fiktion ehemaliger Ritter, geheimer Diplomaten, engstirniger Industrieller und Geldgrößen. Alles hat sich derart in der Welt verflochten, daß keine Rede sein kann von selbständigen, getrennten Nationen.« (Wieder hatte er sich verrannt und wußte nicht, ob das, was er sagte, seine eigene Überzeugung war oder nur eine gedankenlose Nachäffung von Wojdakiewicz.)

Die Fürstin: »Das, was nach dem großen Krieg entstand, war doch gerade ein hinter dem Schein internationaler, unternationaler Institutionen maskierter Bolschewismus. Und darum klappten alle diese Ligen und internationalen Arbeitsämter zusammen, darum ist es jetzt, wie es ist.« (Die Fürstin gebrauchte ordinäre polnische Worte, ohne sich um ihren üblen Klang zu kümmern.) »Entweder eine Nation oder ein Ameisenhaufen — einen dritten Ausweg gibt es nicht. Du mußt mit der nationalen Idee leben, denn du gehörst zu diesem faulenden Teil der Menschheit. Da ist nichts zu machen, man kann nicht lügen: Man bleibt der, als der man geboren ist. Besser, als wahrhafter Mensch früh unterzugehen, denn als Lügner weiterzuleben. Du mußt dich mir untergeben, wenn du nicht zu deiner eigenen Kehrseite gelangen willst, was bei deiner Natur sehr wahrscheinlich wäre. Du mußt ein geheimes Mitglied der ›Gesellschaft‹ werden, wenn du dich auf deinen eigenen Gipfeln erleben willst — und nicht nur auf fremden Misthaufen.« (Genezyp verdeckte das Gesicht mit den Händen: Jetzt hatte sie ihn gepackt! Woher konnte sie die Worte kennen, die sich seinem begriffslosen Dschungel einverleibten, Stücke lebendigen Fleisches seines allerwesentlichsten Fortbestandes von dort hervorzerrten, aufgespießt auf Symbolen wie auf Holzpfählen? Sie tat dies selbstverständlich mittels ihrer Geschlechtsorgane, so ›intuitiv‹ [›hehe, Herr Bergson!‹], wie eine bis zur Langeweile klassische Gallwespe ihre Angelegenheit der Eierablage in die verwünschte Raupe erledigt. Er wußte das und brannte vor Scham, obwohl er noch in der Schule die ganze biologische Literatur verschlungen hatte, angefangen von Loeb und Bohn, diesen großen Herren, die aus dem Begriff des Instinktes Staub und Asche gemacht haben und dadurch mittelbar einen der ungeheuerlichsten Schwindel vernichteten, die es jemals gegeben hat: den Bergsonismus.) »Etwas Sonderbares bereitet sich in der Atmosphäre vor — es sind das die letzten Zuckungen, einverstanden, doch darin ist ein Beigeschmack von Größe, deren Fehlen wir alle so schmerzlich und widerwärtig empfinden: ›Die Freude zu stinken‹, wie dieser Pechvogel Nietzsche geschrieben hat.« (Und gleich weiter:) »Bisher haben wir, trotz wahnsinniger Bemühungen, niemanden von uns in die nächste Umgebung des Quartiermeisters hineindrehen können. Nur du allein, ein speziell von ihm Ausgewählter — man sagt, dein Vater habe einiges von seinen weiteren Plänen gewußt —, kannst uns unermeßlich wertvolle Nachrichten liefern, sei es auch nur über seine Lebensweise, davon, wie er frühstückt, wie er seine historischen Lackstiefel zur Nacht auszieht. Weiß doch niemand von uns auch nur annähernd, wie der gewöhnliche Alltag dieses Monstrums verläuft. Und dann, natürlich, könntest du in weit wichtigere Sachen hineinschlüpfen . . .«

Aus den niedersten Niederungen, aus Morasten, aus den Rückseiten ekelhafter Buden und Kehrichthaufen (der eigenen) antwortete Zypcio (eine zwar für ihn herrliche, aber objektiv scheußliche Wirklichkeit wie das Verfaulen in einem kleinen Verlies auf schmutzigem Stroh — diese beiden Bilder tanzten in seinem ermüdeten Hirn, ohne einander überwältigen zu können. Die Sprache erledigte dies, unabhängig von seiner Persönlichkeit. Das war wohl jener Dritte, Verrückte, der im Namen des edlen Knaben sprach, ohne selber edel zu sein — er hatte nur einen Willen, *den Willen zum Wahnsinn*):

»Vor allem wird dazu keine Zeit mehr sein — denkt ihr euch denn, daß die Chinesen warten, bis ihr alle eure schmutzigen Rechnungen im Namen eurer unfruchtbaren, gemästeten Bäuche erledigt habt? Lächerliche Illusionen!«

»Oh pfui! Welch ein Bolschewik! Besinne dich. Sei nicht ordinär wie ein Aufwiegler.«

»Ich habe schon gesagt, daß ich kein Spion bin«, knurrte er, »und zwar für *keine* Idee, nicht einmal für die absolut höchste.«

»Aber das Spionieren zu höheren Zwecken ist etwas Erhabenes. Und hier . . . Nicht einmal um meiner Freundschaft willen?«

»Ich spucke auf eine solche Freundschaft! Waren Ihre frühere Liebe zu mir und die dämonischen Kunststückchen ebenfalls ein Resultat dieser oder irgendeiner anderen politischen Kombination? Oh, wie schrecklich bin ich doch gesunken . . .« Wieder verbarg er das Gesicht in den Händen. Sie schaute auf ihn mit der Zärtlichkeit einer Mutter und der Raubtierhaftigkeit einer Katze, die drauf und dran ist, ihre Beute zu packen. Vorgebeugt, voll Spannung saß sie da, aber wagte noch nicht, ihn zu berühren — es hätte zu früh sein können — doch wenn nicht jetzt, dann niemals mehr. Genezyp fühlte sich wie eine Fliege auf dem Leim — vom Ausstrecken der gebrochenen Beine konnte keine Rede sein, und die Flügel summten verzweifelt in der Luft, eine letzte Illusion der Freiheit. Er wurde verschwindend klein vor unmöglicher Scham vor sich selber und vor der ganzen Situation. — Er vernahm die Klingel an der Haustür, deren Ton aus den fernen Winkeln des unbekannten Palastes zu kommen schien.

»Nichts willst du verstehen. Vor allem geht es um dich selber, um den einzigen Lebensweg, auf dem du wirklich überleben kannst. Und dann auch um deine Karriere — falls die ›Gesellschaft‹ siegt. Vergiß nicht, daß es nicht einerlei ist, von wo aus man auf das Leben blickt: ob aus einer Parterreloge oder von einer von Ausdünstungen geschwängerten Galerie. ›Die Leute sind dieselben, aber der Geruch ist anders‹, wie ein Wiener Fiaker zu Peter Altenberg sagte. Niemandem hat es jemals geholfen, sich bewußt zu deklassieren. Die Rückkehr auf den früheren Platz ist schwieriger als man glaubt.« (Oh, diese Wortstürze unterbrechen können, die schwer wie ungeheure Koffer waren!)

»Denken Sie wirklich, daß wir die Chinesen aufhalten und weiter in dieser lausigen, gemäßigten Demokratie schwimmen können inmitten eines Meeres von Bolschewismus?«

»Und das sagt ein Verehrer und künftiger Adjutant des Quartiermeisters! Du widersprichst, mein Kind, dem Grundgedanken deines Idols.«

»Niemand kennt seine Gedanken — darin liegt seine Größe ...«

»Eine recht zweifelhafte zumindest. Das ist eine Kraft, gebe ich zu, doch eine windschiefe. Kraft um der Kraft willen, das ist seine Idee, Kraft in reiner Form. Wir, die ›Gesellschaft‹, müssen ihn für unsere Ziele benützen.«

»Und so eine Sülze, die alle Augenblicke etwas anderes sagt, soll der Ausdruck einer Organisation sein, die ihn, *Ihn*, benützen will. Ha, ha, ha!«

»Lach nicht! Ich bin enerviert und verliere mich in Widersprüchen. Aber wer verliert sich heute nicht in Widersprüchen? Siehst du: Vom Westen werden wir heimliche Hilfe bekommen. Daß Weißrußland gefallen ist, beweist überhaupt nichts. Dort gab es keine Leute wie Kocmoluchowicz. Dort, im Westen, zittern die jungen Bolschewisten, von unten her leicht nationalisiert, heimlich faschistische Methoden benützend, unter dem Vorwand, daß die Zeit noch nicht gekommen sei — welch ein Widerspruch!—, zittern, sage ich dir, vor der Möglichkeit eines chinesischen Drucks, der alle subtileren Unterschiede nivellieren würde. Darum müssen sie uns helfen, nicht nur zum Bewahren des *status quo*, des gegenwärtigen Marasmus also — sie müssen uns auch aktiv, aus technischen Gründen, auf die ihnen ideell entgegengesetzte Seite drängen. Es dreht sich einem im Kopf, wenn man bedenkt, wie kompliziert heute das Leben ist. Finanzen aus dem Westen — das ist dieses polnische Wunder, welches die gelben Affen mit ihrer Redlichkeit nicht verstehen können. Ich sage dir da ungeheuerliche Geheimnisse — darauf steht Tod auf der Folter. Gelingt das nicht, dann ist der letzte Damm für die Chinesen gebrochen: gelbe Sintflut und Ende der weißen Rasse. Leider hat sich alles derart vergesellschaftet, daß die Rassenfrage aufhört, auch nur irgend etwas zu bedeuten, sogar die Hautfarben werden gleichgültig. Eben kommt Herr Cylindrion Pietalski, päpstlicher Baron und Kammerherr, früherer Befehlshaber der Maschinengewehrgarde Seiner Heiligkeit.« Genezyp fühlte sich als Insekt in diesem Hause, als Küchenschabe, als Wanze. Ha, könnte man doch sich selber ganz auskotzen, direkt ins Nichts, dabei aber weiterhin existieren! Was wäre das für eine Lust!

Herein kam ein scheußlicher Mensch (er hätte doch auch schön sein können, eine Persönlichkeit von diesem Rang — also warum? Warum auch das noch? Ein Zufall?), ausgelaugt, schlapp, dürr im Gesicht, aber voll am Bauch, blond, mit à la Lord gebürsteten Favoriten, einem Monokel an einem schwarzen Bändchen. Er begann sofort zu sprechen, offenbar war er informiert. (Seine Geschlechtslosigkeit war allzusehr ersichtlich — dieser wenigstens war bestimmt kein Geliebter der Fürstin.) Er sprach, und den Anwesenden wurde kalt von der Leichenhaftigkeit der Begriffe, die er benützte. Man spürte geradezu, daß der Begriff der Nationalität im allgemeinen (und der polnischen im besonderen) durch die Auslaugung in der Literatur von der Romantik an bis zu den letzten Neo-Erlösern, durch seine unbegrenzte Anwendung auf allen Umzügen, Feierlichkeiten, Versammlungen, Zusammenkünften, Sitzungen und Jahrestagen in seelenlosen Phrasen und Versprechungen ohne jeden Erfolg, etwas so Totes, Erschöpftes und von aller Wirklichkeit Entferntes geworden war, daß er niemals mehr jemanden *wirklich* zu tangieren imstande sein würde. Giftige Lüge brachte lebendiges Eiweiß zum Gerinnen in einem Umkreis, der über die Laufbahn des Neptun hinausreichte. Es schien, als ob auf anderen Planeten und ihren Monden alles erstürbe vor der unerträglichen Langeweile und Sterilität des Problems, daß, wenn auf dem Planeten Uranus oder Jupiter sich etwas in der Art eines Volkes zu bilden begänne, der Atem Pietalskis mit seinem Phrasenhauch von ungeheuerlicher Leere diesen lebendigen Keim auf die Entfernung von Billionen Kilometer zum Gerinnen und Erfrieren bringen müsse. Alle wissen, wie eine solche Soße aussieht und riecht, besonders auf einem solch verfaulten Stück Wirklichkeit, das damit begossen und schmackhaft gemacht wird — man braucht es nicht wörtlich zu zitieren. Es war darin etwas unerhört Plagendes: dieses Sich-selbst-Belügen eines typisch ›ernsthaften Menschen‹ — oder auch ein bewußter Schwindel eines ernsthaften Dämons. Gut, gut — aber wofür? Nein, eine politisch derart sinnlose Situation gab es nirgends, nicht einmal in Hyrkanien, wo neben einer bolschewistischen Regierung ein Narrenkönig weiterexistierte, zum Spott auf seinem Thron gelassen — im Grunde mischte er sich häufig in die Regierungsgeschäfte ein und amüsierte sich ausgezeichnet. Und dieser da redete, sagte solche Worte wie: Liebe zur Heimat, Vaterland, Aufopferung für das Wohl des Volkes usw. (obwohl es nur noch wenige dieser Worte gab, man hatte viele vergessen, es kursierten nur mehr die am wenigsten abgedroschenen, in denen noch Reste von Bedeutung, wie Nachtfalter um eine Bogenlampe, um den geheimnisvollen dunklen Brennpunkt des endgültigen Daseinssinnes taumelten). Sie fielen aus den bespeichelten, bläulichen Lippen des ergrauenden Blonden, eines ›Pfeilers‹ der ›Gesellschaft‹. Er existierte nur in diesen Worten — sonst war er ein Gespenst, ein kleiner Fleck auf der Netzhaut Gottes.

Genezyp erstickte vor Scham für dieses Volk (und für sich als ein Element dieses Volkes). Was für ein Pech! Und die Verantwortung dafür, daß alle so waren, hatte dieser kleine Differential-Messias übernommen! Der kam gerade recht! Ein niederträchtiger Gedanke: Lohnt es sich, überhaupt *etwas* zu sein in so einem Saftladen? Wozu? Ihm fiel ein Satz Tengiers ein: ›Als ein buckliger Pole geboren zu werden, das ist ein großes Pech; aber als Künstler in Polen geboren zu werden — das ist das größte Pech.‹ Gut steht unsere Sache (›*bonne la nôtre*‹, wie Lebac zu sagen pflegte), daß wir keine Künstler sind. Nein, er hatte nicht recht, dieser Lästerer. Gerade aus solchen Sprüchlein setzte sich diese lausige Atmosphäre zusammen. ›*Die Kerle haben keine Ahnung, was arbeiten heißt, und zudem haben sie kein Gefühl*‹, pflegte Buxenhayn zu sagen. Also: jeder das Seine, ohne auf die anderen zu schauen, und vielleicht einmal... Aber da ist die chinesische Flut und damit die heillose Verspätung dieser Fragen. Sie hatten es gefühlt, die Bestien, daß die Zeit flieht, als ihnen die gelbe Sturzwoge über die Köpfe zu kommen drohte, die Bestimmungen in sich barg, welche mit früheren nicht zu vergleichen waren. Zu spät! Den Kopf in ein schmutziges Federbett stecken und das Seine tun: von hier bis da, ohne an etwas zu denken: einen dummen Roman lesen, zum Dancing gehen, mit jemandem ins Bett steigen und einschlafen. Aber noch war die Zeit einer so vollkommenen Organisation nicht gekommen — noch mußte man denken. Das vom ›wilden Kapital‹ gefressene Europa konnte die Arme nicht dem Osten entgegenstrecken. ›Man muß alles verlieren, um alles zu erwerben‹, wie einst Tadeusz Szymberski geschrieben hatte. Etwas in dieser Art spukte noch in manchen Halb- und Viertelseelen und kroch hervor, wenn auf sie gespien wurde. Doch was war das schon! — irgendein dünnes Ambitiönchen, daß dies quasi sein Volk sei, das Volk eines solchen Bespienen, eine rein sinnliche Anhänglichkeit an gewisse Laute (im Westen verdrängte das Esperanto immer mehr die heimatlichen Sprachen), ein halbtierisches Gefühl für die heimatliche ›Mundart‹ — das war dieser sogenannte und gehaßte ›Patriotismus‹, im Grunde nur eine Maske für Appetite. Das ist ja entsetzlich, verdammt noch mal!

Und er sollte im Namen dieser Begriffsleichname, die wie Pilze aus dem Kadaver des früheren Gefühlskomplexes hervorgewachsen waren, den man da nannte: — so oder anders, einerlei —, er sollte die schlimmste Schweinerei begehen an diesem einzigen kraftvollen Menschen, dem armen Kocmoluchowicz, der unter diesen Umständen allerdings dem Untergang geweiht war? Nein! Es erhob sich aus den dampfenden Brandwunden des Ich der heimliche Passagier aus dem Land des Wahnsinns, wo alles so ist, wie es sein soll. Und in einem bestimmten Augenblick gab Zypcio diesem Pietalski eins in die Fresse und warf ihn ins Vorzimmer hinaus. Er hörte, wie der dort spuckte und röchelte — und er schämte sich, doch gleichzeitig freute er sich, daß die patriotische Idee ein wenig gerächt worden war. Sollen sie nicht solche Scheusale zu Botschaftern machen! Er hätte viel darum gegeben, jetzt zu erfahren, wieviel sein eigener Prozentsatz (%) an Nationalität betrug. Aber da war keine Antwort — er sah nur die gelben Aufschläge seiner Uniform und fühlte, daß er, dieser verachtete Rotzbengel, doch etwas Zünftiges vollbracht hatte. Er hatte eine gute Intuition gehabt — ja, hier war dies Wort am Platze —, ebensogut allerdings konnte es eine Lüge gewesen sein. (Wie Edmund Husserl richtig sagt: Sogenannte ›intuitive‹ [gegenwärtig ein Lieblingsausdruck dünkelhafter Weiber, die nicht denken wollen, und verweiblichter Männer] Entdeckungen in dem betreffenden Fach machten doch immer nur die geschulten Spezialisten — Analogie gewisser Denkformen, Benutzung der Gewohnheiten des Forschers, Überspringen von Denkreihen, Automation — das ist es, meine Damen. ›Ihr werdet einmal siegen, aber nur durch den jetzt verachteten Intellekt — das ist eine andere Sache, aber recht habt ihr nicht‹, sagte à propos dieses Problems Sturfan Abnol.) Zypcio wußte allerdings nicht, was die Folgen seiner ›Tat‹ sein würden: Diese Ohrfeigerei beschleunigte um ganze zwei Wochen den Ausbruch gewisser Geschehnisse. Denn die Zentrale der Gesellschaft für Befreiung bereitete einen kleinen ›Erkundigungsaufstand‹ vor, wie das genannt wurde. Das Land war für alle Patrioten fast ein ebenso großes Geheimnis wie Kocmoluchowicz selber. Niemand verstand mehr etwas, und alle erstickten geradezu in diesem Qualm des Unverstandes. Man brauchte zumindest einige Tropfen Blut, um zu erfahren, was eigentlich war: ›Eintauchen von Lakmuspapier in frisches Blut‹, wie Pietalski sagte. Daß jemand dabei umkommen mußte, damit rechnete man gar nicht. Im Falle eines anfänglichen Erfolges könnte man diese Attacke dann ausdehnen und, wer weiß, vielleicht sogar den Generalquartiermeister selber zu Fall bringen, der, zum Ärgernis der ›Gesellschaft‹, einstweilen recht schamlos mit dem radikalsten, unter dem Einfluß des Obersten Niehyd-Ochluj stehenden Teil der Armee sympathisierte. (Diese ›Radikaliltät‹ war allerdings nur aufgeschminkt und daher relativ.) Übrigens engagierten sich die wichtigsten Parteimänner der Gesellschaft für Befreiung nicht bei diesem ›Experiment‹ — im Falle einer Niederlage konnte man die untergeordneten dann jederzeit verleugnen.

Pietalski spuckte und röchelte im Vorzimmer. Genezyp, blaß, zitternd, außer Atem, mit geballten Fäusten auf die Armlehnen des Fauteuils gestützt, starrte auf die schamlosen Beine der Fürstin, die ihm von einer satanischen Essenz einer in ihrer Spannung unbegreiflichen Sinnlichkeit durchtränkt schienen. Daß ein Bein so viel Ausdruck haben kann, eingeschlossen wie es ist in Seide und harten, glänzenden Lack! Wenn man ein solches Bein vergewaltigen könnte als gesondertes Wesen und sich endlich sättigen mit seinem (beziehungsweise ihrem) unheilvollen Zauber ... Ein Knall setzte diesen Überlegungen ein Ende. Die Haustür war endlich ins Schloß gefallen, laut mit den Ketten klirrend. Die Verurteilten schauten einander an — sie umschlossen einander wahrhaftig mit ihren sonst lügnerischen Augen, mit ihrem geheimnisvollen Fluidum (das nur das gewöhnliche Einvernehmen zwischen ähnlichen Wesen ist) wie zwei Blasen auf der trüben Pfütze der Wirklichkeit. Der Kampf mit Cylindrion hatte in Genezyp dies Etwas entfesselt, diesen Hunger nach Endlosigkeit, der ihn immer zum Außergewöhnlichen reizte, auch zu einem ungeheuerlichen — wenn es nur nicht das war, was *ist*, was endgültig *sein* kann. Doch leider, wer bringt das fertig? Nur Wahnsinn oder Verbrechen kann diese Wand der Gewöhnlichkeit durchschlagen, manchmal Schaffenskraft — oder nicht einmal sie. Nun, gleichviel. So sehr fürchtete er dies — doch gerade darin lag der Zauber des Lebens. Er war nicht er selber — ein Augenblick Ruhe über dem ganzen Dasein. Ein psychischer Wahn eigener Produktion, der aber dennoch dieses fremde Etwas hervorbrachte, eine nicht lokalisierbare Welt (wie ein ›ideales Sein‹) absoluter Eintracht von allem mit allem. Ja, er war nicht er selber (o Wonne!): Jener innere Kerl blickte durch seine Augen wie durch Scheiben, wie ein lauerndes Tier in der Dunkelheit.

Und dann veränderte sich alles... Sie fielen übereinander her wie aus unendlicher, richtungsloser Höhe einer gleichgültigen Weite. Dieses In-Fetzen-Reißen in weichen Fluten verkörperter Lust, dieses Haut-Abschinden nackten, von wilder Begierde brennenden Fleisches, dieses unmenschliche *Sättigen* des aus den Gedärmen gezerrten, beinahe metaphysischen *Schmerzes*... *Sättigen des Schmerzes?* Ja. Wieder überzeugte er sich, daß dies dennoch *etwas* war. Und indem er das Problem auf diese Weise löste, daß er sofort, auf der Stelle verrückt würde, verfiel er noch tiefer in die unüberwindlichen Umschlingungen der Ungeheuer aus dem *Lande des untersten Bodens.* Wie ein Eber in der schrecklichsten Schweinerei des Daseins wühlend, hing er über der Welt und bohrte den Blick eines rasenden Habichts in *jene* im Abgrund des Bösen ertrinkenden *Augen.* In ihrer von der Wollust *potenzierten* Diagonale schien das *Geheimnis des Seins* zu glänzen. Und all das log verbissen, mit bestialischer, idiotischer Furie. Genezyp gelangte zum Gipfel: Er vereinsamte in diesem schrecklichen Augenblick, statt betört zu werden durch die Vereinigung zweier Körper. Psychisch kann man nicht weiter in dieser Richtung gehen. Er war einsamer jetzt als mit Toldzio in der Kindheit und sogar als damals im Badezimmer.

Finster gab die Fürstin sich ihm hin, fühlend, daß sie trotz allem außerstande war, sich diesen Rotzbengel so zu unterwerfen, wie sie es wollte. Oh, welchen Geschmack hatte er jetzt für sie, da sie ihn nur durch einen schändlichen Zufall bekommen hatte! Das war nicht die frühere Mathematik, und darin steckte ein neuer, gefährlicher Zauber. Man kann sagen, was man will — diese letzten Freuden haben auch ihren Wert. »Aus Zufall, aus Zufall«, flüsterte sie, gereizt bis zum Wahnsinn durch das Bewußtsein ihres Falls, und steigerte die Tragik, die Düsterkeit, die Hoffnungslosigkeit der in allen herbstlichen Farben der Jugend brennenden Lust bis zur Unmöglichkeit. Auch der Grünschnabel war in mächtiger Fahrt ›zum Bösen‹. Und so sättigte das eine Böse das andere Böse, beinah ein einziges Böses erzeugend, ein geschlechtsloses, ein Böses in sich selber. Die aus diesen ›schwindelerregenden‹ Umarmungen vertriebene Liebe (eine einzige, nicht mehr auf zwei Personen verteilte) lächelte traurig irgendwo abseits — sie wußte, daß das, was diese beiden machten, sich rächen mußte, und wartete ruhig.

Information: Mit doppelter Energie machte sich der geschlagene Cylindrion Pietalski an die Vorbereitung eines kleinen Staatsstreichs. ›So?‹ sagte er sich. ›Wollt ihr? Dann werden wir ja sehen. Ha, nun wird alles klar werden!‹ Solch ein unscheinbares Faktum kondensierte die Energie des ›Pfeilers‹ der ›Gesellschaft‹ derart, daß der Plan des Experimentes, noch grün an diesem Tag, in den nächsten Tagen reifte und schwoll zu einer reifen, goldigen Frucht, bereit, gepflückt zu werden. Es ging ganz von selber — die ›Flüsterer‹ vermuteten, daß die Aktion von Agenten Kocmoluchowiczs selbst geleitet würde. »Auch er muß sehen, was da ganz unten am Boden ist«, flüsterten sie. Vorfälle rissen sich einzelnen Individuen aus den Händen und ›parolierten‹ von selber — einstweilen in kleinem Bereich. Die stärksten Individualitäten schienen nur Emanationen gewisser Gruppierungen zu sein — sie mußten so und nicht anders handeln, sie verloren den Willen zu persönlichen Taten. Nur Kocmoluchowicz selber hielt sich in seiner inneren Festung.

Die Struktur dieser Vorgänge war langweilig wie die Erbauungsstunden eines unaufrichtigen Pfarrers — der eine flüsterte dort etwas, steckte diesem ein Papierchen zu, redete mit jenem, hier gab er etwas, dort drohte er, woanders schmeichelte er sich ein, und jener tat dasselbe mit anderen — was ist darüber schon zu schreiben! Auch die psychischen Strukturen waren nicht interessant, mit Ausnahme der inneren Struktur des Chefs, von der niemand etwas wußte: ein Gemisch von Ambitionen in verschiedenen Größen, von großen Worten und kleinen Bedeutungen, von schmutziger Gewitztheit und ordinärer Kraft. Außerdem dachten alle über alle, daß sie Schweine seien, manchmal sogar sich selber mit einschließend.

Das durch Cylindrion eingeleitete Disziplinarverfahren führte mit Wissen der Schulleitung zu ehrenhaft befriedigenden und doch unblutigen Resultaten. Aus politischen Rücksichten hielt man es für angebracht, daß Zypcio sich bei Pietalski entschuldigte, und zu den Akten nahm man ein ärztliches Dokument, das von Bechmetjew selber blindlings abgefaßt war und einen auf Grund familiärer Erlebnisse leicht anomalen Zustand des Fressenschlägers feststellte.

Genezyp verließ das Palais Ticonderoga, den sogenannten *fornication point*, ›mit dem Schaum des Lebens am Maul‹. Gut ist Askese, doch besser noch ist eine gute Fornikation. Kompromiß auf der ganzen Linie. In heimlichen Winkeln häufte er Waffen gegen die Fürstin und hatte die Absicht, sie im gegebenen Augenblick zu benützen. Unterdessen jedoch versenkte er sich mit der Wonne eines Masochisten in seinen völligen Sturz. Er schnaubte und prustete und sielte sich auf dem untersten Boden der Zügellosigkeit. Um den Spionen der ›Gesellschaft‹ zu entgehen, veranstaltete das *verdächtige Pärchen*, wie die Fürstin sie beide nannte, Zusammenkünfte in einem kleinen, schäbigen Haus, das gemietet und von der Initiantin dieser Schweinerei, nämlich der Fürstin selber, in der weit vom Zentrum der Stadt gelegenen Vorstadt Jada eigens zu diesem Zweck geradezu prachtvoll eingerichtet worden war. Von Verrat war keine Rede. Für Wochen war dieser ›Held unserer Zeit‹ unschädlich gemacht.

Gedanken des Chefs und das kleine Theater
von Kwintofron Wieczorowicz

Drei Tage nach diesem traurigen Vorfall zog Zypcio wieder zu seiner Familie — in den Nächten hatte er nun dienstfrei. Er war zum ›älteren Junker‹ befördert worden. Die Nächte verbrachte er mit der Fürstin in einer geradezu wahnwitzigen Liebe, die sich im Vorgefühl baldigen Endes in den Augen und Händen des rasend gewordenen Bengels verdreifachte oder gar verzehnfachte. Endlich erfuhr Genezyp, was Überdruß ist. Sonderbar waren diese Momente, wenn er auf Dinge schaute, die gestern noch Geheimnisse ohne Makel geschienen hatten — die einem die Augen übergehen ließen, die Hände aber zu unersättlichen Polypen machten, gierig wie nach gewöhnlichen Gegenständen alltäglichen Gebrauchs. Doch diese Zustände waren nur von kurzer Dauer. Immer Neues verstand dies Ungeheuer auszudenken, einen neuen ›Trick‹ hervorzuholen aus dem unendlichen Vorrat ihrer überreichen Erfahrungen, und das ohne ordinären Dämonismus. Und dennoch wirkte jener Moment im Badezimmer weiter aus der Zeitferne, unerschöpflich strahlend wie Radium — er schützte vor Liebe und steigerte zugleich den sexuellen Reiz. Darin war sowohl Böses als auch eine recht schäbige Geborgenheit. Etwas begann zu verderben, scheinbar ohne jede Ursache.

In dieser Zeit ging Genezyp eines Abends in das Theater von Kwintofron Wieczorowicz. Sturfan Abnol schleppte ihn beinah gewaltsam hin. Es wurde bereits sein zweites — halbimprovisiertes — Stück gespielt, in dem zum erstenmal Lilian in Vertretung eines vor Erschöpfung hinsiechenden Backfisches auftreten sollte. Bisher hatte sich Genezyp geweigert, seine Schwester auf der Bühne zu sehen, vielleicht aus unterbewußter Eifersucht, vielleicht aus verborgener Familienscham über eine Schauspielerin in der Familie Kapen de Vahaz.

Das Leben floß zu langsam dahin, und das fühlte nicht nur Zypcio, sondern auch das ganze Volk und am stärksten Kocmoluchowicz selber. Er hatte eine Konzeption, die sich nicht in Worte fassen ließ, ungreifbar wie eine feine Spinnwebe, doch so stark wie Bindungen eines Geflechts aus Stahl — er fühlte in seinen Muskeln, in den Blitzen seines Willens, in diesem Sichbäumen, was seine Spezailität war: Er wollte dieses Volk in seiner Ganzheit als eine einzige Persönlichkeit sehen, gewaltig wie er selber: eine mit größter Genauigkeit bis zum letzten Schräubchen und Gewindchen angefertigte und doch freie Maschine, so wie eine Wolke der Sorglosigkeit scheinbar frei ist auf dem tiefdunklen Saphirblau der Raumweite. Diesen Block von Rohstoff wollte er als sein eigenes Bildwerk empfinden, als in die Unbeweglichkeit der Materie verzauberte Muskelgefühle, bis zum Bersten geschwellt vor Vollkommenheit. Aber was wurde schon daraus! In dieser Bildhauerei entstanden nur roh behauene Stücke. Dennoch knetete er aus ihnen wie aus perversen Elementen eine pseudokonstruktive, improvisierte Masse. Er, der größte und tüchtigste aller Reiter, ritt auf einer trägen, flankenschwachen Stute. Allerdings liebte er sogar ihre Fehler und war *unbewußt* in sich selber verliebt: ein kavalleristischer Hypernarzissus-Kentaur. Eine einzige kleine geistige Plattform fehlte ihm noch bis zur Bewußtheit; doch wenn er sie erreicht hätte, würde er die Möglichkeit der Tat verlieren, empfände er den lähmenden metaphysischen Nonsens der Dinge. Er war ein Geschoß; das ganze Volk fühlte er so, als fühlte ein Geschoß (wenn es fühlen könnte) hinter sich das in der Hülse geballte Pyroxylin. Und er kondensierte unter sich die explosive Masse, die ihn hinausstoßen sollte aus dem Gebäude der Quartiermeisterei wie aus einer Kanone in die höheren Regionen der Bestimmungen. Er las nur beim Zubettgehen, lediglich *Barcza* und *Die Schatzinsel* von Stevenson. Danach schlief er fest bis fünf Uhr auf der rechten Bauchseite und erwachte mit frischem Mund, nach frisch gemähtem Heu riechend. Die Weiber liebten das sehr.

Der Tag von Lilians ›Premiere‹ war (allerdings erst später) für Zypcio doppelt denkwürdig, denn am Vormittag hatte der Chef persönlich eine Inspektion der Schule vorgenommen. Aus Langeweile (seine Langeweile hätte noch an die fünfzig Hauptkommandierende aller Armeen der Welt amüsant unterhalten können) hatte er eine Rundreise zur Inspektion der ›Kriegs‹-Schulen in der Provinz angetreten. Es war dies eine einzige große Orgie des Fetischismus. Doch Kocmoluchowicz hatte eine seltene und sehr gute Eigenschaft: Die Verehrung anderer floß an ihm ab wie Regen auf einer Ölhaut und verpflichtete ihn nicht, weiterhin gerade dieser Verehrte zu bleiben. Er verstand es, es nicht zu einer götzendienerischen Verehrung kommen zu lassen, nicht einmal innerhalb der nächsten Umgebung, diesem köstlichen inneren Organ (diesem ›Ehrgeizgekitzel‹, wie er es nannte), das oft die stärksten Charaktere fraß, dessen sekundäre Wirkung eine sekundäre Persönlichkeit schafft (nicht die, die man sein sollte) als Summe aller kleinen ermunternden Anstöße der Verehrer des neu entstandenen Gebildes.

Jegliche Verständigung mit den Chinesen war ausgeschlossen. Erst unlängst war ja der älteste Sohn der Fürstin, der Gesandte aus Hankau, in einem plombierten Waggon zurückgekehrt. Nach dem Anhören des Rapportes *wurde befohlen*, den jungen Fürsten in eine der Gefängniszellen der Quartiermeisterei einzusperren, und weiter war nichts von ihm zu hören. Das Geheimnis wurde immer schwärender in seiner kurtisanischen Galanterie. Schon war es drauf und dran, sich zu enthüllen — da entfernte es sich wieder, leicht dahintanzend und sich in Schleier unglaubwürdiger Flunkereien hüllend. Alle Bemühungen der Fürstin, ihren Sohn zu sehen, blieben ohne Erfolg. Aus diesem Grunde wurde sie immer gereizter und ertränkte ihre ganze Verzweiflung in von Mal zu Mal ungeheuerlicheren Ausschweifungen mit Zypcio, der eher einem kleinen Monster aus einem unheilkündenden Traum von verlorener Jugend ähnlich sah als einem künftigen Adjutanten des Chefs. Dabei war er schön wie ein junger Teufel. Männliche Erwachsenheit kroch langsam auf das jugendliche Frätzchen und verlieh ihm einen scharfen Ausdruck grausamer Kraft und Rücksichtslosigkeit,

was, zusammen mit den vor dominierender Sinnlichkeit himmel-
blauen Ringen seiner Augen, auf die Weiber wie ein spreizend-
ohnmächtigmachender Griff von unten her wirkte. Auf der
Straße krochen unbekannte Weiber wie Hündinnen vor ihm
daher. Ach, wenn er geruhen würde ... Doch einstweilen hatte er
genug, bessere Qualität würde er jetzt nicht finden — das ›him-
beerrote Licht‹ verdeckte kleine Mängel. Der verstierte Bubi, der
zum Raubtier, zum Habicht gewordene Ephebe, Milch und Blut
auf Blau in der Angeschwollenheit kräftiger fleischiger Stengel —
die Fürstin war völlig verrückt geworden —, bedeckte wie ein
ununterbrochener Blitz der Ekstase die schreckliche Wunde seines
Körpers. Zypcios Programm war dieses: Am Tag ermüdende
Übungen und Unterricht, in der Nacht Vorbereitung auf dieses
Pensum und wilde Zügellosigkeit. Er lernte, zwei bis drei Stunden
zu schlafen, das Training war nicht übel. Er fing an, etwas (ein
klein wenig) zu trinken, und die Momente von ›Angesäuseltheit‹
versetzten ihn in wunderliche Zustände köstlicher und quälender
Entpersönlichung, in einen Zustand, den er (einstweilen) ›Ver-
rücktwerden auf kalte Art‹ nannte — ein fast katatonisches Erstarren, während welchem der Intellekt beinah mit der Präzision einer
Rechenmaschine arbeitete. Der dämmerhafte Geist-Vieh-Mensch
aus dem untersten Boden machte sich oft bemerkbar, aber immer
nur schwach — er duckte sich lauernd wie zum Sprung — manchmal
dachte er (diese Gedanken schrieb Genezyp ins Tagebuch ein.
Zusammen lasen sie es später mit dieser ... Doch davon später.).
Immer öfter kam ihm die jüngst vergangene Zeit vor dem Abitur
in Erinnerung und nahm einen immer größeren Zauber an; noch
mehr seine frühere Kindheit. Fern war das wie am Horizont
auftauchende Berge. Er fühlte sich dann als Greis. An dem Sich-
selber-Fremdsein berauschte er sich wie an einem unbekannten
Narkotikum. Amüsant waren die Anfänge, aber dann ...

   O wie wundersam ist die Welt,
    mit den Augen eines Verrückten gesehen,
   In ihrem Blick würdest du,
    wenn du gesund bist,
    die Welt nicht wiedererkennen,

wie der ›schlechte‹ Kollege geschrieben hatte. Genezyp bedauerte, ihn verloren zu haben. Wenn er ihn jetzt hier bei der Hand haben könnte — wie viele geheimnisvolle Dinge ließen sich dann restlos aufklären! Er hatte das ganze Bewußtsein der Gefahr, ohne ihre Beschaffenheit zu empfinden. Woher konnte sie kommen? Ob von diesem Kerl, den er im Untergrund seiner psychischen Gedärme beherbergte und in die er, der Fremde, immer genauer hineinzuwachsen schien, ihre Formen annahm und sogar ihren Inhalt in sich hineinschlang (Pseudomorphose)? Oder von außen, aus diesen Sphären erniedrigender Liebe, in denen er mit der Fürstin weilte? Trotz eines tiefen verborgenen Ekels vor ihr und vor sich überließ er sich dem Eindruck, daß niemand ihm jemals so sehr gefallen werde wie sie, und vor allem, daß niemand sonst solche Kunststücke anzustellen und seine schamhaftesten Wünsche zu erraten wisse. Er hatte endlich gelernt, mit dem Dämonismus zu kämpfen, freilich nur im kleinen. Eine derartige Intensität wie in Ludzimierz hatten diese Erscheinungen nie mehr erreicht. Aber doch, aber doch! Plötzliches Verweigern endete mit wilden Vergewaltigungen (auch wenn ihre Grundlage fingierte Anfälle von Heiligkeit waren). Künstlich erregte Eifersucht spielte die Rolle eines zusätzlichen erotischen Motorchens, wenn die abgeplagten Drüsen schlafen wollten, die Seelen aber noch nach einer berauschenden, die Illusion einer neuen Art des Erkennens schaffenden Wollust begehrten, die sie beide zu einem Hyper-Sein vereinigen sollte.

Der Moment, in dem Zypcio den Generalquartiermeister in den Speisesaal der Schule hereinkommen sah — das war ein *wirklicher* Moment, anders als diese dummen Orgasmen, die er durch Kunststückchen herausquetschte aus jenem ranzigen, aristokratisch-mongolischen Korpus. Seine Knie beugten sich unter ihm, seine Augen tranken sich mit Habichtgier in die Augen des anderen ein. Schwarze Pflaumen, versenkt in ein glasig-spermatisches Medium, hochtourige, luxuriöse Maschinchen eines in unanständigen Gedanken an die unerreichbare Menschennatur verungeheuerlichten Hypermotors. Das bewegte sich, das lebte — dieser Schnauzbart war aus echter, lebendiger Borste wie bei dem Walroß im zoologi-

schen Garten, wie bei Michalski! Noch eine Sekunde des Berauscht-
seins von der Wirklichkeit dieser Fresse, und er würde seine
Bestimmung und die des ganzen Landes in ihr erblicken, nach
außen geworfen wie die Kaldaunen eines toten Stückes Vieh. Wie
war es denn nur? Er sah es so klar und hätte doch kein Wort
darüber zu sagen vermocht — nicht nur zu jenem ehrlosen Cylindrion nicht, nicht einmal zu sich selber im tiefsten inneren Nachdenken. Etwas Großes lauerte in diesem Halbgott alten Schlages
(aber nichts von der adligen Bande vergangener Jahrhunderte),
etwas, das über ihn selber hinausreichte als Art und als Macht.
Das war Größe als Erscheinung, nicht als ›psychischer Zustand‹
(mit folgenden Grundlagen: Anspannung des Willens; Zahl und
Qualität der in dem gegebenen Lebensabenteuer implizierten Personen; die Kraft der Außerachtlassung einzelner [ohne Ausschlie-
ßung menschlicher Gefühle]; allgemeine Gedankenlosigkeit bei
der Ausführung einer einmal gefaßten Absicht; Empfinden der
eigenen Unwirklichkeit als Querschnitt der Kräfte; Empfinden
von etwas Höherem: von Gott an bis zur Gemeinschaft, durch
Wissenschaft, Kunst, Philosophie hindurch; Empfinden metaphysischer Einsamkeit; elende Lebenseigenschaften eines jeden gewöhnlichen Halunken, unabhängig in ihren Funktionen von jenen
Elementen — genug), und sie beruht darauf, daß ihre Grundlage
in dem gegebenen Menschen zu klein ist im Verhältnis zu den
sich in die Höhe und Breite ausdehnenden Stockwerken . . . Nein,
nichts *Allgemeines* läßt sich zu diesem Thema sagen — lassen
wir das.

Aber er, Zypcio, war dennoch ein dynamisches Element in der
Nähe des Auslösungspunktes — ohne ihn geschah nichts. Aber
was? Intuitiver Unsinn — fünf Prozent gehen zufällig in Erfüllung
(und dann reden diese Mystifikanten aus der dritten Klasse ganze
Jahre davon), und man vergißt jene fünfundneunzig Prozent, und
es ist auch gut. Wieder verfiel Genezyp in Dunkelheiten: der
Vater als geflügelter Bulle im weißen Wirbel der Sterne, Kocmoluchowicz — Schwärze des ganzen Alldaseins, den Gott der Mutter
zusammen mit Michalski umflechtend, Atem brennender Endlosigkeit der Nacht der ganzen Welt, die Fürstin wie eine goldene

Nadel (eine falsche) dieses Bordell metaphysierter Lebensgrößen ›durch und durch‹ stoßend, und er selber wie ein vor Freude wedelndes Schwänzchen an einem nicht existierenden Köterchen.

Die ganze Zeremonie: ›Achtung!‹, das Sichemporreißen der ›Junker‹ von den Tischen (programmatische Überraschung), ›Rührt euch!‹, das Platznehmen des Chefs zu elendem Fisch mit Gemüsen (es wurde ihm zum Kotzen davon nach dem guten Frühstück im ›Astoria‹), sein ›Geschmatze‹ (er konnte schmatzen, wenn er wollte, um sich populär zu machen — auf einer gewissen Höhe machen kleine Fehler einen gar nicht üblen Eindruck) — alles dies erlebte Genezyp nicht als er selber: Irgendein katatonisches Vieh erlebte das auf tote Weise, als wäre nichts gewesen. Er kam zu sich, als die Junker und mit ihnen er selber ›im freien Tritt‹, nicht in Reih und Glied, zu den Schwadronslokalen gingen. Er lief ganz dicht an *Ihm* vorbei mit zusammengeschnürtem Herzen — alles hing an ihm herunter, war zu locker, die Sockenhalter, die Unterhosen, die Hosen, etwas juckte ihn, er fühlte sich in Zersetzung, als hätte ausgerechnet er nicht das Recht, den Chef zu lieben. Er war der Gipfel einer zerrütteten Unvollkommenheit, und dabei wollte er ein Kristall sein (wenn auch nur in einem triklinischen System).

»Tritt zurück, Dummkopf«, brummte Kocmoluchowicz den Adjutanten an, den blutjungen Fürsten Zbigniew Olesnicki, ein Bubi von wundervoller Rasse und Schönheit, so ein echter Aristokrat aus dem Gotha, keiner der aufgeblasenen, einfältigen Mistfinken vom kleinen Landadel ohne Manieren und ohne innere Vornehmheit. Die konnte der Chef nicht ausstehen und gab ihnen Fußtritte bei jeder Gelegenheit, wie es sich gerade traf. Wie eine getretene graue Hündin entschlüpfte der junge Adlige nach hinten, beinah zwischen den Beinen des Chefs. Wie sehr liebte Genezyp diesen Moment! Wenn dieser Moment eine Person sein könnte — was wäre das für ein Glück! Wenn die Zeit als solche ausdehnbar wäre, wenn man sie wie ein Häutchen über die angeschwollene Wirklichkeit spannen könnte, he? Und dann erst . . . Nun — nichts. Das Orchester intonierte einen höllischen Kavalleriemarsch, noch von der Komposition des alten, guten, klassischen Karlchen Szymanowski (dessen Denkmal vom Meißel oder von den Fersen August Zamoyskis unlängst eine Gruppe wirbelloser Musiker bespien hatte, die von Schönberg herstammten, welcher nach einer vorletzten religiösen Phase in einen kriegerischen Wahn verfallen war [auf Grund des *wieder* populär gewordenen Krieges in der Ära des ›Kreuzzuges‹] und in diesem Wahn geendet hatte), und die Seele Genezyps, hingerissen vom Wirbel kriegerischer, kondottierehafter Erhabenheit, entflog in die unerreichbaren Kreise des erträumten Todes auf dem sogenanten ›Schlachtfeld‹. So zu sterben, o möge das erlaubt sein, bei einer solchen Musik, vor den Augen eines solchen Überoberbefehlshabers, und alles übrige ist *Stuß* — eben Stuß, dieses abgeschmackte, peinliche, ›krautjunkerliche‹ Wort.

»Baron Kapen de Vahaz, Genezyp«, flüsterte Olesnicki zwischen die flaumigen Härchen auf dem fleischigen, ein ganz klein wenig semitischen Ohr des Chefs. Die Fragen hörte Zypcio nicht, doch sah er das Ohr ... Ein Weib sein, um sich ihm, ihm, *ihm* ... Halt! — Er *selber* war es, der ihm das zuschrie. Links kehrt, Zusammenschlagen der Absätze, Klirren der Sporen, und eine Verkörperung kriegerischer Strammheit wuchs empor vor den schwarzen Pflaumen-Holunderbeeren Kocmoluchowiczs. Zwischen ihnen beiden zuckte, in beiden Richtungen gleichzeitig, ein ständiger, unendlich schneller Blitz. Zement eines Fluidums erstarrte zu einer unvernichtbaren außerweltlichen Mauer. Darin war die Zukunft. Und was für eine! »Du, zerschwimme nicht in Empiremen!« Nicht zu glauben! Er war es, der zu ihm sprach. Worte, die wie im Jenseits gezüchtete, nicht existierende Paradiesvögel waren, setzten sich Zypcio auf den Kopf und schmückten ihn mit einem Federbusch des Ruhmes von jenseits dieses Planeten. Dort, in seinem Kopf, wurden sie wirklich zu dem, was sie waren. Und dabei hatten sie beide einen Hintern, hatten sie heute geschissen, eben erst beide Fisch gefressen — wie war das seltsam! Sogar Kocmoluchowicz hatte einen leichten hämorrhoidalen Anfall à la Rostoptschin. Nein — das war höllisch seltsam.

Über Genezyp hingen der lange kosakische Schnurrbart und der lachende Blick eines Ebers, Adlers, Stiers und Ungarn, eines Zureiters und Pferdediebs — und dieser schmutzfinkische, unerfaßbare, allerwahrhaftigste blickliche Spinnen-Tiger-Griff. (Photographien waren unbekannt, weil unter schrecklicher Strafe stehend — wenn schon ein Mythos, dann ein starker Mythos — jegliche Spur muß verschwinden. Niemals darf dieser Blick sich fixieren, fangen, intensivieren, dauerhaft machen lassen.) Unter diesem bierbraunen, vielmehr schwarz-porterfarbigen, teerigen, wie siedendes Wasser und wie Feuer lebendigen Blick des Chefs fiel die Maske erotischer Schweinerei von dem noch nicht zustande gekommenen, noch peripheren Adjutanten. Alles erhob sich ins Erhabene in dieser aus den psychischen Drüsen hervorgebrochenen Begeisterung. Auch die Fürstin schwamm wie ein Engel irgendwo in einem unbekannten Medium, wie ein flinkes Infusorium in einem Glas fauligen Wassers — hoho! — höhenartig, wolkenartig, weihrauchartig, heiligartig. Und auch die Mutter wurde einzig und notwendig, diese und keine andere, zusammen mit ihrer neuen Kooperativen-Manie und mit Michalski. Dieser Blick organisierte mit seiner spezifischen, konzentrierenden und ordnenden Macht eine beliebig ausgebreitete Gedärmmasse. Auch wenn er auf den schlimmsten Kehrrichthaufen blickte, würde sich dort alles bewegen und zu einem wunderschönen strahlenden Stern von Symmetrie und Harmonie fügen. Und so ballte er den sich zersetzenden Zypcio zusammen und brachte Ordnung in seine Därme und seine geistige Situation. Alles war so wundervoll—wundervoll bis zum Schmerz—, floß über die Ränder der Welt (nicht *darüber* hinaus, das war unmöglich) mit dem Schaum des vor Glück schäumenden geistigen Mauls. Er legte sich, voll von sich selber, auf die Ränder der Höhe und vegetierte. Er hatte das bewirkt, dieser dunkle, mordsmäßige Schwanz in der mit Orden beklebten Generalsuniform. Die Musik zerriß die Därme zu himmlischen Flaggen, Standarten und Fahnen zu Ehren des fast Ungenannten — ›Kocmoluchowicz‹, das war nur ein Merkmal für die Leute, er selber konnte sich nicht nennen, er war einzig. Seine Einzigkeit benötigte keine Benennung — er war — das genügte. War er denn auch nur? O Gott! Nimm diese Qual von uns . . . Vielleicht gibt es ihn gar nicht . . .? Aber er *ist*, ist — oh! — es lachen die teerschwarzen Augäpfel, es blitzt der Regenbogen der Ordensbänder, und die Beine (was für Beine kann er wohl haben?) füllen prall die herrlichen, bespornten Lackstiefel. (Was erst tat sich mit den Weibern!! Schrecklich auszudenken. Nach der Durchfahrt Seiner Einzigkeit durch die Straße mußten sie alle die Höschen wechseln bis auf die letzte. Es platschte ihnen geradezu im Schritt vor hündischer Verehrung. Es wirkte besser als der höllische Lärm der düsteren Lautvögelei Tengiers.) Vor Dankbarkeit für einen einzigen solchen Augenblick hätte man sterben können — aber nur schnell, aber nur gleich.

»Der Vater«, fiel das erste, mehr persönliche Wort — es zerfloß in den Arterien mit süßem Gift, das Kraft spendete, Mannesmut, Tapferkeit ohne Grenzen, wirkliche Todesbegierde. (Ach, der Vater! Daß Zypcio ihn vergessen hatte! War er es doch gewesen, der ihm diesen einzigen Moment bereitet hatte! ›Ja, ja, der Vater — ja, der Vater‹, wiederholte er in Gedanken mit Tränen den Anfang des zu ihm gesprochenen Satzes.) »Der Vater hat dich mir empfohlen, Zypcio — he? Nach drei Monaten meldest du dich, du junger Tippelbruder, bei mir in der Hauptstadt zum Rapport. Vergiß nicht, die Hauptsache im Leben ist, *sich nicht selber zu versäumen! A beau se raidir le cadavre«* (das war sein berühmtes, einziges französisches, doch hinkendes Sprichwort). »Meine Herren«, wandte er sich an den ganzen Saal, am rechten Flügel der ersten Schwadron stehend (Zypcio war der zweite in der zweiten — die erste war noch nicht von hinter den Tischen ausgerückt). Es war dies einer seiner tollen Auftritte — eine Sache, die er zu versalzen fürchtete. Hysterische Anfälle zweifellos vollkommener, unberechenbarer Aufrichtigkeit, die, obwohl sie das Dunkel in den Details beseitigte, ihn in den Augen der Menge noch geheimnisvoller machte, sogar in den Augen der ausgekochtesten Intelligenz. In jenen Momenten erreichte er Orte, in denen sich ein noch unerhörteres Geheimnis verbarg, als seine Persönlichkeit es war: den Querschnitt des gegenwärtigen gesellschaftlichen Zustandes. Und dann gleich zu Zypcio, leise, mit metallischem Flüstern — Zypcio starb fast vor Glück, er machte sich geradezu in die Hosen, er wurde geradezu schwanger im Kopf mit der unbekannten Frucht: dem nicht in Begriffe zu fassenden Gedanken des Chefs, seinem Traum von allgemeiner Macht. »Du hast keine

Ahnung, Schwanzleckerchen, wie ausgezeichnet sich das gefügt hat, daß du damals Pietalski eins in die Fresse gegeben hast.« (Gott, o Gott! Woher wußte er davon, dieser kavalleristische Gott? Er schien etwas derart Allgemeines zu sein, daß er nicht von einem ›Es kommt vor‹ oder einem ›Hände weg‹ wissen sollte, von einer so nichtigen Sache.) »Ich brauche gerade Antriebe zu einer kleinen Kraftprobe.« (Laut:) »Meine Herren! Wir müssen eine Probe machen. Ich weiß, was ich sage, und zu wem. Meine Agenten provozieren die ›Gesellschaft‹ bereits seit zwei Wochen. Niemand weiß etwas, und auch ich nicht. Genug dieses Blindekuhspiels. Ich kann nicht auf einem Kentauren reiten, ich muß ein Standardpferd unter mir haben. Das Volk kann als Ganzes ein normaler Dummkopf sein, wenn es nur Kraft hat. Statt unseres *Willens zur Ohnmacht* gebe ich die Parole: ›Sich biegen bis zum Brechen‹, auch wenn dieses Brechen interplanetarisch soviel bedeuten wird, als ob jemand einen Furz fahren ließe. Meine Herren: So lausig ist das Los eines jeden lebendigen Geschöpfes, daß es sich selbst nicht zu genügen vermag. Ich hoffe, daß angesichts meiner Geheimnistuerei — ich wage davon zu sprechen, darin unterscheide ich mich von allen anderen irdischen Führern« (jeder war glücklich, daß er sich so mit ihm anbiederte — sogar aus der eigenen Haut fuhr, der Teufel weiß, aus welchem schamlosen ›Wohlleben‹) »und der Nähe der Heere des Himmlischen Reiches die Nervosität der Seite, die sich darin verbissen hat, mir und der Armee gegenüber feindlich zu sein, groß ist und die Provokation gelingen wird. Wir werden dann klar sehen, wie die prozentualen Verhältnisse im Lande sind. Ein paar Leichelchen sind notwendig. Doch jeder Kerl, der fallen wird, hier, unter euch, oder dort, ist eine Ziffer in meinem geheimen Notizbuch, insofern ich überhaupt ein solches habe. Ha, ha, ha!« brach er in ein bäurisches, fröhliches, hochzeitliches Lachen aus, das wie das Lustgebrüll eines Viehs war. »Ich mag keine Papierchen, höchstens Klopapiere — *post factum* — soll mich die Geschichtsschreibung wischen und erfahren, *qu'est-ce que j'avais dans le cul* oder *dans le ventre même*. Mein Notizbuch, das ist ein Mythos, meine Herren — wie viele chinesische Spitzel sind nach ihm auf der Jagd, und keiner von ihnen hat es von weitem gerochen. Jeder von euch ist noch ein Parameter in der prachtvollen Gleichung, die hier zusammengestellt wird!« Er schlug sich an die Stirn — der Schlag war im ganzen Saal zu hören. Das Gebrüll entfesselter Begeisterung und die stille, gewaltige Bereitschaft, für diesen pferdediebischen, vergeneralten Zureiter mit einer Beimischung von achtzig Prozent Alexander von Mazedonien und zehn Prozent Prinz von Lauzun zu sterben, erfüllte den Saal. Irgendwo am anderen Ende fielen vermorschte Stukkaturen auf die erhitzten Köpfe der Junker, es gab zwanzig Verwundete, sie brüllten noch mehr vor Begeisterung (und sogar vor Unternehmungslust) — sie wurden an Ort und Stelle im Saal verbunden. Kocmoluchowicz schüttelte den gelblich-weißen Staub von der ordengleißenden Uniform und sagte:

»Und vergeßt nicht, Jungens, daß ich euch liebe, euch allein — denn meine ganze Familie, Frau und Töchterchen, habe ich im Hintern meines Schimmels.« Das waren diese entsetzlichen Aussprüche, die ihm die tollste Liebe gewannen, auch unter den allervornehmsten Bubis. Olesnicki weinte Tränen der Rührung, und der Kommandant der Schule, General Próchwa, hielt es nicht aus: Er packte eine Flasche Dzikower Wodka und soff sie ganz aus bis zum Boden vor den Augen der ganzen Schule, wonach er, gleichfalls vor allen, ein Gramm vom besten, glitzernden Kokain von Merck in die große, blutrote Nase einschniefte. ›Denn warum sollte ich mir etwas versagen, nur um fünf Jahre länger zu leben? Da können die Engel lange warten. Die meiste Energie kosten den Menschen all diese Abstinenzen‹, pflegte der fünfundneunzigjährige Greis zu sagen. Schon hielt ihn Kocmoluchowicz in einer seiner kavalleristisch-zangigen Umarmungen. Es trank die ganze Schule — morgen war ohnehin ein freier Tag. Im Vorgefühl großer Ereignisse, deren lebendige Verkörperung dieser schwarze, noch junge, roßknechtige Schnauzbart war, befiel alle ein tödlicher Wahnsinn — sie begriffen den höchsten Zauber des Lebens im Hauch eines plötzlichen Todes. (Es gibt wirklich Momente, in denen ein Gramm Kokain nicht schadet. Aber man muß sie gut kennen, keinen anderen Moment dafür nehmen. Und dabei gilt dieser Grundsatz nur für Starke: *Meine Wahrheiten sind nicht für die anderen.*)

Das Zifferblatt der Bestimmungen drehte sich wie wild — zwei Scheiben, die eine schwarz, die andere golden, flossen zusammen zu einer grauen Kugel. Was wäre das Leben ohne Tod?! Eine Schweinerei — in der Vollkommenheit erstarrt die ganze Welt. Die Wonne des Daseins in tödlichem Halbschatten dröhnte zusammen mit dem Alkohol als ein starker, wirklicher Strom im Blut. Ach, nur für eine hundertstel Sekunde diese Widersprüche versöhnen und dann nur noch einen Augenblick leben! Leider besteht die ganze Wonne in diesem Sichrecken — es gibt in diesem Gefühl keinen Orgasmus, der höchste Punkt ist aktuelles Nichts. Wehe dem, der zu lange durchhält. Er wird in einer Langeweile erwachen, wie sie der Planet bisher nicht kannte. Und in ihr erst wird er begreifen, was der Tod wirklich ist: nichts Schreckliches — eine unerträgliche Langeweile des Nicht-Daseins, gegen die der entsetzlichste Schmerz, die gräßlichste Verzweiflung nichts sind. Doch jetzt ›genoß‹ Genezyp mit vollem Mund die süßgiftige, zweifache Frucht des Todes zu Lebzeiten oder des nachtödlichen Daseins.

Hinter den Fenstern war die wundervolle Frühlingssonne im Erlöschen, orangerot glänzend in den Scheiben der Häuser und auf den vom duftenden Regen nassen Stämmen der von jungem Laub befiederten, lenzhaft zum Leben geschwellten Bäume. Als der Himmel in wundervollstem Seladon-Blaugrün erstarb, das vom messinggelben Flämmchen der ersten Sterne gespickt war, begannen — schon fast im Dunkeln — die trunkenen Darbietungen der Schüler, an denen auch er sich beteiligte, er, der erste Reiter des Landes, der einstige ›Gott‹ aus der Schule von Saumur. Bisher trug bei solchen Gelegenheiten er allein aus der ganzen Armee (er hatte sich nach dem Mittagessen umgekleidet, die Bestie) die schwarze und schwarzverschnürte Uniform und die goldenen Sporen des ›Gottes von Saumur‹. Genezyp, der in dem trunkenen Tumult ein fremdes Pferd erwischt hatte (war da nicht der ›lange Arm‹ von Pietalski mit im Spiel?), schlug sich erheblich den Kopf an, dicht bei der Schläfe. Er lag im frischen Gras, halbbewußtlos von dem höllischen Sturz und vom Schnaps. Daneben stand *Er* — nur ein paar Schritte entfernt. Er sah ihn, Zypcio, doch trat er nicht zu ihm heran, fragte nicht, wie er sich fühlte. Er unterhielt sich fröhlich mit den Offizieren des Kurses, von denen sich einer soeben die linke Hand verstaucht hatte und mit der rechten nonchalant (auf den Arzt wartend) eine ›Mr. Rothman's Own Special‹ rauchte, die er vom Chef bekommen hatte.

»... große Sachen in kleinem Maßstab. Nein, nein — ich weiß: Wenn es sich um psychische, persönliche Spannung handelt, so ist sie unbestreitbar groß, vielleicht die letzte in ihrer Art, doch wenn man die Folgen berücksichtigt, so ist vielleicht alles zu klein im Verhältnis zu diesem kollektiven Sichauftürmen der menschlichen Masse. Die Erde ist eine Kugel, annähernd, verdammt! Begrenztes Aas! Sonderbar hat sich die Welt maskiert vor sich selber...« (Und er war es, der das sagte! Er, die vollkommenste Verkörperung des Geheimnisses, vielleicht auch die am vollkommensten ausgeführte Maske! O Glück, unsagbares Glück: so etwas hören zu dürfen, wenn auch mit zerschlagenem Kopf und bewußt ignoriert [aber das war vielleicht gerade gut] von diesem erträumten ›Übersexuellen‹, diesem ›Übermenschen‹, diesem dennoch antimetaphysischen Vieh!) »... diese Maske muß man herunterreißen, und sei es mitsamt dem Gesicht oder mitsamt dem Kopf. In diesem Fall ist es zu Ende mit uns. Doch was ist denn schon das Leben, wenn man es nicht durchlebt auf der Schneide, die in das Unbekannte hineinstößt, auf dem Gipfel zwischen Wahnsinn und Weisheit? Alles eins! Verflixt und kastriert!« (ein Ersatzausdruck wie *parbleu*, doch liebte der Quartiermeister russische Schimpfworte — ha, man mußte sie sich abgewöhnen). »O wenn das alle verstehen könnten! Wenn doch jeder, auch der letzte Lump, sich in seiner eigenen Proportion durchleben würde, potz Blitz, in dieser Größendimension! Aber...« (Und hier sagte er seinen berühmten Satz von den Kristallen. Jetzt hörte Zypcio, wovon damals im Salon der Fürstin so schamlos naiv gequatscht worden war. Er fühlte das ganze Mißverhältnis dieser Worte zu der Wirklichkeit, und in diesem Gefühl erwuchs ihm Kocmoluchowicz zu geradezu ungeheuren Ausmaßen — überschwemmte die Welt, nahm Platz in ihm mit seinem prächtigen Kavalleristenhintern und zerrieb ihn zu Pulver. Der Kopf schmerzte unheimlich, und diesen Schmerz empfand Zypcio als einen Schmerz über das

Mißverhältnis und über seine unvermeidliche künftige Schande —
ein wutentbrannter Adler an der Spitze eines Heeres von Heu-
schrecken und ›eingehenden Fischlein‹. Wahrhaftig ...!) Diese
Stimme, die sich wie geschmolzenes Metall in die Eingeweide des
Junkers ergoß, sagte weiter:

»Und ist es nicht an der Zeit, diese letzten Wahnsinnstaten zu
begehen, diese großen — denn die, für welche man in das gelbe
Haus befördert wird, die habe ich im Hintern des Schimmels, mit
Verlaub, Herr Rittmeister. He? Wie heißen Sie? Graf Ostromecki?
Bon — ich werd's mir merken.« Dieses ›Graf‹ war mit einer leichten Schattierung von Verachtung gesagt, aber mit Maßen. Er
verstand es, auf diese Weise auf das verlorengegangene Empfinden
von Größe unserer besseren *Aristos* zu reagieren — es gab ihrer
nur noch wenige. Und dieser Titan versäumte nicht, solche Sachen
dem ersten besten Kurs-Offizier einer von hundert oder zweihundert Schulen zu sagen. ›*Il a de la poigne, ce bougre-là*‹, wie Lebac
äußerte.

Genezyp überwand mit Willenskraft den Schlag gegen seinen
Kopf (er war auf den unteren, von Gras fast bedeckten Teil eines
Baumstamms gefallen), erholte sich davon durch den verstärkten
Blick des Chefs, und um acht Uhr, vollgestopft mit der Gewalt
Kocmoluchowiczs wie ein Akkumulator (der Chef stürmte um
diese Zeit schon zur Schule der berittenen Artillerie in Kocmyrzów, um weiter aufzuladen), geblendet vom Zauber des Lebens,
in dem alle Zellen seines Körpers strahlten, aß er zu Hause Abend-
brot zusammen mit ›Herrn‹ Michalski. Sonderbar klein erschien
ihm der unermüdliche Kooperativen-Mensch nach dieser Schulinspektion. Möge doch irgend etwas einen solchen ›Sachwalter der
Gemeinschaft‹ dazu zwingen, das Leben ›auf den Gipfeln‹ *à la
Grand Kotzmoloukh* zu erleben! Wie sollte man diese in sich
verbohrte vergemeinschaftlichte Alltäglichkeit zu einem höheren
Diapason entfesseln? Was jenem ewiger Feiertag war (›*immer
Sonntag*‹, wie Buxenhayn sagte), wurde diesem ›Helden tränen-
feuchter Gemeinschaft‹ zur verkörperten Gewöhnlichkeit — die
graue Masse vermochte einen Feiertag nicht zu empfinden, für sie
war er eine Katastrophe. Andere Qualitätsarten der Kräfte. Man

mußte das mit Füßen treten, zermalmen, plattwalzen wie Kuchen mit dem Nudelwalker, um darauf seinen letzten Wahnsinnstanz zu tanzen. Zypcio sah die Fehler Kocmoluchowiczs, seine ganze Unzeitgemäßheit, Unanwendbarkeit, und darum liebte er ihn noch mehr. Wieviel schwieriger war seine Aufgabe als die eines ›Napoleon‹, der seine Größe zusammendrücken und deformieren mußte in der von Minute zu Minute dichter werdenden Organisation — jene bewegten sich fast im Leeren, er in teeriger Schmiere.

Bald sollte Zypcio Lilian zum erstenmal auf der Bühne sehen — und das an einem *solchen* Tag. Er fühlte, daß ihm das Leben da etwas komponierte und daß hinter allem etwas steckt. Allein so zu fühlen ist schon Glück, ohne Rücksicht auf nachteilige Vorkommnisse. Sturfan Abnol kam und begrüßte ihn wie einen leiblichen Bruder. Sogleich tranken sie Bruderschaft. Noch hatte er sich von der Feier in der Schule nicht erholt, und schon überschwemmte er das Gehirn mit neuen Fluten Likörs. Da war nichts zu machen — diesen Tag mußte man bis zu den letzten möglichen Grenzen steigern, sollte auch alles zerspringen, die Gehirnwindungen eingeschlossen. Die Vision des Chefs war ihm ein stählernes Faßband um den Kopf, deformiert in Richtung der Außergewöhnlichkeit bis zu unaussprechlicher Macht. Er fühlte ihn ganz, zusammen mit den Stiefeln und Sporen, irgendwo unter dem Herzen als schwarze, große, metallische, unverdauliche Pille. Doch trotz all dieser positiven Werte wurde der Kerl dort auf dem Bodengrund nur wieder bestätigt, ja potenziert, fixiert und eingerahmt. Er war bereits zu einer ständigen Einrichtung geworden, zu einem Bildschirm, auf dem sich die unheimlichen Schatten des Augenblicks abzeichneten und der allmählich aus einer flachen in eine dreidimensionale Vision überging, sich fast fleischlich verwirklichend. Eben dies — gewisse Muskeln hatte jener bereits in seiner Gewalt, Genezyp verlor immer mehr die Herrschaft über sie —, dies war höllisch gefahrvoll.

Ja, einen solchen Tag durfte man nicht aus den Händen lassen, ohne aus ihm die ganze heimliche Wonne ausgesaugt zu haben, die normalen Menschen unzugänglich ist. Es gibt Blumentage und Tage von Ausgespienem und Schweiß. Aber wachsen nicht die ersteren relativ selten aus den überwundenen letzteren? Man braucht manchmal ganze Monate schwarzer, scheinbar fruchtloser Arbeit, um unverhofft ›sich ein hübsches Täglein abzuknipsen oder auch nur ein wohlschmeckendes halbes Stündlein‹, fiel ihm ein geschmackloser Satz Tengiers ein. Ein anderer Zweifel Sturfans: ›Ob nicht Weiber gar scheußliche Kapellen sind, in denen manche onanistische Götzendiener sich selber die Ehre erweisen, auch unter dem Anschein authentischer Liebe?‹ Die Fürstin wurde immer kleiner – doch schließlich war es gut, daß sie da war, *faute de mieux*. Bequem war er immerhin, dieser ›gebändigte Dämon‹, den man beliebig nach zwei Seiten hin auslegen konnte und mit ihm (zumindest innerlich) machen konnte, was man wollte. Das Vergnügen war geradezu schrecklich. Zypcio fühlte, daß er einem solchen Weib mit einer solchen Proportion psychischer und physischer Elemente nicht mehr begegnen werde, und eben das entflammte ihn für sie – dieses Finale, dieses Letztendliche. Aber nicht heute. Heute war alles den letzten Strahlen des jungen Lebens hingegeben, im Angesicht (ja, im Angesicht – ein Angesicht ist nicht das Gesicht – das ist eine leere Stelle unter irgendwelchen Schleiern [auch nicht Schleiern, sondern weiß-der-Teufel-was] von jenseits des Grabes), im Angesicht eines im herrlichen Chef verkörperten wundervollen Todes, in dem die Welt riesig würde in wildem Zauber bis in ihr kleinstes ›Krümchen‹, zu einer wirklich aktuellen Unendlichkeit, die sich in einem einzigen Stück fressen ließ, da die Persönlichkeit unter dem eigenen Druck zerbarst und zerflog bis über die fernsten Grenzen des Alls. In einem solchen Tod ist kein Platz für lausige Wehmut nach dem Leben – sie wird umgewandelt in ihr Gegenteil: in *freudige* Bejahung des Nichtseins, in Sättigung der Lebensgier, in eine so wilde, wie sie *im Leben* durch nichts zu erreichen ist. Die Begriffe ›Mut‹ und ›Angst‹ werden zu Sinnlosigkeiten, zu verblaßten Gespenstern des Daseins aus einer anderen, niedereren Dimension. Den Ausdrücken einen neuen Wert geben: wenn er das tun könnte, würde er so reden an der Grenze der Sinnlosigkeit – denn worauf sind sogenannte ›intuitive Formulierungen‹ zurückzuführen? Auf den Verzicht auf Logik zugunsten einer unmittelbaren, *künstlerischen*, das heißt, durch die Form und ungewöhnliche Zusammenstellung von Wörtern wirkenden Aussage. Intuition (die, von der Weiber und geistige Faulpelze reden) ist immer ein Niedergang in bezug auf den Sinn. Aber außer einer begrenzten Anzahl von Widersprüchen ist der Sinn in positiver Bedeutung kraftlos — man muß faseln, um unmittelbar die metaphysische Seltsamkeit des Daseins und ihre Derivate auszudrücken. Außer dieser Seltsamkeit gibt es nichts, was Anspruch erheben könnte auf ›intuitive‹ (in obiger Bedeutung) Fassung. Dummköpfe reden dann von ›Unverständlichkeit‹. So pflegte der ewige Sturfan Abnol zu sagen. Und dann schäumte er über diese ›Bande von Schmarotzern der hinsterbenden Kunst‹, wie er die Kritiker der ganzen Welt nannte: ›. . . diese Herde feiger Impotenter, die Angst vor einem Kampf mit mir haben aus Furcht vor ihrer Kompromittierung und meiner Erhöhung, die mit einem verdrehten Gedanken operieren, mit Fälschung, manchmal sogar mit gespieltem Dummsein, um mich zu besiegen in den Hirnen des kretinisierten Publikums . . .‹ usw. usw. Genezyp langweilten diese Bekenntnisse. Früher vielleicht hätte er sich entflammt und wäre gern ›wahrer Kritiker‹ geworden, so wie Kutscher oder Maschinist. Heute hatte er seinen ›Euphanasius‹ im Hintern und die ganze Literatur mit ihm, ähnlich wie Kocmoluchowicz im Hintern des Schimmels beinah die ganze Welt, mit Ausnahme . . . Aber davon später (naive Neugier). Was geht einen das an in Zeiten, da alles zusammenstürzt und sich lebendig *de fond en comble* durcheinanderwälzt! Vielleicht war das einmal etwas Reales gewesen, diese ganze sogenannte Verbindung der Literatur mit dem Leben und ihr Einfluß auf dieses Leben. Aber jetzt wurde Literatur, soweit sie überhaupt war, nach einer anderen, einer bewußt gesellschaftlich-ökonomischen Wertordnung produziert. Vielleicht war das nicht mehr Kultur im einstigen, Spenglerschen Sinne, stützte sich nicht mehr auf Mythen, auch wenn sich hundert Sorels zu Tode reden würden. Diese Manie, kardinale Unterschiede in den Zeiten nicht zu sehen, war auch eines der Attribute der typischen ›Verflacher‹. ›Alles ist dasselbe, die menschliche Seele ist unveränderlich, alles war und wird sein, es gibt nur Oszillationen‹, so faselten sie, die Hundsfötter, und verwischten wesentliche Abgründe, verfolgten Probleme, um sie zu vernichten, wo sie konnten. In der Sphäre absoluter und notwendiger Begriffe waren sie Psychologisten, Empiristen und überhaupt ›Relativisten‹. Ach, dieses Volk durch Gift ausrotten können! Doch lassen wir's. Es ist nichts zu machen: Das Wort hat aufgehört, schöpferisch zu sein, es schleppt sich hinter dem gesellschaftlichen Leben her wie der Train hinter einem siegreichen Heer. Es käut das Material wieder, aber es schafft kein neues. Sicher nicht deshalb, weil die Zahl der Wörter begrenzt ist und neue, grundsätzliche Begriffe nicht hinzukommen können, sondern wegen des Versiegens tieferer Schaffensquellen, wegen des Verdorrens und Welkens der menschlichen Persönlichkeit selber. Einst war das Wort an der Front, und heute? Was weiß schon ein halbkünstlerischer (nicht einmal ein voller Künstler in der Bedeutung früherer Zeiten — diese sind ausgestorben) Lümmel Sturfan Abnol von dem Wesen eines Kocmoluchowicz? Er vermag die Spannweite seiner Welle nicht mehr in seinem lausig gewordenen Transformator zu erfassen. Das Leben hat die Kunst hinsichtlich des Materials überholt, nicht einmal die Hauptakteure können dieser Spannung gerecht werden mit ihrer schamlos gewordenen Psyche — am ehesten noch in der Musik, denn dort ist nur Wirklichkeit der Gefühle, nicht der Welt. Die Kunst hatte, als sie vor einigen Jahrzehnten das Leben in formaler Hinsicht überholte, alle Formen bis zum Boden ausgeschöpft. Zypcio allein hatte vielleicht etwas davon verstanden, da er auf dem Grat stand oder auf der Schneide — wie man will —, im Schnittpunkt der gegensätzlichen Kräfte von Vergangenheit und Zukunft — Zypcio und vielleicht ein paar ähnlich Zwiegespaltene. Und im übrigen war das ganze gesellschaftliche Leben (abgesehen von dem Bewußtsein der Zwiespaltung in einigen Gehirnen) ebenso scheußlich und ideenlos wie diese literarisch-künstlerischen ›Verhältnisse‹, die die Armseligkeit dünner, kraftloser Pseudo-Ambitiönchen spiegelten. So stellte Sturfan Abnol das manchmal dar, indem er behauptete, Literatur sei kondensiertes Leben — aber sicherlich war es nicht so, zumindest nicht in diesen schrecklichen Zeiten. Der einzige Kocmoluchowicz maskierte vielleicht die ausweglose Armseligkeit von allem, in die die Besten aus den vergangenen Epochen nicht hineinzuschauen gewagt hätten. Was war das denn anderes als Unfähigkeit zur Arbeit, Schludrigkeit des Gedankens, Mangel an Zeitgefühl (der Uhrzeit), ja sogar eine gewisse historische Verspätung, Mangel an der Dressur der Jahrhunderte und *Unfähigkeit zur Anpassung*. Doch alles lebte davon — und vom Geld des Westens. Dünn war dieses Häutchen, oh, dünn! Es bog sich manchmal stellenweise, doch es platzte nicht. Und auf dies Häutchen kroch langsam der neue Glaube Djewanis zu, hinter dem wie ein Turm aus dem eisernen Nebel des Geheimnisses der *unbekannte* Murti Bing auf einem fernen Inselchen zu unermeßlicher Macht aufstieg. Und hier Ekel, Ekel, Ekel — möge die Vernichtung kommen, wenn sie nur schön ist. Denn in dieser ideal organisierten Arbeit begannen schon echt goldene Herzen und stählerne Gemüter nach metallischer Vergammeltheit zu stinken. Ja, ja, der einzige Kocmoluchowicz — in ihm war noch dumme Jugendhaftigkeit und provozierende Kraft. Ein einziger Kocmoluchowicz auf der ganzen Welt — man wagte nicht mehr, ihn einen polnischen Gutierez de Estrada zu nennen — er war das einzige authentische Unikum.

Und Zypcio dachte, Sturfan unter den Tisch trinkend: ›Welch höllische Lust, einen Führer zu haben, jemandem mehr als allen vertrauen zu können, sogar mehr als sich selber! Ach — unglücklich waren die Epochen, Gruppen und Menschen, die ihn nicht hatten! Wenn man schon nicht sich selber glauben kann noch seinem Volk noch irgendeiner sozialen Idee, so möge wenigstens der Glaube an einen solchen Wahnsinnigen bleiben, der selbst an dies alles glaubt.‹ Nicht mehr man selber, sondern in *Ihm* ein Atom seiner Macht zu sein, eine Fiber seiner verlängerten Muskeln — und am Boden dieses schändliche Gefühl: die Verantwortung für sich selber abzuwerfen. So dachten auch die Feinde des Quartiermeisters: Sie mußten so sein, wenn sie einen solchen Feind hatten, und auf diese Weise entledigten sie sich der Last der eigenen Taten der Geschichte gegenüber.

Im Salonwagen des kocmyrzowskischen Expreßzugs, einsam in seinem Abteil, dachte Kocmoluchowicz. (›Wie denkst du darüber?‹ fragte ihn seine Frau oft. Er lächelte darauf nur bestialisch, mit seiner schrecklichen Verbrecherpratze über die seidige Schwärze seines Schnurrbarts streichend, und dann . . . Das waren die Augenblicke ihrer größten Verehrung für ihn. Eine sonderbare Sache: Sie wurden immer häufiger, aber auch immer kürzer. Nur dann begehrte er sie — er konnte sich erlauben, ihr gegenüber er selber zu sein, das heißt ein Masochist . . .) Also er dachte annähernd so: ›Das Bild der Grenzen des Reiches: Pfosten in Zdolbunowo, Zmerynka, Rohatynce, in Psiory, in Kropiwnica . . . Ja — nur fehlt es noch an kaschubischen Wörtern in unserer Sprache. Das ist fatal.‹ (Das ethnographische, aktuelle Polen schien ihm klein wie eine Kinderfaust, vielleicht wie die Faust seines Töchterchens, der einzigen Ileanka. Er schaute auf seine herrliche, männliche, behaarte, verbrecherische [so sagten die Kartenschlägerinnen] Hand und erzitterte. *Er sah eine fremde Pratze, von der er nicht wußte, was sie dachte.*) Das Bild der Chinesen — er kannte die aus Knochen gedrechselten Fressen und die schurkische Schräge der Augen, kannte sie von Rußland her — wenn er sich vor dem Spiegel die Augen schräg zog, fühlte er sich selber als ungeheuerlicher Schurke, fühlte eine fremde Psyche in sich, einen völlig anderen, jemand, den er vom Sehen her, nicht persönlich kannte. Aber vielleicht war es dieser andere, der sich einmal offenbaren würde. Keine Zeit für solche Gedanken, das paßte nicht zu dem schuljungenhaften Spiel, das er mit seinem unbekannten Gegner trieb. Wie konnte er denn wissen, wer sein Gegner war, wenn er nicht einmal wußte, wer er selber war. Wer war er? Ha, mögen andere das später einmal enträtseln! *Wonach?* Kalter Schweiß an den unteren Lidern. Es gibt nur ein Leben. Er war der einzige wahre ›kleine Pole‹ auf dem ganzen Globus. Das war nicht schmeichelhaft für Polen als Volk — aber dagegen die Einzigkeit dieser Erscheinung . . . Und er war fast wie der König von Hyrkanien, Ödipus IV. — nur unendlich höher, wenn auch ohne Krone, denn *au fond des fonds* war jener ein Narr. Obwohl . . . Ein schrecklicher Zweifel blitzte aus den *gläsernen Klippen*, die in unterseeische Algen bekannter Worte verflochten waren. An neuen Worten fehlte es ihm, und das war gut. Fände er für gewisse Dinge Worte, so würden diese Dinge lebendig, würden sich auf ihn stürzen und ihn fressen. Er schwamm weiter wie ein zum Hungertod verdammter Hai in einem fischlosen Ozean. Nonsens — die Visionen zerstäubten — er war wieder er selber. Er kondensierte sich zu einem Punkt. Und niemand weiß diesen letzten Gedanken . . . Eine ungeheure Angst wie in jenen Augenblicken mit *Ihr*... Nicht mit seiner Frau. Und das Glück, daß man noch vor jemandem Angst haben kann und daß man dies *in* sich hat und nicht *hinter* sich. Eine solche Angst macht nicht niederträchtig. Ach, nicht hysterisch werden — lieber vergessen. Zusammenballen aller Muskeln zu einer einzigen eisernen Kugel mit Gehirn — und alles verschwindet. Ein Sprung in eine andere Dimension. Und dieser trotz höllischer Kreuzzugs-Heldentaten in Bolschewien ›arme‹ Kocmoluchowicz, der noch unlängst von den mehr aristokratischen Mitgliedern der ›Gesellschaft‹ nicht empfangen worden war, der diese (übrigens geliebte) Komtesse entführt hatte — jetzt wollte sich ihre Familie mit ihm versöhnen, er aber wollte nicht, er lächelte bitter, obwohl mit wahrer Verachtung —, das war ein seltenes Stück in solchen Kombinationen. Dennoch war er nicht zufrieden. Lieber wäre er ein schäbiger, elender Graf gewesen. Eine Weile stellte er sich das wunderschöne, inspirierte Gesicht des jungen Olesnicki vor, eines römischen Fürsten aus dem 16. Jahrhundert, und erzitterte in einem sonderbaren Haß, der mit unangenehm brennender Eifersucht verbunden war. War denn seine Unersättlichkeit in dieser Richtung nicht der Motor für die Hälfte seiner Aktionen? Ja, natürlich: Ein schäbiger Graf in einer schäbigen, aber eigenen Grafschaft zu sein, das wäre besser. Aber sich selber, sein ›Ich‹, würde er nicht einmal mit einem König oder Kaiser vertauschen. Vielleicht aber vor fünftausend Jahren? Dann sogar mit Vergnügen. Doch heute mußte man Kocmoluchowicz sein. Und plötzlich empfand er den metaphysischen Nonsens, der aus den Mutationen eines Menschen — sei es auch nur vom Unteroffizier zum General — hervorwuchs und der auf dem Gerede beruhte, daß dieser jener sein könne und jener wiederum dieser. Nur dies eine und kein anderes kann das gegebene einzelne Dasein sein, einmal für alle Ewigkeit — nur das eine kann von sich sagen ›ich‹ (nicht ›ich‹ als Abstraktion, die von Körper zu Körper fliegt wie ein Schmetterling von Blume zu Blume). Nur dies eine stellt mit diesem Körper eine absolute Einheit dar. Der unglückselige Kocmoluchowicz empfand seine eigene ›überastronomische‹ Notwendigkeit. Schnell war der Moment metaphysischen Erstaunens über sich und die Welt vergangen. Er war wieder Quartiermeister von oben bis unten — klein in seiner Größe, wie er vor einer Weile groß gewesen war in Kleinheit. Es war keine Zeit zu solchen Flausen. Verachtung gegen sich selber würgte ihn, die groß war wie gegen einen fremden Menschen, und das brachte ihn zu sich, rettete ihn vor sich selber. Hätte er sich einmal so richtig auf sich gestürzt, so hätte ihn nichts mehr seinen eigenen Krallen entreißen können. Der Quartiermeister hätte sich in diesem Augenblick zerquetschen können wie einen Tausendfüßler und sich doch noch über sich selber erheben wie ein Adler über einen stinkenden Morast. Erwürgter Zweifel ergoß sich über die äußeren Ränder der Seele, daß sie triefte. Er dachte: ›Das ganze Land wie eine Landkarte, und diese höllische, quälende, *absolute* Ungewißheit des Zieles. Zu klein ist dies alles, zu klein — die ganze Welt sollte man im Griff erwürgen, umschaffen und ungeheuerlich machen und wegwerfen, wenn sie vor Wonne ohnmächtig geworden ist wie *Sie* . . .‹ Stop. Ha, wenn die wüßten, wie geheimnisvoll er sich selber ist, wie würden sie da erst lachen. Obwohl — wenn man jetzt nur an der richtigen Stelle zu scharren anfinge, so könnte man ihm vielleicht auf die Spur kommen. Schon flog er kreisend über seinem ›bodenlosen privaten Loch‹. Nicht hineinschauen dort in diesen Abgrund (›ein wirklicher Abgrund, zum Donnerschlag, nicht der eines dummen poetischen Kaffeehausmystikers‹ — die eigenen Worte Seiner Einzigkeit), dort ist Wahnsinn, und vielleicht vorher Selbstmord bei vollem Bewußtsein — aus Unersättlichkeit. Was wollte er denn noch, er, dieses maximale Potential an Persönlichkeit? Aktuelle Unendlichkeit im Leben — doch dies kommt leider nicht vor. Arbeit, Arbeit, Arbeit — das allein rettet. Sich nicht vergiften lassen durch Ablagerungen ungenützter Kräfte. Bechmetjew dagegen riet, etwas auszuruhen. »So viel Leben, in dem sich der Mensch abnützt und bis zum Verrecken abplagt«, antwortete ihm fröhlich der Quartiermeister, mörderisch wie

Napoleon für seine Untertanen. Der berühmte Seelenwächter derer, die an den Rändern des Abgrunds auf ihre Verdammnis bei Lebzeiten harrten, als auch der Schirmherr der bereits Verdammten sagte von ihm: »Erasmus Wojciechowicz hat keine Zeit, verrückt zu werden. Das muß mit einer Katastrophe enden.« Eines war sicher: Weder das Volk noch die Gemeinschaft gingen ihn etwas an, das war für ihn ein Sammelsurium *fühlender Wesen*, es kümmerte ihn ganz und gar nicht. Er hatte kein Interesse für psychische Massenzustände. ›Von innen‹ empfand er ein paar Personen: 1) seine Tochter, 2) seine Frau, 3) ›diese Äffin‹ (wie die Generalin von *Ihr* sprach), nun, und 4) die Hündin Bobcia. Der Rest war Ziffern. Doch er sah diesen ›Rest‹ von Menschen so klar wie keiner, kalt, zerlegt wie bei einer Sezierung, von den allernächsten Verehrern an bis zum letzten Soldaten, den er immer an der empfindlichsten Stelle zu treffen verstand. Er selber wäre allerdings eher in kleine Stücke zerfallen, als daß er sich hätte analysieren können, ob er nationale Gefühle oder gesellschaftliche Instinkte besitze. Die Bestimmung hatte ihn auf die Spitze dieser Pyramide geworfen, und er mußte dort bis zum Ende aushalten. Er half dieser Bestimmung tüchtig nach, indem er jetzt in all diesem einen Brei anrührte, um dann in diesem Brei noch einmal maximal wirksam ins Gewicht zu fallen und schließlich von der ganzen Welt beachtet zu werden — anders als jetzt. Es genügte ihm nicht, daß ausländische Schmierblättchen manchmal etwas über ihn schrieben. (Überhaupt schwieg man damals über uns in der Öffentlichkeit. Es gab da noch ein Gerücht, irgend etwas von einem Büfett — daß nämlich Rußland und Polen ein Büfett mit Vorspeisen seien für die Mongolen, bevor sie die ganze Welt auffräßen.) Ja, das war heute die einzig mögliche Form des Schaffens: nach eigenem Willen und Phantasie das menschliche Geknäuel tüchtig umrühren (wenn auch nur in Polen) und die sich wie ein Reifen um den Hals legende Organisation der Massen und die Konstellation des inneren Druckes angreifen. Doch dies war nur das Geschwür einer intellektuellen Neubildung — im Blut hatte der Quartiermeister kein primäres, im ganzen Körper verteiltes Herrschaftsvermögen. Es steckte in einer überentwickelten Gehirn-

drüse — es steckte irgendwo allein für sich, dafür aber fest. Wieder
ein Plan, eine *wirkliche* Konzeption: der Plan einer großen Schlacht
mit den Chinesen, der auf einem Frontverlauf beruhte, der zu
Beginn der Schlacht den Gegner zu einer bestimmten Gruppierung
zwingen mußte, wobei der Stab der Chinesen von gewissen Sachen
programmatisch wahrhaft und glaubwürdig informiert werden
sollte. Der Quartiermeister war seinem Wesen nach ein geborener
Kondottiere — hier lag der Kern der Sache — und dabei ein Künst-
ler-Stratege. Wirkliche Schaffenskraft war in ihm, die er als ›Staatsmann‹ allerdings auf die leichte Schulter nahm. Seine soziale Tätigkeit bildete nur den Hintergrund für große Schlachtkonzeptionen.
In seinem Bewußtsein aber hielt er sich für einen großen Mensch-
heitspropheten, für einen Propheten ohne Idee. Vielleicht war
etwas Derartiges dort in diesem ›privaten Abgrund‹ — doch davon
später. Er selber wußte nicht, was dort steckte, und wollte es in
diesem Augenblick auch nicht wissen. In dem satanischen Vorstellungsvermögen des Großen Kocmoluchowicz reifte der Plan
ohne Hilfe von irgendwelchen Papieren — nur eine einzige nackte
Landkarte brauchte er, ohne alle handschriftlichen Einzeichnungen;
sein Gedächtnis war ein einziges kolossales Stabsbüro mit einer
Million Schublädchen und einem Netz elektrischer Leitungen mit
einem System von Signallämpchen. Den zentralen Knopf dieses
ungeheuren Apparates lokalisierte der Quartiermeister privatim
zwischen seinen Brauen, etwas mehr links, wo er eine unregel-
mäßige Beule hatte — die ›mazedonische Beule‹, wie er sie *Ihr*
gegenüber nannte. Dieser Knopf lag weit abseits von den bäurischen Seelenschichten (auch von den Schultern und den stählernen
Lenden), die ihrerseits auch nicht zu verachten waren, manchmal
waren sie sogar eine ausgezeichnete Reserve. ›Ha, diese berittenen
Schützen in Graudenz, das ist eine unsichere Sache. Eine Inspektion
kann alles verderben wegen dieses teuflischen Wolfram — und ich
kann ihn nicht liquidieren. Und er durchschaut die Dinge, das
heißt, er vermutet, doch das genügt. Und das schlimmste ist, daß
auch er ein ›Kavallerie-Gott‹ ist. Nicht daran rühren — es resorbiert sich von selber, oder es platzt und… ›tschick‹ — im rechten
Moment zuzwicken. Swedziagolski wird sich schon zu helfen wis-

sen im Fall eines Ausbruchs. Jetzt kann man noch nicht allzu streng sein, und später ... Ha, K, I und W, das sind drei. Cyferblatowicz ist überzeugt von einer heimlichen Annäherung an die ›Gesellschaft‹, er unterschätzt ihre Kräfte. Mag es so sein — damit wird man ihn später unschädlich machen. Soll er nur auf eigene Faust handeln.‹ Er fühlte Verachtung für Feinde, die ihn zu unwürdigen Kunststückchen zwangen. »Man muß ihn nur frei laufenlassen, und er wird dort übertreiben, wo es nötig ist. Boroeder — dies rätselhafte orientalische Gesicht — das ist fast das einzige Hindernis, fast ebenso geheimnisvoll wie ich selber, nur nicht so allgemein interessant. Ein glänzender schwarzer Bart, in dem sich all seine Rätsel verstecken. Mit ihm maskiert sich die Bestie — wenn man ihn fesseln und rasieren könnte? Ein genialer Einfall: Er würde die halbe Macht verlieren. Und seine gelbe Hand mit Fingerringen und roten, billigen Halbedelsteinen« (Spinelle? — hat sich auch schöngemacht!), »wenn er diesen Bart streichelt wie einen treuen Hund. Und sein Name: Jacek — ein Konglomerat systematisierter Widersprüche. Ich werde den Schuft rasieren!« schrie der Chef laut. »Mit diesen Zivilisten ist es am schlimmsten. Er hat einen Spion in meiner Nähe. Doch welcher ist es?« Er starrte so intensiv in den roten Samt des Kissens, daß es ihm dunkel vor den Augen wurde. Zusammen mit beißenden Tränen schwamm das steinernrechtschaffene Gesicht von Uhrynowicz hervor ...

Information: Innerhalb von dreieinhalb Tagen starb Uhrynowicz an einer blitzartigen Gehirngrippe.

Der Chef war ein *gefährlicher* Mensch. Er verstand es, auf ein — wenn auch unumrissenes — Ziel zu starren und nicht nach rechts oder links zu blicken. Die seitlichen, realen Abgründe flitzten nur so vorbei längs seiner glänzenden Bahn, wie eine goldene runde Scheibe im Osten erschienen die schreckliche Schlacht und der sichere Sieg — und dann? ›Ha — Koldryk! Wenn ich zuschlage, bläht er sich nur immer von neuem auf. Es lohnt sich nicht. Besser wäre es, allmählich den Atem aus ihm herauszulassen, indem ich ihm allzu anstrengende Aufträge erteile. So wird ihn seine eigene Schlaflosigkeit vernichten.‹ — Ha — wieder ein Abgrund. Sein konkaver Horizont verdunkelte sich, und vor ›pythischen‹ Rauchknäueln des Unbekannten schaukelte das im Bau begriffene Haus in Zoliborz und die Vision eines ruhigen, bis zum Hals von Taten gesättigten Alters. Mit geistiger Faust hieb der Chef diesem mit friedlicher Armseligkeit lockenden Bildchen über den Kopf und zerspaltete es zur Sicherheit obendrein mit einem riesigen, halbwegs realen Ritter-Rapier, dessen Prototyp seine Troßknechtsahnen vielleicht hinter den großen Herren ferner Jahrhunderte getragen hatten. Er rieb sich psychisch die Hände vor Zufriedenheit, finanziell rein zu sein — das war nicht Ethik, das war nur Sport, und zwar ein besserer als das Reiten. Ach, sein Pferd, dieser ›Hindoo‹, genannt *der Schimmel*, ein Araber vom Persischen Golf. ›Bucentaurus‹ sollten sie zusammen heißen, wenn das nicht etwas ganz anderes bedeutete. Er fühlte ihn einen Moment unter sich, dann seine Frau, dann noch jemanden — ha, dies Schrecklichste (davon später) = *le problème de détente*, dies Problem der Entspannung. Und wieder Zahlen und Farben der Regimenter und Gesichter von Offizieren — derer, die ihm nicht glaubten, und derer, die man provozieren mußte zu der pseudokonservativen, präventiven, präservativen Pseudorevolution, die in Wirklichkeit für *ihn* sein wird. Schon reden sie ja ›dort unten‹ davon, daß er sich mit den ›Grafen‹ berochen und befreundet habe und daß man dies verhindern müsse, bevor Niehyd-Ochluj seine schleimigen Konsequenzen daraus ziehen würde. Sein Name wird in aller Mund sein, in jedem in anderer Bedeutung, und daraus wird die Wahrheit, die jetzt nur ihm bekannt ist, hervorkommen und allen bekanntwerden. ›Trotz des Mangels an bewußten Gefühlen in dieser Richtung bin ich eine Emanation der Menschenmassen, und sie, die Dummköpfe, sehen in mir einen gefährlichen ›Individualisten‹.‹ (Diese Dummköpfe waren: Cyferblatowicz, Koldryk und Boroeder — vom Innenministerium, Außenministerium und Finanzministerium —, die stärksten Köpfe im Land, unbestritten intelligenter als er, und trotzdem Dummköpfe. Auch darin war ein kleines Geheimnis: Seine geradezu höllische Intuition [eine gewöhnliche, keine bergsonische] verwirrte die geriebensten Schlauköpfe. Ein einziger beunruhigte auch ihn: Djewani. Mit ihm sollte er sich nach der Rückkehr von seiner Rundreise auseinandersetzen.)

Olesnicki kam mit irgendeiner dummen Meldung herein und wurde eingeladen, im Coupé des Chefs zu bleiben. Er schlief sofort ein, denn er war völlig erschöpft. Der Quartiermeister verschaute sich in sein ephebenhaftes Gesicht mit dem halboffenen, mädchenhaften Mund, und sogleich begann sich ein Karussell von Gesichtern vor dieser wunderschönen Maske eines ›schlafenden Hermaphroditen‹ zu drehen — ein Karussell von Fressen und erratenen ›Psychen‹ — vielmehr Psychosen. ›Und er selber?‹ Denken wir nicht daran ... Wahnsinn starrte aus fast jedem bedeutenden Gesicht dieses schrecklichen, verzauberten Landes, wie der Knochen eines gebrochenen Gliedes von seiner Kraftlosigkeit zeugend. Die in die Fressen hineingewachsenen Masken schienen eine neue, unbekannte, unvorhergefühlte, unvorhersehbare, kollektive Seele zu schaffen oder zu symbolisieren. Fressen und Fressen — und er war allein, ohne eine einzige *brüderliche* Fresse auf gleichem Niveau (unter sich hatte er ganze Stöße, Pyramiden, aber auf gleicher Höhe keine), es sei denn eine von diesen kleinen Familienmasken (die manchmal in freien Sekunden an den Gedärmen zerrten mit Herzeleid, grenzenloser Zärtlichkeit und dem höllischen *Gestank* des in unendlichen Möglichkeiten vergeudeten Lebens — sie hatten alle eine Überlegenheit der Gefühle über ihn, Gefühle, die er nicht zu erwidern verstand, obwohl er redlich war wie Robespierre, welch eine Qual!): die Frau, das Töchterchen und sogar *Sie*, auch sie trotz aller *schrecklichen* Sachen ... und Bobcia. Aber davon später. Und davor er, der einsam war im Namen einer unergründlichen Idee, der aber in dieser Einsamkeit und in einem fast unbewußten, doch extremen Hänseln und Verspotten von allen, *absolut* allen im Lande die wahrhafteste Freude seines Lebens fand, Sorglosigkeit und einen wilden, künstlerischen Zauber jedes Augenblicks, sogar einer Niederlage — solche gab es übrigens nur wenige: den Angriff auf Bezobrazows Kavallerie bei Konotop, das Attentat dieses Dummkopfs Parszywienko, eines Verrückten, der ihn hatte ›taylorisieren‹ wollen, und den allzu langen Moment des gegenwärtigen Wartens — das war das Schlimmste. Er kam wieder zu sich und verschaute sich wieder in Olesnicki, der wie ein Engel schlief, aber ein wenig schnarchte. ›Ein Fürst, und dennoch schnarcht er‹, dachte der Chef. Solche Gedanken waren ihm eine Erholung. ›Aber bin ich etwa nicht ein gewöhnlicher Anarchist, der den Ausbruch des großen Chaos vorbereitet? Mein Widerwille gegen Organisationen, den ich überwinden muß, um diese Viehherde zu organisieren. Ach, was bedeutet schon meine Skala! China — ja, das ist etwas. So vieles ist darin von mir, daß ich mich damit messen kann. Eine Wanze, die ein Kürassierstiefel (unbedingt *Kürassier*stiefel) zerquetscht, ›mißt‹ sich gleichfalls auf eine gewisse Weise mit ihm. Nach einer siegreichen Schlacht müssen wir ja ohnehin unterliegen. Und was dann?‹ Wieder kam dies fatale Gefühl eigener Kleinheit — der Zweifel, der am stärksten die Fähigkeit zu großen Taten lähmt. Er erschrak, denn ihm schien, daß Olesnicki diese Überlegung gehört habe und den Schnarchenden nur spielte. Er wußte nicht mehr, ob er das nicht zufällig laut gesagt hatte. Es schlief der verfluchte ›Bubi‹ — ihm gegenüber fühlte sich der Quartiermeister wie Judy gegenüber Karbowski in *Obdachlose Menschen* von Zeromski — dagegen gab es keinen Rat. Wann wird denn endlich die verfluchte, unüberwindliche ›transzendentale‹ Aristokratie von dieser Erde verschwinden! Und er war es, er, vor dem dieser Graf kroch und sich krümmte wie Bobcia, die Hündin. Hier war die Grenze der Bankrottgedanken. Ihr hoffnungsloser Kreis hatte sich geschlossen. Nein — noch eins, das Schrecklichste: Jemand bellte in ihm wie ein obdachloser Hund, bellte und tippte wie auf einer Maschine diesen Satz: ›Bin ich nun unabhängig, oder bin ich nur eine verhältnismäßig einfache Funktion a) der ungeheuerlichen chinesischen Konzeption = Aufsaugen der weißen Rasse oder b) der kommunistisch-faschistischen Widersprüche des Westens?‹ Hu — es stand schlecht. Schluß. Wieder Landkarten, Regimenter, sogenannte ›reale Arbeit‹ und völlige Sorglosigkeit. Solche Sachen erlaubte er sich selten. Heute um zwei Uhr nachts wird *Sie* in Kocmyrzów sein — alles wird sich glätten. Ein Schauer ungeheuerlicher Wonne durchdrang ihn wie ein Degen vom Kleinhirn bis zum Steißbein, und der Chef schlief ein für zehn Minuten, nach napoleonischer Art wie ein Stein — ein trotz seiner Buntheit grauer, verstaubter Stein am sich verlierenden Weg der absterbenden Menschheit.

Hätte Genezyp diese Gedanken ›wissen‹ können, so wäre das für ihn eine Katastrophe, der moralische Ruin gewesen. Er mußte eine Stütze in jemandem finden, denn er selber war zu schwach, um seine eigenen Komplikationen zu ertragen — das ›Gerippe‹ hielt die unregelmäßigen Ruckbewegungen des allzu starken und unkorrigierten Motors nicht aus. Hätte ihm nicht Kocmoluchowicz sein ›Lebensgift‹ eingespritzt, was wäre er schon angesichts solcher Potenzen wie der Fürstin, der ›Gesellschaft‹, der Mutter und sogar Michalskis gewesen? Das hatte sich gezeigt. Jetzt erst begriff er, was er dem Chef verdankte. ›Was hat mir denn der Vater gegeben? Er gab mir zufällig das Leben — du gabst mir den Glauben wieder an das Vorhandensein geistiger Höhen‹, fielen ihm die Worte von Jan Cymisches an Nikefor ein (in *Basilissa* von Micinski). Das war allerdings eine Übertreibung, denn bisher hatte gerade der Vater ihn mit seinem Willen vorwärts gestoßen, sogar von jenseits des Grabes aus. Jetzt erst hatte er ihn in die Hände eines zu Lebzeiten fernen Freundes gegeben. Zypcio ahnte nicht, was seiner harrte — daß das, was er gegenwärtig sah, der letzte Widerschein des normalen Lebens war: der in Michalski verliebten Mutter, des Kalbsragouts mit Béchamel, der Droschke und des regnerischen Abends (schon als er aus der Schule zurückgekommen war, war schweres Gewölk vom Westen her aufgezogen). Nie wieder würde er die Gegenstände dieser Welt in ihren gewohnten Verbindungen und Verhältnissen genießen, ja schlimmer noch, niemals mehr sollte er sich des Unterschieds zwischen der gegenwärtigen Umgebung und der früheren Konstellation bewußt werden. Wenn er Zeit gehabt hätte, hätte er sich darüber wohl zu Tode gequält.

Das erste Frühlingsgewitter tobte über der Stadt, als sie zu dritt in einer Droschke zur Chaizower Vorstadt fuhren, wo sich Kwintofrons ›Satanstempel‹ breitmachte — so nannten wenigstens die Mitglieder der Gesellschaft für Befreiung diese Bude. (Gleichzeitig fuhr, unter den Klängen von Karol Szymanowskis Hymne *Gott, erlöse das Vaterland*, Kocmoluchowicz in den Bahnhof von Kocmyrzów ein, sorglos wie ein von der Kette gelassener Hund.) Von irgendwelchen Feldern hinter der Stadt brachte der Frühlingswind den Duft ›heimatlicher‹, verhaßter ›Schollen‹ und frischen Grases, das mit durstigen Blättchen Kohlendioxyd trank. Wonnige innere Unflätigkeit überschwemmte Genezyp bis über die fernsten geistigen Grenzen. Er sielte sich im Morast einer falschen Eintracht mit sich selber. Er küßte die wunderschöne Hand der Mutter, sie schamlos vom Handschuh entblößend, und küßte (unbekannt, warum) den erstaunten Michalski auf die Stirn, der, von absolutem Glück zerknirscht, vorwiegend schwieg. (Er fürchtete, an der Seite seiner ›Gräfin‹ — so nannte er sie zu ihrem Ärger — etwas Unangebrachtes zu sagen. Im Bett war das etwas anderes — dort hatte er alle Trümpfe in der Hand und war weit selbstsicherer.)

Zur Beachtung: ›Was kann man schon Interessantes sagen von einem glücklichen, entproblematisierten Menschen, dem alles im Leben gelingt? Widerlich ist er allen, im Leben wie auch in der Literatur. Sich an ›Pechvögeln‹ gütlich zu tun ist eine dankbare Aufgabe für einen Literaturfritzen. Wenn schon ein starker Mensch, dann ein solcher wie bei Jack London: Er muß schadlos sechsunddreißig Stunden lang nackt bei minus fünfunddreißig Grad Celsius robben können, eine sechshundert Meter hohe Felswand in drei Tagen mit nackten Händen ohne Atempause emporklimmen, einen Drei-Schrauben-Ozeandampfer mit vorgestelltem Fuß aufhalten, und dann *keep smiling* machen. Eine leichte Sache, so unkomplizierte Helden zu erfinden.‹ Das pflegte Sturfan Abnol zu sagen, der in diesem Augenblick Lilian in der nachfolgenden Droschke zu Tode küßte.

Zum letztenmal... Oh, wenn man nur immer davon wüßte, von diesem ›letzten Mal‹! Ein schändliches Glück spannte Genezyps Innereien. Der scheußliche Schmarotzer der ›Kraftschichten‹ des Chefs labte sich an fremdem, allerhöchstem Wert: am Empfinden des Daseinssinnes. Die allgemeine Harmonie des Seins schien keinen Platz in sich zu finden — die Welt barst vor Vollkommenheit. In solchen Augenblicken — oder in ähnlich angespannten Momenten der Verzweiflung — erschaffen gewöhnliche Menschen Transzendenzen als Ausfluß für den unerträglichen Druck negativer oder positiver Vollkommenheit.

Am Eingang wurden sie begrüßt von gewöhnlichen, mechanischen, fotomontierten, aus durch und durch übersäuerter schöpferischer Leere ausgekotzten, puristisch-infantilistischen, sowjetisch-altpicassohaften, aufschneiderischen ›Unvorstellbarkeiten‹ und von Lampions in Gestalt von überallher hervorkriechenden Wolkenkratzern und maskierten (mit schwarzen Masken) phantastisch deformierten Körperteilen. Letzteres war eine Neuheit. Zum erstenmal sah Zypcio derartige Schweinereien und erstarrte vor Grausen. Er kannte das von Reproduktionen in alten kunstgeschichtlichen Werken her, doch hatte er nicht gewußt, daß dies derart scheußlich sein konnte in seiner hoffnungslosen Degenerierung. Und dennoch war darin *etwas* — verzweifelte Aufschneiderei bis zu exhibitionistischer Schamlosigkeit. ›Arme Lilian, unglückselige, kleine Prostituierte, du heißgeliebte! Wie schrecklich müssen wir doch leben — ich: ein Pseudo-Offizier (denn im Blut habe ich das doch nicht?) — du: ein pseudokünstlerisches geistiges Hürchen.‹ Das Glück erlosch: Er erstarrte, nackt, inmitten eines kalten, kotigen Regens, hinter zerfallenen Buden mit dem Geruch von Waschküchen und Kraut, in denen er das Leben vollenden sollte.

Und hier barst die Welt plötzlich und tatsächlich. Genezyp hatte von Lilian und Sturfan schon einiges über die berühmte Persy Zwierzontkowskaja gehört. Aber das, was er nun sah, übertraf alle Begriffe, überstieg alle erdachten, erträumten Vorstellungen — *and she has got him in his negative phase.*

Anmerkung: Die Wirkung dieser Erscheinung auf die Spanne ganzer Jahre ermißt sich danach, ob sie uns in einer günstigen oder ungünstigen Phase gepackt hat, einer Phase scheinbar völlig unwesentlicher, bagatellhafter, innerer Oszillationen.

Sie traf ins ›Grübchen‹ — aus war's. Für einen Moment erblaßte sogar Kocmoluchowicz auf der ganzen Linie der eben erst geschaffenen inneren Front. Doch die Stärke dieses Erlebnisses war eine Funktion der Konstellation täglicher Vorkommnisse, in denen der frischerträumte, frischgebackene Führer die Hauptrolle spielte.

Vor den Vorhang, der ein um Rache für die Idee der reinen Form schreiendes Sudelwerk war, trat ein bescheidenes, graugekleidetes, *mädchenhaftes* Geschöpf von fünfundzwanzig bis sechsundzwanzig Jahren und mit einer Stimme, die in allen Fasern und Winkeln des Körpers zerfloß wie warmes, sinnlich-durchrieselndes, seltsames *Öl der Unersättlichkeit*, wie eine teuflische Sinnlichkeitssalbe, die die körperlichen Bindungen löste wie Hitze Paraffin und die Männlichkeit der Männer in eine unerreichbare Sphäre verrückter Begierden emportürmte — mit dieser Stimme sagte sie einige Worte über die stattfindende Vorstellung, wobei sie erwähnte, daß die Rolle Dzibdzis von Lilian, Baronesse Kapen de Vahaz, übernommen werde, die zum erstenmal auftrete. Im Saal entstand plötzlich ein Gebrüll des Bedauerns und ein Getrampel der Enttäuschung.

Information: Im allgemeinen spielte Persy kleine Rollen und erfüllte dabei ernsthaft die Funktionen einer Regisseurin für Weiber, die sich in die geheimnisvolle Welt metaphysischer Ungesättigtheiten von Kwintofron Wieczorowicz vertiefen wollten. (Dieser unfruchtbare Impotente [es gibt Impotente, die fruchtbar sind, zumindest auf geistigem Gebiet], behaftet mit einer grenzenlosen Selbstvergessenheit, mit der Qual des Verdorrens durch ungesättigte Schaffensbegierden, schuf durch andere, indem er sie zu einer einzigen großen Symphonie kalten Wahnsinns organisierte, eine Welt der Illusion, in der allein er sein Dasein einigermaßen zu ertragen vermochte. Am Tag döste er und las, und am Abend, nach kolossalen Dosen von Kokain, kroch er aus seinem schwarzen Zimmer und ›organisierte‹ dies höllische Theater namenloser Schrecklichkeit [den ›letzten Vorposten des Satans in der vollkommen werdenden Welt‹], stopfte alle voll mit hoffnungslosem Wahn der Unersättlichkeit. Hinter den Kulissen taten sich schreckliche Dinge. Dort fand endlich Putricydes Tengiers Lebensunersättlichkeit ihr Ende — zum Verderben seiner Schaffenskraft. Bald mehr davon.) Gegenwärtig war Persy damit beschäftigt, Lilian speziell für die Erfüllung geheimer Wünsche Kwintofrons zu präparieren, von denen einer, zumindest einer der sichtbaren, die sogenannte ›Flucht vor der Wirklichkeit‹ war. Und Lilian, deren ›Seele sich vor den Worten Persys öffnete wie eine weiße Nachtblume zum Empfang eines brutalen, summenden Nachtfalters, des unbewußten Kupplers von Stempel und Staubfäden‹, begann schon bei den ersten Gesprächen unwillkürlich ein gewisses, populär gesagt, geheimnisvolles Fluidum zwischen ihrer Initiantin und ihrem Bruder zu schaffen. Mit ihrer ganzen unterbewußten, hoffnungslosen und unerreichbaren Liebe zum Bruder (einem dem gegenwärtigen Genezyp wenig ähnlichen ›Brüderchen‹, das Persy nur von früheren Fotografien her kannte) arbeitete sie an der Fiktion einer niemandem, auch ihr nicht verständlichen Figur. Zypcio wußte nichts von Persy. Eifersüchtig verhüllte Lilian das reale Objekt dieser wilden Transformation der Gefühle vor dem Bruder, wußte aber im Grunde ihrer Seele, daß etwas Wirkliches einmal geschehen müsse. Ob das gut war für diese beiden, hätte jetzt noch niemand sagen können. ›Das Leben so voll wie möglich erleben (sei es auch schrecklich — wenn das schon die Bestimmung ist), sich dabei nicht schonend; alles bis zum Ende verbrauchen in sich und auch andere verbrauchen, insoweit sie sich gleichfalls darin wahrhaftiger werden erleben können‹, sagte dieser zyklothonische Kerl Sturfan Abnol. So ein Bulle hat gut reden.

Genezyp erblickte über einem grauen Kostümchen und zwei (wenigstens nicht drei) teuflisch eleganten Beinchen (nicht Beinen) ein kindliches Gesicht, das zwar lämmerhaft, ja schöpsig, zugleich aber so schön und von sanfter (aber nicht fader) Süße durchleuchtet war, daß er von unten her erbebte und sich sein Herz in plötzlichem Krampf zusammenzog. Seine Augen wurden groß wie Mühlräder, erstarrten zu riesigen fleischfressenden Schwämmen, bis an den Rand gesättigt von dem ungewöhnlichen Anblick in einer Begeisterung, die das persönliche Dasein zunichte machte. Nachdem sie mit einem Blick dieses Lämmchengesicht verschlungen hatten, nahmen sie es sich, ohne das Gehirn zu fragen, als ewiges Eigentum (doch das war ein äußerlicher, einseitiger Eindruck), bis sie endlich zersprangen wie zwei goldene (unbedingt goldene) Rundschilder, die das Gehirn behüteten vor dem unmittelbaren Eindringen des materiellen Bildes in seine fleischigen, empfindlichen Windungen — sie verwandelten dies neutrale Bild durch subtile Zuckungen des Raumes in ein Mosaik geheimnisvoller, unerforschlicher Farben. Da begegneten einander ihre Augen, und Zypcio verspürte, daß sie (welch ein Sieg! — er erbebte vor sexuellem Schmerz, vor bösem Glück und traurigem Triumph, der durch und durch erheitert war –, oder wie sonst...) – sie sah ihn ganz einfach. Es fiel ihm – er wußte nicht warum – Jerzy aus Podjebrat ein. Er stürzte in sich zusammen – vielmehr nein: Er machte mit seiner ganzen Person unter sich, quietschend vor widersprüchlichen Gefühlen. Därme und andere Organe zerrissen in langsamem Spasma hoffnungslosen Wehleids über das ganze Dasein, das nie verkörpert, nie durchlebt werden konnte und dessen Endlosigkeit von allen Seiten her zugleich das arme, ›verdatterte‹, ›vernabelte‹, desorientierte, zum Narren gemachte, individuelle kleine Wesen blieb. Zypcio fühlte, daß er *sie haben müsse* – oder das Leben würde hier, in diesem Augenblick, ungeheuerlich werden bis zum Verbrechen. Er war in einer solchen Spannung, daß – nun, ich weiß nicht, was – daß zum Beispiel ein Foltertod der Mutter, Irinas, Lilians und anderer (nur an Kocmoluchowicz dachte er nicht – schade) rein gar nichts wäre im Vergleich zu den desperaten Abgründen der Leere, die man ausfüllen müssen würde, um diesen unersetzlichen Verlust zu überleben – von ›ersetzen‹ konnte nicht einmal die Rede sein angesichts dieses Unglücks, dieses viehischen, onanistischen *blauen* Wehs, das mit so viel Wut vermischt war (beim Gedanken zum Beispiel, daß man sie ihm entreißen könnte – und dabei hatte er sie noch gar nicht), daß man zumindest in diesen Plüschfauteuil hätte beißen mögen. Das war kein Weib mehr – in einem Blick in diese Augen blähte sich dies ganze Leben ungeheuerlich auf bis hin zu den endlosen Grenzen des Weltalls, bis zum endgültigen, bisher nicht geahnten Sinn. (»Wo sind denn die Grenzen der Seele?« flüsterte Zypcio in Erstaunen über das Gummihafte seines eigenen Wesens.) Das dehnte und dehnte sich und konnte nicht platzen. Und nun sollte alles wieder in den Dreck des Alltäglichen zusammensinken, von einer Minute zur andern in den banalen kleinen Sinn, von Stunde zu Stunde (o Qual!), von Tag zu Tag (ich werde nicht hindurchkommen!), vielleicht von Jahr zu Jahr (o ich werde es nicht aushalten!). ›Das muß das Gute selber sein.‹ (Ein Blitzen jener Augen und unbegreifliche, aber gewöhnliche Worte, und schon ein schrecklicher Zweifel: Vielleicht ist es aber das Böse selber, von dem er bisher keinen Begriff hatte [wie übrigens von vielen Dingen in ihrer lebendigen Realität], dies Böse, von dem man in Zeitungen liest, ohne es wirklich zu verstehen, dies stinkende und schmerzende Böse, dies auf kalte Art grausame und vorwiegend tödliche, von dem die ›geachteten Menschen‹ nicht wissen, die in ihrer ›respectability‹ zweifelhaften Werts ertrinken.) So weit war dies Gesicht über alles erhaben, daß von den Begriffen Gut und Böse nichts an ihm haften blieb. Er fühlte, daß erst jetzt all dies — die Kindheit, die Schule und die kindliche Romanze mit der Fürstin — in ein bodenloses Loch (nicht mehr nur einen Abgrund) der Vergangenheit versank. Das Leben hatte sich von zwei Gipfeln her in Bewegung gesetzt wie eine Lawine. Fast spürte Genezyp das Pfeifen der sausenden Zeit. Ringsum geschah alles wie im Zeitlupentempo — das heißt, einstweilen gab es nur die verspäteten Zuschauer, die ihre Plätze einnahmen, und ihren Abgang von der Bühne, der schlimmer war als alle Abschiede, Brüche und Tode bisher.

Persy hatte längst aufgehört zu sprechen — Genezyp wußte nicht, was. Er sah nur die letzten zuckenden Bewegungen ihres Mundes, der nicht sehr rot war, aber höllisch unanständig und zugleich satanisch unschuldig geschnitten. Jedes Wort war ein Kuß, verbrecherisch schamlos und sinnlich wie das Betasten allerheiligster Reliquien. Worauf das beruhte, vermochte niemand zu sagen, nicht nur der arme Genezyp nicht. Angeblich haben zwei widerliche Maler es auf Leinwand und Papier ›wiedergegeben‹ oder ›verewigt‹, aber es hieß von ihnen, daß sie beide sich zu Tode onanierten. Einzig Sturfan Abnol haßte diese Person. Auch er irrte schon am Rande des Abgrunds (nach seiner Ankunft in der Stadt), doch da er gleich ein genügend großes Gegengift in seiner Liebe zu Lilian gefunden hatte, verkehrte er jenes unentwickelte Gefühl in Unwillen und absolute Nichtanerkennung. Beide hatten übrigens etwas ähnlich Schafsmäßiges in ihren Gesichtern — man begann sogar zu flüstern, sie wären nahe Verwandte. Vielleicht war wirklich etwas daran, aber Abnol unterdrückte diese Version durch ein geschicktes und rechtzeitig vollführtes In-die-Fresse-Geben, wonach er ein ungezieltes Feuer auf den Saal eröffnete und an die vierzig Patronen verschoß. Man ließ ihn bald wieder laufen, denn er bewies, daß er sogar in betrunkenem Zustand ein unfehlbarer Schütze war — solche amüsanten Proben fanden im Gefängnis statt unter Teilnahme der besten Scharfschützen der Armee, des Offizierskorps der Artillerie, der Vertreter der Dechanats-Geistlichkeit und der Presse. Abnol war etwas eifersüchtig wegen Lilian, die sich in der unvermeidlichen Schauspielersoße wälzte: in einem psychophysischen Gemisch von ausgewaschenen Gefühlslumpen, Absonderungen übelriechender Geschlechtsdrüsen, Schminke, Puder, Vaseline und täglicher Restaurantfrequentation; aber er schätzte sehr, daß sie sich mit Kunst befaßte (aber ob das Kunst war, was Kwintofron auf seiner ›letzten Barrikade des bösen Geistes‹ vollführte?).

Die Vorstellung begann — wie eine ungeheuerliche graugrüne Messe (von der Farbe schwindsüchtigen Auswurfs) zu Ehren einer unbekannten Gottheit, die weder gut noch böse, dafür aber unendlich lausig in ihrer scheinbaren, betrügerischen Antithese zu jeglicher Gewöhnlichkeit war. Genezyp sah diesen Alptraum und hörte seinen ›Inhalt‹, der es verdient hätte, sofort mit Torfmull zugeschüttet zu werden. Er selber war wie im Zentrum seiner menschlichen Würde gelähmt, hoffnungslos verkeilt in den Kiel des Bodens endgültiger Verzweiflung. Alles entwischte ihm, und noch dazu versagten die letzten Reserven menschlicher Lagerschichten für die Stunde der Not, die *couches d'émergeance* — das Alarmsystem funktionierte nicht. Die Brust schien er in Fetzen zu haben und den Kopf in einem Nebel blutiger Langeweile, die niedrigeren Teile aber in einem Sud kitzelnden Schmerzes. Etwas geradezu Unerträgliches — zehn Tabletten Allonal hätten dies nicht unterdrücken können. Es juckte ihn moralisch (aber auch physisch) bis zur Unmöglichkeit, und Kratzen schmerzte bis zum tierischen Brüllen. Solch ein Aussatz ist möglich, scheint es, und wenn es ihn noch nicht gibt, so wird er kommen. Die Seele floh schließlich in den zerfetzten Körper — sie wollte nicht leiden. Aber der Körper hielt sie mit seinen scheußlichen — weil sexuellen — weichen Krallen und Fangarmen fest und ließ sie nicht in die Welt der Vollkommenheit: des idealen Seins und des Todes. Die einzige Alternative war der Tod. Doch brennende Neugier (ein drei Meter großes, weitgeöffnetes Maul, das ein Flüstern von sich gab, welches kilometerweit trug: ›Was wird geschehen? Was wird geschehen?‹) und unersättliche Begierde verhüllten alles. Er fühlte in den tiefsten Kellern des Daseins ein ›Sicherfüllen des Schicksals‹. ›Ist es nicht dumm, aus dieser Erotik so viel zu machen?‹ sagte in ihm die Stimme eines sozusagen älteren Herrn. ›Warum sollte dieser Prozeß der Zellteilung etwas so Schreckliches und Wichtiges sein — und das nicht nur in bezug auf die Arterhaltung, auch unabhängig davon. Das Problem der Persönlichkeit: Verhüllen der absoluten Einsamkeit des Individuums, im Weltall wie in der Gemeinschaft.‹ Nackte Gedanken tauchten auf, spreizten und dehnten sich unanständig, maßlos in ihrem quälenden, dürren und dabei schamhaften Unwissen. Es wurde ihnen kalt, und sie versteckten sich. Zypcio erinnerte sich, daß die Fürstin in der Loge Nummer vier sein wollte (unbedingt). Er fragte Sturfan Abnol von oben herab, wo das denn wäre, diese Nummer vier, und schaute dann sonderbar stolz in die ihm gedeutete Richtung (gerade sie suchte er, während ihn die andere zu Marmelade gemacht hatte). Er erblickte einen Haufen Federn, in Buketten geordnet (diese Mode war wiedergekommen), zwischen ziegel- und himbeerroten Fräcken (eine Neuheit) der ›Herren‹ — richtiger Herren, das heißt also: schändlich dummer, aufgeblasener, schlecht dressierter, befrackter Rindviecher. Dort war auch Pietalski, sauber rasiert, mit einer riesigen Brille in dunkler Fassung. Dieses Gesicht fraß sich in Genezyps Blickzentrum als ein Symbol (warum gerade in diesem Moment?) der schrecklichsten Schrecklichkeit. Ein Schauder von Grausen und Ekel, verbunden mit der Begeisterung des ›persönlichen Beleidigers‹ durchrann ihn, als das Vogelprofil, von seinem Blick vergewaltigt, sich abwandte und die allwissenden türkisblauen Augäpfel ihn mit ihrem unanständigen Fluidum übergossen. Das ihm eingeimpfte ›brüderliche‹ Gift ›verbrüderte‹ sich auf schauderhafte Weise mit dem ›brüderlichen‹ Blick. Dieses Rendezvous von Giften auf ihm wie auf einer Leiche — oh, das war unangenehm! Und doch war es gut, daß er lieben gelernt hatte bei dieser Schachtel. Auch er war schon so ein rindviehhafter ›älterer Herr‹, der alles weiß und alles kann (vielleicht würde er seine Kenntnisse nicht gleich ›so auf einmal‹ zeigen, aber gegebenenfalls müßte er sich nicht schämen). Er fühlte die Kraft eines Eroberers und spannte sich, legte sich in sich auf die Lauer für die nun in einem geheimnisvollen Milieu von ›Kulissen und Sinnen‹ verborgene Erscheinung — die Fürstin hatte völlig aufgehört, für ihn zu existieren (nun, das ist Übertreibung — aber sagen wir: fast . . .). Er wußte nicht, das dumme Kalb, wieviel er ihr verdankte, schätzte nicht, diese kleine, niederträchtige Kanaille, ihre großen, letzten Gefühle (was konnte *er* schon davon wissen?), die eigentlich vollkommen selbstlos waren — nichts: Er drängte weiter vor sich hin zu diesem Schafsprofilchen hinter den Kulissen — dort war seine Bestimmung. ›Ach, also ist sie wirklich dort irgendwo hinter der Bühne? Dies Wunder ist keine Illusion?‹ Er hatte sich dabei ertappt, daß er bisher nicht an ihre reale Existenz glaubte. Nun glaubte er und empfand eine Sternstunde untergeschlechtlicher Erleuchtung. Die Hälfte jener früheren Qual (nun: dieser sogenannte ›innere Kerl‹, das sexuelle, dämonische Gift, der Zynismus den eigenen Gefühlen gegenüber und Ähnliches) fiel plötzlich von ihm ab. Sein Mund war noch von der Maske verdeckt, aber seine Augäpfel ›glupschten‹ schon ›auf neue Fräulein, auf eine neue Welt‹ — wie angeblich ein gewisser Herr Emil sagte, als er sonntags unter dem Fenster einer verlassenen Köchin vorbeiging. Er hatte sich ›auf den ersten Blick‹ verliebt, *coup de foudre*, wie die ›Verflacher‹ sagen würden. Manchmal haben die ›Verflacher‹ sogar recht — die Kanaillen —, leider. Aber dagegen sind es angeblich die Schizophrenen, die in der Zeit der Verlobung zu ihren besten verrückten Resultaten gelangen. ›Man weiß einfach überhaupt nichts — vollkommenes Bordell und Untergang‹, wie ein gewisser General, der einem Seehund ähnelte, gesagt hat. Doch sogleich erhob sich eine neue Qual aus den stinkenden inneren Abgründen (äußerlich war er gescheuert und rein wie ein Engelchen) des heißen, dummen, jungen Körpers. Die Teufel heizten mit Macht die sexuellen Öfen, die Giftfabriken waren in vollem Betrieb. Beelzebub selber, ein Kerl mittleren Alters und wie eine Eiche, bös wie eine Hornisse, schwarzbärtig bis zum Nabel, ein nackter, übermuskulöser Athlet, prüfte mit dem kalten Blick des reinen, kristallischen, grünlichen, allergrausamsten Bösen das Druckmanometer der allerunflätigsten Schwindelei. Er tat es mit Ekel, er, der große Schöpfer und Rebell — zu solch einer lausigen Arbeit hatte man ihn zur Strafe eingespannt — pfui. »Kein Posten für mich hier«, sagte er mit Bitterkeit, an die vergesellschaftete Erde denkend, die nun in grauer Vollkommenheit erstarrte. »Faschismus oder Bolschewismus, ganz egal — sie fressen mich sowieso.« *Die Vorstellung begann* — niemals, niemals, niemals . . . ›Es wird dir an Worten fehlen, und du wirst nur zu deinem Inneren heulen um Mitleid.‹ Doch auch heulen werden sie dich nicht lassen, die raffinierten, schönen, glücklichen Henkersknechte, aufgekitzelt vor Lust bis zur Bewußtlosigkeit — wer eigentlich? Irgendwelche mörderischen Hermaphroditen, nackt und glatt wie Hyperalabaster oder Onyx, übergeschlechtliche, kolossale, sorglose Halbgötter, sogenannte ›allmenschliche Mythen‹, auf der Stelle inkarniert in flache Bonbonnieren, schlanke Saucieren und Etageren, gewundene Galoppaden, verdrehte Wackelpeter mit einem Schäumchen zahnloser Greise und Säuglinge, und auf diesem: er, der *König*, der Große Gnidon Flaczko, Schauspieler, in seinem unflätigen, verlogenen Maul die stinkenden, heißen Därme des ganzen Saales haltend, voller herrlich gekleideter, doch *au fond* zumindest moralisch kräftig übelriechender menschlicher Regenwürmer. Hussa! Hussa! Und nicht das und nicht das!! Versuchen wir zu erzählen: Es war keinerlei *Kunst* darin. Nein — *reine Form* gab es im Theater seit langem nicht mehr, zertrampelt war sie von den schmutzigen Füßen der Schmuggler westlicher Ware und von gewöhnlichen Idioten in der Art des Meisters Roderich und seines Gehilfen von der Gegenpartei, Desiderius Fladerko. Beide im Grab. — Heil! Heil! Vielleicht ist es auch besser, ehrenwerte Phrasendrescher! Also dieses Theater war die Verneinung jeglichen Künstlertums: Alte, fette, zügellose Realität herrschte in ihm, ungewaschen, hingeflätzt, nach rohem Fleisch und Heringen stinkend, nach Roquefort und heimischem psychischem Schafskäse, Bonbons und billigem ›Parfum‹, sogenanntem ›Kokottenduft‹. Bonbonisierung der Ungeheuerlichkeit. Und dennoch, dennoch . . .? Man konnte sich nicht davon losreißen. ›Anscheinend wie nichts, und dennoch hing ihr der Zitz‹, sangen einst verbotene Fressen in den Zypcio persönlich unbekannten Gärten der Göttin Astaroth. Maximale, *beinah* metaphysische Zügellosigkeit der wie ein Handschuh umgekehrten Wirklichkeit, doch keineswegs mit künstlerischen Zielen — die Wirklichkeit genügte sich selber.

Auf der Bühne waren schon einige Personen, und es schien, daß es nichts Schrecklicheres mehr geben könnte, ja, daß, zum Teufel, alles gewisse Grenzen haben müßte, aber hier, der Unmöglichkeit zum Trotz, potenzierte sich mit dem Auftritt jeder neuen Figur dieses Hin-und-her-Stürzen des Geknäuels von Unbekanntem bis ins Unendliche, und jedesmal in einer qualitativ anderen Weise als der vorigen. Humbug? Versucht es selber. Ihr könnt nicht? Gott mit euch. Ihr tut uns leid . . . Schade!

Genezyp blickte vor sich hin wie jemand, der auf einer geneigten Platte über einem Abgrund liegt, und hielt sich fest am roten Plüsch wie an einem entgleitenden Griff im Felsen. Jeden Augenblick konnte er *dorthin* fallen, auf die Bühne — vielmehr in ein anderes, grundverschiedenes Sein, wo die Lebenstemperatur die Wärme der wildesten Akte jeglicher Art um das Hundertfache, Tausendfache überschritt: sexuelle Akte, hypersexuelle (megalosplanchische, zyklothymische) und rein ›intentionelle‹ — seltenste narkotische Täuschungen, zügelloser Freitod in sadistischen Foltern, ausgeübt von *Ihr*, einem erträumten weiblichen Beelzebub. Und dabei war das ›Ertastete‹ (in Analogie zum Banalen) dieser ganzen Sache recht gering.

Das war Wirklichkeit, das, was sich *dort* tat. Und der Rest (sozusagen diese Welt) wurde zu einer schlechten Imitation von etwas, das des Daseins überhaupt unwert war, von etwas Un-erträg-lichem in seiner Böses verheißenden, durch nichts zu sättigenden Langeweile und Gewöhnlichkeit. Das Dasein überhaupt, von Metaphysik nicht erhellt, ist etwas grundsätzlich Gewöhnliches, auch wenn es ausgefüllt wäre von Sensationen im Stil eines Jack London, sogar eines Conan Doyle. Wie konnte man hier weiterleben, wenn man schon mal in *jener* Welt gewesen war? Der unersättliche (aber nicht im Hinblick auf Metaphysik, nur auf Unsinn) Kwintofron entfachte durch sein höllisches Theater dieselbe

Unersättlichkeit bei anderen. Die Preise der Plätze waren ungeheuer, und man tolerierte diese Bude in Regierungskreisen(von denen niemand wußte, wer sie *au fond* waren), weil irgendein Referent im Ministerium des Inneren (es scheint, Picton-Grzymalowicz) in seinem Referat bewies, daß für Menschen eines gewissen finanziellen Standards und für die Militarisierung des Landes dieses Theater gut wäre, denn es erwecke in ihnen die sogenannte ›Kavaliersphantasie‹: Gras, fahr dahin, das Meer reicht bis ans Knie. Diese manische Ansicht hatte der Quartiermeister genauso wie die Gesellschaft für Befreiung. Daß gewissen Viechern ohne Metaphysik wohl ist, beweist noch nicht deren Wertlosigkeit. Alles hängt von der Wertskala ab. Aber warum sollen wir uns gerade auf den Standard der Viehheit stützen? Am schlimmsten ist der Halbunsinn des individuellen und des gemeinschaftlichen Lebens, überhaupt ist das Schlimmste die Halbheit, dieses entscheidende Merkmal unserer Epoche. Entweder Absolutismus oder Ameisen-Organisation, Faschismus oder Bolschewismus — ganz egal; religiöser Wahn oder durch und durch erleuchteter Intellekt, große Kunst oder nichts. Aber kein plunderhaftes pseudokünstlerisches ›Produkt‹, nicht diese graue Soße in allem, wie mit ›Maggi‹ gewürzt durch die abscheuliche Essenz demokratischer Lüge. Brrrr... Das Theater Kwintofrons war wenigstens in sich eine vollendete Scheußlichkeit — groß inmitten dieses allgemeinen graugelben Kleisters. Kocmoluchowicz besuchte es nie — er hatte andere Kriterien der Größe in sich, er war in sich selber wie ein ehemaliger Gott. (Die große Idee aus dem 1. oder 18. Jahrhundert kann im 21. klein sein. Die Priester hatten dies nie verstanden und mußten darum aussterben.) Der schwarze Vorhang fiel. Alles verblaßte, ergraute, verlauste wie eine Landschaft nach dem Erlöschen der Sonne, wie ein plötzlich ausgegangener Kamin an einem spätherbstlichen, regnerischen Abend. Es war nicht zu glauben, daß man dies eben erst mit eigenen Augen gesehen hatte. Das Gehirn eines von einer fixen Idee Besessenen durch ein Hyperultramikroskop betrachtet; das Gehirn Gottes (wenn er eins hätte und verrückt geworden wäre), betrachtet durch eine gewöhnliche Papprolle ohne Linsen; das Gehirn des Teufels, im Moment der Versöhnung mit Gott mit *nacktem* Auge gesehen; das Gehirn einer kokainisierten Ratte, wenn diese plötzlich den ganzen Begriffs-Idealismus Husserls verstanden hätte — eine Unvorstellbarkeit. Darum war die Kritik machtlos in der Beschreibung dieser Dinge. Es gibt solche Träume, von denen man weiß, daß — und auch wie — sich etwas getan hat, und die sich doch nicht in Bilder oder in bekannte Worte fassen lassen — man fühlt das im Bauch oder Herzen oder in irgendwelchen Drüsen oder weiß der Kuckuck wo. Niemand vermochte zu begreifen, wie das geschehen konnte, und trotzdem *unvorstellbarte* sich das bei vollem Licht vor aller Augen, vor den Augen der Parteien und Polizei-Moguln. Es gab keine Angriffspunkte, und dennoch waren das schreckliche Geschichten. Man sagte, dies geschehe zum Zweck einer letzten Glättung und Polierung der Seelen der Intelligenz vor der Annahme des neuen Glaubens, und das Theater werde im Namen Murti Bings von Djewani selber subventioniert. Das war allerdings der gleiche Unfug wie bei den anti- und a-formalistischen Futuristen oder den Dadaisten, den spanischen und afrikanischen psychomythischen Jongleuren, diesen geistigen Autokoprophagen — doch welch eine wunderliche Variante! Das, was dort Kinderei, Fanfaronade, Possenreißerei war, verwandelte sich hier zu einer wirklichen, an die Gurgel greifenden Lebenstragödie. Freilich war das auch das Verdienst der Regie und des Spiels, die beide ein Höchstmaß an Subtilität in den kleinsten, scheußlichsten Einzelheiten erreichten. Doch was sich unter diesem Einfluß hinter den Kulissen tat, darüber schreibt man besser nicht. Ein einziges Geknäuel von Entartungen dicht an der Grenze des Verbrechens. Früher hätte so eine Bande im Gefängnis gesessen — in den jetzigen Zeiten stellte sie eine selbständige Insel oder ein Unterseeboot dar, das sich dem Druck der trüben Wässer der ganzen bis auf die Knochen ekelhaft gewordenen Gesellschaft widersetzte. Dort eben fand Putricydes seine endgültige Sättigung. Doch davon später. Was war da zu machen? — das naturalistische Theater war schon längst verreckt dank wahnsinniger Anstrengungen der ersten Männer der Feder. Man merkte zwar den Einfluß der unvergeßlichen und doch tatsächlich so schnell vergessenen ›Experimente‹ von Teofil Trzcinski und Leon

Schiller — doch in welch höllischer Transformation. Die Regie beschränkte sich auf eine verbissene *naturalistische* Realisierung der Unwahrscheinlichkeit — sie potenzierte die unerträglich unglaubwürdige Wirklichkeit, statt die Zuschauer in eine andere Dimension zu versetzen — in eine metaphysische — mittels einer unmittelbaren Auffassung der reinen Form. Der illegitime Urenkel Trzcinskis und ein anderer verdächtiger Kerl, der sich für den legitimen Enkel Witkacys, dieses Scheißkerls aus Zakopane, ausgab, spielten hier die Nebenrollen von ›Obskuranten‹. Aus obengenannten Gründen ist diese Sache in ihrem Wesen un-be-schreiblich. Man mußte das auf der Bühne gesehen haben. Aufzählung von Situationen und Zitate führen hier zu nichts. ›*Quelque chose de vraiment ineffable*‹, sagte Lebac selber, und sein Adjutant, le Prince de Troufières, wiederholte diesen Ausspruch immer wieder. Wer das nicht gesehen hat, möge vor Bedauern heulen. Man kann ihm nichts anderes raten. Die Situationen selber hätte man noch ertragen können, hätten sie als Vorwand für rein künstlerische Kombinationen gedient. Aber nicht zu den Zwecken der Kunst (o nein!) türmte man hier alle Mittel modernster Psychoäquilibristik auf. In dieser hyperrealistischen (aber nicht in der Bedeutung der ungeheuerlichen Bande Pariser Blagueure, die von unseren Pur-Blagisten in dem Verlag ›Das Lakmuspapierchen‹ bereits im Jahre 1921 ahnungsvoll vorausgenommen worden waren) Inszenierung (die Dekorationen machte der Enkel von Rafal Malczewski, Rajmund Malczewski, ein wahrer Teufel des Hyperrealismus in der Malerei) wurden auch die kleinsten Details zu geradezu entsetzlichen, brandigen und eiternden Wunden. Jeder empfand diese Kapriolen und Kobolze in sich selber, in durch und durch *vergeschlechtlichten*, sonst verhältnismäßig biederen Gedärmen (wie das Herz, der Magen, der Zwölffingerdarm und ähnliche Innereien), und das als sein allerintimstes Erleben, schamlos vor aller Augen an die Oberfläche herausgekehrt zum Spott einer ähnlich befrackten und entblößten Bande beider Geschlechter, die zu einer einzigen Masse schweinischer, flüssiger Fäulnis verschmolz. Putreszina und Kadaverina, diese schönen ›Töchter‹ des großen Herrn Leichengift, der sich zu Lebzeiten zersetzenden Menschheit (vor der letzten Auferstehung), herrschten frech und ungeteilt in diesem Saal. Stücke dieser enthäuteten Überwirklichkeit wälzten sich in Pulver und Staub biederer Bühnenbretter — sie allein waren von der einstigen Bühne verblieben. Das an den Därmen gezerrte Publikum in den Fauteuils klappte nach dem ersten Akt zusammen wie ein einziger schlapper Darm. Jeder kam sich vor wie ein phantastisches Klosett, in das jene Bande frech hineinschiß und dann fieberhaft und erbarmungslos an dem Griff mit der Kette zerrte als dem letzten Sicherheitsventil. ›Die ganze Gesellschaft ist an akutem Gestank erkrankt‹, schrieben darüber die Mammute des Formismus. Durch die gemeinsame Kloake floß aller Schmutz ab, weit hinter die Stadt, durch unschuldige stille Felder bis an die Hütten entsetzter Bäuerlein. ›Meine Werke und Taten werden an keine Hütten geraten, denn dann wird es zum Glück keine Hütten mehr geben. Es wird keine Freude mehr geben auf Erden, sondern nur gleichmäßig verbreitete Schweinerei‹, schrieb der unsterbliche Sturfan Lilian ins Stammbuch — doch irrte er sich. Und man wunderte sich nur, daß die Regierung ... Aber zu Unrecht. Es erwies sich, daß dieses Theater wohl die einzige Abzugsklappe für unerträglichen psychischen Druck war (ein später so genanntes ›geistiges Furzometer‹), nützlich für Individuen, die sich nicht in die Organisation der Arbeit einbeziehen ließen, Individuen alten Typs, die wie Schmarotzer von den Resten der Nationalität und der Religion lebten, die damals noch unentbehrlich waren als kompromißmäßige Motorenideen, um den Faschismus in Bewegung zu setzen — natürlich nur wegen der ökonomischen Unwissenheit der Gemeinschaft. Dort genossen sie sich bis auf den Grund und machten sich durch einen solchen Abend auf lange Wochen hinaus unschädlich. Die Schweinereien brannten sich in ihnen aus wie Erze in Hochöfen, und für das Leben blieb nichts mehr zurück. Angesichts dessen, was die Unglückseligen auf der Bühne sahen, verblaßte jegliche ausführbare Schweinerei wie eine Wanze, die seit zwei Jahren kein Menschenblut mehr gesehen hat.

Genezyp war heimlich und in Zivil da — dafür drohte Festung bis zu zwei Jahren, aber das steigerte nur den Zauber der Situation. Jetzt vergegenwärtigte er sich, mit der Deutlichkeit eines Messerschnittes in lebendiges Fleisch, daß *sie da war*. Das scheinbar einfache Sätzchen enthielt beinah das Geheimnis des ganzen Seins, seine Bedeutung hatte keinen Platz darin, sie floß über die Ränder jeglicher Möglichkeiten — es war etwas von der viehischen Metaphysik eines ersten Menschen darin, von der fast religiösen Entzückung des ersten Totemisten. Noch nie hatte Genezyp ein solches Entsetzen empfunden angesichts der nackten Tatsache der Existenz eines anderen Ich. Jene anderen Geschöpfe — die Mutter, die Fürstin, Lilian, sogar der Vater — schienen jetzt verblaßte, flache Gespenster im Verhältnis zur Lebendigkeit dieser unbegreiflichen Existenz. »Sie ist«, wiederholte er mit einem Flüstern der vertrockneten Lippen, und im Schlund spürte er etwas wie einen harten Pflock. Die Genitalien, zu einem schmerzhaften Knoten gepreßt, schienen vom Druck der Milliarden geschlechtlicher atü zu einem mathematischen Punkt reduziert. Jetzt fühlte der Lump, daß er lebte. In diesem Wirbel von Umwertungen blieb einzig Kocmoluchowicz wie ein unschmelzbarer Felsblock im Lavastrom — aber entfernt wie eine reine Idee jenseits der Grenzen des realen Seins. Es kam das erste wahre Gefühl, noch beschmutzt von den Absonderungen aller Neubildungen, die in ihm durch das ›fürstliche Gift‹ Irina Wsjewolodownas entstanden waren. Die Vergangenheit verwischte sich, verlor ihr unmittelbares Geheimnis, ihre Giftigkeit, ihre scharfe Greifbarkeit — sonst wäre jede Existenz überhaupt unmöglich. Doch glücklich sind diejenigen, die auch noch nach dem ersten oder n-ten Peitschenhieb des Lebens die primäre Tatsache des Seins von neuem empfinden können — ohne die verflachenden, niederträchtigen Gewöhnungen des Alltags. Welch ungeheuerliches Unrecht wurde den unmittelbaren Vorhaben hier von Begriffen zugefügt, die schließlich selbst eine Art von Elementen aus ebendenselben Vorhaben waren, nur anders angewandt — eher künstlerisch als logisch. (Denn Begriffe sind Elemente der Kunst, in der Poesie und im Theater — doch das wollte keiner von diesen vernagelten Köpfen jemals verstehen — was den unglückseligen Sturfan außerordentlich irritierte. Aber jetzt war das schon beinah gleichgültig.)

Mit dem Verschwinden des halbwirklichen Bildes dieses mädchenhaften Geschöpfes (Zypcio konnte nämlich trotz allem nicht an die Existenz dieses Weibes *als solchem* glauben, sie paßte nicht in bekannte Kategorien — als das erste und einzige Ich außer ihm war sie geschlechtslos-unpersönlich, über alles erhoben) verschwand von dieser Bühne *Wirklichkeit* (das Wort hatte für Genezyp noch einen scharfen Beigeschmack von Lüge, verbotener Schweinerei, Geheimnis, Schmutz und rein menschlichem [ohne viehische Beimischung] sublimiertem Bösen, das auf giftige Art verweiblicht war — Männer achten hinter den Kulissen überhaupt nicht auf sich) und nahm in ihm eine so schreckliche Kraft an, daß fast sofort, nachdem er sich dies alles bewußt vergegenwärtigt hatte, das Bild der eben erst auf der Szene vorgefallenen Ungeheuerlichkeiten sich verwischte, verrostete, verwanzte, geradezu verschwand und dafür eine *eingebildete Wirklichkeit höheren Ranges* mit unerträglicher Schwere einbrach, auf den ganzen bisherigen ›psychischen Inhalt‹ des Scheißkerls stürzte und ihn zerdrückte wie ein Expreßzug einen armen kleinen Käfer, der unschuldig an einem schönen Augusttag auf der Schiene sitzt. Sie bestand aus: 1) einem feuchten, erdbeerroten Mund, 2) nackten, glänzenden Beinen und 3) glattgekämmtem, aschblondem Haar. Das genügt — es kommt nur darauf an, welche Atmosphäre diese banalen Elemente sexueller Anziehung rings um sich schufen. Aus diesem Mund kamen Worte, die er verschlang wie eine Anakonda ein Kaninchen, das alles gab es wirklich in diesem Gebäude, in seinen geheimnisvollen hinteren Winkeln — es war nicht zu glauben!! Und dazu das Gefühl, daß dort, zwischen irgendwelchen (ach, nicht irgendwelchen, sondern diesen!) Haaren, wirklich so wie bei allen... und dieser Geruch verborgener Abgründe des Körpers... o Grausen!! — nein, nein — genug — nicht jetzt — das ist *nicht zu glauben*! Ja, das war endlich die große Liebe, die erwartete, ›erträumte‹, man kann sagen eronanierte, einzige und letzte. Jedenfalls waren dies Symptome — einige von ihnen —, woran man sie erkennt. Aber nur eine große Liebe, die unerfüllt, unvollbracht ist, bleibt auch eine große Liebe. In jedem Fall: *Sie* war hier — das Bewußtsein dessen war wie eine Klinge im Bauch, wie ein schwarzer Blitz im Kopf, erhellt von einem metaphysischen, mit sexueller Soße angesäuerten Schreckgespenst. (Ein für allemal: Metaphysisch ist etwas, das das Gefühl der Seltsamkeit des Seins und das unmittelbare Begreifen seines unerforschlichen Geheimnisses verbindet. Und daß man mir nicht mit irgendwelchen Dichotomiechen kommt — fort mit euch in eure eigenen, muffigen Löcher!)

Unmenschliches Gebrüll auf der Bühne. Zwei halbnackte Weiber kämpfen, umgeben von gleichgültigen, befrackten und uniformierten Männern. Ein drittes, altes Weib, völlig nackt, die Mutter einer der beiden, stürzt herein und tötet (würgt mit den Händen) die Tochter, damit diese unbesiegt bleibe. Jemand gibt der Alten eins über den Schädel, ein anderer einem andern, der Rest wirft sich auf die Liegenden. Ein Kaplan kommt herein, und es zeigt sich, daß das, was eben geschah, ein programmatischer Gottesdienst war — zu Ehren der ›Absoluten Armut des Daseins‹ und der Unmöglichkeit, sie zwecks Vertreibung der ›Großen Langeweile‹ zu beseitigen. Was gesprochen wurde — wer weiß es? Unflätiger Unsinn wohl — in diesen Zeiten allgemeiner Begriffsverwirrung war ein durchschnittlicher Kritiker oder ein gewöhnlicher ›Bürger‹ (wie lächerlich klang dieses Wort — ein Überbleibsel aus früheren, köstlichen Zeiten *ehrlicher* demokratischer Lüge — heute im gelblichen, unheilverkündenden Schatten der beweglichen Mauer) ganz und gar nicht mehr imstande, Klugheit von Humbug zu unterscheiden. Einige ›Preziösen‹ fanden noch etwas darin, aber die Männer — daß Gott erbarm! Doch *wie* das gemacht war!! Das läßt sich nicht beschreiben. Zum Fingerlecken (zum Zehenlecken)! Nein — das mußte man gesehen haben. Genug, alle heulten, zerquetscht zu einem einzigen blutigen Brei (oh, wenn man das gleich so in Blechbüchsen stopfen und an die entsprechenden oder auch nicht entsprechenden Stellen versenden könnte — die Menschheit wäre auf der Stelle glücklich). Als endlich über dieser Hölle der Vorhang niedergegangen war (niemand hätte es auch nur eine Sekunde länger ausgehalten), reckte sich der ganze Saal wie ein einziger Körper, neigte sich in einen anderen psychischen Raum, in eine Welt nichteuklidischer Gefühle und wacher Traumzustände (und Täuschungen schon von dieser anderen Welt — o Glück!),

und das bei völliger Wachheit, ohne jedes Narkotikum. Im allgemeinen könnte man so sagen: völliger Schwund des Bewußtseins
vom eigenen individuellen Leben und dessen realer Begleitum-
stände (des Hauses, der Beschäftigungen, der Neigungen, der Personen — diese letzteren wurden in der Vorstellung zu erträumten
wundervollen Monstren, mit denen man, zum Teufel, erst so richtig zu leben anfangen könnte. Der Gram darüber, daß dem nicht
so war, läßt sich durch nichts ausdrücken — der ganze Gram über
das Leben eines Kettenhundes in eine einzige Sekunde kondensiert). Man lebte nur dort auf der Bühne. Und das schuf diese
herrliche Atmosphäre für die Schauspieler, die sich in einem unerträglich intensiven, über dem Leben stehenden Komödiantentum
höchster, erhabenster Klasse verzehrten, das jedoch nichts mit
Kunst gemein hatte — es sei denn für normale und besonders
›empfängliche‹ Kritiker, die trotz aller Anstrengungen nicht imstande sind, ein Nashorn von einer Lokomotive zu unterscheiden.

Genezyp stürmte, Sturfan mit sich ziehend, hinter die Kulissen
auf der Suche nach Lilians Garderobe. Sie spielte erst im dritten
Akt, und zwar die Rolle eines Seelchens bei dem sogenannten ›sinnlichen Allerseelen‹ — was das war, darüber schweigt man besser.
Nur ihre unfertige sexuelle Entwicklung, zusammen mit einer für
ihr Alter tatsächlich wahnsinnigen Liebe zu Abnol, hielt sie einigermaßen im Gleichgewicht. Genezyp stürzte wie von Sinnen in
ein schmales, grell beleuchtetes ›Kabuff‹. Lilian saß auf einem
hohen Taburett, während zwei ältere Schneiderinnen sie in eine
Art orangefarbenen Sweater kleideten, der mit schwarzen und
weißen Schleiern garniert war, unter denen Fledermausflügel grau-
ten. Das Schwesterchen schien ihm sehr armselig, und er hätte es
— mit einem Nebenherzen — in diesem Augenblick geradezu maßlos lieben können, hätte die Zeit nicht gedrängt. Das viehische
Hauptherz war beschäftigt und angefüllt mit etwas, das unbegreiflich, widersprüchlich und unheilverkündend war wie ein Gewitter
in der Kindheit.

»Lilian, ich flehe dich an . . .«

»Ich weiß schon alles. Das ist so seltsam. Denn eigentlich ist sie
es, die alles weiß. Sie sagte, daß sie dich gesehen hat. Gleich wird

sie hier sein. Sie wollte zwischen dem ersten und dem zweiten Akt kommen. Nur auf einen Augenblick, denn den ganzen zweiten Akt hindurch müssen wir meine Rolle noch umändern. Ich habe Angst, ich habe Angst«, sagte sie, mit ihren kleinen ›schwesterlichen‹ Zähnen klappernd. Das wie ein Block homogene Herz Sturfans blähte sich zum Platzen vor Liebe und Mitleid (die schlechteste Würze), und dabei dachte der Verstand blitzartig: ›So klein, so lieb, und schon kuppelt sie. Mein Gott, was wird denn aus ihr werden, wenn sie sich entwickelt.‹ Er war betäubt vor Erregung. Lilian machte auf ihn den Eindruck eines kleinen unbekannten (vielleicht astralen?) Nagetiers in einem Käfig.

»Wie fühlst du dich darin?« fragte der empfindsame Bruder, für den der Anblick der Schwester auf dem Hintergrund der Erwartung Persys alle ihm bisher bekannten Mischungen widersprüchlicher Gefühle übertraf, Gefühle, die er fürchtete und erduldete, während er doch solchen Geschmack an ihnen fand.

»Weißt du, ein wenig besser als im wirklichen Leben.« Sturfan krümmte sich vor Schmerz, doch das erhöhte nur den Zauber des Lebens um einige Striche, hin zur roten Linie auf seinem privaten Manometer dieser Dinge. »Etwas Sonderbares erwacht in mir. Es ist, als ginge ich aus mir heraus — vielmehr, weißt du: ich tauche heraus. Schon scheint mir Sturfan nicht mehr wie ein fremdes Käferchen, auf einem Grashalm vom Zug aus gesehen, sondern er ist dieses Männchen, von dem wir als Kinder sprachen, wenn du dich daran erinnerst: diese Fuchs-Familie im alten zoologischen Atlas von Domaniewski . . .« Genezyp erlosch plötzlich. Die Bierbrauerkindheit leuchtete in der Erinnerung mit dem goldroten Feuerschein der Unwiederbringlichkeit auf: herber Geschmack von Birnen, abendliche Raufereien und die Mutter, diese *andere*, die heilige Märtyrerin mit ihrem stillen Glauben an einen den katholischen Würdenträgern unbekannten Gott (der Blick Christi, der das Münzhaus besuchte, in dem die Münzen des Kirchenstaates geprägt werden, oder der auf die Schneide der Hellebarde [!] eines Gardisten schaut, der am Thron Seines Statthalters strammsteht — warum kam ihm wohl jetzt dieses verspätete und banale Bild in den Sinn? Aha, die Zeitungen hatten ja heute berichtet, daß der Papst endlich den verarmten Vatikan barfuß verlassen und sich auf die Straße begeben habe. Doch heute machte das auf niemand mehr Eindruck. Man hatte ihm nur so viel Platz gewidmet wie der Nachricht, daß Ryfka Zweinos ihren Verlobten wegen des Diebstahls einer verrosteten Sicherheitsnadel schmerzhaft gebissen habe. Der arme Papst war zu spät gekommen). Eine erschreckende, nicht wieder gutzumachende Vergeudung dieser Momente, so, als sollten sie ewig sein — eine Verschwendung, mit der man um sich herum inneren Glanz ausbreitete. Wohin war dies alles geraten! Und plötzlich ein Aufleuchten, hart und scharf, unangenehm männlich und ein wenig ekelhaft. Kocmoluchowicz und große Aufgaben gaukelten undeutlich über den erstickenden Horizont heraufkommender Ereignisse. Gedämpfter Donner grollte in der Ferne — nicht in ihm, sondern in der namenlosen, nun schon fremden und fernen (jedenfalls nicht Ludzimiersker) Natur. Hier waren nur Menschen, die von allzu menschlichen Angelegenheiten klebten und troffen. Er fühlte einen Ekel gegen alles, gegen sich selber und sogar gegen diese Unbekannte, die jeden Augenblick hier hereinkommen sollte. Auch sie war ›unrein‹ wie alles Menschliche — verglichen mit der unerreichbaren Schönheit eines Frühlingsgewitters.

Die Klingel ertönte in den Korridoren. Der zweite Akt begann, herein trat *Sie*. Dasselbe Verfallen unter sich selber (ein Unter-sich-Machen mit seinem ganzen Ich) wie beim ersten Anblick. Eine Berührung mit der Hand überzeugte ihn davon, daß dies eben *das* war. Bis an die Grenzen der Ewigkeit nur einen Quadratzentimeter dieser Haut berühren, auch wenn das Gesicht eine einzige schwärende Wunde ist — alles andere war überflüssig. Er würde die faulige Wucherung küssen, die aus ihrem Körper gewachsen wäre, in anarchischer Begierde, um sich den Gesetzen eines normal funktionierenden Organismus zu entreißen. Organismus — Orgasmus, zu seiner Unterdrückung aus dem Nichtsein herausgeschleudert — orgiastische Organisation der Organe und Zellen — wozu, zum Teufel, wozu? Man hätte auch ohne dies leben können. Er geriet noch tiefer unter seine Ruinen (denn alles ging in Trümmer). Über ihnen, in den grauen Dunkelheiten einer *psychischen Windhose*, tauchte ein neues Gebäude auf und konsolidierte sich, zusammengesetzt aus lauter Foltern wie aus kindlichen Bauklötzchen, gehörnt, kantig, gespickt von Tetraedern aus unbekannten Qualen bis zum siebenten Schweiß. Ihm kam das morgendliche ›Liedchen‹ des Schulungsoffiziers Wojdalowicz in den Sinn, wenn dieser, schon in Stiefeln, den roten Oberkörper mit kaltem Wasser wusch, wie leider die meisten Militärs. (Nach der Melodie von Allaverda:) ›Das Leben, ach, besteht aus kleinen Freuden und bis zur Scheußlichkeit getriebenen Qualen — kaum geht einem etwas bis an die Knochen, beginnt schon wieder ein neuer Kreis von Qualen.‹ Die Qualen hatten begonnen. Plötzlich war keinerlei Hoffnung in ihnen. Etwas verzweifelt Unbeugsames breitete sich aus, obwohl er wußte, daß er gefiel, und das sogar sehr. Aber vielleicht gerade darum. Was konnte er wissen von den wilden psychoerotischen Perversionen der Wehklagen, mit denen man eine armselige kleine juckende Freude tausendfach bezahlt. ›Töten, töten‹, zischte etwas in ihm, kroch dahin und schlüpfte weiter wie eine erschreckte, unerhört giftige Schlange, lauerte in geistigen Dickichten und Sträuchern. In seinem vollgedrängten Gedächtnis tauchte blitzartig die lachende, entfesselte Fresse Kocmoluchowiczs auf. Was war das? Gott, o Gott! — noch etwas mehr würgen, und es wird hier sein, hier auf der Pfanne vor der Nase — Hellsehen. Der Druck im Gehirn war fürchterlich wie nie zuvor und später. So, wie Kinder spielen: ›Warm, warm, heiß, sehr heiß, es brennt, warm, kühl, kühler, kalt.‹ Es zerwehte und kam niemals wieder. Der Augenblick verging ein für allemal. Die Intuition des tolllen (mit drei l) Gefühls sollte zu dem metallenen (aus Iridium) Kern der Wahrheit dieser Frucht dringen, in die er mit dem zahnlosen Maul des Gehirns biß, der Frucht seines *ganzen Lebens* — doch sie zog sich zurück. Nicht in dieser Frucht, Liebling (in welcher, um Gottes willen?! — Wer sprach hier? Es schien, als schrie *alles*, als wüßten alle davon, mit den Fingern auf ihn zeigend und vor Lachen platzend), war das Böse (lauter Schrecklichkeiten bis zum Ende des Lebens, ach — aber davon später), *es war in ihr selber*. Nicht als Vielheit, als eine Pyramide unglückseliger ›Dämonismen‹, sondern als absolute Einheit, als metallener, un-zer-beißbarer Kern, ein unteilbares Böses, ein einziges chemisches Element: *malum purum elementarium* – auch wenn sie eine Krankenpflegerin gewesen wäre und ihr ganzes Leben dem Lecken von irgendwelchen Wunden gewidmet hätte. Etwas derart Böses vergiftet die besten Taten, kehrt sie um, macht Verbrechen aus ihnen. Sie hätte die geistige Geliebte von Beelzebub selber sein können. Ganz anders als die Fürstin – diese war, an ihr gemessen, nichts als ein armes, verirrtes Schäfchen, auch wenn ihr Leben mit den Leichen zu Tode Gefolterter besät wäre. Derart sind, Liebwertester, jene Qualitätsunterschiede. Wie verachtete er sich jetzt, daß er das, was war, für Böses hatte halten können. Das waren ja, mein Bester, lämmerhafte Erlebnisse eines jungen Solitärs, jedes Klosterbrüderchens würdig. Man darf das Böse nicht so beleidigen. Er wollte sich doch retten, befreien, und hier trat eine neue, tausendfach größere Schrecklichkeit auf, das lächelnde Gesicht voll höchsten Glücks. Vielleicht war das alles doch nicht so sehr schrecklich? Vielleicht gab es andere Kriterien –? Ach, genug! Jedenfalls wurde hier ein absolutes Urteil über ihn gefällt, gefällt von einem zufälligen Zusammenschluß ihm feindlicher Kräfte. Aber welcher Kräfte? Das Hellsehen kehrte nicht wieder. Er war besiegt von etwas, das gerade um einen Kopf höher war als er. Aber was war es, zum Teufel?! Doch nicht ihre Intelligenz! Schon eine solche Hypothese war lächerlich. Nach dem Scharfblick der Fürstin konnte ihm kaum jemand damit imponieren. Nein – es war etwas auf der ganzen Linie Absolutes, ein grundsätzlicher Widerspruch, und zwar (er wußte es im vorhinein, obwohl er es nicht glauben wollte) ein un-über-windlicher. Er hätte jetzt sofort hinausgehen und sie nie mehr wiedersehen sollen. Ein innerer Dämon sagte das so deutlich wie nie zuvor. Wieviel Unglück könnten die Menschen vermeiden, wenn sie auf die geheimnisvollen Stimmen hörten, die immer die Wahrheit sagen. Das ist die Grundlage der katholischen Gnadenlehre: Jeder kennt sich selber so weit, daß er gewisse Dinge, bei denen *überhaupt* sein Wille etwas mitzureden hat, immer vermeiden könnte. Er aber blieb, zu seinem und vielleicht auch ihrem Verderben. (Sie verlor dadurch einen Teil ihrer bestialischen Kraft, die sie in einem bestimmten kritischen Moment anders hätte verwenden können – doch davon später.) ›Vielleicht kommt etwas Gutes dabei heraus‹, log er wie ein kleiner Junge, naiv und anspruchslos. Er hatte Tränen im Hals von dieser guten, ehrlichen Lüge. ›Ja, alles wird noch gut werden.‹ Ein düsterer Schatten fiel auf das vor einer Weile noch lächelnde Tal des Lebens. Gesichtslose Gestalten ungeborener, unheilverkündender Gedanken lauerten von allen Seiten. Er wußte bestimmt, daß er dieses Etwas nicht besiegen werde – aber mit verdoppeltem Bewußtsein blieb er.

»Zypcio war entzückt von Ihnen«, sagte Lilian mit einer von Lampenfieber erstickten Stimme. Er hatte den Eindruck, daß er nichts sagte, doch er sprach. Später zitierte man ihm seine Worte: ›... in ihr ist eine so schreckliche ›Verzweiflung des Glücks‹, daß der, der sie liebt, wohl keinen Augenblick leben kann ...‹ (Ach, richtig: Lilian trat unter dem Pseudonym Manka Bydlana auf.) ›... Verbrennen in einer Sekunde, mit der ganzen Zukunft auf einmal, jetzt – zerplatzen in der Fast-Unendlichkeit dieses Augenblicks, auf jedes weitere Leben verzichten. Aber um nichts den Tod. Damit würde man sie noch schrecklicher machen ...‹ (sie – diese Zwierzontkowskaja).

»Ich habe kein Wort gesagt. Dummes Gerede. Ich kann Theater nicht leiden. Schweinerei ist das alles.« Diese Worte fielen wie Granaten in einen Sumpf – sie explodierten nicht, platschten nur kraftlos schweinisch. Persy lächelte weit, schräg, irgendwo in anderen Welten, die sie – ha! – zwischen den Beinen hatte. Darin war der sogenannte ›Schritt-Eigensinn‹, analog zur Skiterminologie von Mariusz Zaruski.

Herein kam die Mutter mit Michalski. Sie hatten beide je eine Loge für sich. Zypcio und Sturfan saßen ja im Parterre. »Darf ich Ihnen einen Besuch abstatten?« (Diese Worte klangen so komisch unanständig, als sagte er zum Beispiel: »Ich möchte Ihnen offiziell dies da in jenes hineinpacken.«) »Ich möchte über Lilian sprechen.«

»Und vor allem über dich, nicht wahr? Und über mich, allzuviel über mich.« (Mit einem Lächeln zog sie ihn auf den Grund der Armseligkeit.) »Aber Sie brauchen sich nicht zu bemühen. Andere haben das für Sie getan. Mich langweilt das. Nehmen Sie sich in acht: Ich bin ein böses Kraut, mich vergißt man nicht.« (Hätte Genezyp gewußt, worauf ihre Selbstsicherheit beruhte und wie geringfügig ihre Erfahrungen waren, wäre er hier in diesem Kabuff geplatzt und hätte das ganze Theater zu kleinen Stücken zertrümmert. So aber wurde er nur blau vor purpurnem, gleißen-dem, glänzendem, herrlichem geschlechtlichem Zorn. Und dann, sehr düster, als ›stiege‹ in ihm die Wollust ohne jeden Onanismus, ergab er sich dem veilchenblauen Nebel dieser mädchenhaft-beelze-bubischen Augen. Er war ›bereit‹.) »Obwohl ich sehr unschuldig bin – vielleicht zu sehr.« (Darin war unerträgliche Koketterie. Sie redete ganz offen in Gegenwart aller. Und bei Sturfan hatte sie keinerlei ›Griff‹.) Madame Kapen starrte vor Staunen mit großen Augen. ›Was soll diese Vertraulichkeit?‹ Zypcio wurde grün vor Zorn, Scham und Mißbehagen. Er wußte nicht, daß gerade dies gut war in diesem Moment – sie wollte ihn wirklich abschrecken und beleidigen. Und beleidigt war er in der Tat, vor Kampflust bäumten sich die Gedärme: Endlich hatte er jemanden gefunden, der seiner würdig war. Auf der Stelle überwand er die Kränkung. Er lächelte köstlich, beinah triumphierend. Persy runzelte die Brauen und war ein wenig gegen sich selber erbittert. ›Was, zum Teufel – es wird Krieg geben, ich werde fallen, und Schluß.‹ Vom Saal her kam eine Welle unanständiger, ekelhafter (koprophagi-scher?) Musik (Tengier war es, der sich da instrumental geschlech-tete, von der Kette gelassen, in heruntergelassenen Psycho-Hosen) und Applausgeknatter. Infolge einer seltsamen Perversion waren die Titel dieser musikalischen Interludien, zum Spott der nieder-gehenden Kirche, in den gedruckten Programmen religiös, latei-nisch sogar. Doch was hat der Titel eines Musikwerkes mit seinem wirklichen *musikalischen* Inhalt zu tun? Entweder ist er eine Aus-weidung privater Erlebnisse des Autors, die niemanden etwas an-gehen, oder er hat ein Nebenziel. Dann spielte man von demselben Autor das sogenannte ›Speichelschlingen‹ (etwas Ouvertürenhaf-tes mit Gesängen unflätiger Backfische und luderhafter Kerle), schon aus der neuen Periode des kompromißlosen Niedergangs. Der bescheidene Erfolg hatte in diesem Einsiedler aus der Welt der reinen Klänge eine schreckliche Verwüstung angerichtet. Dazu kamen neue, allerdings nicht unbedingt erstklassige Mädchen. Tengier wurde modern — als erotische Beute unter den assortierten Ungeheuerlein des Chors und Balletts dieses kleinen Theaters, das eine scheußliche, altmütterlich gewordene Kupplerin, Mania Kozdroniowa, leitete. Die der üblichen Bubis restlos überdrüssigen ›Nutten‹, wie er sie ganz einfach nannte, rissen sich um den unersättlichen Abfallfetzen des ekelhaften, plötzlich toll gewordenen Krüppels — immerhin flossen diese ungeheuerlichen Kombinationen von Klängen durch ihn, mit denen er ihre Leiber erschütterte und in unglaubwürdigen Tanzfiguren zum Zucken brachte, nach der Choreographie eines puppenhaften Ballettmeisters, des schäbigen, vom Schmutz der ganzen Welt verdreckten Anestes Klamke. Unter dem Einfluß dieser kitzelnden, *maßlose* Begierde nach *unumrissenen* Dingen erweckenden Musik dehnten sich die Innereien Genezyps, und seine Muskeln knäuelten sich zusammen zu einem wonnevollen Bündel voller Wehmut und Lebensferne. Es war nicht einmal gewiß, war das Vergangenheit oder Zukunft: aktuelle Ferne von allem, zerrissen vom unerträglichen Leiden der Unerreichbarkeit. Das bezog sich auf keinen bestimmten Gegenstand. Jetzt war Persy darin als Krümchen. Und so weiter — der Fluch der Schizothymen (lest Kretschmer, ihr Hundsfötte: *Körperbau und Charakter*). Vorwärts oder rückwärts — Vergangenheit oder Zukunft? Niemand wußte mehr, wer wen bedauerte. Unfaßbares währte wie ein Regenbogen inmitten Wolken, und Gott lächelte gnädig den Gläubigen zu, durch ein Loch in den drohenden Wolken als zerstäubter Sonnenstrahl. Jemand sprach statt Genezyp; er vernahm seine eigene fremde Stimme in der ausgehöhlten, kürbishaften Leere:

»Ich werde morgen nach zwölf Uhr hier sein. Wir werden über Lilian sprechen. Über mich kein Wort — nur unter dieser Bedingung. Ich bin nur ein armseliger Kandidat für die Stelle eines Adjutanten des Generalquartiermeisters.« Ein *blutiger Schatten huschte über Persys Gesicht* — kein Erröten, sondern eben ein *blutiger Schatten*. Es kam Zypcio weder in den Kopf noch in die Hoden, daß *dieser* sein Rivale sein könnte. Überhaupt war dies, außer seiner ›Idee‹ (*idée fixe*, in diesem Falle ›*Fide X*‹), das einzige wirkliche Geheimnis des Quartiermeisters, eine Sache, von der nur ein paar Leute wußten. Von ihr wußte überhaupt niemand etwas, nicht einmal ihr Besitzer selber. Sie waren eben *Sie*, die des Chefs, diese einzige, und so weiter.

Information: Kocmoluchowicz selber wollte nicht, daß sie in der Hauptstadt wohnte. Normalerweise sahen sie sich einmal monatlich zu erotischen Zwecken, dann, wenn sie usw., das heißt, wenn sie einen viertägigen Urlaub vom Theater hatte. Solcherart also waren diese schrecklichen, sorglosen, diabolischen, perversen Vergnügungen des Quartiermeisters: Fressen (das heißt Koprophagie), Reitpeitsche auf den Nackten (das heißt Flagellation) und ein unwahrscheinlich köstliches Sichunterkgeben unter die weibliche Herrschaft (gerade dieses unschuldigen Mädchens), die ihren Zauber zu schwindelhaften Größen steigerte (Autoprosternation). Gebrüll einer tollen Bestie in den Lilienkrällchen fliegenhaft delikater Grausamkeit, Wahnsinn wie das schluckweise Austrinken eines Glases siedender Lava. Darin bestand die einzige Sättigung und die einzige Entspannung von Gottes entsetzlicher Sprungfeder Kocmoluchowicz. Dadurch bewahrte er sich diese wilde, wahrhaft russische Sorglosigkeit, über die sich die militärischen Repräsentanten längst nicht mehr existierender Regime und Nationen nicht genug wundern konnten. Leider wäre eine Filiale von Kwintofrons Theater in der Hauptstadt undenkbar gewesen, da hier der Druck des kommunistischen Spiralnebels weit deutlicher spürbar war. Aus persönlichen Gründen war das vielleicht besser, aber dafür gab es in der Hauptstadt weit weniger Ventile für die individuelle Ausschweifung. Unter die Allerheiligste Politik mischte sich mehr Lebensphantastik. Von diesem Theater wurde ohnehin zuviel geflüstert im Umkreis des Obersten Niehyd, des bärtigen Rächers ewig gieriger niederster Schichten. Auch könnte, wenn *Sie* immer mit *Ihm* wäre, das Leben zu einem unaufhörlichen Alptraum werden, die Ehefrau Ida würde leiden und ebenso das Töchterchen — Ileanka. Er liebte sie alle drei, alle drei brauchte er als Stützen seiner schrecklichen Kräftefabrik für den Kampf oder, besser, für das Ringen mit dem unbekannten eigenen Schicksal und der in ihm verkörperten Bestimmung des ganzen Landes. ›Ach, ich kenne euch alle drei wie alte Hündinnen, und auch dich, *ma belle* Zuzuki‹, sang der Quartiermeister mit herrlichem Bariton in Momenten der Freude. Die vierte war diese Erträumte, Unbekannte: die Fürstin von *Thurn und Taxis*, wie er sie nannte. ›*Gefährlich ist's zu trennen die Theorie und Praxis, doch schwer ist auch zu finden Prinzessin von Thurn und auch zu Taxis*‹, sang er in Gesellschaft des Stabes Buxenhayns, wiehernd vor ungezügelter Freude. Trotzdem war allen klar, daß endlich er als einziger etwas sehen müsse, denn was sollte sonst geschehen — also, was wollte ich nur sagen? — und nichts weiter, nur starrende Augen, Augen, wie man sie bei Menschen sieht, die noch heißen Tee trinken, wenn der Zug schon im Begriff ist abzufahren. Und das eben war nicht wahr. Wenn alle plötzlich erfahren hätten, daß dem so war, dann hätte sich das ganze Land in einer Sekunde zu einer einzigen flüssigen Masse von Fäulnis verwandelt — wie Herr Valdemar in der Novelle von Poe.

Nach dem zweiten und dritten Akt noch ärgerer ›Unvorstellbarkeit‹ in den schmerzenden Bodengrund entflammter geistiger Gedärme gedrückt, schleppte sich Genezyp mit der Familie zu der erstklassigen Ernährungsstätte ›Ripaille‹. Im Weggehen hatte Persy gesagt, daß sie ›vielleicht‹ kommen werde. In diesem ›Vielleicht‹ war schon ein *à conto* aller Foltern. Warum vielleicht, warum nicht bestimmt — zum Teufel noch mal! Daß aber auch nichts so sein kann, wie es sein soll! Alles wurde so vulgär, daß man einfach nirgends mehr hinschauen konnte: Kellner, Schnäpse, Vorspeisen, die Fröhlichkeit Lilians, das halb wehe, halb freudige Lächeln der Mutter und die exuberante Freude Michalskis. Obendrein schleppte die Fürstin noch ihre Adjutanten aus höchsten Sphären mit herbei — sie blickten auf Genezyp wie auf ein Loch im Käse und soffen nüchtern Champagner. Ein ungeheuerliches ›Weh nach dem hoffnungslos entfliehenden Leben‹, wie in dem kleinen Walzer Tengiers, warf Genezyp (moralisch) in einem scheußlichen, viehischen Schluchzen mit dem Gesicht auf die Erde. Er begann zu trinken, und für eine Weile wurde das Weh schön, und alles schien so, wie es sein sollte — wie Flecke in der idealen Komposition eines Malers.

Aber gleich danach erwürgte die brutalere Pfote des Alkohols diese Harmonie. Der mit Schnaps übergossene Kerl aus dem Bodengrund erhob sich, aus dem Schlaf erwacht, und schaute sich mit blutunterlaufenen Augen im Saal um. Das Leben schäumte, ertrinkend in düsterer Gedankenlosigkeit. Noch ein Weilchen, noch eines, und dann mögen es ruhig fünfzehn Jahre Zwangsarbeit sein. Das Reptilauge schmutziger finanzieller Kombinationen schien listig mit dem *ganzen Saal* zu blinzeln — wie in einer sternbesäten Nacht nach einem Gewitter. Das kollektive Geschäftsschwein, diese neue nebengesellschaftliche Überpersönlichkeit, verschlang neue Opfer in seinen schmutzigen Umarmungen — ohne auf die individuellen Leiden seiner Bestandteile zu achten. Ihm war wohl — es mästete sich in dem Trubel von Schmutz, schamlos teure Gerichte fressend, die gemischt waren aus teuren Stoffen, Steinen und Wonnen. Weiche, in das undifferenzierbare Knäuel höchster Metaphysik und viehischer Genußsucht greifende Töne der Geigen schleppten sich mit schmutzigen, leidenden Därmen auf dem polierten Parkett voll schwindelerregender Arabesken, zügelloser, glänzender Waden und Pantöffelchen, widerlicher männlicher, eleganter Schuhe und Hosen. Das Schwein fraß. So war es damals im ›Bollwerk‹ und in einigen erstklassigen Lokalen. Im Westen gab es nichts Ähnliches mehr.

Genezyp hatte vollkommen die Existenz Tengiers vergessen: daß *er* ja der Schöpfer dieser Musik war, mit der man so ›freigebig‹ (so hieß es auf den Plakaten) die Vorstellungen bei Kwintofron ›schmückte‹ (Kwintofron selber, ein mageres Gestell mit blondem Schnurrbart und wundervollen blauen Augen, trank jetzt Champagner mit Madame de Kapen und Michalski, wobei er ihnen das Wesen des realistischen Deformismus im Theater erklärte) und die der Vergänglichkeit und Unwiederkehrbarkeit einen solch höllischen Zauber gab. Es war dies der Gegenpol der Lebenstätigkeit der Musik, im Verhältnis zu diesem Moment in der Schule (Gott, wie lange war das her!), als Zypcio zum erstenmal mit dem Geist des Chefs Kontakt aufnahm. Als schließlich Putricydes verspätet in den Saal gestürzt kam (jetzt schon wirklich verfault), verpuffte Genezyps Vergangenheit wie eine undurchsichtige Rauchwolke und verdunstete in der Scheußlichkeit der kassettierten Decke des Dancing-Lokals. Mit einer Sehnsucht, die imstande gewesen wäre, eine Mauer umzuwerfen, spähte er, ob unter den hinter Tengier hereinkommenden Theatermonstern *Sie* zu erblicken sei, *Sie*, an deren Dasein er fast nicht mehr glaubte. Aber es war nichts damit, sie wurde aufgehalten von Pflichten gegenüber dem ganzen Land, vielleicht sogar gegenüber der ganzen Menschheit — von beinah kosmischen Pflichten also. Tengier erklärte, daß Persy nicht kommen werde — Migräne. ›Konnte sie nicht wenigstens das für mich tun, trotz der Migräne?‹ dachte Zypcio halb irr im Kreis herum. Oh, hätte er wissen können, was in diesem Augenblick geschah (dieser Zauber der Gleichzeitigkeit!), auf welche Weise *der geniale Kozmolukowitch* gerade jetzt Sorglosigkeit und Lebenswahn in sich nährte, so wäre er in einem einzigen rasenden, schmerzlichen, onanistischen Orgasmus ein für allemal verbrannt. Durch Glaswände von Leid und endgültiger Verzweiflung hindurch begann er den Gesprächen zu lauschen.

Information: Man sprach von schrecklichen Sachen. Stinkende Gerüchte, hervorgeholt aus dunklen, muffigen Köpfen und verfaulten Gedärmen, die die welken ›Herzen‹ ersetzen sollten, verkörperten sich, schwollen an, wurden undurchdringlich real inmitten von Schnäpsen und Vorspeislein in einer Atmosphäre hoffnungsloser, selbstmörderischer Gefräßigkeit, Trunksucht und Ausschweifungsbegierde; gaukelnde, alles zu einem gedankenlosen Brei zersetzende Klänge einer tödlich-kloakischen, abnormalen Spelunken-Musik bildeten den musikalischen Hintergrund. ›Große Votze‹ und ›kleine Unterpimmel‹ heulten um die Wette mit Hypersaxophonen, Tremolos, Becken, Gargantuafurzen und Cembalotriangeln, kombiniert mit einem dreifachen Orgel-Klavier, dem sogenannten Exzitator von Williams. Eines dieser Gerüchte: Angeblich war Adam Ticonderoga, der ältere Bruder Scampis, im Gefängnis in der Hauptstadt umgekommen. Drei bärtige Herren in Zylinderhüten hätten ihn mit einem gefälschten Befehl aus dem Gefängnis geholt. Das Papier schien jedoch aus den Büros der Quartiermeisterei zu stammen. Hier ließ man, wie gewöhnlich (so faselten ungewaschene Mäuler), von der Untersuchung ab, wie ein Wolf von einem Hund mit einem Stachelhalsband abläßt — mit Schmerzgequieke. Dann wurde jemand in einem Abtritt geschlagen, hinter einem gewissen Haus, wo gewisse Leute mittels einer speziellen, wahrscheinlich aus Berlin angeschafften Maschine sadistische Orgien veranstalteten. Jemand hatte mit jemandem ein heimliches Duell (die Mutigsten sprachen vom Quartiermeister selber), in dessen Folge sich der Oberstleutnant Habdank Abdykiewicz-Abdykowski in Gesellschaft seiner Geliebten Nymfa Bydlaczek aus dem Kabarett ›Euphornikon‹ mit Phymbin vergiftete. Die vor Schmerz und Aufregung wahnsinnige Fürstin hatte eben heute diese Nachrichten mitgebracht. Die einzige Rettung war trinken, sich kokainisieren und diesen einzigen Grünschnabel lieben, der jetzt fremd, trunken, stolz und düster dasaß, vergraben in unbegreifliche Gedanken, während sie doch dicht bei ihm war, so gut, so liebend und so unglücklich. Armer Adżio, geliebter *little chink*, wie man ihn zu Hause nannte. Nicht einmal auf einen Sprung hatte er zu ihr kommen können vor dem Rapport, und gleich danach hatten sie mit ihm ein Ende gemacht, ›diese Schufte‹ (denn das war so gut wie gewiß) — doch wer das war, wußte niemand. ›Ho, ho, ho — wir leben in gefährlichen Zeiten: Geheimpolitik, *lettres de cachet*, illegale Gefangenschaften, Tarnkappen und fliegende Teppiche‹, sagten verdächtige Figuren. — Ticonderoga hatte wahrscheinlich allzu schmeichelhafte Nachrichten über die Chinesen mitgebracht. Durch welches Wunder Djewani, dieser nach Kocmoluchowicz geheimnisvollste Mensch auf der Welt, trotz einer solchen Stimmung noch frei umherlief — zwar reiste er offiziell in einer Sänfte, umgeben von fünfzig treuesten (aber wer war das?) Pikenreitern —, man konnte nicht genug staunen. Manche extremen Optimisten freuten sich und prophezeiten Wunder: ›Ihr werdet sehen — es kommt eine neue Renaissance der Sitten — *les moeurs, vous savez*, werden sich radikal ändern. Vor allen großen Veränderungen ist die Menschheit jedesmal zurückgetreten zum Sprung‹, redeten die Dummköpfe, zum Teufel. Und hier — so meinten die vom Gift infizierten Schmähschriftenschreiber und Gerüchtemacher — war inzwischen niemand mehr seines Lebens sicher. Schon bei der Suppe konnte der beste Freund Zyankali in einem Pastetchen verabreichen, und dabei gab es so viele Gänge bis zum Schluß des Mittagessens und so viele Möglichkeiten, in den ›zottigen Schoß Abrahams‹ zu übersiedeln. Die Einladungen zum Essen wurden zu einer Tortur wie bei den Borgias, denn tatsächlich wurden nach offiziellen Freßgelagen immer wieder politische Todesfälle notiert. Wahrscheinlich waren das nur die üblichen Folgen von Fressen und Saufen — oder noch wahrscheinlicher Vergiftungen durch Narkotika höherer Marke, die waggonweise aus Deutschland kamen. Aber in dieser Atmosphäre absoluten Nichtwissens erklärte man sich alles auf die allerschrecklichste Weise und vergrößerte dadurch die Panik bis zu *blaßgrünen Ausmaßen*. Panik wovor? Vor dem *Unbekannten* in der Regierung, zum erstenmal in der Geschichte — abgesehen von der ostentativen Geheimniskrämerei früherer Herrscher, die bekanntlich unmittelbar von den Göttern stammten. Hier konnte man diese Herren unter den allergewöhnlichsten Umständen beinah täglich betrachten, bei der ›Arbeit‹, bei Krevetten oder Artischocken und sogar bei gewöhnlichen Mohrrüben, bekleidet mit standesgemäßen Jacken oder Fracks; man konnte mit ihnen über dies und jenes reden, über ›Weiberchen‹ zum Beispiel, wie Stefan Kiedrzynski zu schreiben liebte; man konnte sich mit ihnen betrinken, auf ›du‹ trinken, sie auf den Arsch küssen, ausschimpfen, und nichts — und nichts und *nichts*. Nur wußte man nicht, wer sie im Grunde waren. ›Wer sie im Grunde sind, wissen sie selber nicht‹, sang man erbleichend. Der geheimnisvolle Schatten des Quartiermeisters fiel auch auf sie. Übergossen von seinem Geheimnis, leuchteten sie phosphorhaft wie Gespenster, als gehörten sie zur Gesellschaft für Nationale Befreiung. An sich waren sie normale ›staatliche Schachbauern‹, vollendet konstruierte Maschinen. Aber dieser Dämon füllte sie wie Pastetchen mit dem Überfluß seines Füllsels und schickte sie in den makabren Tanz vor den von widerstreitenden Gefühlen wahnsinnigen Gaffern. ›*Wer ist die Regierung?*‹ Diese Frage, ungrammatisch und dennoch logisch, war überall zu hören. Man sprach von geheimen Konferenzen Kocmoluchowiczs mit Djewani, die um vier Uhr morgens in dem schwarzen Kabinett stattfanden; man sagte (aber das schon unter dem Sofa, unter

Kokain, ins Ohr), daß Djewani ein wirklicher, geheimer Gesandter des Vereinigten Ostens sei; man erzählte, daß der junge Ticonderoga zwar Wunderbares berichtet habe von der Vollkommenheit der innersten Organisation des Landes der Tschinken, daß er aber entschieden abgeraten habe, dieses System im Land nachzuahmen, weil für die weiße Rasse ungeeignet, und daß er ebenso entschieden darum gefleht habe, es nicht zu Vertraulichkeiten mit inoffiziellen Abgesandten (Tastarmen) des Ostens kommen zu lassen (in Gestalt von Verbreitern der den Verstand einschläfernden Religion Murti Bings). Er war für die heldenhafte Politik des ›Bollwerks‹ gewesen und verschwunden wie eine Kugel im Sumpf. Aber für genau diese Politik waren ja alle, die ganze Regierung — also worum ging es eigentlich? Aber wer waren diese Herren, dieser Cyferblatowicz, dieser Boroeder, dieser Koldryk? Mythische Gestalten? Und jemand stand hinter ihnen wie eine Mauer. ›Aber mit welchem Ziel, mit welchem Ziel?‹ flüsterte entsetzt die ganze Polnische Republik. Es schien, als wäre der Grad der Gespenstigkeit irgendeines Menschen geradezu proportional zur Höhe der von ihm eingenommenen Stellung. Aber sogar die Gegner des gegenwärtigen Kurses verstanden, daß diese ›Bollwerk-Richtung‹, die sich auf Phantome in der Regierung stützte, die einzige Richtung war, um derentwillen man in diesem verspäteten sozialen Stadium überhaupt noch auf unserem Planeten existierte. Am hellen Tage, auf einer gewöhnlichen Straße der Hauptstadt, konnte man das Gefühl haben, seltsam zu träumen: Das ins Schwanken geratene Zeitgefühl und die Widersprüchlichkeit aller Dinge waren die Ursache, daß die normalsten Menschen sich so schnell wie möglich ihrer Wirklichkeit entäußerten, so, wie man sich vor einer großen Katastrophe aller gewohnten Lebenselemente entäußert. Durch die Ventile der Angst entwich der geistige Inhalt, wie Mandeln aus den Schalen ›entschlüpften‹ die Nabel der herrlichsten Persönlichkeiten. Dafür war das innere Leben unbedingt mannigfaltig, mannigfaltiger sogar als in der ersten Hälfte des 20. Jahrhunderts. Dieser Prozeß hatte erst vor kurzem begonnen, aber er steigerte sich mit rasender Geschwindigkeit. Wer aber die Triebkraft war von all diesem, das wußte niemand. Denn der Quartiermeister, nur mit der Armee beschäftigt, hatte keine Zeit zu solchen Spielereien wie dem Erzeugen einer Stimmung — von ihm erwartete man etwas, aber man glaubte nicht, daß er schon etwas bieten könnte. Übrigens sollte in Bälde etwas ganz anderes geschehen. Allmählich bildete sich nämlich eine neue geheime Regierung, aber unter der Maske der gegenwärtigen, und die Presse der ›Gesellschaft‹ (übrigens fast die einzige, die überhaupt existierte) redete allen ein, daß von einem Wechsel des Kabinetts keine Rede sein könne, daß im Gegenteil alles in bester Ordnung sei. Noch nie hatte ein so gutes Einvernehmen zwischen Sejm und Regierung bestanden wie jetzt, da infolge kolossaler Beträge aus dem Ausland, die für die Wahlen verwendet wurden, der Sejm sich fast ausschließlich aus Anhängern der ›Gesellschaft‹ zusammensetzte und sich im übrigen ständig (auf alle Fälle und zur Sicherheit) auf Urlaub befand. Der ganze Kampf des Quartiermeisters mit der ›Gesellschaft‹ fand nur in seinem Gehirn statt sowie in ein paar Gehirnen der hervorragendsten Blinden der Nationalen Befreiung. Für die Allgemeinheit war das ein absolutes Geheimnis. Man organisierte beiderseits Kräfte, ohne niedergestellten Personen Ziele und Absichten zu erklären. Später wunderte man sich, wie das überhaupt möglich gewesen war. Aber im Zuge der allgemeinen Verdummung läßt sich allerhand machen, wie die Tatsachen zeigen. Ein Faktum ist ein großer Herr. Immerhin gab es einige hervorragende ausländische Gelehrte (Soziologen, die mit Politik nichts zu tun hatten), die in Notizen und Beischriften zu anderen Themen scheu erwähnten, daß es seit der Expansion des Christentums noch nie eine so sonderbare Situation wie im gegenwärtigen Polen gegeben habe. Zum Beispiel ging das ganze diplomatische Hinhalten der angrenzenden und ferneren Staaten auf heimliche Weise vor sich, denn offizielle Vertreter besaß bei uns niemand. Die einzige Verknotung mit dem Kommunismus, und zwar mit dem gelben — Ticonderoga —, war gelöst. Der chinesische Gesandte war schon vor einem halben Jahr abgereist, geheimnisvoll wie die vierzigtausend Götter des Tempels in Kanton.

Mit solchen Nachrichten erschien die Fürstin in einer hundsmäßigen Stimmung zum Abendessen, nachdem sie zuvor irgendwo unterwegs Pietalski losgeworden war. Ihre Gegenwart war für Genezyp eine Tortur. Er wußte, daß, was immer er tun würde, er nicht um diese *notte di voluttà à la d'Annunzio* herumkommen würde, die er gar nicht begehrte, vor der er nach diesem letzten *coup de foudre* sogar einen Schauder empfand. Und gerade heute würde er diesen armen, für ihn scheußlichen, zügellosen Körper umarmen und drücken müssen, er würde es tun müssen, und damit basta. Das ist sonderbar — und noch sonderbarer war, daß er dies begehrte: nicht sie selber, sondern die Tatsache, sie zu besitzen. Das ist ein Unterschied, ist ein großer, höllischer Unterschied — es wirkte das Gift der Gewöhnung. Und so geschah es. Aber solche Sachen wirken gar nicht gut auf einen beginnenden Rappel.

Tengier, unangenehm erregt, begrüßte Zypcio zerstreut. Zum erstenmal überhaupt hatte er eine Anstellung, zum erstenmal war er ›etwas‹ (o Elend!) und kostete mit kleinen Schlucken die Pfütze elenden Erfolges. Zum erstenmal ebenfalls — außer kindlichen Proben im Konservatorium (das er als künftiger Organist in Brzozów beendet hatte), Proben, die von neidischen, aller Einfälle und Frische baren Rivalen niedergetrampelt worden waren — hörte er sich selbst im Orchester, einem elenden zwar, aber immerhin. Nur spielte dies Orchester keine Proben seines ernsthaften Schaffens, sondern mit ›Tricks‹ gepolsterte Brocken, die er aus der ›wirklichen‹ Sphäre hervorgeholt hatte und nun zum Vergnügen des verhaßten ›musikalischen Gesindels‹ produzierte. Sie gehörten zur Kategorie des ›heulenden Hundes‹, die ihm zutiefst zuwider war. Doch während der Hund früher den sentimentalen Mond angewinselt hatte, mußte man ihm jetzt in die Nase blasen, um ihn zum Heulen zu reizen, ihm auf den Schwanz treten, seine Eingeweide ausreißen. Obwohl dies (auch bei der zweifelhaften Freiheit, konventionelle Musikwerke mit wildester origineller Soße zu würzen) eine kompromißerfüllte, abfallende Stelle war, blähte Tengier sich damit — und litt doch heimlich an diesem Stolz. Bisher hatte er sich vor allen Kompromissen gehütet. Inmitten der immer dichter werdenden Lawinen von Lebensungeheuerlichkeit (entsprungen aus dem Konflikt des Künstlers mit der Gesellschaft) trug er seine eigene künstlerische Unabhängigkeit im Triumph vor sich her.

Daraus schöpfte er ein Gefühl des eigenen Wertes, mit dem er sich besoff wie mit miesem Fusel. Das war kein edles Narkotikum; wenn er wenigstens kein Krüppel gewesen wäre, dann wäre das alles rein, nutzlos und ideal. So aber wurde es nur zu einem Dekkel, der das Innere der Scheußlichkeit verdeckte — ein schwärender Hintern, mit Brabanter (unbedingt Brabanter) Spitzen bedeckt. Das war eine von diesen geheimen kleinen Unflätigkeiten, von denen außer ihm niemand wußte. Normale Menschen verdächtigen nämlich niemand anderen solcher Sachen, damit sie nicht womöglich selbst verdächtigt werden. Denn woher sollten sie so verborgene und schamhafte Mechanismen kennen, wenn nicht aus eigener Erfahrung? Das sind die geheimnisvollsten aller Lebensgeheimnisse, die manchmal zu Antriebsfedern wirklich großer Taten großer Menschen werden. Aber was wäre, wenn es nichts gäbe? Tengier bemühte sich nie, das zu analysieren. Zu welch tiefen Stürzen aus der Höhe reiner Kunst wäre er dann fähig gewesen? Aus dem verschweinerten Bezirk bezahlten ›Musikantentums‹ krochen solche Gedanken jetzt hervor wie hungrige Reptilien oder Würmer. Auf alles bisherige Schaffen fiel ein unheilvoller retrospektiver Schatten. Er straffte sich in plötzlicher Rebellion gegen diese Gedanken, zur Verteidigung der letzten möglichen Form des Daseins — denn nun hätte er nicht mehr in das Ludzimiersker ›Nest‹ zurückkehren und auf dieses Sichsielen in psychophysischen Mädchenkrämpfen des Chors von Kwintofron verzichten können. Dafür würde er jetzt alles dies schaffen, wozu er bisher weder Kraft noch Mut hatte: Dieser Kompromiß sollte ein Sprungbrett zum endgültigen Aufschwung in die Tiefenhöhe reiner Form werden, und das würde die Lebensschweinerei rechtfertigen, in die er hatte hineinwaten müssen. Die gefährliche Theorie künstlerischer Rechtfertigung von Lebensabstiegen klammerte sich an sein Gehirn wie ein Polyp. Es fiel ihm ein Satz von Schumann ein: ›*Ein Künstler, der wahnsinnig wird, ist immer im Kampfe mit seiner eigenen Natur...*‹, etwas war da *niederge...* — nun, das war nicht wichtig. Ihm drohte nicht Wahnsinn. Er verachtete diese Gedärme, die von irgendwelchen *rançons du génie* zu reden wagten. Vielleicht war er gar kein Genie? Er analysierte zwar nie das Wesen dieser dummen, studentischen Klassifikationen, aber er fühlte seinen fast objektiven Wert, seine kosmische Bedeutsamkeit (oder was, zum Teufel). Wenn er nächtelang seine Partituren las, wußte er davon auf kalte Weise, unpersönlich, als ginge es hier um einen anderen Menschen, um einen Rivalen. Er beneidete sich selber und bedauerte, daß man nach ihm nicht mehr ebenso würde schreiben können; er empfand diesen charakteristischen unfehlbaren kleinen Stich unter dem Herzen, von dem nicht einmal die neidlosesten Naturen frei sind. ›Hei!‹ (gerade an dieser Stelle muß dieses feindselige ›Hei!‹ sein) — wenn man das im großen Orchester des New-York-Music-Palace hören und in der Cosmic-Edition Havermeyers schwarz auf weiß gedruckt sehen könnte (und nicht in ›posthumen‹ eigenen Kritzeleien): ›Mögen diese ›Krautjunker‹ verrückt werden — ich werde es nicht. Ich kann, aber ich muß nicht — nur, wenn es nötig ist.‹ Obgleich die Mutter eine Adlige war (jedoch von einem so kleinen Kleinadel, daß sie praktisch den Bauern gleich war), sagte er das mit wirklichem Humor. Tengier hatte einen unerhört seltenen Vorzug: Er war ohne allen aristokratischen Snobismus. Jetzt, nach elenden kleinen Erfolgen, fühlte er sich trotz allem auf dem einleitenden Teil der Sinuskurve des Lebens.

»Nun, was sagt denn die Gnädigste zu meiner Musik?« fragte er die Fürstin und machte sich ohne Umschweife an die seit kurzem geliebte Mayonnaise und die nahezu unerschwinglichen blauen Flundern. Irina Wsjewolodowna hatte, nachdem sie in die leicht geschwollene Nase einige Dezigramm Coco eingezogen hatte (beim Anblick ihres düsteren Mediums, des bisher so zuverlässigen Zypcio), ihre frühere Sorglosigkeit wiedergewonnen — Gras, fahr dahin, das Meer reicht bis ans Knie. Sie hatte beschlossen, zugrunde zu gehen, und seither hatte alles aufgehört, sie zu interessieren. Nach einem Gespräch mit einem der Adjutanten Djewanis, der ihr eine Dosis Dawamesk und eine Reihe weiterer Gespräche versprach, fühlte sie in sich etwas Neues: einen kleinen, leuchtenden Punkt, der dennoch mit seinem Glanz die düsteren Wolken des nahenden Alters zu erhellen begann. Dies Pünktchen leuchtete, wenn die Dinge zum Schlimmsten standen, und sogleich (o Wunder!) wurde es etwas besser, in anderer Hinsicht zwar, aber immerhin besser. Tränen stiegen ihr in die Augen, und alles schien einen nicht näher erklärbaren Sinn zu bekommen. Die große Bedrücktheit wich.

»Wundervoll!« antwortete sie, unruhig mit den türkisblauen Augäpfeln blinzelnd, die die schwarzen Abgründe der sich weitenden Pupillen immer mehr ausfüllten. »Ich muß dir sagen, Putrietzchen, daß ich zum erstenmal wirklich begeistert war. Nur drängen Sie sich zu sehr in den Vordergrund. Sie müssen mehr die Handlung illustrieren. Ihre Musik lenkt zu sehr von der Szene ab.«

»Das ist nur das erste Mal. Ich habe solche Schweinereien noch nie begangen. Aber ich wollte es diesen Dusseln einmal zeigen — denn ihr habt ja gesehen, daß die ganze Kritik und die edlen Kollegen geschlossen erschienen waren. Also wollte ich ihnen zeigen, was ich kann, und dazu mußte ich mich ein bißchen hervortun, denn in der Luft allein konnte ich dieses Wissen nicht zeigen. Sie hören mich (so sagte man in Brzozów) gar nicht gern, aber wenn sie es schon nicht mehr aushalten können und doch bleiben müssen, weil ihre Neugier sie sonst zersprengt — dann lernen sie nachher viel, die Armen. In einem halben Jahr werdet ihr den Einfluß meiner Arbeit auf die offizielle Musik des Landes sehen. Schon heute waren ein paar Herren aus der Hauptstadt da; Prepudrech der Jüngere und der Direktor der Höchsten Musik-Akademie, Artur Demonstein selber — nun, der ist vielleicht am wenigsten gefährlich —, aber Szpyrkiewicz und Bombas vor allem. Ha, ich muß gestehen, daß ich mich freue. Und diese ganze Bande, mit Ausnahme Arturchens, tat so, als platze sie vor Lachen, war aber innerlich sehr unruhig und notierte emsig bestimmte Sachen, von denen ich als einziger weiß. Das sind scheinbar nur Details — Ornamente, wie sie zu sagen pflegen. Und so sagen sie, um damit die Form als Ganzes zu mißachten, welche doch der erstarrte Kern der Sache selber ist und die sie nicht verstehen können. Haha! Im zweiten Zwischenakt habe ich Bombas im Pissoir mit dem Notenbuch in der Hand erwischt. Er wurde verlegen und stammelte etwas von senkrechten Quinten. Ich habe den Schuft im Furzophon . . .«

»Trinken Sie nicht zuviel, Putrietzchen. Sie wollen das Leben mitsamt den Hufen roh verschlingen, mit einem einzigen Schluck. Sie werden ersticken oder kotzen, um in Ihrem Stil zu reden — wie Alfred de Musset oder Fiodor Jewlapin. Man muß ein wenig wählerisch sein, auch wenn man so ausgehungert ist wie Sie. Man müßte Ihnen erst mit psychischem Sonnenblumenöl einen psychischen Einlauf machen wie diesen Hungerleidern am Pol. Sie sind voller Lebenskoprolithen, ha, ha, ha!« lachte sie mit einem unnatürlichen Kokaingelächter. Die Bremsen hatten aufgehört zu funktionieren.

»Da sind Sie ja einer von ihnen — beruhigen Sie sich, Irenchen, und schnupfen Sie nicht zuviel Coco, treiben Sie vor allem nicht Mißbrauch mit sich selber — denn dann könnte man sechsspännig mit einer Karosse hineinfahren, und es wäre doch keine Freude dabei.« (Genezyp fühlte sich wie ein Gerät — er wollte aufstehen, da hielt ihn ein in seiner Weichheit schreckliches Pfötchen zurück: ›Sie wird schon kommen, die Umarmung, sie wird schon kommen‹, sagte eine nicht besonders geheimnisvolle Stimme in ihm. ›Die große Liebe kann dir nicht helfen. Und außerdem ist das sowieso hoffnungslos.‹ Er ergab sich.)

»Ich habe ein wunderhübsches Mädchen in Aussicht. Es ist fast fertig — zu einem fertigen Weib ist er nach K. gefahren, wie Sie das sagten —, und es ist eine meiner Verehrerinnen. Es hat sich meinen Klängen hingegeben — wie auch jene —, es erregt sie, daß solche Klänge durch einen solchen Krüppel wie mich hindurchgelassen werden — das gibt ihnen eine neue Dimension des Geheimnisvollen der Erotik. Ha, wenn ihr wüßtet, was ich dann denke, was für Amalgame ich dann mache: *exkrementale Inhalte mit Edelsteinen zu neuen Elementen verbunden* — ich schraube mich ganz hinein in die Genitalien des Geheimnisses. Meine Frau hat es offiziell erlaubt — ich ihr auch —, wir probieren eine Ehe neuen Stils.«

»Sie sind noch immer naiv wie ein kleines Kind, Putrietzchen. Die Hälfte des Landes, wenn nicht drei Viertel, lebt auf diese Art. Endlich ist der Einfluß der französischen Literatur von vor hundert Jahren wirklich zu uns gedrungen. Aber geben Sie Ihrer Frau auch tatsächlich völlige Freiheit? Dazu ist nicht jeder imstande. Mein Diapanasius ist eine wahre Ausnahme in dieser Hinsicht.« Ein blutiger Halbschatten lief über Tengiers Gesicht und verschwand, aufgesaugt wie von einem Schwamm durch das gewaltsam frech werdende ›Antlitz‹.

»Selbstverständlich«, sagte er schnell mit falscher Fröhlichkeit. »Ich bin konsequent. Ich gehe im Vorzimmer an den Liebhabern vorbei und mache mir nichts daraus. Freiheit ist eine große Sache — für sie kann man sogar mit dieser dummen, fiktiven Ehemannsehre bezahlen. Lächerlich ist es nur, wenn man belogen wird — ich weiß es und habe das im Furzophon«, endete er mit seinem geliebten Sprüchlein.

»Aber du wirst nicht alles dort haben, wenn du nicht weißt, wann deine Frau von diesen Kerlen ausgehalten werden wird, und mit ihr auch du, geniale Puppe«, sagte die Fürstin mit plötzlichem Ernst.

»Fürstin, ich bin ein Provinzler. Zum erstenmal seit zwanzig Jahren bin ich wirklich in einer Stadt, nicht nur auf der Durchreise — aber ich habe Kopf genug, um zu wissen, wo diese Grenze anfängt.«

»Wo fängt sie denn also an — das ist interessant: bei Blumen, Bonbons, Strümpfen oder Schuhen...?« Tengier hieb mit der Faust auf den Tisch — die bewußte Genialität in Verbindung mit dem ausgezeichneten Dzikower Schnaps und der vor kurzem geretteten Mannesehre ging mit ihm durch.

»Schweig, fürstliche Hurenaille« (die Adjutanten der Fürstin wälzten sich vor Lachen. Sich von einem Künstler beleidigt fühlen? Lächerlich!), »sackiges Weibchen — Emmentaler würde ich aus deiner Milch machen und dazu das berühmte Bier der Kapen trinken. Und Sie«, begann er mit der plötzlichen Erleuchtung eines Hellsehers in den Augen, »haben auf die richtige Nummer gesetzt. Dieser Zypcio wird Ihnen geröstete Saubohnen geben. Um so mehr, als hier ein guter Bissen für ihn zu haben ist — diese kleine Regisseurin, die ihm das Schwesterchen zum Ungeheuer transformieren wird. Für mich ist das zu hoch, er aber wird sich schon helfen. Denn wißt, hier müssen alle zu Ungeheuern werden«, sagte

er und sah aufblickend an Genezyp eine verhältnismäßig viel-
sagende Reflexbewegung: Zypcio hatte eine schwere Flasche kommunistischen Burgunders ergriffen, schwenkte sie in der Luft und
begoß damit seinen eigenen Nacken und die perlfarbene Robe der
Fürstin.

»Und du, Zypcio, laß das — du weißt, daß ich dir wohlwill.
Habe ich denn nicht ins Schwarze getroffen?« Die Fürstin entwaff-
nete ihren Geliebten nach der Jiu-Jitsu-Methode.

»Sie vergessen, daß ich in drei Monaten Offizier bin, Sie aber
ein Krüppel sind. Körperbehinderten Genies verzeiht man viel,
doch besser stoppen Sie jetzt, nicht?« Zypcio war vom Zorn völlig
nüchtern geworden, und es schien ihm, als erhöbe er sich über den
mit teurem Fraß beladenen Tisch und über die ganze Welt. In
seiner Hand hielt er den Schnittpunkt der gegensätzlichen Kräfte —
er hatte die Illusion, daß er durch seinen Willen die Planeten in
umgekehrter Richtung kreisen lassen und jedes lebendige Geschöpf
nach seinem Ebenbild umgestalten könne. Die Wirklichkeit streckte
sich ihm entgegen, kroch vor ihm und wand sich demütig — er
spürte ihren heißen und (ein wenig) stinkenden Atemhauch und
vernahm das Schmatzen ihrer unbegreiflichen Organe. ›Denn mit
diesem Sichsättigen an der Wirklichkeit ist es wie mit den Weibern: Man kann sich nicht fortwährend auf derselben Stelle halten
— bums, und alles ist zu Ende. Unerreichbarkeit der höllischsten
Orgasmen, der psychischen wie der physischen. Die aufgezogene
Feder überdreht sich, und man muß von vorn anfangen, und so
immerfort, bis es einem völlig über wird. Das ist metaphysisches
Gesetz.‹

Die Fürstin blickte mit Bewunderung auf den Geliebten. Noch
nie war er in einem solchen Grade erwachsen gewesen. (Sie trank
immer mehr und nahm dazwischen kolossale Dosen Kokain, und
Zypcios Schönheit zerriß ihre Innereien mit dem schrecklichen
Schmerz der Unerreichbarkeit.) Wie eine einzige große Wunde
klaffend, breitete sie sich vor ihm aus, ihn mit geschwollenen, vor
Anspannung schmerzenden Teletastarmen umwindend. Tengier
trank mit Zypcio ›auf du‹. Die Atmosphäre im Saal wurde wirklich orgiastisch. Der Hauch entflammter Unendlichkeit befiel sogar

das gewöhnliche menschliche Vieh. Alle schienen eine einzige miteinander gut bekannte Gesellschaft zu bilden, die durchtränkt war von einem unterbewußten Empfinden der Seltsamkeit des Seins. Einzelne Orgiasten begannen zu fremden Tischen hinüberzukriechen — eine Osmose toller Gedärme durch die Membranen gesellschaftlicher Vorurteile und Klassenschranken hindurch. (Angeblich gibt es bei Dancings gegen Morgen solche Momente.) Sturfan, von dem Triumph seines Stücks (das er auf Bestellung für dieses Schwein Kwintofron geschrieben hatte) berauscht, stürzte sich mit Lilian in den Tanz.

»Wollen wir tanzen, Zypcio? Was?« sagte die Fürstin mit einer saugend-drängenden Stimme wie die Pumpe eines Transozeandampfers. Sie hielt es nicht aus, die Alte, als die malaiische Musikkapelle (aus den treuesten Anhängern Murti Bings zusammengesetzt) einen ungeheuerlichen ›wooden-stomach‹ zu schmettern begann. Zypcio hielt es auch nicht aus. Er tanzte zähneknirschend und begehrte sie trotz allem, diese Schlampe — vielmehr das in ihr verkörperte sexuelle Gift feinster Qualität, das vergötzende Narkotikum, in welches dies Monstrum der Erotik sogar die unschuldigste Zärtlichkeit verwandelte. Wenn er gewußt hätte, was gleichzeitig im selben Gebäude geschah, in einem speziellen Kabinett ... *Sie* mit dem Quartiermeister ... (Kocmoluchowicz war wahrhaftig Meister in diesem Quartier, Meister ungeheuer erniedrigender Perversionen, die ihm in diesem zweiten, historischen Teil des Lebens erst wirkliche Größe gaben. Ein spezielles ›Menu‹ und dann, haps ... sie ... Hoden von Joko-Affen in Makkaroni von Eileitern einer Kapibara, bestreut mit geriebenen Koprolithen von Marabus, die speziell mit turkestanischen Mandeln genährt waren. Wer dafür zahlte? *Sie selber* — von ihrem Salär bei Kwintofron. Das war der Gipfel der Demütigung. Was sind denn die ärgsten Einfälle des Körpers ohne diese teuflische Beimischung spezifischer Geisteszustände, die nur gewisse Personen zu erwecken verstehen. Die erste beste Hure kann diese körperlichen Kunststücke — aber nicht das.) Ach, wenn Zypcio das wüßte, würde er vielleicht tatsächlich dorthin gehen, würde mit einer Flasche Burgunder den sorglosen Schädel seines höchsten Idols zertrümmern, würde sich selbst mit *Ihr* zusammen vernichten in einer Hyper-vergewaltigung, wie sie die Erde noch nicht erlebt hatte. O wenn man das gleichzeitig in einem Telekino mit ansehen könnte: hier nächtliche Übungen der vor Verehrung verrückt gewordenen Artillerie-Kavalleristen; dort eine Sitzung des Rates der Drei (ein Drei-Spuk, der so manche Erscheinung bei einer ordentlichen Séance hinter sich ließ); hier geschwätzige Konspirationen von Finanzrepräsentanten des Westens mit Jacek Boroeder; dort das große X der Differentialgleichung von Emporkömmlingen aller Ränge, die die tollste, schweinischste polnisch-französische Zügel-losigkeit mit einem der reinsten Weiber im Lande inszenierten, mit einem, das sich zeitweilig schon für eine neue Jeanne d'Arc hielt, so sehr hatte man ihm das kleine weibliche Hirn mit ständiger Anbetung verdreht. Eine bestimmte Clique hatte ihr diese Aufopferung zum Wohl des ›Vaterlandes‹ derart eingeredet, daß es keinen anderen Rat mehr gab, als den Leib diesem schrecklichen geflügelten Stier zum Raub hinzugeben, dessen bloße Annäherung sie schon mit bodenlosem Entsetzen erfüllte. Aber sich *derart* fürchten zu können war auch wieder auf seine Art ein Glück. Dabei war hier alles umgekehrt, ganz anders als dort in den Schulen, Ministerien, Berufsräten und ähnlich langweiligen Institutionen. Er war es, der vor ihr balzte – o Wonne...! In Zeiten des Schwankens raste der Quartiermeister, und manchmal mußten ihn achtzehn Adjutanten mit Gewalt in dem schwarzen Kabinett zurückhalten, mußten ganze Eimer Eiswasser endlos von Hand zu Hand geben. (Was würde er in solchen Momenten angestellt haben, hätte man ihn herausgelassen!) »Wollen Sie, Madame, daß das größte Gehirn der gegenwärtigen Welt in einem Glaspokal eines kommunistischen Psychiaters verfault?« (sagte der Oberst Kuzma Hustanski). »Wollen Sie nicht nur das Schicksal dieses Genies, sondern das des ganzen Landes, vielleicht sogar der Welt auf Ihrem Gewissen haben?« (sagte Robert Niehyd-Ochluj in frommen Momenten und hatte vielleicht ganz andere Gedanken dabei – der Teufel weiß...) Das alles bewirkte, daß dieses Mädchen, das in seinem Wesen rein war wie eine Lilie, schon seit einigen Monaten ständig maßlosere Sachen machte, und zwar mit immer größerem

Vergnügen. Und gerade jetzt wurde diese ›Wirklichkeit‹ aus einem züggellosen Traum zur Tatsache, einige Etagen und Korridore entfernt von hier — hier, in diesem Gebäude. *Beide* wurden umweht von derselben zersetzenden Musik (nur war sie gedämpfter) wie dieses Knäuel der Inkarnationen von großem Schwein und armem Zypcio.

Zypcio erstickte in maßlosen Gegensätzen: Die Mutter, auf distinguierte Art leicht beschwipst, führte subtile Gespräche mit Michalski, und Lilian, von ihrem Auftritt erregt bis zum Rappel, brachte Sturfan Abnol absichtlich bis zum Wahnsinn. Dazu diese Atmosphäre eines sexuellen Dancing-Ragouts und die Angst, einem der Offiziere aus der Schule zu begegnen — ha, schon holten Zypcio allmählich die Teufel. ›Zu klein waren sie, um meine Seele zu nehmen, und doch nahmen sie sie‹, fiel ihm ein kindliches Verschen Lilians ein. ›Sich von hier losreißen — fort von diesen Weiberproblemen, sich auflösen‹ — aber wo? Er fühlte sich gefangen. ›Und vielleicht wird gerade die eine Bestie mir die Kraft zur Eroberung der andern geben?‹ So häßlich dachte dieser abscheuliche Bengel, der heute zum erstenmal verliebt war. Er sah ganz klar, daß es über dies hinaus nichts Höheres mehr geben würde, daß er heute auf dem höchsten Punkt der Lebensparabel stehe, auf dem Gipfel seines Daseins. Aber dieser Gipfel ertrank im stinkenden Nebel der Lebensniederungen, und weit oben, in unermeßlicher Höhe, erhoben sich die wirklichen Gipfel des Geistes: Kocmoluchowicz, Boroeder, Koldryk und die *wirklichen* Offiziere des chinesischen Stabes auf den Ruinen des zum zweitenmal zaristischen Kremls. Was war er schon im Vergleich zu ihnen — auch wenn er dreihundert Jahre lang auf dieser Kugel hätte leben können! Er hatte den Appetit und Ehrgeiz eines Titanen. Jetzt hatte sich das in ihm entflammt, hier, in dieser Kneipe. Das Schmatzen des fressenden Schweins stieß ihm in den von der Begierde des Genusses verbrannten Gedärmen schmerzhaft auf. Auch für ihn waren alle diese Größen nur *produits secondaires*. Genießen bis an den Hals, bis zum Kotzen. Da also stand er — erste Liebe ... Wie kommt man zu dieser privaten Tiefe (welche die Kunst schafft, die Wissenschaft und die Philosophie) — oder irgendeiner isolierten

Untiefe —, in der er, mit sich zufrieden, *sein* Leben zu Ende leben könnte? Es gab keine Hoffnung. Wie sehr begehrte er doch, sich an einer wirklichen Größe zu reiben, nur an ihrem verschwindenden, letzten Endchen! O säße er wenigstens in einem Militärbüro der Hauptstadt (am Ende *seines* Tastarms) oder führe im Auto mit einem von seiner Hand unterzeichneten Papierchen — wie anders erschienen dann solche Momente wie dieser! Alles könnte man zerkauen und verdauen, man müßte nicht mehr im Gefühl seiner Nichtigkeit und Kraftlosigkeit waten. So schien es ihm. Alles verwirrte sich zunehmend und war nicht das, was es hätte sein können auf diesem wogenden und deformierten gesellschaftlichen Hintergrund. Die Unterschiedlichkeit von Takt und Tempo machte es unmöglich, sich selber aufrichtig zu erleben. Denn Zypcio war trotz seiner Fehler immerhin eine Ausnahme.

Im allgemeinen (wie Abnol behauptete) war es mit der Nachkriegsgeneration, der Generation von Dancing und Sport, bald vorbei (das heißt, sie überließ, wenn es um Besetzung der Spitzenstellen ging, den Platz rasch der nächsten Generation. Die Abstände zwischen den Generationen verkleinerten sich in diesen Zeiten fast bis zur Lächerlichkeit — um wenige Jahre Jüngere sprachen von nur wenig Älteren als von ›Greisen‹). Ein Teil verdummte hoffnungslos (Rekordsport, Radio, sogenannter ›Drehfimmel‹, Tanz und verelendendes Kino — wo war da noch Zeit, über irgend etwas nachzudenken! Die von Jahr zu Jahr dicker werdende Tageszeitung und der Bücherplunder gaben ihnen den Rest), ein Teil geriet plötzlich in eine falsche Arbeitswut und schuftete gedankenlos und unproduktiv bis zum Verrecken — nur ein Teilchen vertiefte sich, doch das waren geistige Mißgestalten, unfähig zum Leben und Schaffen. Die nächste Generation (die sich von jener um zehn Jahre unterschied) war tiefer, aber kraftloser — nicht an Muskeln zwar, die physische Renaissance war deutlich —, der Wille, mein Bester, war irgendwie nicht der rechte, und der Geist, der Geist, mein Bester, obwohl so viel von ihm geredet wurde, war als Gerüst nicht von erster Qualität — freilich vor allem bei uns nicht. In der gesellschaftlichen Atmosphäre gab es nicht genug optimistische Theorien zum Einatmen — außer dem streng verbotenen Kommunismus. Wovon sollten diese rachitischen Gehirne leben? Mäßigung ist Tod für die Jugend (›Jugend‹ im früheren Sinne, nicht für gedankenlose, ordinäre Sportskerle). Jetzt rächte es sich, daß man aus dem fatalen Irrglauben heraus, das Land durch Stabhochsprung oder Kugelstoßen repräsentieren zu müssen, diese Schicht gezüchtet hatte. Wie sehen Burschen, die sich schon im 18. Lebensjahr keinen Radikalismus erlauben konnten, denn erst im dreißigsten aus? Die dritten Setzlinge, zu denen auch Zypcio gehörte und die von der Gesellschaft für Befreiung erzogen worden waren, unterschieden sich nicht viel von den jugendlichen Vorkriegsschichten. Das war endlich eine Grundlage, auf der man etwas hätte anfangen können. Aber woher! Gerade der Quartiermeister militarisierte diese Schicht mit aller Gewalt, er *offizierisierte* sie — sein Traum war eine Armee aus lauter Offizieren, mit Ultrahyperfeldzeugmeistern auf den höchsten Posten. Ha, wir werden sehen, was daraus wird!

Zypcio tanzte mit dem Gefühl, eine Gallerte aus Echinokokken in Händen zu haben, nicht ein Symbol des Lebens. Er sah immer nur ihr Gesicht vor sich, aber er mußte... Warum mußte er? Düster sann er über den Mechanismus der Falle nach, in die er geraten war. Außer dem kindlichen Onanieren war dies sein erstes häßliches Laster — kein physisch angenehmes Raffinement, sondern Abwerfen jeder Verantwortung, Sicheinschmiegen in ein bequemes Winkelchen schwächlicher Sorglosigkeit. Oh, man muß damit ein Ende machen! Er, fast ein Offizier, er schwankt! Aber dann fuhren sie zusammen in die Vorstadt Jady, und Zypcio durchlebte geradezu schreckliche Wonnen (die Fürstin hatte ihm heimlich Kokain in den Wein geschüttet). Schlimmer: Er lernte die Wollust kennen, die heiligsten Dinge zu entehren — und was noch schlimmer ist, er fand Geschmack daran. Von diesem Moment an lebte ein neuer Mensch in ihm (außer dem unterirdischen, düsteren Gast, der, von Geschehnissen gesättigt, wohl stiller geworden war in den letzten Zeiten, in der Tiefe aber weiterarbeitete). Dieser Neue schuf sich einen Transformator zur Umkehrung der Werte: scheußlich? — dann erst recht (sogenannte ›Perversion‹); schwierig? — vollbringen; taugt nichts? — zur Würde des Wesentlichen erheben. Ein solcher Transformator in den Händen Kocmoluchowiczs wäre etwas Herrliches gewesen; im Gehirn des ›künftigen Verrückten aus Ludzimierz‹ aber konnte Schreckliches daraus entstehen.

Tort*ü*ren und erstes Auftreten
des ›Gastes aus dem Untergrund‹

Völlig unausgeschlafen, mit einem schrecklichen Kokain-Katzenjammer (es ereigneten sich geradezu abgründige Wunder und Offenbarungen. Wieso?), nach ganztägigen Übungen vor der Stadt inmitten einer Landschaft, die so langweilig war wie das Abitur (es war ein grauer, warmer, süßlicher, nach Gras duftender Frühlingstag), eilte Genezyp gegen sechs Uhr in die St.-Rhetorius-Straße zu Persy. Er hatte höllisches Lampenfieber, wußte nicht, was er ihr sagen solle, schwitzte in der engen Uniform und hatte einen schlechten Geschmack im Mund.

Dieser Zitterrochen lebte allein mit einer Anstandsdame-Köchin, Frau Golanowska (Izabela). Schon im Vorzimmer fühlte er eine ungesunde (hu, so ungesund, es war schrecklich!) Atmosphäre der Resignation. Alles roch nach chronischer, unheilbarer Tort*ü*re, wie die Fürstin zu sagen pflegte. Hu, gefährlich — hoho! Er wußte das, und doch stieß ihn irgendein Dämon immer weiter hinein, hielt ihn mit erbarmungsloser Pratze am Nacken. Er wußte, wer das war — oh, er wußte es nur zu gut, der Arme. Sie empfing ihn im Bett, eingehüllt in Schmuckfedern à la Sperling (der Maler, nicht der Vogel) und überbrabantische Durchsichtigkeiten und umgeben von Kissen, deren Kissenhaftigkeit die Faulenzerträume des orientalischsten aller Fürsten der Erde übertraf. (Alles war sehr billig, aber mit einem unerhört sadistischen Geschmack konstruiert.) Das Ziel war die maximale Entfesselung männlicher Kraft, und dieses Ziel wurde erreicht. Der arme Zypcio war geradezu geblendet von ihrer sogenannten unirdischen Schönheit. Er bemerkte erst jetzt Einzelheiten, die ihm gestern entgangen waren. Sie war ›in natura‹ noch schöner als auf der Bühne — das war eine schreckliche Entdeckung; keinerlei Makel, mit dem man sich *en cas de quoi* hätte trösten können. Eine Mauer. Ihre Nase war ›so gerade, daß es fast eine Adlernase‹ war, wie Rajmund Malczewski gesagt hatte; der Mund war nicht groß, aber sein Schnitt brachte einen geradezu zur Verzweiflung—eine wundervolle erdbeerhafte Röte auf himmlisch-mandelhaften Samtigkeiten. Dazu veilchenblaue Augen mit dunklen Wimpern, die in den Augenwinkeln leicht gebogen waren und dem Blick eine wellenartige Länglichkeit verliehen, die sich dahinzog bis in die Unendlichkeit ungesättigter Begierde. Was auch immer ein beliebiger Mann mit ihr ›anstellen‹ könnte — es wäre vergeblich, würde nicht erleichtern, nicht befriedigen, kurz, es wäre überhaupt gar nichts. Sie war unverwüstlich. Einzig der Tod: entweder ›seiner‹ oder ihrer. Darüber hinaus eine unüberwindliche Wand. Ha! In dieser Hoffnungslosigkeit fand Kocmoluchowicz die wesentlichsten Elemente seines Wahnsinns. Gewöhnliche, wenn auch wunderschöne junge lustige Mädchen reichten an dies nicht heran. Er hatte schon so viele von ihnen kaputtgemacht wie ein brutaler Junge sein Spielzeug. Hier dagegen konnte er mit seinem allmächtigen Schädel mit Volldampf loslegen, aufs Ganze gehen und doch nie ans Ziel kommen, sich viehischer Brunst hingeben und nach Herzenslust rasen, schwarzgoldene Geilheit speien wie ein lavaspeiender Vulkan — oder einfach Entspannung finden für sein metaphysisches Bedürfnis, das Allsein selber zu fressen. Sie war ihm dazu das Symbol. Was hatte Zypcio dabei zu suchen? Lächerlich!

Kaum hatte die unangenehme Anstandsdame das Teeservice hingestellt und war hinausgegangen (dabei lächelte sie, als wollte sie sagen: ›Oh, ich weiß gut, was hier in einer Weile vor sich gehen wird‹), da schlug Persy die teerosenfarbene Bettdecke zurück und raffte das Hemd bis zum Hals empor. Genezyp, vor Betroffenheit versteinert (alle Begierden verkrochen sich in den Endzipfel seines Intellekts, so sehr war er betroffen), erblickte die Verkörperung weiblicher Schönheit, vom Aschblond der Haare (sowohl dieser wie jener) bis zu den Zehennägeln. Er erstarrte. Die Unzulänglichkeit, Unerreichbarkeit des Anblicks grenzte ans Absolute. Was war die Wand des Mount Everest von der Seite des Rongbuk-Gletschers dagegen? Eine dumme Farce! Was ihm gestern noch unvorstellbar erschienen war (daß sie das alles überhaupt haben könnte), hatte sich erwiesen. Aber die Unbegreifbarkeit des realen Bildes war um eine Unendlichkeit ungeheuerlicher als jene Träume im Theater, da der Arme sich gewisse Dinge nicht als zu *Ihrer* Person gehörig hatte vorstellen können... O Grausen! In der dämmrigen Folterkammer seines Inneren vernahm er Worte, die sie von der Bühne herab mit diesem mörderischen Stimmchen (›oh, wenn dabei ihr Stimmchen...‹) gesprochen hatte. Und wie sie jetzt vor ihm lag, im schamlosen Prunk der Entblößung (nicht der Nacktheit), während sie doch zugleich ein solches Engelchen war! Wie schön mußte sie im Augenblick der Wollust sein...! Das war wohl ein böser Traum. Doch die Worte krochen in seine Ohren wie Ameisen in die Hose und bissen schmerzlich den ohnehin schon schmerzhaften körperlich-geistigen Knoten sexueller Verwicklungen.

»Setzen Sie sich doch endlich. Und übrigens werde ich zu Ihnen ›du‹ sagen. So wird es besser sein.« (Für wen, um Gottes willen?!) »Das wirkliche Wesen aller Gefühle besteht in Lüge und Unersättlichkeit. Das gesättigte Männchen lügt nicht, ich aber will nur Lügen.« (Der einzige Kocmoluchowicz genügte ihr auch in der ›Wirklichkeit der Sättigung‹ — nun, ein solcher Stier und Herrscher...) »Ich liebe dich, doch du wirst mich niemals haben — du darfst nur schauen, und auch das nur manchmal. Aber du wirst verlogen denken und mir diese Lügen sagen, und ich werde darin leben und mir eine eigene Lüge schaffen. Ich brauche das fürs Theater. Und dann wirst du mich hassen aus dem Übermaß an Qual, wirst mich umbringen wollen und doch nicht die Kraft dazu haben. Dann werde ich dich am stärksten lieben. Das wird eine Wonne sein...« Sie reckte sich, öffnete leicht den Mund und spreizte unmerklich die Beine, und ihr Blick wurde verschwommen. Zypcio wand sich. Ach, ihr mit junger und brutaler Pratze die Innereien herausreißen und sie mit vollem Maul fressen... »Du wirst nur noch ein einziger Gedanke an mich sein, ein einziger Orgasmus der Qual, wirst zerbersten vor unsagbarer Begierde —

und dann vielleicht ... Aber es ist sehr unwahrscheinlich, daß ich mich von dir berühren lasse. Lieber wäre mir der Tod als die scheußliche Wahrheit von Sättigung und Langeweile. Ich quäle mich selber bis zum Wahnsinn ... Ich liebe dich, ich liebe dich ...« Sie krümmte sich vor Schmerz, als hätte ein glühendes Eisen sie in das Zentrum der Lust gestoßen, und zog sich die Decke bis an den Hals. Ihre rosigen Fersen gaukelten ihm vor den Augen, und es wehte ihn irgendein Rüchlein an, das nicht von dieser Welt des Weibchens war. (Es war immer das gleiche nach jenen Geschichten.) Persy empfand den fast psychischen Schauer, den der Meister masochistischer Verviehung auf ›soldatische Art‹ ›Verhosung in zwischengestirnliche Leere‹ nannte, was die Einleitung zu realeren Lüsten war. Ach, seine höllische Zunge, die es verstand, die Lust bis zur Unerträglichkeit zu steigern, und dabei das Bewußtsein, daß *er* selber es war, dort ... O nein! Zypcio war gut als Dekoration: kindliche Kopiersucht auf einem metaphysischen Nachttopf, in dem in verdächtigen Absonderungen das Herz jenes Titanen schwamm. Sie wußte, daß der Quartiermeister sie außerhalb aller ›Entspannungen‹ liebte. Wunderbar fügte sich das Leben — es war so voll, daß niemand auch nur eine Nadel hätte hineinstecken können. Tante Fragorzewska hatte recht: Eine solche Bombe von Bestimmungen in der Hand halten und mit ihrer Lunte spielen in dem Bewußtsein, daß sie jeden Augenblick losgehen kann — ›das, mein Lieber, ist Klasse‹, und damit basta.

Persy schluchzte eine Weile stumm ein hysterisches, trockenes Schluchzen. Dann, nach einem Blick auf Genezyp, der sich im Zustand endgültiger, sowohl körperlicher als auch moralischer (geschlechtlicher) Zersetzung befand, sagte sie mit schwesterlicher Liebe und einem fürsorglichen, hilfsbereiten, gastfreundlichen Ton:

»Nimm etwas Tee, Zypcio. Die Golanowska hat heute ausgezeichnete *petit-fours* gemacht. Iß, iß — du bist so elend.« Und mit raubtierartiger Leidenschaft fügte sie hinzu: »Jetzt bist du mein, mein.« (Ein anderes, ähnliches Wort drängte sich ihr auf die Lippen, ein Lieblingswort des Quartiermeisters — sie konnte sich nicht zurückhalten, flüsterte es ganz leise und senkte dabei die Augen, die in dieser wimperigen Ohnmacht nur das eine zu sagen schienen:

›Du weißt, was ich habe, so etwas Schönes, Duftendes, Angenehmes, aber nicht für dich, du Gimpel, nur für echte Kraftmenschen dieser Welt.‹ Gibt es wohl etwas Unanständigeres als vorgeblich aus Scham gesenkte, bewimperte weibliche Augenlider? Genezyp dachte, er habe nicht richtig gehört.) »Nie wirst du mich vergessen. Im Grab noch wird sich der Sargdeckel heben, wenn du an mich denkst.« Sie zögerte nicht, einen so ordinären, banalen, drittklassigen Witz zu machen! Und dieser Witz klang wie eine drohende, düstere, ihn mit dem Schmerz des Heißhungers zerbeißende Wahrheit — aus ihrem unerreichbaren Mund. Und Mademoiselle Zwierzontkowskaja saugte sich ein in sein blaß gewordenes, von übermenschlicher Qual verschöntes Gesicht, sie verschlang den knabenhaften, unsäglich sexuellen Schmerz in seinen entflammten Augen, drang mit braunumringten, unschuldigen, veilchenblauen Äuglein ein in seinen von der Folter zerrissenen Mund und seine bebenden Kiefer, die in ohnmächtiger Leidenschaft die tatsächlich ausgezeichneten *petit-fours* zermalmten. Sie hatte recht. War denn nicht eben dies das Herrlichste? Freilich nicht vom Standpunkt des Quartiermeisters und der Ertüchtigung seines Offizierskorps aus. O-o-o, aber was wäre, wenn Zypcio plötzlich erfahren würde, was gestern geschehen war? Wie würde sich seine innere Furie potenzieren! Ach, wäre das ›süß‹! Doch so etwas konnte man sich noch nicht erlauben. Das würde noch kommen, bestimmt: ein Momentchen wie ein wundervoll geschliffener, wertvoller Edelstein, wo er in diesem Foltersößchen ganz zerschwimmen wird — er wird ganz einfach in ihrer Gegenwart etwas mit sich machen... Es hatte schon solche gegeben.

Es war offensichtlich, daß das Gerede über ihre Unersättlichkeit Lüge war; war sie doch übervoll von der Wonne, die ihr jener gegeben hatte: ein Halbgott, Schnauzbart, brutaler Kerl, wilder Herrscher, bis über den Kopf vergraben in ihrem Körper. Und wie er sie nach seinen programmatischen Demütigungen mit Füßen getreten, geschlagen, verprügelt, zermalmt hatte... Aa! (Nicht umsonst hatte ein Turbogenerator wie Kocmoluchowicz ein solches Weib. Aus Millionen Zentnern von Weiberfleisch hatte er *sie* herausgehoben und aus ihr das gemacht, was sie nun war: Herrscherin in einem Gebiet fast metaphysischer Lüge [die *allem* widerspricht] und in einem Königreich von wahrhaft erstklassigen Quälereien. Und da sie Kocmoluchowicz hinter sich hatte, fürchtete sie niemanden. Sie konnte jeden paralysieren und auf kalte Art essen [auch wenn sie ihn ›liebte‹ — in ihren Kategorien allerdings] wie eine Gottesanbeterin ihre geliebten Männchen. Nur geschah es hier im *tête-à-tête*.)

Genezyp erstarb, begraben unter einem Berg grenzenloser Qual. Alle die köstlichen Grübchen, zu denen man im letzten Augenblick hätte Zuflucht nehmen können, hatten sich ihm verhüllt. Mit ausgebrannter Stimme stammelte er fremde Worte, die unwillkürlich aus dem eben erst zerwehten Erinnerungsbild ihrer wundervoll schlanken, langen und dennoch vollen Beine hervorgeblüht waren — waren sie doch ganz von blauen Flecken bedeckt (erst jetzt wurde er sich dessen bewußt). Auf Genezyp wirkten die blauen Flecken wir Knallquecksilber auf Pyroxylin.

»Hat jemand . . .? Warum diese — diese Flecken?« Er wagte nicht, sie einfach ›blaue‹ Flecken zu nennen. Mit der Hand machte er eine Kreisbewegung über der Bettdecke.

»Ich bin gestern nach dem dritten Akt von der Treppe gestürzt«, gab Persy zur Antwort mit einem schmerzlichen Mienchen und einem Lächeln von unaussprechlicher Süße. Und in diesem Lächeln zog vor dem institutionellen Nabel des jungen Märtyrers das fatale, unartikulierte Bild irgendwelcher wilden, unbegreiflichen Gewalttaten vorüber. Obwohl er etwas Unglaubliches, Ungeheuerliches *wußte*, kraft einer seltsamen Hypnose davon überzeugt war, stieß dieses Etwas ihn nicht von ihr ab, sondern transformierte sich ganz und gar zu einem noch größeren Verlangen. Er verbrannte wie ein Papierchen in einer Bessemerbirne, dumpf heulend in den wasserlosen Wüsten des Geistes. Aus diesen Qualen gab es keine Flucht, auch nicht auf die Höhen des offiziers-männlich-inspirierten Gesichtspunktes, dessen Symbol der Quartiermeister war — es war das eigentlich reines Kondottieretum, nationale Ideen spielten nicht die geringste Rolle. Kocmoluchowicz selber glaubte nicht mehr an eine Auferstehung der vermorschten nationalen Gefühle. In den Schulen verkündete man zu Beginn der

Kurse einige einfache Dogmen zu diesem Thema, und dann trug man im Triumph abstrakte Begriffe wie Sakramente herum: Ehre, Pflicht, und gleichrangig damit: Worthalten, Mut, Pünktlichkeit, Genauigkeit in den Zeichnungen, Klarheit im Ausdruck und rein physische Tüchtigkeit. Die automatische Richtung war überall allmächtig (angeblich war Murti Bing damit vollkommen einverstanden). Erschreckte Figuren bewegten sich in der ideellen Dämmerung. Jeder, der irgend etwas dachte, verbarg und versteckte es sorgsam vor der Allgemeinheit — diese Dinge (was eigentlich?) standen tief im Kurs, vor allem dann, wenn sie mit früherer Metaphysik oder Religion verbunden waren. Eine Psychose hatte alle gemeinsam erfaßt: die Angst vor dem Wahnsinn. Genezyp war wirklich eine Ausnahme.

Doch in diesem schlimmen Augenblick warf es ihn plötzlich um. Er, fast ein Offizier und künftiger Adjutant des Chefs, begann, in den Teppich zu beißen, erstickte dabei an einer Wollsträhne und prustete schaumig in die persischen Arabesken. Ein schwarzer Wall von weichem, aber undurchdringlichem Widerstand hatte ihn für immer vom Glück getrennt. Dahinter erst war alles zu erobern — davor war nichts. Er wußte, daß Gewalt hier nicht helfen würde, daß die Anstandsdame hereinkäme und eine definitive Kompromittierung die Folge wäre. Keiner von den Tricks, die er an der Fürstin erprobt hatte, war wirksam. Alle Antidota gegen Dämonismus versagten. Übrigens war das hier gar kein Dämonismus — zumindest nicht für ihn, der trotz ihrer Bekenntnisse an ihre Wahrhaftigkeit glaubte. In Wirklichkeit aber war das Dämonismus allerhöchsten Grades, denn sie war ja dem Schein nach gut, empfindsam und in (eingebildetem) Leiden zerflossen. Man war entwaffnet angesichts der Tatsache, daß auch sie unglücklich schien. Doch das erhöhte nur ihren Zauber (so wie in der Kindheit die Trauerkleidung der Mädchen), es forderte das heimlich verborgene Böse zu größter Wildheit heraus. Das Wort ›Gestank‹ gibt die Schrecklichkeit der Ereignisse am besten wieder. Der erste regelrechte Wutausbruch, und das mit allen Anzeichen einer normalen, in keinem Wahnsinn begründeten Geistesabwesenheit. Sie sprang mit nackten ›Füßchen‹ aus dem Bett (in einem langen, fast durch-

sichtigen Hemd), streichelte seinen Kopf und flüsterte die zärt-
lichsten Ausdrücke:

»Du mein allersüßestes Bübchen, mein Goldchen, Katerchen
liebstes, allerreinstes Seelchen, arbeitsamstes Bienchen« (was war
das denn wieder?), »du mein geliebtes Unglück, beruhige dich,
erbarme dich meiner« (dies zum Erwecken widerstreitender Gefühle), »bedaure mich« (sie durfte ihn berühren — er sie nicht).
Sie drückte seinen Kopf an den unteren Teil ihres Bauches, und
Genezyp spürte die *von dort* strömende Wärme an seinem Gesicht
und dazu einen zarten, unheimlichen Geruch ... Ah, nein!!! Und
ihre Stimme war derart, daß sie die verborgensten sexuellen Zentren seines Körpers zu berühren schien. (›Oh, du Aas — das
schönste Weib, das man sich vorstellen kann, aber ein Luder‹, wie
der Quartiermeister sagte. Aber für ihn war gerade das ein Glück.)
Diese Stimme saugte Zypcio das Mark aus den Knochen, versulzte
ihm das schmerzende Hirn und blähte ihn zu einer leeren Blase
ohne Inhalt auf. Und das geschah so schnell! Er wußte nicht, durch
welches Wunder er wieder zu sich kam. Dieser Zustand ohnmächtiger Raserei war eine Wonne. Er erblickte ihre nackten Füße, als
sie dicht bei ihm stand (diese langen, wunderschönen Zehen, wie
geschaffen für seltsame Liebkosungen — der Generalquartiermeister kannte das gut), und es war, als habe ihn jemand mit einer
Runge über den Schädel geschlagen und dabei mit einer glühenden
Eisenstange direkt in die Hoden des Seins gestoßen. Wieder begann er mit dem Kopf gegen den Boden zu schlagen, und dabei
stöhnte er dumpf. Ja, das war Liebe, wirkliche, bestialische Liebe
— keine von diesen idealistischen Flausereien.

Persy war glücklich bis zum Sichverschlucken (so seltsam riesig
wurde die Welt, so schön, und füllte sich einzig mit ihr gänzlich
aus). Sie streichelte weiter dies männliche, fremde, ›bezaubernd
schöne‹ Köpfchen, in dem sich *solche* Dinge taten! ›Das Sperma
hat sich aufs Gehirn gelegt‹, wie Kocmoluch ihr zu sagen pflegte.
Er nannte das auch ›Bullenkrampf‹. Diese Persy hatte schreckliche
Gelüste, fern jeder Philosophie, sogar jeder exakten Wissenschaft.
Für sie war schon die Metaphysik (daß Gott erbarm!) Kocmoluchowiczs etwas allzu Riskantes. Gedankenlos wie ein Automat

glaubte sie an den katholischen Gott, ging sogar zu Beichte und Kommunion — dieses Ungeheuer! Aber was ist das im Vergleich zu Alexander VI., der zur Mutter Gottes betete um den Tod von Kardinälen, die er aus finanziellen Gründen vergiftete — was ist das im Verhältnis zu den Widersprüchen zwischen dem heutigen Katholizismus und der wahren Lehre Christi! Eine Dummheit, ein Detail.

»Ach, du mein süßes Köpfchen! Was hat es für seidiges, wunderschönes Haar, welch böse Äugelchen, wie bei einem tollwütigen Biest in einem Käfig, wenn nebenan hinter der Wand ein Weibchen ist, zu dem es nicht gelangen kann. Welch durstiger, unbefriedigter Mund, welch ein vom Fieber verbranntes Körperchen!« (Sie schob ihm ihre Hand unter die Uniform.) »Ach, du mein Wunder — wie ist das alles so prachtvoll!« Sie *klatschte in die Hände vor Entzücken* und begann auf dem Teppich zu tanzen, wobei sie die Beine bis über den Kopf emporwarf und die Abgründe der Wollust und der Erbsünde enthüllte. Genezyp kniete und schaute. Wie ein Ungeheuer aus einer Peyotl-Vision vergespenstete sich die Welt zu einem überungeheuerlichen Monstrum, stachelig, gehörnt, zackig, scheußlich und böse bis zur Unbegreiflichkeit. Leid, das fast moralisch war, zwar physisch, aber doch schmerzlos und weich, zersäuerte ihn zu einem ekelhaften, stinkenden Kataplasma. Er schloß die Augen, und ihm war, als sei er gestorben. Ewigkeiten verflossen. Persy ließ das Grammophon einen verzweifelten ›wooden-stomach‹ spielen und tanzte weiter. Und eine Stimme, die ihr und der ganzen Welt fremd war (sie hielt sie für die Stimme Satans), sprach obenhin: »Leide nur, du männliches Aas, du unausgebackener Embryo, du knabenhaftes Miststück — ich werde dich zu Tode martern, verdammt, dich mit deiner eigenen Begierde zerpeitschen, deine schweinische Phantasie zu Tode geißeln. Wälze dich in Gedanken in mir, brülle vor Tollwut — du wirst mich niemals berühren. In diesem ›Niemals‹ liegt die ganze Wollust. Heule nur vor Schmerz, flehe darum, daß ich auch nur mit einem einzigen Härchen über deine bis zum Wahnsinn gereizten Gedärme streife.« Und so ähnlich, und so weiter. Und auch darin war höchste Liebe, nur war sie auf die Kehrseite des

Ichs umgelogen. Sie war wie ein umgewendeter, schmutziger Sack. Sadismus und grenzenlose Güte gegenüber allen Bastarden, Krüppeln und geistig Armen, Einfältigen und ›Kleinchen‹ (brrr — was für eine Schweinerei!) waren zu einem einzigen ekelhaften Haufen in ihr vereint. Weiber verehrten sie entweder grenzenlos (sie hatte einige ausgezeichnete lesbische Anträge bekommen, hatte sie aber verächtlich abgewiesen), oder aber sie haßten sie wie die Geliebte ihres Geliebten (obgleich Persy in dieser Hinsicht keinerlei Schuld auf ihrem kleinen Gewissen hatte, außer gegenüber der Generalin Kocmoluchowicz. Der Quartiermeister hatte nach der Heirat keine andere *wirkliche* Geliebte mehr gehabt. Persy war die erste [und letzte], mit der er die übrigens wahrhaft geliebte Ehefrau betrog. Denn was waren schon diese jungen Mädchen — das zählte gar nicht . . .)

Plötzlich raffte Zypcio sich auf und stürzte hinaus — gerade erwischte er noch seine Mütze. ›Der Tee‹ und die *petit-fours* blieben unbeendet, als Symbol des Sichentreißens aus den Klauen des Dämons. Die an der Tür lauernde Anstandsdame fiel beim Anblick dieser Rage und dieses Gesichts fast in Ohnmacht. Sein Gesicht war in der Tat erschreckend: von Qualen geschwärzt und geschwollen. Ach, wenn ihn jemand in diesem Augenblick gezeichnet oder wenigstens geknipst hätte! Schade.

Persy, still, mit einem abscheulichen kleinen, sinnlichen Lächeln, stieg graziös ins Bett (sie hatte die Gewohnheit, immer, sogar auf dem Bidet, sich so zu benehmen, als würde sie beobachtet), schmiegte sich mit Wonne in die Kissen und rollte sich zu einem Knäuelchen zusammen. Erst jetzt konnte sie *wirklich* von sich träumen: Selbstpersönlich, selbstexistierend, konnte sie sich nach Belieben kopulieren und entkopulieren, sich in sich selber vertiefen wie in ein vollkommenes Futteral. Sie fühlte, daß sie wirklich war — die eben erst vergangenen Ereignisse verblaßten, wurden zu einem beinah abstrakten, aber notwendigen Hintergrund für das aufblühende reine Ich, das sich aus den Nebeln des schwarzen Nichts der Alltäglichkeiten neigte, brennend wie ein riesiger Gipfel in der untergehenden Sonne vor einem fast nächtlichen Himmel über den dunklen Tälern der Gewöhnlichkeit. In diesem Moment war sie der Nabel der Welt, wie der Schah von Persien es angeblich täglich ist — sie war glücklich. Dann zerwehte das Ich in köstlichem Dunst (wie in einer Äthernarkose unmittelbar vor dem Schwinden der Sinne), und es folgte ein ›Ineinanderfließen mit dem Allsein‹: völliges Schwinden des Körpers (während ein letztes Fünkchen Bewußtsein noch irgendwo ganz am Rande des leeren Weltraums flackerte) und darauf ein wunderbarer Traumschlaf, aus dem sie frisch, gesund wie eine Kuh und heiter erwachte. Das genügte für eine Woche — nun, sagen wir, für zwei. Gönnen wir ihr diese Momente, denn ohne solche Erlebnisse (und ohne jene *anderen*, zusammen mit dem einzigen Kraftmenschen an Geist und Körper) war diese ganze berühmte Persy Zwierzontkowskaja armselig und grau (für sich selber als solche).

Zypcio jagte im Auto zur Schule. (Er konnte sich nicht so retten wie damals im Badezimmer der Fürstin — er wußte, wonach das roch. Überhaupt roch alles auf eine seltsam unanständige Art. Alles schien verschworen, ihn langsam und systematisch bis zum höchsten Grad zu reizen. Und jener unvergeßliche Geruch ... Niemals, niemals! Er wuchtete mit dem Schädel gegen eine schwarze Wand auf Tod und Leben und wand sich in schrecklichen ›ziehenden‹ Schmerzen.) In der Welt der Erscheinungen nieselte ein feiner warmer Frühlingsregen. Alles war vulgär und gewöhnlich — ein wahrer Balsam: die Laternen, die wenigen Vorübergehenden, die um diese Zeit sich belebenden Lokale ... Ihm aber zerrte gerade die Seltsamkeit an den Eingeweiden, so sehr, daß er fast heulte. Er hatte das Empfinden, als schleiften seine entehrten Innereien durch die kotigen, schmutzigen Straßen hinter dem Auto her. Ein Gebrüll des Hasses stieg auf vom Boden des Seins, von dort her, wo jener dunkle Gast hockte. Obgleich die Woge des Unglücks schon zu dessen Zelle gelangt war, blieb er ruhig. Drei Stunden Abendmanege, wobei sein Rappen von weiß-gelblichem Schaum triefte — nachher konnte er wenigstens schlafen. Doch war es eher sein gefolterter Leichnam, der schlief, nicht er selber.

Wie sollte man überleben bis zu den Ereignissen, in denen man endlich ums Leben kommen könnte? Am nächsten Tag um sechs Uhr war er schon wieder bei der Fürstin und liebte sie, die Mama-

Vampirin, geradezu ungeheuerlich. Abends wieder dieselbe Vorstellung bei Kwintofron, um Mitternacht wieder bei Persy. Aber er war schon sanft. Sie hatte es verstanden, ihn zu zähmen und auf das Rad der schlimmsten, der chronischen Foltern zu flechten. Der akute Zustand war vorüber. Persy brachte ihn zu der tiefen Überzeugung, daß sie ein Engel war, er aber ein Sünder, der nicht einmal wert war, von ihr gestreift zu werden. Sie redete nur von ihren Leiden und vergaß dabei scheinbar seine Existenz. In Wirklichkeit aber achtete sie auf jede seiner Bewegungen, auf jedes Zucken der mit dem bleiernen Schmerz der Ungesättigtheit beschwerten Augenlider, auf jede flüchtige Deformierung seines gefolterten Körpers, und sättigte sich wie ein Polyp, wie eine gefräßige Zecke, wie eine Laus. Diese Liebe sublimierte sich zu unerreichbaren Höhen der Hingebung und Selbstaufopferung — nur theoretisch allerdings, denn es gab keine Prüfungen, und es war ungewiß, wie diese ausgefallen wären. Denn diese Liebe erinnerte (außer in den äußeren Formen) eher an einen wilden Haß gegen den *toten Gegenstand* als an ein Ergriffensein von einer fremden Seele. Das Problem war: Wie sollte man dies alles zu dem eigentlichen Zweck verwenden? — und noch wichtiger: Was war der eigentliche Zweck? Wäre nicht der Geist des Quartiermeisters in der unfernen Hauptstadt gewesen, so hätte Zypcio dies niemals aushalten können.

Das ›Herauszerren der Därme‹ war jetzt viel subtiler, tiefer, wirklicher. Auch die Seele (wie Schleim oder wie Eiterkörperchen) wurde in dieser Lösung stückweise mit ausgeschieden. Von ihr lebte, nährte sich wie mit Phosphatin das arme ›Persilein‹ (wie der Quartiermeister sie nannte, wenn er sich gänzlich hingeben wollte, einmal oder auch zehnmal, aber dann ›hintereinander‹).

Und dabei konnte man doch nicht auf dieses abscheuliche Leben verzichten, ohne vor dem Tod wenigstens einen einzigen Schluck wirklichen Adjutantentums des Chefs gekostet zu haben. Der Unglückselige wußte, daß, auch wenn Persy seiner Begierde nachgäbe, in Wirklichkeit sich nichts ändern würde. Es war die unerfüllbare Liebe an sich, und Persy war eine Inkarnation des Unerkennbaren. Doch bei dem Gedanken, daß er mit diesem Fräulein, das der tollsten jugendlichen Idealisierungen würdig war, sich dasselbe erlauben könnte wie mit jener Schachtel, veränderte sich der junge Verehrer Kocmoluchowiczs in einen von Glut dissoziierten Nebel. Einstweilen wurde er an der Kandare gehalten und zu einem Pastetchen von unerhörtem Geschmack präpariert. Infolge der Umstellung der (relativ) normalen Zeitfolge — der Liebe zu einem Mädchen und der Romanze mit einer erfahrenen Dame — erlangte er diese Verdrehung und Unangemessenheit von Gefühl und Objekt, was später solch fatale Resultate zeitigen sollte. Die Fürstin sank zur Rolle eines — nun, sagen wir — Eimers herab, der auf seltsame Art mit einem dressierten Affen verbunden war. In der Rechnung des nichtswürdigen jungen Burschen fand sie einzig als eine verdrängende Kraft auf dem Abschnitt der Lebensfront an der St.-Rhetorius-Straße Verwendung. Sie wußte nichts davon, die Arme — ihr wurde Zypcio immer geheimnisvoller und unbegreiflicher. Seltsam: Sie war ihrer selbst so sicher, daß sie ihn nicht verdächtigte; er war bestialisch leidenschaftlich und immer erfinderischer in seinen Ansprüchen. Sie begehrte nicht mehr so sehr die eigene Lust als die Befriedigung der satanischen Phantasien des jungen ›Pascha‹, der sich in immer mörderischeren Raffiniertheiten sielte.

Aber wie das *Wirkliche* vor sich ging — wie dieser Destillierapparat funktionierte, der die psychophysische Nahrung aus diesem jungen Stier zu Persys grauem, düsterem oder nachtfalterigem Seelchen durchließ, und was sein Treibstoff war —, das ist schwer zu sagen. Er, eingeschlossen in seiner Uniform wie in einem Panzer — sie, zerwischt, auf unanständigste Weise verschwommen in ihrem spezifischen Liebreiz, den niemand nachzuahmen vermochte. Er sah (zum Beispiel) ihre linke Brust mit dem erdbeerfarbenen *(fraise vomie)* Nabelchen (der grausam und zu Unrecht so benannten ›Warze‹ — pfui), ein Stückchen der rechten Hüfte mit leicht bläulichen *(bleu gendarme)* Äderchen und die rosigen *(laque de garance rose de Blocks)* Zehlein des linken, untergeschlagenen Beines (sie trug Sandaletten von einer Farbe wie aus Zimt und Milch, nach dem Vorbild einer Dame aus dem Roman von Strug). Er saß auf einem niedrigen Puff in *orange Witkacy* (das war ihre Methode, dies niedrige Sitzen — warum? Das weiß man nicht; wohl eine höllische Intuition der Verderbtheit dieses Mädchens), zu einem steifen Knäuel gekrümmt, zu einer einzigen blauen Masse geschlechtlicher Qual geschlagen. Er liebte sie wie ein Wahnsinniger — es gab tatsächlich Momente, in denen er sogar Kocmoluchowicz betrogen hätte — wenn sie nur gewollt hätte. Sie aber hatte bescheidene Wünsche: nur ein bißchen ›zerplagen‹, ›tortürieren‹ und ›ein wenig mit sich selber über sich selber phantasieren‹, wie sie sagte, mit sich selber zärtlich tuend wie eine schnurrende Katze in der Wärme des Ofens. Und sie sprachen:

»Zypcio, teuerster, das sind die einzigen Momente, in denen ich nicht leide, du mein süßester Morphin. Mir ist so wohl, wenn ich weiß, daß du mein bist, wenn du dich so ganz zum Sprung spannst, von dem du weißt, daß er niemals geschieht. Du bist gespannt wie ein Bogen, der niemals den Pfeil in die Weite schicken wird. Willst du wissen, was hier in diesem Zimmer ist? Komm.« Sie nahm ihn mit einer Hand (ha! diese Haut, mit der man sich keinen Rat weiß, es sei denn, sie mit einem Messer zu zerschneiden, das in Vitriol getaucht ist) und wickelte sich mit der anderen mit einer unvergleichlich lockenden Bewegung in einen *seltsamen* (warum? weil *ihren*) weißen Überwurf. Er stand auf, erstarrt vor Qual. Sie nahm einen Schlüssel aus einer chinesischen Schatulle und öffnete die Tür links neben dem Bett. Das benachbarte Zimmer war fast leer. Genezyp schaute sich mit den Augen eines hungrigen Geiers an diesem Ort um, der ihn so viel ungesunde Neugier gekostet hatte. Warum gerade heute? Dort stand ein Offiziers-Feldbett, daneben zwei Stühle, auf ihnen lagen Bücher (Flugzeugkonstruktionen von Mokrzycki, die Mechanik Loves, *Evolution créatrice* von Bergson, der erste Band eines vor siebzig Jahren konfiszierten Romans des altersschwachen Kaden-Bandrowski: *Bauer oder Automat* — aha, auf dem Bett lagen noch die Logik von Sigwart und *Corydon* von Gide: ein sonderbarer Mischmasch) und eine schreckliche metallene Knute, und darauf eine zersprungene Ikone der Mutter Gottes von Poczajów. Kein Waschtisch. Es roch nach Zigarettenrauch und nach etwas unfaßbar widerwärtig Männlichem. Zypcio erbebte. Sie sprach ... Sie reizte ihn bis ins ungeheuerliche durch ein Schleppen der Stimme und durch gutbemessene Pausen an entsprechend gewählten Stellen, wodurch sie Krämpfe der Brauen, der Lider und des Mundes und einen grau-blutigen Schatten auf der zerquälten Fresse hervorrief. Jedes einzelne dieser Symptome schluckte sie wie ein hungriger Hund ein Stück Fleisch. Bekannte und sehr langweilige Methoden. Man muß schon ein abscheulicher junger Dämling sein, um sich damit fangen zu lassen. Warum begann der Lümmel nicht, normal zu leben, warum brach er nicht mit diesen beiden Weibern, ließ sich nicht einfach mit leichten, hübschen, gewöhnlichen Mädchen ein? Nun, warum nicht? Ach, du predigst tauben Ohren, was soll man da schon sagen! Das kleine Aas redete folgendermaßen:

»Das ist nichts, hab keine Angst. Hier nächtigt manchmal einer ... mein alter Onkel« (wenigstens sagte sie nicht: ›einer meiner Bekannten‹ [?]), »wenn er säuft und nicht nach Hause zu gehen wagt. Das Feldbett, das ist von meinem ... Bruder. Er ist während dieses verfluchten Kreuzzugs als Freiwilliger zur deutschen Armee gegangen und dabei umgekommen — sie haben ihn gepfählt wie Azja vom Tuchaj-Bey. Unsere Mutter ist eine Deutsche: Baronesse von Trendelendelendelendelenburg. Ein komischer Name, aber ein sehr alter. Von ihr habe ich diesen ruhigen Charakter, der dich so reizt. Ich leugne nicht, daß ich es liebe, dich zu reizen ... schrecklich, ohne Erbarmen, daß du die Deinen nicht wiederkennst, wenn du nach Hause kommst.« (Mit ihren violetten Sternen blinzelte sie in sein von geschlechtlichem Schmutz besudeltes Gesicht, und vor seinen Augen überzog ein Nebel des Wahnsinns diese Sterne ...) »Dann bist du mein, wenn du an nichts denkst außer an dieses arme kleine Scheusälchen, das ich zwischen den Beinen habe.« Er zuckte auf, als wollte er sich auf sie stürzen. Aber mit einer einzigen Berührung ihres grausamen Fingers hielt sie ihn zurück. »Nein — ich will, daß du ein wenig ausruhst vor einer neuen, tieferen Folter. Ich werde es nicht mehr tun. Ich schwöre es«, fügte sie erschrocken hinzu, als sie den Glanz des Irrsinns in seinen blutunterlaufenen Augen sah. Er kam zu sich und sank noch um einige Etagen tiefer in den stinkenden Abgrund des Schmerzes. Ringsum wankte die Welt und zersprang fast, hielt doch noch stand.

Wußte sie, was sie tat? Bis zu welchem Grad sie diesen Jungen, diesen geistigen Lumpen, der sich auf nichts mehr stützen konnte, quälte? Darauf hätte sie nichts zu antworten gewußt: Sie gab sich keine Rechenschaft darüber. Sie konnte einfach nur auf der bis zum Zerspringen gespannten Saite der Begierde irgendeines Menschen wirklich leben. Das arme Ding tat alles, um sich die Existenz zu ermöglichen — nur so viel. Urteilen wir nicht zu streng über sie — die Schuld ist immer auf seiten des Mannes.

›Ach, alles über sie zu wissen, alles, alles, alles . . .! Hineinzudringen in das herrliche, kleine, wohlgestalte blonde Köpfchen, die Zellen dieses seltsamen (ach — in Wirklichkeit so sehr gewöhnlichen!) Hirns zu zerreißen, zerkratzen, auslecken, herausriechen, verschlingen!‹ Doch Persy geizte mit Erklärungen. Und selbst wenn sie welche hätte geben wollen, hätten ihr keine entsprechend differenzierten Begriffe zur Verfügung gestanden. Sie konnte dies wohl *darstellen* in diesem ekligen Lupanar Kwintofrons, doch nicht davon sprechen — nicht ein bißchen. Ihr gelangen lediglich sadistische Faseleien. Das *mußte* ihr gelingen, denn das war lebensnotwendig. Nicht ihr Mund sagte das, sondern die in der ekelhaften wissenschaftlichen ›Mundart‹ so genannten ›Schamlippen‹ flüsterten es. Genezyp hatte bisher Wahrheit in allem gefühlt, trotz ihrer Redereien über All-Lüge, Superfälschung und Hyperhumbug. Warum beschwindelte sie ihn jetzt mit diesem ganzen Zimmer und seinem Geheimnis? Er hatte ihr bisher so grenzenlos geglaubt! Jedes ihrer Worte war eine hundertfach tiefere Wirklichkeit als die Existenz eines realen Gegenstandes gewesen — und nun wollte sie absichtlich Argwohn erwecken! Wozu? Um Gottes willen, wozu?! Oh, du Kretin . . .!

Plötzlich führte sie ihn rasch, hastig sogar, an der Hand hinaus und zwang ihn, ein neues theatralisches ›Stück‹ von Tengier anzuhören. Sie spielte sehr unrhythmisch, spasmisch, gefühlsmäßig, überhaupt schlecht. Musik benützte sie einzig als Mittel zur Steigerung der geschlechtlichen Atmosphäre. Oder diente ihr dieser Lärm dazu, irgend jemandes Eintritt in jenes Zimmer zu verschleiern? Sie hatte noch nie vor ihm gespielt. Eine schreckliche Ungewißheit zerrte an ihm — aber nur kurz. Soll lieber diese unumrissene Qual weiterdauern, als daß etwas einträte, was sie beide voneinander trennen könnte.

Ein heißer, drückender, nasser Juniabend. Es regnete nicht, aber warmes Wasser hing eimerweise im Raum, der schwül war wie eine Sauna. Nachtfalter und Mücken tummelten sich in ganzen Schwärmen in der Luft und stießen ans Glas der elektrischen Lampen. Rädergeratter und unaufhörliches Gerassel machten das Maß der ohnehin schon unangenehmen Stimmung voll. Alles sank herab wie Strümpfe ohne Halter, alles klebte und juckte, alles störte alles. Auf diesem Hintergrund war die wilde Bordelleske Tengiers in der spasmischen Interpretation von Fräulein Persy geradezu unerträglich. Ein Glück, daß sie schon zu Ende war. Der einzige Ausweg war, sich zu freiwilliger Langeweile zu verdammen, ein kristallisches, farbloses Gebäude aufzubauen (der Teufel weiß, für wie lange) auf heißem, vergiftetem Sumpf. Durch das in die Schwärze der Nacht geöffnete Fenster drang der Duft des Juni, der in der Kindheit ein Symbol von etwas Gipfelhaftem in unbekannter Zukunft gewesen war. So also sollte das Leben enden? Das also sollte die letzte, allergrößte ›Sache‹ sein? Nein — jenseits dieses stinkenden Morastes der Selbstaufopferung zur Befriedigung ungesunder Phantasien einer kleinen Schlampe wuchs auf einmal das *skizzenhafte* Bild der politischen Situation unserer Erdpille. ›Gott, wenn Du allen die gleiche trübe Suppe eingebrockt hast, lohnt es sich dann überhaupt zu existieren?‹ sagte in ihm ein Doppelgänger zum anderen. ›Aber warum soll ausgerechnet ich für Deine ungeratenen Pläne büßen?‹ Genug — das war unaufrichtig. Der ›Herrgott‹ der Kindheit ging ihn nichts an — er hatte nie an ihn geglaubt. Und dennoch wollte er in solchen Momenten lieber jemand Wohlwollenden bei sich haben ... Da war Kocmoluchowicz. Aber manchmal kamen Momente, in denen auch er ihm nicht genügte. Und dann erinnerte er sich an die Gespräche in der Einsiedelei des Fürsten Basil, und Schrecken packte ihn: Ob er nicht durch die Begegnung mit diesen drei Herren in einem ungeeigneten Moment etwa an einer wesentlichen Bestimmung vorbeigegangen war, an einer wilden und einsamen Wahrheit, die man wie ein Wildtier im Urwald hätte erjagen sollen, erobern wie eine schwierige Beute, wie ein Weib vielleicht ...? Und nun ist *das* hier der Stern seiner Bestimmungen, einen Schritt von ihm, mit diesem höllischen ›Schritt zwischen den Beinen‹. Und er, von ehebrecherischem (in einem Sinn, den er selber nicht verstand) Götzendienst verblendet, kraftlos und zitternd vor dem Geheimnis (wessen? — nur seines Seins — doch darin befanden sich alle anderen), wagte nicht, eine einzige dumme Bewegung zu machen (die er doch so oft wiederholt hatte, dort im Palazzo Ticonderoga und in der Vorstadt Jady), diese Bewegung, die ihn nicht nur in den Besitz dieser Beute, sondern auch seiner selbst bringen würde. Vielleicht ging es eben darum? Vielleicht war diese Hoffnungslosigkeit nur scheinbar, vielleicht benötigte sie gerade diese Vergewaltigung. Also wird er es tun, trotz allem. Plötzlich warf er sich auf sie: eine metaphysische Bestie, ein transzendentales Vieh — sie hatte ihn gereizt, gereizt, bis er schließlich außer sich geraten war. Dieses Momentchen *dauerte* — das war das seltsamste: ein Symbolmomentchen seiner Bestimmung und zugleich all derer, die in ihm waren: des schwarzen Gastes, des getöteten Knaben, der unflätigen (wieso?) Spermatozoen, von denen ein jedes sein Sohn werden wollte, geboren aus diesem und keinem anderen Weib. Wenn er schon irgend jemand gewesen wäre! Aber das geschah in dem Alter, in dem man zu *diesem* und keinem anderen wird, in dem gefährlichen Alter des Mannes. *Dieser* dumme Juniaugenblick in *diesen* Zimmern des schrecklichen Weibes (fort mit diesen Pseudoproblemen usw.) war der Paß-Übergang seines Lebens, auf dem er sich selber erlangen oder auch für immer verlieren konnte, Sieger oder Gefangener werden konnte. Größe ist nicht nur im Sieg selber, sie ist ebenso in der innerlich zu einem Sieg gekehrten Niederlage — nur muß diese Niederlage, die man zu einem Sieg umkehren kann, eine große Niederlage sein. Also ›zur Tat‹ — ihr an den Nacken, an die Haare, dieser leidenden Heiligen, dieser metaphysischen Schlampe — nieder mit ihr! So, ja, so!! Na ... Und was sah er? Denn anstatt es zu Ende zu führen, schaute er mit großen Augen (bis auf den Grund seines Wesens) auf dies unbegreifliche Geschöpf vor ihm. Wieder drängte das Geheimnis des fremden Ich aus endloser Ferne auf ihn ein. Statt eines Keulenschlags bekam er mit einem weichen Häufchen Baumwolle eins in die Fresse. Unter ihm, fünfzehn Etagen tiefer, wand sich keine Beute, sondern ein scheußliches Ungeheuer. Es gab nichts zu erbeuten. Er hatte sich durch eine völlige Leere hindurchgeschlagen. *Sie hatte für ihn keinen Körper.* Trunken vor Schmerz und verborgener Lust (»Endlich platzte er, er hielt es nicht aus, er *konnte es nicht aushalten*«, wiederholte sie flüsternd, und es überlief sie dieser spezielle kleine Schauder, den ihr Kocmoluchowicz nicht geben konnte – der konnte es auch nicht aushalten, doch platzte er anders, mit ihr zusammen, dieser aber allein, *allein!* – o Wunder!), verdrehte Persy in höchster Ekstase die Augen (sie war so unheimlich schön in diesem Moment, daß es zuviel war, daß man nicht mehr konnte – keinerlei Vergewaltigung, nicht einmal Lustmord hätte sich mit dieser Schönheit Rat gewußt). In Zypcio aber schlug von innen der Blitz ein (ein regulärer schizophrener Schub = Sprung), und er wurde zu Asche in einem einzigen Ausbruch von Mitleid, der an Vernichtung grenzte. In einem Augenblick lag er zu ihren nackten Füßen und küßte den Rand der Sandalette mit sinnlicher Zärtlichkeit, nicht wagend, mit dem Mund die wunderschönen Zehen zu berühren – er küßte sie auf den Kopf wie einst die Mutter, oder auf das ›Stirnchen‹ wie die Fürstin Irina in Momenten von mutter-söhnlichen ›Bankrotten‹. Persy hatte noch einmal gesiegt.

Wieder schleppten sich Tage voller Alptraum dahin, bewölkte, schwüle, lausige Junitage, geschaffen für die kleinen Erlebnisse kleiner Leute. Nirgends war Größe zu gewinnen (und nichts, dem man sich zuwenden konnte, oh, wie lange, wie lange noch . . .). Sie hatten ein Ritual ausgebildet: Er lag neben ihr auf dem Teppich und verbrannte in der Glut namenloser, übergeschlechtlicher Begierde; und sie flüsterte ihm Worte ins Ohr, die einen Wallach in einen Zuchthengst, einen Ochsen in eine Unzahl unpersönlicher Stiere (in die Idee der Bulligkeit selber), ganze Völker von Kapaunen in Hähne verwandeln und jeden Eunuchen hätten mit Hoden versehen können – sogar den Großen Basilius, den Minister der Kaiserin Theophano. Er aber bewahrte die geile Patrone für jene alte Flunder. Er trank an der Quelle selber, und nicht an fernen, vom Leben verschmutzten Flüssen, die unerträgliche Qual vergifteter Liebe. Denn jetzt liebte er sie im Ernst und litt mit ihr zusammen ihr falsches, perverses Leiden. Bis er zuletzt zersprang, zerriß und vor ihr lag wie ein lebendig ausgeweidetes Stück Vieh in einer schrecklichen Fabrik von Folterkonserven — wie ein zertretenes Insekt auf einem sommerlichen, staubigen Weg (es war gerade einer dieser ekelhaft junihaften-fast-julihaften Tage, voller Verheißungen und Brünste und Träume von einem anderen [wenn nur nicht, nur nicht von diesem] Leben). O Leben, wann wirst du endlich beginnen! Er betete zu namenlosen Mächten in sich um den Tod. Doch der Weg war noch weit.

Heute sollte sie zur Hauptstadt fahren — uns Sündigen, die wir alles wissen, ist bekannt, zu welch schweinischen Zwecken. (Kocmoluchowicz, überlastet wie er war mit übermenschlicher Arbeit unmittelbar vor dem Ausbruch entscheidender Ereignisse, verlangte mit aller Macht nach Entspannung. Chiffrierte Depeschen gingen bereits seit zwei Tagen von Hustanski [Kuzma] bis hierher und wurden im benachbarten Zimmer entziffert [dort, wo der betrunkene Onkel zu nächtigen pflegte, haha!]. Dann führte Persy sonderbare Gespräche, die ihre wunderschönen Schenkel mit süßer Glut erfüllten und wonnige Schauder in der Gegend des Steißbeins erweckten. Ihr geflügelter Stier wartete, gespannt wie ein Stahlseil, zu allem bereit. In der schwarzen Nacht sah sie seine teerschwarzen Augen vor sich, die von der Glut beschmutzender Begierde verdreht waren, und seinen Mund, der vor unaussprechlichem Befriedigungsgelüst zuckte, unmittelbar vor dem Moment der Sättigung, dem schrecklichen Moment des Besitzens des Mannes durch ein Weib, seiner Vernichtung zu Lebzeiten.) Sie verreiste also. Er aber, Zypcio, der sich — gänzlich ungerechtfertigt — für die Hauptfigur dieser schändlichen Tragödie hielt, verblieb in dem verfluchten Kaff K., in der Disziplin der Schule und der Disziplin des schrecklichen Lasters rein geschlechtlicher Lust mit der Fürstin. Doch wenn es diese Irina Wsjewolodowna nicht gäbe, ›das wäre, mein Lieber, geradezu ein Skandal‹ — wenn es nicht diese Sicherheitsklappe gäbe, nicht diesen, sagen wir's offen, Kübel für das Sperma — was wäre dann? Vielleicht hätte er längst alle unerfüllten Verbrechen begangen, wäre längst abgefallen von den großen Zitzen des Daseins, des Lebens satt für alle Ewigkeit. So aber konnte er überleben — und überlebte also einsam in Qualen. Und das war er, der junge Zypcio, das ›Glückskind‹, für das Glück erzogen und gepflegt wie eine seltene Pflanze, ein *Luxustierchen*, wie seine Tante, die Prinzessin Blinska-Gloupescu, ihn nannte. Sie war es, die bei der Abreise (in einer herrlichen Reisetasche von Picton waren ein goldenes Schüsselchen und eine Knute mit Bleikugeln eingepackt) mit leichten Andeutungen und flüchtigem Streifen fremde Zustände und schreckliche, verbrecherische Gelüste in ihm geschaffen hatte. Er wollte morden wie noch nie — nur wußte er nicht, wen. Güte und Aufopferung in ihrer Umkehrung *(Transformationsgleichungen von Gut und Böse mit dem unendlichen Genitalkoeffizienten des Fräulein v. Zwierzontkowskaja)* nahmen allmählich die Gestalt eines nebelhaften, sinnlosen Verbrechens an: *quite a disinterested murder.* In ihm zettelte sich eine Verschwörung gegen sich selber an, angeführt von dem dunklen Gast aus den Kellern der Seele, der, vom Bösen selbst gezeugt, unpersönlich, gleichgültig und unwahrscheinlich gemein war.

Bis endlich in einer Nacht nach Persys Rückkehr aus der Hauptstadt (der dritten oder vierten — das ist gleichgültig; sie war unmöglich heilig und geradezu rührselig) sich alles in Zypcios Kopf verdrehte, als ob jemand seinen unglückseligen Kopf mit aller Kraft in einem Wirbel von der Geschwindigkeit der Teilchen Alpha schüttelte und drehte. Die Gehirnzellen wechselten den Platz, und es entstand ein unerhörtes Durcheinander. Er hielt, er hielt, er hielt sich, bis er es nicht mehr aushielt und schließlich mit einem entsetzlichen, lautlosen inneren Lärm platzte. Das Ich zerfiel zu einem Haufen loser, schwappender, unbekannter Zustände. Dies waren ›intentionelle Akte‹, die im Leeren hingen, unpersönlich wie in der Konzeption mancher Phänomenologen. Der schreckliche Schmerz über das enttäuschte Leben und über die Unerfüllbarkeit dessen, was unbedingt erfüllt werden *mußte*, war das einzige Medium, das die dissoziierten Elemente des Geistes zusammenklebte.

Nach einem gewöhnlichen Schultag (angeblich blieb zu dem beschleunigten Aufstand [aber gegen wen?] der Gesellschaft für

Befreiung nur noch eine Woche) ging Zypcio, äußerlich kühl und zugeknöpft, aber frisch (das eben war das Schlimmste), innerlich ein ungeheures Trümmerfeld voll geladener Bomben, Minen und Camouflagen in chronisch-unmenschlicher Eruption — ging in verlangsamtem Tempo und einer mehr als viehischen Lebensbegierde in die St.-Rhetorius-Straße zu Persy. Er ging wie ein lebendes Geschoß — ein Totenschädel hätte auf ihm aufgemalt sein müssen, rote Zickzack-Pfeile und entsprechende Aufschriften. Hätte Bechmetjew ihn gesehen, so hätte er den Verlauf der Ereignisse mit einem höchstens astronomischen Fehler voraussagen können. Persy, dieses süße und traurige Mädchen, liebte den Tod ganz und gar nicht, sie liebte es lediglich, sich an ihm zu ›reiben‹. Aber man sprach über etwas ganz anderes (nur unter den Eingeweihtesten natürlich): daß sie nämlich den Tod von der Hand des wild gewordenen Kocmoluchowicz erwarte, daß sie keinen Mut zum Selbstmord habe, daß sie auf einen Moment völliger Unbeherrschtheit des Quartiermeisters lauere (es gab solche kleinen gefährlichen Momente tatsächlich), um ›in nichts zu zerwehen‹, ›sich mit dem Nabel des Seins zu verbinden‹, ›sich hinüberzubegeben in das Land der wirklichen Verneinung des Daseins‹ — man flüsterte solch dumme Sätzchen hinter Schränken, in Klosetts und Kammern, auf verlassenen nachreformatorischen Speichern und Winkeln. Dieses Sich-am-Tode-Reiben verlieh den verschiedenen geschlechtlichen Momenten einen höllischen Zauber ... etwas nicht ganz Vollendetes — ja. Das Fischen nach solchen Momenten war eine Spezialität Persys. Zypcio war jetzt die wichtigste Angel — und ein Netz war rings gespannt in Gestalt des fast ständig aus dem anderen Zimmer lauschenden und spähenden (es gab dafür spezielle akustische Röhren und Periskope) Obersten Michal Weborek, ein bärtiger Dicker, ein Kraftmensch, überhaupt ein Stümper und notorischer Homosexueller, aber ein vertrauter Beamter für die verwickeltsten Aufträge privater Natur (wenn irgendeine Gräfin zum Beispiel sehr wollte oder irgendein Mädchen sich sehr fürchtete etc.) des Generalquartiermeisters. Grundsatz: Erlaubt war alles — sogar die schlimmsten Folterungen. (Weboreks Berichte von diesen Sitzungen erregten den Chef ganz besonders und gaben ihm die Möglichkeit einer ungeheuren Akkumulierung explosiver Kräfte, unerhörter Spannungen. Manchmal, im Falle einer mehrtägigen Verzögerung eines bestimmten Termins — wegen des Theaters oder wegen einer Verspätung physiologischer Natur [wie jetzt] —, erreichten diese Kräfte wahnsinnige Ausmaße: Die Umgebung befürchtete manchmal einen regelrechten Wahnsinnsanfall. Aber Persy verstand es schließlich immer, diesen Wahnsinn auf unschädliche und für die sozialen Angelegenheiten schöpferische Weise zu kanalisieren.) Erlaubt war alles, aber ohne die leiseste Berührung. Das war ihre Spezialität, dies sättigte ihr Verlangen nach Wirklichkeit am meisten. Zypcio redete mit genitalem Zischen, und das Leben ringsum in Form von sich türmenden schwarzen Gespenstern neigte sich über ihn, kam immer näher, bedeckte, umfing ihn. Er verschwand wie ein kleines, von einem unsichtbaren Ungeheuer gefressenes Würmchen. Persy hörte ihm zu, in schamloser Weise hingeräkelt (übrigens war sie in ein schwarzes Kostüm gekleidet, wissen Sie, Gnädigste, in eines dieser hautengen, ein wenig männlichen, mit Schleifchen, Einsätzen, Hohlsäumen, Posamenten und Jett, und dazu eine lachsfarbene Bluse aus Crèpe de Chine, mit Plissees und Valencienne-Spitzen pikiert und sehr sorgfältig umnäht, dabei ohne jede ›Einengung‹, wie sie sagte), und zeigte ihm die eben erst vom Geliebten ›entehrten‹, gequälten und schmerzenden Stellen. Er sagte (nicht er, sondern vielmehr der Gast aus dem Untergrund):

»Heute mußt du.« (Sie lachte köstlich.) »Entweder — oder. Wenn nicht, muß ich sterben.« (Er hatte nicht einmal Mantel und Handschuhe abgelegt. Dabei war die Hitze unerträglich, eine wolkenbedeckte Julihitze.) »Ich habe es satt, ich weiß nicht mehr, wer ich bin, ich will dich nicht mehr — ich weiß nicht mehr, wer du bist — alles hat sich in mir verkehrt — ich weiß nicht, was ich will. Aber etwas muß geschehen, sonst platze ich — *ich halte es nicht mehr aus.*« Sein Gesicht war schrecklich: unmenschliche Vergeistigung in Verbindung mit gehemmter Viecherei — und da war noch etwas, etwas, aus dem Persy nicht klug wurde, etwas, das sie zum erstenmal sah. Ein Schrecken überfiel sie, der aber verhältnismäßig angenehm war, und zugleich umklebte höllische Neugier auf die nächsten Ereignisse ihren Körper: In den Schenkeln, sogar in den Waden spürte sie den Schauder dieser Neugier. Der Moment war gut, aber war er nicht ein wenig überzogen? Weiter, weiter... Zypcio sprach. Er erbrach die Worte mit Mühe, in unverdauten Stücken. Die Worte waren gewöhnlich, denn außer in der Poesie kann man Ungewöhnliches mit Worten nicht ausdrücken — aber der Ton und die ›Diktion‹, dieses gutturale Würgen: Es schien, als stiegen ihm alle Gedärme bis an den Hals wie ein Knäuel Würmer. Es schien, als würde er jeden Augenblick sich selber auf den kleinen Perserteppich erbrechen, als werde nur ein dünnes Häutchen von ihm bleiben, umgewendet wie ein Strumpf. »Du mußt, oder ich... Nein... Helft mir, alle Heiligen, denn ich weiß nicht, was ich im nächsten Moment mache. Ich weiß nicht — das ist das Schlimmste. Ich bin nicht einmal imstande, dich zu vergewaltigen — weil ich dich liebe.« Das schrecklichste war diese völlige geschlechtliche Kraftlosigkeit: unheilvolle Stille vor dem Ausbruch eines Orkans. Es schien ihm, als ob er keine Genitalien hätte, niemals welche gehabt hätte. In den Sphären der Geschlechtlichkeit geschah etwas Allerschlimmstes, das *unabwendbar* war wie das dritte Syphilisstadium. »Du mußt, du mußt, aber ich weiß nicht, was du mußt!« schrie er und durchstach ihre Augen mit einem mörderischen, verbrecherischen Blick — in diesem Blick verschoß er die letzte Patrone des Bewußtseins, dahinter lauerte ein unbekanntes, entfesseltes, namenloses Naturelement, und unmittelbar daneben scheußlicher, gewöhnlicher, wie ein Stiefel dummer Tod: Der polnische Name dafür ist ›Lustmord‹. Aber nicht die Tat irgendeines Idioten unter einem Sträuchlein, begangen an einem Weib, das vom Jahrmarkt kommt (Gerichtsmedizin von Wachholz: Sommerlandschaft mit einem weißen Kreuzchen an einem Strauch, daneben die Fotografie irgendeines Trottels, und weiter die Aufnahme des ungeheuerlich zugerichteten Leichnams dieses armen Weibes: Käse mit Gehirn vermischt, die Leber in den zerfetzten Unterrock gewickelt, die Beine bestreut mit blauen Flecken und getrockneten Pilzen — ›Lokaltermin‹ — etwas Höllisches! Der Abend senkt sich hinter den Wäldern, und in den Lehmgruben quaken die Frösche. Ein solches Bild huschte durch Persys Vorstellung, und plötzlich erschrak sie, einmal wirklich menschlich und ohne jegliche Perversität), o nein! – ein *potentieller Lustmord*, raffiniert und unbegreiflich. Die wildeste Phantasie hätte Art und Weise seiner Ausführung nicht wiedergeben können – nur der Gast aus dem Untergrund konnte davon wissen. Aber er hatte die Verbindung mit dem Ich Zypcios verloren, stellte sich allein und auf eigene Verantwortung zum Kampf mit der geheimen Drohung des Daseins.

»Setz dich, Zypcio. Sprich mit mir. Ich werde dir alles erklären. Ich werde dich beruhigen. Wozu hast du das nötig? Vergiß das, denke nicht daran.« Sie saß in ganz anständiger Haltung da, nur ihre Zähnchen klapperten dünn, schnell, unruhig, als wären es fremde, von ihr unabhängige Nagetierchen. »Nun – Zypcio. Armer, lieber Junge. Sieh mich nicht so an.« Plötzlich verlor sie den Mut und bedeckte das Gesicht mit den Händen. Das war nicht mehr lustig. Sie hatte die Suppe versalzen. Starr und aufrecht stand er vor ihr. Alles hatte sich in die Tiefe zurückgezogen. In unterbewußten Höhlen entwickelte sich die ganze Affäre, deren Ergebnis sich bald zeigen sollte. Sein Gesicht war ruhig, nur maßlos ermüdet und verdutzt. Ab und zu lief ein Schauder über sein Gesicht, dann zuckte es wie die Muskeln eines Rindes, das lebendig in der automatischen Fleischerei einer Konservenfabrik abgehäutet wird. Durch den schwarzen Schlund des offenen Fensters kam der feuchte Geruch frisch gemähter Wiesen. (In diesem Kaff K. war alles nah, jeden Augenblick blieb man mit der Nase in den Vorstädten stecken. Die St.-Rhetorius-Straße lag am Rand der Stadt. Irgendwo in der Ferne bellte ein Hund, und auf dem Hintergrund dieses Bellens summte hier im Zimmer eine Fliege – mit einem Bein in einer Spinnwebe gefangen. Geheimnis der Gleichzeitigkeit örtlich weit auseinanderliegender Ereignisse – einzig die Theorie Whiteheads gibt annähernd, periphär darüber Rechenschaft.) Die erstorbene Stille strahlte in atmender Erwartung. Genezyp war vollkommen kraftlos (in erotischer Bedeutung), seine Muskeln waren zu einem Knoten unerträglichen Schmerzes zusammengezogen, der alles unbarmherzig auseinandersprengte. Nichts rührte sich in den teigigen Tiefen des Körpers. Persy nahm die Hände von den Augen und blickte tränenfeucht auf ihr Präparat. Ein Lächeln erhellte ihr schönes Gesichtchen — schon war sie ihres Übergewichtes sicher. Aber es war schade — dies seltsame Momentchen war unwiederbringlich vorbei. Sie vermißte die eben erst undeutlich antizipierten Gefahren, die bezaubernden, grenzenlosen Gebiete unbegangener Verbrechen, den ganzen Zauber des Lebens, den sie vor einer Weile so stark gefühlt hatte — *so* gefühlt — und nun war es aus. Langeweile. Trübsinn. War das alles . . .?

Zypcio mühte sich vergebens, das Bild des Quartiermeisters in seiner Vorstellung hervorzurufen, dieses bisher stets wirkungsvolle Symbol von Willenskraft und Überwindung — vergeblich! Etwas Fremdes, Schreckliches keimte in den psychischen Schichten, die vom Körper unabhängig waren. Noch waren die Kontakte nicht angebracht (daran arbeitete er gerade im Untergrund, der dunkle Elektro-Psychotechniker), aber die Zeiger der Meßuhr deuteten unruhig über die Sicherheitsstriche hinaus. Die unbelastete Maschine lief wie rasend — man mußte sie einschalten. Schon ist es geschehen. Die einsamen, seelenlosen Muskeln, bewegungsmäßig dissoziiert, unorganisiert, warteten auf einen Befehl wie Segel vor dem Hochziehen, wie Soldaten in ›Hab-acht‹-Stellung, von Tatbegierde geschwellt, durchtränkt von gesundem, viehischem Blut; während die Seele so sehr krank war, warteten die Muskeln nur auf einen Befehl der höheren Zentren, die von dem düsteren Arbeiter in den Tiefen beherrscht waren — von einem *zielbewußten Verrückten*. Erst in Verbindung mit diesem Stier-Zypcio (dem Geliebten der Fürstin, dem zukünftigen Adjutanten im verkoteten Städtchen K., in der St.-Rhetorius-Straße) ergab das einen *vollkommen Verrückten*. Er war verrückt insofern, als er jenen lenkte — für sich selber war er ganz einfach ein *anderer* Mensch, der logisch und klug in seinen Einfällen war. Aber zwei *Ich* können nicht in einem einzigen Körper wohnen — höchstens ausnahmsweise für kurze Zeit, aber eine allgemeine Berechtigung dafür gibt es nicht. Deswegen heißt dies (richtig) Wahnsinn.

Das arme Mädchen redete auf diesen bis zur Unkenntlichkeit deformierten psychischen Haufen ein (der mit normalen menschlichen Maßstäben nicht einmal als solcher zu erkennen war) und ließ sich täuschen von seiner verdutzten Miene (die größten Denker, den Vorurteilen der Menge zum Trotz, haben im *Augenblick der Erkenntnis*, ›im Moment des Überspringens von logischen Reihen‹ nach der rational definierten Intuition, die allerdümmsten Mienen — es sei denn, daß sie auf Zuschauer Rücksicht nehmen müssen). Und so sagte sie erbarmungslos, aus Gewohnheit kokettierend: »Ich weiß. Du kannst nicht mehr. Und dennoch mußt du, *mußt*. Darin ist alles: das ganze unsagbare Geheimnis und die ganze Schönheit unserer Liebe. Ein unerfüllter Traum, so schön wie nichts auf Erden. Gibt es denn etwas Erhabeneres…?« Ihre Stimme brach und versank in der Dichte der Tränen. Sie sagte das auf eine Art, die so höllisch sinnlich, sehnsüchtig, niederdrückend, grausam und böse war, daß Zypcio von plötzlicher, schlagartiger Begierde überkochte wie ein Topf voller Wischlappen. Er konzentrierte sich in einem Punkt. Er hatte nichts zu verlieren. Er war leer wie eine Krebsschale, ausgeweidet, ausgegessen, ausgesaugt, ausgepumpt und ausgelutscht. Er lebte nur in diesem Drang in die endlose Ferne der Leere, des Wehs und der unheilkündenden Langeweile. Die Muskeln spannten sich, ›es erging der Ruf‹ an die Gedärme und an alle Reserven der geschlechtlichen Kraft. Durch die Adern ergoß sich Feuer wie eine dicke, ölige Flüssigkeit — aber rasch, unter wahnsinnigem Druck. Es geschah. Aus ihm heraus kam eine exkrementale, verhärtete, abscheuliche Stimme, die nicht seine eigene war: Es sprach der Gast aus dem Untergrund. Er sprach allerdings nicht gut — war es doch sein erstes wirkliches Auftreten.

»Nein — genug von diesen unflätigen Redereien. Ich erlaube es nicht. Ich erwürge dich wie ein Eichhörnchen.« (Warum ihm gerade dieses Tierchen in den Sinn kam, obwohl er niemals im Leben ein Eichhörnchen erwürgt hatte?) Sie lachte auf. Er war lächerlich — sie herrschte unangefochten über ihn. Doch trotz der Lächerlichkeit fühlte sie die grauenvolle Spannung seiner vernunftlosen Wünsche, wie sie das nannte. Sie war im Zentrum seines geschlechtlichen Kerns, mitten in seinen geschwollenen Drüsen, und lenkte von dort aus die ganze Horde seiner inneren Biester, wohin sie wollte. Ihn selber hatte sie nicht so ganz in der Hand. ›O Erfüllung, wann werde ich dich erreichen!‹ Auf einmal tat sich das geheime Land höchster Lust wieder auf in ihr, hundertmal schöner als je zuvor. Noch nie war es *so* gewesen. Was war denn angesichts dessen Tengiers Musik? Höchstens ein Vorgeschmack metaphysischer Wirklichkeit. Hier aber war die Metaphysik selber, aufs Rad der herrlichsten Foltern eines anderen Menschen geflochten, eines Mannes, der unter weichen, kitzelnden, schmerzlosen Foltern litt ... Ach, wie genau wußte sie jetzt alles, alles *dies* und alles andere. Die ganze Welt erstrahlte und wuchs ins Ungeheure. Endlich kam diese allerseltsamste Ekstase. Was war Kwintofrons Kokain dagegen! Aber sie wußte, daß sie es ihm versagen mußte — *mußte*, weil der Spion hinter der Wand sonst sehen würde, was er nicht sehen durfte, und weil jenen Stier bei dieser Nachricht der Schlag treffen würde, womöglich mitten in einer maßlos wichtigen Konferenz, und sie dann durch einen fatalen, schändlichen Tod umkommen würde — vielleicht durch Foltern ... durch wirkliche ... brrr ... Übrigens, wenn sie sich diesem ›wundervollen‹ Jungen jetzt hingäbe (was sie zeitweise begehrte, sogar nach *jenem mit jenem* ...), so würde er sofort allen Wert für sie verlieren. Schon sah sie dies zukünftige Meer von hoffnungsloser Langeweile vor sich, in das sie jedesmal nach der Befriedigung moralischer Begierden gestoßen wurde (sie tat es zwar unter willdester Geheimhaltung — doch das zählte nicht). Hier aber, in den nußbraunen Augen des valentinoartigen Offiziersembryos, blitzte Tod und verzerrte diesen lieben, nie geküßten, schönen jungen Mund in düsterem Wahnsinn.

Bemerkung: Die Fürstin hatte völlig aufgehört, auf Genezyp als Antidoton zu wirken.

»Warte. Ich komme gleich«, flüsterte sie mit vortrefflich gespieltem Nachgeben, in dem für Zypcio ein so ungeheuerliches Versprechen lag, daß er sich in eine grau-blutige, harte, stinkende Flamme von der Temperatur brennenden Heliums verwandelte. Er erzitterte, sah ihr mit einem hündischen und zugleich zermalmenden Blick nach und wartete sich wenige Sekunden lang fast zu Tode. Mit geballten Fäusten in weißen Handschuhen stand er da, wie ein zum Sprung bereites Tier, in fast katatonischer Erstarrung, ankylosiert von Begierde, die ihn zersprengte.

Mit unglaublich sinnlichen Schritten ging sie hinaus und wedelte dabei mit den Backen ihres *derrière* wie eine arabische Tänzerin, nachdem sie vorher programmgemäß gelächelt hatte, lang hinziehend, mit feuchtem, erdbeerhaftem Mund. Und um dieses Fleischdärmchen ging das alles! Ist das nicht geradezu ungeheuerlich!

Lähmendes Vorgefühl von etwas Schrecklichem, von einer unglaublichen Niederlage schlug ihn in den Rücken. Sie wird sich ihm nicht hingeben — sie hatte ihn betrogen! Tolle Wut bäumte sich in ihm auf wie ein Hund an der Kette, ließ aber gleich nach. Das war noch eine *normale* Wut; aber einen Moment später ...? (Die Zeit zog sich hin wie aus Guttapercha.) Zypcio wandte sich plötzlich um, obwohl er nicht das geringste Geräusch vernommen hatte. Er liebte sie, diese metaphysische Quälerin — dagegen gab es keine Hilfe. So eine Liebe, verbunden mit teuflischer Begierde (was braucht Beelzebub selber noch mehr?!), sollte vergeblich sein! Das Empfinden seines ›Pechs‹ drückte ihn wieder hinein in die dickflüssige, klebrige, kotige, schmierige Verzweiflung. Niemals würde er wieder aus ihr herauskommen ...!

Da ging krachend die Tür auf, und plötzlich stand ein Kerl im Türrahmen: ein bärtiger Blonder von etwa fünfzig Jahren, breitschultrig wie ein Bär, mit hellen, biederen Augen, die aber etwas gewaltig Saugendes und qualvoll Besorgniserregendes hatten. Er war in Zivil, roch aber auf eine Meile nach Militär. Das war der Vertrauensmann des Generals, Weborek, Michal, Oberst. Er hatte sich entschlossen, zu intervenieren — Persys Hinausgehen war ihm ein Signal. Er machte drei Schritte auf Zypcio zu und sagte mit einem gezwungenen Ton, der frei klingen sollte:

»Und du, Jungchen, komm mal her zu mir. Ich werde dich beruhigen. Und ich warne dich: Hände weg von diesem Weib, wenn dir das Leben lieb ist.« Darauf sprach er in einem anderen Ton weiter, in welchem gleichsam kindliche, flehentliche Bitten, unterdrückte Tränen, Scham und Ungeduld mitschwangen. Dieser Kleine gefiel dem Oberst schon seit längerer Zeit ganz höllisch, und der Arme durchlebte an seinen Periskopen schreckliche Qualen, wenn er sehen mußte, wie diese wunderschöne, eines Sokrates würdige ›Seele‹ sich bei niederträchtigen, ›hetero-sexuellen‹, erfolglosen Anläufen zugrunde richtete. Jetzt konnte er mit gutem Gewissen und im Einklang mit den Instruktionen des Quartiermeisters handeln. »Ich bin Oberst Michal Weborek. Ich werde dich weit höhere Annehmlichkeiten lehren: die Verbindung zweier reiner, männlicher Geister. Du mußt gewisse Proben durchmachen, die dir zeigen werden — doch das ist vorläufig nicht so wichtig, das ist eine Kleinigkeit, obwohl ohne dies — aber genug davon ... Ich werde dein Freund sein, werde dir den Vater ersetzen, bevor du die wirkliche Vereinigung mit unserem Chef erreichst, mit dem wir, wie mit Gott, eins sind hier auf Erden. Glaubst du an Gott?« (Genezyp schwieg. Innerlich zerknirscht, in einem Zustand vollständiger Nichtigkeit, stand er da und schaute mit toten Augen in die verständnisvoll lächelnden, hellgrünen, höflichen, tränenfeuchten, deutlich vergeschlechtlichten [woher?] Seehundsaugen Weboreks. Kein Mucks. Er stand an einem schrecklichen Abgrund, den er nicht sah — wie ein Mondsüchtiger hielt er sich nur durch ein Wunder aufrecht, mit einem Finger auf die Wetterfahne eines riesigen Turms gestützt.) »Hast du jemals das *Stabat Mater* von Szymanowski gehört und dann diese höllische Parodie *Stabat Vater*, die der tolle Tengier für elende Weiber geschrieben hat? Das sind inkommensurable Welten. Ich bin Flieger gewesen, ich schwöre dir, daß ich Akrobatik gemacht habe, aber jetzt kann ich nicht mehr. Ich habe mich auf dem Kreuzzug kaputtgemacht — aber ich bin kein Feigling«, endete er fast in Tränen. ›Was schwafelt der?‹ dachte der frühere Zypcio in Zypcio. ›Er spricht Worte ohne Sinn zu einem Leichnam.‹ Plötzlich sprang in seinem Inneren ihm selber und der ganzen Welt jener Kerl an die Gurgel, versteckt in den Dickichten der vielfältigen Seele. Und auf einmal diese köstliche Gewißheit, daß er eben so und, Gott behüte, nicht anders handeln müsse. Wie, wußte er noch nicht, aber er fühlte sich verwandt mit Tengier, fast sogar mit Kocmoluchowicz. Als wären alle Verbindungen gerissen zwischen diesem Augenblick, der jetzt ›stand‹ (wie einst wunderbares Herbstwetter ›stand‹, wie zauberhafte Tage ›standen‹ — die Tage ›standen‹ zeitlos, das schöne Wetter auch — welch ein Wunder!), völlig isoliert, und dem, was gewesen war, und, was das wichtigste ist: dem, was sein wird. Es öffneten sich unbekannte Grotten, unbekannte Gegenden, wolkige

Gefilde, ähnlich den bauchigen Kumuli auf der Ostseite des Himmels bei Sonnenuntergang. Dort war er jetzt — er träumte nicht mehr davon, er *war*. Das war ein Glück eigener Art: wie nach zwei Gläschen Schnaps auf nüchternen Magen oder nach der ersten Dosis Kokain nach vierzig Gläschen. Genezyp fühlte sich gut wie noch nie — vielmehr nicht er, sondern dies schreckliche Geschöpf in ihm, vor dem er sich bisher so sehr gefürchtet und geekelt hatte. Es (er) war er, sie bildeten eine Einheit — es gab keinen normalen Zypcio. Und der Sinn, der wundervolle Sinn (den diejenigen empfinden, die *Gott* [!] *lieben* — daran hatte Sturfan Abnol allerdings niemals geglaubt, es sei denn vielleicht bei Weibern) von allem, sogar des wildesten und unmöglichsten aller Zufälle . . . Ach, wenn dieser Zustand ewig dauern könnte! (Angeblich dauert er bei denen, die imstande sind, zwanzig Jahre auf den eigenen Nabel zu schauen, wenig zu essen und nichts zu trinken — aber das ist sehr zweifelhaft.) Doch leider war irgendeine Handlung unvermeidlich. Zypcio war *tout de même* ein Mensch des Westens. Auch das könnte eine Lust sein, nur eine andere — vielleicht eine noch stärkere, aber eine andere, verflucht. Vielleicht wird das Glück endlich vollkommen, rein, ohne Wölkchen, ohne Makel! Dieser unbekannte Kerl, bärtig und irgendwie maßlos konvex, wie in einem Stereoskop gesehen, der dort im schwarzen Schlund des geheimnisvollen Zimmers stand, das war, das war, das war *der Hund an der Kette — man mußte ihn loslassen* — einen anderen Ausweg gab es nicht. Wieder bellte ein fremder Hund fern in der Vorstadt, aber ein wirklicher, lieber — dieses Bellen kam aus der wirklichen Welt der gewöhnlichen irdischen Nacht wie aus dem Jenseits. Dicht neben Zypcio (oder neben diesem Kerl in ihm?) summte eine Fliege auf. Gleichzeitigkeit auseinanderliegender Erscheinungen. Ja, möge es geschehen. Aber was? Schon wußte er — eigentlich wußte er nichts — also auf welche Weise wußte er, was geschehen sollte? Hellseherische Schwärze der Vollkommenheit überschwemmte die Seele. Der *schöpferische* Moment nahte (Tengier hätte gelacht über einen solchen Schöpfergeist, auch der Große Kocmoluch hätte gelacht, obwohl ihm solche Zustände nicht ganz fremd sein konnten — der hatte alles in sich, zusammen mit Hörnern und Hufen), Unbekanntes, Unwahrscheinliches tauchte aus dem Nichts und wurde zu einer Bewegung von Elektronen, zu einem Platzwechsel der Gravitationsfelder, zu einer großartigen Verzahnung kleinster Lebewesen — niemand, selbst der Teufel nicht, weiß, was das ist und in alle Ewigkeiten sein wird. Jedenfalls waren es lebende, fühlende und denkende Lebewesen. Die Existenz toter Materie, wie die Physik sie haben will auf Grund der Daten der gewöhnlichen Weltvision eben dieser Geschöpfe, ist etwas höchst Problematisches, es sei denn, man geht von der Annahme eines gewöhnlichen Dualismus aus, einer ordinären ›hypothetischen Harmonie‹, und man hört einfach auf zu denken — *voilà*.

Der Kerl stand da und wartete, bärtig, höflich, aber schrecklich — Ewigkeiten vergingen. Alles zusammen dauerte höchstens drei Minuten, und trotzdem war die Zeit unerträglich vollgestopft und raste dahin wie ein Pfeil. Das Leben schwankte zu beiden Seiten eines Grates wie auf einer Schaukel. Bald waren sonnige Täler der Normalheit zu sehen mit ganzen Massen köstlicher, traumhafter Winkelchen zum Sichhineinschmiegen, bald zeigten sich die dämmrigen Schluchten und zerfallenden Trümmer des Wahnsinns, rauchend von betäubenden, schweren Gasen und funkelnd von zerschmolzener Lava — *vale inferno*, das Reich ewiger Foltern und unerträglicher Gewissensbisse: Das konnte man doch vermeiden! Eine unumrissene, kleine Versuchung, aber stark wie der Teufel, fraß sich immer tiefer in den Körper und höhlte sich einen Weg zu noch unberührten motorischen Zentren. Persy existierte in diesem Augenblick überhaupt nicht für Genezyp. Es gab nichts außer dieser Tat, die zu vollbringen war. Die Welt krampfte sich zu einem kleinen Ausschnitt des Gesichtsfelds zusammen, und darin wabbelte, noch locker, ein Häuflein muskulärer Empfindungen. Glaubt mir — außer diesem war nichts drin; Mach selber wäre damit zufrieden, vielleicht auch Chwistek. Auf einem Tischchen lag ein Tapezierhammer, lang und mit einem eisenbeschlagenen runden Griff — ach, wie ist so etwas verlockend in gewissen Momenten! —, ein unbegreiflicher Eindringling in diesem Reich von Nippsachen und Flitterzeug. Über ihm lächelte ein schwarzer chinesischer Buddha. Der vergessene Hammer (mit ihm hatte Zypcio gestern Persy geholfen, eine persische Miniatur um drei Zentimeter nach links umzuhängen — denn Persy war eine große Ästhetin, eine *sehr* große) schien zu warten. Die Spannung eines lebendigen, in einen Käfig gesperrten Wesens war in ihm. Er wollte sich von etwas befreien, etwas wirklich Tüchtiges tun, nicht nur sich mit dem Einschlagen kleiner, elender Nägel verschwenden. Das war's. Zypcio wollte sich auch nicht verschwenden, und noch weniger wollte das der schwarze, gesichtslose, unterirdische Kerl (später kroch er auf Zypcios Gesicht heraus, kroch ihm auf die Fresse, wuchs ihm ins Maul, und alle wunderten sich über den sonderbaren Ausdruck in den Augen des jungen Junkers, sie wußten nicht, daß das *nicht mehr er* war — das war eben diese *postpsychotische Personalität*, die mit der früheren Persönlichkeit nichts Gemeinsames hatte). Das ganze Muskelsystem lief an wie eine vollkommene Maschine, die durch das Umdrehen eines Schalters in Bewegung gesetzt wird. Mit harter Hand packte Genezyp den Hammer an dem langen — ich wiederhole: hölzernen, aber eisenbeschlagenen — Griff. Das Gewicht dieses Dinges war wundervoll, wie erträumt ... Er sah noch einmal die eher erstaunten als entsetzten Augen des Kerls, die hervorquollen wie nicht mehr von dieser Welt, und schlug ihn dann mit aller Kraft auf den (man weiß nicht, warum) verhaßten und viehischen blondbärtig-behaarten Kopf. Ein weiches, nasses, *lebendiges* Krachen, und der riesenhafte Korpus stürzte mit dumpfem Dröhnen auf den Teppich. Das Muster des Teppichs vergaß Zypcio niemals wieder. Der Hammer blieb im Kopf, über der linken Stirnbeule. Zypcio ging hinaus wie ein Automat, ohne den Schatten eines Gedankens oder Gefühls. Er hatte sich geradezu bis zur Unmöglichkeit vereinfacht. Wo waren all die einstigen und noch vor einem Moment existenten Komplikationen, wo waren sie hingeraten? Nichts. »Das Leben ist schön«, sagte eine fremde Stimme, und diese Stimme war seine eigene, ihm angeborene. Sein Körper war leicht wie eine Daune — er schien emporzuschweben über dieser sinnlosen Welt von Offizierstum, Kocmoluchowicz, Chinesen, über dieser ganzen politischen Situation und diesen sonderbaren Geschöpfen, die häßlich ›Weiber‹ genannt wurden. Niemand war da, weder die

Anstandsdame noch Persy. Das wunderte ihn gar nicht. Erst jetzt empfand er eine unerhörte Freiheit und Sorglosigkeit. ›Mein Gott! Wer bin ich?‹ dachte er, die Treppe hinuntergehend. (Die Tür hatte er hinter sich zugeschlagen. Er besaß einen eigenen Torschlüssel, den Persy ihm einmal geschenkt hatte.)

Es war zwei Uhr, die späteste Nachtstunde. Eine unbekannte Kraft lenkte ihn zuerst in die Richtung der Schule, als wäre dort die Rettung. Aber er brauchte ja keine Rettung — es war gut so, alles fügte sich wunderbar — also wozu, wozu, zum Teufel?! Es nieselte, ein feiner, lauer Regen. Das, was in einer solchen Nacht bis zum Irrsinnigwerden gewöhnlich und verdrießlich hätte sein können (die Stille der erstorbenen Stadt, die nassen Straßen, die schwüle Luft und diese warmfeuchten, kleinstädtischen Gerüche, düngerhaft-zwiebelartig und süßlich), schien ihm etwas Allerwundervollstes, Notwendiges, Vollkommenes. Dies So-Sein und nicht Anders-Sein — ach, was für ein Wunder, eine absolute Notwendigkeit zu fühlen in diesem unheimlichen Reich des Zufalls und der Sinnlosigkeit, das das *nackte Dasein ist* (außerhalb der Fiktionen gesellschaftlicher Gesetze, die geradezu schamlos freche Gebiete verdecken). Wenn Zypcio einmal bewußt eine große Dosis Kokain geschnupft hätte (wozu die Fürstin ihn in Momenten der Verzweiflung zu bereden suchte), so hätte er diesen Zustand mit der leichten Vergiftung durch dieses scheinbar edle, aber solche Opfer erheischende Gift vergleichen können.

Plötzlich ein ungeheuerliches Aufleuchten des kalten Bewußtseins: ›Ich bin ein Verbrecher — ich habe getötet, ich weiß nicht, wen, und weiß nicht, warum. Ach — aber nicht ihretwegen. Sie, sie . . .‹ Ein fremdes Wort mischte sich darunter, locker, tot, bedeutungslos. ›Werde ich denn niemals verstehen? Ja — vielleicht verstehe ich, wenn sie mich auf zwölf Jahre einbuchten. Aber die Chinesen . . . niemand wird ihnen Widerstand leisten . . .‹ So furchtlos vermochte er in diesem Augenblick zu denken, dessen Schrecklichkeit er nicht begreifen konnte. Das war nicht er — das war jener. Nur war er sonderbar und ekelhaft sanft geworden und hatte die äußeren Formen des einstigen, längst verstorbenen Knaben angenommen. ›Alles, was existiert, widerspricht dem Grundsatz, demzufolge es existiert — alles stützt sich auf metaphysisches, nicht wieder gutzumachendes Unrecht. Wäre ich auch der Beste auf der Welt, so bliebe ich doch nur ein Geknäuel von miteinander kämpfenden kleinen Existenzen. Die Welt innerhalb des Individuums ist ebenso grausam wie außerhalb.‹ So hatte einmal der betrunkene Sturfan gesprochen. Heute erfaßte Genezyp diese Worte, nicht begrifflich, sondern mit seinem lebendigen Blut — es schien ihm, daß seine Arterien-Kloaken von einer ekelhaften, giftigen und stinkenden Flüssigkeit überquollen. Die ganze Welt war eine einzige riesige, abscheuliche Unsauberkeit — dennoch war es gut so. Er machte eine geringschätzige Handbewegung. Da die ganze Welt so ist, warum sollte nicht auch er so sein? In seinem Gedächtnis huschte wie in dem eines *anderen Ich* das gespenstische, blasse Gesicht Elisas vorbei und fluoreszierte in der Tiefe schwarzgrünlichen Wassers. Zurück blieb das Empfinden der Verbindung eines Verbrechens mit etwas ebenso Verbrecherischem, doch Unumrissenem. Auf welche *Weise* die Verbindung mit diesem anderen Etwas gegeben war, das weiß der Teufel. Sollen sich die Psychologen damit plagen. Alles jedoch läßt sich, so scheint es, auf zwei Begriffe zurückführen: auf eine gewisse *Färbung* der Qualität, die als solche in einem Dauerzustand ist, und auf den ›gemischten Hintergrund‹ (den nicht wahrgenommenen) von Cornelius. Einerlei — wichtig war, daß Zypcio sich durch dies Verbrechen auf seltsame Weise gesättigt hatte und daß dadurch Persy, dieses durch den Erfolg bei Kocmoluchowicz verwegen gewordene Polypchen, für ihn zu existieren aufgehört hatte. Und dabei hatte er auch nicht die geringsten Gewissensbisse. Ethik? Unsinn, mein Bester. Für Schizophrene einer gewissen Art sind das leere Worte — nur er allein *ist*, und nichts außer ihm. ›Eine wundervolle Arznei für unglückliche Liebe: jemanden umbringen, der ganz und gar nichts mit dieser Liebe zu tun hat — einen fremden Herrn, den ersten besten Passanten.‹ Ihm fiel der Vers eines schmierigen Pseudofuturisten ein, aus ferner Vergangenheit, noch zu Zeiten Boys:

    ... Und den ersten besten Passanten

    Bums, mit dem Knüppel über den Kopf. Den zweiten?

    Auch den, bums!

Das ist kein Verbrechen.
Also, was ist es dann?
Nichts — nur so mir nichts, dir nichts bums:
Beseitigung unnötigen Gerümpels
Ohne Hilfe von Henkern ...

Was weiter war, wußte er nicht. Jenes Aufblitzen von Überbewußtsein, das sich über schizophrenen Doppelpersönlichkeiten erhebt, war erloschen. Aber *neben* der Persönlichkeit erschienen automatisch normale Gedanken, wie sie jeder gewöhnliche Mensch in einem ähnlichen Moment haben könnte. Doch sie verzahnten sich nicht mehr (hoho, nichts war damit) mit den motorischen Zentren. Diese waren in der Gewalt des Kerls aus dem Untergrund — mit diesem Hieb hatte sich dieser die Herrschaft angeeignet, er hatte etwas absolut Neues ausgeführt, etwas Ungelerntes, er hatte sich eine Auszeichnung verdient. Und wenn man jemandes motorische Zentren in der Hand hat, ist man eben Herr über ihn, und basta: Zypcio war gestorben, geboren war der postpsychotische Zypon. Der Anfall selber, dieser sogenannte *Schub*, hatte eine Sekunde gedauert. Also diese Nebengedanken (doch wen gehen sie etwas an?) — aber Du mein Gott: Dieser Mensch mußte doch irgendeine Verbindung mit dem Leben Persys gehabt haben, mit diesem geheimen Leben, von dem er selber nichts wußte. Vielleicht keine erotische Verbindung, aber etwas, zum Teufel, war unheimlich an ihm gewesen, sogar für einen Kretin, wie Zypcio an diesem denkwürdigen Abend einer war. Nicht ohne Grund hatte die Bestie ihm vorgelogen, daß dies das leerstehende Zimmer ihres verstorbenen Bruders sei — offenbar hatte dieser Kerl dort gewohnt. Aber mit seinem Instinkt (der übrigens so oft täuscht — doch in diesem Fall sagte er bestimmt die Wahrheit, das wußte Genezyp) fühlte er, daß dieser Bärtige für sie geschlechtlich gleichgültig gewesen war. Etwas Wahrhaftigeres, aber Mittelbares versteckte sich dahinter. Das würde er wohl niemals erfahren. Er fühlte sich aufgehängt in völliger gesellschaftlicher Leere. Für die Gesellschaft war er ein Verbrecher, jemand, auf den alle lauern außer einigen tausend (nur im Land natürlich) von ihm ähnlichen Typen. Das Empfinden der Lebensvereinsamung ging über in einen Zustand der metaphysischen Einsamkeit: ein einziges Dasein, das ›Ich‹ von sich sagte, in einem in der Zeit und im Raum unendlichen Weltall (denn mögen auch die Mathematiker sagen, was sie wollen, und der Bequemlichkeit halber die Welt krümmen — unser aktueller Raum ist euklidisch, und eine gerade Linie unterscheidet sich trotz aller *Tricks* grundsätzlich von allen anderen). Intuitiv, das heißt in Unkenntnis von Termini und Theorien, in seinen eigenen Bildbegriffen, erkannte er unmittelbar, auf viehische Art, die aktuelle Endlosigkeit des *Daseins* und ihre *Unbegreiflichkeit* für die begrenzte einzelne Existenz. Und damit war es aus — eine Wand — völlige Gleichgültigkeit. Plötzlich und ganz unbewußt kehrte er um in die Richtung seines Hauses. Die einzige Person auf der Welt war Lilian. Das Problem des ›Alibis‹ zeichnete sich auf einmal mit ganzer Deutlichkeit ab, ganz wie in diesem kürzlich geträumten und doch so weit zurückliegenden Traum. Vielleicht würde ihn niemand sehen, und Lilian könnte sagen, daß er die ganze Zeit über bei ihr gewesen sei, sie würde es bestimmt sagen — liebes Schwesterlein du! Wie gut ist es manchmal, eine Familie zu haben! Zum erstenmal sah er das klar, die Kanaille! Das einzige Wesen, dem er jetzt glauben konnte, war sie, dies verachtete Lilianchen — die Mutter nicht, hundertmal weniger die Fürstin. Also los, gehen wir. Es wäre ein Wunder, wenn er einem Bekannten begegnete und in der schwachen Beleuchtung dieser ewig toten Stadt erkannt würde. Dennoch hatte er in den ersten Momenten den Eindruck, daß das Leben unwiederbringlich zu Ende sei (ein namenloses, urexistentielles, undifferenzierbares Durcheinander, in dem die alte, dreifach potenzierte und ins Unendliche verlängerte Qual steckte, öffnete sich in der Richtung der Zukunft). So wollte er, ganz und gar nicht an andere Möglichkeiten des Daseins glaubend und nichts als Sorglosigkeit vor sich (wenig war das, verflucht), unbedingt und für alle Fälle sich seines ›Alibis‹ versichern. Das machte alles dieser Kerl, nicht er, Gott bewahre! Zypcio lud die ganze Verantwortung auf ihn ab. Er fühlte ihn schon deutlich in sich, mit Hufen und mit Krallen (die Sorglosigkeit kam von ihm, von diesem anderen), wie er sich breitmachte und salbte und sich in ihm ausdehnte — für immer — und den früheren Zypcio durch alle psychischen Öffnungen aus seiner Form hinausdrängte wie weiche Marmelade oder wie Teig. Da erschienen an der Ecke der Brunnen- und der Filter-Straße zwei wankende Gestalten, mit darmweichen Beinen an den nassen Trottoirplatten klebend, mit polypenähnlichen Fangarmen sich aneinander festsaugend sowie an Wände, Pfosten und Kioske. Ein scheußliches Liedchen erschallte, gesungen von einem heiseren Bariton mit einem harten Marseiller Akzent:

> Quel sale pays que la Pologne,
> Cette triste patrie des gouveniages,
> Pour faire voir un peu de vergogne
> Ils n'ont même pas du courage.

Sie kamen näher. Zivilisten. Der eine fett, klein und rund, der andere klein und mager. Der Magere sekundierte dem singenden Runden mit schnarchendem Zischen, das aus den giftigen Drüsen seines Körpers zu kommen schien. Es wehte von ihnen wie von eben erst gelöschten, noch warmen Spirituskochern. In Zypcio erwachte ganz einfach der Pole. (Vous autres, Polonais ...) Ach! So einfach war das — darüber läßt sich nichts Interessantes mehr schreiben. Vielleicht war dieser automatische Kerl aus dem Untergrund noch mehr Pole als er selber. Es kochte in ihm, mein Bester, das Blut auf, und er haute dem Dicken eins in die Fresse, schon beim Ausholen sah er im Dämmer das frech filouhafte und lustige Gesicht Lebacs, den er von irgendeiner Schulrevue her kannte. (In demselben Augenblick dachte er zum erstenmal, daß ja doch Persy selber und die Anstandsdame ... ›Nein, die werden nichts verraten‹, sagte irgendeine Stimme in ihm — und sie hatte recht. Niemals mehr dachte er daran. Dieser Neue in ihm hatte andere Mittelchen und Wege.) Der andere war sein Leibadjutant, Duc de Troufières. Er gab ihm noch eine Zulage mit der Faust in die Schamgegend und kippte ihn in eine Pfütze, die, vor Wollust aufschmatzend, den mageren Hintern des Franzosen in ihrer Mitte empfing. In seinem Mantel unterschied sich der Junker äußerlich kaum von einem gewöhnlichen Kavallerie-Soldaten. Die Dunkelheit war in diesem Gäßchen fast undurchdringlich, niemand konnte ihn erkennen. Er ging weiter, mit derselben Automatik, die ihn seit dem Verbrechen nicht verlassen hatte. Lebac versuchte, ihm nachzujagen — vergebens. Er drehte sich mit schlaffem Arm um den Pfosten einer erloschenen Laterne, stürzte auf die Knie und schrie: »Polizei, Polizei!« (Die Zeit war um zwei Stunden verschoben worden [wissenschaftliche Organisation der Arbeit], in einer Stunde erst konnte die Morgendämmerung anbrechen.) Zypcio fühlte nichts, nicht einmal die geringste Unruhe. Als Pole war er befriedigt. ›Ein schönes Alibi‹, murrte er. ›Eigentlich hätte ich das nicht nötig gehabt. Aber es war notwendig als Schluß dieses Tages. Welch eine Leichtigkeit! Welch eine Leichtigkeit! Daß ich das nicht schon früher gekannt habe!‹ Im selben Augenblick entsetzte ihn gerade das, daß er außer dieser Leichtigkeit nichts fühlte. ›Was ist da zu machen? Man kann sich doch nicht zwingen, etwas zu fühlen, was man nicht fühlt.‹ Er wickelte sich in diesen Gedanken wie in einen warmen Mantel und ging durch die verschmutzten Straßen nach Hause.

Er weckte Lilian. Sie war entsetzt. Zitternd hörte sie seiner Erzählung zu und drückte seine Hand — mit Unterbrechungen natürlich —, fast zwickte sie ihn vor Aufregung. Obgleich Sturfan Abnol keinen Augenblick aufhörte, ihr einziger geliebter Mann zu sein, fühlte sie erst in diesem Moment, was das alles war. Dieser Bruder, der ihr bisher fremd geblieben war (wie oft hatte sie geglaubt, daß sie ihn liebte — jetzt überzeugte sie sich, daß das weiter nichts gewesen war), kam ihr auf einmal näher wie ein mit unermeßlicher Geschwindigkeit aus dem Weltall fallender Meteor, und mit diesem rasenden Elan, der in der Gewaltsamkeit der erzählten Ereignisse selber enthalten war, durchschlug er ihren bisher unempfindlichen Körper. Der arme Sturfan hatte es trotz wildester Unternehmungen nur verstanden, ihren Kopf heiß zu machen. Sie fühlte etwas Derartiges, als ob sie erst in diesem Moment die berühmte Jungfräulichkeit verloren habe, über die sie von lesbischen Kolleginnen und von der Baronin selber ganze Legenden gehört hatte. Und das mit ihm, mit diesem reinen Geist in Uniform, diesem wirklich brüderlichen Geist, den sie nicht in sich zu haben brauchte, um ihn *so* zu lieben. Freilich wußte sie nicht, was das wirklich bedeutete, aber sie stellte sich das so vor, und damit basta. Es war ein Moment wirklichen Glückes: Versprechungen *wirklicher*, vollkommener Wonne mit jenem geliebten rumänisch-bojarischen, künstlerischen Stier. In diesem Augenblick hätte sie ihm bis zum Ende des Lebens gedient. Die schlimmsten Sachen würde sie vollbringen, damit er in seiner Entwicklung so vorankommen könne, wie die in ihm verborgene Kraft ihm diktierte. Sie sah in ihrem Inneren etwas wie Spiegelungen — sie bestand selber ganz aus Spiegeln —, seine endlosen Möglichkeiten verschlangen sie wie die Kanone das Geschoß. Sie hatte nicht mehr die Kraft, ihn aus sich hinauszuschleudern. Nur er allein konnte sich selber in den dämmrigen, stürmischen Lebensraum hinausschleudern. Sie sah ›die geheime Zielscheibe seiner Bestimmungen‹ (was das war, hätte niemand erfahren können): einen hellen, runden, strahlenden Diskus auf ›der schwarzen Anhöhe des Todes‹, Bildchen, eine runde Scheibe, in die er mit sich selber wie mit einer Kugel treffen mußte. Aber dieser Augenblick war schon der Tod selbst. In diesem Treffen war der endgültige Sinn. Sie erinnerte sich an einen Satz des Vaters: ›. . . Ziele setzen jenseits der Schranken des Lebens . . .‹ Sturfan faselte gleichfalls davon. Doch was sind denn schon seine künstlerischen Erschütterungen angesichts einer solchen Geschichte — soll er einmal versuchen, Derartiges zu vollbringen! Da kann man ja zerspringen. Und sie allein würde alles wissen: die wahren Motive (oder vielmehr deren Fehlen) dieses allersonderbarsten Verbrechens, das niemand verstehen würde, niemand außer ihr. Denn in dieser schrecklichen und dennoch schönen, vielleicht allerschönsten Nacht verstand sie ihn so zutiefst, als wäre sie er selber. Sie würde sich das (und wird es bestimmt) in der Hochzeitsnacht in Erinnerung bringen müssen, und dann würde sich ihr dies Geheimnis verbinden mit allem anderen, und das wird der Gipfel ihres Lebens sein. Nur nicht mehr von diesem Gipfel herunterstürzen, um nichts in der Welt! Eher in Qualen sterben als hinabkriechen in das flache, langweilige Tal der Gewöhnlichkeit, auf dessen Oberfläche alles so ist, wie es ist. Warum hatte Sturfan trotz aller Kunststücke ihr niemals *dies* gezeigt! Es bedurfte erst des Opfers des geliebten Brüderchens, damit *dies* geschah: endgültiges Verstehen des geheimen Zaubers der umgekehrten Wirklichkeit, des Sinnes von allem jenseits von allem. Sie tat ein stilles Gebet zum früheren Gott der Mutter, denn ihre eigenen Götter, die sie in sich erschaffen sollte, schliefen noch einen leichten Schlaf an der Grenze des Erwachens. Sie verstand derart vollkommen, daß er nicht anders hatte handeln können, daß sie sich dadurch so glücklich fühlte, als habe sie ein prachtvolles Geschenk bekommen. So wundervoll war das für sie in seiner vollkommenen Einfachheit! Ah! Sie bemitleidete diesen wohl unschuldigen Bärtigen nicht im geringsten (den Namen des Obersten hatte Zypcio vergessen). Er hatte kein besseres Ende verdient. Seltsam war das alles, wie in einem Theaterstück Kwintofrons oder auch nur in einem der Stücke Abnols: sinnlos und dennoch notwendig. Und das war tatsächlich geschehen! Es war wirklich ein Wunder. Doch die erste Ekstase war vorüber, und alles begann allmählich zu einem kleinen Gespräch über das Leben hinabzusinken, in dessen Verlauf sie einander und auch sich selber immer widerlicher wurden. Etwas verdarb, faulte und zersetzte sich mit unbegreiflicher Schnelligkeit, obwohl die Konsequenzen der vorigen Zustände sie sozusagen formal auf einer gewissen Höhe hielten. Dies erinnerte ein wenig an das Erlöschen einer Kokain-Ekstase, wenn alles, *ohne sich zu verändern*, mindestens um das Zehnfache schrecklicher wird und gleichzeitig gewöhnlich, im Gegensatz zur vorherigen Erhabenheit und Seltsamkeit.

Lilian: »Warum hast du mir vorher nichts davon gesagt, daß du sie *derart* liebst? Ich dachte, das sei eine erste ideale Liebe als Reaktion auf die Romanze mit Irina Wsjewolodowna. Sie ist aller erotischen Gefühle bar — niemand, zumindest niemand vom Theater, ist ihr Geliebter gewesen, und von anderen sagen sie auch nichts. Ich hätte dir entweder abgeraten und alles ausgeredet, oder ich hätte sie vielleicht sogar überredet, dich nicht umsonst zu betören. Mir scheint, daß ich in der letzten Zeit Einfluß auf sie gehabt habe.« (Sie log frisch drauflos und übertrieb dabei, ein bißchen zumindest, ihre Wichtigkeit vor ihm und auch vor sich selber.)

Zypcio: »Du sprichst wie eine ältere Dame, aber du irrst. Niemand kann Einfluß auf sie haben, denn sie ist die Verkörperung der Leere selber — ein Vampir. Wenn meine Liebe nichts aus ihr gemacht hat, so heißt das, daß sie überhaupt nicht da ist. Ich komme jetzt zu der Überzeugung — leider zu spät —, daß etwas Ungeheuerliches in ihr ist, ein unerforschliches, scheußliches Geheimnis. Das war es wohl, was mich zu ihr hingezogen hat. Ich habe nie geahnte Schichten von Bösem, von Schweinerei und von Schwäche in mir erkannt. Ich redete mir ein, daß das wirkliche Liebe sei, die, die ich bisher nicht gekannt hatte. Ob ich sie noch kennenlernen werde?« (›Ach, du Lieber!‹ dachte Lilian gerührt. ›Einen unschuldigen Menschen hat er umgebracht, und jetzt jammert er darüber, daß er keine wirkliche Liebe kennenlernen wird. Das ist dennoch wundervoll.‹) »Ich war wie gelähmt. Sie hatte ein ohnmächtigmachendes Gift in sich, und damit hat sie mich meines Willens beraubt. Jetzt denke ich, daß sie es war, die durch mich diesen Oberst umgebracht hat. Ich sage dir, daß ich wie ein Automat gehandelt habe. Mir scheint, daß das ein entsetzlicher Alp war, nicht Wirklichkeit. Und dennoch bin ich jetzt ein anderer — jemand vollkommen *anderer*. Ich kann dir das nicht erklären. Vielleicht hat er sich in mir verkörpert. Ich habe irgendeine Grenze in mir überschritten und werde nie mehr dorthin zurückkehren, wo ich gewesen bin.« (Lilian ›wand sich‹ vor Bewunderung und Neid. Oh, wenn man sich fortwährend so transformieren könnte, immerfort jemand anderes sein, ohne die Kontinuität seines ›Ich‹ zu verlieren! Und hier saß er, dicht neben ihr, dieser alltägliche Bruder, und war doch wie in einer anderen Welt! ›*Il a une autre vision du monde, ce bougre là, à deux pas de moi — e mua kua?*‹ endete sie ›auf polnisch‹.) »Aber ich habe mich durch diese fürchterliche Tat befreit — von ihr und von mir. Wenn sie mich nicht einsperren, kann mein Leben herrlich werden . . .« Er brach ab, gefesselt vom absoluten Nichts: von seinem und dem der ihn umgebenden Welt. Die Teufel hatten den Vorhang herabgelassen — das Schauspiel war zu Ende. Aber man wußte nicht, wie lange der Zwischenakt dauern sollte — vielleicht bis zum Ende des Lebens? Er zuckte erwachend auf. Tatfieber überkam ihn. Tun, tun, was es auch sei, sei es auch nur ›unter sich machen‹, wenn es nur irgendeine Tat war. Ha — das war nicht so leicht. Aber auch hier sollten die Ereignisse diesem unglückseligen ›Glückspilz‹ helfen (schauderhafte Ereignisse allerdings). Wenn er nur bis zum Morgen aushielt. »Das schlimmste ist, daß ich nicht weiß, wer er war.« Jetzt sprach einfach nur mehr der Kerl aus dem Untergrund, mit den Resten, vielmehr den Fassaden des einstigen Zypcio zu einer unteilbaren, verhärtenden Masse amalgamiert. Dabei war er derart maskiert, daß, wären nicht die Augen gewesen, durch die er manchmal aus Zypcios Körper auf die Welt hinausschaute, niemand (nicht einmal Bechmetjew selber) erkannt hätte, daß das nicht mehr der einstige Zypcio war, sondern ein völlig anderer, schrecklicher und unbegreiflicher — unbegreiflich für jeden und auch für sich selber. Eben darauf beruht der Wahnsinn. »Aber das allerschlimmste ist, daß ich nicht weiß, wer er war«, fügte Zypcio nach einer Weile hinzu. Das war keineswegs das *Aller*schlimmste. Aber so schien es ihm in diesem Moment.

»Wir werden es aus den Zeitungen erfahren«, erwiderte Lilian mit der Geistesgegenwart und Lebendigkeit, welche die Mädchen dieser Generation auszeichneten. O ihr flinken Fischlein, klugen Mäuschen und schlauen Eidechsen in ein und derselben Person — warum werden wir euch nie kennenlernen, wir, die im Jahre 1929 schon vierzigjährigen Alten, die wir zum Betrachten des schrecklichen Bodensatzes gedankenloser sportlicher ›Getöse‹ verurteilt sind? Doch lassen wir das. »Ich werde alles für dich machen. Seit neun Uhr bist du bei mir gewesen und nicht hinausgegangen. Mama mit Herrn Jozef war schon um neun Uhr zu Hause. Glaube mir unbedingt. Das ist ein Glück für mich. Aber wird *sie* dich nicht verraten? Das hängt davon ab, wer dieser bärtige Mensch für sie war. Keiner von meinen Bekannten hat sie jemals mit ihm gesehen. Vielleicht war es ein Zugereister?«

Zypcio: »Nein, er wohnte schon lange in diesem Zimmer. Ich weiß das jetzt. Eine komische Sache — jetzt habe ich den Eindruck, als hätte er mich schon vorher ausgezeichnet gekannt. Er mußte mich belauert haben, die Kanaille, jeden Abend, wenn ich dort saß, und hat sich amüsiert über meine Kraftlosigkeit. Ach, bestimmt hat er alle Dummheiten gehört, die ich sagte! Gott — welche Schande! Aber ich könnte schwören, er war nicht ihr Liebhaber.«

Lilian: »Woher kannst du das so bestimmt behaupten? Du willst es nicht glauben — aber ich rate dir, bemühe dich nicht, dein Leiden künstlich zu verringern. Schlucke alles Schlimme auf einmal hinunter.« (Sie vergaß völlig, was sie vor einer Weile gesagt hatte. Oder sie hatte es nicht vergessen, aber redete und redete, die Dumme, nur um zu reden [fast schlief sie], und wußte selber nicht, was.)

Zypcio: »Dieses Problem berührt mich nicht. Das weiß ich bestimmt. Aber das, was sich darunter verbirgt, innerlich, in mir und in der Situation selber, kann noch schlimmer sein. Das war kein gewöhnlicher Mieter, und ich bin nicht mehr der, der ich war.« (›Er fängt wieder an‹, dachte die schon fast schlafende Lilian.)

Lilian: »Nun, jetzt geh und sei tapfer. Ich muß mich ausschlafen vor der morgigen Probe.«

Genezyp fühlte sich zutiefst verletzt, ließ es sich aber nicht anmerken. Alles schien ihm wieder außergewöhnlich, auf liebliche Weise durchtränkt von der flammenden Essenz der Seltsamkeit des Lebens, die nicht begrifflich faßbar, sondern unmittelbar gegeben war. Auf welche Weise? Wohl dadurch, daß das Individuum sich gegen alles zur Wehr setzt, was es nicht selber *ist*. Dämmrige, sinnlose Welt, brennend von metaphysischem Grausen wie eine Berglandschaft in der untergehenden Sonne — und ein verirrtes, einsames kleines Wesen, das übersättigt war von demselben Geheimnis, das alles erfüllt. Eigentlich müßte man in eins zusammenfließen mit allem, dürfte selber nichts sein. Und dennoch dauert das auf unbekannte Weise abgegrenzte ›Ich‹ einzeln weiter, zu seinem eigenen Entsetzen und dem anderer, ihm ähnlicher Elenden. Das war der Gipfel von Zypcios Metaphysik. Ja — das alles *ist* so, und sie . . .? Dummes Hühnchen! Die Hauptsache ist das ›Alibi‹, und sollen sie . . . Er schaute auf das Schränkchen mit Toilettensachen wie auf das seltsamste Ding auf Erden. Die Zugehörigkeit dieser kleinen Sächelchen (die zu einer metaphysisch fremden Welt gehörten) zu diesem einzelnen kleinen Wesen, nun, zu dieser Schwester, kam ihm ungeheuerlich und fast lächerlich vor. Selten ist jemand, der eine Schwester hat, imstande, die Wunderlichkeit dieser Tatsache zu empfinden. Gerade dies geschah jetzt. Die

Unterscheidung dieser Person von Millionen anderer, eine Unterscheidung, die nicht seinem Willen unterlag, schien ihm eine unerträgliche Last und ein schlimmerer Zwang als die Schwerkraft und die Gleichungen Maxwells oder Einsteins. (Wenn man einmal verstanden hat, daß die Physik dem Nichtverstehen des Wesens des Seins nicht abhelfen kann, so kümmert es einen nur noch wenig, mit *welcher Annäherung* die Welt *beschrieben* ist. Zwischen Heraklit und Planck bestehen nur noch Quantitäts-Unterschiede. Etwas anderes ist die Philosophie — doch darüber woanders.) Immer dieses Sich-reiben am Geheimnis, in jedem Augenblick des Lebens, sogar in den trivialsten Situationen. Zum Glück dauert das Bewußtsein dessen nicht an. Wäre es so, könnte man dann auch nur das Geringste auf dieser elenden Welt vollbringen?

»Geh«, wiederholte Lilian mit müdem, kindlichem Stimmchen. Er nahm es ihr nicht mehr übel, daß sie nicht mit der Sprache seiner eigenen Sonderbarkeit zu ihm redete. Er fühlte, daß er ungerecht war, und verstand sie nicht als ein Element der fremden und drohenden Welt, sondern als ein Teilchen seiner selber in jenem inneren Meer der Leere und des Nonsens. Wieder wandte er sich mit Grausen von sich ab.

»Verzeih mir, Lilian«, sagte zärtlich der Verbrecher zum Schwesterchen. »Ich bin so schrecklich ungerecht gegen dich gewesen. Das Leben hat sich meiner wirklich allzusehr bemächtigt. Weißt du, nach der Vollendung von etwas Allerwirklichstem und zugleich — wegen der Grundlosigkeit — am allerwenigsten Wirklichem empfand ich vielleicht am stärksten meine Existenz als dieses und kein anderes Rädchen in der ganzen Maschine unserer perversen sozialen Gemeinschaft. Ah, eine schändliche Rasse, diese Polen, und dennoch . . .« — und hier erst erzählte er ihr die ganze Geschichte mit Lebac. Für eine Weile wurde sie wach. Er redete weiter und fühlte, daß er sich nur durch Reden am Leben hielt. Nur darin *war* er — wenn ihn jetzt jemand unterbrochen hätte, hätte er aufgehört zu existieren — manche würden behaupten, er wäre gestorben. Danach sprach er wieder allgemein und beachtete die Qualen Lilians nicht im geringsten: »Wie doch eigentlich nichts Neues zu sagen ist, sogar in einem solch höllischen Augenblick!

Alles ist schon längst gesagt. Unsere Zustände haben sich bereichert, aber nicht die Sprache, deren Differenzierung in der Praxis begrenzt ist. Alle Permutationen und Variationen sind schon ausgeschöpft. Das waren diese Bestie Tuwim und seine Schule, die unsere Sprache zu Ende kastriert haben. Und so ist es überall. Niemand kann mehr etwas sagen — er kann nur längst Formuliertes mit gewissen Änderungen wiederholen. Aufessen von eigenem Ausgekotztem. Vielleicht könnten Künstler von verschiedenen Zuständen berichten und die Unterschiede angeben, obwohl zwei normale, anständige Individuen, zu denen diese Zustände gehören, vollständig dasselbe sagen würden.« Er wußte nicht, mit welch schmerzender Langeweile die Schwester ihm zuhörte. Auch er litt: Er mühte sich um diese Worte aus Pflicht, eine Szene zu beenden, in der zuwenig Tiefe bewußt geworden war. So waren die Menschen des endgültigen Umbruchs — der chronische, halbe Umbruch dauerte schon seit der französischen Revolution. Schon die nächste Generation wird nicht mehr in unserer Bedeutung reden, das heißt, sie wird einzig über konkrete Dinge reden, aber nicht herumschmuddeln in der ›Seele‹, die durch die lausigen Literaten zu einem Greuel gemacht worden ist. Es wird allgemein bekannt werden, daß man daraus nichts Neues mehr herausschmuddeln kann. Einstweilen geben die bis zu gewissen Grenzen veränderlichen äußeren Bedingungen, indem sie die Psyche ein wenig deformieren, das täuschende Empfinden von unendlichen Möglichkeiten. Doch sogar die russische Literatur geht zu Ende, die Möglichkeiten verschmälern sich: Alle treten auf einem immer kleineren Stückchen herum wie Schiffbrüchige, die sich auf eine tauende Eisscholle gerettet haben. Später wird auch die Prosa den reinen Künsten in den Abgrund von Vergessenheit und Mißachtung nachfolgen. Denn mißachten wir heute die Kunst nicht mit Recht? Ein gutes Narkotikum kann man vertragen, aber ein gefälschtes, imitiertes, das nicht so wirkt, wie es sollte, die unangenehmen Nebenwirkungen aber beibehält, ist eine abscheuliche Sache, und seine Produzenten sind Betrüger. Leider zeigt sich die Prosa nur mehr um der Prosa willen, ohne *rein künstlerische* Rechtfertigung (so, wie sich Abweichungen vom Sinn in der Poesie rechtfertigen), eine Prosa ohne Inhalt, eine Fiktion sprachlich geschickter Kretins und Graphomanen.

Eine entsetzliche, außerweltliche (in der Bedeutung, daß es von *nirgendher* eine Rettung dafür geben kann) Langeweile hing plötzlich über diesen beiden Unglückseligen. Durch das Eßzimmer (bescheiden, dunkel, mit einem Wachstuch auf dem Tisch, mit einem Rüchlein von Zichorie und dem Ticken der Uhr) drang das laute Schnarchen Michalskis in die nächtliche Stille der kleinen Stadt. Wasser tropfte von der Dachrinne auf der Hofseite, lief vom Dach, auf das unlängst Regen gefallen war. Es wäre so wohltuend gewesen, in dieser Gewöhnlichkeit bleiben zu können, in ihr unterzutauchen bis über die Ohren, sogar für alle Ewigkeit in ihr unterzutauchen — die Langeweile bis zu der Stufe schrecklichen Wahnsinns zu führen. Leider waren das vergebliche Träume. Das Suchen nach Seltsamkeit in der Gewöhnlichkeit vermochte heute niemanden mehr zu befriedigen. In der Literatur hatten sogar die Norweger sich in diesem Thema erschöpft, geschweige denn die heimatlichen Landsturmmänner der normalen Belletristik. Die Zeiten waren bis zum Platzen vollbeladen mit gesellschaftlicher Gewöhnlichkeit, die sich nach einer äußerst ungewöhnlichen Explosion über die ganze Welt ergießen sollte. Zypcio küßte Lilian ungestüm mitten auf den Mund und empfand einen Schock entsetzlichen Wehs: Warum ist *sie* seine Schwester und nicht jene? Warum ist alles in der Welt wie absichtlich umgekehrt, umgestellt, umgedreht? Vertauschte Rollen, Seelen, Frisuren, Schminken und Intelligenzen.

Er tauchte wieder in die nassen, mit blassem Licht besäten Straßen. Einige hundert Schritte vom Haus schob sich ein Schatten an ihn heran. Anfangs dachte Zypcio, es sei ein Geheimagent. Er krümmte sich wie zum Sprung, doch dachte der Arme nicht an ein Verbrechen. Zypcio sah eines der bekannten Häuser vor sich. Soeben ging dort im ersten Stock ein Licht an. Dies Haus war *anders*: Es war nicht hier, in dieser verschlafenen Stadt, in diesem Land, auf diesem Planeten. Dort waren gewöhnliche, fremde, normale und vielleicht anständige Leute — Geschöpfe nicht von *dieser* (seiner) Welt. Er war ein Ausgestoßener, der hier niemals mehr

Frieden finden würde. Ein endlich von der Kette gelassener, aber heimatloser Hund. Er hätte in einem Winkelchen über sich weinen mögen und sterben. Und hier die Wirklichkeit in Gestalt dieses schrecklichen, auf ihn zukriechenden Menschen, die ihn zu irgendwelchen abscheulichen Handlungen zwang. Von hier an wird alles negativ sein, selbst wenn er wer weiß was getan hätte — nur mehr ein Entschlüpfen aus diesem Gewirr, das er sich selber geschaffen hatte. Eine unbekannte Leiche, in irgendeinem Fluß treibend, war in dieser hoffnungslosen Welt mehr bei sich zu Hause, mehr am Platz als er. Aber leben mußte er. Obwohl es in diesem Augenblick ebenso leicht gewesen wäre wie auszuspucken, wußte er, daß er nicht Selbstmord begehen würde. Er fürchtete sich vor nichts, aber die eben sich eröffnende Zukunft ähnelte einem riesigen aufgeschlitzten Bauch. Er mußte sich in bis zur Bewußtlosigkeit schmerzende Gedärme hineinwinden, selbst anästhetisiert von der übermenschlichen Qual des Begreifens des von allen Bindungen losgerissenen Faktums des Daseins.

Im Glanz einer erlöschenden Laterne erblickte er unter einem schwarzen Hut das dunkle Gesicht und die flammenden (wirklich, ohne Spaß), inspirierten Augen eines jungen Hindus.

»Von Herrn Djewani. Du weißt, wer das ist?« flüsterte der Unbekannte auf polnisch mit einem seltsamen Akzent. Ein Gestank kam aus dieser Fresse wie von faulendem Fleisch und feuchtem Moos. Genezyp wich zurück vor Ekel (er hatte eine automatische Pistole in der Gesäßtasche). »Fürchten Sie nichts, Sahib«, fuhr jener ruhig fort. »Wir wissen alles, und wir haben für alles eine Rettung. Hier sind Pillen.« Er drückte Genezyp ein Schächtelchen und ein Kärtchen in die Hand, auf dem dieser im flackernden Licht derselben Laterne (was ihm sonderbar erschien — diese gleichgültige Identität) folgende, in runder englischer, weiblicher Schrift geschriebene Worte entzifferte:

›In Demut sündigen heißt: um die Hälfte weniger sündigen. Du bekennst Dich nicht vor Dir selber zu Deinem Wahn, obgleich er in Wirklichkeit der Kern Deiner Handlungen ist. Unsere Sache ist es, Deinen Wahn und den Wahn unserer ganzen unglückseligen Welt für höhere Ziele zu nützen. Wolle *wissen*.‹

Genezyp hob den Kopf. Der Hindu war verschwunden. In dem Gäßchen links waren eilige, sich entfernende, *weiche* Schritte zu hören — ein wenig sah es aus, als bewegte sich dort ein Kriechtier. Ein mystischer Schauer (nicht ein metaphysischer — das ist ein großer Unterschied: Angst vor der Ganzheit des Daseins und Angst vor der Regelwidrigkeit eines gewissen Teilchens von ihm) durchrieselte Zypcios Körper. Jemand also (wer, um der Barmherzigkeit willen?) wußte von jedem seiner Schritte! Man gab ihm zu verstehen, daß vielleicht auch von jenem ... O Gott! Er fühlte sich wie ein Infusorium in einem Tropfen Wasser auf dem Glasplättchen unter dem grellen Licht eines riesigen Ultramikroskops, und zum Teufel war's mit jeglicher Sorglosigkeit und Freiheit. Mit dieser angeblich innerlich befreienden ›Tat‹ hatte er sich in einem schrecklichen, unsichtbaren Netz verfangen, war in eine längst vorbereitete Wolfsgrube gestürzt. Er, der doch Pietalski damals eins in die Fresse gegeben hatte, er, ein künftiger Adjutant, ein Muttersöhnchen und Lumpenkerl! Er, dessen Geliebte das unersättlichste Weib im Lande war! Ganz kalt wurde ihm. Jetzt würde er nicht mehr er selber sein und sich der Absolutheit abgetrennten Lebens erfreuen können, in welchem der wildeste Zufall zu einer unwiderstehlichen Notwendigkeit wurde und die unerbittlichste Notwendigkeit zu einem Wunder an vollendeter Willkür. Er fühlte sich wie der letzte Hund, aber an welch einer seltsamen Kette! Verzweifelt zerrte er mit dem Kopf, doch die unsichtbare Kette ließ nicht los. ›Wolle wissen‹ — welch eine Ironie! Das hatte irgendein Weib geschrieben. ›Gibt es denn jemanden, der mehr wissen möchte als ich? Doch wie? Gebt mir diese Methode! Verlaßt mich jetzt nicht!‹ schrie er mit stummer Stimme, und kaltes Entsetzen steigerte sich in ihm bis zu schwindelhaften Ausmaßen. Er sträubte sich wie ein Igel gegen die unsichtbaren Feinde oder Erlöser — er wußte es nicht. Er betastete das Schächtelchen mit den Pillen in der Tasche und beruhigte sich plötzlich wie ein Rasender nach einer Morphiumspritze. Das war der letzte Einsatz: Dawamesk B$_2$. Alles, was sich hier vor ihm wie wirklich tat, schien ihm jetzt eine Nichtigkeit, ein Überrest des ›Großen Geheimnisses‹, eines größeren als alles, was er bisher jemals gefühlt hatte. Doch dies Geheimnis hatte reale Saugarme, mit denen es brutal in den Bereich seiner Tätigkeit hineingriff. Dieser stinkende Hindu war einer dieser Saugarme — sicherlich einer der niedersten Klasse.

Schon früher hatte Zypcio von dem geheimen Glauben Djewanis gehört, der angeblich verfolgt wurde von den verbissenen reinen Buddhisten jenseits der gelben Mauer. Wieso angeblich? Weil manche behaupteten, daß Djewani keineswegs ein Ausgesandter des (vielleicht fiktiven) Murti Bing von der Insel Balampang sei, sondern ein Abgesandter jener gelben Affen, die jetzt über Europa herfielen, und daß von seinem Glauben bis zum Buddhismus nur ein kleiner Schritt nach rückwärts sei, den man in erster Linie getan habe, um den großen weißen Dummköpfen aus dem Westen Sand in die Augen zu streuen, und daß all dies als betörende Unterlage dienen solle, um diese großen weißen Dummköpfe leichter unter die Herrschaft zu bringen und aus ihnen Dünger und ›Auffrischung‹ für die gelben Massen des Fernen Asiens zu machen. Zypcio hatte sich einst geärgert über die Naivität derartigen Geredes zum Thema Politik und gesellschaftliche Wandlung. Es war unmöglich, daß zu unseren Zeiten Konzeptionen dieser Art Kräfte sein sollten, welche die Menschheit verwandelten und Geschichte machten. Und dennoch sollte er an sich selber ihre Macht erfahren. Dazu trug dieses höllische Narkotikum bei, dessen optisch-visionäre Wirkung die augenfällige Wirklichkeit hundertfach übertraf. Im ganzen sah Zypcio in der Geschichte der Menschheit etwas Großes, strukturell Schönes und Notwendiges. Doch sah man näher in dies ganze Durcheinander hinein, so waren die hauptsächlichen Kräfte: a) der ordinäre Bauch (einerlei, ob der bäurische oder der herrschaftliche) und b) dummes, gewöhnliches Zeug in tausenderlei Gestalten, das vorsichtig das heutzutage intellektuell die Haare verlierende Geheimnis des Daseins umhüllte. Zum Beispiel dieser ganze Glaube Djewanis, den gegenwärtig angeblich sogar solche Leute protegierten wie der Kultusminister, Oberst Ludomir Swedziagolski, und der Schatzkanzler, Jacek Boroeder, der in dieser Sekte ebenfalls angeblich die dritte Verkörperung der ›Extremen Wirklichkeit‹ war, soviel wie einer der Dritten in der Reihenfolge nach Murti Bing. Und es war bekannt, daß er ein grob ausschweifender Mensch und ein Zyniker erster Klasse war, man verdächtigte ihn grober Schweinereien in militärischen Lieferungen zur Zeit des Kreuzzugs. Ha, vielleicht haben sie … Ta, ta, ta … usw. Eine Maschinengewehrsalve in der Nähe, plötzlich, aus völliger Stille, war für Zypcio eine noch größere Überraschung als die Begegnung mit dem stinkenden Hindu. Er zuckte zusammen, doch nicht vor Angst, eher wie ein Zirkuspferd beim Erschallen eines Kavalleriemarsches. Endlich! Immerhin war es das erste Mal in seinem Leben, daß er etwas Derartiges wirklich und nicht nur bei Übungen vernahm. Aufstand — ›Gesellschaft‹ — Kocmoluchowicz — Pietalski — Mama — Leichnam mit einem Hammer im Kopf — Persy — Lilian — Pillen — dies war eine Reihe von Assoziationen. ›Aha — wieder bin ich, bin wirklich‹, schrie in ihm mit dem Mund eines scheußlichen Kerls der einstige Zypcio. ›Ich bin und lasse mich nicht. Na, ich werde es ihnen zeigen.‹ Im Laufschritt jagte er in Richtung der nahen Schule. Nach zweieinhalb Minuten erblickte er zwischen den Häusern das auf Kalkfelsen sich türmende, düstere Gebäude. Kein einziges Licht ›blitzte‹ in diesem der Stadt zugekehrten Teil. Er rannte atemlos die in den Fels gehauenen Treppen hinan. Dennoch war dieser Schock von großer Wirkung. Nichts hätte besser passen können. Jetzt, auf dem Hintergrund dieser Salve, schien alles andere ein armseliger Traum. Vater und Chef hielten ihn gemeinsam in ihren Krallen, ohne darauf zu achten, ob sie den einstigen Knaben gepackt hatten oder einen Kerl aus dem Untergrund. Darin war der wirkliche Sinn dieses Gedröhns oder Geknalls. Ganz und gar ein namenloser Junker, stürzte er zum unteren Tor. Es stand offen — bewacht von sechs Kerlen vom Fünfzehner Ulanen. Etwas Neues. Sie ließen ihn durch.

Ja — die Wirklichkeit hatte die unbestreitbare, eindeutige Sprache menschlichen Todes gesprochen, war eingedrungen, vielleicht zum letztenmal, in den Zauberkreis schizophrener Einsamkeit. Schwierig ist es, das abstrakte, metaphysische Urelement zum Beispiel in einer brüllenden Batterie von elfzölligen Haubitzen zu finden (hier genügten Maschinengewehre) — es sei denn, in der fernen Erinnerung an dergleichen oder in der Tatsache völliger Blasiertheit. Ihr reales Erleben bewirkt (bei vielen, nicht bei allen) eher die ursprünglicheren religiösen Zustände und mit ihnen den Glauben an eine persönliche Gottheit und führt zu den allgemein bekannten Gebeten ungläubiger Menschen in Augenblicken der Gefahr.

Ein Gefecht und seine Konsequenzen

Genezyp bog um die dunkle Ecke und sah, daß im hinteren Teil des Gebäudes aus allen Fenstern Licht strahlte, es war *a giorno* erleuchtet (wie die Gräfin-Großmutter zu sagen pflegte), obwohl es tatsächlich schon tagte (weil die Seitenflügel im rechten Winkel zum Mittelbau standen, war das von der Fassade aus nicht zu sehen — eine wichtige Einzelheit!). Voller wilden, kämpferischen Feuers (er war in diesem Augenblick ein vollkommen automatisches Stück Vieh, nur über dem ›Stirnchen‹ flammte ihm ein Sternchen *namenloser* Ideale wie über dieser Dame auf den Zeichnungen Grottgers) stürzte der jugendliche Junker (und keineswegs Mensch) über die Treppe und rannte zu seiner Schwadron. Die Gesichter waren vorwiegend blaß, insbesondere die der älteren Herren, die Augen trüb und mißmutig. Einzig ein paar jüngere Fressen zeigten dasselbe dumme Feuer wie Zypcio. Es wäre etwas anderes gewesen, wenn ein Orchester gespielt hätte und der Große Kocmoluchowicz selber anwesend gewesen wäre. Doch leider — er konnte ja nicht überall zugleich sein. Wieviel leichter waren frühere Kämpfe unter seiner persönlichen Führung gewesen!

Als er sich dem Offizier vom Dienst meldete, sagte dieser ruhig: »Hätten Sie sich um eine halbe Stunde verspätet, wären Sie vor das Kriegsgericht gekommen. So wird das mit Arrest enden.«

»Ich habe keinen Befehl erhalten. Meine Schwester ist an einer sehr schweren Angina erkrankt. Ich bin die ganze Nacht bei ihr gewesen.« Diese wohl erste offizielle Lüge in seinem Leben erblühte wie eine bleiche Orchidee auf dem ungeheuren (daß Gott erbarm) Haufen von Zukunftsschweinereien. Ganz oben auf diesem Misthaufen lag die Leiche mit dem Hammer im Kopf. Schnell schob Zypcio dieses Bild beiseite. Eine Stimme aus einer anderen, scheinbaren Welt sagte weiter:

»Keine Erklärungen. Im Abendbefehl, den Sie eigenwillig mißachteten, indem Sie sich vor neun Uhr entfernten, stand es auch für Ochsen deutlich genug, daß heute alle Junker im Schulgebäude übernachten.«

»Sind Sie der Meinung, Herr Leutnant . . .?«

»Ich bin keiner Meinung. Bitte auf Ihren Platz«, sagte der junge Mann (Wasiukiewicz) so kalt (aber giftig-kalt — bäurisch), daß Genezyp, eben noch von ›heiligem Feuer‹ jugendlichen Abenteuers und mehr von Jagdlust als von Mordlust (davon hatte er einstweilen genug) innerlich glühend, sich in einen Haufen erkalteten *Kriegs*-Eisenzeugs verwandelte, der nur noch aus Schrott bestand, gut genug für den Train, das Spital und die Küche, nicht aber für die Front! So hatte man ihm diesen Augenblick durch dumme Formalitäten verdorben. Aber trotz allem war er geradezu höllisch froh über dies ganze ›Abenteuer‹. Die idelle Seite des Kampfes ging ihn in diesem Augenblick nichts an — ihn beschäftigten nur persönliche Konsequenzen, und der Tod schien überhaupt nicht zu existieren: der dümmste Zustand auf der Welt, der den ›Kriegstaten‹ auf niedereren Sprossen der militärischen Hierarchie so förderlich ist. Ihm schien, daß der Kadaver des unbekannten Bärtigen in diesem blutigen Schlamassel spurlos versinken, sich resorbieren, sich in die Haut der kommenden Ereignisse einreiben werde, deren Sinn er, trotz vorheriger Überlegungen, gar nicht verstand.

In der Ferne tackerte wieder ein Maschinengewehr, und dann hörte man einzelne Gewehrschüsse und etwas wie das ferne Geschrei einer Menschenmenge. Leise wurde in der Reihe geflüstert, daß die Aktion in infanteristischer Ordnung erfolgen werde. Bisher war keine Rede von Pferden. Alle, mit Ausnahme versessener Zirkusreiter, waren darüber froh. Reiten auf nassen ›Katzenköpfen‹ und auf Asphalt! — keinen normalen Kavalleristen hätte diese Aussicht gefreut.

»Achtung!« Die doppelte Reihe erstarb. »Rechtsum kehrt! Zu zweit im Gleichschritt — marsch!« erscholl das Kommando. Genezyp erkannte die Stimme Wolodyjowiczs (er sah ihn nicht hinter den Pfeilern). Also er wird die Schwadron anführen, sein größter ›Schulfeind‹ unter den Offizieren. Was für ein Pech! Trotzdem reckte er sich so gewaltig, daß es ihm einen Moment schien, als ob er schon dort sei, wo sich verdummte menschliche Viecher metzelten, damit es anderen Viechern einmal etwas besser gehe. Ideen! Gott, was waren das für glückliche Zeiten, als Ideen wirklich im Höhenflug über ähnlichen Gemetzeln schwebten — jetzt wußte niemand etwas von ihnen. Jegliche Zweifel zerrissen wie angespannte Hosenträger, im Inneren sank etwas herab, der persönliche Wille wich einem Gefühl völliger Ohnmacht des Ich. Nur das Muskelsystem, das ein mörderischer innerer Kerl befehligte, spannte sich wie die Transmission einer Maschine, die von einem fernen Kraftzentrum in Bewegung gesetzt wird. Im leichten, leeren Kopf schwebten Bilder, langsam, grundlos, entmaterialisiert. Genezyp empfand seinen Kopf als etwas *Konkaves*, als Abgrund, und über diesem seine Phantasmagorien wie helle Schmetterlinge in der Sonne. Doch was war diese Sonne, die sie beleuchtete? ›Zentrum des Daseins‹ — Geheimnis endloser Weite, verschwindende Einheit der Persönlichkeit — wie ein schwarzer Bildschirm, auf dem sich einzelne Bilder abzeichnen, der aber das Ganze verhüllt. *Sonst ist nichts.* ›Ich werde leben, verdammt, denn noch haben die Geschicke sich nicht erfüllt! Ich werd's ihnen noch zeigen . . .!‹ sagten die Muskeln. Vor dieser Wunderlichkeit die rote Wand des Stalles und über ihr der bleierne Himmel des sommerlichen, bewölkten Morgens. ›Hier sind wir erst?‹ Es schien, als wären Jahre verflossen. ›Nie mehr werde ich die Wirklichkeit erkennen‹ — eine dicke Glasscheibe fiel zwischen Genezyp und die Welt. Nicht einmal die Kugeln der Soldaten der Gesellschaft für Befreiung werden sie durchschießen. Es sei denn, sie zerspringt im Tod. Das, was einst der Motor großer Schaffenskraft gewesen war (das Geheimnis des Ich), nämlich der heldische Kampf des Individuums um einen Platz in der Allwelt — ein Platz in metaphysischer, nicht in gesellschaftlicher Bedeutung —, ist heute nur noch ein verfaulendes Schwänzchen irrer Verwicklungen einer degenerierten Rasse von Schizoiden. Pykniker und Weiber werden sie bald überschwemmen, völlig zertrampeln — in der Welt eines organisierten Ameisenhaufens wird es niemandem mehr schlechtgehen.

Die Stimme des verhaßten Rittmeisters, verschärft durch drohende, *wirkliche* Kommandos, erinnerte Zypcio an den ersten Besuch der Fürstin in der Schule. Wie fern waren diese Zeiten doch! Beinah erkannte er sich nicht wieder in jenem verschüchterten Knaben aus der Vergangenheit — er, ein in ein wirkliches Gefecht gehender Junker, ein wirklicher Mörder und Verrückter. Zum erstenmal machte er sich bewußt, daß es vielleicht schon jetzt... Es war keine Zeit... Das letzte Bild: Der Kerl wuchs mit ihm zusammen; in einigen Teilen (in der Seele zum Beispiel) war noch der einstige Knabe zu sehen, der von der dunklen, gesichtslosen Gestalt gefressen wurde. Zypcio sah das fast plastisch, wie von der Seite. Es schien ihm (freilich nur einen Moment lang), als habe der, der noch unlängst sein Gefangener, jetzt aber sein Herr war, einen ebensolchen Bart wie der ermordete Oberst, nur war dieser Bart schwarz.

Sie gingen hinaus in die Stadt. Durch klebrigen Kot in den abfallenden Straßen patschten sie zum vermutlichen Brennpunkt der ganzen Affäre. Wieder kam aus den inneren Reserven ein Hauch von völliger Ungezwungenheit und höllischer Leichtfertigkeit. Ausrufe wie: ›Heißa he! Juppheida!‹ und ähnliche (wenn sie nur nicht so scheußlich gewesen wären) hätten niemanden erstaunt. Obwohl also die reinigende Flamme bereits von den Rändern her langsam die Schweinerei des allgemeinen Marasmus zu verzehren begann, fühlte Genezyp, daß, wäre er nicht dem Ausgesandten Djewanis begegnet, dieser Augenblick nicht derart leicht und sorglos hätte sein können. Dies war der einzige geheimnisvolle Punkt, der in der grellen Gemeinheit des gegenwärtigen Querschnitts der Wirklichkeit einigen Zauber besaß, und zwar nicht nur hier, wie es schien, sondern in der ganzen Welt. Die einstige Welt mit Geheimnissen und Wundern stellte sich jetzt als ein gefährliches und quälendes Chaos voller köstlicher Verstecke und voll unflätiger Hinterhalte dar; unbekannte Möglichkeiten, aber auch Qualen der Zwiespaltung und daraus entstehende realistische Belästigungen. Ein Beispiel war die Geschichte mit dem Oberst — zu mehreren derartigen ›Erlebnissen‹ hatte Zypcio keine Lust —, und wie kann man etwas beherrschen, das von selber geschieht, ohne jegliche Teilnahme kontrollierender Apparate? (Die Pillen hatte er bei sich — dies eine war sicher.) Die ganze Gegenwart (vielleicht mit Ausnahme einer internen Insurrektion oder der chinesischen Mauer in der Ferne, dieser Geheimnisse zweiten Ranges) war von greller Klarheit und zumindest vom äußeren Standpunkt aus ganz ungefährlich — ohne Verstecke, in denen feindselige Doppelgänger lauern konnten, aber auch ohne ›zauberhafte Winkel‹, in die man jederzeit hätte fliehen können, wenn man genug von der Wirklichkeit hatte. Das war vor allem langweilig — langweilig wie die Pest, wie eine chronische Gonorrhoe, wie ein klassisches Stück, wie materialistische Philosophie, wie die allgemeine Güte aller gegen alle. Und wäre nicht dieses Gefecht, wie bestellt, an diesem Morgen gekommen, so wäre ungewiß, wie weit es noch ginge — vielleicht sogar bis zum Selbstmord. Der einzige Funke eines höheren Geheimnisses war in dieser neuen Religion zu finden. An sie klammerten sich beinah alle ›wie an den letzten Strohhalm‹, in dem Gefühl, daß es darüber hinaus absolut nichts mehr gäbe — außer einer wissenschaftlichen Arbeitsorganisation. Und das war für manche zuwenig. Insbesondere litten die, denen man von Kindheit an erhabene, aber blasse Ideale in die Gehirne gepumpt und die man dann geheißen hatte, gedankenlose Maschinchen im Namen dieser Ideale zu sein. Wie kann man nur — pfui!

Genezyp beschloß, daß er, sollte er dies ›Gewirre‹ überleben (wie man in Kocmoluchowicz nahestehenden Kreisen die von der Gesellschaft für Befreiung projektierte Revolution nannte), sich näher mit der Doktrin der neuen Religion in ihrer ganzen Ausdehnung befassen würde. Gewöhnlich nahm man die Pillen ein — und dann ging es schon wie geschmiert. Zypcio beschloß, umgekehrt vorzugehen: zuerst kennenlernen und dann einnehmen. Doch in der Praxis erwiesen sich solche Beschlüsse gewöhnlich als unausführbar. Die Frage, ob Kocmoluchowicz bereits einnahm oder nicht, wurde von allen ergebnislos erörtert. Niemand wußte etwas mit Bestimmtheit.

Vor dem Dziemborowski-Platz (niemand wußte genau, wer dieser Dziemborowski war) wurden sie in einer Schützenlinie auf einer breiten Kastanienallee zerstreut. Irgendwo wurde immer stärker geknallt. Ein grauer Tag brach an, verweint und abscheulich. Wie weit war doch jener Augenblick noch ungeschehenen und doch potentiell schon alltäglich gewordenen Kampfes an jenem frühlingshaften Nachmittag, als bei den gedärmlichen Klängen des Schulorchesters *der geniale Kozmolukovitch* seine Leib-Automaten mit Glauben ›inspiriert‹ hatte. Warum konnte man nicht in einem ebensolchen Verband wie damals zugrunde gehen! Die Dissonanz zwischen den Kriegsrequisiten und der Kriegsarbeit selber — die für einen Nichtspezialisten langweilig war wie jede Arbeit — wurde immer peinlicher. Genezyp wurde von einem dumpfen Zorn über sein ›Pech‹ befallen — alles war nicht *das*, verflucht, als ob es jemand auf ihn abgesehen hätte. Und dieser Zorn ging momentan in sogenannte ›wilde Kampfeswut‹ über: Er hätte jetzt die Mitglieder der ›Gesellschaft‹ zu Fetzen zerbeißen können, hätte er sie zur Hand gehabt — nur die Hauptfiguren allerdings, nicht die armen, betörten Offiziere und Soldaten, die ›ihr Blut vergossen‹, damit zum Beispiel Pietalski tagtäglich seine Frühstücksaustern (!) mit Champagner (!) fressen konnte.

Da krachten plötzlich aus einer scheinbar leeren Straße die ersten nahen Karabinerschüsse. Ein ungeheurer Lärm zwischen den Häusern — als ob Artillerie schösse. Die herrliche Wut verwandelte sich wieder in abscheuliche Unzufriedenheit darüber, daß das nur ein armseliges städtisches Putschlein war und nicht ein ›richtiger‹ Kampf ... Daß doch der Teufel ...! Und wieder Wut. Und so fort. Nicht einmal Kocmoluchowicz, der irgendwo in der fernen Hauptstadt saß, hätte hier helfen können — Zypcio handelte wie der gute einstige Junge; der ›Kerl aus dem Untergrund‹ war noch nicht fertig, obgleich (doch dies nur geflüstert) irgendwo unter Sofas oder in Klosetts unpersönliche Zweifel daran bestanden, ob er nicht selber (o Gott, woher soviel Mut?) vielleicht schon ein ›Kerl aus dem Untergrund‹ war — als sein eigenes Erzeugnis allerdings, nicht er selber, der wirkliche. Uff — ein Stein war vom Herzen gefallen.

Das aufständische 48. Infanterieregiment, in welchem sich (aus geheimnisvollen Gründen) die nationalen Ideen der ›Gesellschaftler‹ nicht hatten propagieren lassen, schoß in unregelmäßigem Feuer über den halbrunden, an die Allee grenzenden Platz aus zwei Eckhäusern, die so gewöhnlich wie alle Häuser in neuen Vierteln und doch in diesem Augenblick ungewöhnlich und sonderbar waren. Sie schienen wie Häuser aus einer anderen Dimension, wie nichteuklidische Häuser, wie Hyperhäuser, wie Häuser aus einem Märchen. Es waren höllische Paläste, in denen der Tod selber wohnte, verkörpert in einigen Blödianen mit alten deutschen Karabinern in den Händen, die ihrerseits von einigen noch ärgeren Dummköpfen zu dieser schändlichen, unanständigen Tätigkeit präpariert worden waren. Trotz ihrer Dummheit waren sie überzeugt, daß sich in ihnen der Geist des Volkes verkörpert habe, wollten im Grunde aber nur gut essen, trinken und vögeln.

Irgendwo weit hinter der Stadt ballerte schwer ein Kanonenschuß. Darin war ein Grauen wie bei einem aus der Ferne aufziehenden Gewitter. Doch während es dort in der Natur zerstreut war, war es hier menschlich kondensiert, in einem umrissenen Punkt, welcher der Bauch des Horchenden sein konnte — anders läßt es sich nicht ausdrücken: ein vermenschlichtes Element. Genezyp wurde ganz Ohr — es schien ihm, als habe er Ohren wie eine Fledermaus. Immerhin, das *war* ein wirklicher Kampf, wenn er auch unter schäbigen Umständen stattfand. Man mußte ihn möglichst bewußt erleben, sei es auch nur deshalb, um nachher eine Meinung darüber zu haben und entsprechend erzählen zu können. Vor allem mußte man sich alle Laute gut einprägen. Trotz langer Dressur vermochte der künftige Offizier sich nicht zu dem geringsten technischen Interesse aufzuschwingen — als taktisches Problem ging ihn das gar nichts an. Wenn er jetzt so eine Division hätte anführen können, wäre das etwas ganz anderes gewesen. Doch trotz titanischer Anstrengungen entstand ein so großes Durcheinander von Materie, daß Zypcio nachher niemals imstande war, alle Eindrücke in ihren ursprünglichen Verhältnissen zu rekonstruieren. Die vergangene Nacht wie der unerbittlich beginnende Tag waren im Verhältnis zum Verfließen der Zeit vieldimensional — sie ließen sich nicht im ganzen auf adäquate Art in die normalen Formen des

Erfassens früherer Erscheinungen zusammendrängen. Eines war gewiß: Diese Nacht sank in den gegenwärtigen Morgen ein wie eine scheußliche Absonderung in einen wohltätigen Schwamm — sie verblaßte und verschwand.

Trotz aller ›Ungenauigkeiten der Ausführung‹ begrüßte Genezyp das erste Zischen der Kugeln mit geradezu unmenschlicher Lust. Endlich! (›Beschossen‹ zu werden war der Traum aller jugendlichen Junker. Freilich, ein Gemetzel *en règle* mit Schützengräben, Tanks und Trommelfeuer der Artillerie wäre besser gewesen. Doch in der Not frißt der Teufel Fliegen.) Dagegen war das Aufschlagen der Kugeln an den Häuserwänden schon weit weniger angenehm. Der Feuereifer währte nur kurz. Es wäre wundervoll, wenn man gleich zur Attacke auf Messer schreiten könnte. Aber nein — man hielt sie hier zurück, unter einem sinnlosen Feuer (alles, was Anführer tun, erscheint den Soldaten sinnlos), während hinter den nicht allzu prächtigen Häusern des Dziemborowski-Platzes ein düsterer Tag hervorkroch, alltäglich wie Waschen und Rasieren, ein lauer Tag, in zerfetzte, wie abgetragene Plachen graue, unheimlich gewöhnliche Wolken gekleidet. ›Alles geht zu schnell, alles endet in irgendeinem Kurzschluß, und zu nichts hat man wirklich Zeit‹, dachte Genezyp bedauernd während einer Feuerpause. Ach, wenn man das so von ›oben nach unten‹ durchdenken, sich darüber aufschwingen und wie mit seinem Eigentum in den Gedärmen damit lospfeffern könnte! Vergebliche Illusion. Das Gefecht zerbröckelte in den Händen, unerfaßlich wie die wilden musikalischen Harmonien in einem Werk von Tengier. Eine Reihe sinnloser Situationen und Handlungen ohne jede Komposition, schlimmer noch, ohne jeden Klang. Ab und zu nur sprühte ein inneres Licht, und einen kleinen Augenblick stand die Welt wie bei einem Blitz in Flammen, in der Herrlichkeit endgültigen Verstehens. Das erlosch wieder und tauchte in einen Extrakt der Gewöhnlichkeit, der dadurch potenziert wurde, daß diese Gewöhnlichkeit von manchen Gesichtspunkten aus (des Morgenkaffees, ruhiger Übungen, erotischer Erlebnisse zum Beispiel) unerhört ungewöhnlich war, dabei aber nichts von dieser Grauheit und Langeweile verlor, die man mit einer Garnisons-Dienstvorschrift vergleichen konnte. Zypcio lag jetzt auf einem Sockel der Balustrade, die das kleine Square in der Mitte des Platzes umgab. Diese Stelle, platt und gewöhnlich bis zum Schmerz, in ihren Details völlig uninteressant, schien ein Terrain voller Hügel und Täler, geheimnisvoll vor dem unveränderlichen Schicksal und aus unerklärlichem Grund außerordentlich wichtig — es war ein deutliches Beispiel aus der Lektion der Taktik des Soldaten in Schützenlinie. All das war jedoch potentiell — es bestand kein Feuerbefehl —, die Untätigkeit schien die Zeit bis über die Grenzen der Ewigkeit zu verlängern. Es wurde immer heller, immer lausiger. Wieder nahm die ›Dummheit‹ dieses Gefechts dem Leben den ganzen Zauber. Die gegenwärtige Situation und der Besuch von Kocmoluchowicz in der Schule schienen zwei Welten ohne jegliche Verbindung. Zypcio wußte nicht, daß jede Schlacht in der gleichen Weise dumm zu sein scheint, und zwar nicht nur den einfachen Soldaten, sondern auch den Kompanie- und Schwadronführern und sogar den Kommandanten von Bataillonen und Regimentern, wenn sie nicht genau umrissene und absorbierende Aufgaben zu erfüllen haben. Etwas anderes ist es mit Offizieren, die höhere Kampfeinheiten befehligen. ›*Réfléchir et puis exécuter — voilà la guerre*‹, fiel ihm ein Satz von Lebac ein, den dieser während einer Schulinspektion gesagt hatte. Weder das eine noch das andere war hier am Platz. Was konnte man schon ausdenken im Zustand der ›Erstarrung‹, bäuchlings hinter einem Sockel liegend auf einem düsteren, dummen (unbedingt) städtischen kleinen Square, und was konnte man unter diesen Bedingungen vollbringen? Nichts und niemand war da, auf den man hätte schießen können. Die anderen begannen wieder zu ›heizen‹, und wieder pfiffen die Kugeln vorbei und schlugen stumpf an die Häuserwände und Baumstämme. Die Sinnlosigkeit wurde immer erschreckender. Um den harten Kern des ›Heldentums‹ begann allmählich, beweglich wie eine Marionette, der Gedanke zu kreisen, daß in einem Augenblick vielleicht all dies nicht mehr sein würde (oder irgendwo im Körper ein rasend schmerzendes Loch). Nach der Wahrscheinlichkeitsrechnung *mußte* irgendeiner dieser Dummköpfe ja nun treffen.

Plötzlich kam hinter einem Zeitungskiosk der Stellvertreter des Korpskommandanten, Major Weborek, hervorgestürzt und brüllte. Doch bevor er brüllte, fiel Genezyp ein (wahrscheinlich zur rechten Zeit), daß seine Leiche ja gerade so und nicht anders hieß. Diese Koinzidenz machte ihn stutzig, und er fühlte, daß er sich nicht ungestraft aus dieser Affäre ziehen würde — wenn man ihn nicht als seinen Mörder entdeckte, würde hier wohl ein außerweltliches Strafmaß erfolgen: ›Entweder sie verwunden, oder sie schlagen tot‹, wie einer der Agenten des Zaren Kyrill, Fürst Rozbuchanskij, zu sagen pflegte. Daß er auch diese Komplexe nicht verbinden konnte! Natürlich war dessen Onkel ein einstmaliger erfahrener Flieger. Gerade brüllte der wütende Major:

»Mir nach, ihr Kinder des Großen Kocmoluch!« und rannte mit dem Säbel in der Hand wie von Sinnen in Richtung der im wolkigen Morgenlicht sich rötenden Häuser auf der anderen Seite. Die ganze Schützenlinie eilte ihm nach. Genezyp erblickte vier Flämmchen in den Fenstern des Cafés an der Ecke. Und wieder erschallte das unerträgliche Geratter eines Maschinengewehrs und dauerte von diesem Augenblick an ununterbrochen, weiß der Teufel, wie lange. ›Und warum gerade in diesem Augenblick? In einer Stunde, in einer Viertelstunde wäre ich zu allem fähig. Ja — aber vielleicht nicht *hier* — vielleicht nur in einem Hohlweg, an den Wällen (?) eines Forts, an einem Brückenkopf, verflucht, aber nicht hier auf diesem beschissenen Dziemborowski-Platz.‹ (Verflucht sei bis in die hundertste Generation der allgemein unbekannte große Mann dieser Stadt und der umliegenden Dörfer.) Genezyp wurde von einer völlig sinnlosen Wut erfaßt. Er rannte vorwärts wie besessen, und alle anderen rannten auch. Wahrscheinlich dachten sie haargenau dasselbe wie er und stürzten Hals über Kopf hinter dem anscheinend im Kugelhagel voranjagenden Weborek her. Doch die Maschinengewehre zielten zu hoch, und die Junker, ohne einen einzigen Mann verloren zu haben, stürzten auf die Terrasse des Cafés. Es kam zum Handgemenge — die Gegner, die unglückseligen Dummköpfe vom brüderlichen Achtundvierzigsten, brachen vor Schreck in Haufen aus der Tür des Cafés hervor und hieben sich in die doppelte

Schützenlinie der Junker ein, die sich von den Flügeln her zusammenbog. Es war ein schreckliches Geprügel. Jemand (vielleicht einer von den eigenen) versetzte Genezyp einen Kolbenschlag gegens Schienbein. Bei diesem höllischen Schmerz erreichte die Sinnlosigkeit einen Höhepunkt, die Verviehung potenzierte sich bis an die Grenzen sexueller Wollust (denn offen gesagt, gibt es eine größere Erschütterung als eben diese?). Überhaupt wußte niemand mehr, was, wo, wie und warum — vor allem warum. Doch die einmal ausgelöste tierische Wut und Angst — der einen vor den anderen und aller vor dem grauen Spuk der militärischen Disziplin — stießen sie trotz hoffnungslosen Sträubens weiter hinein in das scheußliche Gemetzel. Von ›Ideen‹ war keine Rede — die sind brauchbar in Stäben und geheimen Komitees, aber nicht hier (und auch dort wurden sie manchmal zweifelhaft in diesen schrecklichen, aller Farben baren Zeiten). Allgemein wurde ein fader Brei wiedergekäut, der von den Vorfahren schon längst durchgekaut und ausgespien war, ein weißer, sägemehliger Brei ohne Geruch und Geschmack. Manche sahen aber darin die letzte Rettung ihrer ›Lebensgenüsse‹. Und eben darum schlachteten die Dummköpfe einander ab, an diesem abscheulichen Tag in den Straßen dieser verschlafenen, in ihrer eigenen Soße schmorenden Stadt.

Die Junker hatten ein riesiges Übergewicht über die frisch einberufenen Rekruten. Nach zwei Minuten floh bereits ein ungeordneter Haufen durch die Straße, die vom Platz in die leeren Gelände außerhalb der Stadt führte, und die durch den leichten Triumph berauschten ›Kinder des Kocmoluch‹ jagten ihnen nach. Genezyp, gewaltig lahmend, hinkte tapfer hinterher. Er hatte vor einem Augenblick gesehen, wie ein Unteroffizier mit dem Kolben den Kopf des unglückseligen Weborek zerschlagen hatte. Er hörte noch in der Erinnerung auf dem Hintergrund des Kampfeslärms das nasse (noch einmal!) Zerkrachen des dem Generalquartiermeister so sehr ergebenen Schädels. An diesem Tag fielen zwei Weboreks fast auf die gleiche Weise, aber unter so verschiedenen Umständen. Er überlegte sich das mit wilder Genugtuung, die eine geheime Verbindung mit den geschlechtlichen Katakomben des

Körpers hatte — das schien sogar noch tiefer drinzustecken, in der Erde, im Nabel des Allseins. ›Metaphysische Ungeheuerlichkeit des Daseins‹ — Abnol — Lilian — Persy. Lebende, purzelbaum-schlagende Assoziationskobolde (nicht einfach Vorstellungen) flochten sich ein in diese tierische Verfolgung der unglückseligen Infanteristen. Berauschtsein von bewußter Bestialität und vom Bösen — nur diesen Tag irgendwie bis zu Ende leben! Jetzt erst, als sich der gute Ausgang ankündigte, sorgte sich Genezyp um sein Schicksal. Endlich, endlich hatte sich dieser scheußliche Morgen mit jenem Schulnachmittag definitiv vereinigt. Schade nur, daß es keinen Schnaps und keine Musik gab — aber auch so war es überraschenderweise nicht schlecht. In einer Sekunde wurde Genezyp sich bewußt, daß Kocmoluchowicz aufgehört hatte, als ›Führer-Gottheit‹ für ihn zu existieren. So also sah seine Arbeit aus der Nähe aus. Niemals würde er als eine Maschinen-Statue zurückkehren — ein seltsames Vieh auf einem zertrümmerten Sockelchen. Auf diesem verfluchten Dziemborowski-Platz blieben seine Trümmer. ›Hinter dem Rücken‹ des Chefs fand auf Kosten seines Zaubers die Vereinigung dieser inkommensurablen Momente statt. Dieser dunkle Kerl, den Zypcio einst so sehr gefürchtet hatte, war gar nicht so schlimm: Er war ein durchtriebener Verbündeter, kein Feind — und dabei war diese Bestie mutig, das war die Hauptsache. Ha, weit mutiger als der einstige Junker: ein wirklicher Offizier. Er war es, der das Kommando über den aufgewühlten Körper ergriffen hatte, er hatte alle Därmchen hervorgeholt, zu einem einheitlichen System von Kräften organisiert, und jetzt hetzte er diesen ganzen Apparat zur weiteren Verfolgung der unglückseligen Viechlein. Denn das waren doch keine Menschen, diese Knechte der ›Gesellschaft‹, das war absolut gewiß: Sie waren betörte, unglückselige Tiere. Bis plötzlich aus irgendeinem Spältchen der frühere Zypcio wie ein Ohrwurm hervorkroch (jener, der die Hunde von der Kette ließ) und verbissen flüsterte vom ›Ermorden der Seinigen‹, von Liebe und von ›Blümlein‹, vom verlorenen Frühling und von wunderlichen Träumen aus der Zeit ›vor dem Erwachen‹. Aber niemand hörte ihm zu, und so erstarb er, zertrampelt von der persönlichkeitslosen Bestialität der Menge, dieses ganzen jagenden Junkertums, dessen willenloses Teilchen er selber war. Jemand (war es nicht Wolodyjowicz?) schrie plötzlich mit donnernder Büffelstimme — *voix tonnante* — wie jener General bei Zola:

»An die Wände, an die Wände, Hühnerpürzel!!« Verschwunden war die Masse der fliehenden Infanteristen, und aus der Tiefe der langen Straße, die sich im grauen Frühnebel verlor, flammten blutrote Blitze. Vier fast gleichzeitige, schreckliche Donnerschläge wälzten sich mit rasender Geschwindigkeit ihnen entgegen. Zugleich war es, als zerreiße jemand riesige Leinwandplachen in der Luft und als pfiffen gewaltige, kilometerweite Münder den Namen des Philosophen Hume, schreiend: ›Hjum, Hjjjjuuum.‹ Dazwischen Getöse berstender Schrapnells, metallisch, flach, kurz, und ein Hagel von Kugeln (diesmal ein wirklicher) gegen die Wände und Scheiben. Von hinten kamen schon ›unsere‹ Geschütze auf den Platz gerast. Es begann ein Duell der leichten Artillerie, und die Infanteristen beider Seiten stürzten von den Wänden, bäuchlings in den Gossen und auf den Trottoiren liegend. Das war wohl etwas in der Art einer Schlacht. Doch das Gefühl von Nonsens dauerte an, man wußte nicht, in welcher Zelle des Geistes. Auf dem Hintergrund höllischen Gekrachs, Gepfeifes, Geheules, Geklirres, Platzens und Fetzens zerreißender Luft hörte man Stöhnen und Brüllen: Von zwei Seiten pfefferten zwei Batterien ohne Unterbrechung. Ebenso ununterbrochen schoß Zypcio, liegend, ohne zwei Schrapnellkugeln in der rechten Wade zu fühlen. Der Tag war vollkommen — alles ringsum schmerzte von unheimlicher Grellheit der Gewöhnlichkeit. Noch drei Salven ›unserer‹ Geschütze — drüben Stille. Dann Gedröhn von Geschützen auf dem Pflaster — die ›feindliche‹ Artillerie zog sich in Seitenstraßen zurück. Und eben da — es schien wie unmittelbar über dem Kopf, gleichzeitig fast mit einem Seufzer der Erleichterung, daß ›alles schon gut‹ sei — platzte mit Donnergekrach ein weiterkommendes, schweres Schrapnell und spie seinen ganzen Inhalt auf die hinteren Reihen der ›heranrobbenden‹ Reserven aus. Heißes Gas fauchte mit bleierner Schwere über dem Kopf. Jetzt erst spürte Genezyp den Schmerz im Bein und dazu eine sonderbare Erstarrung im ganzen Körper, und der Kopf war so leicht, als wäre er leer. In dieser Leere zwitscherte plötzlich eine Unruhe auf, wie ein dummes, unerträgliches und dabei liebes Vögelchen. Jetzt erst war ersichtlich, aus welchen Spannungen und Drucken der Junker zur gewöhnlichen Wirklichkeit zurückkehrte. Wer kann das ermessen und belohnen? Niemand — man wird ihm noch ›wegen irgendeines Details auf den Bart spucken‹. Die Unruhe wurde immer ärger. Etwas war passiert, und zwar etwas ziemlich Schlimmes. Er wollte aufstehen, aber das rechte Bein schien nicht zu ihm zu gehören. Es war riesig bis zur Unmöglichkeit, in den Ausmaßen angepaßt an die endlich bewußt gewordene Größe: 1) des Gedröhns, 2) der wirkenden Kräfte und 3) des historischen Augenblicks als solchem. Erst, als er dies abbekommen hatte, verstand er, daß dennoch irgend etwas Wichtiges geschah, nicht nur hier und für sein Ländchen, sondern für die ganze Menschheit, vielleicht für das Weltall. Der tierische Zeitabschnitt war verklungen, Sublimierung begann — allerdings nur subjektiv, für Zypcio, für andere gab es diese zweite Phase nicht bis zu Ende. (Kocmoluchowicz zum Beispiel verlebte diese Zeit im Bett mit Persy. Ab und zu nur nahm er unwillig den Hörer vom Telefon. Nur er konnte anrufen — ihn aber erreichte niemand. Derartige Vorfälle waren zu geringfügig für einen solchen Titanen. Er schonte seine Ganglien für die wirklich große Auseinandersetzung mit der beweglichen gelben Mauer.) ›Und trotzdem lebe ich und bin verwundet‹, dachte Zypcio mit satanischer Wonne, vollkommen homogen, entproblematisiert, für niemanden, auch für sich selber, nicht wiederzuerkennen in seiner Fremdheit und Andersheit. Vielleicht war er etwas ›männlicher‹ geworden unter dem Einfluß des Durchlebten, vielleicht ›moralisch‹ (?) reifer, vielleicht schließlich ›lebensernster‹ — haha! — niemand sah, noch konnte sehen (nicht einmal er selber), daß hier ein völlig anderer Mensch lag, der nur dem Äußeren nach eine Fortsetzung des früheren Ichs Zypcios war (eher des körperlichen als des geistigen Ichs), mit einem Wort, *irgendein* erwachsener Offizier, den die Attacke auf die Straße der Kasperpossen niedergeworfen hatte. Er wälzte sich wieder in den Rinnstein (Gosse?) mit dem Wohlgefühl, endlich das Seine getan, endlich eine positive Tat vollbracht zu haben. Das Leben war gerechtfertigt, die Vergehen waren ausgelöscht, vielmehr überschmiert. Doch von nun an würde jeder Augenblick solche Rechtfertigungen fordern. Wer einmal diesen Weg beschreitet, muß a) entweder sich vervollkommnen oder b) sehr intensiv sinken und hinunterrutschen oder c) verrückt werden zum Ausgleich der Spannungen zwischen Traum und Wirklichkeit. Der Tod des unbekannten Bärtigen als *sein* Werk verschwand aus dem Bewußtsein, und von nun an sollte das immer so bleiben. Der Tod war im neuen Maßstab der Erlebnisse zu etwas allzu Kleinem und Unbemerkbarem geworden. Hätte der frühere Zypcio diesen Mord begangen, wäre es entsetzlich — aber als Tat dieses anderen wurde das zum Zertreten einer Küchenschabe. ›Die Pillen, ach, die Pillen — jetzt naht die Zeit dafür. Nur nicht an diesen Wunden verrecken, ein herrliches Leben wird sich auftun, einzig in seiner Art — eines, in welchem man bis ins einzelne die aktuelle Endlosigkeit der Welt erlebt, ohne das Unrecht der Begrenzung zu empfinden.‹ Manche Narkotika verursachen solche Stimmungen.

Allmählich schwand das Gefühl des eigenen Ichs. Der helle, graugelbe, bewölkt-gewöhnliche städtische Himmel schwankte in weiter Bewegung und wurde *so fern*, als wäre er *endlos*, wie das manchmal der Sternenhimmel in Momenten außergewöhnlicher astronomischer Inspiration ist. Die Häuser hingegen schienen für einen kurzen Augenblick die Ränder der Öffnung einer ungeheuer großen Höhle zu sein, die dieser milchig-ockerfarbenen Endlosigkeit zugewandt war, welche wie aktualisiert schien in ihrer metaphysischen Monotonie und Langeweile, über alle Verschiedenheiten irdischer ›Interessen‹ erhaben. Er lag jetzt da, durch einen kaum haltenden Kleister über dem ewigen Abgrund der Unendlichkeit auf den Asphalt geklebt. Das Trottoir war zugleich Boden und Decke dieser über dem Nichtsein hängenden Grotte. Schwarze, weiche Flocken inmitten blendender Kringel wirbelten still, unheilkündend-diskret — es hätte ja noch etwas mehr sein können in diesem letzten Augenblick. Alles wurde von einer dunklen Schwäche und von einem unerträglichen, völlig unumrissenen Schmerz verhüllt — alle anderen Schmerzen waren spurlos darin untergetaucht. Dieser Schmerz schien alles, nicht nur seinen Körper, bis an den Rand zu füllen, er verdrängte das vorherige Wonnegefühl bis an die kalten, dunklen Grenzen der Seele. Es war nicht auszuhalten. Das Bewußtsein erlosch an der letzten Stufe der Erkenntnis, dort, wo alles im nächsten Augenblick für immer klar, gewiß und verständlich werden sollte wie dieses unerträgliche ›Weh‹ *(malaise)*, das über die letzten Schlupfwinkel des Alls zerstreut war. ›Vielleicht ist das der Tod — aber ich habe es ja nur in dieses verfluchte Bein gekriegt.‹ Der letzte Gedanke erklang in unbekannten und trotzdem beinah unverständlichen Zeichen auf einer absoluten Leere ohne Namen, einer Leere, in deren wie von Schwefeldämpfen stickigem Inneren kein Platz mehr war für Persönlichkeit. Durchstochen von der Nadel eines letzten Bewußtseinsblitzes: ›daß dies vielleicht das letzte Mal . . .‹, platzte die Leere, und Genezyp hörte mitten in entsetzlicher Langeweile (einer metaphysisch-psychophysischen) einstweilen auf zu existieren.

Die letzte Verwandlung

Als er zu sich kam, lag er in einem weißen Saal des Schulspitals und sank gleichzeitig mit unbegreiflicher Geschwindigkeit nach unten. Diese beiden widersprüchlichen Zustände vereinigten sich schnell in dem unaufhaltsamen Verlangen zu kotzen. Er beugte sich aus dem Bett. Jemand stützte ihm den Kopf. Noch bevor er sich erbrach, erblickte er Elisa, jenes Mädchen vom ersten Ball bei der Fürstin. Sie war es, die ihm dieses riesige, schmerzende Etwas hielt, das er früher seinen Kopf genannt hatte. Sie war in der Tracht einer Krankenpflegerin — ein großes Kreuz blutete zwischen ihren sich albatrossierenden Brüsten und dem Bauch. Eine erschreckende Scham hemmte plötzlich jegliche Kotzlust. Doch ihre Hände beugten ihm den Kopf über den Eimer, und er vollbrachte das Seine, purpurn und schweißbedeckt, berstend vor unerträglicher Demütigung. Hier hatte ihn die Vorsehung eingeholt (er spürte sein Bein nicht, das groß war wie ein Ofen und nicht zu ihm gehörte und so sehr schmerzte, als ob jemand anderer daran litte und ihm jemand anderer einmal davon erzählt hätte, und dennoch entsetzlich, entsetzlich...), um ihn auf diese Weise vor dieser einzig möglichen Liebe abscheulich zu kompromittieren, vor diesem dritten Weib, das er ganz vergessen hatte, das allein seine Frau hätte sein können. Augenblicklich und unwiderruflich beschloß er, sie zu heiraten, und gleichzeitig wußte er doch, daß nach einer solchen Begegnung — er unrasiert, rot, kotzend und schweißbedeckt, sie engelhaft schön und vergeistigt in unerreichter Vollendung — dies für alle Ewigkeit ausgeschlossen war. Und dennoch brachte er ihr schon in diesem Augenblick, zusammen mit dem Kotzen, sowohl seine eklige unglückselige Liebe als auch sein kindliches, selbstloses kleines Verbrechen als Verlobungsgeschenk dar — opferte es ihr potentiell, denn sprechen konnte er noch nicht. Das alles tat freilich der Kerl aus dem Untergrund, von dem weder er noch sonst jemand Genaues wußte — zum letztenmal möge hier sein namenloser Name erwähnt sein, der von jetzt an in diesem nur leichtbejackten Körper des herrlichen Stierleins ganz allein existierte.

Er sank wieder in die Kissen zurück — er spürte nur den unerträglich wirbelnden Kopf —, vor dem irgendwo im Unendlichen stehenden Eimer gerettet durch diese gütigen, einzigen Hände. ›Ach, wenn es keinen Körper gäbe, wenn nur Geister ineinander verschmelzen könnten ohne dieses verfluchte Verzahnen schmutziger Gedärme‹, dachte Zypcio. In diesem fatalen Moment war endlich die wirkliche Liebe gekommen. Dies ist etwas Einfaches und absolut Unaussprechliches, und jene, die darüber sprechen und schreiben, beweisen damit, daß sie nichts Interessanteres zu sagen haben und faseln, faseln, kraftlos Wörter häufen und kombinieren, während das, was man zu diesem Thema sagen kann, schon längst gesagt worden ist. Das behauptete wenigstens Sturfan Abnol. (Auch er hatte an den Kämpfen dieser Nacht teilgenommen, aber nur als Sanitäter eines parteilosen Spitals, das von Djewani in allen wichtigeren Städten organisiert worden war. Woher dieser schwärzliche Dämon gewußt hatte, daß dies gerade heute stattfinden sollte, und auf welche Weise er beizeiten sein Spital organisieren konnte, das blieb für immer ein Geheimnis.) Jetzt erst empfand Genezyp den Schmerz in der Wade und im Schienbein und erinnerte sich *wirklich* an das Gefecht. Bisher waren das noch nicht *seine* Erlebnisse gewesen. Und dennoch hatte er sich ›gut‹ verhalten: Er hatte sich geschlagen und war nicht ausgerissen; obwohl er ein wenig Angst gehabt hatte, verstand er es, diese Angst zu beherrschen — er konnte Offizier werden. Das tröstete und festigte ihn so weit in sich selber, daß er hervorzustammeln vermochte:

»Gehen Sie fort. Ich danke Ihnen. Ich will nicht, daß Sie mich pflegen. Woher diese Krämpfe? Bitte, lassen Sie irgendeine ältere

Dame kommen. Ich bin ekelhaft, aber ich werde anders sein.« Ihre unschuldige und geschlechtlich reine Hand strich über seine klebrige, schweißbedeckte Stirn und über die unrasierten (der Bartwuchs war kaum zu sehen) Wangen.

»Im Namen Murti Bings und der Grenzeinheit in der Zweifaltigkeit, beruhigen Sie sich. Ich weiß, daß Sie auf dem Wege der Erkenntnis sind. Sie müssen schreckliche Dinge erlebt haben, um dies zu erkennen. Ich weiß alles. Aber es wird besser werden, es wird vollkommen gut werden. Sie scheinen eine Kontusion zu haben, doch das wird vorbeigehen. Heute soll Bechmetjew zu einem Konsilium mit den hiesigen Ärzten kommen.«

Plötzlich floß köstlicher Friede auf dieses zerrissene Bündel von Scham, Ekel, Verzweiflung, Enttäuschung und winzigen, daunenleichten Hoffnungen (dies war das Schlimmste — völlige Hoffnungslosigkeit wäre besser gewesen), das sein Körper war. Der Geist war in die letzten Schlupfwinkel entflohen, hatte sich im dunkelsten Winkel verbarrikadiert und wartete. (Nicht einen Augenblick ließ ihm die verfluchte Vorsehung Ruhe. Sie stieß ihn hinein in den immer schnelleren Wirbel der Ereignisse, ohne ihn überlegen, verdauen zu lassen — das sogenannte ›fruchtlose, intensive Leben‹, nach dem so viele aus dieser Masse sich sehnen, aus der solche Blümlein sprießen. Wie soll man unter diesen Umständen nicht verrückt werden?) Aber war diese zweite Begegnung mit dem neuen Glauben, der jetzt in Elisa verkörpert war, nicht ein Zeichen dafür, daß auf diesem Weg ihn Erlösung aus dieser ganzen Verflechtung von Ungeheuerlichkeiten erwartete, in die er hineingeraten war? Vielleicht war das ein Beweis für die Wirklichkeit jenes ersten nächtlichen Kontaktes mit dem Geheimnis Murti Bings und der ›Grenzeinheit‹? So dachte er, und neben solchen idiotischen Gedanken, die wir alle einmal bemühen, um Widerlichkeiten geringeren Ausmaßes zu ergründen und auszuschmücken, gewöhnlichste Koinzidenzen oder Konsequenzen der Tätigkeiten von Wesen, welche die Partie des Lebens auf mehrere Züge vorausberechnen — neben diesen Gedanken siedete in einem kleinen, in der letzten Katastrophe heilgebliebenen Kesselchen eine im Entstehen begriffene höllische Anhänglichkeit an Elisa —

Anhänglichkeit und nichts weiter. Es war eine Explosion, aber in verlangsamtem Tempo. Schon jetzt saugte er sich geistig wie eine Krabbe in sie ein und fühlte, daß er nur mit dem Fleisch von ihr losgerissen werden konnte. In der Atmosphäre dieser Spannung, die selbst den umgebenden Raum zu durchdringen schien, wankte das arme Mädchen trotz aller Metaphysiken à la Murti Bing vor der unbekannten Begierde, sich hinzugeben, die sie plötzlich befallen hatte. Sie wußte noch nicht, wie man das machen mußte. Es schien ihr, als würde sie von einer aktuellen Endlosigkeit auseinandergespreizt — dabei war das doch so einfach und begrenzt.

Ob es nicht eine Schande war, sich zum drittenmal zu verlieben, wenn man solche (!) Erfahrungen hatte? Das größte Hindernis war nicht einmal die ungeheuerliche, verpfuschte erste Liebe zur Fürstin (das Gift hatte sich resorbiert in jenem ›Sichbescheißen‹), sondern vielmehr diese zweite, unglückliche und enttäuschte — zart gesagt. Das war das Schlimmste. Obwohl sozusagen der Teufel die ganze Vergangenheit geholt hatte, konnte Zypcio keinerlei Stützpunkt finden gegen diese Niederlage, die jetzt eher abstrakt als wirklich war. Er hatte noch genügend Kräfte. Nur flossen sie schon im Entstehen aus ihm heraus wie eine Flüssigkeit aus einem löchrigen Topf, und das Loch war jenes scheußliche, trügerische, mit dem Verbrechen versiegelte Gefühl — nicht einmal ein Gefühl, sondern weiß der Teufel was — Gemeinheit. Wenn er so ruhig dalag mit geschlossenen Augen, die noch nicht richtig gescheuerte Soldatenpratze in der ›himmlischen‹ Hand Elisas, dann hätte niemand geglaubt, daß in diesem großartigen Bürschlein ein derart ungeheuerliches Schlangennest von Widersprüchlichkeiten steckte. Alles Böse strömte durch diese Hand unmittelbar von ihm weg in das Herz jenes Wundergeschöpfes, das es dann auf giftabsorbierende Drüsen verteilte und so einen Vorrat an Antidoten oder Antikörpern sammelte für die Zeiten der Not. Die Arme wußte nicht, was sie erwartete. Wenn auch der Glaube und die Pillen Djewanis im Notfall vieles gaben, in jedem Augenblick Mittel zum Kampf gegen die Persönlichkeit boten (denn was ist das Böse, wenn nicht eine zu sehr ins Kraut schießende Persönlichkeit?), so töteten sie in den Bekennern und Essern doch jegliche

Ahnung der Zukunft, jede Möglichkeit, die verstreuten Momente in einer Lebenskonstruktion auf weite Sicht zu integrieren. So erfolgte die völlige Zerstreuung des Ich in Reihen von unzusammenhängenden Momenten; daher die Möglichkeit, sich jeder, selbst der dümmsten mechanischen Disziplin zu unterwerfen. Nicht umsonst arbeiteten die stärksten Gehirne unter den chinesischen Chemikern an der Formel des Dawamesk B_2, indem sie unschuldige Gruppen von C, H, O und N voneinander sonderten und zu phantastischen Diagrammen chemischer Strukturen verbanden. Wie angeblich der Glaube selber von dem niemand näher bekannten malaiischen Inselchen Balampang herkam, so lieferten das ›Himmlische Reich‹ und der ›Konzern bolschewisierter mongolischer Fürsten und Machthaber‹ die Mittel zur Realisierung.

Erst jetzt interessierte Genezyp sich für die Familie, doch irgendwie wagte er nicht zu fragen. Und wozu? Das Gefühl der Loslösung von der Wirklichkeit war trotz allem einfach köstlich. Die Frage des ›Alibis‹, das Gespräch mit Lilian, das Theater, Persy — weiß der Teufel, was hier alles auftauchen könnte. Aber diesen Zustand mußte man unterbrechen. Ach, ewig so dahinschwimmen mit einem Kopf wie ein Kürbis, meinetwegen die ganze Ewigkeit kotzend, wenn nur nichts auf der Welt wäre außer dem Eimer — keinerlei Probleme. In fortwährender Unentschlossenheit leben, in *fortwährendem Planen ohne Ende*, in Versprechung — nur darin ist *alles*, ist vollkommene Rundheit. Ach, richtig: und der Putsch? Doch das war klar: Der Quartiermeister hatte gesiegt. Sie nickte bejahend mit dem Kopf, seine Gedanken erratend. Wenn dies alles im Namen einer klaren Idee geschehen wäre, wenn man noch an etwas glauben könnte außer an sich selber und an die Pflicht mechanischer Erfüllung der durch die unwiderrufliche Tatsache des Daseins aufgezwungenen Funktionen — von den physiologischen bis zu den militärisch-gesellschaftlichen —, dann wäre das Erlebnis eines solchen Abenteuers ein Glück. Doch leider! Es gibt allerdings Personen, die im Hineingeraten in irgendeine Konstellation die Rechtfertigung ihrer Existenz finden — ewige Vertriebene nicht eines bestimmten Landes noch eines gesellschaftlichen Komplexes noch auch der Menschheit, sondern ›Vertriebene der Welt‹, wie Sturfan Abnol sie nannte. Es sind nicht die, die zufällig keinen entsprechenden Platz für sich gefunden haben, nein; *déveineurs* sind sie, ›Pechvögel‹, die ruhig jammern sollen — für sie gibt es keinen Platz und kein gelungenes Werk und keine Situation, sie haben nicht die geringste Chance, auch wenn sie sich in unendlich höheren oder niedrigeren Kulturen seltsamer Geschöpfe auf Planeten anderer Systeme befänden. Früher waren sie Religionsgründer, große Künstler und sogar Denker — heute kriegen manche einen Vogel, andere leiden ungeheuerlich ihr ganzes, niemandem notwendiges Leben lang und können nicht einmal anständig verrückt werden. Zum Glück werden ihrer immer weniger. Da kam ihm wieder ein rettender kleiner Gedanke: Es mußte doch irgendein Sinn darin sein, wenn er a) dem Hindu begegnet war, b) nicht umgekommen war, c) *ihr* begegnet war und d) sie an Murti Bing glaubte. Er wollte nicht daran denken, denn jede Anstrengung verursachte Schwindel im Kopf und Erbrechen. Schon wieder kotzte er, die schweißige Stirn von ihren guten, wie Blütenblätter weichen Händen gestützt. Doch tat er das frei, leicht und ohne jedes Gefühl einer Demütigung.

Information: Diese Krämpfe waren weniger die Folge einer Kontusion als vielmehr einer Morphiumvergiftung, was später der geniale Bechmetjew selber konstatieren sollte.

Er sagte sich: ›Geschehe, was da will. Ich füge mich der Vorsehung.‹ Dann lag er kraftlos da. Es war einer der Augenblicke wirklichen Glücks, die er nie genügend zu schätzen wußte: völlige Isolierung des reinen Ich, ähnlich wie an der Grenze der Bewußtlosigkeit in einer Äthernarkose: Unverantwortlichkeit, Überzeitlichkeit — ›ideales Dasein‹ als wirkliches Erlebnis —, und dennoch war er das, Genezyp Kapen, mit sich identisch und wie ewig, über alle Kontingenz von Lebensangelegenheiten hinaus. Dies noch ein wenig steigern, und es käme das Nichts: ›ein Zusammenfließen mit der zweifachen Einheit‹ Murti Bings.

Elisa hielt weiter Zypcios Hand, und das war das einzige Nabelschnürchen, das ihn mit der Welt verband. Das war endlich wirkliche Liebe: Die ›Geliebte‹ zog ihn nicht in das verräterische Dickicht des Lebens, sondern schuf einen Panzer, der ihn vom

Rest des Daseins isolierte, wobei sie selber als fremdes Ich in ihm unterging und zum Symbol absoluter Einsamkeit wurde. Was er unter wirklicher Liebe verstand (oder der ›Kerl aus dem Untergrund‹), war allerdings weit entfernt von dem, was normalerweise als Liebe gilt: In dieser zusammengedrängten Persönlichkeit war kein Platz mehr, weder für das Ergriffensein durch jemand anderen ›von innen her‹, für das ›Sorgen um einen anderen‹ in der allgemeinsten Bedeutung, noch für das einfache Begreifen der Tatsache, daß eine andere psychische Struktur als die seine überhaupt möglich war. Was soll man von der Aufopferung, ja auch nur vom Verzicht auf kleine Gewohnheiten um eines solchen Menschen willen halten! Er war ein richtiger Vampir, ohne es selber zu wissen — er gab sich keine Rechenschaft über die Möglichkeit der Existenz eines seinem nicht ähnlichen Ich. Dabei stützte er auf diese Tatsache des ›Andersseins‹, auf diesen völligen Gegensatz (in diesem Fall des ›Verlangens nach einem Opfer‹), instinktiv seine eigene Existenz; er tat dies weniger aus Berechnung als vielmehr von der ganzen Organisation seines Körpers gezwungen, von der Notwendigkeit der zu einem gewissen Zweck konstruierten Maschine. Er konnte für andere sogar ›gut‹ erscheinen und konnte sich selber für gut halten, doch wie Kretschmer sagt: *Hinter dieser glänzenden Fassade waren nur mehr Ruinen.* In dieser dämmrigen Welt einer zerfallenden Persönlichkeit sollte die Seele Elisas wie in einer außerweltlichen Hölle bis zum Schluß umherirren, zu Lebzeiten eingeschlossen vom tückischen Zufall eines solchen Körpers und eines so schönen knabenhaften Freßleins: ewig ungesättigt an Opfern, sich verzehrend in ungesättigtem Begehren nach völliger Hingabe, die Zypcio sogar fürchtete als etwas, das ihn Auge in Auge der verhaßten Wirklichkeit gegenüberstellte. Er konnte nur wie eine Mücke durch ein dünnes Röhrchen ihr Blut schlecken — darin war sein Glück. Ohne Rücksicht auf solche psychologischen Kombinationen liebten sie einander einfach wie ein ›Taubenpärchen‹, wie ein gewöhnliches Pärchen am Ende eines Märchens, wenn ›alles schon gut ist‹, bis an ihr seliges Ende. Plötzlich, da es schon schien, als ob die verfluchte Wirklichkeit definitiv bis an die Grenzen einer leeren, in ihrem Nichts vollkommenen Welt verdrängt worden sei, packte ihn eine schreckliche Unersättlichkeit (etwas absolut Unmögliches), dieser Alpdruck beginnender Schizophrener, an den Eingeweiden. Er stöhnte auf und spannte sich — machte geradezu eine ›Brücke‹, und es schien ihm, als ob er, über einem Abgrund hängend, mit dem Nabel den im Unendlichen steckenden ›Nadir‹ selber berührte.

»Welcher Tag ist heute?«

»Dienstag. Sie waren zwei Tage bewußtlos.«

»Bitte um Zeitungen.«

»Das geht jetzt nicht.«

»Ich muß welche haben.« Sie stand auf und brachte sie sogleich. Dabei sagte sie:

»Ich habe dich schon damals bei den Ticonderogas geliebt, und ich habe gewußt, daß du zu mir zurückkehren wirst.«

»Damals schon . . .?«

»Ja. Ich war schon eingeweiht.«

Er las. Alles kreiste in seinem Kopf, und zeitweise sah er Elisa in den Druck und in die von diesem Druck ausgehenden Vorfälle verwickelt. Es geschah dies tatsächlich zum zweitenmal, auf einer Reißbrettebene, die außerhalb unseres Raumes in jenem faden Nichts war (in dem er sich schon kurz vor dem Verlust des Bewußtseins auf der Straße während des Gefechts aufgehalten hatte) und die an den Gipfeln der Ludzimiersker Hügel begann. Das ganze Leben war wie ein Stück Teig auf ihr ausgewalkt. Wer, wenn nicht er, mußte daraus Pastetchen machen? Aber womit sollte er sie füllen, wenn außer diesem Teig nichts da war, und wie viele, wie viele?! — Gott, welch höllische Aufgabe über seine Kräfte! Wieder kotzte er, und wieder las er. Die Beschreibung des Kampfes auf dem Dziemborowski-Platz war für ihn am schrecklichsten. Er sah sich deutlich von der Seite in dieser ganzen scheußlichen ›Tätigkeit‹ und durchlebte wieder diese Phase absoluter Sinnlosigkeit, aber ohne den alles rechtfertigenden Zusatz und den nichts rechtfertigenden Feuereifer. Ja, Irina Wsjewolodowna hatte recht: Der Mangel an Ideen war die Ursache dieses Unsinns. Ein Kavalleriemarsch und die wilde, junge Kavalleriekraft, strahlend aus schwarzen Augäpfeln und Schnurrbärten, aus

Kavalleristenlenden und aus den Hoden des Generalquartiermeisters — das alles hilft gar nichts. Wissenschaftliche Organisierung der Arbeit und rationelle Regulierung der Produktion, das sind keine geeigneten Ideen. Aber andere gibt es nicht und wird es nicht mehr geben — außer einer degenerierten Religion in der Art Murti Bings.

Am Ende der gestrigen Nummer des ›Brytan‹ fand er folgende Notiz: ›*Blutige Abrechnung.* In der Wohnung der bekannten Schauspielerin des Theaters von Kwintofron Wieczorowicz, Frau P. Z., hat ein unbekannter Täter durch einen Schlag mit einem Tapezierhammer den Untermieter derselben ermordet, Oberst Michal Weborek, ehemaliger Pilot und Kabinettchef des Generalquartiermeisters Kocmoluchowicz. Er hatte sich in K. inkognito als Beamter für spezielle Aufträge des Kriegsministers aufgehalten. Daktyloskopische Untersuchungen ergaben keinerlei Resultat — der umsichtige Täter hatte Handschuhe an.‹ (Haha — umsichtiger Täter! Er hatte einfach vergessen, sie auszuziehen — er hatte einfach nicht gewußt, wer er war, und sie ... dieser scheußliche journalistische Stil! Zum erstenmal hatte er einen ›Ausschnitt‹ über sich. Wer hatte das gesagt? — ach, Tengier war's: ›Ein Mensch ohne Ausschnitte ist nichts. Zeige mir deine Ausschnitte, und ich werde dir sagen, wer du bist.‹ ›Also, da habe ich nun — den ersten und wohl auch letzten.‹ Er lachte und las weiter.) ›Der tragisch Verstorbene sel. Anged. Weborek hatte leider viele Bekanntschaften, die sich aus dem schlimmsten städtischen Abschaum rekrutierten und sich um das Lokal ›Euphorion‹ konzentrierten, bekannt als Treffpunkt von hiesigen und auch auswärtigen Homosexuellen. Zur Zeit der Tat war niemand außer dem Opfer in der Wohnung, denn an diesem Abend war Frau Z. zusammen mit ihrer Wirtschafterin mit dem Nachtexpreß in die Hauptstadt gefahren.‹ ›Ach — also war das geplant! O, du Aas!‹ Demütigung und Ekel vor sich selber wurden unerträglich. Er mußte alles bekennen — sonst würde es ihn ersticken wie ein Klumpen von Würmern, die aus dem Magen kriechen. Er entriß Elisa seine rechte Hand und knüllte die Zeitungen zu einem Knäuel zusammen.

»Ich sagte ja, daß das nicht geht.«

»Ich war es — ich habe das getan . . .« Er fetzte die Nummer des ›Brytan‹ aus dem Knäuel und zeigte ihr die fatale Stelle: seinen einzigen Ausschnitt. Den Kampf, den Beweis des Mutes, den Mut selber und die Ehre, alles nahm ihm in einem Augenblick jene schmutzige Tat. Sie las, und er schaute durch die Finger in ihr Gesicht. Sie zuckte nicht. Sie legte die Zeitung ruhig zusammen und fragte:

»Warum? Das hatte ich nicht bemerkt.«

»Ich liebte sie, aber glaube mir: anders als dich. Das war ungeheuerlich. Dieser Kerl kam plötzlich herein. Sie war gerade vorher ausgerissen. Verstehst du das?« Er sagte du zu ihr, ohne es zu merken. »Das alles war vorbereitet! Ich bin besudelt. Und ich habe sie geliebt! Anders, aber trotz allem.« (Er konnte sie doch nicht belügen.) »Das war nicht Eifersucht. Er war nicht ihr Geliebter. Das ist unmöglich. Ich liebe sie nicht mehr, aber etwas Schreckliches ist in mir, was ich nicht begreife . . .«

»Beruhige dich. Sie war die Geliebte des Chefs. Er mußte sie bei sich haben, aber nicht jeden Tag — das hätte ihm Kräfte genommen. Sie fuhr jeden Monat einmal zu ihm. Er mußte sie sofort nach der Niederschlagung der Revolution haben — sonst wäre er rasend geworden.« Diese Worte und dieser Stil in ihrem *(ihrem!)* Munde, das war der Gipfel der Perversion! Doch sogleich fühlte er, daß dies nicht ihre Worte waren, sondern daß es ihr jemand so erzählt hatte und sie das beinah wörtlich wiederholte. Trotzdem brach in ihm irgendein Damm, und endlich vereinigte sich das sinnliche Bild Elisas in ihm mit der eben erst ausgebrochenen reinen Liebe. Er begehrte sie mehr, als er jemals die Fürstin oder Persy begehrt hatte, und mehr als alle möglichen Weiber der Welt, aber anders . . . Ach, worauf beruhte dieser Unterschied? Wohl darauf, daß jene Mächte höher waren als er (sogar die Fürstin — nur ihr Alter war eine gewisse Erniedrigung), niemals hätte er sie besiegen, in sich verschlingen und vernichten können. Ja, vernichten — das war die Lösung des Rätsels: Elisa konnte er fressen wie ein wildes Tier, obwohl sie ihm mehr gefiel als alle anderen. Vielleicht auch darum, weil er sie wirklich liebte und eigentlich schon geliebt hatte, bevor sie ihm zu gefallen begann. Doch worauf, zum Teufel, beruhte diese Liebe, wenn nicht auf der Möglichkeit des Fressens? Das war endlich die erträumte Isolierung von der Welt in ihrer endgültigen Erfüllung — fressend und vernichtend isolierte er sich — so einfach war das. Freilich wußte Zypcio selber nichts von alledem, und um so weniger sie. Dennoch war auf dem Hintergrund dieser Liebe die Stärke seines Begehrens ein fast unmenschliches Glück. Wenn nur nicht ganz unten am Boden Ekel gewesen wäre (wovor?), scheinbar klein, aber im Grund so groß, daß nur der Tod (wessen?) ihn hätte zerstören können. Doch jene Nachricht war immerhin niederschmetternd.

»Kocmoluchowiczs?« brabbelte er hervor, ungläubig im Zuge jener Veränderungen, die wie auf dem inneren Bildschirm seines Bewußtseins vor sich gingen.

»Ja«, antwortete Elisa ruhig. »So ist es besser.« Woher konnte sie wissen, was in ihm geschehen sollte, woher, verflixt, wußte dies naive Fräulein, daß es so besser sein würde? Wohl einzig nur durch Murti Bing . . .? Der letzte innere Strahl verschwand, zerdrückt von der schwarzen Pfote aus kindlichem Traum. Die kriegerische Musik schwieg endgültig — die vom Schulbesuch des Chefs, ein wilder Kavalleriemarsch von Karol Szymanowski. Elisa, sie, die diese Nachricht aus der schon gestorbenen Welt gebracht hatte, türmte sich (geistig natürlich) zu ›himmelhohen‹ Ausmaßen auf, überschwemmte den ganzen zerfetzten Horizont mit einer milchig-milden Soße und absorbierte die ganze Ungeheuerlichkeit des Lebens. Jetzt erst war die erjagte Beute bereit, gefressen zu werden wie ein von einer Anakonda beschleimtes Kaninchen. Dies war höchst abnormal und gefährlich (dies unwillkürliche Zählen auf jemanden), aber es war gut. In Wirklichkeit verlor Zypcio die einzige Stütze (sie glitt unter ihm fort wie der Tritt unter einem Menschen, der gehenkt wird) zu einer normalen Lösung des Lebens. Kopfabwärts vertiefte er sich in den Sumpf des Wahnsinns und nahm nicht einmal Abschied von den unwiederbringlichen Sternen, die vom anderen Ufer leuchteten. ›. . . eine nützliche Form von Schizophrenie‹, hätte Bechmetjew gesagt.

»Woher weißt du das?«

»Von meinem Meister. Er ist der unmittelbare Untergebene des Höchsten Meisters Djewani, Lambdon Tygier. Du wirst ihn kennenlernen. Er wird dich lehren, wie man die Schläge des Lebens erträgt. Dann wirst du dich nicht nur meiner würdig fühlen, sondern auch des Erkennens des Geheimnisses der Zweifaltigkeit der Grenzeinheit.«

»Dein Meister muß keine schlechte Geheimpolizei haben. Ich fürchte, sie arbeitet mit besseren Methoden als unsere Abwehr.«

»Sprich nicht so, sprich nicht so!« Sie schloß ihm den Mund mit der Hand. Zypcio schloß die Augen und erstarrte. »Du wirst ihn kennenlernen, aber erst nach der Hochzeitsnacht mit mir. Oder vielleicht auch früher.« Die Art, wie das Mädchen über diese Dinge sprach, war so sonderbar, daß Genezyp fast in wildes Gelächter ausgebrochen wäre, was doch sehr ungehörig geschienen hätte. Aber ihm wäre wohl auch das verziehen worden. Unerschöpflich war die Geduld der Bekenner Djewanis. Ach, alles wäre gut, wenn dieser Glaube nicht solch ein Unsinn wäre! Seine Begriffe, diese ›Grenzeinheiten‹ oder was, waren für ihn tot: *Begriffsmumien*, wie Nietzsche sagte.

»Und dieser Allwissende hat dir nicht gesagt, daß ich es war...?«

»Nein — offenbar wollte er, daß du es selber vor mir bekennen solltest.« Hier erzählte Zypcio ihr von der Begegnung mit dem geheimnisvollen Hindu in der Nacht des Verbrechens. Elisa zuckte nicht einmal. Ihre Unempfindlichkeit gegen alle Überraschungen begann, ihn zu irritieren. Doch war darin etwas von geschlechtlicher Aufreizung. Das eben gefiel ihm an ihr: Sie erweckte in ihm eine tierische Wut, die sich mit einer ihm bisher unbekannten ›Empfindsamkeit‹ und ›Zärtlichkeit‹ vereinte (ach, warum gibt es dafür keine anderen Worte?!). Und noch eines: Er hatte den Eindruck, daß er sich nie, nie sättigen würde, daß er den Anblick anderer Weiber nicht mehr ertragen könnte. ›Auf jeden Fall‹ drückte er ihr die Hand zum Zeichen des *Ja* für alle Ewigkeit. Plötzlich ließ ihn ein schreckliches Vorgefühl zugleich mit einem fast metaphysischen Entsetzen zu einer Maske kalten Schmerzes erstarren. Sollte er etwa diese Hochzeitsnacht nicht mehr erleben und ungereinigt von allen Sünden sterben? Wieder war sein Leben nicht sein eigenes Leben: Es wurde beherrscht von irgendwelchen schrecklichen Leuten, die die verstecktesten Geheimnisse kannten, die alles wußten, obgleich sie mit unsinnigen Begriffen operierten, aber dies vielleicht nur den Massen gegenüber — als Köder. Ob nicht der Generalquartiermeister selber in ihren Händen war? Und vielleicht war er es, der alles leitete und sie für seine unerforschlichen Ziele benützte? Er empfand einen plötzlichen Stolz, daß sich mit ihm, einem unfertigen Offizier, eine so mächtige Organisation wie die der Bekenner Murti Bings befaßte — sogar echte Mongolen, nicht irgendwelche niedereren Chargen. Sie wenigstens *handeln* und fliehen nicht das Leben wie Fürst Basil — insofern sie allerdings nicht ein blindes Werkzeug sind in den Händen einer noch mächtigeren Maffia, die sie vielleicht zu verbrecherischen, unmenschlichen Vorhaben benützt. Ah, ganz gleich: Es ist gut, irgendwo hinzugehören, am besten zu einer geheimen Bruderschaft. Jedenfalls fühlte Genezyp, daß er allein, auf einer unbewohnten Insel zum Beispiel, mit sich selber nichts anfangen könnte. Er war eine Kraft, deren Lenkung nicht in ihm selber lag. Er dachte: ›Ich muß ein Spielzeug geheimer, in anderen Menschen verkörperter Mächte sein. Werden denn heute nicht alle von höheren Kräften, wirklich allmenschlichen, beherrscht — nicht mehr von ›Idealen‹ wie einst, sondern von unerbittlichen Gesetzen der Ökonomie? Der historische Materialismus war keine ewige Wahrheit, aber er hatte *angefangen, eine Wahrheit zu sein* — vielleicht um das 18. Jahrhundert. Das Ungeheuer ›Gesellschaft‹ schafft ein bisher nie dagewesenes Leben, und alle sind wir nur Marionetten — auch die größten Individualitäten unserer Zeiten.‹ Völlig niedergedrückt verfiel er in eine Prostration, die an köstliche Ohnmacht grenzte.

Sie wartete. Sie hatte Zeit. Alle Bekenner Murti Bings (nicht nur junge Fräulein, auch Alte, die vor der Bekehrung vom Fieber der Zeit und der Abnutzung durchlöchert worden waren) hatten und haben Zeit. (Das war diese unerhörte Ruhe, die wie eine ölige Flüssigkeit sogleich nach der Offenbarung auf alle herabfloß. Was in diesem Moment der Offenbarung geschah, konnte nachher niemand sagen. Auch Zypcio, trotz seines Vorsatzes, verpaßte später den allerwesentlichsten Moment. Nur, ob dieser Kerl [das heißt, er] sich nicht die ganze Bekehrung bloß vormachte? Denn das, was dann später geschah — doch davon später.) Angesichts der endlichen Konvergenz der Zweifaltigkeit in die Einheit ist keine Eile vonnöten. Es verflossen weiße, inhaltlose, erhabene Momente — für sie. Genezyp fühlte diese Erhabenheit noch nicht — in ihm kämpften zwei Welten, die des schwarzen, niederträchtigen Individuums und die des weißen, glücklichen Nichts der künftigen Jahrhunderte. Ein überflüssiger Kampf — nach den Gegebenheiten dieser Epoche mußte er erliegen (der einzige Kocmoluchowicz erlag vielleicht nicht, obschon auch das nicht sicher ist — die Geschichte wird später etwas darüber sagen), nur wußte er noch nichts davon. Individualisten von einer gewissen Qualität konnten sich auf dieser Welt nur noch als Verrückte zeigen. Es gibt jedoch Verrückte, die in einer gewissen Epoche, in einer gewissen Anordnung der Verhältnisse, als normal angesehen werden können, in einer anderen Epoche aber und in einer anderen Anordnung sind sie absolut verrückt und wären in keinem System jemals angepaßt. Zypcio gehörte zu den ersteren.

Sie nahm ihn wieder (zum wievielten Male?) bei der Hand, und jedesmal (wie ein über irgendwelche Waldhindernisse gejagtes Vieh) zog sie ihn weiter herüber auf ihre Seite, auf die Seite sanften, einschläfernden Unsinns, in welchem ihre Natur sich am wahrhaftigsten zu einem ›prachtvollen Bukett weiblicher Tugenden‹ entfaltete. Aber für Fanatiker des Lebenskampfes, für unfertige Künstler, für Verrückte, für Staatsmänner, für alle Veränderer der Wirklichkeit konnte dieser Unsinn ein schweres Gift von vielfältiger Wirkung sein, je nach der Zusammensetzung ihrer Seelen — die einen schläferte er ein, die anderen schleppte er hinaus auf ihre eigenen, utopischen Gipfel — in den Wahnsinn. ›Ach, sie weiß und ist mit ihm.‹ ›Er‹ war irgendeiner zwischen dem unbekannten Hindu und Murti Bing, jemand, auf den man in jedem Fall jegliche Verantwortung abwerfen konnte. Wieder berührte ein Strahl allerhöchster Gnade die Gipfel seines Geistes, die in nokturnen Winkeln des Verbrechens und Wahnsinns eingeklemmt waren. War das nicht alles reiner Unsinn? Nur sie selbst konnten ihre

Gefühle für normal halten. In Wirklichkeit war hier ein Giftgas, dessen sich nicht einmal die chinesischen Meister der Chemie hätten zu schämen brauchen. Wenn solche Krankheiten ansteckend waren! — besser nicht daran denken. Sturzbäche unbewußter, doch pferdestarker Qualen flossen über den vom Feuer des Zweifels ausgedörrten Körper des einstigen Zypcio. Bald kommt die Zeit, da solche Geschichten nur mehr ›Geschichten für unartige Kinder‹ sein werden — falls es dann überhaupt noch Kinder gibt.

Plötzliches Krachen und Donnern aufgestoßener Türen: Arztvisite. Doch ihre Hand (gab es denn wirklich nichts außer dieser Hand, zum Teufel? — immerfort die Hand und die Hand, in ihr war inzwischen das ganze Weltall) erzitterte nicht einmal jetzt, beim Höllenlärm der ohne Anklopfen hereinstürzenden Herrscher dieses Saals. Wie ein Gewitter kam der große Bechmetjew selber daher, umsprungen vom Chefarzt und von der Meute der Assistenten. Alle Hälse reckten sich nach der Gruppe der Potentaten in weißen Schürzen — in dieser Abteilung waren an die fünfzig Verwundete. Fast sahen Zypcio und Elisa die Ärzte nicht. Eine Sekunde darauf entfernte sie sich sicher und ruhig, als sagte sie: ›Ich komme gleich wieder.‹ Das war vielleicht der köstlichste Moment seines ganzen Lebens: diese absolute Sicherheit, dies Vertrauen bis über die Grenzen des Todes. Wie viele wunderbare Momente vergeudet man und weiß nicht, welcher von ihnen der wunderbarste ist!

Der große Seelenkenner trat mit dem Schritt eines bösen Löwen an Zypcios Bett. Die anderen hielten inne, strammstehend auf ›ärztliches Hab-acht‹. Er legte etwas an die Augen, schloß das eine, dann das andere mit seiner nach Zigarre, Chypre und Schweiß riechenden dicken Pratze, dann klopfte er, zeichnete mit etwas auf der Haut, schabte, kniff und kitzelte. Schließlich fragte er:

»Hast du manchmal so ein Gefühl, daß alles nicht *das* ist? Daß es so ist, wie es ist, und dennoch nicht *das* — wie etwas ganz anderes? Was?« Und mit allwissenden nußbraunen Augen schaute er Zypcio bis ins psychische Mark. ›*Die Seele eines Schizothymen im Körper eines Zyklothymen*‹, dachte er in der Pause vor der Aussage des Opfers.

»Ja«, war die leise Antwort des verschüchterten Patienten. Dieser raubtierhafte ›Seelenstecher‹ isolierte besser von der Welt als Elisa. Zypcio hatte den Eindruck, daß außer ihm selber unter einem Glassturz in einem Umkreis von Billionen von Kilometern nichts existiere. »Fast immer. Und manchmal ist jemand in mir...«

»Ja, dieser Fremde – ich weiß. Ist er schon lange da –?«

»Seit dem Gefecht«, unterbrach – wagte Zypcio, eine *solche* Autorität zu unterbrechen.

»Und vorher?« fragte Bechmetjew, und die Last dieser Frage übergoß das ganze Wesen Zypcios wie geschmolzenes Blei. In ihm spannte sich der Böse zum Kampf. ›Sollte es noch eine Stufe nach unten geben? Werde ich denn nie ans Ende gelangen?‹ Ein schwarzer, leerer Abgrund öffnete sich in ihm (ohne jede Übertreibung und Literatur), ein wirklicher Abgrund *(dort gab es ihn überhaupt nicht)*, in den in diesem Moment die schrecklichen nußbraunen Augen hineinstarrten, die mit ungeheurer Kraft aus dem blondbärtigen Gesicht hervorquollen, aus dieser erzbestialischen Fresse – wie Spitzpfähle aus einer Wolfsgrube. Eine Bewegung, und er würde hineinfallen und sich aufspießen. ›Gib es nicht zu‹, flüsterte eine Stimme. *›Ihn kann man nicht betrügen.‹* »Nein«, sagte er hart, aber sehr leise. »Bis zum Gefecht spürte ich nichts Derartiges.« Die gold-nußfarbenen Sterne erloschen, doch an diesem Verdunkeln erkannte Zypcio, daß er alles wußte – nicht Tatsachen, aber ihr Wesen, einen abstrakten Extrakt, und dies nicht durch Djewanis Spione, sondern von sich aus, aus eigener seelischer Macht. Er hatte sich vor diesem wirklichen Kenner der Seele gedemütigt. In diesem Augenblick hätte er sich von ihm in Stücke schneiden lassen – er glaubte daran, daß er auf seinen Befehl wieder zu einer Einheit außerhalb der Zeit zusammenwachsen würde. (Was? Wer hatte das gesagt?) ›Einheit des Körpers mit der Seele. In der Grenze außerhalb der Zeit.‹ Ja, das hatte Elisa vor einer Weile gesagt. Durch sie dachte er schon in den Begriffen Djewanis.

Doch der große Psychiater war ebenso diskret, proportional zu seiner nicht in den Rahmen gesellschaftlicher Konvention passenden Größe. Er trat einen Schritt zurück, und Zypcio hörte, wie er zum Chefarzt der Schule sagte:

»Er war immer schon ein wenig verrückt, nun, diese Kontusion hat ihm ordentlich gutgetan.« Also war er verrückt — das ist schrecklich interessant und fürchterlich, und *dennoch war er kontusioniert* obendrein. In diesem Moment verursachte ihm das eine durch nichts erklärbare Erleichterung. Später erst, viel später, hatte er Gelegenheit, den Grund dafür zu erfahren — das eröffnete ihm einen Kredit für die wildesten Taten, gab ihm innere Straflosigkeit und, was noch wichtiger ist, Schuldlosigkeit.

Sie hatten sich entfernt. Elisa nahm wieder (!) seine Hand, und er erstarb in gegenstandslosem Glück. Nicht einmal das Kotzen kam ihn an. Glückseliges Nichts. Er schlief ein.

Er erwachte beim Eintritt der Fürstin. Beinah hätte er sie nicht erkannt. Ihr Gesicht sprühte ein geheimnisvolles geistiges Feuer aus. Sie schwebte wie ein Vogel durch den Saal: unirdisch, rein, erhaben. Elisa erhob sich ruhig zu ihrer Begrüßung. Sie drückten einander die Hände. Genezyp schaute auf die beiden, geblendet von unerwartetem Glück. Was für ein Wunder war geschehen, daß sie so voneinander eingenommen waren, um sich so zu begrüßen, sich mit den Augen so ineinanderzudrängen wie Schwestern? Ihn beachteten sie nicht einmal (das verletzte ihn nicht im geringsten). Sie waren voneinander durchgeistigt, in eine andere Dimension über die Wirklichkeit erhoben (übrigens war Elisa immer so, nur potenzierte sich das jetzt). Es war nicht zu glauben, daß sie Geschlechtsorgane hatten, daß sie Urin und Kot von sich gaben wie alle Menschen — niemand hätte das in diesem Moment zu behaupten gewagt. Sie sprachen nichts, offensichtlich war das die erste Begegnung, offensichtlich hatten sie einander während der Bewußtlosigkeit Zypcios nicht gesehen. Nachdem die Fürstin ihren Blick an Elisa gesättigt hatte, wandte sie sich ihrem gewesenen Schüler zu (diese ›Gewesenheit‹ war in dem ganzen Benehmen seit ihrem Eintritt zu spüren) und streckte die Hand aus, die er mit einer bisher ungekannten Verehrung küßte. Er wußte es bestimmt — eine wahnsinnige Wonne war darin. Er konnte es fast nicht glauben, daß er eine Giftmischerin vor sich sah, die seine Seele für das ganze Leben bis an den Hals mit vergifteter Liebe getränkt und gesättigt hatte. Also hatte sich endlich die ›Matronisation‹ vollzogen, von der Marchese Scampi gesprochen hatte. Endlich und natürlich dank der Lehre Murti Bings. Die Fürstin hatte auf der sogenannten ›Barrikade der Bienen‹ gekämpft, dicht am Dziemborowski-Platz, natürlich auf der Seite der ›Gesellschaft‹. Wenig hatte gefehlt, und sie wären einander in der Attacke begegnet. Sie war nicht verwundet worden. Aber der Kampf und ein kleines Gespräch mit Djewani (nun, und die Pillen) hatten das Ihre getan.

Zypcio fühlte in diesem Augenblick keine Spur dieses Giftes, er hatte es allzu tief in sich. Aber davon sollte er sich später überzeugen. Die beiden anderen Weiber waren nicht mehr die, die sie hätten sein können, wenn er ihnen vor dem Kennenlernen der Liebe von dieser ›dunklen Seite‹ her, in der ungeheuerlichen Interpretation des alternden Dämons, begegnet wäre. Nur die von der Fürstin erzeugte Perversion hatte ihm befohlen, bis zum Zerspringen in der ungesunden Atmosphäre der Unersättlichkeit bei Persy auszuharren; und nur das Hinüberpendeln auf die gegensätzliche Seite zwang ihn jetzt, in dem trüben, vernebelten, schwachen ›Seelchen‹ Elisas eine Isolierung vom Leben zu suchen, in dessen Dünsten er zu einem persönlichkeitslosen Nichts zerschmelzen konnte, ohne die Illusion des Lebens zu verlieren — ein momentanes Entschlüpfen aus der Katatonie. Unmerklich zirkulierte das Gift in seinen psychischen Arterien weiter, es speiste und nährte die in Zypcio wachsende dunkle Gastneubildung, den Autor des ersten grundlosen Verbrechens.

Die Fürstin begann so zu sprechen, als hätte sie eine längere Ansprache vorbereitet. Doch im Laufe der Rezitation verdrehte sich etwas in ihr, und durch versteckte Tränen hindurch entsprangen ihr unbekannte Worte, über die sie sich selber wunderte.

»Zypcio — nun steht nichts mehr zwischen uns.« Hier platzte sie mit einem kurzen hysterischen Lachen aus früheren Zeiten heraus. Auch Zypcio lachte kurz und bündig auf. Elisa schaute mit sonderbar runden Augen, aber ohne jedes Staunen auf sie. Die Fürstin sprach mit ungewöhnlichem Ernst weiter: »Du kannst sie lieben, denn ich sehe ja, was ist. Sobald ich erfahren hatte, daß sie die Pflegerin in dieser Schule ist, wußte ich es schon. Ich weiß jetzt alles. Murti Bing hat mich durch Meister Djewani erleuchtet.«

›Es ist eine reine Krankheit mit diesem Djewani — werden sie denn alle auf diese Weise unter ihre Herrschaft kriegen?‹ dachte Genezyp und fragte brutal:

»Und die Pillen haben Eure Durchlaucht schon gegessen?«

»Ich habe sie gegessen, aber darum handelt es sich nicht . . .«

»Ich habe neun Stück davon und werde sie heute fressen. Ich habe genug von diesem Gerede.«

»Tu das nicht zu früh, nicht vor dem Hinabsteigen auf die erste Stufe ätherischer Gnade . . .«

»Schon«, flüsterte Elisa.

»Das kann sich in fataler Weise rächen. Aber vielleicht wird dir das straflos hingehen, weil du mich kanntest. Vielleicht wirst du irgendwann einmal zu schätzen wissen, was ich dir gegeben habe, falls du ein genügend hohes Alter erreichst, was ich euch beiden wünsche. Djewani hat die Last meines Körpers von mir genommen. Das, was ich nach dem Verspeisen der Pillen gesehen habe, gleich nach dem Gefecht, bestätigte mir nur die Einzige Wahrheit. Von nun an werde ich den schweren Weg zur Vollkommenheit gehen und werde mich vor keinem Zweifel beugen.« ›Ein Trost für Erfolglose und alte Weiber‹, dachte Genezyp, doch er erwiderte nichts. »Ich habe dich geliebt und liebe dich noch immer« (sie vernahmen Tränen in ihrer Stimme, tief unten, wie das Gemurmel eines unterirdischen Quells), »doch ich will keine Schweinerei aus unserem Verhältnis machen und verzichte darum auf alle Ansprüche auf dich — ich habe schon vorher verzichtet, als ich noch nicht wußte, daß sie bei dir ist. Verzeihe mir nur, daß ich dich vergiftete.« Hier fiel sie vor dem Bett auf die Knie und schluchzte kurz auf, ganz kurz, nur soviel, als unbedingt nötig war. Weder Genezyp noch Elisa verstanden, worum es ging, und wagten nicht einmal zu fragen. Es ging der Armen nämlich um das heimliche Kokainisieren des letzten Liebhabers. Sie setzte sich wieder und sprach durch dichte, wie aus tropfigem Sirup oder Harz gemachte Tränen. »Du weißt nicht, was für ein Glück es für ein innerlich und äußerlich herumgestoßenes Wesen ist, sich endlich über sich selber zu erheben. Weißt du, alles hat sich in mir umgedreht nach einem einzigen Gespräch mit ihm — mit dem Meister.«

Elisa: »Wie glücklich bist du doch, Tante, daß du mit ihm . . .«

Zypcio: »Der Meister geht nur auf große Fische aus. Wir müssen uns mit deinem Lambdon begnügen. Einem Hund genügt auch eine Fliege. *Bon pour un chien est la mouche*«, sagte Genezyp brutal. Das Ganze machte ihn rasend. Elisa blickte ohne Vorwurf auf ihn, und das erregte ihn derart, daß er sie hier vor aller Augen vergewaltigt hätte, wäre nicht der Schmerz in der Wade gewesen. Er hätte sie sogar trotz des Schmerzes vergewaltigen können, so, wie ein anderer etwa einen Stuhl zerschlagen hätte. Doch jetzt wurde die Begierde von reiner Liebe überschwemmt. Sie erlosch zischend und platzte wie ein ferner Meteor in den Dunkelheiten des Körpers. Die Fürstin redete weiter:

»Die ›Gesellschaft‹ existiert für mich nicht mehr. Ich habe plötzlich die ganze Nichtigkeit und Kleinheit dieser pseudonationalen Arbeit ohne Fundament wirklicher Gefühle gesehen.« (Gedanke Zypcios: ›Die Kathedrale hat auf dich gewartet. Also auch das bewirken die Pillen. Hoho! Wir werden sehen, was mit mir geschieht.‹) »Die Menschheit wird sich vereinigen, und die Vergesellschaftung wird die innere Entwicklung des Individuums nicht stören, das wie ein Kleinod in einem Futteral vor sich selber geschützt sein wird. Angeblich haben die neobuddhistischen Chinesen im vorhinein auf Persönlichkeit verzichtet — die Bekenner Murti Bings nicht.« Sie redete dümmlich und unschön, aber das störte heute gar nicht. Die ›Matronisierung‹ deckte alles mit dem würdigen Gewand der Buße zu: Es war darin beinah etwas Heiliges. Die rein ästhetische, formale Befriedigung über ein solches Ende dieser alten Otter war so groß, daß es keinen begrifflichen noch wörtlichen ›Schnitzer‹ gab, den man ihr nicht hätte verzeihen können. Zypcio hatte keine Lust zu reden, so, wie etwa ein ernster Intelligenter keine Lust hat, das Wort in einem leichten Gespräch bei einem banalen *Five o'clock* zu ergreifen. Doch etwas mußte er sagen:

»Ich selber kann leider nicht daran glauben, doch nehme ich an, daß die Persönlichkeit so allmählich und unmerklich schwindet, daß niemand, der von diesem Prozeß betroffen ist, dies schmerzlich empfinden wird. Vielleicht leiden heute noch viele an den materiellen Verlusten im Zuge der gesellschaftlichen Veränderungen, doch nach zehn Jahren wird von diesen Problemen keine Spur geblieben sein.« Er fühlte nicht, daß alle seine Leiden *mittelbar* aus dem tiefen Erleben gerade dieser Erscheinung entsprangen. Sie muß nicht unbedingt als solche allen bewußt werden, um eben dies zu sein. Es genügt, daß *irgendein Einziger* gewisse Fakten als Symptome einer solchen Veränderung klassifiziert. Der künftige Historiker benötigt nichts weiter.

Die Fürstin: »Zypcio, du denkst gewiß, daß ich einen Kompromiß schließe: daß ich etwas suchte, das mir das wirkliche Leben und dich ersetzen könnte, der du dieses Lebens Symbol bist, und daß ich so auf das erste beste Palliativ verfallen bin. Du irrst ...«

Zypcio: »Nie habe ich so gedacht ...« (Genau so hatte er gedacht.)

Die Fürstin: »Nun, das ist gut, denn so ist es nicht. Das, wozu ich mich vor dir nicht bekennen konnte: daß zwischen uns zu deinem Wohl Schluß sein muß, das verstand ich erst, als Djewani zu sprechen begann. Vorher hätte ich vielleicht um dich gekämpft.« Plötzlich weinte sie, aber richtig. Doch in diesem Weinen war kein Schmerz über die unwiederbringliche Vergangenheit, eher Freude darüber, sich über den bisherigen Sumpf der Verdorbenheit und der Zweifel erhoben zu haben, sowie Freude über den künstlich aufrechterhaltenen Glauben an die eigene physische Unvernichtbarkeit. »Ich dachte sogar, daß es schön gewesen wäre, wenn du mich im Gefecht umgebracht hättest, und finde es schade, daß es nicht so geschehen ist.« Genezyp wand sich vor Mitleid. Sie kämpfte also noch, die Arme. Wäre sie umgekommen, hätte er sich das nie, niemals verziehen. Jetzt, da die physische Last der Liebe der scheußlich gewordenen und dennoch so sinnlich schönen ältlichen Schachtel von ihm gefallen war, jetzt erst fühlte er, wie sehr er sie geliebt hatte (und noch immer liebte, vielleicht sogar mehr als am Beginn ihres Verhältnisses). Am Boden der verwickelten Gefühlsverflechtungen erschien eine leichte Ahnung dessen, was er ihr zu verdanken hatte — hätte er Zeit, würde er das im ganzen Umfang schätzen, doch dazu müßte sich das Gift erst völlig resorbieren, dürften nur die von ihm erzeugten Antikörper zurückbleiben. Dieses Verstehen kam auf dem Hintergrund eines niederträchtigen Gedankens: ›Was wäre, wenn ich in ihr nicht ein Antidot gegen Persy gehabt hätte? Wäre ich fähig gewesen, mit diesen verhältnismäßig geringen Verlusten hinauszugelangen: ein Oberst, ein Wahnsinnsanfall, nun, und ›verlorene Liebeswerbung‹?‹ Genezyp litt wollüstig beim Anblick von Irina Wsjewolodownas verweintem Gesicht. Alles wurde so angenehm erhaben, und die Fürstin war eines der Elemente dieser allgemeinen Veränderung. Elisa tröstete sie bläßlich, aber wirkungsvoll. Nach einer Weile lächelte sie durch Tränen, war schön in diesem aus Freude und Leid vermischten Ausdruck, so daß Genezyp von seltsamen Gefühlen erbebte, die jeden Augenblick in einen entschieden homogen-geschlechtlichen Zustand übergehen konnten.

Darauf kam die Familie herein: die Mutter, Michalski, Lilian und Sturfan Abnol. Familiäre Gefühlsamkeiten begannen. Lilian starrte mit allwissenden Augen auf Zypcio. Er war ihrer sicher — das war ein höllisch angenehmes Gefühl. Er fühlte sich von ihr verehrt, mehr vielleicht als von jenen zwei anderen Weibern, und empfand eine wilde Zufriedenheit darüber, daß Lilian sein Geheimnis besaß, von dem Abnol niemals erfahren würde. Und dazu die Mutter ... Jetzt erst hatte er den Gipfel des Glücks erreicht. Das begangene Verbrechen verband sich mit diesem Knäuel weiblicher Gefühle rings um ihn zu einem harmonischen, notwendigen Ganzen — es war die Bedingung gewisser Kombinationen mit Lilian und Elisa, ohne die dies Glück nicht so voll, so fast absolut gewesen wäre. Für Gewissensbisse war einfach kein Platz. (Wenn er diesen unglückseligen Weborek näher gekannt hätte, dann vielleicht — aber so? Man kann keine Gewissensbisse verlangen, wenn man das Opfer nur eine Minute gesehen hat. Nonsens. Kaum jemand hat solche Erlebnisse, und die Allgemeinheit ist nicht imstande, sie gebührend zu beurteilen.) Dazu der Tagesbefehl der Schule, der vor einem Augenblick gebracht worden war: Nun war er Offizier, einer, der im Gefecht gewesen war, nicht als Kommandierender allerdings und nur in einer miesen städtischen Schießerei, aber es genügte. Die ganze Demütigung wegen Persy wurde in diesem Sorbet des Glücks resorbiert, den Zypcio mit vollen Zügen seiner neuen Kerlspersönlichkeit schlürfte. Und nachdem alle hinausgegangen waren, reichte Elisa selber ihm neun Pillen von Dawamesk B2, dieselben, die er damals auf der Straße erhalten hatte, obwohl sie ihren eigenen anständigen kleinen Vorrat hatte. Er fiel in einen steinernen Schlaf und dachte sich: ›Nun, wir werden sehen, was jetzt wird — ob auch ich so altweiberhaft werde wie alle.‹

Er erwachte um zwei Uhr mit einem seltsamen Gefühl. Er war nicht hier in der Schule, und er spürte keinerlei Schmerz, aber seine Beine waren wie gelähmt. Vor den Augen schien ein dunkler, dicker Vorhang zu wehen. Er erschrak und glaubte, daß er erblindet sei. Er schaute zu den Fenstern hin, die sogar in der finstersten Nacht von rötlichem Schimmer leuchteten. Nichts — absolute, unruhige Finsternis — etwas Unsichtbares wälzte sich, als ob in undurchdringlichem Dämmer dicke Leiber schrecklicher Saurier kämpften. Doch gleichzeitig kam vollkommene Ruhe über ihn — offenbar mußte es so sein. Er lag da und wußte nicht, wer er war — er schwebte über sich selber empor und schaute in sich hinein wie in Höhlen und Grotten, in denen Unbekanntes vor sich ging. Bis plötzlich der wogende Vorhang zerriß und ihn ein Wirbel brillantener Funken umgab. Aus ihnen formten sich miteinander kämpfende, unbegreifliche Gegenstände: Kombinationen von Maschinen und Insekten, höllisch präzis konstruiert, in unbekannte Materie verkörperte Verpersönlichungen gegenständlichen Unsinns in grauen, gelben und violetten Farben. Dann stand dieser Wirbel plötzlich still. Zypcio überzeugte sich, daß dies ein *dreidimensionaler Vorhang* war, der eine andere Welt verdeckte, *die sich nicht in diesem Raum befand*. Es war absolut unbegreiflich, wo er selber war. Obwohl er sich nachher an alle Bilder erinnerte, vermochte er niemals mehr diesen unheimlichen Eindruck in seiner unmittelbaren Frische zu rekonstruieren. Es blieben nur Vergleiche — das Wesen entschlüpfte den normalen Sinnen und dem Raumgefühl. Es begann mit relativ gewöhnlichen Dingen, deren Bedeutung Zypcio eine innere Stimme sagte. Er hörte sie nicht mit den Ohren, sondern mit dem Bauch, ein kleines Inselchen inmitten eines sphärischen Ozeans — als ob er ein Planetchen aus großer

Entfernung mit Augen im Durchmesser von Tausenden von Kilometern betrachtete. Aber keinerlei ›Kilometermaß‹ war überhaupt möglich. Die Entfernung war keine Entfernung, sondern das Gefühl einer Verdrehung der Spitze, zu der sich sein Kopf verlängert hatte und die bis an die *Decke der Welt* reichte, die sich *jenseits der Unendlichkeit* befand. Das alles sind Worte, die er danach benützte, um Elisa diese Eindrücke zu beschreiben. Aber sie vermittelten nicht ein Tausendstel der unbegreifbaren Wunderlichkeit dieser Vermischung von allen möglichen Ebenen bis zum völligen Schwinden des Raumgefühls in normaler Bedeutung. (Elisa schüttelte dabei nur nachsichtig ihren kleinen blonden Kopf in der Ansicht, daß Zypcios Visionen nichts waren im Vergleich zu dem, was sie gesehen hatte: ›Jeder hat die Visionen, die er verdient — aber für dich, für deinen dunklen Geist, ist auch das gut.‹ Dieses Minderwertigkeitsgefühl war eines der Elemente der höllischen Begierde, die er im Verhältnis zu ihr empfand — nichts, nicht einmal die wildeste Gewalttat, konnte die Distanz zwischen ihm und ihr vernichten, in einem gewissen Sinn war sie unerreichbar. Und diese Unerreichbarkeit kam in der aufreizenden Ruhe zum Ausdruck, mit der sie die unerwartetsten Erscheinungen aufnahm.) Plötzlich sah Genezyp einen endlosen Weg, der eine in grenzenlose Ferne kriechende gezahnte Schlange war. Er selber stand auf ihm und bewegte sich wie auf einem Laufband. Das tat sich bereits auf dem Inselchen. Jemand in ihm sagte: ›Das ist Balampang. Gleich wirst du das ›Licht Aller Lichter‹ erblicken, das Licht des Einzigen, der sich bei Lebzeiten mit der Grenzeinheit vereinigt hat.‹ Die Schlange endete (das dauerte eine ganze Ewigkeit; überhaupt schien sich die Zeit beliebig zu deformieren, je nach den sie füllenden Erlebnissen) — Zypcio erblickte endlich *dasselbe* (was alle gesehen hatten — ein und dasselbe —, die das Glück hatten, Dawamesk-Pillen zu schlucken): ein Hüttlein inmitten niedrigen, trockenen Dschungels (purpurne Kletterpflanzen schwankten ihm vor der Nase, und er hörte den Gesang eines kleinen Vögleins, das immerfort dreimal *warnend* dieselbe Note wiederholte, als sagte es: ›Geh nicht hin, geh nicht hin . . .‹). Vor der Hütte kauerte ein Greis, mit einer Hautfarbe wie Milchkaffee. Er glotzte ringsum mit schwarzen, riesigen, glänzenden Augen, und ein junger Kaplan (mit rasiertem Kopf, in gelbem Gewand) fütterte ihn aus einer Reisschüssel mit einem hölzernen Löffel. Er hatte keine Arme, sondern (und das sah Zypcio *nachher*) aus seinen Schultern wuchsen riesige amarantene Flügel, die er manchmal bewegte wie ein in seinem Käfig gelangweilter Geier. »Also *ist* er, er *ist*«, flüsterte Genezyp in wahnsinniger Begeisterung. »Ich sehe ihn und glaube ihm, glaube ihm in alle Ewigkeiten. Das ist Wahrheit.« Was Wahrheit ist, wußte er nicht. Eine *beliebige Sache, die ihm im Namen Murti Bings vorgestellt wurde, mußte für ihn Wahrheit sein.* Und das alles ging in demselben Raum vor sich, der — ohne aufzuhören, unser gewöhnlicher dreidimensionaler Raum zu sein, der nicht einmal ein gebogener Raum war — dennoch nicht in unser Weltall eingefügt war. Wo tat sich denn das? Schon war er daran, dies zu begreifen, als der Greis die Augen direkt in die seinen richtete und ihn damit durchbohrte. Zypcio fühlte sich voll Helligkeit — er war ein Strahl, der in endloser Leere dahinjagte zu einem kristallischen, in unbekannten Farben glühenden Geschöpf (nicht Geschöpf, sondern der Teufel weiß, was), das die nie erreichbare Zwiefältige Grenzeinheit war. Die Vision verschwand — wieder wand sich vor ihm der diabolische Vorhang aus unsichtbaren, kämpfenden Sauriern. Und dann sah er sein ganzes Leben, aber wie von Flammen zerfressen — nicht voll, sondern mit Lücken schrecklicher Finsternisse, in denen ein unbekannter Kerl (er selber, aber dem Ausdruck nach Murti Bing ähnlich) unverständliche Dinge tat, sich deformierte und in unendliche Ausmaße vergrößerte, bald wieder sich verkleinerte zu etwas Unauffindbarem, mikroskopisch Kleinem, das in etwas anderes verwickelt war — in *die Eingeweide der Welt.* In Wirklichkeit war das ein Haufen unglaubwürdiger Därme, die sich in erotischer Trance hin- und herwarfen wie herrenlose Geschlechtsorgane. Das war sein Leben, kritisch gesehen vom Gesichtspunkt einer höheren, nichtmenschlichen Zweckmäßigkeit — die Ziele waren außerhalb dieser Welt (in jenem geheimnisvollen Raum), aber das Leben mußte sich nach ihnen ordnen, sonst hätte das Potential der Welt sich verringern, ja zum Nullpunkt gelangen müssen, und dann (o Schrekken) würde nicht nur raumloses Nichts herrschen, etwas Unvorstellbares also, sondern es würde auch *alles das, was schon war, durchgestrichen werden,* so, als hätte *niemals etwas existiert* und nichts existieren können. Daraus entstand dieser unerhörte ›Eifer im Gehorsam‹ aller Bekenner, das Nichts mit Durchstreichung der Vergangenheit — wie war denn das möglich? Aber unter der Wirkung des Dawamesk B₂ verstand man diese Dinge so leicht wie die allgemeine Theorie der Funktionen. Zypcio hatte sein ganzes Leben gesehen und schwor Besserung. Das Verbrechen, das er begangen hatte, zeigte sich in diesem Bild als eine Vermischung zweier kristallischer Mächte in der Sphäre Ewigen Feuers — Weborek wurde zu ihm, Zypcio, und war keineswegs verschwunden, wie das allen schien — dafür war Zypcio zwei-persönlich: das war alles. Doch den Moment der Offenbarung selber hatte er übersehen wie alle. Es scheint, daß der wesentlichste Moment hier dieser rasend durchdringende Blick war, aber wann genau und wie sich das mit der bisherigen Psyche verzahnte, das vermochte niemand zu begreifen. Noch eines: Diejenigen, die schon Visionen gehabt hatten, sprachen darüber nicht mit denen, die noch nicht durch dies gegangen waren. Das geschah von selber, ohne jede Mahnung der höheren Behörden der Sekte. Es hätte ohnedies niemand geglaubt, daß jemand etwas Derartiges sehen könnte — es lohnte sich nicht, darüber zu reden. Hingegen rief die Gemeinsamkeit der Visionen eine seltsame Verbindung unter den Gläubigen hervor, sie hielten zueinander mit der Kraft von Kletten, die sich an Hundeschwänze klammern.

Zypcio erwachte gegen elf Uhr vormittags und fühlte sofort, daß er anders war. Langsam und allmählich erinnerte er sich an alles und strahlte vor Begeisterung. Elisa hielt ihn schon wieder bei der Hand, doch das ödete ihn gar nicht an. Er ging immer tiefer in sich, in diese nun leeren Keller, in denen er den Kerl gezüchtet hatte (dieser Kerl war es, der sich bekehrt hatte — der Knabe wäre dazu nicht fähig gewesen). Dort witterte er ein ihm fremdes Ich in den Winkeln, jemand Neuer tauchte aus den Schlupfwinkeln auf — wer konnte das sein, zum Teufel! Der Wahn, vermischt mit dem Gift der Pillen, einem synthetisch nicht wiederzugebenden Morbidsein, begann, die von chinesischen Psychiatern vorgesehenen Resultate zu zeitigen. Jetzt sollte die ›intellektuelle‹ (!) Bearbeitung der Offenbarungsresultate beginnen. Das war die Aufgabe Elisas, dieses notorisch unintelligenten Fräuleins aus den Sphären der Halbaristokratie.

Die Hochzeitsnacht

Es war ein halbsommerlicher, augustartiger Scheinherbst. Trüb-seliges, gleichförmiges Juligrün variierte in einer ganzen Skala von Tönen, von Smaragd bis zu Dunkelgrau-Olivgrün. Genezyp stand allmählich auf. Daran hinderte ihn weniger die durchschossene Wade als der Rest der Kontusion, der sich nicht nur physisch (Schwindelgefühle im Kopf, Kollaps und leichte Krämpfchen), sondern auch in Färbungen psychischer Zustände, die in ihrem Kern seit dem Verbrechen unverändert waren, bemerkbar machte. Er hatte die Empfindung — die manchmal eine maßlos unange-nehme Intensität erreichte —, daß *nicht er* es sei, der alles das durchlebte. Er schaute von der Seite her auf sich wie ein Fremder, aber *tatsächlich*, nicht etwa wie ein ›sich ins Unendliche multipli-zierender Beobachter‹ Leon Chwisteks. Das war kein leeres Ge-rede, sondern *es war so*. Wer das niemals erlebt hat, weiß nicht, was das ist. Man kann diese Dinge nicht erklären. Pykniker, die diesen Zustand verstehen wollen, müssen eine gehörige Dosis Mes-kalin von Merck einnehmen (ein visuelles Alkaloid des Peyotls), um auch nur einen Begriff von der Richtung zu bekommen, in welcher der Schizoide vom normalen Zug des psychischen Lebens abweicht. Ein richtig ›Verdrehter‹ versteht sofort, worum es sich handelt. Aber mit einem Pykniker braucht man ohne Narkotika gar nicht erst anzufangen, über dieses Thema zu reden.

Zwischen den beiden Persönlichkeiten entstanden schmerzliche Unterbrechungen, angefüllt mit Angst — was war in diesen Unter-brechungen? Was war der Inhalt der nun andauernden Leere, die von keinem der beiden Ich ausgefüllt wurde? In ihr lauerten schreckliche Taten, die, wie es schien, den Panzer der grundsätzlichen Gesetze des Daseins zu durchschlagen vermochten und imstande waren, im Bruchteil einer Sekunde die Unendlichkeit aller nur möglichen Welten durchleben zu lassen. Ach, diese Leeren! Dem schlimmsten Feind würde man sie nicht wünschen. Ein Moment, der niemandem zu gehören scheint, der aber der Kitt ist, der zwei Wesen miteinander verbindet, die ohne ihn faktisch einzelne, getrennte Wesen wären.

Trotz der nächtlichen Vision war Zypcio kein ›voller‹ Murtibingist — o nein. Es ging nicht so glatt wie mit den anderen. Noch immer war der arme Anwärter nicht würdig, persönlich mit Lambdon Tygier zu sprechen. Dafür erkannte er jetzt die Seele seiner Verlobten, vielmehr die Emanation, die er selber in ihr hervorrief — Elisa konnte lediglich als ein Negativ existieren, als ein *positives* Negativ (einfach als eine gute Erscheinung, als ›Geist auf der rechten Seite‹) — selber war sie nichts. In dem Moment, da sie sich in die geistigen Gedärme Genezyps eingesaugt hatte, hatte sie zu leben begonnen. Ja, er hatte die Seele Elisas erkannt, zumindest insoweit sie eine solche in männlicher Bedeutung besaß und nicht nur ein von Lambdon Tygier ideal montiertes Seelen-Mannequin war, wessen man sie auf Grund ihrer Vollkommenheit verdächtigen konnte. Auf dem Grund alles dessen steckte eine gewisse Langeweile — wie auf dem Grund jeder Vollkommenheit. Vollkommenheit ist eine sehr verdächtige Sache und verbirgt manchmal völlige Negativität: das Nichts. Doch Zypcio, berauscht von friedlichem Glück, gab sich einstweilen keine Rechenschaft darüber. Er langweilte sich mit Wonne und wußte selber nicht, daß die Grundlage dieser Wonne die Langeweile war. Elisa war der Typ, der nur dann wirklich lebt, wenn er einen gefallenen Engel oder einen gewöhnlichen Dämon zu seiner ›Höhe‹ erheben kann — vorausgesetzt, daß der Betreffende für sie auch einen rein geschlechtlichen Wert hat. Doch ein gesunder, junger Stier, der von einer derartigen Person all seiner Probleme entkleidet würde, wäre ebenso ungesund wie der umgekehrte Fall: Er mußte sowohl das eine wie das andere bleiben. Elisa hatte einen solchen Stier in Zypcio gefunden und beschlossen, ihn bis zum Tod nicht wieder loszulassen.

Information: Die politische Situation hielt unverändert an. Nach dem ›Lakmus-Sieg‹, wie man die Niederlage der Befreiungs-Gesellschaftler nannte, hatte Kocmoluchowicz zum Teil die Kräfte der ›Gesellschaft‹ übernommen und wurde dadurch noch geheimnisvoller als bisher. Es zeigte sich, daß die ganze ›Gesellschaft‹ überhaupt ein Bluff gewesen war, eine aufgeblasene Sache ohne Inhalt, keine Daseinsberechtigung als einzelnes soziales Element gehabt hatte — sie wurde von der allgemeinen Organisation zur Verteidigung der Weißen Rasse fast restlos aufgesogen. Vielleicht war dies die berühmte unerforschliche ›Idee‹ des Quartiermeisters — vielleicht war er selber nur die Emanation des rassischen Instinktes der Weißen? — weiß der Teufel. Außer den unerbittlichen Kommunisten gab es keine Parteien mehr im Staat. Alle waren im Unterbewußtsein von der Idee des ›Bollwerks‹ befallen, doch nicht in nationaler, sondern in rassischer Hinsicht: Sie fühlten sich als Weiße, sonst nichts — im Gegensatz zu den Gelben als einer anderen Art von Tieren. Ebenso könnte man einen Kampf mit Ratten oder Küchenschaben organisieren. Nicht einmal die verbissensten Nationalisten unter den Soziologen konnten in dieser Bewegung rein nationale Elemente finden. Was in China und in dem von den Gelben eroberten Moskau geschah, wußte niemand. Nicht etwa, daß die von Natur aus edlen Polen unfähig gewesen wären, etwas so Infames wie einen guten Spionagedienst zu organisieren — nein, auch im Westen wußte man nichts. Die verfluchten gelben Affen hatten sich mit einer so dichten Mauer umgeben und bestraften nicht nur Spione, sondern auch Verdächtige mit derart gräßlichen Foltern, daß es keinen Agenten gab, der nicht nach einer bestimmten Zeit begonnen hätte, seinen früheren Absichten entgegengesetzt zu handeln. Später hörte man einfach auf, sie auszusenden. Anständige Spione kann man nur haben, wenn die nationalen Gefühle noch in voller Entwicklung begriffen sind oder wenn es um gesellschaftliche Propaganda geht — für Geld niemals. Diese beiden ersten Punkte waren bei uns wegen des Verschwindens entsprechender Gegebenheiten nicht zu verwirklichen. Eine solche Angst vor einer fremden Rasse, wie sie gegenwärtig in Europa herrschte, war keine gute Grundlage zum Züchten von Helden. In einem solchen Zustand kann man sich höchstens verteidigen, wenn man wirklich nirgendwohin mehr fliehen kann — zum Angriff benötigt man andere, positive Gefühle. Man wartete allgemein in immer größerer Nervosität. Frei vom Warten waren lediglich die Bekenner Djewanis. Für sie hatte sich die persönliche Zeit über ihr Leben hinaus erweitert, rückwärts und vorwärts (das Umgekehrte jener disziplinarischen Konzeption mit Durchstreichung bereits vergangenen Daseins — dieses verkörperte Unbegreifen, das sie ohne geringste Schwierigkeit verstanden). Auch in den Momenten des Sichhineindenkens in das metaphysisch Gute der Welt schien die Zeit nicht etwas Einfaches zu sein, sondern ein hyperräumliches Knäuel — derart hatte sich die Gefühlsskala mancher Persönlichkeiten bereichert. Kleine Telepathien waren in gewissen Sphären alltäglich geworden, alle durchdrangen alle und schufen so einen einzigen persönlichkeitslosen Brei, aus dem jeder, der eine diesbezügliche Absicht hatte, alles hätte machen können, was er nur wollte. Alle ertranken in Begeisterung über andere und potenzierten dadurch, ohne es zu wissen, ihre eigene Begeisterung für sich selber. In der Soße allgemeinen Wohlwollens schmolzen kleinere Gehässigkeiten dahin, und sogar größere begannen allmählich, sich zu mildern. Das öffentliche Glück der Djewanisten erweckte einen so rasenden Neid in der Umgebung, daß ganze Menschenmassen, die an nichts Derartiges wie an die Lehre Murti Bings oder sogar an etwas völlig anderes glaubten, aus rein pragmatischen Gründen in seine Richtung zu tendieren begannen, um auch in der Massenhypnose aufzugehen und sich ihren nicht allzu verständlichen Grundsätzen zu ergeben. Die höllischen Pillen DB2 vollendeten alles. In dieser Zeit kam Fürst Basil in Forstangelegenheiten nach K. Die Ausgesandten des Meisters waren bis zu seiner Einsiedelei im Ludzimiersker Urwald gedrungen und hatten das für sie wertvolle Tier aus seiner Zurückgezogenheit gelockt. Unter dem Einfluß von neun Pillen hatte der Fürst sich überzeugt, daß eben dies die Religion war, die er brauchte: ein bißchen ›Intellekt‹ (daß Gott erbarm!) und ein bißchen Glauben — ein köstlicher Kompromiß, der keinerlei neue Aufopferungen und vor allem keine Gedankenarbeit verlangte. Aber das wirkte auf jeden anders. Sogar Afanasol Benz, der durch Djewanis Bemühungen endlich zu einer elenden Dozentur berufen worden war, brachte das System ›Asymptotischer Einheit‹ in Einklang mit seinem Reich der Zeichen und dem Axiom Benz und verlogisierte sogar einige Teile der Lehre Murti Bings — einige nur, denn die Ganzheit dieses Glaubens hatte Elemente, welche sich der logistischen Apparatur nicht völlig einfügen konnten. Unterdessen gingen die Ereignisse weiter. Bis endlich die Wände des chinesisch-moskauischen Kessels barsten und das gelbe Magma wieder um einige hundert Kilometer weiterströmte, um in drohendem Schweigen an unserer armen polnischen Grenze stehenzubleiben. Doch davon später.

Das neuernannte Offizierchen und seine erhabene Verlobte pflegten jetzt oft im Garten der Schule zu sitzen, wo verspätete (?) Rosen, koralliger Flieder, Pflaumen- und Apfelbäume, Vogelkirschen und Berberitzen inmitten von kleinen Baldachinen aus Sauerampfer und Enzianen einen geradezu prachtvollen Hintergrund für die sich entwickelnden Gefühle bildeten. Sie waren beide wie ein Pärchen blaugoldener Käfer, allgemein Würmchen genannt, die einander auf einem geröteten Brombeerblatt in der goldenen Augustsonne liebten. Die Natur atmete eine sanfte, ersterbende Wärme, und die blauen Tage trieben mit den geblähten Segeln weißer, nach Osten jagender Wolken vorüber wie Blütenblättchen, von sanfter Brise gepflückt — oder so ähnlich. (Genug von diesen verfluchten landschaftlichen Stimmungen, die unsere Literatur verschandeln. Man kann nicht aus einem Hintergrund das Wesen der Sache machen und sich mittels sentimentaler Bildchen um die verwickelte Psychologie drücken.) Ohne Unterlaß, bis zum Schmerz unterhöhlte sie beide die wachsende Liebe. Es schien, als ob nicht sie es wären, die einander geistig fraßen (jeglicher physischer *Kontakt* war einstweilen ausgeschlossen), sondern daß eine zweifache Liebe sie wie ein Polyp aussaugte und dadurch ihre eigene, unbegreifliche Existenz sättigte. Dieses scheußliche Gespenst stand immerfort hinter ihnen, wenn sie leicht aneinandergeschmiegt unter einer mit flammend roten Beerendolden leuchtenden Eberesche vor dem Hintergrund der Himmelsbläue auf dem Bänkchen saßen oder auch auf irgendeinem Kanapee in dem kalten Dämmer eines grünen Lampenschirms an langen, obgleich nicht winterlichen Abenden. Gingen sie in die Gegenden außerhalb der Stadt (Zypcio bereits in der neuen Offiziersuniform der Adjutantenschule), so kroch dieses Gespenst (natürlich schien es nur so) inmitten der trocknenden, vergilbten Gräser auf der Erde, schaute in der Form geballter Augustwolken von oben in ihre Schädel, warb behutsam, doch heimtückisch, im Hauch eines sanften, halbherbstlichen Lüftchens und flüsterte verführerische, lügnerische, scheinheilig freudige und doch schon von schmerzlicher Trauer und künftigen Enttäuschungen angefüllte Worte im Geflüster der von der Hitze verdorrten Blätter.

Dieser Zustand glückseliger Rekonvaleszenz und sorglosen Sichsättigens mit eigenem Heldentum, vorzeitigem Offizierstum und reinem, von den ›Wirren des Verstandes‹ ungetrübtem Empfinden war verhältnismäßig kurz. Die Söhne der Zwiefältigen Einheit begannen den Druck zu vergrößern und wollten ihn zu einer ihrer Ansicht nach wirklicheren inneren Arbeit zwingen. Schon hatte Elisa einige heimliche Konferenzchen mit verschiedenen niederen Chargen der murtibingistischen Hierarchie gehabt. Regelrechte Unterrichtsstunden begannen. Zu einer von ihnen (leider war die Zeit genau eingeteilt, von sechs bis sieben Uhr, und dieser Zwang irritierte Zypcio) kam Lambdon Tygier selber, ein kleiner Alter (nicht ein kleiner Greis — das ist nicht dasselbe) mit grauem Bart und hellgelben Augen, die wie Topase in einem braunen, glatten Gesicht leuchteten (angeblich war er einst Kaffeepflanzer gewesen). Er sagte absolut nichts. Er hörte nur zu und kaute Nüßchen. Dafür verfiel Elisa unter dem Einfluß seiner Gegenwart in einen wahren Vortragswahn. Ihr entströmten geradezu Flüsse von süßem Nonsens, von endlosen Konvergenzen in der x-ten Dimension, von Zwiefältigkeit ganz dicht an der Grenze der Einheit, von Sublimierung materialisierter Gefühle, von ätherischen Löchlein, durch welche die Einheit auf die zwiegespaltenen Geschöpfe herabfließt. Alles wußte sie bestimmt, unwiderruflich, alles verstand das arme Ding zu erklären, es gab keine Geheimnisse für sie. Lambdon hörte zu und nickte bejahend. Von einem bestimmten Gesichtspunkt aus war die Welt Murti Bings ebenso gewöhnlich wie die unsere, beide Welten durchdrangen einander. Aber alle philosophischen Probleme wurden von beiden bestenfalls gestreift — doch das schienen diese verbissenen Erklärer nicht zu bemerken. Sie wußten nicht, daß sie mit ihrem unwirklichen, willkürlichen Geplapper das Geheimnis auf dem zweiten, fiktiven Hintergrund töteten, der sich nicht von unserem unterscheidet, anstatt es ganz einfach ohne diese ganze Parade schlechthin auf dem ersten zu verneinen, wie das die gewöhnlichsten ›Rindviecher in steifen Kragen‹ tun, Genießer und Bekenner ›des Lebens an sich‹. Wozu die ganze Komödie? Der Adept des neuen Glaubens dachte *unterbewußt* etwas in dieser Art. Doch durch das Sichkonsolidieren solcher Gedanken hindurch erstand immer wieder die Erinnerung an die Vision: Darin *war dennoch* etwas. Und vielleicht war *das* das einzig Wirkliche? Sein philosophisch ungeübter Intellekt fand auf diesen Zweifel keine Antwort.

Anfangs rebellierte Genezyp sogar ein wenig gegen diesen ganzen Humbug — schüchtern und ungeschickt, aber ›doch‹. Allmählich aber begannen gewisse Worte Elisas sich in ihm mit entsprechenden Zuständen aus den Zeiten des nachmittäglichen Erwachens zu verbinden. Die Periode der Liebe zur Fürstin und die Epoche der Foltern in Gesellschaft Persys flossen in einen einzigen, fast unwirklichen Alptraum zusammen, den er eines Augusttages von sich abgeworfen hatte wie eine Schlange ihre Haut. Plötzlich stand er vor sich da, geistig nackt, jung und unteilbar angesichts des neuen Wunders: einer so ursprünglichen und vollkommenen Liebe, daß es schien, als ob dieser unlängst noch perverse junge Bursche nie ein Weib gekannt hätte und zum erstenmal eines dieser geheimnisvollen Geschöpfe vor sich sähe, von denen er niemals gehört hatte. Seine Vergangenheit gehörte *tatsächlich* zu einer anderen Person. Die gestauten Fluten der Gefühle brachen hervor. Niemals, nicht einmal in den seltsamsten Träumen ... jetzt erst liebte Genezyp zum erstenmal wirklich. Er ging umher mit zerrissenem, blutendem Herzen, das wie eine einzige große Wunde war, er heulte beinah wie ein Hund — denn was konnte er anderes tun als mit ihr sitzen und sprechen? Ein unschuldiger Kuß schien in diesem

Zustand wie ein ungeheuerlich entehrender Akt brutaler Zügellosigkeit. Er wurde ihr gegenüber rührselig bis zum Bersten, bemitleidete sie wie eine ganze Meute gefangengehaltener Hunde, zerriß und zerfetzte sich bis zum Schmerz — alles vergebens: Es war nichts anderes daraus zu machen als miteinander zu sitzen oder zu gehen oder zu sprechen. Ach, eine verfluchte Sache! Es korkte ihn völlig zu — durch diese Sublimierung konnte er sich nicht einmal den allerbescheidensten geschlechtlichen Akt vorstellen. Das seltsamste war, daß er sie bewußt als dieser dunkle Kerl liebte (der nur leicht von der Nacht der Vision erhellt war); außer metaphysischen Erlebnissen verband ihn nichts mit dem längst verstorbenen Knaben. Von dem Mord war keine Rede mehr. ›Wenn das einen neuen Menschen in dir geschaffen hat, dann soll man sich nicht darüber grämen‹, hatte Elisa einmal gesagt, und damit war die Sache erledigt.

Langsam, in ihrer Entwicklung gehemmt durch die Folgen der Kontusion und durch den frisch ausgebrochenen Vulkan idealer Gefühle, regte sich in Genezyp die geschlechtliche Begierde. Es war eher ein fernes ›Gelüstchen‹, subtiler noch als die ersten Eindrücke geschlechtlicher Irritierung durch Elisas Ruhe und Ausgewogenheit, und diese Symptome hatten nach Einnahme der Pillen völlig aufgehört. Elisa war trotz ihrer Schönheit ein fast geschlechtsloses kleines Geschöpfchen. (Wenn solche Personen daran erst einmal Gefallen gefunden haben, pflegen sie um so gefährlicher zu sein.) Die großen, grauen, unschuldigen, von Entzücken durchleuchteten Augen zwangen eher zu unirdischer Verehrung, als daß sie schlüpfrige, unreine Gedanken hätten erwecken können (doch solche Augen von der Glut der Befriedigung dahingemäht zu sehen . . . Ha!), der Mund, geschweift zu einem gebetfrommen Bogen, weder schmal noch breit, in den Winkelchen mit einer etwas störrischen Güte (›zu *seinem* Wohl kann man ihn sogar ein wenig quälen‹ — solch einen Mund mit einem Kuß so zermalmen, daß er sich willenlos hingibt und noch mehr verlangt . . . Ha!), und ein Körperchen, anscheinend schwach, aber biegsam bis zur Akrobatik (in Momenten der Ekstase berührte sie mit dem Kopf die Fersen), wie eine stählerne Feder gespannt in nervöser Erregung (ein solch gleichgültiges Körperlein zwingen, daß es sich wie ein Kriechtier in geilen Zuckungen windet ... Ha!). Alles das bildete einen Komplex ›sinnlicher Gegebenheiten‹ von geringer erotischer Spannung, der aber höllische Möglichkeiten in sich barg, an die Genezyp, der in den Gesprächen zu immer höheren Etagen geistiger Vollkommenheit hinaufgeschraubt wurde, nicht bewußt zu denken wagte. Es war eine stille Übereinkunft, daß es bis zur Hochzeitsnacht nicht einmal die allerbescheidenste Berührung geben könnte. Sein Verlangen auf diesem Gebiet war eher unpersönlich, es war entstanden aus den angesammelten Begierden nach jenem Weib, wurde aber entpersönlicht (desindividualisiert) unter dem Einfluß der Überschwemmung, der Ertränkung der ganzen Seele durch die ideale Liebe zu Elisa. Er hatte keinerlei Antidot wie damals in Gestalt der Kunststückchen der Fürstin Irina, und er hätte keines haben wollen, obgleich manchmal ... Doch was ist schon dabei: Was denkt der Mensch nicht alles im Bruchteil einer Sekunde? Wollte man alle kleinen Zuckungen der Gefühle und Gedanken notieren und analysieren, was bliebe dann von den leuchtendsten Gestalten der Geschichte? Alles ist relativ. Ja — angeblich hat jeder verschiedene kleine Infektionen in seinem Körper, aber niemand leidet an allen Krankheiten, die sie hervorrufen.

Unterbewußt, mit dem Instinkt des Männchens, fühlte Genezyp schreckliche, namenlose Spannungen in den Tiefen der ihm so nahen und doch so geheimnisvollen Person. Denn sie war ihm hundertmal geheimnisvoller, als die Fürstin und Persy in den Momenten des Kennenlernens je gewesen waren. Dies hatte er noch vor einigen Monaten nicht zu schätzen gewußt. Doch jetzt, als Kerl aus dem Untergrund, versenkte er in sie die kraftlosen Krallen seiner verrückten Gedanken (absolute Unersättlichkeit) und fiel ab wie von einer schlüpfrigen, senkrechten Wand. Er sah ihren psychischen Verdauungsprozeß, als ob sie durchsichtig wäre wie eine Qualle, wenn sie ihm die erhabene Lehre Murti Bings vortrug, und dennoch ... Das Geheimnisvolle an ihr war die mit kaltem Feuer brennende, in den Tiefen ihres Körpers verborgene Geschlechtlichkeit. Und was kann es überhaupt Geheimnisvolleres in einem

Weib geben (als einem solchen und nicht als einem metaphysischen Ich) als dies? (außer einer gewissen, übrigens dummen Unberechenbarkeit, der man einfach keine Beachtung schenken soll à la Napoleon I. So dachte Genezyp über dies letztere Problem, nachdem er eine entsprechende Theorie von Sturfan Abnol gehört hatte.) Elisa hatte ein kleines Lächeln und ein Blitzen in den Augen, wovon Zypcio die Innereien erstarben. Darin waren Tiefen eines ihm unbekannten und überhaupt unbegreiflichen Gefühls — nie würde er sie verstehen, nie sie durchdringen, nie sie in sich aufnehmen ... Ein Augenblick mörderischer Tollwut und Demütigung, und dann eine noch herrlichere, strahlendere Liebe, die sowohl ihn wie die ganze Welt erhellte. In solchen Momenten wurden ein Berberitzenzweig mit roten Beeren auf dem kobaltblauen Grund des sommerlichen Himmels, ein leicht zu gilben beginnendes Blättchen oder eine glitzernde Libelle, die mit den Flügelchen surrend in einem warmen Lufthauch erstarrte, der von den erhitzten Stoppelfeldern daherkam, zu Symbolen allerhöchster, unerreichbarer Dinge — und wurden dann, sei es auch nur für eine Sekunde, für Genezyp und Elisa zu gemeinsamem Eigentum wie ihre eigenen, einander unbekannten Körper. Denn was gibt es ›Eigeneres‹ als den eigenen Körper? Manchmal vielleicht jemandes Seele. Maskiertes Entzücken über sich selber: die üblichen Banalitäten der ersten wirklichen Gefühle. Man konnte nichts aufbewahren, zu etwas anderem, Dauerhafterem umgestalten, ergreifen und für immer verschlingen. Die Sekunden flossen dahin, und mit immer größerem Trübsinn strahlte die wachsende Vergangenheit. Seine wunderlich verdrehte Vergangenheit, geschwollen von der Qual eines von Anfang an verzerrten Lebens, konnte nicht ihr Eigentum werden. Vielleicht wäre das der Gipfel der Liebe, wenn die Vergangenheiten zweier einander liebender Menschen sich zusammengössen zu einer einzigen. Aber hier waren die Unterschiede zu groß — Elisa hatte keine entsprechenden Utensilien in sich (scheußlich), um den einstigen Zypcio mitsamt seiner Zwiespaltung zu verdauen. Wenn er sich in das frühere, erst kurz vergangene Leben vertiefte, wurde er fremd für sie und mußte trotz ihres scheinbaren analytischen Verständnisses einsam sein. Das gab sogar den hellsten Momenten eine tragische Färbung. Eine geheime Angst kreiste sie beide allmählich ein, und oft zuckten sie beide *gleichzeitig* zusammen, berührt von dem unklaren Vorgefühl eines nahenden namenlosen Schrecknisses (vielleicht war das die ›gelbe Mauer‹). Das Engelsgesicht der Wirklichkeit veränderte sich in manchen winzigen Augenblicken unmerklich zu einer unglaublich scheusäligen Fresse. Das dauerte aber nur so kurze Zeit, daß man nie wußte, ob es nicht eine Täuschung war.

Wie wohl tat es, sich in der einigermaßen vollkommenen Welt auszustrecken wie in einem bequemen Fauteuil — nicht für immer, nur für eine Weile, für einen Augenblick nur dieser erhabenen Liebe, die so zerbrechlich war im Verhältnis zu den ringsum dräuenden Mächten. Die Kraft, sich sagen zu können: ›Was auch immer geschieht, ich werde es ertragen‹, die Kraft, jede mögliche Wirklichkeit zu verdauen, diese Kraft gab Zypcio der neue Glaube nicht. Lohnte es sich denn überhaupt, etwas zu beginnen angesichts der Unmöglichkeit, die Zukunft auf eine eindeutige Weise zu entscheiden? Wie wird das Leben aussehen, wenn die Chinesen siegen? Und wenn, was unwahrscheinlich war und woran niemand glaubte, Polen, das ewige Bollwerk, die mongolische Lawine zerschlagen sollte? In diesem Fall war die Zukunft noch ungewisser. Polen war die Ruine eines künstlichen, vom kommunistischen Westen gestützten Faschismus, und wenn es nicht vom chinesischen Kommunismus verschlungen würde, so drohte unvermeidlich der inländische Kommunismus. Genezyp hörte bald auf, dem endgültigen Sinn des ganzen grausamen Lebenshumbugs nachzugrübeln. Er begnügte sich damit, daß schließlich die Extreme Einheit die endgültige Wahrheit auf Murti Bing herabsendet. Auf Grund der Vision war das offensichtlich. Wer nie eine Vision hatte, weiß nicht, wie überzeugend sie ist. Es ist unmöglich, dies ganze System darzulegen — kein Hund würde es durchblättern. Es war ein Mittelding zwischen Religion und Philosophie, etwas geradezu Schreckliches. Alles war programmäßig ungenau, nicht zu Ende gedacht, alles war eingewickelt in Maskenbegriffe, die die wirklichen Schwierigkeiten verhüllten und die Probleme verwischten. Das Resultat war schöpsenhafte Güte und Verdummung, die jeder

Übermacht freie Hand ließen. So dachten in dieser Zeit alle, welche die Seuche erreichte: *Murtibingitis acuta*, wie Kocmochulowicz das nannte. Die Juli-Ereignisse verstärkten diese allgemeine Tendenz: Auch nur einen Augenblick verschnaufen vor der endgültigen Katastrophe war die einzige allgemeine Vorstellung — niemand dachte auf weite Sicht. So bereiteten die ›gelben Teufel‹ den Grund und Boden zu ihrer unvermeidlichen Herrschaft: einschläfern und im Schlaf erwürgen, das war ihr Grundsatz. Tengier war einer der wenigen, die sich dem neuen Glauben nicht ergaben. Er wollte nicht, wie er sagte, ›die Zeichen des Endes auf dem Himmel des Verstandes‹ entziffern. Er komponierte immer wildere Sachen, trank, konsumierte die deftigsten Schweinereien, hatte seine Mädchen — was scherte es ihn, es ging ihm gut. Ein Künstler — brrr — der scheußlichste Begriff in diesen Zeiten: ein Wurm im Aas. Nichts zu machen. Zu solchen narkotischen Gedanken (vor der endgültigen Gedankenlosigkeit) strebt die Menschheit — sie entstehen vor unseren Augen. Doch die ›Verflacher‹, die edlen (wirklich?) Optimisten und die psychisch gewitzten *businessmen* sehen das nicht und wollen es nicht sehen.

Zypcio war schon fast gesättigt von der Dogmatik des neuen Glaubens, als Elisa sich an den Grenzen der Möglichkeit der Geschöpfe befand. In einem Weilchen schon sollte sich alles erschöpfen, und die ideale Liebe würde vor der Zeit die Liebe überhaupt auffressen. Sinnliche Scheußlichkeiten warteten in der Zukunft, nachdem sie den Lebensweg umstellt hatten wie Sphinxe eine ägyptische Tempelallee. Am Ende verliefen die Gespräche ungefähr so:

Genezyp (unaufrichtig): »Ich fühle mich in der Sphäre deines Geistes als eine um so größere Vollkommenheit, je näher ich dieser Überschneidung der beiden Linien der Persönlichkeit bin: der räumlichen und der zeitlichen, von der du gestern sprachst ...«

Elisa (grenzenlos, zweifenstrig schauend, der eine Blick irrt um die Insel Balampang, der andere, dunkle, tastet in den Winkeln des Körpers, prüft innere Organe. Welche man, von denen aus man, mit welchen man hier so einsacken könnte ... Was? Sie erwacht): »Weißt du — manchmal überkommt mich ein schrecklicher Zweifel: Wenn die Quelle endgültiger Erkenntnisse keine gute Macht ist, sondern eine gleichgültige, warum soll dann die Welt ein Fortschritt sein und keine richtungslose Oszillation? Und in welcher Phase sind wir dann? Etwa in ständigem Niedergang?« (Durch Zweifel gelangte sie am liebsten zum Glauben.) »Unsere Begrenztheit wird uns niemals Gewißheit geben betreffs des Zeichens *plus* oder *minus* vor der Ganzheit des *Seins*.«

Genezyp (unangenehm erwacht): »Ich habe immer gesagt, daß die Ethik relativ ist. Nur spezifische Eigenschaften einer gegebenen Gattung von Wesen schaffen ein spezifisches Verhältnis der betreffenden Person zur Ganzheit der Gattung, und das *ist* Ethik. Ist es angesichts der Extremen Einheit des Seins nicht ganz gleich, an welcher Stelle wir uns befinden? Immer stoßen wir an die Unendlichkeit.«

Elisa: »Da die Unendlichkeit extrem ist, nicht aktuell, ist es so, als gäbe es sie praktisch nicht . . .« Blätter eines vergilbten Ahorns lösten sich und fielen langsam schaukelnd zur Erde, von der eine trockene Glut stieg. Beide verschauten sich fest in diese durch bewegungslose Luft fallenden Blätter, und für einen Augenblick erschienen ihnen die Begriffe, die sie benutzten, als ein solcher Nonsens gegenüber dem Dasein, daß sie sich schämten. Doch Elisa fuhr hartnäckig fort (wie viele schreckliche Dinge hätten sie sich erspart, wenn sie jetzt, statt zu reden, sich einander hingegeben hätten): »Die Hierarchie in beendeten Zeitabschnitten ist absolut. Beibehaltung individueller Erscheinungen, die gesellschaftlich unschädlich sind — das ist es, wonach unser Meister strebt.«

Genezyp: »Daran werde ich niemals glauben. Wir sehen, was sich mit dem Theater tut: die letzten Zuckungen des reinen Nonsens. Du bist nicht bei Kwintofron gewesen. Und die Musik endet wirklich mit Tengier. Das ist schon dies letzte Überholen der Gesellschaft durch die Kunst, das sich nie wieder ungeschehen machen läßt.«

Elisa: »Niemand, vor allem kein Staat, hat bisher bewußt in dieser Richtung gehandelt. Isolierung der Künstler und Wissenschaftler wie unter einer Glasglocke von dem Rest der sich mechanisierenden Gesellschaft . . .«

Genezyp: »Ein ungeheuerlicher Humbug. Aber es ist möglich. Was verbirgt sich nicht alles in einer von *solcher* Gegenwart vollgeladenen Zukunft!«

Elisa: »Mit Hilfe unseres Glaubens können wir, wie in Aspik gelegt, jedes beliebige Regierungssystem überdauern. Nur muß jegliche Philosophie mit Nachdruck ausgemerzt werden als fruchtlose Verschwendung des Phosphors im Gehirn, ähnlich wie das Schachspiel.«

Genezyp: »Irgend etwas entsetzt mich in all diesem, wenn ich so *zusammen mit dir denke.* Ich will leben, ich ersticke! Hilfe!« Er verstummte für eine Weile, von wirklicher Angst gewürgt: einer schwarzen, schweißbedeckten Angst, die aus der Unendlichkeit auf ihn glotzte, und dann stieß er einen Schrei aus und erkannte seine Stimme nicht. Ein Abgrund blitzte in ihm auf. *Alles war nicht das.* Etwas warf sich auf ihn aus seinem eigenen Inneren — kein fremder Mensch (dieser einstige Gefangene — oh! — was waren das für köstliche Zeiten gewesen!), sondern *etwas,* etwas Namenloses, Endgültiges wie der Tod selber — nicht nur sein eigener, sondern aller Tod: das Nichts. Elisa saß bewegungslos, ihr reines Profil war ihm zugewandt, und um ihren Mund irrte ein geheimnisvolles, provokantes Lächeln. Genezyp schlug mit den Händen in die Luft, in der sich mit rasender Geschwindigkeit der *heiße* Bart des von ihm Getöteten ausbreitete — schon füllte er das ganze Weltall aus, schon überschritt er die Grenzen der Endlichkeit wie in einer Dawamesk-Vision, wie damals, als alles in einer anderen Dimension geschehen war. Gleichzeitig sah er die ganze Wirklichkeit mit unerhörter Deutlichkeit vor sich wie nie bisher, aber als fremdes *Etwas,* wie von unbekannten Augen betrachtet. Es war entsetzlich. Die Augen traten ihm heraus, und er atmete schwer. Elisa hielt es nicht aus: Sie nahm seinen Kopf und zog ihn zu sich heran, wobei er wie irr umstürzte. Ihn immer so haben wie jetzt, über ihn herrschen, ihn in sich umschmelzen zu einem neuen, *unerkennbaren* Zypcio. Elisa liebte seinen Wahnsinn, *liebte ihn als einen Verrückten,* nur darin fand sie Sättigung — jetzt hatte sie einen solchen Moment. Sie fühlte, daß er einen Körper hatte, daß er auch das hatte, und jenes, jenes innen. Freilich wußte sie nicht, warum sie das fühlte — ach, ein Glück! Wenn er sich aus sich herausriß, wenn er nicht mehr er selber war, dann gehörte er ihr. Der erste Kuß im Leben, leicht wie eine Berührung von den Flügeln eines Nachtfalters, der den Kelch einer Nachtblume streift, aber pervers wie das Böse selber, das im ganzen Dasein lauert, floß auf die halboffenen, verzerrten Lippen Genezyps und riß den Vorhang des Wahnsinns von seinen im Schreck weit offenen Augen. Es war vorbei. Es verlangte ihn schrecklich nach Kocmoluchowicz: nach dem Chef und nach seiner Schlacht. In diesem Augenblick sterben, meinetwegen auch ohne Kavalleriemusik. Doch der Tod kommt immer zur Unzeit. Er erwachte und liebte sie, und ach, wie sehr! Er fühlte deutlich, daß sie es war, die ihn aus dieser Wolfsgrube zog, in die ihn die erbarmungslose Pratze hinabgestoßen hatte, die von Anfang an sein Leben lenkte: die Pratze des Vaters, dieses ewigen, gottähnlichen Vaters, dessen unbeendeter Wahnsinn, der Wahnsinn eines starken Menschen, sich jetzt in ihm, einem schwachen Infusorium, weiterentwickelte. Darin war eine schreckliche Ungerechtigkeit. Doch ist es denn nicht der allergrößte Wahnsinn, Gerechtigkeit vom Dasein zu verlangen? Das eben ist es, was die größten Rächer getan hatten.

Manchmal sagte Elisa flammend:

»... und dort in unendlicher Ferne werden sich die Linien der verlängerten Sinne höchster Begriffe überschneiden, in absoluter Einheit von allem mit allem, und jenseits der Verbindung der Alldinge selber miteinander werden wir zu ein und demselben werden. Denk dir, was das für ein Glück sein wird, wenn der Unterschied zwischen dem realen und dem idealen Sein verschwunden ist, zwischen dem Begriff selbst und dem, der ihn nennt, und dem, was er bedeutet. Das Sein in seiner Realität wird sich in nichts von seinem einzigen, höchsten Verstehen unterscheiden: Das All wird mit sich selber verschmelzen« — und so weiter und weiter. Genezyp schämte sich ein wenig für sie, doch zuletzt wurde er hingerissen von dem flammenden Feuer dieser Worte und begann, sie rasend zu begehren. Er fühlte, daß man diese Einheit hier auf Erden einfach durch einen Geschlechtsakt erreichen kann, aber er wagte noch nicht, davon zu sprechen. (›Zweifache Einheit — haha!‹

prusteten bei diesem Wort mit wildem Gelächter die Chinesen vom Stab los, Reisbranntwein trinkend zu in Leinöl gebratenen Rattenschwänzen. Es lachte Wang selber, der Oberkommandierende der bolschewisierten Mongolen ganz Asiens, der einzige Mensch, vor dem Kocmoluchowicz eine leichte Furcht empfand.)

Der Sommer starb dahin im Schmerz seiner eigenen Schönheit. Das saphirene Gesicht der Nacht verschleierte sich mit der Trauer hoffnungsloser, außergestirnlicher Leere. Die Welt schien begrenzt wie in der Konzeption Einsteins — ein einziges großes Gefängnis. Die abschließenden Übungen hatten schon begonnen — ein Kursus von höchster Subtilität —, die Ernennung war jeden Tag zu erwarten. Reise zur Hauptstadt, neues Leben ... Genezyp dachte mit Mühe daran und verfiel immer tiefer in eine schmerzliche, weiche Langeweile. Nur der Gedanke an die nahende Hochzeit galvanisierte seine muffig gewordenen Ganglien. Aber auch hier eröffnete sich ein ganzes Meer von Komplikationen. Wie würde sich das Opfer dieser letzten (dessen war er sicher, trotz seiner jungen Jahre) Liebe erfüllen? Manchmal nahm ihn eine wilde Angst in die Zange, von der ihm die Haut an den Lenden zu Krokodilsleder erstarrte. Wie würde er diese zu einer ungeheuerlichen Blüte angeschwollene Knospe der Begierde sättigen, die sich in seinem Körper verästelte wie die faserige Neubildung eines Geschwürs, die ihn mit lüsternem Schmatzen fraß und dabei die Fähigkeit zu jeglicher realen Tat paralysierte — er war gegenüber Elisa so kraftlos wie gegenüber Persy und wußte nicht, durch welches Wunder er diesen Zustand der Kraftlosigkeit überwinden würde. Gleichzeitig war darin eine unbegreifliche, *grenzenlose* Langeweile. Ha! Und wenn das überwunden würde, was war dann? Nur die Fürstin kannte er wirklich, und er fürchtete sich bis zur Übelkeit vor dieser geschlechtlichen Feindseligkeit, die im Maße der Verwirklichung der erotischen Beziehungen entstehen kann. Die geistige Liebe aber währte, und ohne sie konnte man sich das Leben nicht mehr vorstellen.

Es nahte der fatale und begehrte Tag — schon stand er unmittelbar bevor, morgen oder übermorgen. Genezyp entschloß sich zu einem endgültigen Gespräch. Von wem konnte er Trost erwarten, wenn nicht von ihr, seiner Meisterin in den geheimen Wissenschaften! Er drängte sich zu ihr hin, machte sich an sie heran, warf sich, um Rettung flehend, ihr zu Füßen und fühlte nicht, daß eben in ihr die Quelle der irren Zustände lag, die er ohne sie vielleicht zu beherrschen vermocht hätte. Er entschloß sich zu reden, aber er flüsterte nur sinnlos, das Gesicht in ihrer linken Achselhöhle versteckt, mit geblähten Nüstern das mörderische ›blutige und verbrecherische‹ (er hatte kein anderes Wort dafür) leichte Rüchlein ihres ungekannten Körpers einziehend. ›Ach, dieser Körper — ist doch dort das Geheimnis von allem, und nicht in den Kombinationen der in einem idealen Sein suspendierten Begriffe, in welchem alle Weisen der Welt erfolglos herumgeschmuddelt haben.‹ Bergson seligen Angedenkens hätte sich gefreut, wenn er diesen ›Gedanken‹ hätte hören können. So denkt man vorher — aber nachher? Er flüsterte, und jedes ihrer Worte, mit dem sie ihm auf dieses viehische Flüstern antwortete, war heilig und satanisch langweilig und zugleich rasender Anreiz für die ungesättigte und kraftlose Begierde. Wie Wassertropfen auf den Wänden eines zur Rotglut erhitzten Kessels waren in ihrem Mund diese gewöhnlichen, albernen Worte der mörderischen Lehre polnischer Djewanisten. Es wäre eine Schande, diese Unsinnigkeiten zu wiederholen. Das alles geschah irgendwie *auf trockene Art* — einen anderen Ausdruck gibt es nicht dafür — Wüste und heißer Samum. Es war entsetzlich. Was waren dagegen schon die Chinesen! Hier, auf einem kleinen Fleckchen persönlicher Tragödien, zeichnete sich die Tragödie einer ganzen Generation ab, semaphorisch, zeichenmäßig. Ihr Name ist: ›Unfähigkeit zu wirklichen großen Gefühlen!‹ Natürlich liebte irgendwo irgendein Schuster wirklich irgendeine Köchin — aber das schuf kein allgemeines Leben, zumindest nicht in Polen, das voller Schizoider, ja sogar Schizophrener in leitenden Stellen war. Die Pykniker hatten sich noch nicht vorgedrängt — erst die Chinesen ermöglichten ihnen, sich zu einer wirklichen Macht zu entwickeln. Danach war es besser. Zypcio entschloß sich, den Vortrag um jeden Preis zu unterbrechen.

»Höre, Elisa«, sagte er (er sagte ganz und gar nicht das, was er wollte, wie das gewöhnlich so ist bei jungen Leuten), »ich kann mich nicht dazu aufschwingen, dich Lieschen zu nennen — darin ist eine Qual ohne Grenzen. Wenn du mir nicht die Möglichkeit gibst, eine große Tat zu vollbringen, was wird dann sein . . .?« fragte er mit einem ratlosen Lächeln höchster Verzweiflung und schaute dabei in den Septemberhimmel, der von einem abendlichen Seladon durchleuchtet war. Schon wehte Kühle von den fernen Wiesen her, auf die der zu Ehren eines fast vergessenen Nationalhelden aufgeworfene Hügel smaragdblaue Schatten warf. Hier atmete die Erde noch die Hitze des Tages. Beide bedrückte schreckliche Sehnsucht. Sie beneideten einen Schwarm verspäteter (wieso? Im September?) Mücken, die in tanzenden Sprüngen vor der heißen Höhlung gilbender Sandweidenbüsche wirbelten. Sie beneideten den ganzen Schwarm, nicht die einzelnen Mücken — sich zu einzelnen Wesen dissoziieren, in Vielheit leben, nicht sie selber sein, das war's, was sie sich wünschten. Im abendlichen Luftzug zischten leise langnadelige Kiefern. Die Ewigkeit in einem solchen Augenblick verschließen und nicht mehr existieren . . .

»Ich würde mich opfern, nur damit du etwas Großes vollbringen könntest. Ich wünsche keine Ehren, ich wünsche nur, daß du groß sein könntest für dich selber — ich glaube daran, daß du dich nicht belügen wirst . . .«

»Nein, nein — das will ich nicht«, stöhnte Genezyp auf.

»Ich weiß: Du möchtest, daß dies bei Militärmusik mit Fahnen geschieht und daß Kocmoluchowicz« (immer sagte sie so, anders als alle anderen) »dich mit dem Schwert Boleslaw Chrobrys auf den Rücken schlägt.« (Oh, wie sehr verabscheute Genezyp sie in diesem Augenblick, so, wie er sie gleichzeitig liebte! O Qual!) »Nein, das kann für dich nur ein Schritt auf dem Weg zur Größe sein. Wenn du reif geworden bist, wirst du nicht darin verbleiben. Den Krieg mußt du dir selbst zum Trotz durchleben, in Verborgenheit vor dir selbst.«

»Willst du denn, daß ich zu einem großen Automaten werde?!« schrie Zypcio auf und stellte sich in ganzer Stattlichkeit vor sie hin, in der sonderbaren Husarenuniform der Adjutanten, die Beine gespreizt, in enganliegenden ziegelroten Hosen und gespornten Dragonerstiefeln. (Es war etwas von den napoleonischen *Guides* in all diesem. Der Quartiermeister schwelgte im Dekorativen, soviel er konnte.) Wie war er doch herrlich, ihr geliebter Zypcio! Ach, wenn man doch gleich hier könnte, auf dieser heißen Erde — daß er auf sie herabstieße wie ein Habicht auf ein Vögelchen, daß sie vor köstlichem Schmerz heulen könnte wie eine Katze — unlängst hatte sie so eine kleine Szene gesehen. Und *er* würde das... Beide wollten es und konnten sich nicht entschließen. Warum, warum hatten sie es nicht beizeiten getan? Und wieder Gespräch: Jetzt quälte Elisa Genezyp *mit einem Opfer*. Dieser neue Alp war in den letzten Tagen hinzugekommen. Dieses verfluchte Opfer: Das Individuum opferte sich freiwillig für die Gesellschaft, um dann desto stärker zu erblühen in vom Leben getrennten Sphären, in dem stinkenden Inneren der Masse — nicht separat, nicht nebenan —, und dann erst, sich ausdehnend, diese ganze Sache wieder mit der abgetrennten, nun schon guten Persönlichkeit zu durchdringen (mit der stinkenden psychischen Verviehung — diese Periode war unbedingt notwendig). Äußerlich werden sie gewaschen, rein und gesättigt sein und ausgezeichnet wohnen, diese, diese — Glücklichen, vielmehr diese Rädchen, Schräubchen und Klammerchen der idealen Maschine künftiger Jahrhunderte, deren erste Skizze man bereits jetzt in manchen Staaten betrachten konnte. Die Angst vor der Zukunft ließ einem die Knochen gefrieren.

Im Palast des Kriegsministeriums am Hl.-Kreuz-Platz stand der Generalquartiermeister vor dem Kamin des Arbeitszimmers, wippte leicht hin und her und wärmte sich die Hämorrhoiden, die ihm heute besonders zusetzten. Zu einer Operation konnte er sich nicht entschließen. Gestern hatte er sich in Persys Gesellschaft betrunken, und es waren Sachen geschehen, die sogar für ihn ungeheuerlich waren. Er diktierte Olesnicki einen Befehl von untergeordneter Bedeutung. In diesem Augenblick wurde Geschichte gemacht, und das geschah so: »... also eben dadurch einer schädlichen. Wir befehlen, Bekenner Murti Bings in den Kasernen nicht zuzulassen. Der Soldat muß bis zu einem gewissen Grad automatisiert sein, und zwar durch Mittel, die im Reglement Nummer 3 enthalten sind. Wir halten die Grundsäze der obenerwähnten Lehre einzig für die höheren Intelligenzen als unschädlich, vom Fähnrich aufwärts also. In den niederen Schichten kann die von entsprechenden Popularisatoren präparierte dritte Klasse der Einweihungen lediglich unvorhersehbare Kombinationen früherer, aussterbender Glaubenslehren mit einer materialistischen Auffassung der Taten hervorrufen. Ich empfehle den p. p. Offizieren, angefangen vom Hauptmann, diesen ganzen teuflischen Brei auseinanderzuschmuddeln.« (So war eben der Stil des Generalquartiermeisters, auch in offiziellen Befehlen.) »Vorzulesen bei Offiziersversammlungen, die eigens zu diesem Zweck einzuberufen sind.« Der Ordonnanzoffizier meldete Djewani an. Wieso kam er ausgerechnet jetzt hierher? Kocmoluchowicz hatte die Empfindung, als sei er mit den Zecken eines Ceyloner Dschungels beklebt. Ein junger und schöner Hindu im Smoking trat herein. Auf dem Kopf hatte er einen Turban, der mit einem Saphir von der Größe eines Taubeneis zusammengesteckt war. Die beiden Mächte maßen einander: der geheime Abgesandte der östlichen Kommune mit der Devise: zuerst alles vernichten, dann einen neuen Menschen erschaffen und die Erde entgiften von dem Gift der weißen Rasse — und der ideenlose, unbewußte Sklave der ungeheuerlichen Machination der westlichen Kommunisten, der außerdem eine Kraft an sich war, stürmisch, ohne bestimmte Richtung, eines der letzten aussterbenden Individuen (so etwas klammert sich, geistesabwesend, an was es kann). Das Gespräch war kurz.

Djewani: »Warum verbieten Eure Exzellenz den Soldaten des vortrefflichen Bollwerks« (diese Worte sprach der freche Hindu mit kaum merkbarer feiner Ironie), »an der großen Wahrheit teilzunehmen, die nicht nur die Unendlichkeit des idealen Seins umfaßt, sondern auch die Zukunft denkender Geschöpfe im ganzen Kosmos, auf allen gegenwärtigen und möglichen Planeten?« Kocmochulowicz sagte darauf ruhig, fast süß, doch war es eine schreckliche Süße:

»Wieso, nichtswürdiger Spion der gelben Lawine . . .?«

Djewani: »Wir haben nichts gemein mit dem Einfall der Mongolen. Nichts hat man uns jemals nachgewiesen . . .«

Der Quartiermeister: »Nicht unterbrechen. Also können denn nur Gedanken, die noch hier sind« (hier klopfte er an seine beulige Stirn eines Weisen), »unerkennbar sein?«

Djewani war mit einem geradezu höllischen Gehör begabt, und er potenzierte es noch durch Anwendung spezieller akustischer Hörnchen – eine chinesische Erfindung, die im Westen unbekannt war. Er hatte den ganzen Befehl im Wartezimmer belauscht, das um drei Zimmer entfernt und durch gepolsterte Türen von diesem getrennt war. Er hörte durch den Ofen und die Schornsteinrohre. Überhaupt ist das ganze Fakirtum nur eine Subtilisierung der Sinne und eine Fähigkeit zur Suggestion. Dieser letzteren jedoch unterlag der tüchtige ›Kocmoluch‹ nicht. Er war nicht der Mann, der sich durch solche Kunststückchen fangen ließ. Djewani zuckte nicht.

»Nur ungeborene Gedanken sind unerkennbar«, sagte er, geradezu unglaublich bedeutungsvoll mit flammendem Blick in die schwarzen, heiteren, genialen Augen Kocmoluchowiczs blickend. Damit spielte er in aller Deutlichkeit auf die Unerkennbarkeit des letzten Gedankens des Chefs an. Das hatte noch niemand zu tun gewagt. Sein Blick war derart bedeutungsvoll, daß aus den schwarzen Augen die Heiterkeit wich wie ein fortgeblasener Beschlag. ›Sollte er meinen Mechanismus kennen?‹ dachte Kocmoluchowicz, und plötzlich wurde ihm kalt am ganzen Körper. Ein plötzlicher Krampf, und die Hämorrhoiden hörten auf zu schmerzen – der Darm hatte sich eingezogen. So hatte der Generalquartiermeister diesen Besuch genützt. Außerdem verstärkte er von da an die Kontrolle der an das Kabinett grenzenden Zimmer und die innerlich-äußerliche Kontrolle seiner eigenen Person. Aus den kleinsten Sachen Schlüsse ziehen und sie sofort in der Praxis verwenden – das war alles. Das Gespräch ging weiter, als ob nichts gewesen wäre, und nichts Wichtiges wurde gesagt noch beschlossen. Beide Herren prüften einander vorwiegend mit Blicken. Es blieb weiterhin unbekannt, was dieser braune Affe wußte. Er probierte ebenfalls seine Intuition, dieser Hindu. Denn daß für ihn, einen Yoga zweiter Klasse, ein weißer Mensch geheimnisvoll hätte bleiben können, das war ihm noch nicht passiert. Er hatte ihm ebenfalls eine Lehre gegeben, *der geniale*

Kotzmoloukowitsch, so wie allen anderen. Und das deshalb, weil er nichts Wichtiges jemals notierte — er hatte alles im Kopf. Beim Weggehen gab Djewani dem Quartiermeister fünfundzwanzig Pillen Dawamesk, die in einer wunderbar geschnitzten Schachtel lagen. »Für einen solchen Adler sind auch fünfundzwanzig nicht genug. Doch ich weiß, daß Eure Exzellenz leiden.« Das waren seine letzten Worte.

Als Genezyp nach dem definitiv bestandenen Adjutanten-Examen am nächsten Tag erwachte, empfand er wieder die geheimnisvolle Weite der Beliebigkeit, fast wie seinerzeit nach dem Abitur. Er wußte, daß ihn ›an der Seite des Chefs‹ eine Arbeit erwartete, die alles das übertraf, was er bisher vollbracht hatte. Doch das war es nicht. Jetzt erst fühlte er sich als freier und vollendeter Mensch — er hatte alle Schulen (und auch die Schule Elisas) hinter sich gebracht. Nun mußte man wirklich jemand sein — das ist ein fürchterlicher Augenblick für manche Schizoide, die es gern haben, in der Ungewißheit zwischen Entschluß und Ausführung zu hängen. Gibt es denn etwas Schlimmeres als Freiheit, mit der man nichts anzufangen weiß? Er hätte viel dafür gegeben, um an diesem Morgen gar nicht mehr zu erwachen. Doch der Tag stand vor ihm wie ein einziger erbarmungsloser, aber leerer Block (mit irgend etwas mußte er angefüllt werden — die Zeit flog dahin), und das war (ach, richtig!) noch dazu sein Hochzeitstag. Das kam Zypcio erst zehn Minuten nach dem Erwachen in Erinnerung, und er war doppelt entsetzt. Er schaute mit hervorgetretenen Augen zum Fenster hinaus, das er mechanisch öffnete. Die Fremdheit der Welt hatte ihren Gipfel erreicht, die herbstlichen Bäume in der Sonne schienen auf einem anderen Planeten zu wachsen. Aber woher sollten andere Planeten kommen — diese Welt war ein Loch ohne Boden, angefüllt von Verkörperungen der Fremdheit in äußerlichen Gegenständen. Wo aber war jene Welt, in der man hätte leben können? Wo? Sie existierte nicht und *konnte nicht existieren.* Dies war die grausamste aller Wahrheiten. »Wozu lebe ich?« preßte er hervor, und Tränen würgten ihn an der Gurgel. Oh, grenzenlose Qual — warum hatte er das nicht früher verstanden?! Ihm schien, als ob er sich früher ohne Zögern hätte umbringen können — jetzt *mußte* er leben. Warum hatte er diese Gelegenheit verpaßt? Aus Dummheit, irgendwelcher Weiber wegen, für die Familie. Aha, *à propos:* Wo waren denn die Mutter, die Schwester, der allwissende Abnol und alle anderen Teuren, persönlichkeitslose Gespenster jetzt, die ihm nicht helfen konnten in seiner ausgestorbenen, unpersönlichen Welt? Gehörte denn nicht auch Elisa zu der Welt der Gespenster? Sie unterschied sich nur darin von jenen, daß sie dieses höllische Gesicht hatte und den begehrten, unbekannten Körper. Die anderen waren körperlos. Genezyp war so armselig, verlangte so sehr nach Mitgefühl, nach dem Streicheln einer lieben Hand (der Mensch brauchte nicht dazusein, nur die Hand), daß es eine Schande war. Eine Hand? Lächerlich. Wieso eine Hand, was hatte das alles überhaupt zu bedeuten? Er war allein und litt ungeheuerlich, niemand hätte ihn verstanden, niemand hätte mit ihm darüber reden mögen. Es lohnte sich nicht, jemandem etwas davon zu sagen, nicht einmal ihr. Er wußte, was er hören würde: einen kleinen Vortrag über ätherische kleine Löcher oder etwas dergleichen. Obwohl er vor einer Weile an die Hochzeit gedacht hatte (irgendwie abstrakt, ohne Verbindung mit einer umrissenen Person), wurde ihm jetzt erst die reale Existenz der Braut bewußt. Sie ist wirklich existent, sein Lieschen, haha! Und er rollte in sie hinab (oder in seine Liebe zu ihr) wie in den Tod. Füllte sie doch allein die ganze leere, fremde Welt aus. Und er hatte das vergessen können!! Ja, er hatte es vergessen, denn so dicht war die Welt von ihr ausgefüllt, daß eben dies unbemerkt hatte bleiben können. War das alles Wahrheit? Wer konnte das wissen! Man bedenke einmal, daß Tragödien dieser Art, wenn sie in bestimmten gesellschaftlichen Kreisen geschahen, früher die Geschichte der Welt hätten ändern können, während sie jetzt wie ausgespuckte Kerne waren, wie Zigarettenkippen oder Speisereste. Niemand kümmerte sich auch nur im geringsten darum. Solche Dinge vernichtete man wie Wanzen. Sie waren ausgestorben in der Welt, die lächerlichen Träumer. Nur hier, auf diesem durch ein Wunder von der allgemeinen Veränderung verschont gebliebenen Fleckchen des Planeten, hatte etwas überlebt, das an einstige Zeiten erinnerte. Doch alles das war ausgehöhlt, ausgegessen, trocken, klang nach Leere wie ein dürrer Kürbis. Wie ein düsterer, schrecklicher Geier, der seine Schrecklichkeit unter vielfarbigen Federchen verbirgt, fraß die mörderische Lehre Murti Bings die Reste der Gehirne aus. Dem Anschein nach war sie nur ein sanftes, ›süßes‹ Kunststückchen. Elisa — allein schon dieser Name übergoß das Gehirn mit giftigem Sirup — ha! Diese allwissenden Augen, die rasenden Wahnsinn und unbekannte Wollust verbargen, versprachen die Erfüllung tollster, unglaublichster Begierden, konglomeriert mit idealer Anhänglichkeit, die fast an Haß grenzte. Nur das Vollbringen einer ungeheuerlichen und sinnlosen Tat hätte ihn sättigen können — doch welcher Tat? Die Möglichkeiten waren derart begrenzt, daß man nichts ausdenken konnte, und wenn man mit dem Kopf durch die Wand fuhr. Oh, wenn man doch wirklich einfach zerbersten könnte!

Ebenso plötzlich, wie es gekommen war, fiel all dies Verwickelte wie eine Maske von Genezyp ab. Elisa war wieder ein wirkliches, geliebtes Mädchen und kein Gespenst oder ein durch geheimnisvolle Lehren vergiftendes Ungeheuer, die Familie eine geliebte Familie, Sturfan ein wahrer Freund und er selber ein herrlicher Kandidat zu einem Adjutanten des Chefs mit einer sich ebenso herrlich eröffnenden Karriere. So ist es gut, und damit basta.

Bemerkung: Die Seele, die den einen heilt, kann einen anderen tödlich vergiften, einen dritten gegen seinen Willen erhöhen und einen vierten gemein machen bis zu kanalgemäßen Graden, ihn zu einem stinkenden Lumpen machen. Es ist ein schrecklicher Gedanke, daß Güte und Selbstaufopferung und vorbehaltlose Hingabe für die Objekte dieser Gefühle und Taten unter Umständen aus den obenerwähnten Gründen zu Gift werden können. Es wäre am besten, die Seelen wären so undurchlässig wie Leibniz' Monaden, damit alles nach irgendeinem Grundsatz geschähe, der den Tatsachen fremd ist, der nicht in ihnen selber seine Quelle hat. Doch leider — die Menschen kriechen einer auf den anderen, und das ist scheußlich.

Zypcio wusch sich im Badezimmer wie der normalste Bursche. Dann begann die Ordonnanz (dieses Überbleibsel aus fast prähistorischen Zeiten des Militärs), ihm die frisch gereinigten Kleidungsstücke zusammenzutragen, die glänzenden, gespornten Stiefel, Achselbänder und anderen ›Firlefanz aus uralten Zeiten‹. Die Morgensonne fegte jegliche düstere Wunderlichkeit aus dem Schlafzimmer hinaus. Es schien dem jungen, normalen Offizierchen, daß es eine lange und schwere, verjüngende Krankheit durchgemacht habe. Genezyp fühlte sich wie ein Bulle und gesund wie noch nie. Er sah nicht den drohenden Schatten, der hinter ihm stand und kleine Fädchen spulte, Sprungfederchen anlegte und winzige, kaum merkliche Stiftchen in die Windungen seines armen Gehirns steckte. Sogar die Ordonnanz Ciompala empfand etwas Unheimliches in der Atmosphäre. Doch Zypcio empfand nichts — wie ein Stück Holz.

Die Vorbereitungen gingen vorüber ›wie ein Traum‹. Dann begannen die langwierigen Formalitäten, Bräuche und Zeremonien. Die Trauung war dreifach: eine zivil-militärische, eine katholische (für Mama) und eine murtibingistische, die sogenannte zwei-einige. Die Ehe war ein Symbol der zweifachen extremen Einheit — völliger Verdummung und des Schwindens der Persönlichkeit zugunsten der Gesellschaft. Die Zeremonie vollzog Lambdon Tygier selber mit Hilfe entsprechender Beschwörungen. Elisa, in sich verschlossen und gesammelt, hatte in den Mundwinkeln das schmerzliche Lächeln eines gequälten Unschuldskindes, was die bösesten und grausamsten Gelüste im Körper des jungen Adjutanten entzündete. Doch das war ja vollkommen normal und erwünscht.

Am nächsten Tag sollte das junge Paar zur Hauptstadt reisen, wo eine selbständige, verantwortungsvolle Arbeit auf Genezyp wartete. »Welche Freude, welche Freude«, wiederholte er, doch die Zähne klapperten ihm, und die Augen irrten umher in einer aus dem Mark herausgetrennten Unruhe. Er war wie im Fieber, in diesem gewöhnlichen Lebensfieber — alle hielten dies für natürlich. Doch die Abendzeitungen brachten beunruhigende Nachrichten. Die gelbe Mauer war in Bewegung geraten. Die ersten Abteilungen waren nach Minsk gelangt, wo innerhalb von drei Stunden die weißrussische Republik chinesisch gemacht wurde. Nachmittags wurde bei uns die allgemeine Mobilmachung verkündet, und bereits um fünf Uhr abends brach auf dem Hintergrund kommunistischer Ideologie die Revolte von drei Regimentern aus, die in der Hauptstadt stationiert waren und sich unter dem Befehl von Niehyd-Ochluj befanden — der, wie bekannt, wegen seines notorischen Sich-nicht-Waschens und seiner Schweißhände mit Recht Ohyda-Niechluj, also Scheusal-Dreckfink, genannt wurde. Nach einer Konferenz mit dem Quartiermeister unter vier Augen (angeblich wurden dabei Ohrfeigen ausgeteilt, was sonst relativ selten geschah) beruhigte dieser scheußliche Mann seine Regimenter, ohne jedoch seinen Anhängern und Untergebenen den wirklichen Stand der Dinge zu erklären. Das war eines der Wunder dieser Epoche, die die Geschichtsschreibung auch später niemals erhellt hat. Überhaupt hielt man das Verhältnis Kocmoluchowiczs zu Niehyd (ähnlich dem Verhältnis Napoleons zu Talleyrand und Fouché) für ein Wunder. Gewisse Leute behaupteten, daß der Quartiermeister eine derart gefährliche Bestie an seiner Seite haben *mußte* — zu einem inneren Doping und um ›die Hand am Puls gewisser Prozesse zu halten‹, und das war höchst wahrscheinlich. Andere wieder erklärten alles mit allgemeiner Veridiotisierung.

Zur Hochzeit kam auch der im Gefängnis schmachtende Gesandte, Adam Fürst Ticonderoga, angereist. Doch wollte er absolut nichts sagen, weder der Mama noch sonst jemandem. Nur die Fürstin bemerkte, daß dies ganz und gar nicht mehr derselbe Mensch war, und spritzte ihm eine kolossale Dosis der Lehre Murti Bings ein. Der junge Fürst nickte nur hoffnungslos mit dem Kopf — er hatte genug von jeglichem Gerede. Es handelte sich um das sogenannte ›Problem des Aufhaltens der Kultur‹ — ob das nun der endgültige Höhepunkt der chinesischen Ideologie war oder ob sich auch hinter dem noch etwas verbarg, was niemand in Europa und Amerika wußte? Fürst Adam wollte alle seine Nachrichten nur der Gesellschaft für Befreiung mitteilen. Deswegen hatte man ihn unterwegs festgenommen und ins Gefängnis gesetzt. Nach einem Gespräch mit dem Quartiermeister, der (so meinten gewisse verdächtige Figuren) ihn persönlich gefoltert hatte (man sagt besser nicht, wie), hatte man ihm angeblich irgendeine kleine Gehirndrüse entfernt, und der Arme hatte darauf alles vergessen. Daher wußte einzig Kocmoluchowicz selber zu diesem Thema etwas Gewisses. Die Einzelheiten dieser Spionagesache waren entsetzlich. Ticonderoga hatte sich dem höchsten Mandarin Wu hingeben müssen (dabei wäre er fast gestorben), und nur ihm hatte er es zu verdanken, daß man ihn überhaupt wieder freigelassen hatte. Vielleicht aber war das alles nur Geklatsche, das man absichtlich in Umlauf gesetzt hatte, um uns zu belügen. Kocmoluchowicz kämpfte mit schrecklichen Gedanken. Endlich konnte er, außer den fortwährenden strategischen Kombinationen, an etwas ›Ideelles‹ denken, und das war vielleicht ein Glück — wer weiß? Ob man diese ›Idee‹ weitergehen lassen sollte oder nicht — das war das Problem. Äh — lieber nicht. Dieser ganze *Ideengang* folgte mehr oder weniger einem Geständnis des Fürsten, der (angeblich), sich in unmenschlichen Qualen windend, folgendes herausgestöhnt hatte: »Wenn alles genau gleichzeitig an seinen Platz kriecht, so macht das Ganze den Eindruck eines Blocks. Man empfindet dann weder Reibung noch innere Geschwindigkeit. Erst an Fehlern und Unregelmäßigkeiten kann man diesen rasenden Wirbel (nicht Trend) der wachsenden Kultur beobachten, dessen immer größerer Schwung durch die Überkomplizierung des Lebens mit völliger Vernichtung der Menschheit zu enden droht. Also wurde offenbar, daß die Komplizierung nicht nur die Kraft des Individuums überfordert — dieses war bereits zur Organisierung verbraucht worden —, sondern auch *die Kraft zur Organisierung der Menschenmasse*. Das war die Katastrophe der Zukunft, die erst ein paar Chinesen erblickt hatten. Das hatte sich, vom Westen ganz abgesehen, in China erst in kleinem Maßstab gezeigt. Aber dort *wußte* niemand davon. Also konnten die gelben Rassen allein, trotz ihrer intellektuellen Macht, die durch die Einführung des westlichen Alphabet-Typs geschaffen war, sich keinen Rat mit diesem Problem schaffen. Inzwischen ergaben sich neue Möglichkeiten bei arisch-mongolischen Mischlingen. Los also! Los, auf den Westen, um durch eine Verbindung zweier Rassen in großem Maßstab die Menschheit aufzufrischen — und was dann? Ha — ungeahnte Möglichkeiten — vielleicht die Kultur zurückdrängen und sie an einem Punkt abbremsen — vielleicht wird das nur für eine gewisse Zeit notwendig sein. Nachher werden vielleicht neue, jetzt unvorstellbare Wendungen die Menschheit überfallen. Einstweilen handelte es sich nur um die Beherrschung und Kanalisierung der Macht des ›wilden Kapitals‹, des Hauptelements der Beschleunigung, und um die Einführung eines provisorischen kommunistischen Systems, wenn auch nur zu einer vorübergehenden Atempause. Der westliche Kommunismus, der derart vom Faschismus durchtränkt war, daß man ihn faktisch kaum von ihm unterscheiden konnte, befriedigt in dieser Hinsicht die chinesischen Ansprüche nicht.« Kocmoluchowicz erwog diese Ideen, während er in seinem neuen, riesigen Arbeitszimmer im einstigen Palais der Radziwills, dem ›nachradziwillischen‹, wie man es jetzt nannte, von einem Winkel zum anderen hin- und herging. (Vor einer Woche hatte er die Familie der Radziwills, die sich ihm nicht fügen wollte, einfach auf das Pflaster hinauswerfen lassen. Er anerkannte die Aristokratie, doch nur dann, wenn sie ihm die Stiefel leckte. Seit der Niederwerfung der ›Gesellschaft‹ konnte er prahlende Herrchen nicht leiden und hatte wohl recht damit, Gott sei's geklagt.) Er schwankte unentschlossen (wie ein Adler) über dem eigenen Ich, das vor ihm lag, von lausiger Aktualität zerschmiert wie Marmelade auf einer Stahlplatte. Doch der gewohnte kleine Anfall von Hysterie, einer von denen, in welchen er gewöhnlich seine genialsten Schritte improvisierte, kam nicht, verflucht! Er beschloß, heute die fünfundzwanzig Pillen Djewanis zu fressen — geschehe, was da wolle. Hatte er doch die Mobilisierung angeordnet, der Krieg hatte begonnen, die Pläne waren fertig — man mußte ausruhen und mal sehen, was ›da unten auf dem Boden‹ war, ob das überhaupt noch derselbe Boden war, aus dem er bisher immer irgendeinen neuen Einfall zu fischen imstande war. Er brachte es fertig, nicht an die brennendsten Probleme zu denken, wenn er das sehr wünschte — das war seine Stärke. Er klingelte nach Olesnicki und befahl, Persy in dieses Nest der verhaßten Radziwills rufen zu lassen, Persy, die schon seit zwei Tagen im Hotel wartete — mit ihr zusammen wollte er das mörderische Narkotikum einnehmen. Ha, wir werden sehen, was geschieht. (Das Protokoll der Vision, das Olesnicki in dieser Nacht geführt hatte, ein doppeltes Protokoll, schickte er am nächsten Tag an Bechmetjew. Dieser jedoch ließ sich das gefährliche Dokument, ohne es jemandem gezeigt zu haben, in den Sarg mitgeben. Das Geheimnis blieb ungeklärt. Aber auf Grund von Zypcios Vision kann man sich vorstellen, wie das ungefähr war.) In diesem Augenblick kam Niehyd-Ochluj in das Arbeitszimmer (bärtig, mit hervortretenden braunen Augen, scheußlich) und brachte den Rapport von der Beschwichtigung seiner eigenen Rebellion. Die linke Seite der Fresse hatte er verbunden, hielt sich aber sonst nicht schlecht. Das Gespräch war freundschaftlich und heiter. Der Quartiermeister hatte sich entschlossen, auf kalte Art (und nicht in einem Anfall) einen wenn auch nur kleinen Zipfel seiner letzten Gedanken vor seinem ›Gegengewicht‹ zu lüpfen (wie er in seinen geheimen Selbst-Ausweidungen gewohnt war, Niehyd zu nennen). Ochluj war von dieser Ehre entzückt. Zum erstenmal schieden die Herren in ausgezeichnetem Einvernehmen.

In der regionalen Hauptstadt K. fand inzwischen die bescheidene Hochzeit des künftigen Adjutanten und Haupthelden der kommenden Ereignisse statt. Das einzige Element, das diese beiden Serien verband, war die Glückwunsch-Depesche des Chefs: ›Zypcio, bleibe fest. Kocmoluchowicz.‹ Sofort wurde sie mit Hausmitteln in ein improvisiertes Passepartout eingerahmt und an der Lampe über dem Tisch aufgehängt. Genezyp trank wenig, aber trotzdem empfand er immer stärker eine innere Krise, welche die oberen Regionen seines ungeformten Geistes umfaßte. Er fühlte sich ganz einfach intelligenter als er selber, und das beunruhigte ihn. Er gestand es Elisa.

»Das hat mein Gebet an das ›Zweifache Nichts‹ bewirkt. Ich habe die Welle gefühlt, die Murti Bing selber ausgesandt hat. Möge Erleuchtung ewig auf dein Haupt herabfließen«, flüsterte dies allwissende Mädchen. Genezyp fühlte gleichfalls eine plötzliche Welle, aber Langeweile — eine Welle, die wohl von einer metaphysischen Zentrale dieser Wesenheit ausgesandt war —, ihre Macht war schrecklich. Die ganze gegenwärtige Anordnung mitsamt den fröhlichen Gästen (und es waren fast alle da, die im ersten Teil aufgetreten sind, sogar Fürst Basil) erschien Zypcio als etwas so Kleines und Detailhaftes, Zufälliges in seiner Identität, wie zum Beispiel die Därme *dieses Kakerlaken* und nicht die eines anderen. Die Worte Elisas hatten einen plötzlichen, bisher unbekannten, unbegründeten Zorn in ihm erweckt. Mit Vergnügen hätte er auf der Stelle irgendeine Ungeheuerlichkeit angestellt. Also auf und ›ans Werk‹: plötzlich das ganze Tischtuch vom Tisch reißen, ein paar Bratenschüsseln in diese ganze Kumpanei hineinschmeißen, aufbrüllen mit einem zerreißenden, schmerzlich-wahnsinnigen Gelächter über den entsetzten Gesichtlein von Mama, Lilian, der Fürstin und Elisa, das schnurrbärtige Maul des Schulkommandanten, General Prochwa, mit Mayonnaise einschmieren und ausreißen, ausreißen, ausreißen — aber wohin? Die Welt war zu klein für eine Flucht. Ausreißen könnte man vielleicht in einen leider für immer geschlossenen metaphysischen Abgrund. Dort hüteten anständige Korken den Eingang: militärische Stumpfheit, Unbildung, begriffliche Ungenauigkeit, nun, und Murti Bing, dieser große Entschleierer aller Dinge. Das Sicherheitsventil funktionierte nicht. Noch einen Augenblick, und er hätte seinen Plan ausgeführt. Doch mit einer letzten Anstrengung des Bewußtseins beherrschte er den tollwütigen Reflex, erwischte ihn fast an der Peripherie der unter der Atlashaut zuckenden Muskeln. ›Nein, das soll für Lieschen sein — für mein einziges Liebes.‹ Er schenkte ihr das alles. Wie schrecklich hatte er sie doch liebgewonnen (ideal und sinnlich zugleich, in höchsten, n-ten Potenzen). Sie hatte ihn vor einer dummen ›metaphysischen‹ (haha!) Tat gerettet.

Nach ungeheuerlichen Reden Sturfans, Prochwas und Michalskis erhoben sie sich vom Tisch. Oh, es stand nicht gut. Irgendwo in einem Winkel des Herzens, das von einer unheimlichen, bis zum Haß verdrehten Liebe geschwellt war, entknäuelte sich eine kleine Zufriedenheit, ein kleines Glück, ein kleines Gefühl (o verflucht!) — nur noch ein klein bißchen mehr davon, und es wird Elisa wie eine klebrige Schmiere überschwemmen und die ganze Welt mit ihr, und allen wird kretinhaft gut und wohl werden. Das war gefährlich. Ein plötzliches Aufglänzen normalen Bewußtseins, und das wirkliche Bild materialisierte sich mit einer beinah kokainistischen Deutlichkeit vor ihm. Genezyp atmete tief auf. Hier also saß er — neben der Mutter und dem Schnurrbart Michalskis und dem lieben Gesicht eines verirrten Onkelchens, des Chans Murly-Mamzelowicz, und Kaffee und Likören. Oh, wie schön ist es in der gewöhnlichen Welt! Oh, warum konnten sie erst morgen reisen?! Die Adjutantur des Bezirks hatte die Papiere nicht beizeiten fertiggestellt, und dieser dumme kleine Stempel hatte über alles entschieden. Vielleicht wäre die ganze Geschichte nicht passiert, wenn sie jetzt, gleich nach dem Abendessen, zum Bahnhof gefahren wären. Die Wirklichkeit — das ist ein großes Wort, vielleicht das größte. Leider sah Zypcio sie nicht mehr mit seinen gewöhnlichen Augen, denn diese drehten sich um, *jetzt*, vor allen Gästen, Mamas, Schwestern, Ehefrauen (ach, richtig — das war seine, seine eigene Frau — *nicht zu glauben*!), versanken in die verbotenen Sesame innerer Ungeheuerlichkeit, dorthin, wo wirkliche Freiheit herrscht, wo das unsublimierte Vieh die geträumten Verbrechen wirklich begeht und das Maß der Ungerechtigkeit dieser Welt füllt. Wehe, wenn eine allzu starke Spannung der Zentren und Ganglien einen Nervenreflex bis zur Peripherie sendet und die machtlosen Muskeln lähmt. Dann folgen Aufschrei, Verbrechen, Zwangsjacke, ein ersticktes metaphysisches Geschrei des Ich, das die Innereien mit dem höllischen Schmerz des vergeudeten Lebens zerschneidet. Das Gebrüll der leidenden Innereien, die sich aus den unwiderruflichen Erscheinungen der Welt herausreißen mußten, war kilometerweit zu hören. Aber hier war Ruhe: Die Gäste tranken Kaffee und Likör dazu, und sie lebten in jener gewöhnlichen Welt. Man müßte sie hineinziehen in diesen Wirbel und sie dort zu seinem Eigentum machen. Aber wie? Seine Augen schauten jetzt in die Tiefe des Hirns, das sich an die widerwärtige Arbeit machte, aus dem Ich in die Unendlichkeit zu steigen, ohne Kunst, Wissenschaft, Religion oder Philosophie, ohne alle Kunststückchen, sondern einfach im Leben selber, hier, in dem kleinen Salon des Offiziersklubs der 15er Ulanen, in der Widok-Straße Nummer 6. Sie wird diese seine gewöhnlichen Augen niemals wieder sehen. Der Zeiger der Bestimmungen, der im Kopf dröhnte, hatte endlich den roten Strich überschritten: *Keep clear — danger*, nicht berühren — Hochspannung, Vorsicht! Wir fahren! Uff — endlich! Am schlimmsten ist es, auf den Wahnsinn zu warten; der Wahnsinn selber ist nicht so schrecklich — er ist Wahnsinn, und schon das ist eine bedeutende Erleichterung. Der Abgrund hatte sich aufgetan — nun sah er in ihn hinein. Er öffnete sich vor ihm noch weiter als ein schamloses, zügelloses Weibchen und lockte, lockte unwiderstehlich.

Plötzlich begann Tengier zu spielen, trunken wie die Nacht, die zum hellichten Tag kokainisiert ist. Genezyp spürte, daß ihm etwas im Inneren platzte — doch das war nur ein kleines Häutchen, bedeckt mit dem scheußlichen Schleim früherer kindlicher Gefühle. Wenn jetzt alles platzen könnte, alle Trennwände und Schleusen, wäre er vielleicht gerettet. Doch das war nur, ach, nur ein kleines Häutchen. Er flüchtete ins Klosett, und dort schluchzte er mit einem trockenen Schluchzen ohne Tränen — diesem allerschlimmsten —, von weitem vernahm er dabei die Klänge von Tengiers Musik, die aus den Gedärmen des Weltalls hervorzuquellen schienen. Plötzliche Stille, alles trat zurück, aber nicht völlig. In ihm lauerte sprungbereit ein Ungeheuer des metaphysischen Genusses. Als er in den kleinen Salon zurückkam, wirkte die Musik nicht mehr auf ihn. Das letzte Narkotikum, das Erzeugnis des zum Leben drängenden genialen Fressers und Speiers außerweltlicher Tiefen, wirkte nicht mehr. Eine schreckliche Sache. Die Lawine hatte sich losgerissen und kam herangetost, aber es war still wie vor einem Sturm.

Das Telefon läutete. Es stellte sich heraus, daß ein Zimmer im Hotel freigeworden war. Sie konnten also in das erträumte (von wem, war unbekannt) ›Splendid‹ gehen. Dort war der *seit Ewigkeiten* vorbestimmte Ort für diese höllische Hochzeitsnacht im Namen Murti Bings — dort sollte sich das Opfer erfüllen. ›Die Chinesen werden das einst verstehen‹, kam es Genezyp in den Sinn, als er den Militärmantel anzog und den Säbel umgürtete. Diesen Gedanken wiederholte er später mit Staunen, ohne verstehen zu können, woher er ihm damals gekommen war.

Die weite Welt verödete — Elisa allein blieb zurück, das einzige Medium zur Erkenntnis dieses Geheimnisses, das ihm jene drei in jener Nacht in der Einsiedelei dort im Urwald mit ihrem Gerede verhüllt hatten. Sie gingen langsam durch die fast leeren Gäßchen des provinziellen, armseligen Hauptstädtchens. ›Die

Stimme der Vergangenheit‹ rief sie nicht an ›von den Kreuz-
gängen, Türmen und Bastionen‹. Die Trompete des Türmers verkündete tot, ohne Widerhall, Mitternacht. Das Hotel ›Splendid‹
erglänzte mit einem Lichterschein in der dunklen Wüstenei der
Häuser, in denen eine Seuche zu lauern schien. Ja, eine Seuche
war es tatsächlich: die verfluchte Lehre Murti Bings, welche die
geschlechtslose Mechanisierung durch Vergewaltigung vorbereitete
— denn von selber wolltet ihr nicht, *vous autres Polonais*. Genezyp
fühlte, daß er nie, niemals imstande sein würde, Elisa durchzuzu-
ziehen, wenn sie nicht ›anfangen‹ würde, oder, im schlimmsten (?)
Fall, wenn er ihr nicht etwas zu diesem Thema sagen würde. Sie
war ihm in diesem Augenblick völlig fremd und fern, durch die
unüberwindliche Mauer seiner eigenen Unentschlossenheit von
ihm abgesondert. Er bekannte ihr das mit so gewöhnlichen Worten, als wäre er ein ganz gewöhnlicher Offizier und Ehemann eines
normalen Mädchens von vor zweihundert Jahren.

»Weißt du, du bist mir in diesem Augenblick so sonderbar
fremd: als sähe ich nur deine Hülle, nur einen Automaten, der
dich darstellt, und nicht dich selber. Du kommst mir in diesem
Augenblick absolut unerreichbar vor. Werde ich denn je imstande
sein, dich zu besitzen?« Er lachte laut auf über den Widerspruch
dieser Worte zu dem, was sich in seinem Inneren ›tat‹. Elisa
erwiderte vollkommen ruhig:

»Rege dich nicht auf und fürchte nichts. Geh so mit mir um
wie mit einem Straßenmädchen, dem du dreißig Zloty gegeben
hast. Ich bin dein, von den Haarspitzen bis zu den Fußnägeln. Du
weißt noch nicht, was ich für Beine habe: Sie sind so schön, daß
ich selber in sie verliebt bin. Ich will in Liebe ertrinken. So befiehlt
es unser Meister. Ich will dir die Wahrheit sagen: In mir gibt es
nichts außer diesem Glauben und der Liebe zu dir. Manchmal
habe ich Gewissensbisse, daß ich dich so an mich binde, an eine
verkörperte Leere. Aber durch mich wirst du zu jemandem werden auf diesem schrecklichen Friedhof der Welten, auf dem nur
das einzige Licht unserer Lehre leuchtet. Du mußt dich aus dir
selber befreien ...« Sie schmiegte sich an ihn mit ihrem ganzen
Körper, der aufgelöst, aufgeweicht war von der immer mächtiger

werdenden Begierde. Die Unerreichbarkeit war dahin: Sie hatte
in Genezyp das gewöhnliche Vieh entfesselt. Er war ihr schrecklich
dankbar dafür. Rasch schleppte er sie, die beinah schon ohnmächtig
war, zum Hotel.

Zypcio nahm Elisa das nach australischem Quendel riechende
Mäntelchen ab. Er hätte alles für sie getan, nie jedoch, niemals
hätte er auf ihren Körper verzichtet. Satanische Neugier plagte
ihn — war es doch erst das zweite Weib in seinem Leben, nach
gewissen einleitenden Tätigkeiten seine Ehefrau, seine wahrhaftige
Ehefrau. Was für eine Bequemlichkeit, was für eine Bequemlichkeit! Sie gab sich ihm auf das allernormalste in der Welt hin, und
alles mündete (so schien es — aber so schien es leider nur) in den
gewöhnlichen Weg eines idealen Ehelebens. Es gab sogar eine
kleine formale Vergewaltigung, die Elisa — in einer ein wenig
künstlichen Verwirrung — den Übergang vom jungfräulichen Zustand in den einer Ehefrau ohne große psychische Schwierigkeiten
ermöglichte. Da geschah plötzlich bei dem nächsten Versuch der
Befriedigung gesetzlich erlaubter Wonnen (welche Einfachheit!
welche Einfachheit!) etwas Unheimliches: *Quelque chose de vraiment insamovite à la manière polonaise* — ein Ausdruck Lebacs.
Nämlich die Atlashaut Zypcios, seine herrlichen Muskeln und
seine valentinoartige, junge Fresse, vertiert in der Sättigung der
Begierde, in der Erinnerung eben erst durchlebter, wegen der
Schnelligkeit der Erscheinungen nicht beendeter Wollust, veränderten sich zu etwas, das die Begriffe Elisas von der Liebe überhaupt überschritt. Sie hatte nicht gewußt, daß das bis zu einem
solchen Grad *so* war. Alles wurde riesenhaft bis zu übermenschlichen, unbegreiflichen Ausmaßen — es metaphysierte sich. Sie lag
neben ihm und empfand allein vom Hineinschauen in sein Gesicht
einen allerhöchsten Schauer. Sie begehrte noch einmal dasselbe,
aber mit ihm, mit ihm in ihr, sofort, sonst würde etwas Schreckliches geschehen. Ohne dies kann man nicht leben. Der nackte
Zypcio, unbeweglich in ihren prachtvollen Armen liegend, in der
bis zum Wahnsinn quälenden absoluten ›Unerringbarkeit‹ seiner
Schönheit, verwandelte sich ihr plötzlich in einen Halbgott, in
etwas Unsagbares, das alle Möglichkeiten übertraf, in etwas —

ach — wenn es nur fortwährend so dauern würde, niemals auch nur einen Augenblick ohne dies — das ist einzig — ohne dies ist es der Tod — mögen die Teufel den Staat holen, Kocmoluchowicz, Murti Bing, die Zweifache Einheit, China, die soziale Revolution und den Krieg, wenn nur er da ist, wenn nur dies Unsagbare, was er tut, endlos dauert. Dies ist die Zweifache Einheit selber, ohne dumme Symbole, dies, und nicht irgendwelcher Humbug von Lambdon Tygier — dies ist die einzige wahre Wirklichkeit. Und er ist es, der sie so toll macht, dieser geliebte Zypcio. Sie stöhnte auf in einem fast ungeheuerlichen Glück. Sie wußte nicht, die Arme, von der Begrenztheit der männlichen Kräfte, sie war zu gut erzogen, und sie hatte sich noch dazu vor jeder Aufklärung sorgsam gehütet. Sie hatte von der eigenen Leere gelebt — jetzt war diese Leere geplatzt und hatte ihr als das Wesen bisher unbegreiflicher Lebenserscheinungen dies eine gezeigt: das Zerreißen des begehrenden Körpers in unheimlicher Wonne, erweckt durch ihn, den einzigen, geliebten, wunderschönen Viehburschen. Was kann es über dies hinaus noch geben? Das ungesättigte Tier in ihr heulte auf über die Flüchtigkeit solcher Momente — über dies hinaus gab es nichts, *konnte es nichts geben*, das war der wahre Gipfel von allem. Nach einem anfänglichen zarten Streicheln bekam die arme Elisa von der ersten Berührung des geheimen Walles der Wollust an (sie wußte nicht, woher *dies* gekommen war) einen Anfall akuter Nymphomanie. Solche Fälle kommen vor, und jetzt traf dieses Schicksal den armen Zypcio, der ohnehin schon am Rand eines Abgrunds hing, hinter dem nur noch der nach Zersetzung des Ich stinkende (fürchterliche Worte!) Schlund kompletter Verwilderung der Persönlichkeit und endgültiger Verrücktheit war.

Da begann plötzlich alles von neuem, aber mit einer höllischen Kraft und Raserei, daß auch Zypcio etwas ganz anderes fühlte als mit der Fürstin — und so weiter. Ihm schien es, ebenso wie ihr, daß es darüber hinaus nichts mehr gebe. Die Welt war verschwunden. Es gab nur mehr dies eine Zimmer im Hotel ›Splendid‹, ein isoliertes System, das in den Tätigkeitskreis höllischer Kräfte hineingezogen war, die aus ihren miteinander verflochtenen Körpern strömten und ebenso aus ihren Geistern, die zu einer einzigen Masse lebendigen, zweipersönlichen Wahnsinns wurden, der an die Lust zum Tod bei Lebzeiten grenzte, an etwas in sich Widersprüchliches, an etwas Unsagbares. Elisa hatte (wie sich erwies) diese satanische Intuition der Verderbtheit, sie entfaltete sich in einer einzigen Stunde dieser Nacht wie die Blume einer Agave, sie barst wie eine Granate, geladen mit potentieller Lust. Sie schienen in diesem Augenblick für Millionen Menschen zu leben, welche die metaphysische Tiefe dieser Dinge nicht begreifen — es fraß sie die Flamme außerweltlich-viehischer Begierde, sich zu einem einzigen unbegreiflichen Wesen zu verschmelzen. Es war der umgekehrte Prozeß im Verhältnis zur Zellteilung — nur konnte das hier nicht wirklich geschehen —, es war eine asymptotische Tortur der Unendlichkeit, Vergewaltigung (in Grenzen) des allerwesentlichsten Gesetzes des Seins, kraft dessen die Individuen voneinander abgesondert bleiben müssen wie die überendlichen Zahlen Cantors, die höllisch hebräischen Alefs bis zu C, *continuum*-Mengen, und weiter vielleicht in endlose Unendlichkeit etc. etc. (Über-endliche Funktionen gibt es nicht und kann es nicht geben: Der verstorbene Sir Tumor Mozgowicz wollte sie schaffen und brach sich dabei das Genick oder vielmehr das Gehirn.)

Elisa war wundervoll in ihrer Zügellosigkeit. Alles, was in ihr heilig, fern und unzugänglich gewesen war (die Augen, der Mund und die Bewegungen), war bestialisch geworden, ohne zugleich die vorige Heiligkeit zu verlieren — ein plötzlich verviehter Engel könnte so aussehen. Das alles, was für Zypcio auf kalte, auf erhabene Art *unantastbar* schön war, war jetzt von dem höllischen Feuer des Körpers entflammt, eines Körpers, der nicht mehr statuenhaft, sondern wirklich war in seinen Unanständigkeiten, Gerüchen und sogar (ach!) Scheußlichkeiten. Gerade darin liegt der satanische Zauber der Erotik, daß ein Engel mit einem Gesicht so schön wie eine Wolke, die von dem Widerschein des Abendrots auf dem violetten abendlichen Himmel leuchtet, solche Beine haben kann, so wohlgestalte, herrliche Waden aus lebendigem Fleisch und solche Scheußlichkeiten, die, ohne aufzuhören, scheußlich zu sein, *gleichzeitig* zu einem unbegreiflichen Wunder werden. Darin steckt die teuflische Kraft dieser Dinge, daher kommt die niemals begreifliche, geheimnisvolle Wonne, die sie geben — eine Wonne, die böse, verzweifelt und düster ist wie alles allzu Tiefe. Gibt es denn eine schlimmere Demütigung für einen Mann als den Geschlechtsakt? Einstmals, als bestialischer Zeitvertreib für Kämpfer nach der Schlacht, als Erholung mit dem ganzen Empfinden der Überlegenheit des Mannes seiner Gefangenen gegenüber — das konnte man noch aushalten. Aber heute — oh, das ist schrecklich. Anders ist es mit dem ganzen Problem der Kinder und der Familie, obschon auch das sich grundsätzlich verändert hat: Das heutige, von Arbeit angestrengte, verdummte Männchen ist kein Äquivalent des einstmaligen Familienherrschers. Kleine Ausnahmen von ursprünglichem Matriarchat kann man vernachlässigen — das wirkliche ›Weiberarchat‹ wird erst kommen. Niemand triumphiert jemals mehr über irgend etwas als das Weib über die ganze Welt und das Geheimnis der Persönlichkeit im Geschlechtsakt. Oh, wenn jetzt dieser Kretin Owsiusienko, der Planer der Taylorisierung erotischer Beziehungen, Zypcio und das unschuldige Lieschen hätte sehen können! Er wäre vor Verzweiflung wahnsinnig geworden beim Anblick dieser Vielfalt unnötiger Einfälle. In einem bestimmten Moment rollte Genezyp sich ganz zusammen, als wäre er, sagen wir, von einem Skorpion gebissen. Jetzt mußte er sich endlich sättigen, für alle Zeiten und für alle verlorenen Möglichkeiten — die Unendlichkeit würde er nicht umfassen, aber hier mußte etwas geschehen, was sie ihm ersetzte. Gibt es doch keine Wirklichkeit außer diesem Zimmer, Elisa und ihrer unbesiegbaren Schönheit. Er dachte nichts, aber in ihm tat sich etwas Ungeheuerliches. Alle geheimen Bedeutungen einstiger Träume hatte er hier vor sich, auf diesem Hotelbett. Das weitere Leben existierte nicht, die Zukunft war ein totes Wort ohne Inhalt. Die Familie, die Bekannten, Kocmoluchowicz, Polen und der über dem Land hängende hoffnungslose Krieg, was war das denn in Anbetracht der Möglichkeit, die Welt und sich selber in der einzigen Dosis einer wahnsinnigen Tat ohne jede Arbeit und Anstrengung zu verschlucken! Nur sich gehenlassen — alles wird von selber geschehen. Blaue Windungen einer endlosen Spirale schienen im Zentrum seines Wesens zu wirbeln, das zugleich der Mittelpunkt des ganzen Weltalls war, wenn er in die in irrer Lustekstase verdrehten, unschuldigen und doch jetzt so fremden, viehisch-engelhaften Augen seiner Frau schaute — das war nicht mehr seine Frau noch seine Geliebte, das war eine unheimliche Vieh-Gottheit, die Verkörperung der Nichtigkeit von allem, des Verfließens der unschätzbar teuren Zeit. Das war wirklich! Ha! Wie daran glauben, wie die flüchtige Flamme höchsten Wunders aufhalten, wie aus diesem bis zur Vernichtung ephemeren Nebel, der einen mit der Unwiederholbarkeit des unerfaßbaren Augenblicks bis zum Schmerz vergiftete — wie damit auch nur ein *Stückchen Ewigkeit* machen, die in den harten, knochigen Tatzen des Willens erstarrte? Alles war umsonst. Was waren denn die Träume von kleinen Ungeheuerlichkeiten beim Hochzeitsmahl? Kleine Albernheiten. Jetzt erst begann das mit solcher Mühe durch Millionen von Generationen in ihm geschaffene menschliche Wesen zu zerren, zu drängen, zu reißen, zu schnaufen, zu prusten und zu schieben, zu zerbersten in langsamer, schmerzlicher Eruption und konnte nicht bis zur Sättigung zerbersten in der bodenlosen Leere, aus der der bloße Tod gähnte. Er sah den spasmatisch zuckenden, weißen, geschmeidigen, verführerischen Hals vor sich und spürte unter den irr gewordenen Händen die wundervollen, *ewig* vollkommenen Formen der rückwärtigen Halbkugeln des zu einem Bogen gespannten Körpers. Er riß sie auseinander und stieß mit seiner ganzen Person hinein in die verkörperte Lust, die nicht lokalisiert zu sein schien, die alle Kreise der irdischen Hölle und des im Leben unerreichbaren wirklichen Himmels des Nichts umfaßte. Aber er konnte nicht sterben. Er liebte sie nicht in diesem Augenblick — er haßte sie eher in einer vom Verstand nicht erfaßbaren Stärke. Weswegen? Wegen des Schmerzes der lebendigen Selbstvernichtung, weil er niemals sie und er zugleich sein konnte, wegen dieser schrecklichen, unerträglichen Wonne, aus der ihre Teilnahme ein diabolisches Mysterium machte, und weil er mit dem, was er tat, nie imstande sein würde, sie zu vernichten und damit diese unmöglich zu ertragende Schönheit zu überwinden. Es rissen in ihm Adern und Sehnen, verdrehten sich Knochen und Muskeln, und im Gehirn blieb nichts als ein einziges, ungeheures, flammendes, mörderisches Gebrüll der Entzückung über die Nichtigkeit des Daseins. Er löste den Griff und versenkte die Hände in den verhaßten Hals. Die Augen Elisas traten heraus und wurden dadurch noch schöner. Sie wehrte sich nicht, sie versank gleichfalls in höchster Verzückung. Schmerz vereinigte sich in ihr mit Wonne, der Tod mit ewigem Leben zum Lob des sich erhellenden *Geheimnisses der Alldinge*. Sie atmete tief auf, doch kam dieser Atem nie mehr lebendig aus ihr heraus. Ihr schöner Körper zuckte in tödlichen Krämpfen und gab so dem ungeheuerlichen Sieger die allerhöchste Sättigung — er wußte, daß er sie vernichtet hatte —, darin war das letzte Fünkchen erlöschenden Bewußtseins. Genezyp war definitiv, unwiderruflich wahnsinnig geworden. So schlief er ein, die Leiche in den Armen, nichts Irdisches verstehend. Ob das ein Verbrechen war? Wohl nicht, denn Zypcio hatte in diesem entsetzlichen Augenblick absolut nicht gewußt, daß er mit dieser Vernichtung jemandem das Leben nahm. Er liebte nur endlich Elisa auf seine Art, er wollte sich mit ihr endlich wirklich vereinigen.

Am Morgen erwachte er um sieben, *avec une exactitude militaire* wie Marschall Ney vor der Exekution. Er befreite sich aus den Umarmungen der toten Geliebten, stand auf, wusch sich im Badezimmer nebenan, ging hinaus, warf nicht einmal einen Blick auf die Leiche (wenn er auch hingesehen hätte, hätte er nicht gewußt, was das eigentlich war), und nachdem er die Uniform und den Mantel angezogen und die Handreisetasche genommen hatte, ging er hinunter. Er handelte ganz wie ein Automat, handelte mit jener Art von Bewußtsein, das die Bienen Honig sammeln heißt, die Ameisen Kiefernnadeln tragen, die Gallwespen Eier in Raupen legen und ähnliche Dinge Tausenden von anderen Geschöpfen auszuführen befiehlt. Jetzt war wirklich nichts mehr von dem früheren Menschen in ihm. Obwohl er alles vollkommen in Erinnerung hatte, war diese Erinnerung tot, als gehörte sie zu einem anderen Menschen.

Es war ein gewöhnlicher herbstlicher Tag, solch ein ›Täglein‹ gewöhnlicher Leute. Genezyp war gleichfalls eine gewöhnliche

Person, alles war in ihm ausgebrannt — so begann der Anfang der Katatonie.

»Sind die Papiere da?« fragte er den Portier.

»Ja, Herr Leutnant — die Ordonnanz hat sie um halb sieben gebracht. Eben wollte ich Sie wecken lassen.«

»Die gnädige Frau bleibt bis morgen«, sagte durch ihn eine Stimme aus einer anderen Welt. Er bezahlte die Rechnung und fuhr zum Bahnhof. Dies alles machte schon ein anderer für ihn. Zypcio war für alle Ewigkeiten gestorben, doch die Person war geblieben. Er aß zu Mittag im Speisewagen, schaute gedankenlos auf die entfliehende Ferne, eine leicht mit Reif bedeckte masowische Ebene, die im Glanz der gedämpften Herbstsonne ertrank, und hörte ebenso gedankenlos den tiefen Torheiten zu, die der ihm gegenübersitzende Lambdon Tygier redete. Natürlich wußte der sonderbare Alte schon alles, und er rechtfertigte alles vollkommen — das war interessant, und das hörte Zypcio sogar mit Vergnügen, aber der ganze theoretische Vortrag fiel ins Leere, diese Begriffe blieben nicht mehr in seinem automatisierten Gehirn hängen. Vielleicht war eben das die Absicht. Alle Murtibingisten machten zuerst einen akuten Zustand durch, dann schlummerten sie ein in dem System dieser Begriffe wie inmitten eines Haufens von bequemen Kissen (nur die, bei denen der akute Zustand ziemlich lange währte, wurden als Agitatoren benützt). Lambdon wußte, daß Elisa für Murti Bing zu existieren aufgehört hatte in dem Augenblick, da ihre erotischen Träume sich realisierten. Er wußte auch (man weiß nicht, woher), daß sie keine Kinder haben konnte — sie war unnötig. Was ging ihn das übrige an? Sie starb im höchsten Augenblick ihres Lebens — nach dem, was war, hätten nur allmählicher Niedergang und Selbstmord ihrer warten können. War es so nicht besser . . .?

In der Hauptstadt meldete Genezyp sich beim Stadtkommando und begab sich sogleich zur Wohnung des Quartiermeisters. Es war fünf Uhr nachmittags. Der General aß eben in Gesellschaft seiner Frau und seiner Tochter zu Mittag. Er war sonderbar blaß — die Schwärze seines Schnurrbarts machte auf dem Hintergrund dieser Blässe den Eindruck eines Trauerflors. Hatte doch der

Quartiermeister in der eben vergangenen Nacht seine Dawamesk-Visionen durchlebt. Etwas mußte sich da verändert haben in diesem Titanenhirn — aber was? Das wußte und erfuhr niemand. Die schwarzen, teerigen Ligusterbeer-Augen leuchteten wie gewöhnlich vor wilder Fröhlichkeit. Fuhr man doch morgen mit der ganzen Bande an die Front — endlich! Aus war es mit den kleinen, albernen politischen Spielereien, und es begann das große Spiel, das größte im Leben: das Spiel um Leben und Tod. In der Seele war das Geheimnis, und irgendwo auf dem Grund lauerte zusammengekauert die große Überraschung, diese einzige treue, wahre, seiner würdige Geliebte. Zum Mittagessen aufgefordert, aß Zypcio mit Appetit, obgleich er erst vor zwei Stunden im Zug sich völlig gesättigt hatte. Dennoch war der Arme etwas erschöpft. Sonderbar: Kocmoluchowicz machte keinerlei besonderen Eindruck auf ihn. Gewiß, er freute sich, daß er einen Führer hatte, daß dieser Führer so ein Mordskerl war — aber dies war gar nichts Außergewöhnliches mehr. Als früherer Rivale im Verhältnis zu Persy existierte er überhaupt nicht für ihn. Der Quartiermeister ruhte heute aus vor der morgigen Ausfahrt, entspannte sich, lockerte sich, ›führte sich ab‹, wie er selber sagte. Er verstand es, sich sogar mitten im größten Arbeitsschwall sorglose Ruhepausen zu schaffen. Er machte nichts: Er sprach mit seiner Frau, nahm sie sogar zuweilen vor, spielte mit dem Töchterchen und dem rotgelben Katerchen Puma und schlenderte von Winkel zu Winkel. Er sättigte sich an Familie und Haus — vielleicht zum letztenmal im Leben. Das verdüsterte die Stimmung keineswegs. Es ist die höchste Kunst, das Leben zu genießen. Das läßt sich nicht erarbeiten — das ist eine Sache des Charakters. Um halb sechs saßen sie mit Zypcio im Arbeitszimmer und tranken Kaffee. Auf die gnädige Frage erzählte Zypcio sein Leben, Einzelheiten vom Vater, den Verlauf des Dienstes und des Gefechts und gab sogar einen allgemeingehaltenen Bericht über die Romanze mit der Fürstin. Als er zu dem Moment des Bekanntwerdens mit Persy gelangte, schaute der Quartiermeister seltsam in seinen Adjutanten hinein. Doch der katatonisierte Adjutant hielt diesen Blick aus — ›un aide de camp catatonisé — quel luxe‹, wie de Troufières später sagte.

Es kam eine telefonische Meldung — daß dies und jenes —, und aus den Worten des Generals erriet Genezyp, daß es sich um den Tod Elisas handelte. Er erhob sich, nahm Hab-acht-Stellung an, und als Kocmoluchowicz den Hörer ablegte und seine wundervollen, bodenlosen Augen mit einem gewissen Erstaunen auf ihn richtete, sagte er alles auf wie einen Rapport:

»Ich habe sie erwürgt, weil ich sie zu sehr liebte. Vielleicht ist das Irrsinn, aber so ist es. Ich will nur der Armee dienen. Das hätte mich gestört. Bitte um Gnade. Ich werde alles an der Front abbüßen. Dies eine möge mir der Herr General nicht abschlagen — bestraft werden kann ich ja nachher.« Er erstarb, versenkte seine hündischen Augen in das herrliche Gesicht des Chefs. Kocmoluchowicz schaute und schaute ohne Ende — schaute und beneidete. Zypcio stand, ohne zu zucken. ›Das ist aber ein starker Verrückter — beste Qualität‹, dachte der Chef. ›Immerhin, auch ich bin hier nicht ohne Schuld‹, erinnerte er sich an einen der letzten Rapporte Weboreks. Ob dieser junge Idiot nicht irgend etwas durchlebt hatte, was er selber niemals erreichen und begreifen würde, nicht einmal er selber, der einzige Mensch seiner Art auf der Welt, der sich absolut nichts aus etwas machte? Die Zeit zog sich endlos hin. Nachmittagsstimmung einer zweitrangigen Wohnung in der Hauptstadt. Ticken der Standuhr, verschiedene häusliche Gerüchlein, die bis hier durchsinterten und sich mit dem Duft der Zigarren mischten, kleinbürgerliche Langeweile. Und auf *diesem* Hintergrund solche Sachen!

Wenn Zypcio in diesem Augenblick ins Gefängnis geholt oder auch zum Tode verurteilt worden wäre, er hätte das mit derselben Gleichgültigkeit hingenommen. ›Aber wenn der Augenblick des Erwachens kommt und ich schließlich alles verstehe?‹ dachte er automatisch, inhaltlos. ›Dann der Tod — aber in welch ungeheuerlichen Qualen — brr!‹ Das sagte schon wieder ein anderer ›Jemand‹ in ihm, der sich jetzt aus dem Boden der letzten Böden seines Wesens erhob und sich des ganzen erstarrten körperlichen Mechanismus bemächtigte. Zwischen den zwei Persönlichkeiten, der eben entstehenden und der, die als Kind (ein Tränchen!) arme Hündchen von den Ketten gelassen hatte, war eine Leere, die niemand und nichts auszufüllen vermocht hätte. ›Unterbrechung im Geist‹, wie Bechmetjew einmal diesen Zustand nicht allzu treffend bezeichnete. Um das zu verstehen, muß man selber verrückt sein, was wieder ein genaues und objektives Erfassen dieser und überhaupt jeder Erscheinung ausschließt — ein Kreis ohne Ausweg. Kocmoluch schaute und schaute, schaute auf diesen Sohn des Freundes, seinen eigenen ›nicht zustande gekommenen‹ Sohn, und es schien, als sähe er mit seinen hellsichtigen Augen nicht nur das Gehirn dieses sonderbaren Verbrechers, sondern auch, wie in diesem Gehirn sich die Eiweißteilchen ordneten, ja sogar (infolge der physikalen Konzeption) die Elektronen und andere, immer kleinere, fiktive (oder vielleicht wirkliche, *ebenso* wirklich wie die Systeme himmlischer Körper — o Gott! wenn das so wäre . . . Und wer weiß? — das wäre zu schrecklich . . .) Elemente idealer Energie-Materie, die begrifflich herkamen von a) dem ersten besten Gegenstand oder von einem Gegenstand überhaupt, b) von der Bewegung und c) von unserer muskularen, unmittelbar als Folge der Qualität gegebenen Kraft. Der geniale Quartiermeister sah nicht nur den gegenwärtigen Moment und alles, was gewesen war (übrigens waren ihm verschiedene Einzelheiten aus der Vergangenheit Zypcios zugetragen worden, wie überhaupt aus dem Leben aller Adjutanten), sondern auch die ganze Zukunft dieses wahrhaft außergewöhnlichen Burschen: Er wird lange leben, wird glücklich sein als die Leiche, zu der er durch dieses Verbrechen geworden ist. Und er selber? Ha, besser nicht daran denken! Das ganze Gewicht des Problems beruhte auf dem Kampf mit einer maßlos größeren Macht, angesichts deren man nicht von Sieg träumen konnte — als wenn jemand mit dem Finger eine Eilzuglokomotive hätte aufhalten wollen. Trotzdem: Das Ende *mußte* wundervoll sein. Wenn alles zum Teufel geht, wird er selber an der Spitze seines Stabes attackieren und zugrundegehen. Wie entflammte sich die ganze Wirklichkeit auf dem Hintergrund dieses bodenlosen (?) Gedankens! Man kann nur sagen: ›Ha!‹, und nichts weiter. ›Nur, vielleicht wird er nachher dennoch mit ihr . . .‹ (auf dem Hintergrund dieses verbrecherischen *Five o'clocks* bei Persy.) Er dachte diesen Gedanken nicht zu Ende — nicht jetzt und niemals mehr. Er vermauerte ihn wie Mazeppa. Es verfloß eine halbe oder vielleicht eine dreiviertel Stunde. Und plötzlich sagte dieser hübsche junge Mensch (und jener konnte gerade noch vorher denken: ›Aber das hat eine Gaudi sein müssen für diese Hysterikerin‹ [er hatte Elisa einmal kennengelernt auf irgendeinem Ball], ›zugrunde zu gehen von den Händen eines so schönen Bubis. Schade, daß ich kein Päderast bin — ich hätte mir auf ihm einen Genuß gemacht wie auf einer grauen Hündin.‹):

»Ich melde« und so weiter, »vorher hatte ich auch einen Oberst umgebracht — an den Namen erinnere ich mich nicht — damals, als ich hoffnungslos verliebt war in Fräulein Zwierzontkowskaga.« Der Quartiermeister zuckte zusammen, obgleich er gerade an dasselbe dachte. Dieser Name machte stets Eindruck auf ihn. Er war in alles pervers verliebt, was zu ihr gehörte, in die Pantöffelchen, Strümpfe, Schminken, Bänder, sogar in den Klang des Nach- und des Vornamens. ›Das ist sie, das ist alles sie‹, sagte er sich im Geiste in manchen schrecklichen Momenten. Soeben gelüstete es ihn geradezu teuflisch nach den gewohnten Wunderlichkeiten mit ihr zum Abschluß der vielleicht letzten Ruhestunden. Er stand auf, klirrte mit den Sporen, reckte die knackenden Knochen und sagte: »Ich weiß alles und frage nichts mehr. Angesichts dessen, was jetzt kommt, sind das Kleinigkeiten — zum Teufel mit ihnen. Fräulein Persy sprach mir davon, sie ist jetzt meine Sekretärin. Morgen fahren wir an die Front. An die Front — verstehst du, du Narr! Eine solche Front und eine Begegnung von solchen Menschen wie Wang und ich hat die Erde noch nicht gesehen. Ich, siehst du, kleiner Dummkopf, ich übertreibe nicht. Du wirst selber alles sehen, freu dich darüber. Bevor sie herausgefunden haben, daß niemand außer dir das hatte machen können, sind wir weit von hier. Du wirst alles büßen, aber am allerwahrscheinlichsten werden wir umkommen. Jetzt bist du mein. Solche Leute brauche ich — ich brauche Verrückte. Du bist gänzlich verrückt, Zypcio, aber solche mag ich gern, brauche ich und werde sie verteidigen. Das ist eine aussterbende Rasse. Vielleicht bin auch ich verrückt? Haha!« Er lachte mit einer höllischen, zerreißenden Freiheit. Dann küßte er Zypcio auf die Stirn und klingelte. Der Adjutant setzte sich ruhig in einen Fauteuil, nachdem er sich schweigend verbeugt hatte. Ha — wäre das früher so gewesen! Aber jetzt war ihm alles egal. Die Ordonnanz kam herein, der ›dumme Kufke‹, wie man ihn nannte. (Er kannte seinen Herrn durch und durch; manchmal reichte man hoffnungslose Bittgesuche durch ihn ein, und, o Wunder, meistens wurden sie nach Wunsch erledigt. Er kannte solche Momente, von denen sein Herr selber keine Ahnung hatte. Er verstand es, aus einem kleinen Krampf der Wange zu lesen, aus einem unbedeutenden Blitzen der teerschwarzen, allmächtigen Augen. Aber ansonsten war er dumm, das stimmt — doch er hatte diese — na, wie heißt das? — Intuition — ja, diese weibliche, kurzreichende.) »Du wirst der Frau Generalin sagen, du Hundsdreck, daß ich für eine Weile zum Büro gefahren bin. Ich werde vor neun zurück sein. Morgen früh um acht fahren wir. Mach alles zurecht. Und den Herrn Leutnant wirst du noch in sein Zimmer führen. Gastzimmer Nummer drei. Marsch, schlafen Zypcio, auf der Stelle. In der Nacht wirst du Arbeit haben.« Er reichte ihm die herrische, doch weiche Hand, und mit leichtem, jünglingshaftem Schritt ging er aus dem Arbeitszimmer. Dann setzte er sich in ein Auto (das stets, Tag und Nacht, vor dem Tor wartete) und fuhr zu Persy. Dort taten sich schreckliche Sachen. Man versucht besser nicht, sie sich vorzustellen. Er hielt es nicht aus und erzählte der Geliebten alles, und sie erzählte ihm dagegen unbekannte Einzelheiten von Zypcio und seinen Qualen, was ihn noch mehr erregte; um so mehr, als Persy den General überzeugte, daß sie es war, die durch Zypcios Hände, auf Grund seiner rasenden Liebe zu ihr, Elisa umgebracht habe. Doch das war unwahr, wie aus dem Vorhergehenden zu ersehen ist — es sei denn unterbewußt...? Aber wer wird schon solche Sachen nachprüfen. Psychoanalytiker gab es nicht mehr in diesen guten Zeiten. Doch von Stund an begann Persy anders zu denken — ganz anders. Ein Vorgefühl einer absonderlichen Zukunft gaukelte in ihrem ›wunderschönen‹ Köpfchen. Sie bat den General, daß er sie mit an die Front nehme. Sie machte etwas Derartiges, daß er einwilligen mußte. Obwohl sie sich entsetzlich fürchtete (andererseits findet ein Weib immer einen Ausweg), mußte sie doch so handeln.

Die letzte Zuckung

Acht Uhr morgens. In einer halben Stunde fährt der Stabszug an die Front, die bereits gebildet ist — Kocmoluchowicz hatte sie im letzten Augenblick konstruiert. Der geniale Plan, der fast unterbewußt in diesem schrecklichen Turbogenerator, der das Gehirn eines unbesiegbaren Strategen ist, geboren worden war, hatte sich auf den weiten Feldern, Sümpfen und Wäldern des polnischen Weiß-Rutheniens mit einer geradezu magischen Genauigkeit verwirklicht. Die Chinesen hätten viel darum gegeben, die in ihrer Einfachheit wundervolle Konzeption zu kennen. Doch da war guter Rat teuer, denn sie stand nicht auf Papier. *Der geniale Kotzmoloukowitsch* hat alles im Kopf. Die Befehle waren an jeden Korpskommandanten einzeln durchgesagt worden. Sie bezogen sich auf die Aufstellung der Kompanien, Schwadronen und Batterien. Kein einziges Stückchen Papier. Eine unbefleckt reine Landkarte ohne ein einziges Zeichen vor den Augen, und das Telefon in einem *vierfach* gepolsterten sogenannten ›Operations-Kabinett‹. Auch wenn jemand ein Gespräch belauscht haben könnte, hätte er nichts gewußt. Nur ein paar Leute kannten den Verlauf dieser speziellen unterirdischen Linie; nun, und diejenigen Offiziere, die sie angelegt hatten, waren jedesmal andere. Und so lauteten die Befehle zwei Tage vor der defensiven Offensive: Klingel. »Hallo. Kommando des 3. Armeekorps. General Niekrzejko? Hören und notieren: 13. Division: Abschnitt von 4 Kilometer Länge von Brzuchowice bis Sniatyn. 21. Infanterie-Regiment, Stab: Geländepunkt 261, Köhlerhütte am Birkenwäldchen. Front O.S.O. 300 Schritt rechts von der großen Eiche mit dem roten Kreuz 2. Batterie, 1. Division des 5. Regiments 6-zölliger Mörser. 2 Haubitzen im Osten 30 Meter links von den blauen Hütten am Weg nach Sniatyn« und so weiter. Einem anderen hätte sich das alles im Kopf gedreht. Ihm, diesem Aas, nicht. Heiser geworden, redete er, redete und redete ohne Ende. Allein im Zimmer — ein anderer wäre verrückt geworden. Er aber verlor keinen Augenblick sein klares Bewußtsein. Wenig Initiative haben die Anführer der Gruppen? — Nun, was ist schon dabei! Außer ihm sind alle Dummköpfe — sie hätten ihm alles verdorben. Hunde, die man aufhetzen kann — sonst nichts. Er allein nur *weiß* — Herr über Herren.

Zum erstenmal seit dem Ausmarsch aus Peking wurden der Mandarin Wang und sein japanischer Berater Fudsujito Johikomo ein wenig nachdenklich. Keinerlei Daten bezüglich des Verteidigungssystems. Keinerlei Spione halfen. Fast alle waren verschollen, und diejenigen, die zurückkehrten, sagten, daß niemand etwas wisse. Die schrecklichsten Foltern versagten. Der Operationsplan sollte allen Kommandeuren bis hinunter zu den Divisionskommandeuren am Abend unmittelbar vor der Offensive mitgeteilt werden. Der Generalquartiermeister hatte ihn ebenso klar in seinem echten Herrenkopf wie die Verteilung der militärischen Kräfte (›schade um einen solchen Menschen in einer so lausigen Epoche‹, sagten sogar die Zweifler). Das war ein Plan, der den Gegner zu bestimmten Handlungen zwingen mußte, gleichgültig, was er auch vorher konzipiert haben mochte. Freilich konnte es kleine Abweichungen geben, doch wozu war das Telefon da? Der Quartiermeister verstand es, auf unerwartete Dinge mit einer ebensolchen Ruhe zu reagieren wie auf bekannte. Allerdings war das zahlenmäßige Übergewicht auf der anderen Seite praktisch unendlich groß, die Chinesen waren ein schreckliches und verständnisloses Volk, scherten sich nicht um Schmerz noch Tod, konnten tagelang nichts essen und trinken und schlugen sich wie der Satan. Ihre Technik übertraf in den letzten Jahren alles, was die weißen überseeischen Teufel zu erfinden vermocht hatten. Mit einem Wort, die allgemeine Niederlage war sicher — obgleich, wer weiß? — vielleicht würde ein Wunder geschehen. Hatte es denn ihrer nicht

genug im Leben des Großen Kocmoluch gegeben? Er hatte beschlossen, ›zu zeigen, was er konnte‹ — wie man von ihm sagte. Die
erste Schlacht mußte gewonnen werden. Das Leben ist so oder so
nichts wert. Und wenn er nicht umkäme, so müßten ihn die Chinesen zumindest als Chef des Hauptstabes zu sich nehmen, und auf
diesem Posten würden ihm die letzten Lebensjahre herrlich verfließen: Anfangs würde er die Deutschen verdreschen, dann die
Franzosen, dann die Engländer und schließlich vielleicht den Teufel
selber. Auf das eine wie auf das andere war er vorbereitet — ob
dies oder jenes geschehen würde, war ihm fast vollkommen gleichgültig. Fast — denn immerhin hatte die Dawamesk-Nacht eine
winzige Bresche geschlagen. Doch verstand er es, das vor sich und
anderen zu verbergen.

Acht Uhr morgens. Ein Herbsttag brach an, ein trotz der Sonne
typisch farbloser Oktobertag. Schon zwei Tage war Frost. Schwierig, Schützengräben auszuwerfen, doch viele Menschen waren in
Bereitschaft — das genügte. Übrigens war die Erde nur an der
Oberfläche hart. Was für Kunststücke wird die Kavallerie voll-
führen! Das wird man einfach nicht erzählen können, weder vorher noch nachher. Die Kriegshistoriker werden Arbeit bekommen,
an Dokumenten wird nichts übrigbleiben, nicht ein einziges Papierchen, hihi! Dampf zischte aus den Zylinderhähnen der ungeheuren
amerikanischen Maschine. Die Heizungsverbindungen dampften
ebenfalls. Wie Gespenster wanden sich die größten Moguln des
Kriegs-Polens in Ballen nassen Nebels. Ein köstlicher Tag vor der
größten tödlichen Tat. Alle waren hier am Zug: Niehyd-Ochluj,
Kuzma Hustanski, Steporek und die ganze Regierung mit dem
letzten Segen: alle Boroeders, Cyferblatowiczs und Koldryks. Verrat gärte in ihnen. *Sollen sie nur, das macht jetzt nichts mehr aus.*
Ah, und ein paar dusselige Grafen, vollkommen uninformiert,
wie vor den Kopf gestoßen — warum sollen sie auch nicht hier
sein! Die Klügeren wissen auch nichts. Welche Wonne! Nur er
allein — allein, allein, Seine Einzigkeit, und das in diesen lausigen
Zeiten, bei dieser Masse gelber Scheußlichkeit, die das Licht aus
dem Osten bringt. Ach, wenn sie nur nicht so entsetzlich stinken
würden! Angeblich kann man schon auf drei Kilometer nicht mehr

atmen. Der Bruder des Quartiermeisters, der Chef des allgemeinen Verkehrs, Izydor, führte selber den Zug. Konnte man losfahren? Noch nicht. Endlich, mit leichtem Schritt, kam Persy auf den Bahnsteig. Elegant küßte der Quartiermeister das Händchen der nun offiziellen Geliebten. Jetzt war ihm alles erlaubt — es ging in den sicheren Tod. Seine Frau begrüßte sie zärtlich wie eine Schwester. Was für Verhältnisse, was für Verhältnisse! Alle flüsterten. Die Regierung starrte darauf mit erstaunten, verschlafenen Augen. Der Quartiermeister hob sein Töchterchen Ileanka empor und schmiegte ihr Gesichtchen in seinen schwarzen Schnauzbart. Leicht wie eine Bachstelze schwirrte Persy vom Bahnsteig geradewegs in den Salonwagen. Wird es Perversitäten geben oder nicht? Und hier war plötzlich Zypcio mit einer Meldung (er war ausgesandt worden, um nachzuprüfen, ob irgendein Köfferchen, weiß der Teufel wessen, im Gepäckwagen sei oder nicht). Die Augen dieses sonderbaren, nicht zustande gekommenen Paares hafteten ineinander. Doch der Blick des jüngsten Opfers Fräulein Zwierzontkowskajas war in diesem Moment leichenhaft — keine Spur von Gefühl. Unzufrieden zog sie sich zurück in die in waggonmäßigem Chic glänzende Tiefe des Wagens und schob das Fenster zu. Sie mochte es nicht, wenn ihr jemand so entschlüpfte, und nach der Tötung Weboreks hatte Genezyp in ihren Augen einen speziellen Zauber erhalten. Immerhin hatte er aus Wut auf sie etwas derart Unheimliches vollbracht. Dieser Gedanke durchrieselte sie mit diesem speziellen Schauderlein, das ihr bisher nur der Chef selber vermittelt hatte. Würde der Quartiermeister ein vortödliches Vergnügen an diesen beiden haben oder nicht? Wohl nicht, denn Zypcio war ein lebender Leichnam in Uniform, der sich des Endgültigen, Tödlichen bewußt war.

Ein Pfiff Izydors ›zerriß‹ die frostige Luft. Es war schon höchste Zeit. Noch ein Kuß auf die Stirn der gemarterten Ehefrau (der ›heiligen Märtyrerin Hanna‹, wie man sie nannte), noch ein Eintauchen des Schnauzbarts in das wundervolle, rosige Mäulchen des Töchterchens (und hier rann eine Träne, schwarz wie eine schwarze Perle, aus dem Auge dieses Prachtexemplars einer untergehenden Rasse — was wird wohl aus dem armen Ding werden, wenn das gelbe Gewürm diese Erde überschwemmt?), und rasch gingen sie in den warmen Waggon (Kocmoluchowicz war nicht eigentlich der Erde verbunden, nur der Landschaft — so sagte er wenigstens in trunkenem Zustand). Der Zug fuhr langsam an, keuchte unter dem Glasgewölbe des Bahnhofs, schob sich wie ein Gespenst an den abscheulichen Stationsbuden vorbei und verschwand in dem von der Morgensonne rötlichen städtischen Nebel. Die historische Bestimmung des ganzen Landes fuhr im Luxuswagen nach Osten, hin zu dem unbekannten Abgrund der Zukunft, die da wartete in Gestalt einer herbstlichen, langweiligen, trübseligen weißrussischen Landschaft. Klein war dies alles, abscheulich und flach. Man fuhr sehr bequem in dem anständig geheizten Salonwagen. Die Situation war nicht die schlechteste. Zypcio, eingeschlossen in die Felduniform, saß steif da, deutlich markierend, daß er Adjutant war und nichts weiter. Persy, die erst jetzt über das ganze Unternehmen entsetzt war, dachte nur daran, wie sie sich angesichts der gewissen Niederlage aus diesem Netz herauswinden könnte. Sie zählte auf ihre dämonische Schönheit in Verbindung mit der wahnsinnigen Begierde des chinesischen Stabes auf weiße Weiber von hoher Qualität. Doch wenn dieser Tollkopf Erasmus (Ercio), den sie immerhin auf ihre Weise liebte, ihr befehlen sollte, in die vorderste Linie zu gehen, was dann??? Allein bei dem Gedanken daran wurde sie schon im vorhinein wütend auf ihn. Gleichzeitig erregte ihre Ohnmacht vor seiner Allmacht sie bis zum Wahnsinn, und zwar nicht nur für ihn, sondern auch für andere — zum erstenmal im Leben. Immer stärker wurde ihre ungeheuerliche Begierde nach dem wunderschönen jungen Mörder in der Adjutanten-Uniform. Die Wirklichkeit der verhaßten Gefahr und *die Möglichkeit des unfehlbaren* (wieso?) *Todes* machten alles zu etwas Schrecklichem und Wundervollem, Begehrtem und Gehaßtem, zu etwas bis zum Wahnsinn Geliebtem. Durch irgendeinen genitalen Trick herausgelangen, das war eine Aufgabe, oh, verflucht! Doch die arme Persy fühlte sich nicht arm an Kräften, und eben das vergrößerte oder schuf vielmehr erst diesen höllischen, unter normalen Verhältnissen nicht einmal annähernd vorstellbaren Zauber des Augenblicks. Sie verstand es jedoch nicht, *im ganzen* das Böse in

Gutes zu transponieren wie ihr allmächtiger Stier, den sie um diesen Vorzug bis zur Raserei beneidete. Daß doch der Teufel . . .! Aber dennoch war alles gut, so gut wie noch nie. Alles hatte sie in der Hand wie den Griff eines vergifteten Stiletts — gegen wen sollte sie diesen ersten, entscheidenden, mit Zukunft geladenen Stoß führen? Dies wahnsinnige Schwanken zwischen der letzten Verzweiflung und dem Gipfel des Lebens . . . Selbst wenn es gelänge, das Schicksal zu betrügen und die störrische Bestimmung zu umgehen, so wäre es nicht mehr *das*. Dieser Moment ist der höchste, nur kann man ihn nicht vollends genießen, nicht so ohne Ende von oben nach unten und von unten nach oben bis zur psychischen Seekrankheit, bis zu einem Schwindel im Kopf über dem Abgrund endgültiger Seltsamkeit.

Der Zug jagte dahin wie eine abgeschossene Granate: nicht aufzuhalten, nicht abzulenken, den unbekannten ›Urteilen der Geschichte‹ entgegen, dem zweihörnig gesträubten chinesischen Etwas entgegen — was das war, wußte niemand, nicht einmal Murti Bing selber, falls er überhaupt wirklich existierte. Der Kommandierende dieser ganzen wilden Expedition war in ausgezeichneter Laune. Auch er durchlebte den Gipfel seiner Träume. Endlich war er wirklich die ›persönliche Verkörperung des tödlichen Stoßes‹, wie ihn seine Stabsoffiziere nannten und als welchen er sich an friedlichen Tagen mit mörderischer Sehnsucht betrachtet hatte. Endlich war die Nabelschnur gerissen, die ihn mit dem lausigen alltäglichen Leben verbunden hatte. Das Ende wird kurz sein, doch er wird es für alle Zeiten genießen. Aber der Arme irrte (wer hat gewagt, so zu sprechen?!! Erschießen!!!), wenn er meinte, daß dies der höchste Moment war. Dieser verbarg sich noch in dem Punkt-Moment der Raumzeit, der in dem irdischen, relativen Kalender ganz einfach so bezeichnet war: Pychowice, 5. X., 9 Uhr morgens, an der im genialen Kopf des Quartiermeisters angelegten Front. Nicht alles läßt sich jedoch voraussehen, nicht einmal von einem derart vortrefflichen Apparat wie dem Gehirn des Chefs. Doch davon später. Der Chef schaute auf die dahinfliehenden smaragdenen Felder, die gelben Stoppeln, die glücklichen Kiefernwäldchen, vielleicht zum letztenmal — oder vielleicht . . .? An Wunder soll man besser nicht glauben. Das, was seiner wartete, war eine fast kosmische Katastrophe, notwendig wie die Lösung in einer griechischen Tragödie. Sicher war, daß es keinen anderen Ausweg gab und nicht geben konnte. Er dachte immer voraus, niemals zurück — das war seine Methode. Bis zu diesem Augenblick hatte alles so sein müssen, wie er es wollte, verflucht! — und jetzt werden wir ja sehen. Er tauchte seinen Mund in die flaumigen Locken der Zwierzontkowskaja und verschlang durch die Strähnen ihrer Blondheit die im breiten Rahmen des Waggonfensters vorbeijagende Landschaft. Die Mehrzahl der überarbeiteten Begleiter des Chefs döste auf den rotsamtenen Sofas. Ein Teil von ihnen war richtig schlafen gegangen — die Nacht hatten sie in intensiven Abschiedsfeiern vom Leben verbracht. Der Operationsplan war potentiell fertig, man brauchte ihn nur den Anführern der einzelnen Gruppen so zu diktieren, daß sie keinen Überblick über das Ganze gewannen. Jetzt war nichts anderes zu tun, als sich komplett zu entspannen. Er nahm Persy in die Arme wie einen Gegenstand und trug sie aus dem Salon in das Schlafabteil. Zypcio zuckte nicht einmal — Schwund erotischer Empfindungen oder was, zum Teufel? Gewisse Naturen erlangen nur im Wahnsinn das Maximum des Glücks — seit seiner Geburt war er nicht derart glücklich gewesen. Er verharrte bewegungslos, einem fremden Willen preisgegeben, dicht an der Hauptturbine der Ereignisse, unmittelbar am Brennpunkt der Kräfte Kocmoluchowiczs (was brauchte man noch mehr?), eingeschmiegt in ein stilles Winkelchen eines dahinjagenden Geschosses: ein kleiner Floh auf einer fünfzehnzölligen Granate, die die atemlose Luft zerriß. Zeitweilig und in einem seitlichen Zentrum des Bewußtseins fürchtete er das Erwachen aus diesem Zustand. In seiner Vorstellung sah er genau die letzte Szene mit Elisa, und er konnte unmittelbar, gefühlsmäßig, nicht anerkennen, daß er für diese Tat verantwortlich war. Alles, was bisher gewesen war, fügte sich zu einem schönen und notwendigen Bild, in welchem sogar lebende Personen als verkleidete Schauspieler auftraten. Und das alles war normal, ohne einen Schatten von Wahnsinn — freilich nur für ihn.

Es war ein Frühlingstag im Herbst, einer von diesen Tagen, in welchen der alternde Sommer (wo?) sich noch einmal wohlig ausstreckt über der einschlafenden Erde und seine geringfügige zweite Jugend wie ein Trinker oder ›Drogist‹ durchlebt, der schon aufgehört hatte zu trinken oder Drogen einzunehmen und sich plötzlich sagt: nein — noch einmal. An der Front war es still wie auf einem Friedhof. Für die arme Persy war das die schrecklichste Schlacht, die sie je sah: Die chinesische Artillerie ›schoß sich ein‹ auf die polnischen Stellungen, betastete den Feind und korrigierte die Berechnungen. Ein ums andere Mal war auf der chinesischen Seite einzelnes Abfeuern von Geschützen verschiedenen Kalibers an verschiedenen Stellen zu hören, und zu uns herüber rasten einsame Geschosse, dröhnten lange dahin in der ruhigen Luft und barsten in unseren Gräben, wo sie manchmal beträchtliche Schäden anrichteten. Wir hatten diese Arbeit schon gestern erledigt — man hatte nicht länger warten können, obgleich das den Chinesen die Aufgabe erleichterte. Sie hatten Zeit, wir — das heißt Kocmoluchowicz — hatten keine. Der Herbst war windstill, die Bäume hatten vorwiegend vom Frost gebräuntes Blattwerk. Die Stoppelfelder und Wiesen schimmerten von liegenden Spinnweben und reflektierten die matte, sanfte und schläfrige Sonne wie mit Entengrütze bedeckte Teiche. Die wahllose Stille der Weiten weckte eine abergläubische Angst. Alle, angefangen von einfachen Troßburschen in den Lagern bis zu den Kommandanten der Korps und Gruppen, waren sonderbar bestürzt und feierlich. Kocmoluchowicz besichtigte in Begleitung von Zypcio und Olesnicki die Front in einer kleinen, eleganten ›Furzolette‹, wie man diesen Typ von torpedoartigen Luxustanks nannte. Eine große Erleichterung war der von der Liga für Kriegsschutz vereinbarte Ausschluß von Luftbombardierungen und Gasen. Irgendwo in der Höhe kreisten Erkundungsflugzeuge, die alle Augenblicke von Gruppen weißer Wölkchen berstender Schrapnelle umgeben waren, doch brauchte niemand mehr Geschosse hundert Kilometer hinter der Front zu fürchten, es sei denn, man wurde durch ein eigenes Sprengstück verwundet — doch dazu mußte man schon ein ausgesprochener ›Pechvogel‹ sein. Und eben das passierte Kocmoluchowicz. Eines unserer eigenen Geschosse traf das Ende seines Stiefels, zerfetzte die Sohle und vernichtete die Stiefelspitze, gerade als er mit dem

Kommandanten des 3. Korps, Niekrzejko, sprach. Niekrzejko erbleichte, der Chef wankte, fiel aber nicht. Es gab ein Durcheinander. Zypcio konnte die Vollkommenheit seiner Maske bewundern — nicht eine Sekunde verloren die teerschwarzen Augen ihre freche Fröhlichkeit. Leider ist das wörtlich zu verstehen: Zypcio konnte bewundern, doch er bewunderte nicht — auf ihn machte nichts mehr Eindruck. Die Erdarbeiten näherten sich ihrem Ende, es ging nur noch um Ausfallzonen, die Verteidigungslinie war längst fertig, 20 Kilometer von hier nach hinten. Die Chinesen hielten 10 bis 12 Kilometer von unseren Linien. Die am weitesten vorgeschobenen Kavallerie-Patrouillen hatten auf etwa 7 Kilometer mit dem Feind Kontakt genommen.

Der Generalquartiermeister war in ausgezeichneter Laune. Er hatte die Linie der Zweifel und Schwankungen überschritten und war selber wie ein befreites Geschoß. Und dennoch geschehen Wunder, verflucht! Er kannte sich und wußte, daß er etwas Unerwartetes von sich erhoffen konnte. Was würde wohl seine unbesiegbare Natur ›aushecken‹, diese Natur des vorletzten Individuums auf dieser Erde, die sich bis zum 5. X. in der höllischen Soße der polnischen Sozialverhältnisse konserviert hatte? Er konnte auf seine Armee stolz sein wie auf eine Maschine — es genügte, auf einen Knopf zu drücken, und ›rrrums‹!! Aber ebenso stolz konnte er auf seinen Kopf sein, in dem ohne ein beschriebenes Papierchen sich diese höllische bevorstehende Schlacht in ihrem potentiellen Verlauf befand. Einen Augenblick lang spürte der Quartiermeister alle Heerführer Polens in sich, die jemals mit mongolischen ›Lawinen‹ gekämpft hatten. Doch plötzlich wischte ein sonderbarer Trübsinn diesen trefflichen Augenblick fort wie ein Tüchlein den ›Staub‹ von einem glatten Tisch. Warum kam dem Chef ein solch ›häuslicher‹ Vergleich in den Kopf? Eine glänzende, unbefleckte Langeweile absoluter Sinnlosigkeit allerheiligster Taten hatte ihn mit unbezwingbarer Kraft befallen. Er hätte *ganz einfach leben* mögen. Hier aber schaute ihm der Tod frech unter den breiten Schirm der Mütze des 1. Regiments der Chevaulegers, dessen Uniform, verziert mit Generalbiesen und -schnüren, er heute trug. Das war keineswegs Mangel an Mut, sondern lediglich ein reines, jeglicher Furcht vor dem Tod bares Gefühl für das Leben. Ein leises inneres Flüstern sprach ihm von einem stillen Dasein in einem kleinen Häuschen der Militär-Kooperative außerhalb der Stadt: Pelargonien in den Fenstern, das Töchterchen spielte im Gärtchen an einem Tag wie heute, die schöne Frau Hanna mit ihrer ganzen Philosophie (jetzt könnte er das endlich kennenlernen), und fort mit all den Perversitäten dieser verfluchten ›Dirne‹, fort mit den wilden ›Entspannungen‹, zu denen ihn seine angespannte, wahnsinnige Arbeit gezwungen hatte. Im Grunde war ihm das fremd, war lediglich ein Ersatz für die Sättigung der unbewußten, metaphysischen Begierde, alles zu sein, und zwar buchstäblich *alles zu sein*. Und hier — das *Nichts*. Wie nahe war er doch diesem Nichts auf der riesigen Leiter der Hierarchie der Möglichkeiten! Kaum hatte er sich von der Grundlinie der Vulgarität losgerissen (er, der ehemalige Stallbursche, dann Bereiter [was ist das?] des Grafen Chraposkrzecki-Lzowski, des Herren auf Lzow und Dubiszki, dessen jüngster Sohn, Major und Kommandant einer Schwadron seiner Leib-Legion, jetzt sein blindes Werkzeug war), schon zog sie ihn wieder an, verlockte ihn mit dem stillen Traum von einem gewöhnlichen, unbewußten Dasein. ›Bäurisches Blut oder was?‹ schnauzte der Chef sich an. Und lachte über sich selber. ›Und so ist es richtig — wäre ich ein Graf, dann wäre das alles keine Kunst.‹ Ach, könnte man doch dies Leben in Ruhe beenden, nach Vollendung dieser hoffnungslosen Tat, dieser verfluchten Schlacht, die das *opus magnum* seines ganzen Lebens sein sollte. Was? Und dann nur so mit dem Töchterchen herumreisen auf der Welt, ihm für alle Augen verborgene Wunder zeigen, es großziehen zu einem Ungeheuer wie Persy zum Beispiel oder wie er selber, flüsterte eine heimliche Stimme — brrr...! Ihn hatte einst weder die rumänische Front gesättigt noch Bolschewien noch geniale städtische Kämpfe, in denen er Meister war — er, ein Kavallerist von Geist und Geblüt, dieser Kocmolo-Zentaur, wie man ihn bei den Regimentsorgien nannte, wenn er als Fußknecht, der sich im Wahnsinn des Alkohols kaum noch auf den Beinen halten konnte, seine höllischen kavalleristischen, drachenzentaurischen Taten vollbracht und damit der wahrhaft ›rossigen‹ Offiziersjugend ein unerreichbares Beispiel gegeben hatte. Doch war er in seinem allertiefsten Wesen wirklich von Anfang an der gewesen, der er jetzt war? Wer hätte er sein können bei einem ›allervollkommensten Zusammentreffen‹ günstiger Umstände (!) — ein Rennstalloder Gestütsbesitzer, ein Professor für Pferdezucht an der Wilnaer Universität? Denn seine Karriere war nicht normal, er verdankte sie nur dem Zufall — na, vielleicht ein wenig auch sich selber —, aber was würde er denn sein, wäre nicht der Kreuzzug gewesen? Professor konnte er immer noch werden. Er hätte mindestens als Graf zu Welt kommen sollen — so aber war alles verspielt, und man konnte nur mehr vorwärtsstürmen. Er war ein Sklave von etwas Höherem, er konnte nicht zurück. Das Programm: Besichtigung, Orgie bei den Chevaulegers, Schlaf, eine kleine morgendliche ›Entspannung‹ mit Persy (sie erwartete ihn auf dem kleinen Landsitz der Herrschaft Lopuchowski in Zalupy, dort hinter verschlafenen [?] Gruppen kupferfarbener Bäume — wahrscheinlich trank sie jetzt Kaffee in ihrem erdbeerfarbenen Pyjama . . . Ach!!). Und dann die Schlacht, diese einzige Schlacht in der Geschichte, deren Ruhm sich über die ganze Welt ausbreiten wird, und er als der schreckliche Mythos der erlöschenden Persönlichkeit, mit dem mechanische Mütter die Nachkommen künftiger, glücklicher Menschen schrecken werden. Uha, uha! Er schüttelte die letzte Schwäche ab, in die er sich eingehüllt hatte wie in einen weichen Schlafrock — einen Schlafrock an einem trägen, feiertäglichen Morgen. Die Adjutanten schauten auf ihn und wagten kaum zu atmen. Allein schon bei dem Gedanken daran, was sich in diesem höllischen Kopf tat, packte sie eine abergläubische (unbedingt abergläubische) Furcht. Das saß nun unter ihnen, dieser Haufen scheinbar gewöhnlichen Fleisches im Luxus der Generalität, und in diesen Haufen gebannt ist der in seiner Art einzige Augenblick der Geschichte der untergehenden Welt. Der Augenblick des endgültigen Umbruchs der Menschheit in ihre zweite grundsätzliche Phase, der in dieser teuflischen Puppe voller unbegreiflicher Gedanken verkörpert war, verharrte hier vor ihnen, an einem Oktobermorgen, in einer über von Spinnweben bedeckte Stoppelfelder dahinjagenden ›Furzolette‹. Zypcio begann allmählich aufzuwachen, aber schon auf der anderen Seite. Das Fürchterliche der Vergangenheit, überzogen von dem geheimen Firnis des Wahnsinns und der Erwartung der nahenden Ereignisse, leuchtete wie gedämpfte, ehemals grelle Farben auf dem Bild eines alten Meisters. Die Erinnerung verzahnte sich nicht mit der Gegenwart. Einerseits war das die Folge des ›Nervenschocks‹, den er in jener schrecklichen Nacht erlebt hatte, in der er die Endlosigkeit und Seltsamkeit des Daseins angenommen hatte, andererseits dämpfte die nahende Katastrophe jede innere Veränderung. Schon am Tag der Abfahrt hatte die Ordonnanz des Chefs beiden Adjutanten zugeflüstert, daß von dieser Expedition niemand zurückkehren werde. Noch nie habe der General solche Augen gehabt. Der dumme Kufke hatte diese Beobachtungen während des morgendlichen Ankleidens gemacht. Nachher verriet die Maske des Quartiermeisters keinerlei andere Empfindungen mehr außer einem tollen, wie Sonnenstrahlen in einer Linse konzentrierten Willen. ›Er hatte dem Gehirn die Sporen des Willens gegeben‹ – wahrhaftig, so war es. Was konnte dieser Verrückte noch erleben? Einer wie der andere, der Chef wie der Adjutant, waren beinah an der Grenze – vielleicht war Zypcio in der Verwirklichung seiner Einfälle noch weiter gegangen, vielleicht war er reifer als Verrückter; aber mit Kocmoluchowicz stand es tatsächlich schlecht. Er gab sich nur keine Rechenschaft darüber, und die höllische Arbeit hielt ihn in der Zange und ließ ihm keine Möglichkeit, sich bestimmter Symptome bewußt zu werden. Bisher hatte er buchstäblich keine Zeit gehabt, verrückt zu werden. Doch nicht selten (aber auch nicht sehr oft) schüttelte Bechmetjew den Kopf über ihn mit einem Mitleid, das mit Bewunderung verbunden war. »Im Grab wird keine Zeit mehr sein, sich zu kurieren, Erasmus Wojciechowicz«, sagte er. »Ich bin noch nicht reif fürs Sanatorium«, erwiderte einmal der Quartiermeister. »Und übrigens, wenn es mit mir zu Ende geht, dann ist es besser, mich hinter einen Zaun zu führen und mir ins Ohr zu schießen. Den Zaun habe ich schon in der Kooperative in Zoliborz, auch der Revolver wird sich im letzten Augenblick finden – ein Wohlwollender wird ihn mir leihen.« Er dachte da an seine allerschrecklichsten Feinde, die vielleicht, während er hier den Kopf hinhielt, in der Hauptstadt Brot und Salz zum Empfang der Chinesen bereithielten und die Schlüssel der Hauptstadt putzten. Genezyp fühlte sich wohl in dieser Leere der Gefühle. Er hätte nicht mehr zurückkehren können unter normale Menschen — im Gefängnis wie in der Freiheit war der Selbstmord seine Zukunft. Jetzt war er frei von diesem Problem — das würde das Leben selber erledigen. Er erkannte weder sich noch die Umwelt. Doch gerade in dieser Fremdheit fühlte er sich wohl wie in einem bequemen Futteral. Ob das nicht eines der Symptome des nahenden Irrsinns war? Diese Frage quälte ihn, zum erstenmal befiel ihn wirkliche Angst vor dem Wahnsinn — ob es nicht zu spät war? —, vor seinem Wahnsinn, dem Wahnsinn eines vollkommen Verrückten, der nur durch Überanspannung der Kräfte lebte, die ihm die äußere Situation und die Katatonisierung verliehen. Aber es war keine Zeit zum Überlegen solcher Dummheiten. Soeben waren sie bei einer getarnten schweren Batterie vorgefahren, wo Kocmoluchowicz eine seiner berühmten, die soldatischen Gedärme erschütternden Ansprachen gehalten hatte. (Sie wurden niemals notiert noch gedruckt, denn ohne seine Gegenwart, Stimme, Haltung, ohne diese Atmosphäre, die er um sich schuf, erwiesen sie sich als sehr schlecht und ungeschickt. Er war selber dieser Meinung.) Kaum hatte er geendet, als, wie gerufen, von fernen chinesischen Stellungen her eine schwere elfzöllige Granate angesaust kam und unmittelbar vor der Linie der Geschütze explodierte, alle mit Erde und Splittern der zerstörten Barrieren zuschüttend. Wie durch ein Wunder wurde niemand getötet, aber der Chef bekam von einem großen Stück Holz eins über den Kopf. Eine zweite Warnung. Zypcio bedauerte, daß er unfähig war, Enthusiasmus zu fühlen wie in der Schule, als ein paar Trompetenstöße und die Stimme des Chefs imstande waren, die ganze Welt in einer Eruption kondensierten Lebenszaubers erstrahlen zu lassen. Mit hängendem Kopf, sich der geschmacklosen Witze Kocmoluchowiczs schämend, hörte er diesem ganzen Humbug zu wie ein Verurteilter, für den das Leben jeden Sinn verloren hat.

Die Ereignisse rollten mit entsetzlicher Geschwindigkeit weiter. Am nächsten Morgen stand der Große Kocmoluch, vom Stab umgeben, am Geländepunkt 261, von wo aus er die Schlacht beobachten sollte (da es keine Gase und Bombenflugzeuge gab, war die Sicherheit relativ groß — 10 Kilometer von der eigenen vordersten Linie) oder vielmehr ihren zentralen Punkt der Auslösung. Die Schlachtfront zog sich in einer Länge von 300 Kilometer hin, die Dauer der Schlacht hatte man auf mindestens fünf Tage berechnet. Etwa tausend Schritt hinter dem Stab lagerten drei Regimenter der Leib-Legion zu Pferde unter dem Kommando des Adjutanten des Zaren Kiryll, Karpecki, eines der besten russischen Kavalleristen. Ach, richtig! — um den Tod hatte man's vergessen —: Gestern um 12 Uhr nachts war Niehyd-Ochluj standrechtlich füsiliert worden, weil er sich bei einem fiktiven Kriegsrat (der nach einer Orgie stattfand) unangenehm bemerkbar gemacht hatte und auf bolschewistische Art frech geworden war. Man knebelte ihm die Fresse und führte ihn hinaus. Eine Viertelstunde darauf lebte er nicht mehr. Zypcio selber half, ihn zu schleppen (Niehyd-Ochluj versuchte verzweifelt, den zornentbrannten Stäblern zu entkommen). Zypcio fühlte nichts dabei. Der betrunkene Hustanski (Kuzma) wollte ihn noch vor dem Tod eigenhändig kastrieren, doch der Chef verbot es entschieden. Zypcio war völlig in der Seele von Kocmoluchowicz aufgegangen — die Exekution machte nicht den geringsten Eindruck auf ihn, er war bereits ein kompletter Automat. Die Situation war auf napoleonische Art veranstaltet, der letzte Auftritt vor der Geschichte konnte nicht ohne eine gewisse Ornamentik stattfinden: der Stab, Kavallerie, der *Schimmel*, Galauniformen und Defileen. Aber schließlich mußte man sich doch an die schwarze Arbeit dieses festlichen Tages machen. Der Operationsbefehl wurde durch das Telefon gegeben, natürlich vom Quartiermeister persönlich, aus einer geschlossenen Telefonkabine, die man überall hinter ihm herfuhr. Die artilleristische Einleitung sollte kurz dauern — um drei Uhr nachmittags Generalattacke — ha!

Das Morgengrauen war blaß, herbstlich. Anfangs war es grau. Dann röteten sich die geschichteten Wolken im Osten, und ein wunderschöner Tag begann allmählich, sich zu entfalten, langsam, systematisch. Kocmoluchowicz hielt zu Pferd (auf diesem berühmten Schimmel, der auf Befehl des Chefs alles in seinem Hintern hatte) vor dem Stab. Den Hörer des Telefons hatte er in der Hand; das Gesicht ruhig, die schwarzen Augen auf die nahen Hütten von Pychowice geheftet, die den weiteren Horizont verdeckten. Die Augen waren voll von seiner im eigenen Übermaß berstenden Individualität. Stille. Plötzlich zerriß ein schwarzer Blitz die normale Finsternis seines Gehirns. Umgekehrt, alles umgekehrt! Es gibt keine Schlacht. Er wird seinen Ruhm opfern zum Wohl dieser armen Soldaten, des armen Landes und des übrigen armen Europa. Die Chinesen werden so oder so alles überschwemmen. Wozu sollen Tausende fallen? Wofür? Für seinen Ehrgeiz und den seines Stabes? Für den Ehrgeiz eines herrlichen Todes? Schrecklicher Zweifel blitzte durch den präzisen, aber dunklen Kopf eines durch sich selbst gemarterten Titanen. Er begann mit sicherer und entschiedener Stimme in das Telefon zu sprechen, und die grauen Wolken bluteten immer stärker in langen, fetzigen Streifen. Die Stäbler fühlten, daß der Quartiermeister die Worte mit einer noch nicht dagewesenen schmerzvollen Macht aus sich herausriß:

»Hallo — die Signalzentrale? Ja. Aufmerksam zuhören, General Klykiec: Die Schlacht findet nicht statt. Abberufen. Auf allen Abschnitten das Signal der Unterwerfung aushängen. Die Front wird geöffnet.« (Ein plötzlicher Gedanke während dieser unwiderruflichen Sätze: ›Will ich denn nicht leben?‹ In seiner Vorstellung erschienen einen Moment die Pelargonien im Fensterchen des Kooperativen-Häuschens in Zoliborz.) »Alle Abteilungen sollen nach Empfang des Signals ohne Waffen aus den Stellungen treten und in östlicher Richtung gehen zwecks Verbrüderung mit den Mannschaften der gelben Koalition. Es lebe« (er zögerte) »—die Menschheit«, flüsterte er kraftlos und ließ den Hörer aus der Hand, der mit einem schwachen, dumpfen Laut auf die gefrorene Erde fiel. Der Telefonist stand wie erstarrt und wagte nicht, sich zu rühren. Der Stab lauschte stumm. Die Disziplin in diesem Heer war derart, daß niemand ein Wort sagte. Außerdem wollten alle leben — man wußte, daß die Lage hoffnungslos war. Plötzlich ein Aufschrei: »Hoch soll er leben!« — regellos, zerrissen, brausend. Die blutigen Wolken wurden orangerot. Kocmoluchowicz wandte sich seinen treuen Gefährten zu und salutierte. In diesem Augenblick war er ein ebensolcher Automat wie sein Leibadjutant Zypcio Kapen — irgend etwas hatte sich plötzlich verdreht. Der Ordonnanzoffizier des Kommandanten der ›Legion der Kocmoluchen‹, Chraposkrzecki, der zweite Sohn des einstigen ›Herrn‹ des Generalquartiermeisters, ritt zu ihnen heran.

»Herr General, darf ich fragen, was hier geschehen ist? Ich habe soeben mit Ciundzik gesprochen. Er behauptet, daß . . .«

»Herr Leutnant« (im Dienst hielt sich der Quartiermeister exakt an die Ränge und erlaubte sich keinerlei Vertraulichkeit), »wir ergeben uns im Namen der Menschheit. Unnötiges Blutvergießen. Reiten Sie und benachrichtigen Sie meine Leib-Legion.« — Es folgte Stille. Die Wolken waren schon gelb. Im Osten öffneten sich große Flächen seladongrünen Himmels. Auf den Anhöhen hinter dem Stab blitzte die Morgensonne auf. Chraposkrzecki riß mit einer einzigen Bewegung den großen Trommelrevolver aus dem Futteral und schoß auf den obersten Chef. Ohne auf den Erfolg des Schusses zu achten, riß er sein Pferd herum und jagte im Galopp zu den Linien der Legion, etwa achthundert Schritt nach Westen. Dort leuchtete schon helle Sonne. Kocmoluchowicz betastete die linke Schulter. Die Kugel hatte ihm die Ehrenkette an der Stelle abgerissen, wo die Generals-Achselbänder angenäht waren, die nun trübselig an seiner Seite herunterhingen und die Flanke des Generalsschimmels kitzelten.

»Er hat mich vor meinem Stab degradiert, der Idiot!« lachte der Chef. »Nicht einen Schritt«, schrie er den treuen Stäblern zu. Alle wandten sich nach Westen. Chraposkrzecki nahte in Karriere der vierten Linie der Kavallerie in der Ebene. Dort schrie er irgendwas. Ein Haufen Offiziere umringte ihn. Jemand hielt eine kurze Ansprache. Ein Kommando . . . Was für eines? Ganz deutlich vernahmen sie die letzten Worte — die Stimme des Generals Sergiusz Karpecki: »Zügel kurz, Waffe zur Attacke, maaarsch!« Und dann ein kurzes: »Marsch, marsch!« Die Masse rückte langsam los, die Säbel blitzten in der rosigen, warmen Sonne.

»Nun, meine Herren, jetzt ist die Reihe an uns«, sagte der Chef und zündete ruhig eine Zigarette an. »In Karriere zur 13. Division. Richtung Pychowice, E, Generalstabskarte N. 167.« Er lachte breit und gab seinem Pferd die Sporen. Sie jagten *ventre-à-terre* in Richtung der ersten Häuschen von Pychowice, wo auf der Karte der Buchstabe E figurierte, seither der berühmte Name eines bisher unbekannten Ortes, an dem das letzte Gefecht der Legion der Kocmoluchen von der 13. stattfand, einer dem Chef treuen Division (wie ihm übrigens die ganze Armee treu war). Und hinter ihnen her jagten jene in ausgeschwärmter Ordnung. Es ist jedoch schwierig, zwanzig Reiter durch drei Regimenter zu verfolgen. Die Gruppe der phantastischen Reiter erreichte das Dorf zweihundert Schritt vor den Verfolgern.

»Sie rebellieren! Feuer!! Die Maschinengewehre umkehren!!« brüllte Kocmoluchowicz wild, verlor dabei aber nicht eine Sekunde seine Kaltblütigkeit. Er beobachtete sich von der Seite des sogenannten Hysterikers und Humbug-Generators. Vortrefflich benahmen sich der Held und seine treuen automatisierten Kompanien der 13. Division in Reserve. Die Salve dröhnte in der klaren Luft des herbstlichen Morgens. Vierzig Maschinengewehre ratterten in Richtung der sonnenbeschienenen Abteilung. Auch hier war schon Sonne. Die herrlichen, gardemäßigen Chevaulegers stürzten haufenweise, ohne das verfluchte E erreichen zu können. Kocmoluchowicz betrachtete ruhig den Vorgang. Als drei Regimenter dahingemäht waren auf den von der vollen Sonne beschienenen Stoppelfeldern (das Wetter war vollkommen schön, die Wolken, wie von unsichtbaren Schnüren gezogene Gardinen, enthüllten den Himmel), befahl er, fliegende Lazarette auszusenden. Er hatte den Eindruck, daß er ein geradezu ungeheuerliches Opfer vollbracht hatte, als er seinen eigenen Ehrgeiz dem Wohle der Menschheit hingab — ein größeres Opfer als das Napoleons bei Waterloo. An ›seiner‹ Front war Stille. Schon kamen die ersten Abteilungen der ›Verbrüderer‹ heraus. Man begrüßte den Chef höflich, doch ohne Enthusiasmus, wie es sich für eine Armee von Automaten im entscheidenden Moment gehörte. Kocmoluchowicz hatte gezeigt, was er konnte — dieses Mal war es ihm ernst.

Sie saßen vor einer kleinen Hütte unmittelbar an der gewesenen ersten Linie der Erdarbeiten. Der Quartiermeister starrte mit sonderbar glasigem Blick in den schwarzen Schlund des Grabens, der in der vorzüglichen, altkonstantinischen Schwarzerde ausgehoben war. Zum erstenmal dachte er an das Grab, und das Herz schnürte sich ihm zusammen in einem bisher unbekannten, geheimen Schmerz. Die Ewigkeit der Alldinge hatte sich zu einem flüchtigen Minderwertigkeitsgefühl verändert. Das Töchterchen und die Frau (vielleicht hatte er für sie und für die Pelargonien im Fensterchen diese Volte vollbracht?) wuchsen ins Riesenhafte als die einzigen wertvollen Wesen in der ganzen Welt. Die Anwesenheit Persys war ihm widerlich (beglückt von der neuen Wendung der Dinge, zwitscherte sie fröhlich mit den Stabsoffizieren, die ihre zersprengende Freude über das geschenkte Leben unter künstlich düsteren Masken verbargen). Der Geist des unnötig ermordeten Niehyd überschattete eine Weile die Helligkeit der elften Stunde des schönen Oktobervormittags. ›Er wird mich noch nach sich ziehen‹, dachte der Quartiermeister. ›Denn eigentlich wollte er gestern das, was ich heute getan habe. Aber Wollen und Können, das sind zwei verschiedene Dinge. Er konnte es nicht selber vollbringen, er hätte höchstens ein kleines Durcheinander hervorgerufen. So ist das bei uns in Polen immer gewesen: Man bringt jemanden um wegen einer Tat, die man am Morgen nach seinem Tod selbst begehen wird.‹ Man erwartete den Ausgesandten des chinesischen Stabes, der persönlich eine Begegnung der Chefs bestimmen sollte. Der Quartiermeister war neugierig auf ›jene Seite‹, die er niemals (vor heute morgen) friedlich überschreiten und sehen sollte. Der chinesische Stab stand in Starokonstantynow, zwanzig Kilometer von den ersten Schützengräben. Das Lautgewirr der Verbrüderung wuchs entlang der ganzen Linie und trübte die vormittägliche Stille der Natur, die wie in Angst vor dem nahenden Winter hockte und sich verstohlen in der geschenkten Wärme des scheidenden Sommers wärmte. Winter und Sommer berührten einander an diesem wunderschönen Tag, der Elemente beider Jahreszeiten enthielt.

Die Zweifel des Quartiermeisters dauerten kurz. Er stellte sich rasch auf den neuen Standpunkt ein, denn ›besser ist ein lebendes Schaf als ein toter Löwe‹. Später erklärte man den Umschwung mit der induktiven Wirkung des ›psychomagnetischen Feldes‹, das durch die Gegenwart von Millionen Chinesen, die von einer einzigen Idee befallen waren, entstanden war (es gab eine solche wissenschaftliche Richtung im Westen). Andere sprachen geheimnisvoll von der ›Nacht der 25 Pillen‹; wieder andere wälzten alles einfach auf Wahnsinn ab. Es war so, wie es hier beschrieben ist, und damit basta. Alle verstummten und spitzten die Ohren. Ein Automobil brummte auf der Chaussee. Nach einer Weile fuhr auf der anderen Seite der Linie ein prachtvoller roter Bridgewater vor. Ihm entstieg ein unscheinbares chinesisches Menschlein in einer gelblich-grauen Uniform, die von einem zweifarbigen, roten und gelben Band umgürtet war. Es übersprang leicht den schattigen schwarzen Schlund des Schützengrabens, hielt den langen Krummsäbel mit unerhörter Grazie empor und näherte sich der Gruppe polnischer Offiziere. Es erwies die Ehrenbezeigungen (der ganze Stab gleichfalls), wonach es sich an den Quartiermeister wandte (Zypcio war immer noch vollkommen gleichgültig — weder freute noch grämte er sich über das, was geschehen war. Doch was kann uns angesichts solcher Begebenheiten die Psychologie dieses Scheißkerls angehen? Ein Verrückter mehr oder weniger — einerlei):

»Habe ich die Ehre, mit Seiner Exzellenz Kocmoluchowicz zu sprechen?« *(Have I honour to speak with His Excellency Kotzmoloukowitsch?)* fragte er in reinstem Englisch. Der Quartiermeister sprach ein kurzes *Yes* aus. ›Na, jetzt bloß die Maskenrolle durchhalten‹, flüsterte er zu sich selber mit zusammengebissenen Zähnen. Jener sprach weiter, ohne ihm die Hand zu reichen; aber er verneigte sich auf chinesisch. »Ich bin General Ping-Fang-Lo, Chef des Generalstabs und Ritter des Ordens der Gelb-Roten Kornblume« (hier verbeugte er sich noch einmal). »Unser Führer, der Mandarin erster Kategorie Wang-Tang-Tsang« (unheilverkündend klang dieser wahrhaft tsetsehafte Name) »hat die Ehre, durch mich Eure Exzellenz zusammen mit dem ganzen Stab und gewiß auch — hm — mit der Frau Gemahlin um ein Uhr im Palais von Starokonstantynow zu einem Frühstück zu bitten« *(Oldconstantinovian palace)*. In den schwarzen Äuglein des Mongolen zeigte sich deutlicher Schrecken. ›Wovor fürchtet sich dieses Aas?‹ dachte der Quartiermeister. ›Fürchten sie sich doch sonst vor nichts. Da ist irgend etwas dahinter.‹ Und er antwortete, man weiß nicht warum, auf französisch:

»Herr General« *(mon général)*, »es ist mir ein unermeßliches Vergnügen, in Ihrer Person . . .« *(je suis énormément flatté de pouvoir saluer en votre personne . . .)*

»Danke«, unterbrach jener auf englisch. Er salutierte und sprang über den Graben und weiter ins Auto, das schon während des Gesprächs gewendet hatte. Der Wagen fuhr sofort in einem Hundert-Kilometer-Tempo los, und nach einer Weile war er nicht mehr zu sehen. Nach einer peinlichen Stille begann ein Stimmengewirr im ganzen Stab. Kocmoluchowicz war augenscheinlich konsterniert (besonders für Kufke, wäre er hier gewesen), man sah das allerdings nur an einem Fältchen zwischen den Augen. Irgend etwas stimmte nicht in dieser ganzen Geschichte.

»Was denkt sich diese Bestie«, sagte er zu Persy, »wie wagt er . . . Ha, da ist nichts zu machen. Man muß die Früchte der Taten auf kommunistisch essen. Aber ich werde es ihnen zeigen!«

»Nichts wirst du mehr zeigen«, zwitscherte das strahlende Liebchen. »Du hast die größte Tat seit Alexander von Mazedonien vollbracht. Denk dir, wie schön unser Leben sein wird! Wenn ein Feigling das getan hätte, so wäre es schrecklich, aber so ein Eber, so ein geflügelter Stier, so ein Leviathan wie du . . .! Das ist ein Wunder, ein wahres Wunder! Ich allein verstehe dich wirklich.« Sie nahm ihn bei der Hand und drang in ihn mit diesem allertiefsten, die kristallischsten Gedanken trübenden Blick. Aus seinen Augen kam ein Echo wie aus zwei metallenen Schlagbecken. — Der Chef schaute in sich hinein. Wieder war da das Bild seiner Frau (immerhin war sie eine Gräfin) und seines Töchterchens, das in seinem gemarterten Hirn aufblitzte. Doch mit einer neuen Wendung des Willens kehrte der Quartiermeister zurück zu dem vorigen Zustand der Automatik mit der Zugabe einer gewissen, bisher unbekannten Resignation. Er befahl das Auto. In der Nähe fuhr man die Verwundeten der morgendlichen Attacke der Chevaulegers in Richtung der chinesischen Spitäler. So lautete der Befehl. Wessen? Der Chinesen. Er mußte sich chinesischen Befehlen fügen. Das hatte er nicht vorhergesehen. Ein entsetzlicher, fast physischer

Schmerz durchstieß das geistige Innere und erlosch in einer schwarzen Wüste, die sich plötzlich, verräterisch ausgebreitet hatte. Bei dem Widerhall des Stöhnens verdeckte der General das Gesicht — für eine Weile. ›Wie viele lebten jetzt noch, wenn ich anders gehandelt hätte? Und dennoch ist etwas in meinem Kopf geborsten, verflucht! Ich fühle nichts.‹ Maßlose Ermüdung und Langeweile ergriffen ihn von allen Seiten zugleich — sogar vom Westen her, wo *sie* waren, die Frau und die Tochter. Die Welt erstarb ringsum, niemand war da. Er war ganz allein, in einem Abgrund voll namenloser Automaten — der letzte Mensch vielleicht. Irgendwie schenkten ihm die Freunde keine große Beachtung. Niemand trat zu ihm nach der Abfahrt des Chinesen. Unerhört! Die Grafen flüsterten düster mit Olesnicki. Kuzma Hustanski, betrunken seit dem frühen Morgen, ging mit großen Schritten umher und klirrte drohend mit seinem riesigen Säbel. Steporek pfiff den Tango *Jalousie* durch die Zähne und schaute mit einem beunruhigenden Lächeln in die Richtung der chinesischen Linien. Doch so stark war der Glaube an die absolute Vollkommenheit aller Schritte des Chefs, daß niemand einen Mucks machte. Einzig dieser Lümmel Chraposkrzecki — ein Held! Vor kurzem hatte Zypcio dem Chef zugetragen, daß er durchschossen wie ein Sieb, aber in ausgezeichneter Laune gestorben war — der Ruhm war ihm sicher. So einer braucht nichts weiter. Daran ist Karpecki schuld. Wer hat mich geheißen, zum Teufel, der Leib-Legion einen Moskowiter als Befehlshaber zu geben? Hat er sie hypnotisiert oder was? Oder vielleicht haben sie die Situation falsch dargestellt? Da sieht man, wohin eine übertriebene Disziplin führt — niemand wird sich dem Befehl von irgendwem widersetzen. Ha, wir werden nachher sehen, wie das wirklich gewesen ist.

Er fuhr mit Persy, Zypcio und Olesnicki. Die Männer schwiegen, nur die Zwierzontkowskaja schrie auf, von der Schönheit der Landschaft entzückt. Die wunderschönen Augen des jungen Grafen stierten sie voll hoffnungsloser, düsterer Begierde an. Zypcio fühlte nichts — er existierte kaum. Er war nur ein kleines Gewächs auf jenen Gehirnen. Trotzdem empfand er deutlich, was da in ihnen geschah. Dawamesk B₂ verlieh ihm die Fähigkeit, unmittelbar in fremdes Ich einzudringen. Doch wozu war ihm das jetzt noch nötig! Das arme Lieschen war nicht da und würde nie mehr da sein. Er konnte zu diesem Thema nicht das geringste innere Tränlein aus sich herausdrücken. Ein Stein.

Sie fuhren vor dem Tor des Starokonstantynower Landsitzes vor. Die chinesischen Soldaten erwiesen mit großer Eleganz die Ehrenbezeigungen und ließen das Auto durch. Die sonderbaren Gäste fuhren inmitten smaragdener Rasenflächen an Gruppen gelber und kupferroter Bäume vorbei. Die gewöhnliche weißrussische Landschaft kam ihnen irgendwie unheimlich vor, es schien ihnen, als wären sie schon in China, als wären die Formen der Bäume ins Chinesische übersetzt, als hätte alles eine andere Farbe wie auf der Landkarte.

Plötzlich bot sich ihnen ein sonderbarer Anblick. Von der Biegung der Allee an breitete sich ein Rasen bis zum Palais aus, das mit dem Weiß der Wände und Säulen blendend leuchtete inmitten eines Dickichts roter Ebereschen. Auf einer sanften Neigung kniete eine Reihe Menschen. Es standen nur: der Scharfrichter (als welcher er sich später herausstellte) und ein Offizier. Soeben begann die Exekution. Kocmoluchowicz sprang aus dem fahrenden Auto. Das Auto hielt. Die anderen krochen hinter ihm heraus. Aha — er verstand. *Unser liebenswürdiger Gastgeber hat uns eine kleine Überraschung bereitet — nach Tisch werden ein paar Mandarine geköpft,* fiel ihm ein ›Witz‹ aus dem uralten ›Simplicissimus‹ ein. Nur war es hier *vor Tisch.* Sie blieben vor dem ersten Verurteilten stehen.

»Wofür straft ihr sie so? Was haben sie getan, zum Teufel?« fragte Kocmoluchowicz den diensthabenden Offizier (Soldaten der Wache waren gar nicht zu sehen).

»Ne me parlez pas, Excellence — je suis des gardes«, antwortete kalt, aber höflich, wie mit leichtem Vorwurf, der Leutnant mit dem Gesicht eines Kindes.

Der Verurteilte schaute gleichgültig in die Tiefe der in der Sonne glühenden Parkbäume, alles, wie es schien, verstehend (wörtlich: alles in metaphysischer Bedeutung) oder absolut nichts verstehend — eines von beidem. Andere Kniende (sie hatten nicht einmal gefesselte Hände! — unwahrscheinlich!!) schauten mit großem Interesse auf ihn, wie Sportler in Erwartung eines maßlos interessanten Rekords. Über dem ersten stand der Scharfrichter mit einem geraden Schwert in der Hand. Der die Exekution kommandierende Offizier schenkte den Ankömmlingen keinerlei Beachtung. Kocmoluchowicz stand drei Schritt von ihm in voller Generalsuniform, und jener machte sich nichts daraus. Er mußte doch sehen, mit wem er es zu tun hatte. Unbegreiflich! Plötzlich schrie er, als ›habe er schon genug von allem‹. Der Scharfrichter holte aus, und der Kopf des ersten ›Kerls‹ rollte ein paar Schritt über den Abhang, die gelben Zähne fletschend. Doch im Augenblick der Köpfung bemerkte Kocmoluchowicz (als der Kopf bereits in der Luft war) etwas wie ein Pflaster, das dem Querschnitt einer Preßwurst ähnlich war: in der Mitte graue, dann weiße, dann rote Fleckchen und die gleichmäßige Linie der Haut, die den noch lebenden Körper umgab. In einer Sekunde (vielleicht in einer Viertelsekunde) wurde das alles von sprudelndem Blut übergossen, während der Kopf längst die Zähne auf dem Rasen fletschte. (Welch eine Technik, welch eine Technik!) Vielleicht schien es ihm nur so, aber die Augen des abgetrennten chinesischen Kopfes zwinkerten ihm ganz deutlich verständnisvoll zu. Einige andere Verurteilte machten, so schien es, ein paar technische Bemerkungen. Sie mußten lobend sein, denn der Scharfrichter verneigte sich in ihrer Richtung, wonach er zum nächsten Verurteilten trat. Diese waren einander ähnlich wie Tropfen von ein und derselben Flüssigkeit. Wieder ein Kommando, wieder dieselbe Geste des Scharfrichters, und ein neuer Kopf rollte über den polnischen Hofrasen, der von der Sonne des herbstlichen Mittags übergossen war. Alle sahen dasselbe — das war keine Halluzination. Persy fiel in Ohnmacht, und Zypcio mußte sie mit Olesnicki unter den Armen hinter dem in Richtung des Palais gehenden, schweigenden Quartiermeister herschleppen. Der kaute den linken Schnurrbart und murrte: »Gute Schule, gute Schule.« Der Anblick der Exekution hatte ihm gutgetan, er hatte Kraft gewonnen zum Gespräch mit dem unbesiegten Wang. Endlich kam dieser Moment — schon hatte er gedacht, daß er ihn vermeiden würde, und dennoch ist er nun da, deutlich wie ein Ochse vor ihm. Unsere Sache steht gut! Sie traten unter die Säulen des polnischen ›Landhauses‹ — wie viele verschiedene Diener und dergleichen Geschöpfe haben hier wohl eins in die Fresse bekommen, hier und im Umkreis, seit Ewigkeiten. ›Jetzt soll die Revanche stattfinden‹, dachte der Quartiermeister im letzten Moment. Schon hatte er ein runzliges, gelbes Gesicht vor sich, in welchem, wie Rosinen in einem Safrankuchen, schwarze, kluge Kindsäuglein steckten: Es begrüßte sie der Oberkommandierende selber, der Mandarin Wang-Tang-Tsang. Er war ebenso bescheiden gekleidet wie die anderen begleitenden Offiziere. Sie traten in den Speisesaal. In diesem Moment fuhren die Autos mit dem Rest des Stabes des Quartiermeisters vor. Mit außergewöhnlichen Ehren setzte man Kocmoluchowicz und Persy auf die ersten Plätze. Zur Linken hatte die Zwierzontkowskaja Wang selber; Kocmoluchowicz hatte zur Rechten den Chef des Generalstabes Ping-Fang-Lo, den, der am Morgen zu ihm gekommen war. Die anderen sah er nicht, sie waren verborgen hinter einer hohen Pyramide von Speisen, die sich in der Mitte des Tisches türmte. Nach Schwalbennestern in einer süßen Sauce aus zerquetschten Kakerlaken (hie und da blieb ein Beinchen eines dieser klugen Geschöpfe hängen) erhob sich Wang, und während er einen riesigen Kelch von echtem Dubois ergriff, sagte er in über die Maßen reinem Englisch:

»Exzellenz, ich habe die Ehre, Sie nach Ihrer vortrefflichen Tat im Namen der ganzen Menschheit in unserem Stab zu begrüßen. Obwohl ich wie niemand Ihre Verdienste schätze, kann ich Sie, als einen der gefährlichsten Individualisten, der eher einer vergangenen Epoche angehört als der unseren, nicht anerkennen. Zum Wohl der ganzen Menschheit, für welches Sie, Herr Kocmoluchowicz, den Ehrgeiz des Führers und die einfache Ehre des ersten Offiziers seines Landes geopfert haben *(the ambition of the commanding officer as such and the plain honour of the first officer of your country)*, bin ich daher gezwungen, Sie zum Tod durch Köpfen zu verurteilen — ein sehr edler Tod —, darum, weil Ihr weiteres Dasein in Verbindung mit Ihrer intimen Natur, die sich in dieser epochalen Tat enthüllte, die Ziele bedrohen würde, in deren Namen diese Tat vollbracht worden ist. Trotzdem ist es uns nicht eilig mit der Vollstreckung dieses unwiderruflichen Urteils, und wir können uns weiter ergötzen, indem wir die Gaben der Götter genießen und trinken und trinken und trinken auf das Wohl der glücklichen Menschheit, für die wir so oder anders unsere armseligen persönlichen Existenzen opfern.«

Zypcio schaute die ganze Zeit auf sein früheres Idol. Kocmoluchowicz hob nur einmal (als die Rede von seinem Tod war) für einen Augenblick seine prächtigen Brauen, als wenn er sich über eine rein rhetorische Phrase wunderte. Zypcio trieb sich noch tiefer in ihn hinein mit seinen empfindungslosen Augen. Nichts – die Maske war vollkommen ruhig. Diese Erscheinung war geradezu betrübend, so schön war sie. Es war unbegreiflich, durch welches Wunder dieses immerhin lebendige Geschöpf einen *solchen* Schlag aushielt. Zypcio litt ähnlich wie ein Seekranker während des Sturmes, wenn er jemanden sieht, der ruhig auf dem Deck spaziert. Man hat das Gefühl, daß jener sich unmenschlich quält, weil er sich nicht erbrechen kann. ›Diese Bestie hat einen Mumm! Daß ihn doch . . .‹, dachte Genezyp mit wahrer Bewunderung. Er fühlte, daß er dennoch einen Chef hatte und daß er ihm sogar in der Stunde des schrecklichen Todes vertrauen konnte. Denn was ist schlimmer, als verurteilt zu sein? Und es war bekannt, daß die Chinesen niemals Spaß machten. Etwas zuckte in seinen toten Tiefen unter dem Einfluß dieser Emanation reiner Größe. Was und wie würde dieser Dämon antworten? Doch Wang sprach weiter, nachdem er den ganzen Schnaps in einem einzigen Zug ausgesoffen hatte. »Also, meine Herren, Sie verdienen einige erklärende Worte bezüglich unserer Ziele und Methoden. Die Sache ist so einfach wie die Konstruktion unserer Gebetsmühle: Ihr versteht nicht, euch zu regieren, und seid rassisch erschöpft. Wir aber verstehen es; unsere seit Jahrhunderten eingeschläferte Intelligenz ist erwacht, nachdem sie einmal euer geniales Alphabet in die Hände bekommen hat. Unsere Wissenschaft hat sich mit einem Mal über die eure erhoben. Wir entdeckten eben dies, daß ihr euch nicht zu regieren versteht, wir es aber verstehen. Jedes Land hat eine ideale Konstellation, in welcher es die größte Ergiebigkeit erreichen kann. Der Beweis unserer Überlegenheit ist unsere Organisation und die uns verwandter Völker. Wir müssen euch lehren. Die Politik existiert für uns nicht als solche — es handelt sich um eine wissenschaftlich organisierte und regulierte Produktivität. Wir werden euch organisieren, und ihr werdet glücklich sein. Es handelt sich nicht um ein Zurückdrängen der Kultur als solcher, sondern um die Schaffung eines Sprungbretts. Welche die Möglichkeiten einer wirtschaftlich gut entwickelten Menschheit sein werden, das können nicht einmal wir voraussehen. Vielleicht wird sie nur glücklich sein, und alle höheren Formen der Produktivität werden verschwinden müssen — notwendigerweise. Selbst das wird viel sein, sehr viel. Doch da ist noch ein Problem: Auch wir sind erschöpft in einem gewissen Sinn — nicht so wie ihr, aber doch.« *(Not as you are, but nevertheless.)* »Wir müssen uns rassisch auffrischen, müssen euch verschlucken und verdauen und eine neue gelb-weiße Rasse erschaffen, vor der sich, wie unsere Institute für soziologisch-biologische Forschungen bewiesen haben, unbekannte Möglichkeiten eröffnen werden. Darum führen wir obligatorische Mischehen ein — nur Künstler werden die Frauen haben dürfen, die sie wünschen, weiße oder gelbe — ganz gleich. Darum habe ich die Ehre, Eure Exzellenz im vorhinein um die Hand der nach *Ihm* verbleibenden Witwe zu bitten und um die Hand Seiner Tochter für meinen Sohn. Die rationelle Zucht von Anführern, von im guten Sinne entindividualisierten, ist einer der obersten Grundsätze unseres Programms.« Auf diesen Satz hin trank er noch einmal und setzte sich, die Glatze mit einem weißen Seidentüchlein wischend. Kocmoluchowicz schwieg. »Schweigen ist ein Zeichen der Bestätigung«, sagte Wang, der sich bereits inoffiziell an den Chef wandte, der eine Miene hatte wie etwa nach einer Rede Hustanskis bei einer Regimentsfeier. Er hatte folgende Zustände durchgemacht: In dem Moment, in dem er das Todesurteil vernahm, das ihm in einer so originellen Form mitgeteilt wurde, empfand er ein eigentümliches Gefühl, als ob in alle Nervenenden plötzlich glühende Nadeln gestochen würden — nein, vielmehr, als ob aus allen diesen Enden ein Strom sprühte, Sankt-Elms-Feuer oder etwas dergleichen. Dieses Sprühen war schmerzhaft. An den Händen sah er ganz deutlich violette Flammen. Er schaute vor sich hin und sah durch die großen Fenster den sonnigen, herbstlich-mittäglichen Anblick des Parks — das war nicht Wirklichkeit, das war der Extrakt des Zaubers der Erinnerungen an die unwiederbringliche Vergangenheit, den ihm ein böser Geist in einem Zauberspiegel vorstellte. Er schaute hinein wie in die Vergangenheit ... Eine schreckliche landschaftliche Empfindung riß mit schmerzhaftem Krampf an seinen Gedärmen. Niemals ... Hoho, dieser Augenblick war keine Schlacht! Alle Kräfte hatte er an die Front geschickt — diese Front war die Maske. Er wird nicht zucken und kann nicht zucken. Eine Bewegung der Brauen darf er sich erlauben. Eine unnötige Versteinerung ist nicht einmal gut, sie kann etwas erkennen lassen. Dieses Bild wurde sogleich von einem anderen verdeckt: dem Erinnerungsbild an Frau und Tochter. Er sah die kleine Ileanka, wie sie Brei aß auf einem hohen Stühlchen vor dem dunklen Interieur des Speisesaals, und über sie gebeugt die ›heilige Märtyrerin Hanna‹, die ihr etwas zuflüsterte (so war es auch wirklich um diese Zeit). Nein, hier war keine Rettung zu finden, das war Schwäche — Zoliborz und Pelargonien (unbedingt). Einzig Persy, die jetzt vor den Chinesen seine Frau spielte, war ihm eine Art Stütze. Sie war gerade in Ohnmacht gefallen, und zwei chinesische Stabsoffiziere, einander ähnlich wie ein Ei dem anderen, bemühten sich um sie mit wissenschaftlichem Verständnis der Sache. Kocmoluchowicz gab noch einmal ›dem Gehirn die Sporen des Willens‹ und hielt den fliehenden Körper am Rand des stinkenden Abgrunds an, in welchem Angst und Unehre lauerten. ›Vielleicht wäre es besser gewesen, im Feuer zu fallen?‹ Ein schrecklicher Zweifel — wie war das wohl mit dieser Menschlichkeit? Mut hatte ihm nie gefehlt, doch hier war das eine andere Sache — sogar John Silver bekam Ohnmachtsanfälle bei dem Gedanken an Ohrenschmerzen. Hm — Köpfung — fast war das *ganz Pomade* — eines so viel wert wie das andere. Und plötzlich, an dem Platz, wo vor einer Weile Persy gesessen hatte, erblickte der Chef ganz deutlich die *durchsichtige*, bärtige, schmutzige Gestalt Niehyd-Ochlujs: die erste Halluzination (außer den Dawamesk-Visionen) seines Lebens. Niemand konnte das begreifen — der Quartiermeister schaute auf den leeren Stuhl wie auf ein Gespenst am hellichten Tag. Etwas wahrhaft Höllisches. Es fiel ihm ein, wie er einstmals als kleiner Bengel Shakespeares *Macbeth* mit den Illustrationen von Seluze betrachtet hatte. Dies Buch zeigte ihm, dem Stallburschen, der jünger war als Chraposkrzecki, den Bruder dessen, der heute morgen bei der wahnsinnigen Attacke auf die Maschinengewehre der 13. Division gefallen war. Der Quartiermeister erinnerte sich, welche Angst er vor dem dunkel-durchsichtigen Geist Bancos gehabt hatte und wie er dann nicht einschlafen konnte infolge der störrisch wiederkehrenden Vision. Der Geist verschwand. Und als Wang seine Rede beendet hatte, lachte der Chef mitten in der Stille auf mit seinem ›donnernden‹, kristallenen Gelächter. Darin war nichts Hysterisches — nur Jugend. (Längst schon unterdrückte er dieses Lachen, seit der Bewerbung des alten ›Tschinken‹ um seine Frau. Haha, *c'est le comble!* Er beschloß, den Armen im Irrtum zu belassen — mögen sie das später herauskriegen. Das wird ein Gaudium geben.) Alle schauten auf ihn. Persy war aus der Ohnmacht erwacht und kam, gestützt von zwei chinesischen Offizieren, zähneklappernd wieder in den Saal. In der Stille war das Klappern dieser grausamen Zähnchen an dem klingenden Kristall des Kelches zu hören, den ihr der Stabschef Ping reichte. Kocmoluchowicz erhob sich und sagte mit freier und leichter, ›kavalleristischer‹ Stimme (auf französisch):

»Herr Marschall Wang, allzuviel Ehre, um abzulehnen — wie einer unserer Offiziere im Jahre 1831 zu den Sekundanten sagte, als er vom Großfürsten gefordert wurde. Und es würde ohnehin nichts helfen. Ich akzeptiere dieses Kompliment Ihrer Hoheit« *(Votre Eminence)* »in tiefem Verständnis der Gesetze der Geschichte. Vielleicht mögen Sie recht haben, Marschall Wang, ich bin eine gefährliche Bestie mit geheimnisvollen Reflexen — geheimnisvoll für mich selber. Ist denn nicht der heutige Morgen ein Beweis dafür? Ohne meine letzte Volte hätten Sie drei Viertel Ihrer Verfügbarkeiten hier verloren. Zum Schluß hättet ihr durch die Überzahl gesiegt. Aber meinen Plan werden Sie nicht kennenlernen, denn er ist hier.« (Er klopfte sich an den Kopf und imitierte den Widerhall auf bekannte Art: mit einem Schweinegrunzen zwischen Nase und Gurgel. Die Chinesen staunten.) »Ich habe kein einziges

Papierchen beschrieben. Ihr hättet an mir einen guten Stabschef haben können im Kampf gegen die Deutschen — ohne Ihnen nahe treten zu wollen, General Ping«, fügte er hinzu mit einer Verneigung vor der gelben, unscheinbaren, jungen, kleinen Mumie. »Denn es wird euch nicht gelingen, die deutschen Kommunisten ohne Kampf zu besiegen. Unser Verderben war der Mangel einer inneren Idee — wir hatten eine, doch die war von außen aufgezwungen. Nun, und außerdem kommt noch hinzu, daß sich dort kein solches Exemplar wie ich züchten ließe. Aber auch wenn du, Mandarin Wang, mir jetzt das Leben schenken wolltest, würde ich dies Geschenk nicht annehmen, sondern mir einen Bonbon in den Kopf pfeffern aus diesem Browning hier, den ich vom Zaren KirylL erhalten habe und den ich deinen Händen übergebe.« Er legte das kleine, schwarze Gerät vor das Gedeck des chinesischen Würdenträgers und setzte sich. Niemand sprach mehr, obwohl das Thema nicht übel war. (>Jeder verbarg schamhaft etwas unter seinem Hemd‹, hätte ein Poet hinzugefügt.) Man sprach von Mechanisierung ohne Verlust der Kultur, von der Mechanisierung an sich, von der Mechanisierung der Prozesse der Mechanisierung selber, davon, was sein wird, wenn einmal alles mechanisiert ist. Der arme, geniale Verurteilte erstaunte alle durch die >Herbheit‹ seiner Bemerkungen und durch seinen Witz. Als man Rattenschwänze in einer Soße von in Tomaten gedünsteten Wanzen gegessen und zu dieser Schweinerei ausgezeichneten Reisschnaps mit Rosenwasser getrunken hatte, erhob sich der Mandarin Wang und sagte:

»Es ist an der Zeit.« Kocmoluchowicz bat um einige Worte:

»Meine letzte Bitte, Herr Marschall, ist, eine halbe Stunde mit meiner Frau unter vier Augen sprechen zu können. Außerdem muß ich zwei Briefe schreiben: an meine erste Frau und an meine Tochter.«

»Aber selbstredend, General«, sagte Wang freundschaftlich. »Ha — haben Sie noch Ihre erste Frau?« interessierte er sich. »Das ist ausgezeichnet, ausgezeichnet. Ich wußte nicht, daß das Töchterchen von der ersten ist ... Aber das macht nichts, das ändert doch unsere Pläne nicht?«

»Aber nicht im geringsten. Wo?«

»Dort, im kleinen Salon.« Er klopfte Kocmoluchowicz vertraulich auf den Rücken. Dieses bei den Chinesen ungewöhnliche Ereignis rührte alle beinahe zu Tränen. Doch die Offiziere des Quartiermeisters wagten nicht, zu ihm zu treten. Es entstand eine unüberschreitbare Distanz oder geheime Wand — es ging einfach nicht. Er selber wollte sie auch nicht haben. Was sollte man in einem solchen Augenblick schon sagen? Man mußte Haltung bewahren — *voilà*. Etwas anderes war es mit Persy, die soeben mit Zypcio und mit dem chinesischen Stabschef über die gerade erlebten kulinarischen Eindrücke sprach... »Sie sind ein starker Bursche, General«, sagte der Marschall weiter. »Schade, daß Sie nicht als Chinese geboren sind. Hätten Sie eine andere Erziehung erhalten, wären Sie wirklich groß. Doch so, wie es ist — muß ich. Leider.«

»Wo?«

»Ich werde Sie selber hinführen.«

»Komm, Persylein — wirst genug Zeit zum Flirten haben heut abend.« Sie gingen in einen kleinen Rokoko-Salon.

»Sie haben eine halbe Stunde Zeit«, sagte Wang mit Mitgefühl und ging ruhig davon. An der Tür wurde eine Wache aufgestellt: ein Leutnant, irgendein ehemaliger mongolischer Prinz, mit einem erbeuteten Säbel. Unter den Fenstern spazierten zwei Bajonette aneinander vorüber. »Und Sie, Herr Leutnant«, wandte Wang sich an Zypcio, »bleiben hier.« Er deutete mit der Hand auf einen Fauteuil an der Tür. Die Zeit verging langsam. Irgendwo schlug eine Uhr die dritte Nachmittagsstunde. In dem breiten Korridor war es ziemlich dunkel. Zypcio nickte für eine Sekunde ein. Er erwachte und schaute auf seine Uhr. Zwanzig nach drei. Es ist Zeit, um Gottes willen, Zeit! Er klopfte an — Stille. Ein zweites Mal stärker, ein drittes — nichts. Er ging hinein. Ein sonderbarer Geruch traf ihn, und dann sah er etwas Schreckliches. Ein Tellerchen und blutige Striemen und daneben eine fortgeworfene Reitgerte, die mit dem Brillantknauf, von der Persy sich niemals trennte, seit sie an der Front war. Sie stand weinend am Fenster. Die ganze Welt tanzte unter Zypcios Schädel eine wilde Tarantella. Mit letzter Anstrengung beherrschte er sich. Eine Sekunde lang geschah etwas Unbegreifliches in ihm, doch es ging vorbei. Uff – wie gut, daß es vorbei war.

»Es ist Zeit, Herr General«, sagte er leise und wirklich unheilverkündend.

Der Quartiermeister sprang auf und ordnete eilig seine Kleidung. Persy begann vom Fenster her mit ausgestreckten Händen auf Zypcio zuzugehen. In einer von ihnen (der linken) hatte sie ein zerknülltes Taschentuch. Zypcio zog sich eilig zurück und ging in das Speisezimmer. Es war leer. Er goß sich einen großen Kelch Reisbranntwein ein und soff ihn aus bis zum Boden, nachdem er ein Sandwich mit weiß-der-Teufel-was als Zubeiß genommen hatte. Die Sonne war orangerot.

Nach einer Weile gingen alle auf den wunderschönen Rasen vor dem Palais hinaus, wo noch die Körper und Köpfe der am Vormittag Geköpften lagen.

»Offiziere, die taktische Fehler begangen hatten in den Vorbereitungen zu der nicht stattgefundenen Schlacht mit Eurer Exzellenz«, erklärte Wang höflich. Kocmoluchowicz war blaß, doch seine Maske war undurchdringlich. Er war bereits auf jener Seite. Hier stellte sich nur noch sein Leichnam so, als ginge es ihn nichts an. (Darauf beruht der Mut in solchen Augenblicken: Der Leichnam schauspielert – der Geist ist schon woanders.) Er übergab Zypcio die Briefe und sagte:

»Leb wohl, Zypcio.« Wonach er alle mit der Hand grüßte und hinzufügte: »Ich verabschiede mich nicht, denn wir sehen uns bald wieder. ›Als mein Schicksal wählte ich den Wahnsinn‹«, zitierte er den Vers Micinskis. Und von diesem Augenblick an wurde er offiziell und steif. Er salutierte, alle hoben die Hände an die Mützen – er warf die Mütze des 1. Regiments der Chevaulegers zu Boden, kniete nieder und schaute in die langen vorabendlichen, aquamarinblauen Schatten, die eine Gruppe kupferroter Bäume auf die sonnigen Rasenflächen warf. Der Scharfrichter trat herzu – derselbe. Ein unaussprechlicher Zauber fiel auf die ganze Welt. Noch nie hatte irgendein Sonnenuntergang für ihn einen solchen Zauber gehabt, besonders nach dem, was er soeben zum letztenmal (ach, dieses Bewußtsein der Endgültigkeit – wieviel mörderische

Wonne hatte es ihm gegeben!) mit der Geliebten vollbracht hatte. Niemals mehr wird irgendein Augenblick höher sein als dieser — wozu also das Leben bedauern? Dieser Oktobernachmittag, das eben ist der höchste Gipfel.

»Ich bin bereit«, sagte er hart. Die Freunde hatten Tränen in den Augen, doch sie hielten sie zurück. Die Wand zwischen ihnen und dem Chef zerbarst. Auch für sie war die Welt in diesem Moment auf sonderbare Weise schöner geworden. Auf ein von Wang gegebenes Zeichen (›il était impassible comme une statue de Boudda‹, wie Persy dann immer sagte, wenn sie diese Szene erzählte) erhob der Scharfrichter das gerade Schwert, das in der Sonne aufblitzte. Wiuuuu! Und Zypcio sah dasselbe, was vor vier Stunden alle zusammen mit dem Generalquartiermeister gesehen hatten: das Durchschneiden einer satanischen Preßwurst, die dann von dem aus den Arterien des letzten Individualisten sprudelnden Blut übergossen wurde. Der Kopf rollte dahin. Der Chef empfand im Moment des Köpfens nur Kälte im Nacken, und als der Kopf wankte, schlug die Welt in seinen Augen einen solchen Purzelbaum wie die Erde, von einem Flugzeug aus in einer scharfen Wendung gesehen. Dann umfing fade Finsternis den schon auf dem Rasen liegenden Kopf. In diesem Kopf hatte sein Ich das Dasein beendet, unabhängig von dem Korpus in der Generalsuniform, der weiterhin kniete und nicht umfiel (das hatte etwa fünfzehn Sekunden gedauert). Persy wußte nicht, ob sie sich zum Kopf werfen sollte oder zu dem Korpus — irgendwohin mußte sie sich werfen. Sie wählte das erstere, sich an Salome erinnernd, an die Königin Margarete und an Mathilde de la Mole von Stendhal (die nächstfolgende Person in dieser Situation wird sich auch noch an sie erinnern müssen: an Persy Zwierzontkowskaja — sie wird dann so berühmt wie jene anderen). Sie nahm den wilden, unbeugsamen Kopf Kocmoluchowiczs, der aus dem Hals Blut und Mark kotzte, vom Rasen und, sich vorsichtig vorneigend, küßte ihn mitten auf den Mund, der noch nach ihr selber roch. Oh, ist das unanständig! Aus dem Mund rann Blut. Ihren blutigen Mund (das später so genannte ›rouge Kotzmoloukowitch‹) wandte die Zwierzontkowskaja dann Zypcio zu und küßte auch ihn. Dann stürzte sie zu den entrüsteten Chinesen und zu den Freunden des Chefs. Man mußte sie binden, so schäumte sie in ihrem hysterischen Anfall. Zypcio wischte sich mit Ekel, wischte sich und konnte sich nicht genug wischen. In dieser Nacht (nachdem sie bekannt hatte, niemals die Ehefrau des Chefs gewesen zu sein) wurde sie zur Geliebten des automatisierten Zypcio, der, wie Cymisches die Basilissa Teofanu, ›sie absolut ohne jegliche Lust besaß‹. Nachher liebte sie noch den Chef des chinesischen Stabes, obwohl er nach Leiche stank, und noch andere ›Tschinken‹, obwohl sie so wie er stanken — vielleicht gerade darum — man weiß es nicht. Der gleichgültig gewordene Zypcio erlaubte ihr alles.

Der Schneesturm, der plötzlich vom Westen kam, gestattete den Chinesen nicht, sogleich zur Besetzung des Landes auszuziehen. Man befaßte sich von neuem mit der Organisierung der ›verbrüderten‹ feindlichen Heere. Zypcio hatte wahnsinnig viel zu tun, er fand kaum Zeit für die Liebe.

Und dann ging man auf den Westen los. In den ersten Tagen des November marschierten die chinesischen Armeen in die Hauptstadt ein. Unterdessen taten sich dort schreckliche Dinge. Die Gesellschaft für Nationale Befreiung lieferte den Kommunisten eine Schlacht. Man verdrosch sie. Zwei Geister, der des ermordeten Niehyd und der seines Mörders, der seine Schuld ihm gegenüber durch seine letzte ›Tat‹ gesühnt hatte, führten weiterhin die Massen und hetzten erbarmungslos die einen gegen die anderen. Die Toten rächten sich dafür, daß sie selber nicht mehr das Leben genießen konnten. Die ›heilige Märtyrerin Hanna‹ widmete sich ausschließlich dem Töchterchen, der Verlobten des jungen Wang. Doch den alten heiratete sie nicht, und damit basta — man wußte sich mit ihr nicht zu helfen. Zypcio ›vergewöhnlichte‹ völlig. Es gab Nachforschungen in Sachen Elisa, doch angesichts der chinesischen Überschwemmung wurde alles niedergeschlagen. Überhaupt begann für eine Menge Verbrecher ein neues Leben.

Für Künstler gab es Erleichterungen. Sturfan und Tengier ging es ausgezeichnet. Tengier übergab die Erziehung der Kinder der völlig ›verbauerten‹ Frau und komponierte ungehindert, wobei er sich in freien Momenten wie Sardanapal auf ganzen Stößen von Mädchen verschiedener Hautfarbe sielte, welche ihm die Sektion des Schutzes der Künste am Ministerium für Mechanisierung der Kunst beschaffte. Sturfan schrieb zusammen mit Lilian, die außerdem im Theater für höchste Mandarine spielte – er schrieb schreckliche Sachen: Romane ohne ›Helden‹, deren Rolle *Gruppen* übernahmen. Er operierte nur mit kollektiver Psyche, Gespräche gab es überhaupt keine mehr. Die literarische und künstlerische Kritik wurde endlich völlig abgeschafft. Auch Fürst Basil und Benz, als Menschen der Wissenschaft (der eine Murti Bings, der andere der der Zeichen), schwammen im Überfluß. Dafür hatte die Masse (Fürsten, Grafen, Bauern, Arbeiter, Handwerker, die Armee, die Weiber etc.), die zur Verbesserung der mongolischen Rasse dienen sollte, anfangs verdammungswürdig unter dem sexuellen Thema zu leiden (aber das ist ja eine solche Dummheit, die ganze Sexualität – wer wird schon darin lange herumschmuddeln). Doch verhältnismäßig schnell (in etwa zwei Monaten) gewöhnten sich die guten Leute an den neuen Zustand, denn schlimmere Viecher als die Menschen gibt es wohl nicht im ganzen Weltall. Man bereitete sich fieberhaft darauf vor, das allzu wenig auf chinesische Art kommunistische Deutschland zu erobern. Das sollte zum Frühlingsanfang geschehen.

Zypcio, nun schon vollkommen verrückt, ein gemäßigter Katatoniker, gewaltsam verheiratet mit einer Chinesin von wundervoller Schönheit aus dem Geschlecht irgendwelcher mongolischer Khane, war als vorbildlicher Offizier immer intensiver beschäftigt und vernachlässigte Persy immer mehr, die schließlich, nachdem sie einen gelben Würdenträger geheiratet hatte, zu den Chinesen überging. Ach, richtig: Die Fürstin war auf irgendwelchen Barrikaden in der Zeit antichinesischer Unruhen umgekommen, und den Michalskis ging es nicht schlecht. Mit spezieller Protektion konnte man früher geschlossene Ehen weiterführen.

Alles zerwehte zu etwas, das sich in polnischen Ausdrücken nicht beschreiben läßt. Irgendein Gelehrter könnte das vielleicht, ein geistiger ›Tschink‹, der, was er auf chinesisch gesehen hat, später auf englisch beschreiben kann. Doch das ist nicht wahrscheinlich.

Nachbemerkung des Autors

Ohne auf die Frage einzugehen, ob der Roman eine literarische Form ist oder nicht (für mich nicht), will ich das Verhältnis des Romanschriftstellers zu seinem Leben und zu seiner Umgebung behandeln. Für mich ist der Roman vor allem ein Beschreiben der Dauer eines bestimmten Ausschnitts der Wirklichkeit, gleichgültig, ob eines erdachten oder eines erlebten; eines Ausschnittes der Wirklichkeit in dem Sinn, daß die Hauptsache der Inhalt ist und nicht die Form. Das schließt Phantastik des Themas und psychologische Darstellung der auftretenden Personen nicht aus — es geht nur darum, daß der Leser davon überzeugt wird, daß es eben so und nicht anders war oder sein konnte. Dieser Eindruck ist zwar abhängig von der Art der Darstellung, von der Form der einzelnen Teile, der Sätze, der allgemeinen Komposition. Aber die formalen Elemente bilden im Roman keine Ganzheit, die unmittelbar durch sich selbst wirken könnte; eher dienen sie dazu, den Lebensinhalt zu potenzieren, dem Leser die Wirklichkeit der beschriebenen Menschen und Vorfälle zu suggerieren. Die Konstruktion des Ganzen ist meiner Meinung nach im Roman etwas Zweitrangiges, das als Nebenprodukt der Beschreibung des Lebens entsteht, das aber nicht im voraus deformierend Einfluß nehmen darf auf die Wirklichkeit. Es ist besser, wenn die Konstruktion da ist, aber ihr Fehlen ist kein grundlegender Mangel des Romans. Im Gegensatz dazu stehen die Werke der Reinen Kunst, in denen die Form allein den künstlerischen Eindruck erzeugt, die ohne diese Konstruktion keine Kunstwerke sind, sondern höchstens umgestaltete Wirklichkeit, ein Chaos verbundener, rein formaler Elemente. Ein Roman kann alles sein, unabhängig von den Gesetzen der Komposition: von einem von außen her dargestellten a-psychologischen Abenteuerroman bis zu einem philosophischen oder gesellschaftlichen Traktat. Im Roman muß etwas geschehen: Ideen wie der Kampf der Ideen müssen an lebendigen Menschen gezeigt und nicht an Marionetten aufgehängt werden; sonst ist es besser, eine wissenschaftliche Abhandlung zu schreiben. Die Ansicht, daß der Roman unbedingt die Darstellung eines engen Ausschnitts aus dem Leben sein sollte, wobei der Autor, Scheuklappen an den Augen wie ein nervöses Pferd, jegliche wirkliche und scheinbare Abschweifung vermeiden sollte, erscheint mir nicht richtig. Mit Ausnahme graphomanen Unsinns und von niemand benötigten, flachen Beleuchtungen uninteressanter Menschen ist alles gerechtfertigt — sogar die größten Abweichungen vom ›Thema‹. Die Verbeugungen vor dem niedrigen Geschmack des durchschnittlichen Publikums und die Angst vor den eigenen Gedanken oder vor dem Unwillen irgendeiner Clique machen aus unserer Literatur (mit wenigen Ausnahmen) jenes laue Wasser, das einen geradezu zum Kotzen bringt. Antoni Ambrozewicz behauptet richtig, daß bei uns die Literatur nur eine Funktion des Kampfes um die Unabhängigkeit war — mit dem Erreichen der Unabhängigkeit scheint sie hoffnungslos zu Ende. Man halte mich nicht für größenwahnsinnig — ich will dem Publikum keineswegs einreden, daß meine Romane das Ideal sind und alles andere Blödsinn ist; davon bin ich weit (und zwar sehr weit) entfernt. Aber ich behaupte, daß die heutige Kritik wegen einer falschen Auffassung ihrer gesellschaftlichen Pflicht und wegen der Lust, kleine Tugenden kleiner Leute zu lehren, weder gefährliche Probleme noch deren mögliche Lösung mehr sieht und daher hemmend einwirkt auf die Entwicklung unserer Literatur. Was unbequem ist, wird mit Schweigen übergangen oder aber programmatisch schlecht verstanden und interpretiert. Fälschung und Feigheit kennzeichnen unser ganzes literarisches Leben, und jene, die mit Recht auf verschiedene peinliche Erscheinungen hinweisen (z. B. Slonimski), sind machtlos wegen des Fehlens begrifflicher Unterlagen und wegen des programmatischen Antiintellektualismus. Die geistige Ausbildung der größten

Zahl unserer Kritiker ist unvollendet; es fehlt ihnen an Denkgerüsten. Zusammen mit der Produktion der Mittelmäßigkeit und der Überschwemmung des Marktes durch Übersetzungen ausländischen Plunders ergibt das ein trauriges Bild literarischen Niedergangs. Was soll man vom Publikum verlangen, wenn die Kritik selbst ein Durchschnittsniveau nicht erreicht? Ich will hier nicht mit den einzelnen Kritikern um allgemeine Ideen kämpfen, ich will mich auf ein einziges Problem beschränken: auf das Verhältnis zwischen Arbeit und Privatleben des Autors. In der Einleitung zu *Abschied vom Herbst* habe ich einen Satz geschrieben, den ich hier wörtlich zitiere: ›Das, was mein zweiter sehr lästiger Feind, Karol Irzykowski, über das Verhältnis der Kritik zu den Werken der Kunst und zum Autor schreibt, ist sehr richtig. Das Herumschmuddeln am Autor à propos seines Werkes ist indiskret, unangebracht, nicht gentlemanlike. Doch leider kann jeder mit einer solchen Schweinerei rechnen. Das ist sehr unangenehm.‹ Als Antwort auf diese Erklärung begegnete ich folgenden Reaktionen auf meinen Roman: Herr Emil Breiter gab seiner Kritik den Titel ›Ein Pseudo-Roman‹ und bemerkte darauf am Schluß, den Sinn dieses Titels nicht weiter erklärend, daß mein Buch eine ›Beichte‹ sei. Schlauerweise sagte er nicht: eine ›ideelle Beichte‹ — denn so blieb die Bemerkung zweideutig. So denkt sich jeder durchschnittliche Mensch (und damit rechnet Herr B.), daß ich einfach Tatsachen meines Lebens beschreibe, über das er, Herr B., irgendwelche geheimen Informationen hat — also: daß ich durch irgendeinen Grafen unter Kokain vergewaltigt worden bin, daß ich von einer reichen Jüdin auf Ceylon unterhalten wurde, daß ich eine Bärin in der Tatra kokainisiert habe, etc. Man wird mich nicht beschuldigen, durch Kommunisten füsiliert worden zu sein, da es in Polen keine Sowjets gibt und da ich leider lebe und inzwischen weiter schreibe. Später begegnete ich dann auf Grund solcher Kritiken und Gerüchte Aussagen dieser Art: irgendeine Dame sagt nach einem beendeten Porträt: »Ich hatte solche Angst vor Ihnen — ich dachte, wie werde ich es eine Stunde mit einem solch schrecklichen (!) Menschen wie Sie aushalten — aber Sie sind ganz normal und sogar gut erzogen.« Mütter fürchten, Porträts ihrer Töchter in meiner Firma zu bestellen, sogar erwachsene Männer setzen sich mit zweifelnden Mienen ›auf den Apparat‹, so als wären sie gewärtig, daß ich ihnen, statt zu zeichnen, zumindest unvermutet die Zähne ausreiße oder die Augen mit dem Bleistift aussteche. Eine zweite Tatsache: Karol Irzykowski (mit dessen ›Kampf um den Inhalt‹ ich mich des längeren in der obenerwähnten Broschüre befassen werde) schreibt eine offensichtlich bewußt zweideutige Kritik (er benützt Begriffe wie: ›genialer Graphoman‹ — das ist so sinnvoll wie: ›quadratischer Kreis‹, vielleicht noch sinnloser), in der er das Wort ›Zynismus‹ ungenau, in einer für den durchschnittlichen Menschen unklaren Bedeutung verwendet, und fügt dann hinzu (gerade er, von dem ich den obenerwähnten Satz zitierte, und zwar auf Grund seiner eigenen Aussage), daß ich meinen Roman zu sehr auf den Hintergrund persönlicher Erlebnisse stütze. Woher erkühnen sich diese Herren, solche Sachen zu vermuten? Auf Grund abscheulicher Tratschereien über mich? Mögen sie vermuten — Gott mit ihnen —, aber dies in literarischen Kritiken zu schreiben ist der Gipfel der Frechheit. Ich habe allerdings den Eindruck, daß man mit mir eine Ausnahme macht — über niemand sonst habe ich schon Ähnliches gelesen. Ich kann meinen vorhin verwendeten Ausdruck nicht zurücknehmen, da jene Herren sich selber, wenn ich so sagen darf, ihm ›unterstellen‹. Denn der Realismus irgendeiner Beschreibung impliziert ja beileibe nicht ein Kopieren der unmittelbar gegebenen Wirklichkeit — er kann ein Beweis des realistischen Talents des Autors sein. Aber wenn es sich um mich handelt, wird sogar das, was ein Kompliment sein könnte, perfide zu einem Vorwurf umgedreht, und das noch dazu zu einem rein persönlichen und unbegründeten, der mir aber im Privatleben schadet. Wie soll man so etwas sonst nennen? Das Ganze ist um so auffälliger, als keine einzige Tatsache in *Abschied vom Herbst* der Wirklichkeit entspricht. Vielleicht rechnen diese Herren damit, daß der auf diese Weise vor dem Publikum geschmähte Autor aufhören wird zu schreiben oder sich zumindest nicht mehr unzensuriert äußern wird dürfen und dies zum Schaden für seine Arbeit. Zu ähnlichen, etwas weniger lästigen Erscheinungen gehört, eine Pastete aus beliebig gewählten Zitaten zu machen, wobei die Aussagen der ›Helden‹ geschickt vermischt sind mit den Ansichten des Autors, und die Darstellung des auf diese Weise gefälschten Textes als dessen Ideologie zu bieten. Es geht mir nicht darum, gelobt zu werden, nur darum, wenigstens ehrlich bekämpft zu werden — aber sogar das ist bei uns sehr schwierig. ›Was wirste mit 'nem Dummen reden‹, wie Jan Mordula sagte. Aber besser ist sogar ein dummer als ein bewußt unehrlicher Kritiker. Man möchte wenigstens an den guten Willen glauben, doch manchmal ist das einfach unmöglich. Es gibt keinen Autor, der nicht die Introspektion oder die Beobachtung anderer Menschen für Romanzwecke benützte. Die Fähigkeit, sich die Zustände erdachter Personen vorzustellen oder die gegebene Wirklichkeit zu transponieren — wobei eine unermeßlich kleine Tatsache als Kern für die Kristallisation der ganzen Konzeption genügen kann —, muß doch das grundsätzliche Kennzeichen des Romanschreibers sein. Es ist schwerlich denkbar, daß jemand, der in einer bestimmten Atmosphäre lebt, sich nicht aus ihr ernähren würde; es geht darum, auf welche Weise er diese Nahrung verwendet. Es gibt eine gewisse Grenze in der Umrissenheit der Typen (irgendwelche besonderen Kennzeichen wie in Pässen), außerhalb derer sich annähernd sagen läßt, daß der betreffende Autor tatsächlich einen gegebenen realen Menschen darstellt. Aber dazu muß man das vor allem wollen — für irgendwelche geheimnisvollen Ziele: persönliche Rache oder Reklame oder Politik. Ich bemerke, daß mir dies völlig fremd ist und daß ich jede derartige Interpretation, sowohl im Verhältnis zu mir wie zur aktuellen gesellschaftlichen Wirklichkeit, für eine vorsätzliche Schweinerei halte, die das Ziel hat, mir persönlich zu schaden. Schade, daß die Polemik zwischen Kaden-Bandrowski und Irzykowski über eben dieses Thema in persönlichen Schmähungen steckengeblieben ist, ohne die Dunkelheiten zu erhellen, die das Schaffen des Schriftstellers bedecken. Wenn sogar diese beiden, der größte von unseren gegenwärtigen Schriftstellern und der, der als größte Autorität in der Kritik gilt, auf diese Art diskutieren, so beweist das, daß es schlecht bestellt ist mit unserer Literatur.

WITOLD GOMBROWICZ

Wir waren unser drei
Nachwort zur deutschen Ausgabe

Ich habe schon irgendwann einmal geschrieben: Es waren unser drei, Witkiewicz, Bruno Schulz und ich, drei Musketiere der polnischen Avantgarde aus der Zeit zwischen den Kriegen. Wie es sich jetzt erweist, war diese Avantgarde wiederum nicht eine solche Eintagsfliege. Heute, siebenundzwanzig Jahre nach dem Tode ›Witkacys‹ (so nannten wir ihn), der sich im Herbst 1939 das Leben nahm, ist Schulz (ebenfalls verstorben; dieser wurde von einem SS-Mann auf offener Straße niedergeschossen) in viele Sprachen übersetzt, und ich wurde, nach Jahren des Anonymats, gleichfalls ›entdeckt‹.

So blieb Witkacy zu entdecken. Manchmal erhalte ich Briefe von Verlegern oder Professoren mit der Anfrage, was ich von Witkacy wisse, was über ihn geschrieben worden sei, wo man nach Informationen suchen solle, etc.

Aber ich weiß ja nichts. Ich bin kein Kenner von Witkacy. Nicht einmal sein besonders begieriger Leser. Auch waren wir nicht miteinander befreundet damals in Polen. Vielmehr beobachte ich mit Verwunderung die wachsende Woge des Interesses an diesem Schriftsteller . . . das hatte ich, in Polen, nicht vorausgesehen. Witkacy schien mir eine sehr starke Persönlichkeit, eine erdrückende sogar, ein glänzender Geist, obwohl ein düsterer und beunruhigender, ein Künstler von hervorragenden Talenten, doch wie mit einer Perversion oder Manier behaftet, was ihn sowohl im persönlichen Verkehr als auch in dem, was er schrieb, eher abschreckend als anziehend machte.

Und dennoch sieht es nach Jahren so aus, als würde der Zeitgeist diesem tragischen Geist immer verwandter. Man muß zugeben, daß er der Zeit voraus war und daß die Zeit ihn erst jetzt wieder einholt.

Wäre ich ein Literaturhistoriker, so könnte ich vieles von der Rolle Witkiewiczs als Pionier und Vorläufer sagen.

Betrachten wir uns einmal seine Theorien, die — vergessen wir das nicht — gleich nach dem ersten Weltkrieg aufgestellt und ausgearbeitet worden sind. Mit einer für jene Zeiten ungewöhnlichen Kühnheit führt er die ›reine Form‹ in das Theater ein: Das Drama, so sagt er, dürfe keinen Inhalt haben, es solle einzig eine Zusammenstellung ›reiner‹ Effekte sein (ähnlich wie in der Musik; wir fragen nicht, welchen Inhalt eine Symphonie ausdrückt, es genügt, daß nach einem Pianissimo der Streicher ein Fortissimo der Perkussion folgt), diese Effekte aber bezwecken ausschließlich ein ›Hervorrufen metaphysischen Schauers‹. Die absurden Dramen Witkiewiczs stellen wohl eines der radikalsten Experimente dar, die im Theater ausgeführt wurden. Warum werden sie so selten im Westen gespielt?

Und der Roman ist nach seiner Ansicht überhaupt nicht *Form* oder *Kunst*, sondern ein Gefäß, in dem man alles unterbringen kann, Psychologie, persönliche Bekenntnisse, Politik, Philosophie ... *Unersättlichkeit*, in Übereinstimmung mit dieser Theorie geschrieben, erschien 1930. Witkacy zertrümmert also die Romanform — und mit welcher über Virginia Woolfe, James Joyce und Franz Kafka hinausgehenden Rücksichtslosigkeit!

Doch ich bin kein Literaturhistoriker, und für mich sind diese seine Errungenschaften weniger wichtig. Und zugleich frappieren mich seine anderen Hellsehereien und Ahnungen nicht einmal so sehr, zum Beispiel auf dem Gebiet der Politik — wie jenes China, das auf dem Hintergrund von *Unersättlichkeit* vorstößt, als käme es aus dem Schoß der Geschichte selber, dieses China, das heute die ersten Seiten unserer Zeitungen füllt. Nein, ich glaube nicht, daß dies das Wichtigste an ihm war. Was also? Was verbindet ihn so stark und vertraut mit der heutigen Gegenwart? Meiner Ansicht nach der Dämonismus.

Er hat gewisse unbarmherzige Merkmale des kommenden Menschen in sich zur Weißglut gebracht.

Vor allem die frostige Kälte des Intellekts, der in ihm nicht weniger empfindlich wird als glühendes Eisen. In *Unersättlichkeit* erinnert der Intellekt an einen Arzt in weißem Kittel, der auf kalte Art operiert — man fühlt beinahe die Schärfe des Skalpells, den Geruch des Äthers, das Grausen des Operationstisches und die Masken auf den menschlichen Gesichtern. Doch dieser unmenschliche Objektivismus verwandelt sich bei Witkiewicz sofort in etwas schändlich Menschliches: in Zynismus.

Und dieser intellektuelle Zynismus wird — interessanterweise — in ihm, in seiner weiteren Verwandlung, zu dem Zynismus eines Mannes. Die objektive Brutalität geht über in eine sexuelle Brutalität, das Geschlecht spielt eine riesige Rolle in seinen Werken, das männliche Geschlecht eine größere im Grunde als das weibliche. Witkacy (der einige Zeit im Petersburger Leibgarderegiment diente) hat etwas von einem Offizier. Habe ich nicht aus seinem eigenen Munde gehört, daß russische Gardeoffiziere sich betrunken um einen runden Tisch setzten, einander Schnüre an das Glied banden, um unter dem Tisch daran zu ziehen ... bis zuletzt derjenige, der nicht aushielt und als erster aufschrie, das Souper bezahlte. Bitte zu entschuldigen, stets schien mir diese Anekdote eine ausgezeichnete Einführung in seine Kunst. Witkacy ist sehr männlich, doch haßt er den Mann in sich, und es verlangt ihn danach, ihn zu schänden, lächerlich zu machen, zu erniedrigen ... ihn in Scheußlichkeit zu tauchen.

Wenn er jedoch nicht ein Mann sein will, was will er dann sein? Ein Engel ... Wir haben es mit jemandem ungewöhnlich Empfindsamen und sehr Menschlichen zu tun. Daher nimmt die Unmenschlichkeit in ihm eine so makabre Gestalt an.

Zu diesen zwei Ungeheuerlichkeiten — dem Zynismus des Intellekts, der Brutalität des Sexus — fügen wir eine dritte hinzu: die Ungeheuerlichkeit des Absurdums. Machtlos angesichts der Sinnlosigkeit der Welt, verzweifelt, empört, führt er das Absurdum in sich zum Absurden: Wenn alles verrückt ist, so mache auch ich aus mir einen Verrückten, solcher Art wird meine menschliche Rache sein, mein menschlicher Protest. Hier erweist sich Witkacy als naher Verwandter Lautréamonts, Jarrys und anderer großer Clowns unserer Epoche.

Und schließlich eine vierte Ungeheuerlichkeit: die der Metaphysik. Das ist das eigentliche Thema von *Unersättlichkeit* und übrigens seiner ganzen Kunst. Bis zum ›metaphysischen Schauer‹ gelangen, der aus der Alltäglichkeit herausreißt und das menschliche Wesen in unmittelbaren Kontakt mit seinem unerforschlichen Geheimnis bringt ... darum eben geht es bei den grotesken Tollheiten Genezyps, in den stammelnden Diskussionen über die Kunst, in dem dunklen und wie traumhaften Emporwachsen der Geschichte von irgendwoher ... aus chinesisch-russischem Winkelwerk ... Diese Metaphysik jedoch macht den Menschen nicht erhaben, sondern schändet ihn. Der Mensch Witkacys ist koboldhaft mißgestaltet in seinem krampfhaften Sich-Erregen durch den eigenen Abgrund. Der kalte Sadismus, mit dem dieser Autor die Kinder seiner Vorstellungskraft behandelt, läßt keinen Augenblick nach, die Metaphysik ist für ihn eine Orgie, der er sich mit der Verbissenheit eines Verrückten hingibt.

Diese Dämonen sind unserer Jetztzeit nicht fremd ... *Unersättlichkeit* ist gleicherweise kategorisch in ihrer nüchternen Raserei wie andere schmerzliche Werke Joyces, Célines, Lautréamonts oder Kafkas, welche den schlimmsten Teufeln der Epoche die Tür öffneten. Der Mensch von heute wird sich in diesem Werk erkennen, das vor vierzig Jahren, und, geben wir es zu, auch ein wenig *pour épater les bourgeois*, geschrieben wurde. Heute stößt sich schon niemand daran, hingegen frappiert uns um so stärker die essentielle Wundersamkeit dieses Theaters ... diese Vamps mit offenen Eingeweiden, diese Künstler, Offiziere, Intellektualisten, die winseln, heulen, höllisch geworden ... Ha! Wenn doch Witkacy um ein Jahr länger über diesem Roman gesessen hätte! Doch nicht als erster und nicht als letzter der zeitgenössischen Autoren wurde er ein Opfer der Theorie, die er für sich konzipierte, in die er sich verbiß: daß der Roman nicht eigentlich ein Werk der Kunst ist, daß es also nicht lohnt, sich den Kopf mit Vervollkommnung, mit Bereinigung, mit dem Wortfluß zu verdrehen.

›Ein genialer Graphoman‹, sagte man von ihm. Ja, nicht leicht ist ein Buch zu entdecken, in dem man soviel Talent finden könnte. Witkiewicz ist unter gewissen Gesichtspunkten ein Kind einer der am wenigsten glücklichen Perioden der polnischen (und der Welt-) Literatur, damals, da zu Beginn unseres Jahrhunderts Künstler mit Bärtchen, in Pelerinen, bei gefährlichen Getränken sich raffinierten Initiationen hingaben und Frauendessous aufschürzende Kulte ›der nackten Seele‹ und ›uralten Gelüstes‹ feierten. Eine der Koryphäen dieser Richtung in Polen, der sehr begabte und manierierte Przybyszewski, war dem deutschen Publikum bekannt, denn einige seiner Werke schrieb er in deutsch. Diese Manier überdauerte auf sonderbare Weise bei Witkiewicz, und sie ist es, die dem heutigen Leser am meisten auffällt. Doch muß man zugeben, daß der ›Graphoman‹ Witkiewicz es versteht, aus dieser seiner Schwäche Effekte von fast kosmischer Komik hervorzubringen. Dieses sein Gelächter, ein kaltes, grausames, gewaltiges, ist der Ausdruck seiner Not und seines Triumphes.

Tadeusz Borowski

Bei uns in Auschwitz

Erzählungen
Nachwort von Andrzej Wirth. Aus dem Polnischen von Vera Cerny.
3. Aufl., 11. Tsd. 1983. 280 Seiten. Serie Piper 258

»Borowski ist zu dem Chronisten von Auschwitz geworden. Er fand
nämlich eine Sprache, die unter der Last des Erlebten nicht
zusammenbricht. Seine KZ-Prosa trotzt im Gegensatz zu allen anderen
Texten dieses Schriftstellers dem Zeitablauf, weil sie so gekonnt
›anti-literarisch‹ wirkt …
Anders als die meisten Zeugen der Anklage wagte er es nämlich,
eine schonungslose, fast provokante Erzählperspektive zu wählen …
Dieser keineswegs als erzieherische Literatur konzipierte Auschwitz-
Bericht von Borowski ist im Grunde doch als Beitrag zur Erforschung
der menschlichen Situation zu verstehen: Es wird zwar ein System
geschildert, aber die Systeme existieren nicht in abstrakter Form.
Sie werden von Menschen gemacht. Sie können vom Menschen
verändert werden.«   FAZ

»Dabei handelt es sich nach der Meinung aller, die über Borowskis
Buch geschrieben haben, um das einzige literarische Zeugnis,
das überhaupt bestehen kann neben den Dokumenten über die
Vernichtungslager, vor deren furchtbarer Faktizität ja jeder Versuch
einer ›ästhetischen Bewältigung‹ von Auschwitz selbst als
barbarischer Akt erscheinen muß, weil er nämlich noch dem Grauen-
vollsten eine Art Genuß abpressen möchte.«   Die Zeit

Piper

Danilo Kiš

Ein Grabmal für Boris Dawidowitsch

Sieben Kapitel ein und derselben Geschichte
Aus dem Serbokroatischen von Ilma Rakusa.
1983. 165 Seiten. Geb.

Danilo Kiš setzt in seinem Buch den namenlosen und
den totgeschwiegenen Opfern der russischen Revolution ein
Denkmal – doch darüber hinaus ist diese Chronik des
Schreckens ein an keine bestimmte historische Zeit gebundenes
Meisterwerk, das sowohl thematisch wie auch formal an
J. L. Borges, aber auch an Kafka und Bruno Schulz erinnert.
Diese Erzählungen von Edelmut und Gewalttat, von Loyalität
und Sadismus, in denen Fiktives mit Realem verschmilzt, sind
zu verstehen als sieben Kapitel ein und derselben Geschichte.

»Die Namen sind erfunden, die Schicksale aber – eines das
andere variierend, eines mit dem andern verschränkt – sind
real … Jedes dieser sieben Medaillons präsentiert auf
kompakteste Weise ein Stück todbringender Historie …
Kiš' raffinierte Montagetechnik, gepaart mit einem subtilen
Lyrismus … läßt ein neues Genre entstehen, das Verbindungen
zu Solschenizyns ›Archipel Gulag‹ ebenso wie zu Bruno Schulz
und zur präzisen Phantastik von Borges aufweist.«
Neue Zürcher Zeitung

»Aus dieser literarisch höchst anspruchsvollen Auseinandersetzung mit ›Grenzbereichen‹, aus der einfachen Sprache,
subtiler Lyrik in kühler Prosa, ergibt sich eine Spannung, die bei
der Tragweite des Themas – die Revolution frißt ihre Kinder –
schon fast ungehörig ist.« Frankfurter Allgemeine Zeitung

PIPER

Russische Literatur

Wassilij Aksjonow
Defizitposten Faßleergut

Novelle mit Übertreibungen und Traumgesichten.
Aus dem Russischen von Thomas Reschke.
2. Aufl., 7. Tsd. 1985. 98 Seiten. Serie Piper 115

Faßleergut soll per Lastwagen ins Depot der nächsten Kreisstadt befördert werden. Wie einst Gogols berühmte Troika rast der Wagen in wildem Zick-zack tage- und nächtelang über Land, während Fahrer und Fahrgäste gammeln und träumen – es ist eine Fahrt ins Unbekannte, ins Land der Verheißung, wo der »gute Mensch« ihrer Träume auf sie wartet.

»Dieses ebenso übermütige wie hintersinnige Prosastück ist eine rare Ausnahmeerscheinung innerhalb der zeitgenössischen Sowjetliteratur.«   Süddeutsche Zeitung

Jurij Trifonow
Der Tausch

Aus dem Russischen von Alexander Kaempfe und Helen von Ssachno.
1986. 87 Seiten. Serie Piper 79

Trifonows Erzählung liegt ein Nichts an Handlung zugrunde: der Tausch einer Wohnung, womit in psychologisch ungemein präziser Form die Analyse einer Ehe beginnt, die sich als Lebenslüge entpuppt. Der Prozeß dieser Entlarvung geht lautlos vor sich – es gibt keine dramatischen Höhepunkte, keine Scheidung, so daß auch die Katastrophe unsichtbar bleibt. Schicksal heißt hier: Alltag, Wiederholung, Zustand gegenseitiger Vortäuschungen – vor dem Wohnungstausch noch mit gnädig geschlossenen Augen, danach im vollen Besitz der inneren Sehkraft. Damit aber wird eine Allgemeingültigkeit erreicht, die Trifonows Erzählung den Rang des Meisterhaften verleiht. Selten ist die gegenseitige emotionale Abnutzung präziser geschildert worden.

Lyrik aus Rußland

Russische Lyrik

Gedichte aus drei Jahrhunderten
Ausgewählt und eingeleitet von Efim Etkind.
1981. 575 Seiten. Leinen

Die umfassendste Anthologie russischer Lyrik, die es auf deutsch
jemals gegeben hat, herausgegeben von dem bedeutenden russischen
Literaturwissenschaftler Efim Etkind. Sie enthält Gedichte so
bedeutender Lyriker wie Puschkin, Nekrassow, Alexej Tolstoi, Blok,
Mandelstam, Achmatowa, Chlebnikow, Jessenin, Zwetajewa,
Pasternak, Jewtuschenko, aber auch lyrische Proben aus dem Werk
von Autoren wie Turgenjew, Lermontow, Bunin, Gorki und Nabokow,
die in erster Linie als Prosaisten weltberühmt wurden.
Nicht zuletzt bietet diese Anthologie dem Leser die Möglichkeit,
zahlreiche Entdeckungen zu machen – sie umfaßt mehr als 500
Gedichte von über 130 Lyrikern. Besonderen Wert legte der
Herausgeber, selbst vorzüglicher Kenner sowohl der deutschen als auch
der russischen Lyrik, auf die Qualität der Übersetzer, zu denen neben
vielen anderen Dichtern wie Chamisso, Paul Celan, Rilke, aber auch
Sarah Kirsch, H. M. Enzensberger und Christa Reinig zählen.
Ein ausführlicher Anmerkungsteil, der auch die Viten der Autoren
enthält, beschließt den Band, der zweifellos ein unerläßliches
Standardwerk ist.

Anna Achmatowa
Im Spiegelland

Ausgewählte Gedichte. Hrsg. von Efim Etkind. 1982. 205 Seiten. Geb.

Jossif Brodskij

Einem alten Architekten in Rom
1986. 122 Seiten. Serie Piper 506

PIPER

Wladimir Woinowitsch

Ihr seid auf dem richtigen Weg, Genossen

Aus dem Russischen von Ingrid Tinzmann.
1986. 324 Seiten. Geb.

Wladimir Woinowitsch, einer der bekanntesten russischen
Schriftsteller, verdankt seine Ausweisung letztlich seinem
couragierten Auftreten und der Tatsache, daß er »das Leben,
wie es ist«, schilderte, anstatt es im Sinne der Ideologie zu
überhöhen. Eben dies aber macht die vorliegenden Texte so
spannend: Immer wieder geht Woinowitsch auf die Diskrepanz
zwischen Realität und offiziellen Postulaten ein, ob er sich
über den sowjetischen Paß, diese »unschätzbare Bürde«,
ausläßt oder über die Tücke von Fragebogen, über die
Propaganda, die stets das Gegenteil von dem bewirkt, was sie
erreichen möchte.
Viele der geschilderten Szenen, Anekdoten, Begebenheiten sind
für den Nichtbetroffenen an sich schon komisch – wenn zum
Beispiel der Funktionär, der soeben bestochen wurde, auf die
bange Frage, ob er denn nun auch wirklich die versprochene
Gegenleistung erbringen werde, gekränkt erwidert, er sei ja
schließlich Kommunist –, doch erspäht das scharfe Auge des
Satirikers auch Widersprüche in versteckten Details: »Ihr seid
auf dem richtigen Weg, Genossen!«, verkündet Lenin beispiels-
weise von einem Plakat herab ratlosen Autofahrern, die vergebens
nach einem Straßenschild Ausschau halten.
Woinowitschs Humor ist nie bösartig, doch kann er ausgesprochen
bissig werden, wenn es um die »Nomenklatura« geht, die
privilegierte Kaste. Seine Sympathien gelten den kleinen Leuten, den
Schelmen, die sich Lücken zunutze machen, die es auch
innerhalb des sowjetischen Systems gibt, kurzum, Menschen
vom Schlage seines »Soldaten Tschonkin«, der wiederum große
Ähnlichkeit mit dem braven Schwejk aufweist.

PIPER